양각양

한국 무협 명작 컬렉션 002

양각양

2007년 10월 22일 초판 1쇄 인쇄
2007년 10월 25일 초판 1쇄 발행

지은이 한상운
발행인 이종주

편집장 김진웅
책임 편집 손수지

발행처 (주)로크미디어
출판등록 2003년 3월 24일
주소 서울시 용산구 청파동3가 119-2 진여원BD 5층
Tel (02)3273-5135 **Fax** (02)3273-5134
홈페이지 rokmedia.com · **E-mail** rokmedia@empal.com

ⓒ 한상운, 2007

값 13,900원

ISBN 978-89-257-0304-6 04810

양각양

한상운 무협 장편소설

로크미디어

차례

문학의 기능 중에는 풍자라는 것이 있다.

사실 어떤 문학이건 '현실의 그럴듯한 반영'이라는 걸 생각하면 현실을 풍자하지 않을 수 없는 게 문학이다.

제정신을 가진 사람이라면 누구도 현실을 의식하고, 그 현실 속에서 움직이는 그 자신을 의식하지 않을 수 없을 것이다.

작가는 그에 더해 현실의 표면 아래 감추어진 이면을 의식하고, 그 흐름 속에 꼭두각시처럼 흘러가는 자기 자신을 의식하고, 그런 사람과 사람의 흐름이 만들어 내는 부조리를 목구멍에 걸린 생선 가시처럼 따갑게 느끼게 된다. 그걸 어떻게든 표현하려고 하면 혹은 어떻게든 표현할 방법이 생기면 풍자가 그 결과물에 깃들게 되는 것이다.

사실 무협이란 적어도 한국에서는 풍자에 적합한 수단이

아니다. 장르로서의 무협에 있어서 무협적 배경과 논리, 그 스토리텔링이란 지나치게 진지해서 풍자에 적합하지 않다. 아마 장르 무협 작가 누구도 자신이 세상을 비웃기 위해서 소설을 쓴다고 생각하지 않을 것이다. 그에 적합한 도구는 다른 곳에 훨씬 많이, 효과적으로 존재한다.

장르 무협은 소설이 현실에 대해 갖는 그것과는 한 차원 다른 곳에 존재한다. 장르 무협 작가들은 그 두 차원 떨어진 장르 무협의 현실에 복무하기도 힘겹다. 즉, 재미라는 가치를 구현하기에도 힘겨워 허덕댄다.

현실에 대한 풍자? 대부분의 작가에게 있어서 그런 문학적 가치에 눈을 돌리는 것 자체도 사치다.

김영하의 ≪무림학생운동사≫나 유하의 ≪무림일기≫ 같은 것은 장르 무협과는 십만 팔천 광년 멀리 떨어져 있다. 이 작품들은 무협 그리고 무림을 단지 이미지로써 이용함으로 인해 가능할 수 있었다. 여기 이용된 무협 그리고 무림은 지린내 나는 동네 극장의 홍콩 영화, 어둑한 동네 만화방의 박스 무협에서 끄집어내진 것들이다.

그것도 본질이 아니라 그걸 덮고 있는 한없이 가벼운 표피였다. 그럼으로써 풍자가 가능했다. 그건 단지 한 번 사용하고 버릴 수 있는 이미지니까.

하지만 장르 무협 작가에게 있어서 무협, 무림이란 '가상의 세계'이면서 동시에 현실이다.

그 세계관은 항상 의식하고, 벗어나려고 노력하고, 그러면서도 벗어나지 못해 괴로워하는…… 항상 싸워야 하는 내

옆구리의 동맥이다. 그걸 풍자의 도구로 삼는다는 것은 언어 도단 이전에 불가능한 일이다.

그러나 본능적으로 그게 가능했던 작가가 하나 있다.

한상운이다.

한상운의 무협은 기본적으로 세계와 인간에 대한 풍자 위에 서 있다. 풍자라는 통속적인 말이 싫다면 —나도 싫다— '비꼼', '뒤틂', '달리 보기' 같은 단어로 대치해도 상관없다. 현실을 풍자하기에 더없이 부적합한 무협이라는 도구를 가지고 그는 현실을 뒤틀고, 인간을 달리 그 이면을 꿰뚫어 보며, 그럼으로써 한없이 부조리한 현실이라는 세계를 무협 위에 재구성해 놓는다.

이건 내 생각으로는 작가가 의도적으로 한 것이 아니라 그럴 수밖에 없어서 그렇게 된 것이 아닌가 한다. 즉, 작가 한상운에게는 이것과 달리 세상이 보이지 않았고, 이와 달리 현실과 인간을 이해할 수 없었으므로 달리 쓸 수가 없지 않았나 하는 것이다.

거기에 작가 한상운의 천재성이 있다.

≪양각양≫에 대해서 말하자면…… 아마도 작가가 그걸 바라지 않을 것이기 때문에 데뷔작인 ≪양각양≫이 이런저런 떨거지들과 연관되고, 오롯이 혼자 완성시킨 작품임에도 공저로 나와야 했던 그 모든 추잡한 사연들—작가를 둘러싼 환경이 그러했다는 말이다—을 말하지 못한다.

당시는 용대운 님이 '뫼 출판사'의 망원동 사무실을 떠나고 나 역시 거기를 떠난 후였기 때문에, 나중에 용대운 님과 내가 한상운 같은 천재 작가의 뒤를 받쳐 주지 못했다는 점 때문에 몇 번이나 아쉬워하고 자책했다는 점을 이 또한 늦어 버린 후회의 염으로 덧붙인다.

이제 다시 제대로 된 모습으로 ≪양각양≫을 낼 수 있게 된 한상운 작가에게 축하의 말을 전하며, 그 소회를 용대운 님과 내가 요즘 말로 하자면 이렇다.

▶◀ ≪양각양≫, 지켜 주지 못해 미안했어.

좌백

졸작 ≪양각양≫(1998)이 세상에 나온 뒤 구 년이 흘렀다.

당시 나는 세상 모든 게 불만이었던 스물둘의 대학생이었다. 공부도 싫었고 친구도 싫었으며 여자……는 좋았지만 여자가 날 싫어했다. 겨울방학을 맞이하여 방 안을 떼굴떼굴 구르다가, 노느니 개 팬다고 글이나 쓰자는 마음에 출판사의 문을 두들겼었다.

한창 신무협과 판타지가 유행하던 시절이었다. 돈이 된다는 생각에 너도나도 출판사를 차리고 작가를 모집하고 있었다. 그중 제일 유명한 출판사를 찾아가 무협을 쓰고 싶다고 했고, 그들은 두말없이 빈 책상을 내주었다.

내가 잘나서가 아니라 오는 사람 막지 않고 가는 사람 잡지 않는 것이 당시 업계의 관행이었기 때문이다. 사무실에 의자

하나, 책상 하나 더 가져다 두는 게 그리 어려운 일도 아니지 않은가. 운이 좋으면 좌백이나 장경 같은 좋은 작가가 나타날 수도 있는데.

그곳에서 육 개월가량 다른 습작생들과 붙어 앉아 글을 썼고 마침내 ≪양각양≫ 일 권을 완성했다. 나는 원고를 들여다보며 이것이야말로 매너리즘에 빠진 한국 무협을 구원할 구세주……라는 생각은 전혀 안 했고 해서도 안 됐고 그저 계약금을 받을 수 있다는 기대에 부풀어 있었다.

그렇지 않아도 부모님께서는 막내아들이 어디서 뭘 하고 다니나 걱정이 많으셨다. 이럴 때 계약금을 척 하니 내밀면서 '어머니, 이제 호강시켜 드릴게요!'라고 말하면 얼마나 그럴듯하겠나.

그런데 출간이 불가하다는 통보를 받았다.

무협을 쓰는 동안 성적은 바닥으로 떨어졌고 다시 공부를 시작하기에 전자공학은 너무 어려웠다. 나는 위기를 극복하기 위해 군대를 가기로 결정했다. 그런데 휴학을 하고 얼마 지나지 않아 다른 출판사에서 출간 제의를 받았다. 우여곡절 끝에 책이 나왔고 무협 독자들로부터 나름 좋은 평가도 받았다.

하지만 책은 얼마 팔리지 않았다.

개정판을 위해 원고를 다시 읽어 보니 어설픈 문장과 번잡한 수식, 유치한 구성에 낯이 뜨겁다. 하지만 이십 대 초반에 내가 어떤 사람이었는지 보여 주는 글이라는 생각이 들어 내용은 손대지 않기로 결정……한 건 아니고 고쳐 봐야 나빠지기만 할 뿐이라는 예감이 있었다. 구 년간 글을 썼지만 실력은 전혀 늘지 않았기 때문이다.

그래서 문장만 적절히 손대고 내용은 그대로 두었다.

개정판을 낼 수 있게 해 주신 로크미디어의 이종주 사장님과 편집부 분들에게 감사드린다. 그리고 지난 구 년간 제 글을 아껴 주신 독자님들께 감사드린다. 그분들이 아니었으면 개정판은 나오지 못했으리라.

한상운

序章

　어두운 주방에 칼 가는 소리가 을씨년스럽게 울려 퍼졌다. 주방엔 사내 혼자였다. 죽은 돼지 한 마리가 천장에 매달려 멍한 눈으로 그를 내려다볼 뿐이다.

　어둠 속에서 칼날이 번뜩였다. 언뜻 보이는 사내의 얼굴은 사십 대 중반 정도였다. 사내는 손가락 끝으로 칼날을 훑어 내렸다. 살갗이 갈라지며 핏방울이 떨어졌다.

　그는 하얀 이빨을 드러내며 중얼거렸다.

　"됐어, 딱 좋아."

　사내의 이름은 천무상이다. 원래 이름은 왕삼이었지만 위대한 인간에 걸맞은 위대한 이름을 지니기 위해 스스로 개명했다. 그리고 이제야 이름에 걸맞은 작품을 만들 수 있게 된 것이다.

"이제 다 된 거야."

오 년도 넘는 세월 동안 사람들의 모멸과 멸시, 냉소를 견뎌 내야 했다. 하지만 그것도 모두 다 끝이다. 이번 일을 끝내면 세상 모든 사람들이 그를 존경하게 될 것이다. 아니, 존경 정도가 아니다. 그를 요리의 신으로 떠받들게 될 것이다.

'뭐, 꼭…… 힘들기만 한 건 아니었어.'

어떤 면에서는 재미있기도 한 시간이었다. 어쩌면 결과보다 결과를 이루기 위한 과정에 의미가 있는지도 모른다.

그는 손가락으로 품속의 책자를 가만히 쓰다듬었다. 바로 이 책 때문에 수년간 어둠 속에서 썩어야 했지만 천무상은 후회하지 않았다.

궁극의 요리에 한 걸음 더 접근할 수 있었으므로.

끼이익.

문이 열리고 왁자지껄한 아이들의 웃음소리가 들려왔다.

"사부님, 어디 계세요?"

계집애의 목소리였다.

천무상은 웃음을 참고 꾀꼬리 같은 목소리로 외쳤다.

"여기 있다. 이리 들어오렴."

"너무 어두워서 안 보여요."

"조금만 기다리면 다 보여요. 안쪽으로 들어와. 너희들을 위해 내가 깜짝 놀랄 선물을 준비했단다."

아이들의 발소리가 들렸다.

그는 힘껏 칼을 움켜쥐었다.

"어서 들어오렴."

세상에 우연은 없다

第一章

　유상진은 눈자위에 명멸하는 강한 빛줄기를 느끼며 깨어났다. 그는 늘 그렇듯 욕설을 내뱉으며 이불을 끌어 올렸다.

　'죽일 놈의 태양 같으니라고…… 새벽부터 뜨고 지랄이야.'

　머리는 깨질 듯이 아팠고 심한 갈증으로 입 안이 타는 것 같았다. 그는 졸음과 갈증 사이에서 괴로워하다가 졸린 눈을 비비며 머리맡의 자리끼(자다가 마시기 위해 잠자리 곁에 두는 물)로 손을 뻗었다.

　손가락 끝에 차가운 그릇 하나가 닿았다. 유상진은 무엇이 들었는지 보지도 않은 채 그냥 마셔 버렸다.

　"캑!"

　그는 눈을 뜨고 그릇을 보았다.

　역겨운 냄새가 나는 불그스름하고 걸쭉한 액체.

생김새만으로 보면 며칠 전 주방에서 훔쳐 온 만두소 같았지만 그건 아니었다.

"시팔, 어떤 새끼가 토했어?"

토사물이다. 유상진은 분노를 참지 못하고 그릇을 던졌다. 그릇이 깨지면서 토사물이 여기저기로 튀었다.

머리가 지끈거리고 속이 몹시 쓰리다. 거기다 온몸 안 아픈 곳이 없었다. 유상진은 목을 문질렀다. 목덜미가 뻣뻣한 게 꼭 밤새 귀신이 잡고 다녔던 것 같은 기분이다.

"이놈의 술, 빨리 끊든가 해야지. 이거, 원……."

산인루山人樓에서 한잔한 것까지는 기억이 나는데 그 이후는 통 알 수가 없다. 떡이 되도록 술을 마셨음에도 집에 기어 들어와 잠을 잔 자신이 감탄스러울 정도다. 놀라운 방향감각과 습관의 힘으로 집을 찾아냈음이 틀림없다.

그는 애서 몸을 일으켰다.

"윽!"

그런데…… 아무리 곤드레가 되도록 술을 마셨다지만 이 어깨 결림은 뭔가? 왼쪽 눈이 잘 떠지지 않는 이유는 또 뭐고? 게다가 오른쪽 다리에 왜 힘이 안 들어가지?

"뭔 짓을 하고 다닌 거야?"

유상진은 투덜거리며 간신히 몸을 세웠다. 다리는 계속 후들거렸고 눈은 거의 뜰 수 없었다. 꼭 물에 빠진 것처럼 몸이 무겁다. 그는 침대 귀퉁이에 엉덩이를 걸치고 앉아 잠시 호흡을 가다듬었다. 허리가 끊어진 듯 아프다. 그는 부러지지 않은 걸 확인하기 위해 손가락으로 허리를 더듬어 보기까지 했다.

그때 밖에서 인기척이 들렸다.

검게 죽어 가던 유상진의 얼굴이 거짓말처럼 차가워졌다. 그는 고양이처럼 민첩하게 벽 쪽으로 움직였다. 벽에 몸을 기댄 채 허리에서 작은 예도銳刀를 꺼내 들었다. 이놈이 방금 전까지 숙취에 시달리던 그놈이 맞나 싶을 정도의 변화였다.

유상진은 문틈으로 바깥을 살피며 생각했다.

'설마…… 설마 그들인가?'

생각만으로도 등허리에서 식은땀이 흘러내린다. 그들을 따돌리기 위해 반년도 넘는 시간 동안 중원 각지를 떠돌며 그렇게 애를 썼는데, 결국 이곳까지 찾아낸 것일까?

귀를 기울이자 조그맣게 부스럭거리는 소리가 들렸다. 놈들이 밖에 있다. 언제 문을 부수고 들어올지 의논하고 있는 게 틀림없다. 유상진은 초조해져 방을 살폈다.

조그만 방 안엔 더러운 나무 침대와 의자 하나뿐이었다. 일자로 길게 줄을 선 벌레들이 천장을 타고 느리게 지나가고 있었다. 도망칠 곳은 어디에도 없다. 비밀 통로 따위가 없다는 것은 유상진 스스로가 더 잘 안다.

나갈 길은 정문밖에 없다.

'멍청한 놈! 그동안 탈출로 하나 안 만들고 뭐 했냐!'

유상진은 자책했다. 추적자를 따돌렸다는 생각에 아무런 대비 없이 놀기만 했던 게 실수다.

예도를 움켜쥔 손에 힘을 주었다.

이제 남은 길은 하나. 정면 돌파뿐이다. 기습적으로 먼저 뛰쳐나간다면 일 푼의 승산은 있으리라. 그는 마음을 정하고 심호흡을 했다.

'후우…… 좋아, 간다!'

유상진은 문을 힘껏 걷어차며 뛰어나갔다.

문 앞에 누군가 서 있었다. 역광 때문에 얼굴은 보이지 않았다. 그는 다짜고짜 상대를 향해 예도를 쳐들었다.

'단번에 두 조각을 내 버…… 어라?'

유상진은 힘없이 예도를 늘어뜨렸다.

'죽일 놈의 영감탱이.'

긴장이 풀리자 몸이 다시 말을 듣지 않는다. 벽에 몸을 기댄 후 통명스럽게 입을 열었다.

"영감님, 여긴 웬일입니까?"

검은색으로 물들인 마의麻衣를 입은 초로인初老人은 흉신악살凶神惡殺처럼 뛰쳐나온 유상진을 보고 얼굴이 하얗게 질려 있었다. 한동안 말조차 제대로 나오지 않는지 '어, 음…….' 하는 소리만 냈다.

그러다가 간신히 입을 여는데, 목소리가 떨리는 것으로 보아 충격이 보통이 아니었던 모양이다.

"자, 자네 이게 무슨 짓인가?"

유상진은 예도를 허리춤에 꽂으며 말했다.

"강도라도 나타난 줄 알았지요. 그런데 영감님은 무슨 일로 여기에……."

흑의의 초로인 허 씨는 의심쩍은 표정으로 잠시 유상진을 살피다가 길게 헛기침을 했다. 그의 얼굴엔 '날 죽이고 방세를 떼먹으려고 했던 게 아닐까?'라고 쓰여 있었다.

"어험, 그게 말일세…… 흠!"

묘한 헛기침을 하며 뜸을 들이던 허 씨는 갑자기 유상진의 얼굴을 바라보며 호들갑을 떨었다.

"자네 얼굴이 왜 그 모양인가? 누구한테 맞았나?"

유상진 스스로도 눈 뜨기 힘들 정도로 얼굴이 부은 것은 느끼고 있었다. 아무리 생각해도 술 처먹고 늦잠을 잔 것만으로는 석연치 않은 부기다. 거기다 관절은 덜그럭거리고 뼛속까지 저릴 정도로 온몸이 아프다.

'음, 어제 누구랑 싸운 모양이군.'

예도에 점점이 핏자국이 묻어 있는 것이 그런 추측을 뒷받침했다. 그래도 일방적으로 맞지만은 않았다는 생각에 유상진은 가슴이 뿌듯해졌다.

'난 맞았지만 상대는 찔렸잖아!'

어느 쪽이 손해인지 자명한 일이다. 하지만 허 씨에게 이런 얘기까지 할 필요는 없을 것이다. 그렇지 않아도 수상쩍은 놈팡이에게 세를 준 게 못마땅한 눈치던데.

"아! 뭐, 별일 아닙니다. 그냥 걷다가 넘어졌어요. 그런데 무슨 일 때문에 여기까지 오셨습니까?"

"그러니까, 음……."

한참 말을 끌다가 허 씨는 갑자기 유상진의 어깨 너머로 방 안을 훑어보았다. 그러고는 화난 목소리로 외쳤다.

"자네 말이야! 내가 빈대를 벽에 눌러 죽이지 말라고 그렇게 이야기했잖나?"

그는 이 건물의 주인이었다.

아무리 그렇더라도 참혹할 만큼 초라한 방을 빌려 준 사람으로는 너무나 당당한 태도다. 사실 호젓한 주변 환경과 어디보다도 싼 집세를 생각하면 당연한 건지도 모르지만…….

유상진은 얼굴을 찡그리며 변명했다.

"그럼 어떡합니까? 자꾸 덤비는걸."

허 씨는 기다렸다는 듯이 손가락으로 유상진의 가슴을 찔러 대며 기세 좋게 외쳤다.

"어떡하긴, 당연한 걸 도대체 왜 물어! 다른 사람들은 빈대를 창밖으로 던진다고! 자네는 저 작은 벌레가 불쌍하지도 않나? 꼭 벽에 눌러서 피범벅을 만들어 놔야 직성이 풀려, 응? 그런 방에 누가 살고 싶겠어? 자네가 새 벽지 바르고 나갈 거야, 응?"

유상진은 화가 치밀어 올랐지만 꾹 참았다. 어렵게 마련한 은신처다. 사람들 눈에 띄는 짓은 삼가는 게 좋다. 여기서 칼을 휘두르면 당장은 기분이 좋을지 모르지만 장기적으론 불쾌한 일이 많아질 터였다.

그는 한숨을 내쉬며 작은 목소리로 말했다.

"앞으론 절대 안 그러죠. 맹세합니다."

"아니, 이제 와서 그렇게 말해 봐야…… 하하하, 자네가 그렇게 한다니 믿도록 하지."

목에 굵은 핏대까지 세워 가며 화를 내던 허 씨가 갑자기 말끝을 흐린 데에는 유상진의 예도가 큰 역할을 했다. 유상진이 갑자기 예도를 뽑아 수염을 슥슥 문질러 대기 시작했던 것이다. 허 씨의 예리한 눈은 예도에 붙은 피딱지를 놓치지 않았다.

기회 포착!

"그럼 용건은 끝이죠?"

허 씨의 기세가 약해졌을 때 유상진은 다시 방으로 들어가려 했다. 여러 가지 정황으로 보아 허 씨에게 남모를 속셈이 있으리라 짐작되었기 때문이다.

허 씨는 쓸개 씹은 표정이었다. 빈대 사건을 통해 대화의 주도권을 잡을 생각이었는데 저놈의 칼 한 자루 때문에…….

하지만 이제 와서 물러설 수는 없다. 마누라의 표독스러운 눈초리가 떠오르자 마음속 깊은 곳에서 용기가 솟아올랐다. 독 오른 마누라는 호랑이보다 무섭다.

그는 유상진의 어깨를 잡고 말했다.

"잠깐, 아직 하나가 남았네."

유상진은 얼굴이 붉게 달아오른 허 씨를 보며 경계심을 최대로 올렸다. 노인네가 이런 식으로 말을 할 때는 뭔가 꿍꿍이가 있는 거다.

"말씀하시죠."

기분 나쁜 말이면 가만두지 않겠다는 의지를 담아 퉁명스럽게 말했다. 하지만 그의 미묘한 협박은 먹히지 않았다.

"그게…… 흠흠, 방세를 올려야겠네."

허 씨는 두 눈을 감은 채 그대로 선언해 버렸다. 할 말이 있으면 해 보라는 듯이 배를 쭉 내민 채 말이다.

유상진은 순간적으로 아찔했고 다음 순간 허 씨의 배를 째

버릴까 하는 생각이 들었지만 다행히 배운 사람답게 이성을 되찾을 수 있었다.

"갑자기 그게 무슨 말입니까?"

기다렸다는 듯이 허 씨의 입이 열렸다.

"흠흠, 요즘 하루가 다르게 물가가 뛰고 있지 않은가? 오늘 오다가 보니 돼지고기 한 근 값이 한 달 전보다 거의 배나 뛰었더군. 물가는 하늘 높은 줄 모르고 오르는데 돈 가치는 날이 갈수록 떨어지니, 수레로 동전을 담아 가도 배추 한 통 사기 힘든 시절이라네. 그러니 나도 방세를 올리지 않고선 먹고살기가 어렵단 말일세. 휴우…… 사실 그뿐이면 나의 넓은 마음으로 다 포용할 수 있겠지. 나도 가난한 사람들 돕자고 세를 놓기 시작한 거니까. 그러나 그 밖에도…….''

유창하고도 유려한 흐름으로 보아, 이 열변은 허 씨가 수많은 시행착오를 거쳐 만들어 낸 걸작임을 느낄 수 있었다. 이십 년이 넘도록 사람들에게 방을 빌려 주면서 쌓인 연륜이 저런 명문장을 탄생시켰으리라.

유상진은 멍하니 허 씨의 얼굴만을 바라볼 뿐이었다.

별다른 호응이 느껴지지 않자 허 씨는 유상진의 눈물샘에 호소하는 방향으로 이야기를 틀었다.

"게다가 말일세, 내가 과년한 딸이 셋이나 있다네. 결혼 지참금 때문에 아직까지 마땅한 혼처를 구하지 못했는데…… 어쩌겠나, 자네가 조금 도와주는 것이? 불쌍한 사람을 돕는다고 생각하게.''

유상진은 다 이해한다는 표정으로 허 씨의 말을 경청했다.

그 정도로 힘드실 줄 몰랐다는 듯 고개를 끄떡이기까지 했다. 하지만 그의 머릿속은 이 난국을 헤쳐 나갈 방법을 찾기 위해 빛의 속도로 돌아가고 있었다.

'정공법이냐, 아니면 놈의 양심에 호소하느냐?'

마침내 유상진은 마음을 정했다. 그는 손을 들어 허 씨의 말을 제지했다.

"저도 영감님의 딱한 사정을 들으니 몹시 가슴이 아픕니다만 공公은 공이고 사私는 사 아닙니까. 사실 가슴속에 묻어 두고 있어서 그렇지, 저도 참 아픔이 많은 놈입니다."

"그려?"

예상치 못한 반격이었는지 허 씨의 목소리는 떨떠름했다.

허 씨가 흔들린 지금이 기회다. 유상진은 그렇게 판단하고 점잖게 말을 이었다.

"사실 방세를 올리신다는 건 어불성설입니다. 이유를 말씀드리죠. 거지발싸개 같은 집에…… 너무 직설적인 표현이었다면 사과드립니다만 사실은 사실이죠. 어디서 전염병에 걸린 새끼들한테도 방을 내주질 않나, 제 옆방 사는 새끼 옴에 걸린 거 알고 계시죠? 벽은 얇아서 밤마다 감창소리에 잠을 잘 수 없고, 한 달이 멀다 하고 방을 쪼개 사람을 더 들여보내시지 않습니까? 또 천장의 구멍은 도대체 언제 막아 줄 생각입니까? 저의 수양으로는 구멍 밖의 별을 보며 풍류를 느낄 수가 없어서 말씀드리는 겁니다."

필살의 정면 승부다.

한마디 한마디가 옳은 말이었으며 또 최대한 정중한 언사를 구사했다고 유상진 스스로는 평가하고 있었다. 하지만 유상진이 한마디 할 때마다 허 씨의 얼굴은 점점 일그러져 갔다.

"그리고 이것 좀 보세요."

유상진은 옷을 들춰 벌레 물린 자국으로 울긋불긋한 배와 가슴을 보여 주었다.

"밤새 향을 피워도 이 정도라니까요. 이러다 벌레에 물려 죽는 게 아닌지 모르겠다는 생각마저 들 정돕니다."

허 씨 얼굴의 일그러짐이 봐 주기 흉측한 지경에 이르렀다.

그만큼 유상진도 다급해졌다. 허 씨를 논리적으로 설득하기 위해 말을 꺼낸 것인데, 표정으로 보아 그의 이야기가 전혀 가슴에 와 닿지 않는 모양이었다.

'이런 ××하다 ○○해서 △△할 놈! 성격이 그따위니 그 나이에 기녀들한테 집세나 뜯어먹고 살지.'

하지만 현실은 냉정한 것. 임차인은 임대인에게 언제나 약한 처지일 수밖에 없다. 더 이상 참지 못한 허 씨의 냉혹한 한마디가 유상진의 귓구멍을 후벼 팠다.

"싫으면 방 빼!"

유상진은 순간 아찔해짐을 느꼈다.

집주인이 최후의 순간에 닥쳤을 때 전가의 보도처럼 사용하는 바로 그 말. 방 빼!

좋아, 이제 막가 보자 이거지?

유상진은 그동안 허 씨에게 심어 온 자신의 부드러운 인상이 사라지는 것을 아쉬워하며 크게 외쳤다.

"닥쳐! 늙다리 영감!"

그리고 잠시 동안 욕설과 팔뚝질이 난무했고 결국 둘은 후일을 기약하며 헤어졌다. 허 씨는 다음에 올 땐 포도아문捕盜衙門에서 일하는 조카를 데려오겠다는 말을 남겼다.

🖤

"놈을 찾아내!"

말을 할 때마다 상처에서 피가 새어 나왔다. 하지만 강허심은 아랑곳하시 않고 계속했다.

"오늘 내로 잡아 와."

보통 사람이라면 벌써 기절했을 상처다. 하지만 강허심은 반 시진째 길길이 날뛰고 있었다. 마청은 그게 초인적인 인내력 덕분인지 적에 대한 분노 때문인지 궁금했다.

그렇다고 강허심에게 물어볼 수도 없는 일이다. 그는 고개를 숙이며 씩씩하게 말했다.

"걱정 마십시오. 제가 직접 나서겠습니다."

"무슨 일이 있어도 산 채로 내 앞에 끌고 와! 내가 직접 산산조각을 내 줄 테니까!"

🖤

호남성湖南城의 동정호洞庭湖.

예로부터 아름답기로 소문난 호수다. 동정호의 아름다움은 당대의 시인묵객들에게도 유명해 당나라 때 시인인 두보杜

甫는 이런 시를 읊조리기도 했다.

> 예전에 동정호를 전해 듣고
> 이제야 악양루岳陽樓에 오르게 되었다
> 오吳와 초楚는 동과 남으로 갈라졌고
> 하늘과 땅은 낮과 밤으로 구분되어 있다
> 친구는 한 자 소식 없고
> 나는 늙은 몸으로 외롭게 배에 의지하고 있을 뿐
> 북녘의 고향은 전쟁이 끊임없고
> 악양루 난간에 기대어 서너
> 막을 수 없는 눈물이 흐른다

이 시의 배경이 되는 악양의 명소 악양루는 남창南昌의 등
왕각藤王閣, 무창武昌의 황학루黃鶴樓와 더불어 강남의 삼대명
루로 꼽히는 곳이다. 악양을 들르는 강호의 명사라면 누구나
한번은 둘러보는 명소인 것이다.

그리고 악양에는 다보루多寶樓가 있다.

이름만 들으면 악양루만큼이나 고급 술집 같지만 실상은
악양의 하층민들이 이용하는 허름한 술집에 불과했다. 보통
의 여행객은 한번 머리를 들이밀곤 '죄송합니다.' 말한 후 도
망칠 그런 술집이란 얘기다.

그것은, 대낮에도 어두컴컴하며 나무판자를 이어 만든 건
물은 항상 덜컹거리고 탁자는 취객의 토사물로 찌들었으며
일다경一茶頃마다 한 번씩 칼부림이 벌어지고 반쯤 썩은 재료

만을 사용하기로 악명 높은 곳이라는 사소한 이유 때문이었다. 워낙 자주 사람이 죽어 나가니 근처의 장의사들이 한 시진마다 사람을 보내 고객이 생겨났나 알아볼 정도였다.

다보루의 주인인 왕 씨는 다보루의 명성에 걸맞게 과거 '쌍도끼雙斧'라는 별명으로 악양을 누비던 건달이었다. 어느 날 더 이상 몸이 예전 같지 않음을 느껴 은퇴를 결심하고, 노후를 보장받기 위해 만든 것이 다보루라고 했다.

그래서인지 그가 소속해 있던 귀도회鬼道會의 사람들은 주로 이곳에서 점심을 해결했다.

아침과 점심 사이의 어중간한 시간이었다. 주루는 손님이 없어 조용했다. 그러나 그 고요에선 나른함보다는 초조와 긴장이 느껴졌다. 왕 씨는 침울한 얼굴로 계산대 앞에 서 있었다.

갑자기 요란한 주렴 소리와 함께 유상진이 뛰어들었다.

"아! 제가 좀 늦었죠."

그는 눈알이 튀어나올 듯이 자신을 노려보고 있는 왕 씨에게 가볍게 변명부터 했다. 말을 하면서 얼른 주루 안을 둘러보았다. 주루는 텅텅 비어 있었다. 밥시간이 아니라지만 주정뱅이 하나 없다는 것은 기적에 가까웠다. 원래 이 시간대는 주변 부랑자들이 모여 어제는 누가 시궁창에 빠져 죽었고 누구 대가리가 깨졌는지 시시콜콜 떠들기 시작하는 때였다. 그리고 벌써 두 명쯤 정신을 잃고 쓰러져 있어야 했다.

그러나 오늘은 아무도 없었다.

이유야 어찌 되었건 유상진은 자신의 행운에 감사했다.

"다행히 아직 손님은 없었던 모양이군요. 지금 들어가 준비하겠습니다."

그는 싹싹한 어조로 말했다.

유상진은 다보루의 요리사였다.

한 달 전 다보루의 전前 요리사가 요리 도중 칼침을 맞아 죽었다. 느닷없이 한 더벅머리 사내가 조리실로 뛰어들어 도끼로 요리사를 쪼개 버린 엽기적 사건이었다.

들리는 소문에 의하면 그 요리사는 악양 암흑가를 주름잡는 조직인 금사단金砂團에서 돈을 빌리고선 갚지 못했다는 것이다. 그래서 일종의 본보기로 백주에 도끼를 맞게 된 것이고.

관아에선 무얼 했는지 물어보나 마나다. 포도아문의 포졸들은 만족할 만큼 돈이 생기는 일이 아니면 절대 끼어들지 않는다. 그들은 급히 다보루로 출동했다가, 죽은 게 집도 절도 없는 요리사라는 사실을 알고 실망해서 돌아갔다.

아무튼 손님이 잔뜩 줄 서 있는데 요리사가 죽어 버렸으니 왕 씨로선 속이 탈 수밖에 없었다. 그때 운 좋게 그 광경을 목격한 유상진이 왕 씨에게 다가와 자신이 한때 요리사로 일했음을 밝힌 것이다.

왕 씨의 안도하는 표정이란!

유상진에게도 좋은 일이었다. 가진 돈이 떨어져 일자리가 절실한 형편이었으니까.

하지만 지금 왕 씨는 그때의 결정을 후회하고 있는 것이 틀림없다. 그의 얼굴은 분노와 공포 그리고 짜증으로 인해 벌겋게 달아올라 있었다.

"자, 자네…… 참, 겁도 없군. 아무 일도 없었던 것처럼 여기에 나타나다니……."

"헤헤헤, 제가 좀 늦긴 했습니다만……."

유상진은 실실 웃으며 말했다.

'그리고 이번이 여덟 번째이긴 합니다만…….'

옛말에도 웃는 얼굴에 침 못 뱉는다고 하지 않던가. 특히 유상진은 비굴하게 말하는 데 있어서 타의 추종을 불허하는 남자였다.

역시 왕 씨도 그의 얼굴에 침을 뱉지 못했다. 오히려 왕 씨의 말투는 약간 사정조로 변했다.

"두말 않겠어. 죽더라도 나가서 혼자 죽게. 가게 부서지니까."

늦었다고 하는 말이라기엔 정도가 지나치다. 아무리 요리사가 늦더라도 가게가 부서지는 일은 없지 않은가.

유상진은 주의 깊게 왕 씨를 살폈다.

화를 참지 못해 붉게 물든 줄 알았던 얼굴은 검게 죽어 있던 거였고, 분노로 폭발 직전인 줄 알았던 목소리는 겁에 질려 떨렸던 것임을 그제야 알 수 있었다.

유상진은 슬슬 걱정이 되기 시작했다. 오는 도중 아무도 말을 걸지 않았음을 깨닫자 마음은 더더욱 심란해졌다.

푸줏간의 최 씨도 점쟁이 황 늙은이도 야채 가게 왕칠이도, 모두 유상진을 보자 바쁜 척 외면했었다. 심지어 그가 밤마다 찾아가 엉덩이를 두들겨 주는 기녀원의 취앵이마저 그를 보자 엉덩이를 흔들며 도망쳤다.

모두들 귀신이라도 만난 듯 몸서리를 치면서.

유상진은 물었다.

"음…… 무슨 일이 있었나요? 아니, 제가 무슨 짓을 저질렀습니까?"

왕 씨는 입을 딱 벌렸다.

"자네 사람 맞나? 이 와중에도 의뭉을 떨다니, 자네가 어제 벌인 일은 모른 척한다고 없어질 일이 아니라니까!"

"그러니까 무슨 일을 벌였는데요?"

"자, 보라고! 손님이 하나라도 있나! 이미 악양 전체에 소문이 퍼졌어. 이 근방에 모르는 놈은 하나도 없을걸. 근데 그걸 자네가 모른단 말이야?"

이상한 일이다. 악양의 암흑가 조직 중 세 손가락 안에 든다는 귀도회의 명예 회주 왕 씨가 겁을 다 먹다니…….

유상진은 미간을 좁혔다. 그리고 다시 한 번 물었다.

"정말로 무슨 일이 있었는지 기억이 나지 않아서 그러는 겁니다. 어제 술이 과해서……."

"하긴 그렇겠지. 술에 취하지 않고서야 강허심에게 칼을 들이대진 못했을 테니."

강허심? 지금 왕 씨가 강허심이라고 말했나?

"저…… 지금 강허심이라고 하셨습니까?"

"그래."

혹시나 하는 마음에 한 번 더 확인해 보았다.

"그…… 강허심이 혹시 제가 아는 그 강허심인가요?"

"아니, 어제 네가 찌른 놈도 모르냐?"

왕 씨는 연방 문 쪽을 살피며 소리쳤다.

"악양에 강허심이 두 명 있겠냐고!"

유상진이 알기로 강허심은 악양 암흑가 최대 계파인 금사단의 단주였다. 뒷골목 건달 주제에 악양의 삼대고수 중 하나로 꼽힐 정도로 가공할 무공의 소유자인 것이다.

"제가, 그런데…… 어떻게 살아 있죠?"

유상진은 이해할 수가 없었다. 그의 어쭙잖은 실력으론 강허심에게 긁힌 상처 하나 입히는 것도 불가능했다. 그것은 그 도법…… 삼 년간의 노동의 대가인 그 도법을 사용했어도 마찬가지일 것이다.

'선풍도법旋風刀法은 아직 일 초도 제대로 익히지 못했어. 그런데 어떻게 강허심을?'

왕 씨는 어리둥절해 있는 유상진을 살펴보았다. 그리고 그가 정말로 궁금해한다는 걸 알게 되자 한숨을 내쉬며 입을 열었다.

"흠, 정말 모르는 모양인데……. 하긴 자네 배짱에 맑은 정신으로 칼부림을 했겠어? 완전히 제정신이 아니었겠지. 말해 줄 테니 얼른 꺼지게, 알았나? 나도 들은 이야긴데 자네가 길을 가던 강허심에게 시비를 걸었다더군."

"제가요? 에이, 설마……."

"나도 의심스럽긴 하지만, 자네가 술만 먹었다 하면 개가 되는 건 사실 아닌가."

"제가 강허심을 이겼나요?"

극한의 상황에서 혹시 선풍도법을 완벽하게 시전했을지

도 모를 일이다. 졌다면 지금 이렇게 살아 있을 리가 없지 않은가.

왕 씨는 퉁명스럽게 대꾸했다.

"무슨 말도 안 되는 소리야? 개 맞듯 두들겨 맞다 쭉 뻗어 버렸다던데. 강허심이 흐흐 웃으며 자네 등에 침을 퉤 뱉고 가 버렸다는군. 그날따라 기분이 좋았던 거지. 평소 강허심 성격 이면 팔다리를 잘라서 개 먹이로 줘도 이상할 것이 없잖나."

"그렇죠."

"그런데 죽은 듯이 쓰러져 있던 자네가 갑자기 일어나, 걸 어가던 강허심의 등판에 칼을 박았다던가."

믿을 수가 없다. 강허심 정도의 고수라면 자신의 기척을 느꼈을 것이다. 왕 씨는 유상진의 생각을 알아챘는지 재빨리 부연해 주었다.

"강허심이 엄청나게 술에 취해 피하지 못했다더군."

역시 말도 안 된다. 그 정도의 고수라면 내공의 힘으로 술 을 이겨 낼 수 있을 것이다. 극한의 상황에서 선풍도법이 펼 쳐진 것이 틀림없다.

왕 씨가 말했다.

"아무튼 자넨 끝장난 거야."

유상진은 정신을 차렸다. 왕 씨의 말이 옳다. 선풍도를 썼 건 뭘 썼건 중요한 것은 금사단을 건드렸다는 점이다. 악양 암흑가 최강이라는 금사단을.

"주방에 있는 제 물건 좀 챙기고 가죠."

유상진은 왕 씨의 대답을 기다리지 않고 주방으로 뛰었다.

그러다 주방 앞에서 걸음을 멈췄다.

"아차! 한 가지 더요. 강허심은 죽었나요?"

왕 씨는 시큰둥하게 대꾸했다.

"미친놈. 꿈을 꿔라."

주방문을 열자 뜨거운 수증기가 얼굴을 때렸다.

다보루의 주방은 마치 지옥 같다. 천장은 낮고, 화로의 열기로 인해 숨이 막힐 듯 덥고, 불빛으로 밝게 빛나고, 냄비 부딪치는 소리며 기름 끓는 소리로 귀가 먹먹하다.

간신히 눈을 뜨자 구석구석을 채우고 있는 해묵은 먼지와 거미줄, 곳곳에 달라붙어 있는 남경충南京蟲(바퀴벌레)이 눈에 들어왔다. 거기다 음식 냄새와 땀 냄새가 뒤섞인 더러운 냄새가 풍겼다.

지난 한 달간 유상진이 일해 왔던 곳이다.

주방의 열악한 환경을 보니 약간이나마 위안이 되었다.

'그래, 잘된 거야. 이런 데서 오래 일하면 병에 걸려 죽고 말 거야.'

그때 누군가 소리쳤다.

"누가 남의 주방에 들어와?"

그에게 버럭 소리친 자는 머리를 두건으로 감고 달랑 아랫도리 하나만을 걸친 이십 대 초반의 청년이었다.

"아, 형님이세요? 제가 지금 바빠서. 이거 보이시죠?"

거만하게 말을 뱉으면서두 청년의 손은 쉴 새 없이 움직이고 있었다. 손이 움직일 때마다 냄비의 잉어가 형체를 잃어갔다.

"왕씨 아저씨가 저더러 요리를 해 달라지 뭡니까, 허허! 그런데 이러고 계셔도 되겠어요? 벌써 멀리 도망가셨을 줄 알았는데."

녀석도 소문을 들은 모양이다. 하지만 유상진에 대한 걱정은 눈곱만큼도 엿보이지 않았다. 그저 요리사로 승격된 것이 기쁜 듯했다.

"뒷일은 저한테 맡기고 얼른 떠나세요. 그러다 다진 고기가 되면 어떡하려고 그러세요?"

청년은 남의 일처럼 한가롭게 말했다.

'비겁한 놈. 갑자기 태도가 이렇게 변해?'

어제까지만 해도 요리하는 법을 가르쳐 달라고 아부를 떨던 놈이다. 친형님처럼 느껴진다고 살살거리던 놈이…… 유상진은 두 눈을 부릅뜨고 청년을 노려보았다.

그러나 곧 포기하고 한숨을 쉬었다. 어차피 세상이 다 그렇지, 뭐. 유상진은 손을 내밀며 말했다.

"칼이나 내놔, 인마. 그거 내 거야."

"제 이름은 인마가 아니고 이생입니다. 이젠 다보루의 수석 요리사죠."

이생은 끝까지 나불거리며 칼을 넘겨주었다. 수석 요리사 부분을 강조하면서.

'확, 이걸 조져 버려?'

유상진은 진지하게 고민했다. 어차피 멀리 튀어야 할 텐데, 이런 버르장머리 없는 놈을 그냥 둘 필요가 있나 싶다.

그때 등 뒤에서 삐꺼덕 문 열리는 소리가 들렸다. 유상진은 이생에게 칼을 빼앗아 들며 몸을 틀었다.

"뭐 하는 거야? 볼일 다 봤으면 빨리 나가!"

왕 씨였다. 유상진은 안도의 한숨을 내쉬었다. 금사단의 살인자가 도착한 줄 알았다.

그런데 이상하다.

주방의 열기에도 불구하고 왕 씨의 얼굴은 하얗게 질려 있었다.

유상진은 뭔가 껄끄러움을 느끼며 한 걸음 뒤로 물러섰다. 그리고 등 뒤로 손을 뻗어 선반 위의 등침橙砧(도마)을 집어 들었다. 그가 가게에서 처음 일하게 된 날, 향나무를 잘라 만든 것으로 한 손으로 드는 게 쉽지 않을 정도로 무거운 놈이다.

유상진은 양손에 무기를 든 채 왕 씨를 향해 다가갔다.

"알았어요, 나가면 되잖아요."

그가 크게 소리치며 다가설 때, 왕 씨의 얼굴이 문가에서 사라졌다. 대신 나타난 것은 한 자루 커다란 도끼였다. 도끼가 유상진의 머리통을 향해 호선을 그리며 날아왔다.

"이런 개새끼!"

유상진은 도끼를 피하지 않고 오히려 상대를 향해 달려들었다. 그의 강렬한 어깨 공격에 상대는 문밖으로 나가떨어졌다. 운 나쁘게도 암습자가 넘어진 곳은 부서진 나무 바닥이 흉기처럼 튀어나온 곳이었다.

"우욱!"

놈의 옆구리가 찢어지며 핏물이 튀었다. 유상진은 그대로 놈의 머리통을 걷어찼다. 코가 부러지는 소리와 함께 놈이 뒤로 넘어졌다. 도끼가 바닥을 미끄러져 의자 두어 개를 넘어뜨렸다.

하지만 암습자는 한 명이 아니었다. 이번엔 두 자루의 도와 한 자루의 창이 그를 향해 날아왔다. 내리찍는 도는 매서웠고 찔러 오는 창은 날카로웠다.

유상진은 껑충 뒤로 몸을 날려 주방 안으로 들어섰다. 동시에 왼손으로 주방 문을 힘껏 닫았다. 문짝이 부서지며 나뭇조각이 하늘로 튀었다. 부서진 문 틈으로 창과 도의 날카로운 끝 부분이 보였다.

유상진은 한 손엔 등침을, 다른 손엔 식도를 든 채 문을 발로 걷어찼다. 문이 쪼개지며 무기를 뽑으려 용을 쓰고 있던 세 놈의 면상이 나타났다.

유상진은 다짜고짜 등침을 던졌다.

역시 등침은 무거웠다. 잘 익은 수박이 깨지듯 한 놈의 대가리가 박살 났다. 머리통이 부서지며 눈알과 피가 동시에 천장으로 튀었다.

유상진은 식도를 휘두르며 뛰어나갔다.

살이 베이는 부드러운 소리.

"퀵!"

억눌린 신음이 뒤따랐다. 피가 튀어 벽을 적셨다.

유상진은 한 놈을 베면서 그대로 앞으로 달려 나갔다.

"이 새끼!"

운 좋게 그의 칼을 피한 다른 한 놈이 그의 등을 향해 창을 겨누며 소리쳤다. 창끝이 뱀의 이빨처럼 그를 쫓아왔다.

유상진은 멈추지 않고 계속 달려가 맞은편의 나무 벽을 걸어찼다. 그 탄력으로 뒤로 몸을 날리며 칼을 휘둘렀다.

동시에 상대의 창도 하늘을 갈랐다.

창잡이의 목으로 식도가 뱀처럼 파고들었다. 창날은 유상진을 스쳐 지나 벽에 박혔다. 칼날은 목을 반쯤 자른 후 멈췄다.

"끼익!"

놈은 기이한 비명과 함께 바닥으로 나뒹굴었다. 쿵 하는 고목 넘어지는 소리와 함께 객잔이 조용해졌다.

유상진은 천천히 몸을 일으켰다.

주루 안은 여전히 텅 비어 있었다. 암습자는 셋밖에 없던 모양이다.

아니, 넷이군.

유상진은 정정했다. 탁자에 발을 올리고 앉아 있는 중년 남자 한 명이 눈에 들어왔던 것이다. 그 남자 역시 얼굴에 불량기가 가득한 것으로 보아 건달 나부랭이가 틀림없었다.

유상진은 그자가 자신을 습격한 자와 동료인지 아니면 단지 싸움을 구경하러 온 할 일 없는 작자인지 알 수 없었다. 세상에는 정신 나간 작자들이 발에 차일 정도로 많아 싸움 구경하겠다고 목숨을 버리는 한심한 짓도 서슴지 않는다.

유상진은 물었다.

"뭘 드릴까요?"

중년인은 유상진을 바라보며 감탄사를 보냈다.

"굉장해."

아직은 중년인의 신분을 확신할 수 없었다. 단지 관객의 입장에서 유상진의 무술에 감탄을 보내는 것일 수도 있으니까. 물론 그럴 가능성은 낮지만 말이다.

유상진은 냉담하게 대꾸했다.

"그런 요리는 없습니다."

"정말 굉장해."

중년 사내는 의자를 뒤로 빼며 다시 한 번 중얼거렸다. 의자에서 듣기 싫은 소리가 났다.

"이 정돈 줄 알았으면 사람을 좀 더 데려왔을 텐데 말이야."

사내는 자리에서 일어서며 먼지가 묻은 다리를 탁탁 털었다. 그러곤 목을 좌우로 꺾었다.

"난 금사단의 제이 조장 쾌수快手 마청이다. 단주의 명으로 널 잡으러 왔다."

늘어져 있던 사내의 손이 천천히 벌어졌다. 그의 유난히 긴 손가락 사이에는 얇은 비엽도飛葉刀가 끼워져 있었다.

쾌수 마청이라……. 이건 거물이군.

유상진은 침을 꿀꺽 삼켰다. 쾌수 마청은 금사단의 다섯 조장 중 하나다. 악양에서 암기를 가장 잘 쓴다는 자.

마청이 말했다.

"그런데 간이 부었군. 그런 일을 벌이고도 아직 도망을 안 쳤다니 말이야. 혹시나 하고 와 봤는데, 후후후."

"덤벼. 잔소리 말고."

다른 놈이 더 오기 전에 이놈을 해결해야 한다. 조장 급이

한 명이라도 더 나타나면 겨드랑이에 날개가 달려 있어도 도망 못 간다.

유상진의 말에 화가 났는지 마청은 눈을 치켜떴다. 마청의 검지가 가볍게 움직였다. 한 자루의 비엽도가 유상진을 스쳐지나 벽에 박혔다. 유상진의 볼에 가볍게 혈선이 그어졌다.

"큭큭. 피할 생각도 못 하는군."

유상진은 손을 들어 흘러내리는 핏물을 닦았다. 그는 침착하게 상대를 노려보았다.

'조장이라더니 뭔가 다르긴 하군.'

마청의 비도 날리기는 과연 명불허전이었다. 저 비엽도가 가슴이나 머리로 날아온다면 피할 수 있을까?

인상을 쓰고 있던 유상진의 얼굴에 갑자기 묘한 웃음이 그려졌다. 그는 품속의 예도를 꺼내 들며 대꾸했다.

"그럼 누가 빠른지 한번 내기해 볼까?"

마청은 유상진의 말이 떨어지기가 무섭게 신중한 자세로 손을 치켜들었다. 유상진의 자신 있는 태도가 왠지 걸렸기 때문이다.

'어쩌면 진짜 고수일지도……..'

강허심에게 칼을 먹인 놈이란 사실이 계속 걸렸다. 술에 취해 있었다고는 하지만 강허심에게 접근한다는 건 쉬운 일이 아니다. 그는 마청이 아는 한 악양 제일의 고수였다. 그쯤되는 고수는 머리보다 몸이 먼저 움직이는 법이다.

게다가 무조건 놈을 사로잡아 오라던 강허심의 말도 있으니 살수를 쓸 수도 없다.

마청은 마음을 정했다.

'좋아, 일격에…….'

비엽도를 한 자루씩 녀석의 사지에 박아 넣겠다던 애초의 생각은 버렸다. 고수일지도 모를 상대에게 방심은 금물이다. 한꺼번에 손에 든 모든 비엽도를 폭사시킬 생각이었다. 가급적 급소는 피하겠지만 혹시 맞는다고 해도 어쩔 수 없다.

일단은 이기는 게 중요하니까.

유상진은 빨리 비도를 날려 보라는 듯 손가락을 까딱거렸다.

마청이 팔을 떨쳤다. 그의 손끝에서 하얀빛이 뿜어져 나갔다. 날카로운 비엽도가 날아갔지만 유상진은 미동도 하지 않은 채 빙글거리고만 있었다.

탁자에 박힌 비엽도가 흔들거렸다.

유상진과는 거의 십 보步 이상 떨어진 곳이었다. 유상진의 근처까지 날아간 비엽도는 한 자루도 없었다.

유상진은 얼굴 가득 비웃음을 띤 채 마청을 바라보았다.

"고작 이거야?"

마청의 얼굴이 새하얗게 질렸다.

그가 목표물을 맞히지 못한 것은 삼 년 만에 처음 있는 일이었다. 삼 년 전 강허심을 만났을 때 이후로.

하지만 그의 얼굴색이 변한 것은 부끄러움 때문이 아니었다. 목을 감아 돌리고 있는 가느다란 노끈이 그 원인이었다.

"커……억."

마청은 손을 뻗어 노끈을 잡으려 했다. 하지만 노끈은 이미 살 속으로 깊이 파고든 후였다. 그는 두 손으로 미친 듯이 목을 긁었다. 살이 찢어지며 피가 흘러내렸다. 그러나 끝까지 노끈을 잡아채진 못했다.

유상진은 마청을 향해 이죽거렸다.

"저 친구가 자네보다 빨랐군."

'빌어먹을! 내가 내기를 한 건 너였다고.'

그러나 입 밖으로 말이 나오지 않았다. 그의 입에서 나온 것은 하얀 거품뿐이었다. 마청의 마지막 몸부림은 부질없이 끝났다. 이윽고 눈의 반짝임도 사라져 갔다. 그가 마시막으로 언뜻 본 것은 유상진의 얼굴이었다.

푸지직!

똥을 지린 것을 느낄 수 있었다.

그리고 어두워졌다. 부끄러움을 느낄 새도 없었다.

목대토는 사내의 죽음을 확인한 후 손아귀에 감아 돌리고 있던 노끈을 놓았다. 사내의 시체가 앞으로 고꾸라졌다.

"휴…… 끈질긴 놈이군."

목대토는 손으로 이마를 쓸어 올리며 말했다. 그의 머리에는 더러운 붕대가 둘둘 감겨 있었다.

"쩝, 그 새끼…… 거, 곱게 죽지 못하고."

그는 입맛을 다셨다. 언제 긁혔는지 그의 손목엔 길게 손톱자국이 나 있었다.

유상진은 붕대 밑으로 반쯤 보이는 목대토의 눈에 시선을 맞췄다.

목대토는 귀도회의 현 회주다. 이마를 붕대로 가리고 있는 묘한 놈이었다. 본인은 어릴 때 입은 화상 때문이라고 주장하지만 사람들은 모두 알고 있었다. 그의 이마에 '강간'이라는 자자刺字가 새겨져 있다는 사실을.

부하들을 데리고 몇 번 다보루에 들른 적이 있어 유상진하고도 안면이 있었다.

목대토는 발끝으로 마청의 머리를 툭툭 건드리며 말했다.

"보통 위험한 놈이 아닌데, 자네 덕분에 쉽게 해치웠군."

유상진은 시체의 목에서 식도를 잡아당기며 물었다.

"금사단과 싸울 생각인가 보죠?"

귀도회가 금사단보다 한 수 아래인 것은 사실이지만 세력 차이가 큰 것은 아니었다. 귀도회가 개입한다면 금사단도 일을 크게 벌이지는 못하리라. 그의 마음은 한결 가벼워졌다.

목대토의 입술 끝이 가볍게 치켜 올라갔다.

"상황에 따라서."

식도는 살에 물린 것처럼 잘 빠지지 않았다. 유상진은 발을 들어 사내의 머리를 밟고 더 힘을 주었다. 요란한 소리와 함께 간신히 식도가 뽑혀 나왔다.

유상진은 물었다.

"상황에 따라서라니. 그게 무슨 말이죠?"

"지금으로썬 금사단과 싸울 생각이 없어. 하지만 자네가 강허심을 죽인다면 귀도회가 나설 거란 말이지."

"예?"

"강허심이 살아 있는 한 우리가 나설 틈이란 없어. 그놈은 고수거든. 내가 몸이 두 개라도 그놈은 못 이기지."

보통의 무림인은 곧 죽어도 남보다 약하다는 말을 하지 못한다. 무인의 자존심 때문이다. 그런데 목대토는 한번 망설이지도 않고 강허심과 싸워 이길 자신이 없다는 말을 하고 있는 것이다.

유상진은 생각했다.

'이놈도 보통 놈은 아니군.'

"그런데 왜 절 도와주셨죠?"

"강허심만 죽으면 상황이 변하거든. 금사단의 다섯 조장은…… 아, 이제 네 명이군. 아무튼 그놈들은 서로 사이가 좋지 않아. 금방 갈라지겠지."

유상진은 고개를 끄덕였다.

"그렇군요. 그래서요?"

"강허심이 어디 있는지 내가 알려 주지. 놈을 죽이면 황금으로 이십 냥을 주겠네."

"뭔가 오해가 있는 모양인데요. 우선 전 강허심을 못 이깁니다. 귀도회도 건들지 못하는 강허심을 제가 어떻게 죽입니까? 어제 일은…… 잘 기억나지도 않지만, 요행이었어요. 그리고…… 이십 냥은 너무 적은 금액입니다."

목대토는 달래듯이 말했다.

"강허심은 어제 일로 중상을 입었다더군. 어린애 팔목 비틀기 같은 일이야."

"그런데 왜 직접 나서지 않는 겁니까?"

"나처럼 커다란 조직을 맡고 있는 사람은 모든 가능성을 다 생각해 봐야 한다네. 혹시 강허심이 멀쩡할 수도 있잖아."

"실패하면, 저만 손해잖아요?"

목대토는 가볍게 어깻짓을 했다.

"어차피 자네는 살아남기 힘들잖아."

무서운 이야기를 가볍게 하는 놈이다. 하지만 놈의 말은 틀림없는 사실이었다.

유상진은 손가락으로 턱을 문질렀다. 고민이 되는 일이 있을 때의 버릇이었다.

금사단을 피해 악양을 뜨는 건 자신 있다. 세가의 추적자를 피해 도망 다니면서 그는 자신이 도주에 재능이 있음을 알게 되었다. 금사단 정도를 피해 달아나는 것은 일도 아니다. 단지…….

'어제 일이 소문났다면 세가의 놈들에게 발각되는 건 시간문제야. 한시라도 빨리 도망가야 해.'

놈들—세가의 추적자들—을 생각하면 당장이라도 복통이 일어날 것 같다. 그들은 진짜 일급이었다.

'그놈들을 피하려면 돈이, 돈이 있어야 해. 좋아, 이판사판이다. 강허심을 없애고 이곳을 뜬다.'

유상진은 비장하게 —아니면 비장함을 가장하여— 입을 열었다.

"황금 스물다섯 냥과 제반 경비 일체."

"제반 경비라니?"

"놈을 암살할 특수 무기나 변장을 위한 장비 같은 게 있어야 할 거 아닙니까?"

"얼씨구, 자네가 무슨 전문 살순 줄 알아? 다 죽어 가는 불량배 하나 처치하는 게, 뭐 그리 복잡해?"

"다 죽어 가는 불량배라뇨? 방금 전에 강허심을 이길 자신이 없다고 하셨지 않습니까."

"그거랑 이거랑 다르지."

"다르긴 뭐가 달라요!"

유상진은 버럭 소리쳤다.

"생각을 해 보십시오. 악양은 호남성에서 가장 큰 성시로 수륙 교통의 중심지 아닙니까? 사방 각처의 문물이 모여드는 곳인 뿐만 아니라 각양각색의 사람들이 들끓는 번화한 도시죠. 그야말로 모든 종류의 사람들이 나름대로의 뜻과 야망을 가지고 버글거리는 곳이니, 가히 용이 숨어 있고 범이 엎드려 있는 곳이라는 형용이 틀리지 않습니다. 그러니 이런 악양의 암흑가를 지배하는 강허심 역시 보통 사람이 아니지요. 장강수로연맹長江水路聯盟의 도연락, 마가보馬家保의 마완호와 더불어 악양 삼대고수로 꼽히는 자가 아닙니까? 따라서 제반 경비를 받아야겠습니다."

목대토는 질렸다는 듯 고개를 흔들었다.

"자네 언변 하나만은 청산유수구먼. 마음대로 하게. 칼 솜씨도 언변만큼 뛰어나기를 기대하지."

"기대하셔도 됩니다."

유상진은 목대토의 말이 끝나기도 전에 대꾸했다. 그는 어떻게 해서든 강허심을 죽인 뒤 돈을 가지고 악양을 뜰 생각이었다.

강허심은 푹신한 의자에 몸을 한껏 묻고 있었다. 하지만 그의 얼굴은 핏기 없이 창백했으며, 뭔가 불안한 듯 손가락은 연방 팔걸이를 두들겼다.

문밖에서 작은 인기척과 함께 굵직한 목소리가 들려왔다.

"강 대야大爺! 저 정대호입니다."

강허심은 격양된 목소리로 외쳤다.

"오! 빨리, 빨리 들어오게."

문이 열리고 한쪽 눈에 안대를 한 젊은 남자가 장내로 들어섰다. 강허심은 급히 의자에서 몸을 일으켰다. 창백하던 얼굴에 홍조가 감돌았다. 그는 두 손을 비비며 들뜬 어조로 말을 건넸다.

"그래, 그놈은 어떻게 됐나?"

그의 얼굴은 기대와 흥분으로 반짝반짝 빛났다.

하지만 정대호는 대답을 못 하고 망설였다.

"그게……."

강허심에게 눈치란 게 있었다면 무슨 일이 생겼냐고 물었을 것이다. 하지만 그는 자신만의 상념에 젖어 있었다.

"흐흐흐, 우선 물고문으로 입가심을 해 준 후 따끈한 부젓가락으로 몸을 달궈 주고 손톱, 발톱 밑을 대나무로 떠 준 다음……."

강허심은 침을 튀겨 가며 생각해 둔 고문을 주워섬겼다. 어쩌나 고문들이 잔인하고 야비한지 금사단의 악당들조차 눈살을 찌푸릴 정도였다.

"……사지를 잘라 내고 마지막으로 놈의 생간을 뽑아 먹은 후, 물론 불로 적당히 그슬려서 말이야. 시체를 동정호에 빠뜨리는 것으로 끝내면 되겠군. 그러면 며칠 후에 놈의 시체가 물 위로 떠오르겠지? 그 시체를 보며 사람들은 나의 무서움을 다시 한 번 생각할 거야."

정대호가 간신히 입을 열었다.

"그게 아니라……."

강허심은 실수했다는 듯이 부드러운 미소를 지으며 말을 정정했다.

"아차, 그래선 안 되겠군. 안타깝지만 돌멩이를 매단 채 빠뜨려야겠어. 배부른 황족 짜식이 여길 방문한다고, 당분간 시체가 안 떠오르도록 해 달라는 순검巡檢 놈의 부탁이 있었으니까."

"그러니까……."

"놈을 어떻게 죽이는 게 좋을까? 머리를 으깨서? 내장을 뽑아 목을 졸라서? 그도 저도 아니면 그냥 조각조각 내서? 그렇게 하면 돌멩이를 매달 필요도 없으니까 그쪽이 좋겠군."

강허심의 오른팔이자 금사단의 다섯 조장 중 하나인 독안룡獨眼龍 정대호는 한숨을 쉬며 고백했다.

"그게, 후우…… 실패했습니…… 컥!"

정대호는 갑자기 무릎을 꿇었다. 눈 깜짝할 사이에 강허심이 의자를 박차고 날아와 ㄱ의 명치 어름에 한 방 날린 것이다. 정대호는 숨을 쉬지 못하고 컥컥거렸다.

"뭐, 실패? 실패! 실패라고?"

정대호는 머리를 들지 못했다. 면목이 없어서일 수도 있겠지만 다른 이유가 더 컸다. 강허심의 발이 그의 머리를 짓밟고 있었기 때문이다.

"네놈들 같은 밥벌레를 믿는 것이 아니었어. 너, 이 멍청한 놈은 매음굴의 마룻바닥도 못 닦을 놈이야."

강허심의 폭언에도 정대호는 아무 변명도 없었다. 섣부른 변명보다는 화가 풀리기를 기다리는 것이 낫다는 걸 알고 있기 때문이다.

전에 누군가는 그가 화가 났을 때 변명을 늘어놓다 산산조각이 나 버렸다. 비유적 표현이 아닌 진짜 조각조각 찢긴 것이다. 그때 벽과 천장에 붙은 살점을 뜯어내느라 부하들이 크게 고생했다.

그사이에도 강허심의 욕은 계속되고 있었다.

"등신 같은 놈, 그깟 새끼 하나 못 잡아 와? 네놈 같은 멍청이를 믿느니 차라리 아귀를 믿겠다."

'비열한 새끼! 비교할 데가 없어서…….'

'아귀'란 강허심이 다섯 살 때 키우던 개 이름이라는 걸 얼마 전에 들었다. 악양 무림의 제갈공명이라고 자부하는 정대호로선 치욕스러운 일이었다.

강허심의 강렬한 발길질에 정대호의 허리가 들썩거렸다.

"마청, 그 날송장 놈은 어디 있느냐?"

강허심은 자신의 애병인 두 개의 륜輪을 집어 들며 소리쳤다. 피가 뚝뚝 떨어질 듯 붉은 륜이었다.

혈륜을 보자 정대호는 겁이 덜컥 났다. 강허심이 사람을 조각낼 때 보통 저 무기를 쓰기 때문이다. 하지만 이 조장 마청을 생각하니 왠지 기분이 좋아졌다. 그는 억지로 웃음을 참으며 말했다.

"죽었습니다."

그와 권력투쟁을 하던 마청이 죽었으니 그 죽음의 배경이야 어찌 되었건 기쁜 건 사실이었다.

정대호의 말이 채 끝나기도 전에 혈륜이 이글거리는 불덩어리처럼 쏘아져 왔다. 정대호는 기겁해서 혈륜을 피하려 했다. 혈륜은 정대호의 머리를 스쳐 천장에 박혔다.

"그런 허섭스레기 같은 놈에게 말이냐!"

"그것이……."

"말을 해 봐, 이 새끼야!"

강허심의 얼굴은 어느새 붉게 물들어 있었다. 정대호는 기어들어 가는 목소리로 말했다.

"그것이…… 놈을 도운 자가 있는 것 같은데요."

강허심은 노화를 참지 못하고 방 안의 가구들을 닥치는 대로 부수기 시작했다. 미친년 널뛰듯 날뛰는 강허심에게, 귀도회의 목대토가 의심스럽다는 정대호의 뒷말은 들리지 않는 듯했다. 정대호는 슬쩍 뒤로 물러서며 생각했다.

'그래, 자식아. 부술 테면 부숴라. 다 니 거지, 내 거 하나라도 있냐.'

"그러고도 목구멍에 밥알이 넘어가더냐, 이 새끼들아!"

강허심은 눈에 핏발을 세우며 고래고래 소리를 질렀다.

갑자기 탁자를 걷어차던 강허심의 발이 느려졌다. 마치 시간이 정지한 것처럼 그의 몸도 천천히 멈추었다. 입이 벌어지고…… 눈이 뒤집히고…… 벌린 입에서 하얀 거품이 흘러나왔다. 그리고 썩은 기둥처럼 쓰러졌다.

정대호는 한숨을 쉬며 중얼거렸다.

'이제 송장 치울 날도 머지않았군.'

가쁜 숨을 내쉬는 강허심의 등허리는 피로 물들어 있었다. 유상진에게 당한 상처가 채 아물기도 전에 미친개처럼 흥분해서 개지랄을 했으니 쓰러지는 것도 당연하다.

한번 상처가 덧나기 시작하면 끝이 없는 법이다. 강허심 같은 다혈질이라면 더욱 그렇다.

정신을 잃어 가는 와중에도 강허심은 헛소리를 질러 댔다.

"내가 가서 직접 놈을 없애 버리겠다!"

정대호는 강허심을 침대에 눕히고 확실히 기절했는지를 살펴보았다. 만일 그가 세심하지 않았다면 이 험악한 뒷골목에서 아직까지 살아남진 못했을 것이다.

그는 강허심이 잠든 걸 확인한 후 거칠게 말했다.

"병신, 지랄하네."

강허심이 칼을 맞았다!

금사단은 지금 거의 붕괴 직전이다!

수많은 소문들이 악양을 떠돌았다. 소문이 소문을 부르면서 분위기가 달아오르기 시작했다.

대부분의 중소 조직들은 사람을 모으고 서로 혈맹을 맺는 등 금사단의 뒤를 이어 패권을 차지하기 위해 칼을 갈고 있었다. 흑도당주黑道黨主 우동관은 이미 여기저기서 칼잡이들을 모으고 있었고 대풍방주大風房主 진가순은 좋은 조건으로 금사단원들을 포섭하기 위해 애쓰고 있다고 했다.

그러나 먼저 나서는 자는 아무도 없었다.

강허심이 다치고 이 조장 마청이 죽었다고 해도 금사단은 만만한 존재가 아니었기 때문이다. 아직 네 명의 조장이 남아 있는 데다 근처 조직 중에 가장 실력 있는 자들만 모인 곳이 바로 금사단이었다. 각 조장의 능력은 다른 방파의 우두머리와 비슷했다.

그런 금사단이었으니 다른 조직들이 신중한 태도를 보이는 것은 어찌 보면 당연한 일일지도 몰랐다. 모두들 금사단의 움직임에 촉각을 곤두세우며 기다리고만 있을 뿐이었다.

폭풍 전야의 고요.

그리고 그 묘한 대치 국면은 결국 유상진으로 인해 깨지게 되었다.

막간幕間

"유상진, 그놈은?"

"조금만 더 시간을 주십시오. 세가의 전 인원을 동원해 찾고 있으니……."

"조금만 더! 조금만 더! 도대체 언제까지 기다리란 말인가! 놈이 ≪무경武經≫의 무공을 완전히 익힌 뒤에 말인가? 아니면 원로원이 세가를 완전히 잠식한 다음에 말인가?"

"죄송합니다."

"후우……. 좋아, 개방丐幇이나 삼대상권三代商圈 중에서도 연락 온 곳은 없나?"

"아직 아무 곳도……."

"빌어먹을! 아버지도 노망인 거야. 아무리 눈이 뒤집혔어도 그렇지 놈을 찾는다고 다른 곳에 소문을 내다니, 그게 말이 돼? 그놈들이 놈을 발견한다고 연락을 할 것 같아? 자기들이 ≪무경≫을 차지하려고 눈이 벌게져 있을걸."

"저…… 소가주小家主님. 한 가지 단서가 있기는 합니다."

"단서?"

"혹시 양각양兩脚羊이라고 들어 보셨습니까?"

"양각양? 두 발 달린 양? 그거 인육人肉을 말하는 거 아닌가."

"예, 원래 인육을 우회적으로 표현하는 말입니다만 최근 들어 암중으로 활동하고 있는 한 무림 단체를 나타내는 말이기도 합니다."

"뭐 하는 자들인데?"

"비밀리에 인육을 판매하는 조직입니다."

소가주라 불린 자는 시큰둥한 어조로 말을 받았다.

"그래? 인육이야 이놈 저놈 다 파는 거 아닌가? 관부에서도 사형수들을 육장肉醬으로 만들어 죄수들에게 먹이는데, 뭐. 이 근처에도 인육 시장이 널렸을걸."

"보통 인육 시장에서 거래되는 건 하층민들이 굶지 않기 위해 먹는 하등품이죠. 하지만 양각양은 최고 품질의 고기만을 재료로 써서 최고의 기술로 요리를 한다더군요."

"그거 돈이 되나?"

"관부, 무림, 상계의 실력자들 중 상당수가 양각양이 제공하는 인육을 즐긴답니다."

"음……. 그런데 그게 왜…… 아, 그렇군! 놈이 가지고 있던 그 책!"

"예, 놈이 경황 중에 이二 공자公子님의 시신 곁에 두고 간 그 책. 그 책의 내용과 일맥상통하지 않습니까? 어쩌면 놈은 양각양에서 파견된 자일지도……."

"그렇다면 큰일이지. 그런 정신 나간 놈들에게 ≪무경≫이 넘어간다면……."

"정말 그렇습니다."

"어쩌면 놈과 아무 관계 없는 단체일지도 모르지만…… 좋아, 조사해 보게."

"알겠습니다."

호랑이끼리는 공존할 수 없다

第二章

악양에 밤이 찾아왔다.

거리는 인적 하나 없이 조용했다. 가끔씩 야경꾼이 막대기를 두들기며 지나가는 소리가 들릴 뿐이다. 불야성을 이루던 번화가의 술집들도 문을 닫을 시간이었다. 마침 달도 없어 거리는 칠흑처럼 캄캄했다. 간혹 여염집에서 새어 나오는 희미한 불빛이 눈에 보이는 전부였다.

유상진은 등불 하나 없는 어둠 속을 유유히 걷고 있었다. 쥐 죽은 듯 조용한 골목 안에 그의 발소리만이 울려 퍼졌다.

길 맞은편에 '제민의방濟民醫房'이라는 간판이 보였다. 간판 양쪽으로 희미하게 등이 켜져 있었다.

'흠, 저곳이군.'

유상진은 고개를 주억거리며 살금살금 의방으로 다가갔

다. 의방의 문은 굳게 닫혀 있었다.

그는 문이 잠긴 것을 확인하고 어깨에 걸치고 있던 쇠망치를 바닥에 내려놓았다.

도살장에서 빌려 온 쇠망치다.

한쪽에는 일반 망치처럼 둔중한 쇠뭉치가 달려 있고 다른 한쪽엔 송곳처럼 뾰족한 쇳덩이가 박혀 있다. 뾰족한 쇳덩이로 관자놀이에 구멍을 낸 뒤 쇠뭉치로 등허리를 부러뜨려 황소를 잡는 것이다.

휘두를 때 느껴지는 둔중함이 마음에 들어 가지고 왔다. 쇠망치쯤 되는 무기는 칼이나 창을 부숴 버리고 상대의 골통까지 빠갤 수 있다는 장점이 있다.

망치 끝에 말라붙은 뇌수 조각이 그의 마음을 훈훈하게 해 주었다. 예도와 식도도 양쪽 허리에 차고 있다. 강허심을 암살할 준비는 완벽했다.

한 가지만 빼고.

일을 도와줄 동조자가 없었다.

그런 이유 때문에 유상진은 망치를 내려놓고 쪼그려 앉아 누구든 나타나기만을 기다리고 있는 것이다.

싸늘한 바람이 몸을 휘감았다. 골목 구석에 쪼그려 앉아 적당한 길손이 나타나길 기다리고 있자니 마음까지 스산해진다.

'이럴 때 배갈 한잔 걸치면 한속이 녹을 텐데……. 왜 한 놈도 안 나타나?'

그때 어둠 속에서 불빛이 보였다.

천천히 다가오는 불빛.

유상진은 쇠망치를 고쳐 잡았다. 마침내 모습을 드러낸 것은 이십 대 초반의 젊은 연인이었다. 남자는 한 손에 조그만 등롱을 들고 있었다. 즐거운 표정으로 도란도란 이야기를 나누는 젊은 남녀를 보면서 유상진은 양심의 가책을 조금은 덜 수 있었다.

'저런 싹수머리 없는! 주위 생각도 좀 해야지.'

풍기 문란하게 오밤중에 서로 보듬어 안고 길을 걷는 연놈들이라니! 저런 놈들 때문에 성범죄가 증가하는 거다. 아직 어린 놈들이, 그것도 길거리에서 서로 끌어안고 다니다니! 여자 친구 없이 십 년 세월을 보낸 유상진으로선 당연히 화가 날 수밖에 없다.

그는 자리를 떨치고 일어나 연인들에게 다가갔다.

"어이! 여기 좀 보게."

"뭡니까?"

남자가 고개를 돌리며 물었다. 이제 갓 스물이나 되었을까. 홍안의 젊은이였다.

유상진은 근엄하게 꾸짖었다.

"이보게. 아무리 시대가 변하고 있다지만 자네는 남녀칠세부동석이라는 이야기도 듣지 못했나? 남녀가 유별한데 이런 밤중에 어딜 어깨를 맞대고 걸어간단 말인가?"

남자는 부끄러운 듯 고개를 숙였다.

그러나 그의 입에서 튀어나온 말은 유상진의 상상을 여지없이 깨 버리는 놀라운 것이었다.

"상판대기를 보아하니 형씨 역시 삼강오륜은 떠도는 소문으로나 들어 봤을 시러베자식 같은데 그게 무슨 해괴망측한 소리요?"

"아, 아니! 네놈 말버릇이 그게 뭐냐?"

"우리가 언제 만났다고 반말을 하냐, 이 새끼야!"

"뭐, 인마!"

유상진의 얼굴이 붉게 물들었다. 그의 마음을 아는지 모르는지 녀석은 계속 느물거렸다.

"도대체 그런 상판대기를 하면 어쩌겠다는 건데?"

유상진은 화를 참지 못하고 발작을 일으키려 했다. 사내 역시 표정을 일그러뜨리며 주먹을 불끈 쥐었다. 애인이 곁에 있어선지 싸움을 두려워하지 않는 것이다.

일촉즉발의 순간, 여자가 사내의 소매를 끌어당기며 조그맣게 속삭였다.

"조심해요. 손에 흉기를 들고 있어요."

남자의 얼굴색이 변했다. 남자는 유상진의 망치를 살피며 침을 꿀꺽 삼켰다. 하긴 이 커다란 망치를 보고도 본색을 유지하기란 쉬운 일이 아닐 것이다.

남자는 재빨리 소리쳤다.

"잠깐!"

유상진은 기세등등한 어조로 물었다.

"왜?"

"저…… 우리, 모든 것을 대화로 풀어 나가는 것이……."

여자의 귀엣말은 좀 더 잘 싸우라는 격려성 발언이었겠지만 애송이 녀석은 전의를 상실한 모양이었다.

유상진은 한숨을 내쉬었다. 그는 젊은이에게 잘 보이도록 쇠망치를 불빛 쪽으로 당겨 세웠다. 망치에 묻은 핏자국을 보고 젊은이의 얼굴이 하얗게 질렸다.

"이래서 사람이 한번 폭력을 쓰게 되면 멈추지 못하는 것 같아. 말로 하는 것보다 훨씬 빠르고 쉽게 먹히거든."

청년은 할 말을 찾지 못했다.

"저…… 그러니까, 그게……."

유상진은 느긋한 어조로 말했다.

"오호? 조금 전까지 여기서 큰 소리로 따지고 들던 그놈 말이야, 그놈 어디 갔지? 금방이라도 나한테 덤빌 기세였는데…… 혹시 자네, 알고 있나?"

유상진은 씩 웃으며 남자에게 다가갔다.

당연한 일이지만 유상진은 사내를 때렸다.

힘껏 때리진 않았는데, 그것은 세게 때리면 죽기 때문이었다. 절묘한 힘 조절로 약 일각쯤만 기절하도록 후려친 것이다. 유상진은 생전 처음 보는 사람을 때려죽일 정도로 사악하지 않았다.

쓰러지는 사내를 보며 여인은 도망치려 했지만 유상진은 재빨리 앞을 가로막았다.

여인은 떨리는 목소리로 물었다.

"왜…… 뭣 때문에 그러시죠?"

"나도 이런 짓을 하고 싶진 않지만, 악덕의 신세를 지지 않는 대의大義란 없는 법이거든. 그쪽이 이해하라고."

말이 끝나기가 무섭게 유상진은 여인도 후려쳤다. 조금 전보다 약간 더 힘을 줬는데 그것은 여인이 오래 기절해 있기를 원했기 때문이다.

'딱 적당하군.'

쓰러진 여인을 살피며 유상진은 흐뭇한 미소를 지었다. 그러고는 남자는 내버려 둔 채 축 널브러져 있는 여자만 업고 제민의방으로 향했다.

그는 주먹으로 굳게 닫힌 문을 두들겼다. 잠시 동안의 정적이 흐른 후 누군가의 목소리가 들렸다.

"누구요?"

유상진은 침을 눈가에 바르며 소리쳤다.

"환잡니다! 동생이 죽어 가요! 제발 문 좀 열어 주세요!"

"이 시간에는 환자를 받지 않는데……."

"제발 살려 주세요!"

유상진은 발로 문을 걷어차며 소리쳤다. 그 소란스러움에 상대는 결국 굴복했다.

"으음…… 잠시만 기다리시오."

문이 열리고 염소수염의 중늙은이가 모습을 드러냈다. 못마땅한 표정으로 유상진을 바라보던 늙은이는 그의 등에 업힌 여자를 힐끔거렸다. 여자는 눈을 까뒤집고 있었다. 중늙은이는 여자의 손목을 짚어 본 후 턱을 까딱였다.

"따라오시오."

"감사합니다."

유상진은 당당한 걸음으로 중늙은이를 따라 안으로 들어

갔다. 그는 목대토가 했던 말을 떠올렸다.

"강허심은 내일 오전 중에 제민의방에 갈 거야. 제민의방에는 화타의 재림이라고 소문난 명의가 있거든. 내일 그곳에서 놈을 처리하라고. 놈의 부하들은 어떻게 하냐고? 걱정마. 의방 안으로 놈을 따라 들어가는 건 한두 명에 불과해. 대부분은 의방 밖을 지키지. 그러니까 자네 능력껏 미리 의방 안으로 들어가 기다리고 있으면 돼. 어때? 선금으로 다섯 냥을 주지."

❀

다음 날 아침.

유상진은 여동생(?) 옆에 쪼그려 앉아 꾸벅꾸벅 졸고 있었다. 누군가 그의 어깨를 흔들었다.

"이봐, 이봐."

유상진은 눈을 떠 상대를 쳐다보았다. 어제 문을 열어 준 중늙은이였다.

"예…… 무슨 일이십니까?"

중늙은이는 목소리를 죽여서 말했다.

"자네, 죽은 듯이 여기 꼼짝 말고 엎드려 있게."

"예? 그게 무슨 말씀이세요?"

"자네도 이 근방에 살 테니 잘 알겠지만, 금사단이라고 들어 봤겠지? 그놈들이 여기 와 있어. 괜히 떠들다가 나까지 피해 입게 하지 말고 조용히 있게."

유상진은 몸서리를 치며 답했다.

"예, 물론입니다. 근데 어디 있는데요?"

"이 층 귀빈실에."

중늙은이가 사라진 후 유상진은 망치와 칼을 챙겼다. 아직 새벽이었다. 강허심이 생각보다 일찍 도착한 것이다. 그는 마음의 준비를 하고 귀빈실로 향했다.

귀빈실의 문은 굳게 잠겨 있었다.

유상진은 문을 두들겼다. 누군가의 짜증 섞인 목소리가 대답했다.

"무슨 일이야?"

"저…… 그러니까 ……인데요."

"잘 안 들려, 인마! 좀 크게 말해."

문이 조금 열렸다. 열린 문 틈으로 봉두난발의 얼굴이 보였다. 유상진은 기다렸다는 듯 쇠망치를 휘둘렀다.

"우악!"

문짝이 떨어져 나가며 문 앞에 있던 자가 박살이 났다. 부서진 문짝을 걷어차며 유상진은 안으로 뛰어들었다. 깜짝 놀란 얼굴로 그를 노려보는 자는 모두 세 명이었다.

'빌어먹을! 한두 명밖에 없을 거라더니, 전부 네 명이잖아.'

기습으로 한 놈을 처치하지 않았다면 큰일 날 뻔했다.

남은 놈들은 분노하거나 어리둥절하거나 무표정한, 제각기 다른 얼굴을 하고 있었다. 동료의 죽음이 슬프지도 않은 걸까?

분노한 얼굴의 사내가 나섰다. 유일하게 그만이 동료의 죽음에 감정을 드러내는 듯했다.

"이 새끼야! 나도 좀 먹어 보나 했더니 기어들어 와?"

순간 어리둥절했지만 놈의 손에 들린 골패를 보고 사태를 파악할 수 있었다. 한창 돈을 긁어모으고 있을 때 그가 침입해 판이 깨진 모양이다.

'이런 놈들에게 의리를 기대한 게 잘못이지.'

유상진은 일종의 위협으로 바닥에 쇠망치를 내리찍었다.

"시끄러워! 여긴 의방이잖아. 환자들 생각도 해야지."

유상진의 비아냥거림에 놈의 얼굴이 더 일그러졌다. 한쪽 눈에 안대를 하고 있는 자가 점잖게 입을 열었다.

"이번 판은 나가린 거 알지?"

유상진은 놈이 누군지 알아보았다. 독안룡 정대호다. 다섯 조장 중 한 놈이 여기 있다니 오늘은 길吉보다 흉凶이 많게 생겼다.

다른 한 놈이 재빨리 고개를 끄덕이며 동의를 표시했다.

"두말하면 잔소리지."

정대호는 흡족한 표정으로 유상진에게 시선을 옮겼다.

"여기까지 어떻게 들어왔지? 의방 주위를 지키는 자가 한둘이 아닌데."

"어떻게는 어떻게야, 걸어서 왔지."

"흠…… 이름이 뭐냐?"

"자네들도 잘 알 거야, 유상진이라고."

정대호는 별로 놀란 얼굴이 아니었다. 세상에 자신을 놀라

게 할 일은 없다는 표정으로 담담하게 대꾸했다.

"그렇군. 강 단주를 만나러 왔나?"

유상진은 고개를 끄덕였다.

"그래, 그놈을 처치해야 밤잠을 제대로 잘 수 있을 것 같아서."

"겁도 없군."

"내가 좀 그런 감이 없잖아 있지."

"그런데 말이야, 여긴 어떻게 알았나?"

정대호는 품속에서 쌍비단검雙飛短劍을 꺼내 들며 물었다.

그가 단검을 꺼내자 다른 두 사내도 각자 무기를 빼 들었다. 한 놈은 등에 찬 반월도半月刀를 뽑았고 한 놈은 품속에서 비수를 끄집어냈다.

"목대토가 가르쳐 주더군."

유상진은 조그맣게 웃으며 대답했다.

죽은 후에도 타인에게 영향을 끼칠 수 있다는 건 기쁜 일이다. 그게 안 좋은 영향이라도 말이다. 이제 그가 실패하면 목대토와 귀도회는 박살이 날 것이다.

정대호는 고개를 끄덕였다.

"역시 배후가 있었군."

어떤 신호가 있었는지는 알 수 없지만 그의 말이 끝나기도 전에 다른 두 명의 사내가 한꺼번에 움직였다. 한 명은 유상진의 정면으로 반월도를 휘둘렀고 또 한 명은 측면으로 돌아들며 비수를 찔러 왔다.

유상진은 피하지 않고 쇠망치로 정면의 반월도를 내리쳤

다. 아무 기교 없이 무식하게 힘으로 내리친 것이다. 반월도가 한 박자 빨랐지만 유상진에게는 쇠망치의 무게라는 커다란 이점이 있었다. 반월도가 부러지며 쇠망치는 그대로 사내의 얼굴에 떨어져 내렸다.

퍼억!

사내의 얼굴이 형체도 없이 사라졌다. 유상진은 쇠망치를 내던지며 그 반동으로 뒤로 물러섰다. 간발의 차이로 비수를 찔러 온 다른 사내의 일격을 피할 수 있었다.

날아간 쇠망치는 탁자 두 개를 부수고 벽에 박혔다. 비수를 든 자는 회심의 일격이 실패해 중심을 잃고 휘청거렸다. 유상진은 예도를 뽑아 비수를 든 자의 목덜미를 찍어 버렸다.

동맥이 베이자 피가 폭포수처럼 튀었다. 유상진은 붕괴되어 가는 사내의 목에서 예도를 빼내었다.

정대호는 여전히 그 자리에 서서 지켜보고만 있었다.

'무슨 생각이지? 밖에 있는 자들을 부르지 않는 것은 너쯤은 문제없다는 자신감일까?'

유상진은 피가 뚝뚝 떨어지는 예도를 흔들며 물었다.

"넌 왜 안 덤벼?"

정대호는 기이한 미소를 지었다.

"너와 싸울 이유가 없으니까. 강허심은 이 층 오른쪽 끝 방에 있다. 가 봐."

"뭐?"

"강허심은 나와 금사단의 미래에 관한 견해 차이가 제법 심해서 말이야. 이번 기회에 독립하고 싶군."

유상진의 의문은 그것으로 어느 정도 풀렸다. 정대호는 강허심이 죽기를 바라는 모양이다. 어느 조직이든 알력이나 배신이란 게 존재하기 마련이다.

　"그래? 고맙군."

　유상진은 정대호를 스쳐 지나 계단을 올랐다.

　유상진이 완전히 시야에서 사라진 후 정대호는 야비한 미소를 지었다. 그는 잘생긴 남자였다. 단지 한쪽 눈이 없고 미소가 소름 끼칠 뿐이다.

　"자네 덕분에 두목이 될 테니 내가 고맙지."

　정대호는 혼잣말처럼 중얼거리며 단검을 꺼내 자신의 어깨를 힘껏 찔렀다. 유상진을 그냥 보냈다는 의심을 피하기 위해서다.

　유상진은 문 앞에 서서 생각했다.

　'살아 나올 수 있을까?'

　강허심은 고수였다. 그것도 압도적인 실력의 고수다.

　자신이 이길 가능성은 거의 없다고 봐도 무방하다. 아무리 귀를 막고 머리를 흔들며 아니라고 외쳐도 부정할 수 없는 사실이다. 강허심의 상처가 몹시 심하고 자신이 ≪무경≫의 무공을 쓴다고 해도 감히 이길 수 없는 상대인 것이다.

　'내가 너무 기고만장했나?'

　막상 여기까지 오니 슬슬 겁이 난다.

그러나 이제 와서 돌아갈 수는 없는 일이다. 유상진은 땀에 젖은 손바닥을 바지에 대고 문질렀다. 그리고 다시 예도를 잡았다.

'좋다. 사나이 한 번 죽지, 두 번 죽냐.'

그는 조심스럽게 문을 열고 안으로 들어섰다.

'질렸다. 정말 질렸어.'

제민의방의 주인이자 한때 화타의 재림이라고까지 불렸던 양 의원은 조심스레 마지막 금침을 꽂았다.

일선에서 은퇴해 직접 진맥을 하는 일도 드문 그였다. 침을 놓는 것은 도대체 얼마 만인가? 상대가 금사단주만 아니었다면 직접 시술하는 일은 절대 없었을 것이다. 하지만 코앞에 칼을 흔들며 '부탁'하니 콧대 높은 그도 어쩔 도리가 없었다.

침대에 엎드린 강허심의 등판은 빽빽하게 금침으로 덮여 있었다. 양 의원은 한숨을 쉬며 이마에 흐르는 땀을 닦아 냈다.

"후우, 이제 다 됐습니다."

"으음…… 끝났다고?"

"예. 이제 상처 부위를 째도 아픔을 못 느끼실 겁니다."

"그 말이 틀림없는 사실이겠지?"

양 의원은 두 손을 내저으며 말했다.

"뉘 앞이라고 거짓말을 하겠습니까?"

"한번 시험해 보지."

"예예."

양 의원은 공손하게 대답하며 작은 칼을 집어 들었다. 그리고 마음속으로 강허심에게 욕설을 퍼부었다.

'아무리 아픈 게 싫어도 그렇지. 이렇게까지 마취를 해 달라니…….'

강허심의 오감은 완전히 마비됐을 것이다. 다 큰 사내자식이, 그것도 자칭 협객이라는 작자가 아프다고 그렇게 날뛸 줄은 생각도 못 했다. 상처가 곪은 게 내 탓이란 말인가!

상처 부위를 째서 고름을 빼야 된다고 말하자 강허심은 부모님이 돌아가신 것처럼 호들갑을 떨었다. 그의 비기秘技인 반혼금침대법返魂金針大法이 단순히 고통을 줄이기 위해 사용될 줄은 아무도 몰랐을 것이다.

'됐다, 됐어.'

양 의원은 고개를 흔들었다. 깊게 생각할 것 없다. 상대는 금사단의 단주. 빨리 끝내고 보내는 것이 최선이다.

그는 강허심의 등에 난 길쭉한 자상刺傷을 바라보았다. 자상은 빨갛게 부풀어 올라 있었고, 상처 부위에서 조금씩 고름이 흘러나왔다.

양 의원은 조심스럽게 소도를 상처에 가져다 댔다.

"자, 이제 찌릅니다."

"살살 해라, 살살."

그가 막 소도를 움직일 때, 어디선가 예도 하나가 날아와 상처 부위에 꽂혔다. 피고름이 튀었다. 혼비백산한 양 의원은 소리를 지르려 했지만 싸늘한 손 하나가 입을 가렸다. 그리고 귓가에 나직한 소리가 들렸다.

"쉿!"

예도는 상처 부위를 완전히 헤집고 있었다. 하지만 강허심은 몽롱한 어조로 중얼거렸다.

"오호, 정말 안 아픈데? 쨈 느낌은 나지만 아프진 않아."

양 의원은 잠시지만 자신의 침술에 자랑스러움을 느꼈다. 그렇게 오래 쉬었건만 그의 침술은 조금도 녹슬지 않은 것이다. 하지만……

푹! 푹! 푹!

슬슬 미안해진다.

"그런데 왜 그렇게 여러 번 찌르는 거야?"

양 의원은 아무것도 눈치 채지 못한 강허심에게 인간적인 연민마저 느꼈다.

'저렇게 무딘 놈이 어떻게 악양에서 손꼽히는 고수가 됐지?'

이제 예도는 채를 썰고 있었다.

싸악…… 싸악……

"왠지 어지럽군. 피가 많이 나서 그런가?"

양 의원은 상처와 목숨과의 상관관계에 대해 다시 생각해 보는 시간을 가졌다. 등판이 저 꼴이 됐는데도 입을 놀릴 수 있다는 사실이 믿어지지 않는다. 저놈 혹시 불사신이 아닐까.

흉수도 지겨워진 모양이다. 예도가 심장을 노리고 날아갔다.

"퍽!"

양 의원은 마침내 눈알이 뒤집힌 강허심을 보면서 사람은 필멸의 존재에 불과함을 다시 한 번 깨닫게 되었다. 십여 년간 악양을 종횡하며 악행을 쌓아 온 금사단주 강허심은 그렇게 명계의 문을 넘었다.

양 의원은 덜덜 떨면서 흉수를 바라보았다. 너무도 무서워한마디도 할 수 없었다. 흉수는 이불로 칼에 묻은 피를 닦았다. 입이 귀밑까지 찢어진 것으로 보아 어지간히 기쁜 모양이다.

"선풍도법을 못 써먹은 것이 한이 되는군."

뒤에서 찔러 놓고 저런 소리를 하다니 기가 찰 노릇이다. 게다가 말 사이사이에 새어 나오는 실실거리는 웃음소리는 어떻고?

흉수가 피를 완전히 닦아 내고 몸을 일으켰을 때 양 의원은 중요한 사실 한 가지를 떠올렸다.

'난 안 죽일까?'

어쩌면 목격자를 없애려 들지도 모를 일이다. 보라색 혀를 빼문 채 축 늘어져 있는 강허심의 시체가 눈앞에 어른거린다. 양 의원은 겁에 질려 덜덜 떨었다.

흉수가 그를 향해 걸어왔다.

'이제 내 차롄가?'

양 의원은 입술을 깨물었다. 그가 죽음을 예감할 때, 흉수가 말했다.

"내 얼굴에 붕대 좀 감아 줘."

"예?"

"거기 붕대 있잖아. 밖에서 지키는 애들한테 얼굴 보이기 싫어서 그래."

"아…… 예."

양 의원은 탁자 위에 놓인 하얀 헝겊으로 흉수의 얼굴을 감아 주었다. 붕대로 얼굴을 감아 돌리는데 자꾸 사내가 들고 있는 칼이 눈에 들어왔다.

'설마 이런 것까지 시키고 죽이진 않겠지?'

손이 떨려 시간이 오래 걸렸다. 마침내 두 눈만 남긴 채 흉수의 얼굴 전체를 붕대로 감았다.

흉수는 거울을 보고 제 모습을 확인한 뒤 눈웃음을 쳤다.

"고마워."

"별말씀을요."

"후후후, 그럼 열심히 살라고."

흉수는 양 의원의 볼을 잡아당기며 말했다.

'살았군.'

흉수가 방을 빠져나가고 양 의원은 안도의 한숨을 쉬었다. 그는 산다는 게 참 좋은 것이라는 사실을 뼈저리게 느꼈다.

'앞으론 착하게 살아야지.'

양 의원은 볼에 묻은 피를 닦으며 결심했다.

이제 의방도 접고 그동안 번 돈으로 어려운 사람을 도와 가며 열심히 살아야겠다. 아등바등 돈만 모아서 뭘 하겠나. 사람 목숨이란 게 언제 끊어질지 모르는 것 아닌가.

잠시 후 양 의원은, 목격자를 완전히 없애기 위해 방으로 들어온 독안룡 정대호의 검과 마주했다.

"이런, 젠장."

평생 의술만을 연구하며, 고고하게 살아온 양 의원의 마지막 한마디였다. 아쉽게도 범인凡人들의 마지막과 별 차이가 없었다.

그가 죽은 후 그의 재산은 후처와 후처의 세 아들들이 나눠 가졌고 삼 년도 못 버티고 도박으로 탕진해 버렸다.

❦

"자, 거기 서게."

정대호는 상대가 시키는 대로 조그마한 거적때기 위에 섰다.

'앉게'도 아니고 '서게'인 데다 방석도 의자도 아닌 거적때기 위라니…….

하지만 정대호는 조금의 불만도 없었다.

호남 제일의 거부인 황 부자를 만나게 됐는데 엎드리면 어떻고 물구나무를 서면 어떻겠나. 천하에서 세 손가락 안에 꼽히는 갑부이며 고관대작들을 한 손에 넣고 휘두른다는 암중의 권력가. 황 부자는 말 그대로 당대의 거물이었다.

널따란 대청은 예상외로 검소한 편이었다. 하지만 격이 있고 정갈한 모습이 명문대가임을 느낄 수 있게 해 주었다.

자수성가한 벼락부자인 황 부자가 이런 고상한 취향을 가지고 있을 리는 없는 일. 원래 악양의 명문이었던 배가장裵家莊의 배상훈, 배 대인의 기업을 빼앗고 갈취한 것이다. 황 부자는 합법을 가장해 남의 등을 치는 일에 능했다.

정대호의 정면 십장생 병풍 앞에는 황 부자가 거만한 자세로 태사의에 몸을 기대고 있었다.

"그래, 강허심이 죽었다고?"

부드럽고 따뜻한 목소리. 황 부자의 표정은 '그 불쌍한 녀석이 왜 죽었지? 정말 슬프군.'이라고 말하는 듯했다.

정대호는 혀로 입술을 축이며 대답했다.

"예, 그렇습니다."

뛰어난 무술 실력을 제외하고는 머리도 나쁘고 성깔도 더러워 아무런 장점도 없는 강허심이 악양에서 십 년도 넘게 버틴 것은 결코 우연이 아니었다. 황 부자의 보이지 않는 비호가 있었기 때문이다.

일의 성격상 수많은 눈엣가시를 만나게 되는 황 부자로선 귀신도 모르게 눈엣가시를 잠재워 줄 사람이 필요했던 것이다. 강허심은 여러모로 문제가 많은 인간이었지만 사람 죽이는 일 하나만은 아주 잘했다.

황 부자가 물었다.

"자네 이름이 뭔가?"

"정대호라고 합니다."

정대호는 머리를 조아리며 대답하고는 회심의 미소를 지었다.

'늙은 여우가 관심을 보이는군.'

강허심이 죽은 이상, 황 부자도 새로운 수하가 필요할 것이다. 황 부자에게 인정을 받으면 곧바로 금사단의 새 단주가 될 수 있다. 다른 조장들과 칼부림을 할 필요도 없다.

'역시 사람은 머리를 써야 해.'

정대호는 곧 단주가 될 수 있다는 기쁨에 가슴이 터질 듯했다.

"음…… 그래, 그렇군. 그런데 허심이가 어떤 놈에게 죽었다고? 아, 그놈 이름이 뭐라고 했지?"

"유상진입니다."

"그래, 유상진. 그놈은 어떤 놈인가?"

"제 생각엔 귀도회에서 초빙해 온 흑도의 고수가 아닌가 합니다. 명령만 내리시면 즉시 귀도회를 끝장내겠습니다."

물론 유상진이 별 볼일 없는 놈이란 사실은 잘 알고 있다. 하지만 놈을 띄워 줘야 강허심의 죽음에 대한 의혹이 줄어든다.

"의방에서 완전히 당했다던데, 사실인가?"

"예."

노인은 혀를 찼다.

"쯧쯧, 분별없는 짓이야. 정말로, 그렇게 조심성이 없어서 어떻게 두목 노릇을 했는지……."

정대호의 입가에 희미한 미소가 어른거렸다. 그는 '전 조심성 빼면 시쳅니다.'라고 말하고 싶은 걸 억지로 참았다.

"그런데 자네, 음…… 이름이 뭐더라?"

"정대호입니다."

"아, 그래. 그렇지……."

노인은 한숨을 쉬며 말했다.

"늙으면 정신이 없어서……."

정대호는 소리 높여 외쳤다.

"아닙니다, 아직 정정하십니다."

"거짓말 말게."

하지만 노인의 입가엔 만족한 듯한 미소가 걸렸다.

"좋아, 좋아. 자네가 그렇게 좋은 말을 해 주었는데 내가 가만히 있을 수 없지. 자네에게 허심이의 뒤를 맡기겠네."

"백골난망입니다. 꼭 이 은혜에 보답하겠습니다."

정대호는 기쁨에 몸을 떨며 대답했다.

"그런데 말일세…… 혹시 자네, 강허심이에게 무언가 비밀 이야기 같은 것을 들은 적이 없나?"

"예? 비밀 이야기라뇨?"

정대호는 어리둥절해졌다.

"강허심이…….."

노인의 말이 채 떨어지기도 전에 정대호가 말했다.

"아! 前전 강 단주가 관리하던 고리대 명단을 말씀하시는 겁니까? 걱정 마십시오. 제가 전부 알고 있습니다."

정대호는 노인이 강허심을 통해 제법 짭짤한 돈놀이를 해 왔음을 알고 있었다.

귀신 돈은 떼먹어도 금사단 돈은 못 떼먹는다.

악양에 널리 퍼진 말이다. 그 돈이 모두 황 부자의 주머니에서 나온 것이었다.

노인은 크게 한숨을 쉬며 말했다.

"후우…… 그게 아닐세."

"예? 그럼 무슨?"

"자네, 정말 모르나? 정말이야?"

"저, 전…… 무슨 말씀을 하시는 건지……."

정대호는 알 수 없는 불안감에 말까지 더듬었다.

노인의 표정이 변했다.

"난 자네가 알고 있을 줄 알았는데……."

"그게 정확히 어떤……."

"그만두지."

노인은 귀찮다는 듯이 고개를 흔들었다.

노인이 고개를 흔든 것이 일종의 신호였던 모양이다. 갑자기 천장에서 검은 연기가 뿜어져 나왔다. 연기는 차츰 뭉쳐지면서 사람의 형상을 갖추기 시작했다.

우선 얼굴 모양이 생기고 그다음은 길쭉한 손가락이었다. 그 손에는 한 자루 낫이 들려 있었다. 다른 곳은 여전히 형체 없이 어둠뿐이었다.

검은 그림자가 정대호의 등 뒤로 다가섰다. 정대호는 아직까지도 그림자의 존재를 눈치 채지 못하고 있었다. 그만큼 그림자의 움직임은 조용했다.

그림자 사이로 낫이 튀어나와 정대호의 머리 한가운데를 관통했다. 그는 머리에 칼날이 박히는 순간까지도 어리둥절한 얼굴이었다. 자신이 죽는다는 것조차 몰랐던 것이다.

정대호의 몸이 거적때기 위로 쓰러졌다. 콸콸 쏟아지는 피가 거적때기를 흥건하게 적셨다.

쓰러진 정대호를 보며 황 부자는 나지막이 중얼거렸다.

"네놈이 강허심이의 죽음에 관계가 있다는 걸 모를 줄 알았나? 흠, 그래도 그것만 알고 있으면 죽일 생각은 없었는데……."

황 부자는 고개를 들었다.

문이 열리고 흑의 사내 두 명이 나타났다. 그들은 능숙한 솜씨로 거적때기에 정대호의 몸을 쌌다. 어찌나 솜씨가 좋은지 피 한 방울 허투루 흘리지 않았다.

흑의 사내 중 한 명이 물었다.

"시체는 어떡할까요?"

"밖의 개들에게 잘라 줘. 요즘 굶주린 모양이던데."

"예."

사내들은 거적때기를 양쪽에서 잡고 밖으로 나갔다.

노인은 바닥에 피 한 방울 묻지 않았음을 확인하고 빙그레 웃었다. 그러다가 갑자기 입을 열었다.

"어떻게 생각하나?"

정대호를 죽인 후 다시 한 줄기 암연으로 변한 그림자 속에서 약간 쉰 듯한 저음의 목소리가 흘러나왔다.

"글쎄요. 모든 일은 강허심 혼자 처리했으니까요. 몇 명을 동원했는지 어디까지 침투시켰는지…… 모든 것을 말입니다. 만일을 대비해 우리에게까지 불똥이 튀지 않게 하기 위한 조치였는데, 이런 결과를 가져올 줄은 몰랐습니다."

"그놈들이…… 그 유상진이란 자를 보냈을 가능성은?"

"그렇지는 않을 겁니다. 놈들이라면 자객을 보내는 치졸한 방법을 쓸 필요가 없을 테니까요."

노인은 고개를 끄덕이며 말했다.

"그렇겠지. 놈들이라면 그냥 공급을 끊어 버리는 것만으로 보복이 될 테니까.”

“처음부터 다시 시작하지요. 몇 년 걸리겠지만 별수 없잖습니까.”

노인은 한숨을 쉬었다.

“그건 최후의 방법이야. 더 이상은 기다릴 수 없어. 내 재산이 아무리 많다고 해도 그건 힘든 일이지. 지금처럼 지출이 계속되었다간 오 년 내로 파산이야.”

“그렇다면 어떻게 할까요?”

“우선 유상진이란 녀석을 잡아 와. 강허심이 죽기 전에 그에게 무슨 말을 했을지도 모르니까.”

“알겠습니다.”

“그리고…….”

“말씀하시죠.”

“아까 시체를 가지고 나간 놈들. 피는 안 흘렸을지 모르지만 시신을 다루는 예의란 게 전혀 없더군. 그냥 물건 다루듯이 하다니, 정말 창피한 노릇이야. 요즘 젊은이들은 예禮를 몰라.”

“옳으신 말씀입니다. 제가 처리하겠습니다.”

　　　　　　　　　●

유상진은 단정한 자세로 앉아 있었다. 예도를 무릎 위에 놓은 채 그는 앞에 놓인 책을 바라보았다.

≪무경≫.

낡은 책의 제목이다.

갑자기 유상진의 손이 예도를 잡아 갔다. 찰나의 순간에 이루어진 강렬한 베기. 순간적으로 공기마저 잘라 낸 것처럼 장내가 차갑게 얼어붙었다. 하지만 그런 기운은 여름날 얼음 녹듯 순식간에 사라져 버렸다.

'아직 멀었군.'

유상진은 예도를 놓은 채 눈을 감았다.

일 초도 완전히 익히지 못했다. 반년간의 도망자 생활로 진중하게 도를 익힐 기회가 없었기 때문이다.

최소한 그렇게 생각하는 것이 속 편하다.

'빌어먹을! 제일 자신 있는 도를 골랐는데도…….'

≪무경≫에는 내공심법에서부터 시작해 권각법, 검법, 도법 등의 다양한 무공이 수록되어 있었다. 그중에서도 선풍도법을 고른 것은 그가 요리사였기 때문이다.

하루 종일 칼을 휘두르는 직업이 아닌가.

'내가 너무 조급하게 생각하는 것일지도 모르지.'

유상진은 폭주하려는 마음을 다잡은 채 중얼거렸다.

그는 ≪무경≫을 집어 들고 사정없이 찢었다. 찢은 책은 촛불에 태웠다. 이제 완전히 외운 책, 괜히 들고 다니다 벼락 맞을 필요는 없다.

유상진은 날이 밝자마자 다보루로 가 목대토에게 돈을 받고 이곳을 뜰 생각이었다. 물론 그 전에 방세 운운하며 협박을 늘어놓았던 허 씨에게 세상의 험악함을 알려 줘야겠지만 말이다.

우리는 지금 다보루로 간다

　다보루는 손님들로 북적거렸다. 하얗게 날이 선 칼과 창으로 무장한 일단의 사내들이 술과 안주를 산더미처럼 시켜 놓고 먹고 마시는 중이었다.

　가게가 손님들로 북적임에도 왕 씨의 표정은 그리 밝지 않았다. 손님도 손님 나름이기 때문이다.

　사내들의 중심에 있던 목대토가 웃으며 말을 걸었다.

　"명예 회주님, 걱정 마십시오. 부서진 기물은 저희가 모두 변상하겠습니다."

　왕 씨는 억지로 고개를 끄떡였다. 말이 좋아 명예 회주지, 기실로는 권력 다툼에서 밀린 후 간신히 목숨은 부지하고 있는 정도였다. 회에서 쫓아내고선 명예 회주라고 적당히 이름만 붙여 준 것이다.

하지만 목대토가 하는 일에 토를 달았다간 병풍 뒤에서 향 냄새 맡을 일이 생길 수도 있다.

"어험. 장, 장사를 해야 하니 빨리 끝내 주게."

"물론입니다."

목대토는 정중하게 말을 이었다.

"위험한 일이 있을지 모르니 잠깐 자리를 비켜 주시죠."

"으응, 그래야지."

왕 씨는 황급히 주방으로 들어갔다. 그 뒷모습을 보며 목대토는 차갑게 웃었다. 그는 부하들을 돌아보며 말했다.

"너희들도 슬슬 나가 봐. 내가 유상진과 이야기하다가, '어제 일은 아주 훌륭했어.'라고 말하면 그때 안으로 들어와."

"예."

"그리고……."

목대토는 뜸을 들이며 장한들을 하나하나 살펴보았다. 그리고 빙그레 웃으며 덧붙였다.

"놈을 죽인다."

부하들이 고개를 끄떡인 후 가게를 빠져나갔다.

다보루에는 목대토 혼자 남았다. 그는 빈 의자에 앉아 계획을 정리했다.

강허심의 죽음으로 금사단은 거의 붕괴되었다. 다섯 조장 중 서열 일 위인 정대호는 흔적도 없이 사라져 버렸고 남은 세 명은 후계자 자리를 놓고 이전투구를 벌이고 있었다. 녀석들이 자기들끼리 치고받으며 힘이 빠지길 기다리다가 적당한 때 나서서 악양을 차지하면 되는 것이다.

물론 악양에 금사단과 귀도회만 있는 건 아니었다. 흑도당이니 대풍방이니 하는 잡동사니 방회들도 널려 있다. 하지만 거기엔 밥을 먹으니 밥통이요, 옷을 입으니 옷걸이 같은 놈들밖에 없었다. 머리를 쓸 줄 아는 놈도 제대로 된 무공을 익힌 놈도 없다는 얘기다. 소매를 한번 떨치기만 해도 다 나가떨어질 것이다.

'이제 귀도회가 악양을 차지하게 되는 거지.'

이 모든 것은 유상진의 공이었다.

유상진이 강허심을 없애 주지 않았다면 오늘과 같은 일은 질대로 일어나지 않았으리라. 목대토는 명백한 사실을 외면할 정도로 몰염치하지는 않았다. 유상진은 귀도회에 있어 은인이나 마찬가지였다.

하지만 황금 스물다섯 냥이라면 충분히 염치 불구할 만했다. 게다가 제반 경비 일체라니, 놈이 얼마를 요구할지는 부처님도 모를 일 아닌가.

'흐흐흐. 최대한 아픔 없이 죽여 주마.'

죽여서 적당히 야산에 묻거나 동정호에 빠뜨려 버릴 생각이었다. 아니면 인육 시장에 팔아도 되고. 그는 악양 뒷골목에 커다란 인육 시장이 있는 걸 알고 있었다. 귀도회가 악양을 장악하면 그쪽에 손을 뻗칠 생각도 있었다.

그는 유상진의 죽음을 애도하며 죽엽청을 한 모금 마셨다.

"잘 가라고, 유상진."

"사람이 말이야, 남의 생각도 할 줄 알아야지."

고대수는 길을 따라 걸으며 쉬지 않고 투덜거렸다.

그깟 빈민촌의 애송이 하나를 잡는 데 자신까지 가야 한다는 사실이 도통 믿어지지 않았다. 지금은 약간 쇠락했지만 한때는 호남의 살인귀라고까지 불리던 그가 아닌가. 전성기에는 반나절 동안 한 마을의 씨를 말려 버린 적도 있었다.

그런데 이게 뭔가!

그는 힐끔 뒤를 돌아보았다. 무표정한 얼굴의 세 사내가 반보쯤 뒤에서 따라오고 있었다. 한참 동안 노려봤지만 그들은 눈곱만큼의 표정 변화도 없었다.

'질리는 놈들이군.'

황 부자의 사병이자 사육물인 혈마대血魔隊다.

노예시장에서 다섯 살 내외의 어린애를 사다가 십 년간 권각법과 무기 쓰는 법, 사람을 고문하는 법 등을 가르친다. 훈련은 아주 혹독해 다섯 명 중 한 명 정도가 성인이 될 때까지 살아남는다고 했다. 훈련과 피의 맹세 그리고 고통을 잊게 만드는 약물 등을 통해 그들은 중원에서 가장 순종적인 동시에 가장 잔인한 무사들이 되었다.

혈마대는 오직 황 부자의 명령에만 따르는 것으로 유명하다. 황 부자가 원한다면 십 년 사귄 애인도 처치할 놈들이란 것이다.

고대수는 그 말을 믿지 않았다.

사람이란 게 충성이니 의리니 떠들어도 결국은 다 본인을 위해 사는 법이다. 혈마대 놈들도 겉으로는 무뚝뚝하고 냉혹해 보일지 몰라도 실제론 뒷돈도 챙기고 황 부자 욕도 하고 그럴 줄 알았다.

그런데 실제로 만나 보니 웬걸, 듣던 것보다 더한 놈들이었다. 반 시진 동안 걸어오면서 말 한마디 안 하는 놈들은 처음 봤다. 무림의 대선배를 만났으면 살살거리면서 설레발도 치고, 좀 그래야 하는 거 아니냔 말이다.

고대수는 간신배처럼 난 턱수염을 꼬며 생각했다.

'나 하나를 보내든지 저 세 놈들만 보내든지 할 것이지.'

아무튼 명령은 명령이다. 특히 이번 명령은 황 부자가 직접 내린 것이었다. 반드시 완수해야 한다.

"바로 저기가 다보루군."

죽일 놈들이 이번에도 대답이 없다. 고대수는 짜증이 솟구치는 걸 억지로 참았다. 이제 화끈한 살인으로 이 화를 풀어야 할 것이다.

＊

정탁기, 금불위, 허문강.

금사단의 세 조장이 앞장을 서고 이십여 명의 흑의 장한들이 뒤를 따랐다. 마침 장날이라 거리는 매우 북적거렸지만 그들이 가는 곳은 시원하게 길이 뚫렸다.

엄장嚴壯 큰 작자들이 스무 명도 넘게 병장기로 무장하고 으스스한 눈빛을 흘리며 지나가는데, 그들 앞을 막아설 배짱이 있다면 그게 더 이상한 일이다.

심지어 포졸들조차 정의 구현과 신변 안전 사이에서 고민하다가, 다른 쪽에서 정의를 구현해야겠다는 생각에 인근 객잔으로 뛰어들어 지명수배자를 찾기 시작했을 정도다. 그만큼 지금 시장을 뚫고 지나가는 금사단원의 면면은 화려했다.

정탁기.

그는 군문軍門에서 무공 교두로 있다가 군량미를 빼돌린 것이 드러나 악양으로 도망쳐 온 자였다. 지금은 금사단의 삼 조장으로 별호는 조도귀操刀鬼라고 했다.

금불위.

그는 본래 녹림도로 월영산月迎山의 천기채天機寨라는 그럴듯한 산채의 부채주였는데, 산중 생활이 지겹다고 악양으로 내려와 금사단의 사 조장이 된 인물이었다.

허문강.

그는 육합문六合門의 적전제자嫡傳弟子로 금지된 무공을 익혔다가 파문된 자였다. 지금은 금사단의 오 조장이다.

정탁기가 다른 두 조장을 돌아보며 말했다.

"도착하기 전에 한 가지 분명하게 해 두지. 유상진, 그자를 죽이는 자가 다음 단주다."

금불위와 허문강 모두 무뚝뚝한 얼굴로 고개를 끄덕였다.

얼마 전까지만 해도 금사단이란 이름 아래 똘똘 뭉쳤던 그들이었다. 강허심의 죽음 이후, 가장 막강한 단주 후보자인 일 조장 정대호를 없애기로 하고 의형제를 맺기도 했다. 정대호가 실종되자 옳다구나 하고 개싸움을 벌였지만 부하들이 너무 많이 죽자 이런 해결 방법을 생각해 내게 된 것이다.

금불위가 덧붙였다.

"패배자는 꼬리를 말고 떠나는 거지."

"물론."

일이 끝나면 생각이 어떻게 바뀔지 모르지만 일단은 세 사람 모두 자신 있게 대답했다.

그들은 묘한 얼굴로 서로를 노려보다가 다보루를 향해 발걸음을 옮겼다.

❦

목대토의 얼굴이 일그러졌다. 주렴을 들치고 일단의 장한들이 가게로 들어선 것이다. 처음에는 거만한 목소리로 꺼지라고 외치려고 했는데, 들어서는 자들의 얼굴을 보고 입을 다물었다.

놈들은 금사단이었다.

'빌어먹을. 왜 저놈들이 여기에?'

내분에 휩싸여 열심히 칼부림을 하는 중이라는 소문에 안심하고 있었는데 조장 세 명이 한꺼번에 나타날 줄은 생각지도 못했다. 몸을 숨기기엔 이미 늦었다.

목대토는 신발 끈을 매는 것처럼 고개를 숙였다.

'못 알아봐라. 못 알아봐라.'

그의 희망대로 그들은 목대토를 신경 쓰지 않고 주방에서 왕 씨를 끌어냈다.

"이봐, 유상진 그놈 어디 있어?"

"그만뒀는데요."

왕 씨는 황망한 얼굴로 주위를 살폈다. 부서진 기물은 변상하겠다고 큰소리 펑펑 치던 목대토가 어디 있나 찾고 있는 것이다. 목대토는 탁자 아래 납작하게 엎드려 신발 끈을 매는 데 열중하고 있었다.

"그만두긴, 새끼야. 어디 있는지 말 안 하면 네가 죽어."

목대토는 얼굴을 가린 채 그들이 나가기만을 기다렸다. 왕 씨를 데리고라도 빨리 나가라. 제발······.

그러나 주루 안은 좁았다. 누군가 중얼거렸다.

"저기 저놈, 뭐 하는 놈인데 신발 끈을 하루 종일 매?"

"어디?"

금사단원들이 목대토 주위를 에워쌌다.

"야, 너. 고개 들어 봐."

목대토는 망설이다가 어색하게 고개를 들었다.

"이봐들, 오랜만이야."

그들은 목대토의 얼굴을 확인하고 어리둥절한 표정을 지었다. 의아함은 곧 분노로 변해 갔다.

금불위가 물었다.

"목대토, 여긴 웬일이신가?"

목대토는 억지웃음을 흘리며 더듬더듬 대답했다.

"나야, 여기 명예 회주님이 계시니까 회에 어려운 일이 있을 때마다 들러 본다네. 자네들이야말로 여긴 웬일이야? 금사단 조장 셋이 한꺼번에 다니는 건 처음 봤는데……. 참! 밥을 먹으러 왔겠군. 그럼 맛있게 먹게. 나도 좀 더 있고 싶지만 바쁜 일이 있어서……."

목대토는 어색한 동작으로 몸을 일으켰다.

하지만 누구도 그에게 길을 내주지 않았다. 험상궂은 금사단원 한 명이 가긴 어딜 가냐는 듯 날이 시퍼런 칼날을 그의 아랫배에 들이밀었다.

허문강이 입을 열었다.

"그렇지 않아도 네놈도 눈엣가시였지."

"그게 무슨 소린가? 눈엣가시라니? 서로 모르는 사이도 아니잖아. 전에 내가 밥 샀던 거 기억하지? 그렇지?"

"아니, 모르겠는데."

허문강은 냉담하게 말했다.

"유상진이 어디 있는지 알려 주면 살려 주지."

"유상진? 그놈이 누군데?"

목대토는 의뭉을 떨어 봤지만 소용없었다. 정탁기가 무슨 낌새를 챘는지 눈을 번쩍이며 말했다.

"어쩐지, 놈이 다보루 출신의 요리사라는 게 마음에 걸리더니……. 네놈이 시킨 짓이었겠지?"

"아니, 지금 무슨 이야기를 하는 거야? 내가 그럴 사람이야? 난 여기가 귀도회의 명예 회주님이 경영하시는 곳이라서 온 것뿐이라니까. 믿어 주게나."

억울하다는 듯 손을 내젓는 목대토의 등은 어느새 식은땀으로 젖어 들었다. 하지만 금불위 등은 더 이상 들을 필요도 없다는 듯 무기를 꺼내고 있었다.

"짜식…… 그런 짓을 벌였으면 대가리 박고 숨어 있어야지, 어딜 싸돌아다녀?"

목대토는 애써 용기를 냈다.

'좋아. 차라리 잘된 건지도 모르지, 악양을 잡으려면 어차피 해치워야 했을 놈들이니…….'

놈들은 조장 셋까지 스무 명이 조금 넘었다. 다보루 주위에 잠복한 그의 부하는 모두 스무 명. 기습으로 한 놈씩 처리하면 서로 동등한 상황이 된다.

놈들 중에 조장이 셋이라는 걸 고려하면 그가 불리하다. 하지만 지금은 유리, 불리를 따질 때가 아니었다. 당장 죽게 생긴 것이다.

그는 새벽 수탉처럼 목을 빼며 소리쳤다.

"쳐라!"

동시에 노끈을 꺼내 쥐며 정탁기를 향해 몸을 날렸다. 하지만 정탁기의 검이 더 빨랐다. 수년간 군문에서 실전으로 단련된 검술이다. 날이 선 장도가 목을 향해 날아왔다.

목대토는 양손으로 노끈을 당겨 칼끝을 막았다. 새끼를 꼴 때 사이사이에 철심을 박아 넣어 만든 노끈이다. 칼에 베였다고 잘려 나가는 물건이 아닌 것이다. 목대토는 노끈을 올가미처럼 만들어 상대의 칼을 잡아 조였다.

정탁기는 왼손으로 허리에 차고 있던 단검을 움켜잡았다.

"죽어라!"

발도와 동시에 칼끝이 목대토의 가슴팍에 닿아 있었다. 웬만한 사람은 칼이 뽑힌 것도 모를 정도의 빠르기였다.

하지만 목대토도 악양에서 알아주는 고수. 그는 검을 노끈으로 한 바퀴 더 감아 돌리며 오히려 정탁기의 몸에 밀착해 들어갔다. 갑자기 공간이 좁혀지자 도는 목대토의 등 뒤 허공을 베었다.

"이런!"

정탁기의 외마디 탄성.

목대토는 팔꿈치로 상대의 턱을 후려쳤다. 정탁기는 고개를 젖혀 간신히 팔꿈치를 피했다. 그는 칼을 놓고 물러서며 단검을 휘두르려 했다. 그런데 생각대로 움직여지지 않았다. 머리가 어지럽고 다리에 힘이 풀렸다. 팔꿈치에 턱을 빗맞은 모양이다.

그 순간 정탁기의 명치 어름에 목대토의 발끝이 꽂혔다. 발목까지 박혀 들어가는 강렬한 차기였다.

"꾸억!"

정탁기는 인간이 내는 소리 같지 않은 괴상한 비명과 함께 그 자리에 무너졌다. 목대토는 정탁기가 쓰러지지 않도록 무릎으로 머리를 차올렸다가 관자놀이를 향해 쌍수를 날렸다. 정탁기는 비명도 지르지 못한 채 무릎을 꿇었다. 입에서는 핏물과 뼛조각들이 튀어나왔다.

"이 정도 실력으로 귀도회를 노렸단 말이냐!"

목대토는 기세 좋게 외치며 고개를 돌렸다. 한 놈을 쓰러뜨렸으니 이제 둘만 해치우면 된다는 생각을 하면서.

목대토의 동작이 멈췄다. 그의 표정이 묘하게 일그러졌다.

없다. 그의 부하들은 아무도 뛰쳐나오지 않았다.

금사단원들은 그를 바라보며 웃고 있었다. 단신으로 자신들에게 덤빈 목대토의 만용에 찬사를 보내는 것인지 비웃는 것인지는 알 수 없었다.

'이런…… 약아빠진 놈들.'

아무리 겁이 나더라도 그렇지, 회주가 위급한 상황에 빠졌는데 몽땅 대가리를 감출 수 있단 말인가?

'역시 의리가 땅에 떨어진 세상이야.'

귀도회만의 문제가 아니다. 자기 조장이 죽어 가는데도 멀뚱히 불구경하듯 쳐다보는 금사단원들도 문제다.

하지만 무너진 조직의 기강을 걱정할 때가 아니었다. 금불위와 허문강이 빙글거리며 그를 바라보고 있었기 때문이다.

"이 정도 실력으로 금사단을 노렸단 말이야?"

금불위가 낭아봉을 흔들며 비아냥거렸다. 낭아봉에 말라붙은 살점이 떨어져 내렸다. 사람을 죽이고 피도 닦지 않는 모양이다.

허문강이 말했다.

"그래도 정탁기를 없애 준 것은 고맙군."

"불만불평만 늘어놓을 줄 아는 놈이었지."

"거기다 입 냄새도 지독했어."

목대토는 눈알을 굴렸다.

'침착하자, 침착. 여기서 살아남을 방법을 생각하자…….'

금불위가 턱으로 노끈을 가리켰다.

"무기 버려."

목대토는 반사적으로 노끈을 쥐고 있던 손을 놓았다. 노끈이 바닥에 떨어졌다.

무슨 지랄을 하든 간에 이 많은 인원을 상대한다는 것은 불가능하다. 어떻게든 말로써 이들을 설득할 방법을 찾아야 한다. 그는 말라붙은 입술을 혀끝으로 축였다.

'뭐라고 하지? 뭐라고 해야 이놈들이 날 살려 줄까?'

그의 머리는 바쁘게 돌아가고 있었다. 그때 허문강이 돌파구를 마련해 주었다.

"유상진은 어디 있나?"

그래, 유상진! 유상진을 팔아먹으면 된다. 그는 마음을 정하고 재빨리 말했다.

"저는 놈과 아무 상관도 없습니다. 하지만 우연히 놈이 있는 곳을 알게 되어······."

금불위가 피식 웃으며 말을 잘랐다.

"객쩍은 소리 작작 하고 어디 있는지나 말해."

"놈이 있는 곳까지 안내하겠습니다. 저만 따라오십시오."

목대토는 비굴하게 고개를 조아렸다. 귀도회의 은신처로 놈들을 안내할 생각이었다. 그곳에는 사십 명도 넘는 그의 부하들이 있다.

'설마 거기서도 나를 외면하진 않겠지.'

아직 끝난 것은 아니다. 이놈들을 해치우는 데만 성공한다면 전화위복이나 다름없다. 명실상부한 악양의 지배자가 될 수 있는 것이다.

'이놈들, 두고 보자.'

목대토는 속으로 칼을 갈며 앞장서서 걸어 나가려 했다. 그때 금불위가 무덤덤하게 물었다.

"어딜 그냥 가나?"

동시에 허문강이 그의 앞을 막았다.

"예? 그럼……?"

허문강은 턱으로 목대토의 팔을 가리켰다.

"예물을 남겨야지."

목대토는 입술을 깨물었다.

'시팔, 팔 하나를 내놔야 하나?'

보통 이런 상황에서는 '예물을 남겨 두겠소.' 운운하며 뭐든 하나 잘라 주는 것이 관례였다.

전전 대 회주였던 냉수살심冷手殺心 주보운周寶運 역시 금사단과의 항쟁에서 밀리자 한쪽 팔을 잘라 주고 화해를 할 수 있었다. 팔을 잃은 주보운을 없애고 다음 회주로 내정되어 있던 왕 씨를 쫓아낸 다음 목대토, 그가 회주가 되었던 것이다.

남이 할 땐 멋져 보였는데 막상 자신의 입장이 되니 입이 잘 떨어지지 않았다.

목대토는 한참을 망설이다 간신히 입을 열었다.

"왼팔을 사죄의 표시로 남겨 두겠소."

그러면서 바닥에 떨어져 있는 단검을 집으려 손을 뻗었다. 허문강이 고개를 흔들며 그를 제지했다.

"팔이라니? 자네의 그 멋진 포박술捕縛術을 한 팔로 쓸 수 있겠어? 어떻게 먹고살려고?"

"그럼……?"

설마 손가락 두어 개 정도로 만족해 준다는 뜻일까? 목대 토는 약간이나마 희망을 품고 허문강에게 시선을 주었다.

허문강은 교활한 미소를 지으며 말했다.

"우리가 들고 갈 테니 두 다리를 끊으라고."

말문이 막혔다. 두 다리라니. 완전히 폐인으로 만들겠다 는 속셈이 아닌가. 허문강과 금불위는 빙글거리며 그를 바라 보고 있었다.

"싫다면 우리가 끊어 주지."

금불위가 음침한 어조로 말했다.

목대토의 이마에서 식은땀이 흘러내렸다. 그는 단검을 집 던 자세 그대로 굳어 있었다. 어떻게 해야 할지 감을 잡을 수 없었다.

금불위가 히죽 웃었다.

"오호, 한번 해보겠다는 건가?"

목대토는 비굴한 웃음을 흘렸다. 그는 머리를 긁적이며 말 했다.

"그런 게 아니라…… 두 분 형님, 제 말 좀 들어 보십쇼. 그게…….."

사람들이 킥킥대며 웃을 때, 목대토의 눈이 번쩍 빛났다. 그는 앞으로 뛰어나가며 단검을 그어 올렸다. 정면에 서 있 던 금사단원이 반으로 갈라지며 피가 튀었다.

"비켜!"

목대토는 고함을 지르며 사람들을 헤치고 나갔다. 어디선 가 날아온 아미자峨嵋刺에 이마가 찢어졌다. 아미자를 잡아 비틀며 상대를 향해 단검을 휘둘렀다. 얼굴로 피가 튀었다. 그는 상대의 가슴을 어깨로 밀어내며 문을 향해 뛰었다.

막 문을 열고 나가려 할 때, 금불위의 낭아봉이 바람을 가르며 날아왔다. 이대로라면 밖으로 나가기 전에 머리가 박살난다. 목대토는 몸을 틀어 봉 끝을 피했다.

하지만 봉은 멈추지 않았다. 낭아봉은 위로 아래로 파도치듯 움직이며 목대토를 구석으로 몰았다. 목대토는 이를 악물고 낭아봉에 맞서 단검을 휘둘렀다. 낭아봉과 단검이 부딪쳤다 떨어지기를 반복했다.

어느 순간, 금불위가 앞으로 나서며 낭아봉을 그어 올렸다. 낭아봉의 날카로운 가시가 목대토의 눈을 스치고 지났다.

"으아아아!"

목대토는 비명을 지르며 갈지자로 몸을 움직였다. 한 손으로 눈을 부여잡고 다른 손으로 미친 듯이 칼을 휘둘렀다. 손가락 사이로 핏물이 흘러내렸다. 그의 발악과도 같은 움직임에 금사단원들은 분분히 뒤로 물러섰다.

그러나 마침내 목대토의 등이 벽에 닿았다. 그는 동작을 멈추고 거칠게 숨을 내뱉었다. 입에서는 연방 울음소리 비슷한 것이 새어 나왔다.

"흐흐흐."

금불위는 회심의 미소를 지으며 목대토의 옆으로 다가갔다. 그리고 머리통을 향해 낭아봉을 내리찍었다.

챙 하는 금속성과 함께 낭아봉이 허공에서 멈췄다. 허문강의 박도朴刀가 그를 제지한 것이다. 금불위는 의아한 눈으로 허문강을 돌아보았다.

"뭐야?"

허문강의 입가에 미소가 맴돌았다. 그는 그대로 낭아봉을 걷어 내고 금불위의 머리통을 향해 박도를 날렸다.

금불위의 얼굴이 파랗게 질렸다.

"이런 미친놈!"

그는 급히 뒤로 물러섰다. 하지만 박도가 더 빨랐다. 첫 번째 공격으로 가슴이 찢어졌고 두 번째 공격으로 목이 잘려 나갔다. 금불위의 목이 바닥을 굴렀다. 머리 없는 목에서 핏물이 뿜어져 나왔다.

허문강의 얼굴과 몸에도 핏물이 튀었다. 그는 개의치 않고 목대토에게 다가갔다. 목대토는 손으로 눈을 비비고 있었다. 손가락 사이로 피에 물든 살점이 보였다.

허문강은 다짜고짜 칼을 휘둘렀다. 목대토는 한쪽 다리가 서늘해짐을 느끼며 균형을 잃고 쓰러졌다. 박도는 인정사정 없이 다른 쪽 다리도 잘라 냈다.

"으악!"

목대토는 몸을 뒤집으며 비명을 질렀다. 양쪽 다리가 모두 잘리고 나서야 그는 고통을 느꼈다. 다리에 불이 붙은 것 같았다. 이토록 심한 통증이 있을 줄은 몰랐다.

허문강은 손수건을 꺼내 박도에 묻은 피를 닦아 냈다.

"지혈해 줘. 유상진에게 우리를 데려다 줄 놈이니."

금사단원들은 망설였다. 방금 전 허문강이 금불위의 목을 치는 것을 봤기 때문이다. 하지만 허문강이 차가운 눈빛으로 노려보자 급히 목대토를 향해 움직였다.

허문강은 경쟁자가 모두 사라졌다는 생각에 날아갈 듯 기뻤다.

'역시 선공이 최고야. 먼저 때려야 이기는 법이지.'

이날의 혈사가 정리된 후 왕 씨는 다보루 주위를 지켰던 귀도회 무사들에게 넌지시 물어보았다. 그때 왜 목대토의 명령대로 기습하지 않았냐고.

"기습 신호는 분명히 '어제 일은 아주 훌륭했어.'였지, '쳐라!'가 아니었지 않습니까."

귀도회 무사들의 궁색한 변명이었다.

허문강은 왠지 이상한 느낌에 박도를 닦는 손을 멈췄다. 객잔 안이 너무 조용하다. 목대토를 지혈하고 시체를 옮기라고 했는데 아무런 소리도 들리지 않는다.

"얘들아. 무슨……."

뒤를 돌아보며 말하던 허문강이 그대로 멈췄다.

부하들은 모두 우뚝 선 자세로 굳어 있었다. 일부는 목대토 앞에 머리를 박은 채 쓰러져 있다. 고도의 점혈 수법에 제압당한 것이 틀림없다.

"어떤 놈이야?"

허문강은 박도를 쳐들며 객잔을 살폈다. 객잔 안에는 아무도 없었다. 그가 바짝 긴장할 때 등 뒤에서 늙수그레한 목소리가 들렸다.

"넌 뭐 하는 놈이냐?"

'어, 언제…….'

머리보다 몸이 빠르게 반응했다. 그는 몸을 팽이처럼 돌리며 등 뒤로 칼을 날렸다. 박도는 허공을 베었다.

'어디지?'

그가 다시 상대를 찾을 때, 어디선가 음소가 들려왔다.

"혼자서 잘도 노는구나."

그리고 목덜미에 느껴지는 축축한 숨결. 허문강은 직감했다.

'고수군!'

그에 비해 몇 배는 빠른 놈이다.

허문강은 다시 뒤로 몸을 돌리며 도를 그었다. 그러나 이번에도 헛되이 허공을 베었을 뿐이다.

"도법을 보니 육합도문의 문하군."

늙수그레한 목소리가 품평하듯 말했다.

허문강은 몸을 부르르 떨었다.

사문에서 쫓겨난 후 본래의 도법을 버리기 위해 죽을힘을 다했다. 나름 새로운 도법을 만들어 냈다고 자부하고 있었는데, 상대는 두 초식 만에 그의 도법의 유래를 짐작해 버린 것이다.

"근래 육합도문이 쇠퇴하긴 했어도 강도짓을 시키진 않을 터…… 파문 제자인 모양이구나."

"놈!"

허문강은 더 이상 참지 못하고 겨드랑이 밑으로 도를 찔러 넣었다. 이번에도 박도는 허공을 갈랐다.

상대의 웃음소리가 멀어졌다.

허문강은 몸을 돌리며 좌측 상단에서 우측 하단으로 힘껏 칼을 그어 내렸다. 노인이 눈앞에 서 있었다.

"되지도 않는 칼춤은 그만두지?"

노인은 빙그레 웃으며 말했다. 허문강의 칼은 노인의 손에 잡혀 있었다. 노인은 맨손으로 그의 박도를 잡아 종이 쪼가리처럼 우그러뜨렸다.

허문강은 칼을 놓고 물러섰다. 더 싸울 의욕이 나지 않았다. 맨손으로 칼을 구기는 놈을 무슨 수로 상대한단 말인가.

그는 딱딱한 목소리로 물었다.

"노인장은 누구요? 귀도회의 사람이오?"

"내가 저런 새끼 밑이나 닦아 줄 놈으로 보이나? 너희 육합문의 장문인도 나한텐 함부로 못 해."

노인은 손을 뻗어 허문강의 목을 잡았다.

느릿한 움직임이었지만 피할 곳이 없다. 허문강은 비명 한 번 지르지 못하고 목이 부러졌다.

노인, 고대수는 가볍게 웃음 지었다. 오랜만에 저지른 살인이 그의 몸과 마음을 개운하게 해 주었다.

"아, 상쾌하군!"

남들은 그윽한 차향을 즐길 때 인생의 기쁨을 느낀다고 하지만 그는 진한 혈향을 맡을 때 살아 있다는 기쁨을 느꼈다.

그렇다. 그는 변태였다.

"흐흐흐, 놈을 일으켜."

고대수는 눈을 까뒤집고 있는 목대토를 가리키며 말했다.

혈마대에서 나온 두 사내는 능숙한 솜씨로 목대토의 상처를 지혈한 후 몸을 일으켜 세웠다. 전부 세 명이었는데 나머지 한 명은 어디 있는지 보이지 않았다.

그사이 고대수는 점혈된 금사단원들의 목을 하나하나 꺾어 주었다. 옆에서 구경하기엔 닭 모가지 꺾는 것보다 간단해 보였다. 고대수는 마지막으로 손을 털고 장내를 살폈다.

"흠, 다 되었나?"

금사단원들이 모두 혀를 빼물고 있음을 확인한 고대수는 목대토에게로 다가갔다.

목대토의 얼굴은 선혈로 물들어 있었다. 숨을 쉴 때마다 핏물이 흘러내렸다. 고대수는 쯧쯧 혀를 찼다.

"이런 놈에게 진기를 낭비해야 하나?"

그러나 달리 선택의 여지가 없다. 그는 손을 들어 목대토의 명문혈命門穴에 진기를 주입했다.

"으음……."

목대토가 눈을 떴다. 그리고 여기가 어딘가 싶어 주위를 둘러보았다. 그의 바로 오른쪽에 허문강이 혀를 빼물고 죽어 있었다. 왼쪽에는 금불위의 머리통이 굴러다녔다.

"그놈들은 다 죽었으니까 신경 쓰지 마라."

목대토는 눈앞의 노인이 금사단원을 처리했음을 알아차렸다.

"은공恩公은 누구신지……?"

"그건 알 것 없고, 처참하게 죽기 싫으면 유상진이 있는 곳을 말해라."

'죽기 싫으면'이 아니라 '처참하게 죽기 싫으면'이다. 그 순간 목대토는 자신이 늑대 아가리에서 구해져 호랑이 입으로 들어갔음을 알았다.

계단을 따라 흥건하게 핏물이 흘러내렸다. 가게 입구의 오목한 부분에 핏물이 고여 조그만 웅덩이를 만들고 있었다. 열린 문 틈으로 피범벅이 된 다리 한쪽이 보였다.

유상진은 걸음을 멈추고 다리를 유심히 바라보았다. 다리만으로는 누구인지 알 수 없었다. 틈만 나면 싸움이 벌어지는 다보루지만 가게 입구에 피 웅덩이가 생길 정도로 심각한 일은 벌어진 적이 없다.

'이건 최소한 다섯 명은 죽었다는 얘긴데…… 무슨 일이지?'

더 이상 말썽에 휩싸이는 건 질색이다. 어제 죽인 사람만도 다섯이 넘는다. 이제는 피 냄새만 맡아도 토할 것 같은 기분이다. 유상진은 뒤도 돌아보지 않고 달아나고 싶었다.

하지만 황금 스물다섯 냥은 그가 품고 있는 공포와 주저를 날려 버리기에 충분한 금액이었다. 도대체 강허심을 왜 죽였는데! 다 돈 때문이지 않느냐 말이다. 이대로 도망가면 말이 안 된다.

유상진은 오늘따라 거국적인 규모의 칼부림이 일어난 모양이라고 스스로를 안심시키며 살금살금 주루 쪽으로 다가갔다. 조심스럽게 객잔 문을 비집고 안으로 들어가니, 시체들이 눈에 띄었다.

시체는 모두 스무 구도 넘었다. 식탁과 의자를 넘어뜨리고 여기저기 자빠져 있었는데 바닥과 벽은 온통 피로 범벅이었다. 이상한 점은 시체들 대부분이 목이 꺾여 있다는 점이다.

유상진은 시체의 복장을 보고 그들이 금사단원임을 알았다.

'누가 금사단을 건드렸지? 설마 목대토가?'

그때 객잔 구석에서 누군가의 고함이 들렸다.

"인마! 유상진이란 새끼가 어디 있는지 그것만 말하란 말이야!"

유상진은 두 번 놀랐다.

처음 놀란 것은 축 늘어진 채 구타를 당하고 있는 자가 목대토라는 사실 때문이었고, 두 번째로 놀란 것은 그들이 원하는 것이 다른 사람도 아닌 자신이라는 사실 때문이었다.

'세가에서 나온 놈들인가?'

그렇다면 목이 꺾여 바닥에 널려 있는 금사단원들도 충분히 이해가 되었다. 세가의 추적자라면 금사단원 정도야 어린애 손목 비트는 것처럼 간단하게 죽여 버렸을 것이다.

'빨리 도망가야 한다.'

황금 스물다섯 냥과 제반 경비에 대한 생각은 눈 녹듯 사라졌다. 목숨이 중요하지 돈이 중요하겠나.

유상진은 살금살금 뒷걸음쳤다.

그러나 너무 긴장한 탓일까, 발을 잘못 놀려 마룻바닥의 튀어나온 부분을 걸어차고 말았다. 오래된 바닥이 마치 귀곡성鬼哭聲 같은 소리를 냈다.

"누구냐!"

목대토를 두들겨 패던 노인이 고개를 틀며 호통 쳤다.

유상진은 문을 향해 뛰었다. 막 문을 박차고 뛰어나가려 할 때, 머리 위로 세찬 바람이 불어왔다. 그는 반사적으로 걸음을 멈추고 고개를 숙였다. 무언가 둔중한 것이 머리를 스치고 지나갔다. 투척용 단검이 문에 박혔다.

유상진이 멈칫하는 사이 혈마대원 한 명이 그를 향해 달려들며 주먹을 날렸다. 유상진은 마주 칼을 휘둘렀다. 주먹이 닿기도 전에 권풍拳風이 느껴졌다. 그는 머리를 틀어 주먹을 피하려 했다. 강렬한 충격이 어깨에 가해졌다.

"윽!"

유상진은 이를 깨물며 끝까지 도를 그어 올렸다. 어깨의 충격 때문에 조금 빗나가긴 했지만 손끝에 느낌이 있었다. 상대의 손목이 바닥에 떨어졌다. 잘린 손목에서 피가 솟구쳤다. 하지만 혈마대원은 이를 악물고 그의 팔을 잡으려 들었다.

유상진은 두 번 더 칼을 날려 상대를 물러서게 한 후 문을 향해 손을 뻗었다.

그때 쇳덩어리 같이 단단한 것이 손목을 후려쳤다. 손이 힘없이 늘어졌다. 유상진은 깜짝 놀라 뒤를 돌아보았다. 무뚝뚝한 표정의 혈마대원이 문을 가로막고 서 있었다.

'이놈은 또 어디서 나타난 거야?'

유상진은 예도를 휘두르려 했지만 상대의 공격이 더 빨랐다. 두 번째 공격에 예도가 바닥에 떨어졌다. 그의 전신에 주먹과 발길질이 쏟아졌다. 반격은커녕 막을 수조차 없었다.

유상진은 바닥에 쓰러졌다. 상대는 계속해서 그를 걷어찼다. 이러다 죽을지도 모른다는 생각이 유상진의 머릿속을 지배했다.

"항복요, 항복! 그만 때려요! 제발, 그만요!"

그는 사정했지만 발길질은 멈추지 않았다.

그때 고대수가 외쳤다.

"그만!"

유상진은 감았던 눈을 떴다. 사내의 발끝이 코앞에 멈춰 있었다. 그는 안도하며 고개를 들었다. 사내는 무표정한 얼굴로 그를 내려다보고 있었다.

유상진은 부러진 손목을 부여잡고 구석으로 기어갔다. 놈이 다시 때리더라도 덜 맞기 위해서다. 그는 벽에 등을 대고 객잔 안을 살폈다.

혈마대원 한 명은 손목이 잘린 채 바닥에 주저앉아 있고 다른 두 명은 무표정한 얼굴로 그를 바라보고 있었다.

그리고…….

"컥!"

누군가 그의 목을 움켜잡았다. 목대토를 때리던 노인, 바로 고대수였다. 그는 유상진의 따귀를 갈기며 물었다.

"네놈 이름이 뭐냐? 이 배우다 만 것 같은 선풍도법은 어디서 배웠지?"

유상진은 자괴감을 느끼고 있었다. 반년 가까이 수련한 선풍도법으로도 두 놈을 당해 내지 못했다는 사실 때문이다.

그런 자괴감도 고대수가 다가와 선풍도법을 어디서 배웠

냐고 묻는 순간 거짓말처럼 사라졌다. 이제 그를 지배하는 것은 공포였다.

'선풍도법을 알아본다면, 역시 세가의 추적자…….'

고대수가 얼굴에 난 흉터를 문지르며 씨부렁거렸다.

"흐흐흐, 과거 선풍도에 심하게 당한 적이 있지. 넌 누구냐? 화인청과 무슨 관계야?"

유상진은 안도의 한숨을 내쉬었다.

다행히 세가에서 보낸 자는 아닌 모양이다. 근데 이게 안심할 일인가? 이놈들도 위험하긴 마찬가지다. 세가보다 조금 나을 뿐이다.

'뭐라고 하지? 뭐라고?'

유상진은 머리를 굴렸다. 그럴듯한 생각이 떠올랐다.

'화인청의 아들입니다?'

다른 놈들이라면 통할지 모르지만 이 노인네는 아니다. 노인네는 화인청과 원한이 있는 듯했다. 고문 끝에 죽게 될 가능성이 높다.

'그럼 사실대로 세가에서 ≪무경≫을 훔쳤다고 하면?'

분명 노인네는 ≪무경≫을 탐낼 것이다. 고문 끝에 죽게 될 가능성이 더욱 높다.

'입을 다물고 있으면?'

고문 끝에 죽게 될 것이 확실하다.

'빌어먹을…… 세가에 잡힌 것보다 나을 게 없잖아! 어쩌지? 어쩌지?'

그때 어디선가 들려온 목소리가 그의 고민을 해결해 주

었다.

"저놈, 저놈이 유상진입니다."

유상진은 깜짝 놀라 소리가 난 쪽을 보았다. 주방에 숨어 있던 왕 씨가 혈마대원에게 개처럼 끌려 나오고 있었다. 그는 유상진을 손가락질하며 욕설을 퍼부었다.

"바로 저놈이에요. 유상진, 이놈! 하늘이 두렵지 않느냐!"

고대수는 그 말을 듣고 유상진을 노려보았다.

"진짜냐? 네가 유상진이야?"

유상진은 아무 말도 하지 못했다. 이놈들이 적인지 친구인지 알아야 무슨 말이든 할 텐데…….

고대수는 무얼 느꼈는지 고개를 끄덕였다.

"네놈이 맞군."

고대수의 손가락이 유상진의 관자놀이를 찔렀다. 강렬한 아픔과 함께 유상진은 기절했다.

❀

천리추종객千里追從客 이섭은 젖 먹던 힘을 다해 뛰었다. 가공할 속도로 공기 찢어지는 소리가 났다.

"헉, 헉…….."

그는 발을 놀리는 와중에도 배 속에서 삐져나오려는 내장을 다시 집어넣기 위해 애썼다. 내장은 어느새 검게 변색되었고 발을 뗄 때마다 점점이 핏방울이 흩어졌다.

'빌어먹을. 내가 여기 있다고 자랑하는 꼴이군.'

놈들은 핏자국을 보고 그를 쫓고 있을 터였다. 잠깐이라도 시간이 있다면 지혈을 하고 도망치겠지만 그럴 수가 없었다. 놈들은 이미 턱밑까지 따라붙었을 것이다.

실수다. 인육을 다루는 놈들이라기에 우습게 생각했다. 하지만 놈들은 구대문파에 버금가는 세력을 갖추고 있었다. 잠깐 방심했다가 칼을 맞고 만 것이다.

하지만 그도 업계 최고를 자부하는 추적 전문가다. 이대로 죽는다면 천리추종객이라는 별호가 부끄럽다. 죽는 건 의뢰인에게 정보를 전달한 다음이다.

이섭은 갈대숲을 헤치고 들어갔다. 순간, 갈대 사이로 한 자루 검이 날아왔다. 그는 몸을 젖혀 검을 피하며 발을 날렸다. 발에 오는 느낌은 그리 무겁지 않았지만 상대가 쓰러졌음을 알 수 있었다. 그는 다시 몸을 날렸다.

하지만 곧 걸음을 멈출 수밖에 없었다. 갈대 사이로 날이 선 칼날이 튀어나와 있었다. 그 뒤로 칼잡이들의 안광이 매섭게 빛났다.

그는 완전히 포위된 상태였다. 놈들은 그가 이곳으로 도망칠 것이란 사실을 알고 있었던 것이다.

이섭은 입술을 깨물었다.

"누구의 사주를 받고 우리를 정탐하려 했지?"

도산검림을 헤치고 누군가 걸어 나오며 물었다. 큰 키에 창백한 얼굴을 가진 자였다. 흑의 경장 아래로 쌍검이 보였다.

이섭은 아무 말 없이 숨을 골랐다.

'이곳만 빠져나가면 승산이 있다.'

흑의 사내는 피식 웃으며 말했다.

"그냥 잡아가면 될 걸, 괜히 물었나?"

이섭은 흑의 사내의 얼굴에서 비릿한 웃음이 사라지기를 기다렸다가 천천히 입을 열었다.

"가르쳐 주지. 내가 너희 더러운 인육 판매상인 양각양을 밀탐한 이유는……."

흑의 사내의 표정이 굳어졌다.

"말해 봐."

"그 이유는……."

이섭의 목소리가 잦아들었다. 흑의 사내는 얼굴을 찡그리며 한 걸음 다가갔다.

"뭐라고?"

순간 이섭이 입을 오므렸다. 소털처럼 생긴 길쭉한 침이 튀어나와 흑의 사내의 얼굴로 날아갔다.

"이런 개자식!"

흑의 사내는 대경실색해 바닥에 납작하게 엎드렸다. 우모 침은 사내를 지나 갈대숲에 숨어 있던 자들에게 적중했다.

"으악!"

단말마의 비명이 어둠 속을 휘저었다.

흑의 사내는 깜짝 놀랐다. 그의 부하들은 무슨 일이 있어도 소리를 내지 않도록 훈련된 자들이었다. 그런 그들이 비명을 지르는 것으로 보아 침에 극독이 발라져 있음이 틀림없었다.

이섭은 독침을 뱉음과 동시에 그대로 갈대숲을 헤쳐 나

갔다.

"이 새끼!"

사내는 품속에서 칼을 뽑았다. 두 자루 칼이 이섭의 몸을 스치고 지났다. 이섭은 간발의 차이로 칼날을 피해 낸 후 계속 달렸다. 사방에서 고함과 욕설이 들려왔다.

이섭은 그저 달리는 것에만 집중했다. 어느 순간 맑은 공기가 얼굴을 때렸다. 갈대숲을 빠져나와 평원에 이른 것이다. 그것은 포위망을 뚫었음을 의미했다.

'해냈다.'

긴장감이 풀어지자 걸음이 느려졌다. 그때 발목이 찌르르 울리는 통증이 있었다. 둔중한 몽둥이로 얻어맞은 느낌이었다. 이섭은 의지와 상관없이 허공으로 붕 날아올랐다가 바닥에 나뒹굴었다.

"잡았다!"

추적자들의 환호성이 들려왔다. 이섭은 발목을 만져 보았다. 싸늘한 느낌의 수전袖箭 한 대가 발목에 박혀 있었다. 잡아당겨 뽑을 수 없도록 몸통 곳곳에 미늘처럼 생긴 가시가 달린 놈이었다.

더 이상은 도망칠 수 없다. 이섭은 품속에 손을 넣어 검은색 구슬을 꺼냈다. 어린애 주먹 크기의 구슬이었다.

진천뢰震天雷.

최후의 순간을 대비해 준비해 둔 것이다.

그는 다급하게 진천뢰의 심지에 불을 붙였다.

"이쪽이다. 찾아봐!"

추적자들의 발소리가 들렸다. 이섭은 몸을 굴려 수풀 사이로 몸을 감췄다. 도망칠 수 없다는 건 그도 알고 있었다. 단지 심지가 다 탈 때까지 시간을 벌기 위함이었다.

"여기다!"

누군가가 이섭을 발견했는지 소리를 질렀다. 이섭은 진천뢰를 끌어안은 채 벌떡 일어섰다. 서너 명의 칼잡이가 그를 향해 달려오고 있었다. 앞장선 자가 이빨을 드러내며 웃었다.

"너 이 새끼, 이제 죽었어."

이섭은 진천뢰를 던졌다. 칼잡이는 무언가가 날아오자 반사적으로 손에 든 동추銅錘를 휘둘렀다.

이섭은 두 눈을 질끈 감았다.

요란한 폭음과 함께 사방으로 육편이 튀었다. 칼잡이 넷이 한꺼번에 박살 나 사방으로 날아갔다. 이섭도 무사하진 못했다. 그는 불길 속에 빠진 것처럼 몸이 뜨거워지는 걸 느끼며 뒤로 나가떨어졌다.

이섭은 눈을 떴다.

불에 달군 화살로 온몸에 구멍을 뚫은 듯 격렬한 통증이 느껴졌다. 가닥가닥 끊어진 실핏줄로 인해 눈앞이 붉게 보였다. 진천뢰의 강렬한 폭발에도 살아남은 것이다.

그러나 일단의 흑의인들이 굳은 얼굴로 다가오고 있었다.

사로잡혀서는 안 된다. 이섭은 손을 들어 자신의 천령개를 내리쳤다.

하지만 아무런 아픔도 없었다.

"뭐…… 뭐야?"

그는 어깨 쪽을 돌아보았다. 팔이 보이지 않았다. 어깨에는 갈기갈기 찢긴 고깃덩어리가 붙어 있을 뿐이다.

이섭은 비명을 질렀다.

어느새 다가온 흑의 사내가 그의 혼혈昏穴을 짚었다.

한입으로 두말하면 남자가 아니다

第四章

유상진은 눈을 떴다.

주위는 칠흑처럼 어두웠다. 공기는 퀴퀴했고 피비린내가 코끝을 간질였다. 두통이 심했다.

'어제도 죽도록 마셨구먼.'

그는 얼굴을 찡그리며 머리 위를 더듬었다. 아니, 더듬으려 했다. 주전자를 찾을 생각이었는데…… 그런데 팔이 움직이지 않는다.

'뭐지? 왜 팔이 안 움직여?'

유상진은 멍하니 천장을 쳐다보다가 자리에서 일어나려 했다. 하지만 무언가 목과 이마를 조이고 있어 일어설 수 없었다. 팔도 다리도 침대에 고정되어 있다.

'우리 집이 아닌가? 여기가…… 어디야?'

유상진은 정체불명의 무사들에게 얻어맞고 기절했던 사실을 기억해 냈다. 두통이 사라지고 공포가 밀려들었다.

눈이 어둠에 적응하자 머리 위에 걸려 있는 피에 전 쇠갈고리가 보였다. 쇠갈고리는 허공에서 조금씩 흔들렸다. 전부 다섯 개로 그중 두 개에 푸줏간 고깃덩어리처럼 사람이 걸려 있었다. 그들이 걸친 건 속옷 한 장이 전부였는데, 그마저도 피로 물들었다.

"저기요…… 저기요."

유상진은 그들을 불러 보았다. 하지만 대답은 없었다. 이미 죽은 게 아닌지 덜컥 겁이 났다.

맞은편 벽에는 손톱 밑을 파낼 때 쓰는 가느다란 송곳부터 피로 범벅이 된 실톱까지 다양한 고문 도구들이 걸려 있었다.

고문실인 줄은 한눈에 알았다. 그보다는 누가 어떤 이유로 자신을 잡아 온 건지가 중요하다. 그래야 어떻게 처신해야 할지 생각해 볼 테니까.

하지만 놈들이 누군지 모르겠다는 게 문제였다.

'세가도 아니고 금사단도 아니라면 도대체 누구지?'

그때 문이 열리고 배가 볼록하게 나온 중년 사내가 고문실로 들어왔다.

사내는 오 척 단구의 대머리로, 한쪽 볼에 심한 칼자국이 나서 살점이 뺨의 한쪽으로 뭉쳐진 으스스한 인상이었다. 그의 벌거벗은 상반신은 피로 범벅이었다. 한 손에는 아직도 핏물이 흘러내리는 쇠 집게를 들고 있었다.

사내가 피로한 목소리로 중얼거렸다.

"또야? 하루에 세 명은 너무 많아."

유상진은 눈을 감고 자는 척했다.

사내는 쇠 집게를 탁자에 내려놓고는 나무 물통을 집어 들고 그에게로 다가왔다. 머리에 물벼락을 씌워 잠을 깨울 생각인 모양이었다.

"어험. 어험."

유상진은 재빨리 눈을 뜨며 헛기침을 했다. 옷을 입은 채로 물을 뒤집어쓰고 싶지 않아서다.

"깨어났군."

사내는 물통을 내려놓으며 반갑게 말했다. 그리고 다시 쇠 집게를 집어 들며 은근한 목소리로 물었다.

"잘 잤나?"

이곳이 마음에 들지 않으면 어쩌나 걱정된다는 듯한 말투다. 하지만 손에 든 쇠 집게 때문에 믿음이 가지 않았다.

가까이서 쇠 집게를 보니 몸이 저절로 덜덜 떨렸다. 생김새를 보아하니 생이빨을 뽑을 때 쓰는 도구 같았다. 절대로 충치는 건드리지 않을 놈이다. 제일 튼튼한 이빨을 골라 뽑아낼 것 같다.

유상진은 괜히 뻣뻣하게 나가다가 한 대 더 맞을 생각이 추호도 없었다. 가랑비에 옷 젖는다고 조금씩이라도 맞다 보면 평생 고생하게 될 테니 말이다. 이빨은 한번 뽑히면 다시 나지도 않는다.

그는 상냥하게 대답했다.

"예, 잘 잤습니다."

"분위기는 맘에 들어?"

"무, 물……론입니다."

사내는 손가락을 입에 넣어 묻은 피를 쪽쪽 빨아낸 뒤 유상진의 발가락에 걸린 종이 쪼가리를 살펴보았다.

"흠…… 이름이 유상진인가?"

"예."

"일급 분류라…… 노야와 면담을 할 놈이군."

사내는 작게 중얼거린 후 유상진을 바라보며 말했다.

"우선 내 이름부터 소개하지. 난 뇌인지라고 한다. 사람들은 독두사禿頭蛇라 부르지."

유상진은 딱히 대답할 말이 떠오르지 않았다. 명성은 익히 들었다고 하나, 만나서 반갑다고 한단 말인가? 정답게 인사를 나누기엔 장소나 시간, 심지어 자세조차 적당치 않았다.

뇌인지도 비슷한 생각인지 유상진의 신상에 대해 캐묻지 않았다.

"긴말 않겠다. 하나만 명심하도록."

"말씀하십쇼."

"이제 곧 노야와 만나게 될 텐데, 뭐든 묻는 말에 성심성의껏 대답하게. 안 그러면……."

그는 쇠 집게로 뭔가를 비트는 시늉을 했다.

"자네는 재기 불능의 상태가 될 거야."

"물론입니다. 저야 늘 성심성의껏 대답하죠."

유상진은 고개를 주억거리며, 아니 주억거리려고 노력하며 대답했다. 머리를 조이는 무언가 때문에 적극적으로 의사를 표현하는 것이 쉽지 않았다.

"그래, 말이 통하니까 서로 좋잖아."

뇌인지는 흡족한 얼굴로 쇠 집게를 물통에 집어넣었다.

유상진은 조심스레 입을 열었다.

"그런데……."

뇌인지는 쇠 집게에 묻은 피를 닦다 말고 힐끔 유상진을 돌아보았다.

"그런데 뭐?"

그의 부드러운 태도에 유상진은 용기를 낼 수 있었다.

"여기가 어디죠?"

"여긴, 음…… 노야의 의견과 상충되는 생각을 가진 놈들을 교화시키는 장소지."

그는 외모와 달리 자상한 편이었다.

"그렇다면 제가 여기에 잡혀 온 이유가 뭐죠? 전 노야가 어떤 분인지도 모르는데……."

"그건 나도 모르지. 난 다만 고문을 할 뿐이거든. 윗분들 생각이야 내가 어떻게 알겠나?"

"그렇군요……."

뇌인지는 새것처럼 빛나는 쇠 집게를 쳐들며 말했다.

"좋아. 더 질문 없지?"

"예."

"그럼 우선 이빨을 두어 개 뽑고 시작하자고."

"예? 시키는 대로 하겠다고 약속드렸지 않습니까. 왜 그러세요?"

"혹시나 하는 불안감 때문이지. 자네의 머리는 수긍을 했지만 자네의 가슴은 현실을 받아들이지 못했을지도 모르기 때문이야. 나중에 자네가 딴소리를 해 봐. 날벼락을 맞는 건 나라고."

"자, 잠깐! 정지! 멈춰! 이봐요!"

쇠 집게가 다가올수록 유상진은 발광을 했다. 그러다 쇠 집게가 얼굴에 닿는 순간, 입을 다물었다.

"야! 입 벌려!"

"음음……."

유상진은 고개를 흔들며, 아니 흔들려고 노력하며 입을 더욱 꽉 다물었다.

뇌인지는 유상진을 구슬리기 시작했다.

"어허! 충치로 골라 뽑을 테니 걱정 말고 입을 열게. 사실 충치는 뽑아 주는 게 나아."

"음음……."

유상진은 묵묵부답이었다. 뇌인지의 표정이 딱딱해졌다.

"좋아. 경주敬酒를 마다하고 벌주罰酒를 마시겠단 말이지."

그는 유상진의 손으로 방향을 틀었다.

'설마…… 설마……'

쇠 집게가 유상진의 손톱을 꽉 물었다. 하지만 유상진은 망설였다. 이빨을 뽑히는 고통보다는 손톱이 낫지 않을까 하는 생각 때문이었다.

순간의 망설임이 한이 됐다.

"꾸악!"

쇠 집게가 손톱을 뽑아내는 순간 유상진은 비명을 질렀다. 그가 비명을 지를 때 번개 같은 속도로 쇠 집게가 입을 비집고 들어왔다. 유상진은 대경실색해 입을 다물려 했지만 너무 늦었다. 차가운 집게 끝이 혓바닥을 꽉 물었다.

뇌인지는 혀를 찼다.

"쯧쯧, 그거 보라고. 그냥 입을 벌렸으면 손톱은 무사했잖아."

눈과 코, 입에서 한꺼번에 분비물이 흘러내렸다. 유상진은 제발 관용을 베풀어 달라는 눈빛으로 그를 쳐다보았다.

하지만 뇌인지는 실실 웃으며 쇠 집게를 양쪽으로 벌렸다. 유상진으로선 입을 벌리는 것 말고는 다른 선택의 여지가 없었다.

뇌인지는 그의 입 안을 살피며 품평을 늘어놓기 시작했다.

"아하! 자네, 썩은 이가 없군. 그래서 입을 벌리지 않은 거군그래. 치열도 올바르고, 이 정도면 관리를 철저히 했다고 칭찬해 주고 싶군. 이가 빠진 게 몇 개 보이긴 하지만 그건 이해를 해야겠지, 무림인이니까."

유상진은 엉엉 울었다.

'아저씨는 동정심도 없어요? 흑흑…….'

그러나 뇌인지는 요지부동, 눈 하나 깜짝하지 않았다. 그는 심지어 이빨을 가볍게 잡아당기는 장난을 치기까지 했다.

"아파? 아파?"

"ㅇㅇㅇㅇ……."

결국 유상진의 동정심 유발을 목적으로 한 표정 연기가 빛을 발했는지 뇌인지는 잠시 고민하는 눈치를 보였다.

그 고민이란 게 별것 아니었음이 곧 밝혀졌지만.

"어금니가 좋겠나? 앞니가 좋겠나?"

어금니는 잘못 뽑으면 죽는다. 유상진은 최대한 정확한 발음을 유지하기 위해 애쓰면서 앞니라고 말할 수밖에 없었다.

뇌인지는 회심의 미소를 지었다. 그는 정말 사람 괴롭히는 데 희열을 느끼는 게 틀림없었다.

"앞니는 두 개야."

결국 유상진은 손톱 하나와 앞니 두 개를 잃었다.

양각양의 지하 고문실.

장내는 쥐 죽은 듯 고요했다. 나직한 신음만이 가끔 침묵을 깰 뿐이다. 작은 등잔불 하나가 널따란 지하실을 비추었다. 등잔불은 쇠사슬에 묶여 천장에 거꾸로 매달린 남자 옆에 걸려 있었다.

남자는 만세를 부르듯 팔을 늘어뜨렸는데, 한쪽 팔은 어깨 어름에서 잘려 나가고 없었다.

천리추종객 이섭.

바로 진천뢰에 팔을 잃은 이섭이었다. 벗겨진 상체는 화상으로 일그러졌고 대충 묶은 상처 부위에는 피가 배어 있다. 그는 온몸을 축 늘어뜨린 채 미동도 하지 않았다.

등잔에서 흘러나오는 불빛이 제법 강렬했기 때문에 지하실 다른 부분의 어두움이 더욱 짙게 느껴졌다. 이섭의 맞은편에 앉아 있는 자들이 보이지 않는 것도 그런 이유 때문이었다.

털이 수북하게 난 손목 하나가 보이는 것의 전부였다. 털 위로 땀이 흘러내렸다. 손의 주인은 고문 기구를 고르고 있었다. 그는 살갗을 벗기고 뼈를 으스러뜨리는 갖가지 기물奇物들을 마치 애인을 애무하듯 하나씩 만지작거렸다.

사방이 완전히 막힌 지하실 안은 몹시 더웠다.

지독한 땀 냄새와 토사물의 냄새가 혼합되어 숨을 쉬기도 어려울 지경이었다. 그리고 무엇보다도 지독한 공포와 고통의 냄새. 그 모든 것이 지하실을 참을 수 없는 공간으로 만들고 있었다.

어둠 사이로 고문 전문가의 턱이 보였다가 사라졌다. 매끈한 수염을 기른 각진 턱이었다. 그의 입이 열리고 호의를 가장한 목소리가 흘러나왔다.

"이봐, 적당히 해 두라고. 피곤하지도 않아? 조금만 협조하면 좋지 않겠어? 더 이상은 피차 시간 낭비라는 걸 정말 모르겠나?"

이섭은 천천히 머리를 들었다. 그의 얼굴은 형편없이 부어 있었다. 전신에서 흘러내린 피가 얼굴을 가려 눈도 제대로 뜨지 못했다. 그럼에도 그는 단호하게 고개를 좌우로 흔들었다.

"안 돼."

각진 턱이 한숨을 쉬었다.

어둠 속에서 다른 남자의 목소리가 들렸다.

"시작해."

각진 턱의 남자가 한 걸음 앞으로 나섰다. 짙은 음영 속에 사내의 굳어진 얼굴이 보였다. 털북숭이 손가락에는 불에 달군 부지깽이가 들려 있었다.

그가 천천히 묶인 자에게 다가갈 때…….

끼이익!

문이 열리고 빛이 새어 들었다. 곱슬머리의 예쁘장한 사내가 안으로 들어왔다. 양각양 최고의 고문 전문가이자 보안대의 대주大主인 철견鐵犬 방희태였다.

"어떻게 됐지?"

부지깽이를 든 남자는 면목 없다는 듯 고개를 숙였다.

"죄송합니다. 워낙 입이 무거워서……. 지독한 훈련을 받은 놈입니다."

방희태는 빙그레 미소를 지었다. 여인네들이 넋을 잃고 바라볼 만큼 매력적인 미소였다.

하지만 그가 어떤 남자인지 알고 있는 부하들은 겁에 질려 고개를 숙였다.

"그거 마음에 드는군. 첩자란 모름지기 입이 무거워야 하는 거야. 무슨 일이 있어도 불지 않는 것, 그게 바로 진정한 첩자의 자세지."

방희태는 축 늘어져 있는 이섭에게 다가갔다. 그리고 손을 뻗어 이섭의 머리를 들어 올렸다.

"음…… 첩자란 좋은 직업은 못 되는구면. 이 꼴이 되어서도 입을 다물어야 하다니 말이야."

그는 손에 묻은 피를 닦아 내며 물었다.

"놈이 진천뢰를 썼다고 했나?"

뒤에 시립해 있던 사내가 재빨리 대답했다.

"예, 네 명이 목숨을 잃었습니다."

"진천뢰라……."

반경 삼 장을 말 그대로 초토화시켜 버리는 진천뢰는 아무나 구할 수 있는 물건이 아니었다. 산서 벽력당霹靂黨이 화씨세가에 멸문당한 후 무림에 거의 등장하지 않은 귀물이다.

'경쟁 업체의 밀정으로 보기엔 너무 비싼 물건이지?'

최근 그들 양각양이 호황을 누리자 우후죽순처럼 인육방들이 생기고 있었다. 그래 봐야 양각양의 고기 질을 따라오진 못했지만 신경이 쓰이는 건 사실이었다.

이놈도 다른 인육방에서 보낸 첩자일 거라고 생각했다. 하지만 그런 곳에서 보낸 놈이 사흘 내내 고문을 당하고도 입을 열지 않을 리 없다. 진천뢰도 그렇고…….

보안대도 진천뢰를 몇 개 가지고 있긴 했지만, 그것은 고객 중 한 명이 고기 값 대신 내놨기 때문에 생긴 것이었다. 일반적인 문파라면 구경하기조차 힘든 귀물이다. 어딘지 모르지만 좀 더 강력한 문파에서 그들에게 관심을 가진 게 틀림없다.

방희태는 이섭의 얼굴을 다시 한 번 살펴보았다. 엉망이 되었지만 아직 눈이 살아 있었다. 방희태의 입가에 흐릿한 미소가 그어졌다.

"진정한 첩자는 아직 한 번도 본 적이 없는데…… 오늘은 어떨까?"

기대감으로 가득 찬 표정이었다.

"으아아아악!"

끔찍한 비명이 지하실을 갈랐다. 그리고 그 비명은 반 시진 동안 계속되었다.

나름 고문 전문가라 자부하던 보안대의 사내들도 방희태의 고문을 끝까지 지켜보지 못하고 지하실을 빠져나와 한참을 토했다.

언제까지라도 열리지 않을 것만 같았던 이섭의 입도 결국 열리고 말았다. 신음과 울음소리에 섞여 중얼거리는 이섭의 목소리 사이로 방희태의 카랑카랑한 목소리가 더욱 크게 들렸다.

"누구 지시야? 도대체 원하는 게 뭐야? 이곳의 위치는 어떻게 알았지? 말해!"

각진 턱의 사내는 구토를 참으며 이섭의 앞뒤가 맞지 않는 자백을 열심히 적어 내렸다. 심문은 이섭이 숨을 거둘 때까지, 세 시진 동안 계속되었다.

　　　　　　　🐾

유상진이 마침내 노야란 자와 만나게 된 것은 다음 날 점심 무렵이었다. 그는 부러진 손목의 아픔과 치통 그리고 앞으로 일어날 일에 대한 두려움으로 밤새 잠을 이루지 못했다.

"우악!"

"꽤액!"

게다가 옆방에서 들려오는 희미한 비명은 그의 마음을 더욱 싱숭생숭하게 만들었다.

'얘들은 쉬지도 않나?'

천장에 시체들까지 걸려 있으니 밤이 깊어질수록 공포는 커져만 갔다. 그렇게 밤을 꼬박 새우고 초조함에 젖어 있을 때 뇌인지가 나타났다. 밤새 공포에 떨다가 뇌인지의 얼굴을 보니 볼에 난 흉터조차 반가울 지경이었다.

뇌인지는 방금 전까지 작업을 하다 왔는지 기진맥진 물에 젖은 솜처럼 축 처져 있었다. 그는 나무통으로 다가가 물로 겨드랑이를 닦기 시작했다.

"좀 기다려. 온종일 일했거든. 겨드랑이가 완전히 땀에 절었어."

대충 닦아 낸 후 겨드랑이에 코를 대 냄새를 확인했다.

"이제 좀 낫군."

뇌인지는 한숨을 내쉬며 쇠갈고리에 걸린 시체의 속옷을 찢어 겨드랑이를 닦았다. 시체의 불알이 축 늘어지며 유상진 머리 위에서 덜렁거렸다.

뇌인지는 시체를 쳐다보며 투덜거렸다.

"그 새끼 거, 그거 한 대 맞았다고 죽어 버리면 어떡하라는 거야? 하여간 요즘 애들은 정신력이 약해져서 큰일이야."

그러다 갑자기 유상진에게 고개를 돌렸다. 유상진은 열렬하게 외쳤다.

"옳으신 말씀입니다. 요즘 애들은 너무 약해서 큰일이죠, 예예. 다섯 살이 되면 벼랑 아래로 던져서 혼자 힘으로 기어 올라오는 녀석만 키워 줘야 한나니까요."

뇌인지가 뭐라고 하든 무조건 동의할 생각이었다. 더 이상 이빨을 뽑힐 수 없으니까.

뇌인지는 고개를 끄떡이며 유상진에게 다가왔다. 유상진은 최악의 상황을 상상하며 침을 꿀꺽 삼켰다.

뇌인지는 겨드랑이를 내밀며 말했다.

"냄새 나?"

유상진은 토할 것 같은 기분이었다. 겨드랑이에선 노린내가 진동했다. 그러나 예의상 아니라고 말할 수밖에 없었다.

뇌인지는 그 말에 힘을 얻은 모양이었다.

"좋아! 이제 노야를 만나러 간다. 어제 내가 한 말은 기억하겠지?"

"그럼요."

뇌인지는 대답의 진위 여부라도 파악하려는 듯이 가만히 유상진을 훑어보았다. 그리고 흡족하게 웃었다.

"좋아, 좋아. 역시 교육의 효과가 있군."

그가 침대 모서리에 달린 작은 손잡이를 힘껏 잡아당기자 유상진을 잡아매고 있던 형틀이 거짓말처럼 풀렸다. 유상진은 목을 부여잡고 숨을 내쉬었다. 금속 고리가 목을 조르고 있어 밤새 숨 쉬는 것이 괴로웠다.

뇌인지는 득의한 미소를 흘렸다.

"어때, 놀랍지? 하하하, 이곳의 형틀은 모두 기관 장치의 힘으로 이뤄진 거라네."

"아, 예예."

유상진은 고민했다.

형틀이 풀린 이상 뇌인지는 볼품없이 배 나온 중년 남자에 불과했다. 그가 아무리 지쳤다고 해도 저놈 하나는 이길 수 있지 않을까 싶었다. 문제는 저놈을 이긴다고 이곳을 빠져나갈 수 있느냐다.

유상진이 무슨 생각을 하는지 짐작도 안 가는지 뇌인지는 침대를 어루만지며 자화자찬을 늘어놓았다.

"이곳으로 예산을 좀 더 배정받기 위해 얼마나 애썼는지 자네는 모를 거야. 아귀 떼 같은 척살부刺殺部 놈들과 얼마나 크게 다투었는지……."

척살부! 척살부라니!

'탈출은 힘들겠군.'

유상진은 좀 더 시간을 두고 상황을 살펴보기로 했다. 일단 마음을 정하자 오른 손목이 신경 쓰였다. 부러진 채로 꽤 오랫동안 방치되어 이제는 퉁퉁 부어 있었다.

뇌인지도 눈치 챘는지 손가락을 까딱거렸다.

"팔 내 보게."

'치료라도 해 줄 건가?'

약간이지만 뇌인지에게 호감이 생겼다. 생각해 보면 이놈도 그리 나쁜 놈이 아닐지도 모른다.

철컥.

뇌인지는 유상진의 손목에 쇠사슬을 채웠다.

"관례상 손목을 묶게 되어 있어서 말이야. 아파도 좀 참아."

"……."

"따라와. 이쪽으로."

고문실을 나서자 좁은 복도였다. 복도는 허리를 굽히지 않고는 지나갈 수 없을 정도로 천장이 낮았으며 곳곳에 핏자국이 나 있었다.

"머리를 부딪치지 않도록 조심하게. 적의 침입을 효과적으로 방어하려고 일부러 이렇게 만들었다고 하더군."

천장이 낮아 적이 고개를 숙이고 복도로 들어설 때, 목을 잘라 버린다는 얘기였다.

"그럼 저기 저 핏자국이…… 적의 목을 자른 자국인가요?"

"아니. 급하게 복도로 들어오다가 이마를 부딪친 거야. 여기서 일하는 사람들 중에 이마 안 찢어진 건 나밖에 없을걸."

자신의 작은 키가 자랑스러운 듯 뇌인지는 뿌듯한 미소를 지었다.

복도 양쪽으로 육중한 철문들이 같은 간격으로 늘어서 있었다. 철문은 모두 잔뜩 녹이 슬었다.

"이 문들은 다 뭐죠?"

"잠시 고문이 중지될 때 쉬라고 마련해 둔 휴식처지. 마음에 안 드는 놈들을 가두어 두기도 하고."

'감옥이군.'

유상진은 감옥 안을 살펴보고 싶었으나 —어쩌면 자신이 그곳에 들어가게 될지도 모르므로— 창문이 없어 포기하고 말았다. 하지만 안에서 들리는 나직한 신음만으로도 겁을 먹기엔 충분했다.

복도의 끝에 지상으로 이어진 계단이 있었다. 계단을 따라 올라가자 널따란 회랑이 나왔다. 회랑 한쪽 끝에 커다란 문이 보였다. 그곳은 네 명의 보초가 지키고 있었다.

뇌인지의 위치가 제법 높은 듯 보초들이 일제히 모 심는 시늉을 했다.

"문 열어!"

귀청이 찢어지는 듯한 굉음과 함께 철문이 열렸다.

밝은 햇살이 눈을 찔렀다. 온종일 캄캄한 지하실에 처박혀 있다 밖으로 나오니 머리가 어질어질했다. 유상진은 손을 들어 눈을 가렸다.

뇌인지는 유상진에게 턱짓을 했다.

"따라와."

뇌인지를 따라 철문 밖으로 나가자 수많은 전각들이 시야 가득 들어왔다. 크고 작은 전각들은 거대한 호수를 넓게 두른 형태로 배치되어 있었다. 호수 한쪽으로 커다란 정자가 보였다. 정자 주위는 호수 특유의 습기로 인해 뿌옇게 안개가 깔려 있었다.

'이 호수는 뭐지? 진짜 크네.'

유상진은 눈을 깜빡거리다 곧 사실을 알아차렸다.

동정호다!

동정호 한쪽을 안마당처럼 사용하고 있는 것이다.

전각들 뒤로는 높다란 산이 보였다. 아름드리 소나무에 기암괴석이 어우러져 절경이란 말이 절로 나오는 명산이었다. 전각의 배치로 보아 저 산 역시 이곳 주인의 소유인 듯했다.

유상진은 할 말을 잃었다.

중원 제일이라는 화씨 세가에서 삼 년도 넘는 시간 동안 고용인으로 일했던 그다. 웬만한 규모에는 놀랄 이유가 없는 것이다. 하지만 이곳은 세가보다도 몇 배 이상 컸다.

뇌옥의 시설을 보고 짐작하긴 했지만 노야란 자는 굉장한 부자이거나 거대한 무림 방회의 총수쯤 되는 모양이었다.

'그런 거물이 왜 나를?'

뇌인지의 짜증 섞인 목소리가 들려왔다.

"야! 안 따라와?"

"예예, 갑니다."

마침내 뇌인지가 끌고 간 곳은 으리으리하기 짝이 없는 칠 층 전각이었다. 건물 앞에 '정명전正名殿'이라고 쓰여 있었다. 위를 올려다보니 웅장한 위용에 숨이 막힐 지경이었다.

'이 정도 규모의 건물은 세가에서도 보지 못했는데……'

전각 입구는 세 명의 적의赤衣 위사들이 지키고 있었다. 뇌인지는 특유의 팔자걸음으로 그들에게 다가갔다.

"뭡니까?"

적의인 중 쥐새끼 인상의 위사가 냉랭하게 물었다.

"죄수 호송차 왔네."

"증빙 문서는 가지고 오셨습니까?"

"여기……."

뇌인지는 어색한 동작으로 품속에서 문서를 꺼냈다. 어떻게 하면 좀 더 공손하게 보일 수 있을까 고민하는 모습이 역력하다. 조금 전 지하 감옥을 지키던 위사들에게 보였던 태도와는 너무나 달라 보는 사람이 다 놀랄 지경이었다.

'새끼, 겁먹었군.'

독두사 뇌인지가 겁을 먹은 이유가 궁금하다. 직위의 차이 때문일까? 자리의 차이 때문일까? 아니면 실력의 차이 때문일까?

쥐새끼 위사는 문서를 한번 훑어본 후 유상진에게 물었다.

"네놈이 유상진이냐?"

서로 처음 보는 점잖은 자리에서 반말이라니…….

유상진은 마음이 상했지만 꾹 참았다. 솔직히, 못 참겠다고 또 어쩌겠는가. 괜히 화를 냈다간 매나 몇 대 더 맞을 뿐이다. 그는 비굴하게 웃으며 말했다.

"예."

쥐새끼 위사는 유상진의 목에 걸린 나무쪽을 살펴본 후 고개를 끄덕였다.

"음…… 확실히 인계받았습니다."

"그럼 수고하게."

위사가 유상진에게 턱짓을 했다.

"따라와."

유상진이 힐끔 보니 뇌인지는 뇌옥으로 돌아가고 있었다. 아마 그는 이곳까지밖에 들어오지 못하는 듯했다.

세상 어디든 직위보다는 자리를 중요하게 여기는 법이다. 그러니까 내시 주제에 승상의 멱살을 잡고 흔들 수도 있고 — 왕과 가까운 자리니까— 위사 주제에 고문 전문가를 우습게 볼 수도 있는 것이다—우두머리가 사는 건물에서 일하니까.

유상진은 세가에서 일하던 때가 그리워졌다. 한때 그도 가주가 먹는 음식을 만들며 무소불위의 권력을 휘둘렀었다. 그때는 참 뒷돈도 많이 받았다. 하지만 지금은…….

쥐새끼 위사가 그의 뒤통수를 때렸다.

"고향 생각이라도 하냐? 언제 죽을지 모를 놈이 어디서 딴 생각이야?"

유상진은 쥐새끼에게 덜미를 잡힌 채 정명전으로 끌려갔다.

"아, 아, 이것 좀 놓고요. 제가 갈게요, 예?"

넓은 대전 한가운데 커다란 태사의가 놓여 있었다. 쥐새끼 위사는 태사의에서 열 걸음쯤 떨어진 곳에 거적때기 한 장을 깔았다.

"곧 노야께서 나오실 거다. 여기 서서 기다려."

그 말만 남기고 위사는 휑하니 사라져 버렸다.

유상진은 거적때기 위에서 한 시진쯤을 보냈다. 대전 바닥은 딱딱한 돌로 만든 것이라 그쯤 서 있자 발바닥이 벌겋게 달아올랐다. 하루 종일 먹은 게 없어 배도 고팠다.

'왜 아무도 안 오는 거야?'

유상진은 초조해졌다. 워낙 공사다망하다 보니 그가 여기 있다는 걸 잊어버린 게 아닌가 하는 생각마저 들었다.

'그럼 나가서 얘길 해야 하는 게 아닐까?'

하지만 그럴 배짱이 없다. 그는 심지어 바닥에 주저앉을 용기마저 없었다. 바닥에 앉아 있다가 노야란 작자에게 걸리면 무슨 일이 생길지 누가 알겠느냐란 말이다.

유상진은 어지럼증과 통증 그리고 배고픔과 싸우며 한참 동안 그 자리에 서 있었다. 다리도 아팠고 빠진 이빨도 아팠으며 뽑혀 나간 손톱도 아팠다. 무엇보다도 손목의 통증이 심했는데, 처음에는 찌르르 울리는 정도이던 것이 나중에는 망치로 두들기는 느낌이었다. 이러다 손목을 자르게 되는 건 아닌지 겁이 났다.

'나쁜 놈들, 치료 좀 해 주면 덧나?'

반 시진이 더 지났지만 노야란 작자는 나타날 낌새조차 보이지 않았다. 유상진은 다리에 힘이 풀리는 걸 느꼈다. 짝다리를 짚어 보기도 하고 허벅지를 주물러 보기도 했지만 효과는 크지 않았다. 이제는 다리가 아파 죽을 지경이었다. 그는 주저앉고 싶은 욕망을 느꼈다.

'그래, 잠시 앉는다고 별일이야 있겠어? 누가 나타나면 얼른 일어서지, 뭐.'

그는 입술을 깨물고 거적때기 위에 슬그머니 쪼그려 앉았다.

"에구구구……."

입에서 저절로 신음이 새어 나왔다. 이제야 숨이 쉬어지고 몸의 경련도 사라졌다. 유상진은 에라 모르겠다 싶어 바닥에 털썩 주저앉아 다리를 쭉 뻗었다. 얼마나 굳어 있었는지 무릎에서 우두둑 하는 소리가 났다.

'좋다, 이판사판이다.'

신발도 벗었다. 발가락 끝에서 고린내가 진동을 했다. 그는 두 손으로 발바닥을 주물렀다. 한참을 주무르니 뻣뻣했던 발가락도 조금은 부드러워졌다.

유상진은 거적때기 위에 누웠다. 이제야 좀 살 것 같았다.

그가 휴우…… 숨을 내쉴 때, 문이 열리고 노인이 걸어 들어왔다. 작은 키에 대나무처럼 삐쩍 마른 신경질적인 인상의 노인이었다. 노인 뒤로 두 명의 수행원이 따르고 있었다.

유상진은 급히 일어나 신발을 신었다. 급하게 움직이다 보니 왼쪽 신발이 발끝에 차여 멀찌감치 날아갔다. 차마 신발을 주우러 갈 용기가 나지 않았다. 그래서 한쪽에만 신발을 신은 멍청한 몰골로 거적때기 위에 엉거주춤 섰다.

노야는 아무 말도 없이 태사의에 앉았다. 그는 얼음처럼 차가운 눈빛으로 유상진을 바라보았다.

침묵이 흘렀다.

유상진은 부동자세로 천장만 바라보고 있었다. 이마를 타고 땀 한 방울이 흘러내렸다.

노야가 갑자기 입을 열었다.

"어떤가?"

유상진은 어리둥절했다.

'나한테 하는 얘긴가?'

그래서 우물쭈물 눈치를 보면서 반문했다.

"뭐가요?"

노인은 유상진의 대답을 들은 척도 하지 않고 다시 물었다.

"괜찮겠어?"

두 명의 수행원 중 오른편에 선 두툼한 입술의 중년인이 입을 열었다.

"보아하니 요파화饒把火(고기가 질기고 연료가 많이 필요함) 수준의 놈입니다. 술을 하도 많이 먹어 내장 기관이 거의 걸레가 된 듯합니다. 저 붉게 충혈되고 반쯤 풀린 눈동자를 보십시오. 상식적인 식사를 하는 놈이 저럴 리가 없지 않습니까? 밤에 몰래 양귀비꽃이라도 먹고 있었을지 모르죠. 거기다 저 우둘투둘한 피부를 좀 보십시오. 피부병이 있을 가능성도 있습니다."

노야의 안색이 눈에 띄게 침울해졌다.

유상진 역시 사내의 말에 얼굴이 하얗게 질렸다. 그는 요파화가 무엇을 말하는지 알고 있었다.

"그럼 뭐가 좋겠나?"

노야가 다시 물었다. 이번에는 왼편에 선 염소수염의 사내가 대답했다.

"최소한 연식戀食(잘게 잘라 날로 먹는 것)은 안 됩니다. 전염병이 옮을지도……."

틀림없다. 유상진은 확신했다.

이들은 인육 요리에 대해 말하고 있었다.

"그럼 자식煮食(요리를 하지 않고 삶아 먹는 것)은 어떨까?"

"제 생각엔 그냥 후뇌아猴腦兒(원숭이 골수)처럼 머리만 먹고 버리는 게 낫지 않을까 합니다만……."

노야는 입맛을 다셨다.

"좋아, 그렇게 하지. 준비를 해 두게."

"예."

두 명의 수행원은 인사를 하고 대전 밖으로 사라졌다.

"좋아."

노인은 흡족한 표정으로 손바닥을 비볐다. 그는 한결 편한 얼굴로 유상진을 바라보았다.

"다른 일은 다 처리됐으니 이제 자네 얘기나 들어 볼까. 자네가 유상진 맞겠지?"

묘한 미소를 짓는 노인을 보며 유상진은 겁에 질렸다. 그에겐 노인의 미소가 입맛을 다시는 것으로밖에 보이지 않았다.

"난 황지우라고 하네. 친구들은 날 황 부자라고 부르지. 자네도 좋다면 황 부자라 부르게."

악양, 아니 호남 제일의 거부인 황 부자.

그의 과거는 많이 알려지지 않았다. 고리대금과 밀수, 여자 장사 등의 지저분한 일로 종자돈을 모은 뒤 쌀과 소금 사업에 뛰어들어 떼돈을 벌었다는 소문만이 떠돌 뿐이다.

거상이 된 다음에도 옛날 버릇을 버리지 못해 사업에 문제가 생기면 경쟁자를 협박하거나 파묻는 방법을 즐겨 쓴다고 했다.

하지만 관부에도 끈이 든든하고 거느린 부하들의 수도 많아 감히 누구도 그를 건드리지 못했다. 상계에서는 그의 이름을 마귀를 쫓는 데 사용한다는 소문마저 떠돌았다.

'이런 놈이 왜 날 보려고 한 거지?'

유상진은 궁리해 보았지만 특별히 이것이다 싶은 것이 떠오르지 않았다. 그리고 지금은 황 부자의 속내가 무엇인지 고민할 만큼 한가로운 상황이 아니었다.

죽느냐 사느냐…… 아니, 먹히느냐 마느냐의 위기. 까딱하면 잘 익혀져서 황 부자의 배 속에 들어가게 될 판이다.

하지만 황 부자의 생각을 돌리기 위해 무슨 말을 해야 할지 모르겠다. 인육을 먹는 건 도덕적이지 않습니다, 할 수는 없는 일 아닌가. 그는 공황 상태에 빠져 어쩔 줄 몰랐다.

황 부자는 피식 웃었다.

"겁을 먹은 모양인데 자네가 내 질문에 솔직하게만 대답한다면 고이 집으로 돌려보내 주겠네."

'고이 집에 보내 줘? 뭐, 똥이라도 싸서 고향에 보내 주겠다는 거야?'

유상진은 울화통이 치밀었다.

"거짓말은 그만두시죠."

황 부자는 고개를 갸웃거렸다.

"아니, 내가 왜 자네에게 거짓말을 하겠나?"

"후우…… 제가 요리사 출신이란 말, 못 들으셨나 보죠? 저도 요파화며 연식이 뭔지 안단 말입니다."

황 부자의 얼굴 표정이 거짓말을 들킨 아이처럼 변했다. 그는 쑥스러운 표정으로 말했다.

"오호, 들켰군. 고문계가 자네 육질이 꽤 쫄깃쫄깃할 거 같다고 해서 말이야. 하지만 역시 일반인과 전문가의 눈은 다른가 봐. 요리사들은 자네가 별로일 거라고 하잖나."

당사자를 앞에 두고 육질 운운하는 거 봐라, 죽이기로 마음먹은 게 틀림없다. 유상진은 마지막 지푸라기를 잡는 심정으로 말했다.

"저…… 제가 사실 화씨 세가의 수석 요리사였습니다."

"그래? 그래서?"

황 부자는 귀를 파며 심드렁하게 대꾸했다. 화씨 세가. 그

놀라운 이름을 듣고도 말이다.

　오십 년 전 강호는 시름겨웠다.

　'강호가 어디냐고 묻지 마라. 사람 사는 곳 어디나 강호이니.'라는 말처럼 세상 그 자체라 할 수 있는 강호다. 이 광활한 강호에서 한 사람의 인생이란 얼마나 사소한 것에 불과한가.

　수없이 많은 사람들이 만나고 헤어지며 대하大河처럼 도도하게 흘러가는 공간이 강호다. 흐르는 물을 막을 수 없듯 한 사람의 힘으로 강호의 흐름을 끊을 수 없는 것이다.

　그러나 오십 년 전 강호는 단 한 사람 때문에 혼란스러웠다.

　천하광자天下狂子 추림追林.

　"내 발밑에 천하 무림을 굴복시키리라."

　광오한 말 한마디와 함께 무림에 모습을 드러낸 그는 가공할 무예로 무림을 초토화시키기 시작했다.

　추림의 독문절기, 광마검狂魔劍에 당한 무림인이 그 얼마이던가. 피는 내가 되어 흐르고 시체는 산처럼 쌓여 갔다.

　추림은 사람을 죽이는 데 있어 정사正邪를 가리지 않았다. 자신에게 충성을 맹세하는 자만을 살려 둘 뿐이었다.

　무림은 추림과 맞서기 위해 하나로 뭉쳤다.

　소림, 무당, 화산 등의 구대문파는 물론 흑도의 제 문파와 중원의 일에 관심을 두지 않았던 새외塞外의 무림 방회들조차 추림과 싸우는 일에 합류했다. 생존을 위해 오랜 적의를 접어 두고 하나로 뭉치기로 한 것이다.

　이들 중에서 고르고 골라 삼백 명의 절정 고수를 선발했다. 각파의 핵심 전력이라 할 만한 진짜 고수들이었다.

그들은 추림에게 도전했고 일주야에 걸쳐 싸움이 벌어졌다. 치열한 싸움 끝에 삼백여 명의 고수들은 하나 둘 쓰러져 갔다. 소림의 희망이라 불리던 무공 대사는 머리가 부서져 썩은 기둥처럼 쓰러졌고 무당 제일 고수라던 허무자虛無子도 허무하게 사지가 찢겨 죽고 말았다.

마침내 싸움이 끝났을 때 대지에 두 발을 딛고 서 있던 자는 추림뿐이었다.

하지만 추림도 온전치는 못했다. 한쪽 눈과 한쪽 팔을 잃었을 뿐만 아니라 그동안 유지하고 있던 최소한의 이성마저 잃어버린 것이다.

곧이어 무림에 한바탕 혈풍이 몰아쳤다.

추림의 손 아래에 수많은 문파들이 스러져 갔다. 추림은 더 이상 손에 사정을 두지 않았다. 충성을 맹세하는 자도 가차 없이 살해했다. 간신히 살아남은 문파들도 그 피해를 복구하지 못해 봉문해야만 했다.

그 암울한 시기에 나타난 사람이 바로 신존神尊 화청양이었다. 그는 추림에게 멸망당한 화씨 일문의 마지막 생존자로 산중에서 무공을 연마하다가 무림에 나선 것이었다.

처음 화청양이 추림에게 도전장을 내밀었을 때 세인들은 희망을 느끼기보다는 비웃음을 보냈다. 소림 방장과 무당 장문조차 살해당했는데 이름 한번 들어 본 일 없는 무명소졸이 이길 리 없다고 생각한 것이다.

하지만 추림과 화청양의 싸움은 사흘 낮, 사흘 밤이 지나도록 계속되었다.

무림인들의 마음속에 조금씩 희망이 생기기 시작했다.

파천破天의 싸움.

산이 평지가 되고 강물의 흐름이 변할 정도의 대결이었다. 그리고 싸움이 시작된 지 나흘이 되는 날, 추림은 피를 토하며 쓰러져 다시는 일어나지 못했다.

사실 이 이야기에는 믿어지지 않는 부분이 너무나도 많았다. 전대의 무림 고인들에게 이 이야기에 대해 물으면 '내가 빨리 죽어야지. 죽어야 이런 꼴 안 보지.'라고 중얼거린다고 한다. 다시 말해 추림과 화청양에 대한 비사를 확인해 줄 사람이 없다는 뜻이다.

무엇보다도 추림이나 화청양이 왜 그렇게 비정상적으로 강했느냐는 질문에 할 말이 없었다. 그들은 사람이 아니라 신선, 마귀였다는 더더욱 믿어지지 않는 대답만이 나올 뿐이다.

그래서인지 호사가들 사이에선 위의 이야기와 반대되는 소문도 떠돌았다. 소문을 살펴보면 화청양은 추림의 부하였는데 독약을 먹이고 그 자리를 빼앗았다는 이야기부터 화청양이 악마에게 혼을 팔았다는 것까지 그 종류도 다양했다.

화씨 세가.

화씨 세가는 바로 화청양이 만든, 자타가 공인하는 천하제일가였다. 그리고 현 가주인 화인청의 대에 이르러 화씨 세가는 진정 최고의 명성을 누리고 있었다.

어찌 됐건 이런저런 이야기가 무림에 떠도는 것만으로도 화씨 세가의 위세를 짐작할 수 있을 것이다.

현재를 지배하는 자가 과거를 지배한다.

"화씨 세가의 가주가 미식가인 건 잘 아시죠?"

"그래, 그런 이야기를 들어 본 것 같기도 하군."

"제가 그 화씨 세가의 수석 요리사였습니다. 믿어 주신다면 노야의 주방에 뼈를 묻고 싶습니다."

"물론이지. 뼈를 묻게 될 거야."

황 부자는 왜 당연한 얘길 하냐는 듯 말을 받았다.

유상진은 아차 싶었다. 요리가 되어 주방에 뼈를 묻고 싶은 것이 아니었다. 그는 손사래를 치며 말했다.

"아니, 아니! 그게 아니라, 노야의 주방에서 근무하고 싶다는 이야깁니다. 평생 어르신을 모시겠습니다."

황 부자는 시큰둥한 어조로 말했다.

"자네가 누군지 나도 알고 있네. 화씨 세가는 지금 난리가 났다더군. 주인을 배반하고 ≪무경≫을 훔쳐 달아났다며? 그런 놈이 내게 충성을 바치겠다고?"

유상진의 입이 딱 벌어졌다.

"아…… 아니, 그걸 어떻게……?"

화씨 세가에서 그런 기밀을 소문냈을 리 없다.

무공 비급이라면 눈이 뒤집히는 것이 무림인이다. 그게 ≪무경≫이라면 더욱 그러할 것이고.

≪무경≫은 신존 화청양이 죽기 직전 자신의 심득을 적어 놓은 무예서다. 화씨 일문의 모든 무공이 적힌 책인 것이다. 만일 사파의 고수에게 넘어가기라도 한다면 무슨 일이 생길

지 모른다.

그동안 유상진이 도망 다닐 수 있던 것도 세가에서 일을 비밀리에 처리하려고 했기 때문이다. 그래서 세가 외에는 걱정을 하지 않았던 것인데…….

황 부자가 말했다.

"세가에서 사람이 왔네. 내 정보력으로 자네를 찾아 달라더군. 내가 무림인이 아니니 ≪무경≫을 빼돌리지 않을 거라 생각한 거겠지."

'빌어먹을! 화인청, 그 녀석 정신 나갔군. 아무리 내가 미워도 그렇지, 저런 놈에게 그 얘기를 하다니…….'

황 부자의 말이 이어졌다.

"보아하니 나뿐 아니라 삼대상권에 모두 연락을 한 것 같더군. 도와주겠다고 말은 했지만, 무림 일에 끼는 건 영 질색이라 자네 이야긴 하지 않을 생각이야. ≪무경≫을 읽은 게 아니냐는 의심은 받고 싶지 않거든. 자, 더 할 말이 있나?"

유상진은 다급해졌다.

"노야!"

"말해 보게."

"화인청 그자는 정말 나쁜 놈이었습니다. 하지만 노야는 선하디선한 분이 아닙니까. 저는 어둠을 버리고 밝음을 택한 것입니다."

"내가 좀 착하긴 하지."

황 부자는 기꺼운 듯 고개를 주억거렸다. 그러다가 목소리를 낮춰 말했다.

"그런데 난 취향이 좀 독특해서……."

"지금 식인은 하나의 유행입니다. 그렇게 숨기실 취향도 아니란 얘기죠. 새로운 요리 사조로 나타날 가능성도 충분하고요. 저는 그 유명한 화씨 세가의 수석 요리사였던 사람입니다. 화인청 밑에서 오리 간, 곰 발바닥, 제비 집 등 안 해 본 요리가 없어요. 어떤 일이든 한 분야의 최고가 되면 다른 분야에서도 능력을 발휘할 수 있는 법이죠. 제 인육 요리를 믿어 주세요."

유상진은 장황하게 거짓말을 했다.

"음, 그럴지도 모르지……."

황 부자는 고민이 되는지 말끝을 흐렸다.

"하지만 먼저 내 질문에 대답을 해 줘야겠네."

"말씀만 하십시오."

황 부자의 얼굴이 진지해졌다.

"자네, 자네가 강허심을 죽였지?"

'강허심? 저 노인네가 강허심과 친한가?'

유상진은 우선 변명으로 시작하려 했다.

"저와 강허심 사이에 약간의 의견 충돌이 있었던 건 사실입니다만, 저는 강허심이 노야와 어떤 관계인지 모르고……."

"사족은 붙이지 말고 예, 아니요로 짧게 말하게."

여기까지 온 마당에 발뺌해 봐야 소용없다. 유상진은 도살장에 끌려가는 소처럼 고개를 숙였다.

"……예."

"흠…… 뭐, 그놈이야 죽어도 상관없고."

유상진은 고개를 쳐들었다. 그의 얼굴이 희망으로 불탔다.

"이게 중요한 건데, 잘 생각해 보게. 자네가 강허심을 죽일 때 녀석에게 무슨 말 못 들었나?"

유상진은 재빨리 머리를 굴렸다. 강허심이 했던 말이 떠오르긴 했지만 별로 중요한 얘기인 것 같진 않았다.

'내가 못 들은 뭔가가 있었던 걸까?'

황 부자의 초롱초롱한 눈은 그의 대답을 기다리고 있었다. 그는 어쩔 수 없이 기어들어 가는 목소리로 대답했다.

"뭐라고 말을 하긴 했습니다만…… 별로 중요한 것 같진 않은데요."

황 부자는 의자에서 몸을 일으켰다. 표정은 태연했지만 목소리에는 기대가 묻어났다.

"중요하고 안 하고는 내가 판단하는 거지. 빨리 말해 보게."

"그럼 말씀드리겠습니다."

유상진은 침을 꿀꺽 삼킨 후 말을 이었다.

"'오호, 정말 안 아픈데!'라고 하던데요."

잠시 정적이 흘렀다.

황 부자는 한참 동안 유상진을 바라보다가 의자에 등을 대며 길게 한숨을 내쉬었다. 그러고는 설레설레 고개를 저었다.

"혹시나 했던 내가 병신이지."

유상진이 변명을 늘어놓기도 전에 황 부자는 의자에서 일어나 문으로 걸어갔다.

"이따가 내 식탁 위에서 보세."

"아, 저! 영감님, 잠깐! 정지!"

유상진은 목청이 터져라 외쳤다. 황 부자는 문 앞에 멈춰서 돌아보았다.

"뭐, 달리 생각나는 거라도 있나?"

생각나는 건 없다. 살고 싶은 마음에 일단 부르고 본 것이다. 유상진은 머뭇거렸다. 무슨 말이든 노인네의 마음에 들 얘기를 꺼내야 한다.

"아…… 그러니까, ≪무경≫을 얻고 싶지 않으세요?"

"난 화씨 세가와 원수지간이 되고 싶은 생각이 없네."

"하지만…… 그러니까, 사업 중에 사악한 무림인이라도 만날지 모를 일이 아닙니까."

"무림인은 다 사악하지. 하지만 난 더 사악하다네. 그럼 이따 보세."

문을 열고 황 부자는 대전 밖으로 나갔다.

마지막이다. 지금밖에 기회가 없다. 저 문이 닫히기 전에 무슨 소리든 해야 한다. 황 부자의 관심을 끌어야 한다.

'어, 어! 문 닫힌다. 무슨 소리든 해!'

그때 유상진은 중요한 것을 떠올렸다. 그리고 있는 힘을 다해 외쳤다.

"끝내 주는 인육 요리!"

유상진의 마지막 도박은 성공했다.

야심이 없는 자는 영웅이 아니다

第五章

"질문이 있느냐?"

"저…… 이거 배우면 공부 안 해도 되는 거 맞죠?"

"그럼."

무덤덤한 한마디. 노인은 유상진의 몸을 구석구석 더듬으며 답했다.

유상진은 안도의 한숨을 내쉬었다. 드디어 지옥 같은 집을 떠나 공부 안 해도 밥을 주는 극락 같은 곳으로 오게 된 것이다.

가난한 유생이었던 그의 아버지는 향시에 낙방했던 과거를 아들을 통해 보상받기 위함인지, 자식을 사랑하는 마음 때문인지 항상 글공부를 강요했다.

그러나 유상진은 무슨 일도 일각 이상 계속하지 못하는 가공할 집중력의 소유자였다. 글공부를 할 만한 위인이 못 되었던 것이다. 게다가 아버지가 원한 것은 거의 천재의 경지였으니 유상진이 아버지의 희망을 들어준다는 것은 애초부터 불가능에 가까웠다.

열 번째 생일을 닷새 남겨 둔 어느 날, 유상진은 더 견디지 못하고 집을 나왔고 이곳까지 오게 되었다.

바로 천무상이 만든 요리 강습소인 '양생소養生所'였다.

황실의 수석 요리사 출신으로 요식업계에 확고한 명성을 가지고 있는 천무상이 후학을 육성하겠다며 양생소를 연 것은 모두에게 의외로운 일이었다.

그는 고고하기가 학과 같고 번잡한 것을 극도로 싫어하는 인물이었다. 조수에게 따뜻한 말 한마디 건넨 적 없다는 그가 제자를 키우겠다니……. 천무상을 잘 아는 사람들은 한 달도 버티지 못하고 문을 닫을 것이라고 말했다.

세간의 평이 어땠든 천무상은 양생소를 열기 위한 준비를 착착 진행해 나갔다. 개봉부開封府의 금싸라기 땅을 구입해 건물을 올리고 요리 장비를 사들였다.

그리고 건물 완공에 맞춰 제자를 모으기 시작했다.

그는 서른 명의 제자를 뽑아 그가 익힌 기술의 정수를 알려 주겠다고 공언했다. 모든 교육은 무료이며, 요리에 초보라도 상관없다.

천무상은 다만 두 가지 조건을 내세웠다.

열 살 안팎의 어린아이로 자신이 직접 골격을 살펴 마음에 드는 아이만을 뽑겠다는 것이었다.

출신성분은 전혀 상관없다고 확언했기 때문인지 인근의 거지새끼부터 부유한 상인의 아이들까지 수많은 아이들이 몰려왔다.

그중에는 유상진도 있었다.

집을 나와 떠돌기 시작한 지 두 달. 배불리 밥을 먹어 본 게 언제인지 기억도 나지 않았다. 그에게 양생소는 두 번 다시 오지 않을 기회였다. 요리사의 제자로 들어가면 절대 배를 곯는 일은 없을 것이다.

천무상은 아이 하나하나를 불러내 골격을 살폈고 마침내 서른 명의 아이를 선발했다.

놀랍게도 거기에 유상진이 포함되었다.

◆

"지금 무슨 얘기를 하는 건가? 난 자네 넋두리나 들어 줄 정도로 한가한 사람이 아니야."

황 부자의 사갈 같은 눈초리를 대하자 유상진은 오금이 저렸다. 황부자는 그의 이야기를 조금이라도 더 오래 살기 위한 발버둥 정도로밖에 여기지 않는 모양이었다.

"얼른 본론으로 들어가. 안 그러면 후회하게 될 테니까."

'빌어먹을, 참을성이라곤 눈곱만큼도 없군.'

조금 전 끝내 주는 인육 요리를 알고 있다고 했을 때 황 부자의 얼굴엔 웃음꽃이 피었다. 그러던 인간이 반 각 정도 딴 얘기를 했다고 불호령을 내리고 있는 것이다.

"이야기를 안 해도 크게 상관없는 부분이지만…… 재미있지 않습니까?"

"아니, 짜증만 나."

"조금만, 조금만 더 들어 주십시오. 제 요리를 설명하려면 꼭 필요한 부분입니다."

"좋아. 날 놀린 거라면 후회하게 될 거야."

"만족하실 겁니다."

❧

유상진은 천무상에게 삼 년간 요리를 배웠다.

처음에는 설거지와 바닥 청소를 했고 마늘과 양파 껍질 까는 법을 익혔다.

그다음에는 야채 써는 법을 배웠다. 무부터 시작해서 오이, 배추, 당근 순으로 넘어갔다. 반달썰기, 깍둑썰기, 어슷썰기, 돌려 썰기, 사각 썰기, 사각기둥 썰기, 길게 다져 썰기, 은행잎 썰기, 솔방울 썰기 등…… 유상진은 야채를 자르는 방법이 이토록 많다는 사실을 그때 처음 알았다.

야채 썰기를 끝낸 다음에는 고기를 잘라야 했다. 부위별로 명칭과 맛의 특징, 자르는 방법을 배웠다.

그러고 나서야 진짜 요리 만드는 법을 배울 수 있었다.

그는 요리에 타고난 재능이 있었고 노력도 게을리 하지 않았다. 의리가 깊고 다른 사람의 감정을 헤아릴 줄 알았기 때문에 사부와 동기들의 사랑을 독차지했다……고 유상진은 주장했다.

그러던 중 불의의 사고로 천무상이 죽어 버리고 말았다.

제자들은 뿔뿔이 흩어졌고 유상진은 중원 곳곳을 돌며 요리를 배웠다. 뛰어난 기본기에 천무상의 제자 출신이라는 배경, 거기에 성실한 심성까지 갖췄으니 어디를 가도 밥 굶을 걱정은 없었다……고 유상진은 주장했다.

하지만 그는 요리가 싫었다. 먹는 것은 좋았지만 만드는 건 힘들고 지겨웠기 때문이다. 야채 다듬고 고기 굽고 손님에게 아첨하는 일이 매일같이 반복되니 짜증이 날 수밖에 없었다.

그러나 배운 재주가 그것뿐이라 어쩔 수 없는 일이었다.

좀 더 일을 적게 하면서도 더 많은 대가를 주는 요리점을 찾아 유상진은 천하를 헤맸다. 녹림의 패거리들과 흑점을 열기도 했고 돈 많은 파락호들의 손발이 되어 밥에 약을 타 여염집의 아낙네들을 납치하는 짓도 서슴지 않았다.

그러던 중 유상진은 무림인을 만났다.

물론 무림인을 만난 것이 그때가 처음은 아니었다. 신도무적神刀無敵이니 무적철권無敵鐵拳이니 별호만 일류인 삼류 무림인들은 질리도록 보아 왔다.

하지만 강호 무림에도 진정한 고수는 흔치 않은 법이다.

유상진이 만난 것은 사파 십대고수의 하나인 강양대도江洋大盜 북궁한北弓寒이었다. 관도에서 마주친 양주표국楊洲鏢局의 표사 이십여 명을 단숨에 처치한 후 재물을 가지고 달아나던 그의 당당한 모습이란!

근처에 있었다는 이유만으로 유상진 역시 칼을 맞을 뻔했지만 북궁한의 위용에는 감탄할 수밖에 없었다.

그때 유상진은 깨달았다.

바로 저것이 쉽고 편하게 돈을 벌 수 있는 방법이라는 사실을! 누가 고수를 건드릴 수 있겠는가.

쉽게 번 돈은 쉽게 나간다는 말은 시세를 알지 못하는 자들이나 하는 거다. 쉽게 번 돈이 훨씬 더 달콤한 법이다. 사나이로 태어났으면 한번쯤 강호를 호령해 봐야 할 일이고.

유상진은 무술을 배우기로 결심했다.

웬만큼 배우고 크게 한탕 해서 도망칠 계획이었다. 그리고 시골구석에서 왕처럼 사는 것이다. 으리으리한 전각에서 아리따운 여인과 매일 좋은 것만 먹으며 보내는 행복한 노년!

유상진은 북궁한을 쫓아갔고 관도에서 멀지 않은 한 마을의 주점에서 그를 다시 만났다.

북궁한은 언제부터 마시기 시작했는지 얼굴이 붉게 달아올라 있었다. 유상진은 그에게 다가가 공손한 어조로 말을 걸었다.

"대협! 조금 전 관도에서 보여 주신 무위에 감동받은 젊은 이입니다. 저를 제자로 삼아 주십시오."

만일 북궁한이 제정신이었다면 '목격자는 죽어라!'라든가 '네놈, 정신이 나갔구나.' 소리치며 도를 휘둘렀을 테지만 혹은 그가 완전히 취해 있었다면 '네놈이 어르신네의 좋은 기분을 망치다니.' 외치며 칼을 날렸겠지만, 적당히 취해 있었기에 허허 웃으며 이렇게 말했다.

"사람을 잘못 찾아왔구먼. 나라는 무사는 항상 칼 위에 서 있는 사람이라 제자는 둘 처지가 못 돼. 하지만 이렇게 찾아왔으니 그냥 보낼 수는 없지."

그리고 벌떡 일어나 허리에 차고 있던 대감도를 뽑아 화려한 도무刀舞를 추기 시작했다. 널따란 도신의 대감도를 들고 춤추는 그의 모습에는 절도가 넘쳐흘렀다. 바람 가르는 소리를 내며 대감도가 위에서 아래로, 좌에서 우로 날아다녔다.

단혼참마도법斷魂斬魔刀法!

북궁한이 추었던 춤의 이름이었다.

그는 유상진에게 보여 주기 위해선지 느릿느릿 춤을 추다가 서서히 속도를 끌어올리기 시작했다. 시간이 지날수록 도는 점점 빨라졌고 마침내 북궁한은 보이지 않고 도광만이 어른거렸다. 점점 커지던 바람 소리는 속도가 최고로 빨라지자 오히려 들리지 않게 되었다.

유상진은 벌린 입을 다물지 못했다. 팔척장신의 험상궂은 남자가 춤을 추는 게 이토록 아름다울 것이라곤 생각도 못했다.

북궁한이 도를 멈췄다.

"멋있지? 하하하! 하하하!"

북궁한은 술 한 동이를 마저 비우고 객잔을 나섰다. 그의 웃음소리가 객잔 전체에 쩌렁쩌렁 울렸다.

주인도 그의 도무에 감동받았는지 술값을 받지 않았다. 아니, 간질이라도 있는 듯 덜덜 떠는 모습이 지병 때문에 받지 못한 것일지도 모르겠다.

아무튼 북궁한의 뒷모습을 보며 유상진은 감동에 몸을 떨었다. 그는 북궁한의 동작을 하나하나 기억해 두기 위해 애썼다. 지금은 쓸모없지만 나중에는 도움이 될 것이라 생각하면서.

잠시 후 유상진은 주점의 문을 열고 나섰다.

그때, 그의 발아래로 무언가가 톡톡 튀어 굴러 왔다.

아직도 웃음을 짓고 있는 북궁한의 머리였다. 눈은 부릅뜬 채였고 혀는 입 밖으로 쑥 나와 있었다. 그의 몸뚱이는 머리를 잃은 것을 아직 모르는 듯 단혼참마도법의 남은 초식을 시전하고 있었다.

북궁한을 벤 자는 이십 대 초반의 젊은이였다. 그는 무표정한 얼굴로 여전히 도를 휘두르고 있는 머리 잃은 몸뚱이를 바라볼 뿐이었다.

그가 바로 화씨 세가의 소가주인 화번천이었다. 북궁한의 손에 죽은 양주표국의 소국주가 그의 친우였던 것이다.

그때 유상진은 하늘 위에 하늘天外天이 있음을 알았다.

⬤

"그 젊은 놈을 쫓아 화씨 세가까지 따라갔지요."

"……."

"다행히 화씨 세가의 가주인 화인청이 음식에 관심이 많은 사람이라 저와 말이 통하더군요. 후우…… 그때 놈의 사악함을 알았어야 했는데……."

"······."

"화인청이 말하길, 삼 년간 요리를 해 주면 선풍도를 삼 초 가르쳐 준다고 하더군요. 일 년에 일 초씩이죠."

"음······ 굉장히 파격적인 조건이었군."

요리사 따위에게 가문의 절기를 가르쳐 주다니. 게다가 선풍도법이라면 그 위력에 있어 ≪무경≫에서 일이 위를 다투는 무공이었다. 외인에게 함부로 알려 줄 무공이 아닌 것이다.

황 부자는 화인청이 거짓말을 쳤음을 확신할 수 있었다. 삼 년 후에 적당히 돈을 던져 주고 쫓아낼 심산이었을 것이다.

"삼 년간 오만 가지 음식을 다 해다 바쳤습니다. 그런데 그놈이, 그놈이 약속을 안 지키고 돈으로 받으라고 하지 않겠습니까."

'그럼 그렇지.'

"결국 전 참지 못하고 ≪무경≫을 훔쳐 가지고 도망 나오게 된 거지요. 반년간 놈들을 피해 이곳저곳을 떠돌며······."

"그래서 결론이 뭐지?"

황 부자는 무섭도록 가라앉은 목소리로 물었다.

"그게 인육 요리랑 무슨 관계가 있다는 거야? 내가 결론만 이야기하라고 했지 않나?"

"아, 그게······ 아얏!"

유상진은 서둘러 말을 꺼내려다 혀를 깨물었다. 그는 입 안 가득 고인 핏물을 삼키며 급히 말했다. 여기서 더 딴소리를 하면 바로 주방으로 끌려갈지 모른다는 위기감 때문이었다.

"저에게 요리를 가르쳐 준 사부님, 천무상 님께서 말입니다. 그분께서 돌아가실 때 저에게 책 한 권을 남기셨습니다."

"무슨 책인데?"

황 부자는 심드렁하게 물었다. 표정을 보니 별로 기대가 안 되는 모양이다. 유상진도 겁이 나는지 목소리가 작아졌다.

"그게…… ≪천도서天道書≫라는 건데……."

"뭐! ≪천도서≫!"

황 부자는 버럭 소리쳤다. 유상진이 놀랄 정도로 큰 목소리였다. 황 부자의 얼굴이 흥분으로 벌겋게 달아올랐다. 그는 가만히 앉아 있을 수가 없는지 벌떡 일어나 태사의 주위를 맴돌았다.

"믿을 수 없군, 믿을 수 없어. 그 전설적인 책이 실제로 존재하다니……."

유상진은 기회를 놓치지 않았다. 은근한 목소리로 황 부자를 더욱 달아오르게 만들 말을 내뱉었다.

"사부님이 황실에 계실 때 황실 서고에서 얻은 물건이라 하시더군요."

황 부자가 유상진에게 다가왔다. 어찌나 크게 웃는지 저러다 입이 찢어지는 게 아닌지 걱정이 될 지경이었다.

"혹시나 해서 묻는 건데 ≪천도서≫가 어떻게 생겼는지 말해 줄 수 있겠나?"

"그게 종이나 죽편으로 만든 게 아니라 사람 가죽 벗긴 걸로 만든 책이죠. 그래서 아주 묵직합니다. 글씨는 피로 썼고요. 도통 피비린내가 사라지지 않더라고요."

"맞아, 그거야! ≪천도서≫가 정말로 존재하는 물건인 줄은 몰랐군."

황 부자의 목소리가 여자 목소리처럼 찢어졌다. 그 정도로 기분이 좋은 모양이다. 그에 비례해서 유상진의 마음속에도 살 수 있겠다는 희망이 커져 갔다.

"하하하! 내가 귀빈을 몰라봤군그래."

황 부자는 유상진의 어깨를 토닥였다. 그러다가 그의 손목을 조이고 있는 쇠사슬을 발견하고 인상을 썼다.

"이런, 이런! 누가 자네에게 이딴 걸 채웠나? 잠시만 기다리게. 이런 몰상식한 짓을 한 놈은 절대 그냥 두지 않을 테니까. 아, 일단 이것부터 풀어야겠군. 혈영야로血影夜路!"

황 부자가 큰 소리로 외쳤다.

천장에서 흐릿한 검은 연기가 뿜어져 나왔다. 연기는 차츰 사람의 형태를 갖추더니 그 속에서 길쭉한 낫이 튀어나왔다.

유상진은 황 부자가 누굴 부르나 하고 두리번거리다 바로 등 뒤에 서 있는 흐릿한 연기와 낫을 발견했다. 그가 놀라기도 전에 낫이 날아왔다. 낫은 쇠사슬을 반으로 잘라 내고 그림자 속으로 빨려 들어갔다. 다음 순간 연기는 스르륵 천장 위로 올라가더니 곧 사라져 버렸다. 쇠사슬이 떨어지며 요란한 소리를 냈다.

유상진은 어안이 벙벙했다.

"저기, 방금 그분은 누구……?"

황 부자는 별거 아니라는 듯 손을 내저었다.

"내 심복이야. 항상 곁에서 날 보호하고 있다네. 그나저나 사업 이야기를 마저 해야지. 그래서 ≪친도서≫는 어디에……."

유상진은 손목을 만져 보았다. 통증은 더욱 심해져 손가락이 닿기만 해도 죽을 것 같았다.

"이런! 손목이 안 좋은 모양이군. 곧 치료해 주겠네."

황 부자가 호들갑을 떨었다.

"여봐라, 밖에 누구 없느냐?"

기다렸다는 듯 대전 문이 열리고 밧줄을 든 흑의 사내 둘이 들어섰다. 그들은 유상진이 멀쩡한 것을 보고 멍청한 표정을 지었다.

황 부자가 외쳤다.

"너희들, 나가서 의원 데려와. 빨리!"

흑의인들이 급히 밖으로 사라졌다.

유상진은 왠지 의심쩍은 기분이 들어 황 부자에게 물었다.

"그런데요, 어르신. 저 친구들이 왜 밧줄을 가지고 있었던 거죠?"

황 부자는 아무렇지 않게 대답했다.

"아, 원래 저놈들 하는 일이 시체 치우는 거거든. 거적때기에 싸서 주방으로 가져가라고 부른 줄 안 모양이야."

❦

'영생뢰永生牢'는 양각양 내에서도 호불호가 엇갈리는 기묘한 조직이었다. 하는 일도 많지 않고 주어진 인원도 몇 명 되지 않으면서 쓰는 돈의 규모는 열 개 하부 조직 중에서 두 번째로 많을 만큼 엄청났기 때문이다.

당연히 다른 조직들이 불만을 느낄 수밖에 없다. 예산이 모자라기는 다들 마찬가진데 돈은 영생뢰로만 몰리니 화가 날 만도 했다.

그러나 양각양의 우두머리이자 무소불위의 권력을 휘두르는 야차왕夜叉王에게 가서 자신의 의견을 밝힐 정도로 간덩이가 큰 놈은 한 놈도 없었다. 다들 속으로만 앓고 있었을 뿐이다.

야차왕은 영생뢰에 대한 애정이 있었다. 그는 영생뢰가 제대로 굴러가야 양각양이 앞으로도 인육 시장의 패권을 빼앗기지 않을 거라고 믿었다.

영생뢰는 일종의 연구 기관이다. 생체 실험을 통해 좀 더 좋은 품질의 고기를 만들어 내는 방법을 찾는 곳.

야차왕은, 무림대선생武林大先生의 회갑연에 참석해 무림인 오십여 명을 한꺼번에 독살하고 달아나 무림 공적으로 몰린 사의邪醫 단목우를 영생뢰의 우두머리로 영입했다.

야차왕의 선택은 성공적이었다.

단목우는 인위적인 방법을 통해 고기를 연하고 부드럽게 만드는 방법을 알아냈고, 덕분에 고급 인육이라는 새로운 시장을 탄생시킬 수 있었다.

결국 영생뢰는 양각양에서 판매되는 고기의 대부분을 공급할 정도로 거대한 조직이 되었다. 대부분의 구매자들이 영생뢰에서 출하한 가공육을 구입하려 했기 때문이다.

이러한 중요성 때문에 영생뢰의 위치는 양각양 내에서도

가장 깊숙한 곳에 숨겨져 있었다. 그리고 핵심 간부 몇몇에게만 출입이 허락되었다.

하지만 양각양에서 일하는 모든 사람이 영생뢰가 어디 있는지 알고 있었다. 하루에도 몇 번씩 영생뢰에서 찢어지는 비명이 들려오기 때문이다.

단목우는 오늘따라 날아갈 것 같은 기분이었다. 영생뢰에 수감되어 있는 환음요희幻陰妖姬 덕분이다.

이름만 들으면 알 수 있겠지만 환음요희는 무림인이었다.

사실 환음요희뿐만 아니라 영생뢰에 수감된 대부분이 무림인이다. 그것은 무예를 익힌 자들의 근육이 그렇지 않은 자들의 그것보다 좀 더 쫄깃하다는 이유 때문이었다. 집에서 기른 돼지보다 산에서 자란 멧돼지가 맛있는 것과 비슷한 이치다.

환음요희는 채음보양술採陰補陽術로 수많은 청년 고수들의 정혈을 빨아먹은 여마두였다. 그녀는 사십 대 중반이었지만 내공이 뛰어난 데다 채음보양으로 몸매와 피부를 다져 상등품의 고기를 가지고 있었다.

영생뢰에서 여자는 거의 특급의 대우를 받았다.

강호 무림에 여자 무림인의 수가 얼마 되지 않았기 때문이다. 그 몇 명 안 되는 여자도 거의가 빵빵한 무림 세가의 여식들이라 섣불리 건드릴 수가 없었다.

게다가 여자라고 다 똑같은 여자가 아니다. 탄력 있는 근육에 윤기 있는 피부를 가진 여자는 그중 절반도 채 되지 않는다. 몰락한 무림 세가에서 어렵게 보쌈해 온 처녀가 알고 보면 여드름쟁이였다는 충격적인 사태가, 그래서 벌어지는 것이다.

그러니 단목우가 여죄수의 신변에 신경을 쓰는 것은 절대 이상한 일이 아니었다. 그는 하루의 절반 정도를 여죄수의 상태를 확인하는 데 썼다.

물론 가끔씩 다른 것을 확인하기도 했다. 그러나 단목우는 색욕과 일을 구분 못하는 멍청이가 절대로 아니다. 오늘의 즐거움이 색으로 인한 것이 아니듯 말이다.

단목우는 자신의 재료—그는 수감자들을 이렇게 불렀다—를 함부로 건드리는 간수들에게 심한 반감을 가지고 있었다.

점심 내기로 남자 재료들을 망가뜨리는 것까지는 참을 수 있다. 정해진 시간 동안 맨손으로 누가 더 많은 수인을 죽이나 내기를 한다고도 들었지만 그것도 상관없다. 어차피 뇌옥에 가득 찬 것이 사내새끼들이니까 말이다. 동자童子가 아닌 남자는 별로 비싼 값을 받지 못한다는 점도 있다.

하지만 구하기도 힘들고 또 보존하기도 어려운 여자 재료를 건드리는 것만은 참을 수 없었다.

그의 온갖 협박에도 불구하고 여자 재료들이 몸을 빼앗긴 채 시체로 발견되는 일이 잦았다. 그것도 제일 예쁜 애들만.

보기 좋은 떡이 먹기도 좋다고 고객 중 일부는 미녀가 아니면 거들떠보지도 않았다. 악양의 황 부자 같은 변태 늙은이가 대표적인 경우라고 할 수 있었다.

단목우는 스스로를 무림 최후의 인격자라고 자부했지만,

더는 참을 수 없었다. 빌어먹을 간수 놈들 때문에 고기 납품이 벌써 세 번이나 늦춰졌다. 그는 마지막 수단을 쓰기로 했다. 대의를 위해 사소한 것을 포기하기로 한 것이다.

단목우는 환음요희의 몸속에 성병을 심어 놓았다. 그녀와 동침을 하면 며칠 내로 물건에서 고름이 흘러내리고 오줌에 핏물이 섞이는 지독한 꼴을 당하게 된다.

그는 숨을 죽이고 결과를 기다렸다. 어떤 놈이든 걸리면 가만두지 않겠다고 다짐했다. 당장 가공육으로 만들어 버릴 생각이었다.

그러나 그 다짐은 간수의 오분지 일이 병에 걸린 걸 알게 되자 금세 무너졌다. 가공육으로 만들기엔 너무 많은 숫자다.

단목우는 고심 끝에 병에 걸린 간수 전원의 급여를 반으로 줄이는 것으로 처벌을 변경했다. 그리고 병에 걸린 간수들을 불러 따끔하게 혼을 냈다.

"이번 한 번만은 용서해 주겠다. 단! 치료는 한 달간 너희들이 하는 행동을 봐서 결정하겠다."

간수들이 부르르 몸을 떨었다. 발기 지속 시간을 늘리기 위해 개구리에 지네까지 잡아먹는 놈들이다. 성병에 걸린 채 평생을 사느니 죽음을 택할지도 모른다.

"모두 나가 봐!"

단목우는 크게 소리를 내질렀다. 축 처진 채 밖으로 나가는 놈들의 상판대기를 보며 단목우는 기쁨에 젖었다.

어쨌든 앞으로는 간수들이 재료를 건드림에 있어 전보다

조심할 것이란 생각에 기분이 좋아진 것이었다.

거기에 한 가지가 더 있다.

간수들은 모두 보안대 소속이었다. 그들은 보안대장인 철견 방희태의 명령을 충실하게 따랐다. 조금이라도 이상한 일이 있으면 일단 방희태에게 달려가고 보는 녀석들이다.

하지만 이제 달라질 것이다.

항상 욕구불만과 강간 충동에 시달리는 녀석들이 한 달을 견딜 리가 없다. 며칠만 지나면 무슨 일이든 할 테니 병을 고쳐 달라고 머리를 조아릴 게 틀림없다. 그렇게 된다면 방희태의 간섭으로부터도 어느 정도 자유로워질 수 있는 것이다.

야차왕이 쓰러진 뒤 영생뢰의 힘은 예전만 못했다. 하지만 간수들의 충성을 얻어 낼 수 있다면 이야기는 달라진다.

단목우는 회심의 미소를 지었다.

영생뢰의 독립은 시작에 불과하다. 그는 야차왕의 후계자 자리를 노리고 있었다.

며칠 후, 단목우는 보안대장에게서 만나자는 연락을 받았다.

'흠…… 무슨 일일까?'

방희태는 십 대 중반에 양각양에 들어와 이십 대 중반의 젊은 나이에 보안대의 책임자가 된 입지전적 인물이었다.

대부분의 간부들이 애송이라고 무시했지만 단목우는 그를 높이 평가하고 있었다.

다른 어떤 방파보다도 냉혹히고 잔인한 곳이 바로 양각양이다. 같은 조직원 사이에서도 심심치 않게 살인과 식인이 이루어지는 방파인 것이다. 이런 아비규환의 지옥에서 방희태는 십 년 만에 최고 간부에까지 이르렀다. 요행수로 오를 수 있는 자리가 아니다. 분명히 남들보다 뛰어난 능력을 지니고 있는 것이다.

'그런데 놈이 날 왜 부를까?'

양각양 전체의 보안을 책임지고 있는 방희태다. 간수들이 성병에 걸린 사건도 알고 있을 것이다.

'그것 때문인가?'

이미 여섯 명의 간수가 남몰래 방문해 충성을 맹세하고 해약을 타 갔다. 어쩌면 놈은 간수들 사이의 분위기가 이상함을 느꼈는지도 모른다.

'만나서 무슨 이야기를 하려고?'

그에게 감히 해약을 내놓으라고 말하진 못할 것이다. 보안대에선 입이 열 개라도 할 말이 없다.

하지만 방희태 같은 민완가가 하는 일이다. 무언가 대비책이 있을지도 모른다.

'설마…….'

단목우도 뒤가 구린 일이 없는 것은 아니다.

그는 공금의 상당 부분을 빼돌려 비밀 금고에 차곡차곡 쌓아 두고 있었다. 양각양의 우두머리가 되기 위해선 무엇보다도 자금력이 필요하다는 생각에서다.

그뿐이 아니다. 백호전白虎展의 부전주인 마옥환과 손을 잡고 벌써 이 년 전부터 고기 값을 몰래 올려 받아 그 차액을 가로채고 있었다.

'놈에게 둘 중 하나가 탄로 난 것이라면······.'

단목우는 고개를 저었다. 정말로 비밀스럽게 한 일이었다. 놈이 알 리가 없다. 설사 알았더라도 그냥 간부 회의에 보고해 자신을 실각시키지 일부러 만나려고 들지는 않을 것이다.

단목우는 무언가 켕기는 기분을 느끼며 약속 장소로 향했다.

방희태는 이미 약속 장소에 도착해 그를 기다리고 있었다. 적당히 변장을 하긴 했지만 단목우의 눈을 피할 순 없었다. 놈의 곱슬곱슬한 머리는 어디에서나 표가 났다.

방희태는 반갑다는 듯 단목우의 손을 힘껏 잡으며 소리쳤다.

"단 뇌주, 오랜만입니다."

단목우도 말을 받았다.

"정말 그렇소. 같은 조직에 있으면서도 바쁘다 보니 서로 얼굴 볼 시간도 없구먼. 방 대장도 잘 지내셨소?"

"염려해 주신 덕분에요."

단목우는 방희태를 요리조리 살펴보았다. 밤새 술이라도 먹다 왔는지 초췌하기 짝이 없는 몰골이다. 특별히 그를 의심하는 기색은 없었다. 하지만 뱃속에 구렁이가 아홉 마리는 들어 있을 방희태다. 무슨 일로 만나려 했는지 알기 전까진 조심하는 것이 좋다.

"안색이 별로 좋아 보이지 않소이다만."

단목우의 말에 방희태는 검게 변색된 눈두덩을 문질렀다.

"요즘 양각양 주위를 탐색하는 무리들이 있어, 잠을 제대로 이루지 못했습니다."

"아! 그런 일이…… 방 대장이 고생이 많소. 동녀童女라도 하나 선물해야겠구먼. 인삼이랑 대추랑 넣고 푹 고아 먹으면 내일 당장 팔팔해질 거요. 그런데 도대체 어떤 놈들이오?"

방희태는 고개를 흔들었다.

"죄송하지만 그건 아직 고문이 진행 중인지라 말해 드릴 수 없습니다. 오늘 간부 회의 때 알게 되실 겁니다."

"음…… 아쉽지만 기다려야겠구먼. 알겠소."

방희태는 입을 다문 채 단목우를 물끄러미 바라보기만 했다. 뭔가 할 말은 있는데 입이 떨어지지가 않는 모양이다.

기다리다 못한 단목우는 가볍게 운을 떼어 보았다.

"방 대장이 이렇게 나를 청하다니, 무언가 할 말이 있을 듯하오만?"

"그것이…… 그것이 말이오……."

똥 마려운 표정으로 말끝을 흐리는 것으로 보아 뭔가 부탁할 일이 있는 모양이다. 단목우는 안도했다.

'새끼…… 괜히 쫄았네.'

목마른 자가 우물을 파는 법. 단목우는 느긋해졌다.

"방 대장, 용건을 말하지 않을 거면 나는 가 보겠소."

방희태는 결국 입을 열었다.

"단 뇌주도 알다시피…… 요즘 내가 적의 밀정을 취조하느라 신경이 많이 날카로워져서 말이오."

단목우는 의아해졌다.

'그래서 어쩌라고?'

양각양에서 일하는 자는 모두 신경이 날카로웠다. 사람 고기를 만지는 놈들이 제정신이면 그게 이상한 일 아닌가.

"그래서요?"

"그래서…… 그래서 정신을 가다듬기 위해 여자를 한 명 안았는데……."

단목우의 입가에 웃음꽃이 피었다.

"안았는데?"

"환음요희였소."

"우하하하하!"

단목우는 통쾌하게 웃었다. 일이 잘되려니 이런 행운이 다 터진다. 이제 그는 저 기분 나쁜 방희태 놈의 부자지를 움켜쥔 것이나 다름없었다. 단목우는 딴청을 피웠다.

"그래서 마음에 드셨소?"

방희태는 울상이 되어 사정했다.

"다 아시면서 왜 이러십니까?"

단목우는 먼 하늘을 바라보았다. 돌아가신 아버지에게 지전을 태워 드린 게 도움이 된 모양이다.

'아버지. 양각양을 차지하게 해 주시면 더 많이 태워 드릴 게요.'

그는 방희태를 바라보며 짓궂게 물었다.

"가는 게 있으면 오는 것도 있어야 할 텐데…… 내게 뭘 해 줄 거요?"

방희태의 얼굴이 일그러졌다. 하지만 결국 긴 한숨과 함께 입을 열었다.

"조건을 말해 보시죠."

단목우는 침을 삼키며 대답했다.

"보안대가 가지고 있는 양각양 간부들에 대한 정보를 모두 내게 주시오. 앞으로도 지속적인 정보를 주겠다고 약조하시고. 그리고 영생뢰에 대한 참견을 일절 중지하시오."

사실은 차기 방주로 밀어 달라고 말하고 싶었지만 놈은 믿을 수 없는 짐승이었다.

"그러면 해약을 주실 겁니까?"

"물론이지."

방희태는 입술을 깨물었다. 하지만 이내 침울한 표정으로 고개를 끄덕였다.

"그렇게 하겠습니다."

단목우는 씩 웃었다.

"해약을 만드는 데 시간이 걸리니 이따가 간부 회의 시간에 주겠소. 먼저 자료를 주시오."

"자료는 보안대로 들어가야 찾을 수 있는데요."

단목우는 실실 웃으며 말했다.

"내가 바로 사람을 보내지."

돌아서 멀어지는 단목우의 뒷모습을 노려보며 방희태는 이를 갈았다.

'두고 보자.'

유상진은 불편한 얼굴로 엉거주춤하게 서 있었다.

상체는 똑바로 세웠지만 허리를 뒤로 쭉 뺀 상태에서 다리를 반쯤 돌렸다. 여차하면 뒤로 튀겠다는 그의 생각을 잘 드러낸 자세였다.

가능하다면 지금 당장 도망치고 싶다. 하지만 뒤통수를 따갑게 하는 위사들의 눈초리 때문에 그럴 수가 없었다.

'빌어먹을 노인네, 확실히 제정신이 아니군.'

그는 마음속으로 황 부자에게 욕설을 퍼부었다.

조금 전까진 아주 좋았다. 그의 진가를 인정한 황 부자의 호의에 힘입어 즐거운 한때를 보낼 수 있었던 것이다.

우선 악양 제일의 의원에게 손목을 치료받았다.

그리고 목욕을 했다. 원래 몸에 물 묻히는 걸 싫어하는 유상진이었지만 남이 닦아 준다는 걸 마다할 정도는 아니었다. 여자가 닦아 주는 것이라면 매일이라도 목욕할 수 있다. 두 명의 시비가 은밀한 부분까지 깨끗하게 닦아 주었다.

그다음에는 깨끗한 비단옷으로 갈아입고 산해진미로 식사를 했다. 남이 만든 음식을 먹는 게 얼마 만인지 모르겠다.

식사를 마치고 침대에 누워 한숨 돌릴 때 황 부자에게서 만나자는 연락이 왔다. 그래서 어슬렁거리며 정원으로 나온 것인데, 정원이 이런 곳일 거라곤 생각도 못 했다.

유상진은 야외의 깨끗한 공기와 밝게 빛나는 태양, 부드러운 꽃향기를 사랑했다. 미친놈이거나 변태가 아닌 이상 그런 정원이라면 두려워하지 않을 것이다.

하지만 황 부자의 정원에 나가자마자 유상진은 겁에 질렸다. 당장이라도 방으로 돌아가고 싶은 심정이었다.

왜냐하면…… 두터운 담장으로 둘러싸인 정원 안에…… 꽃도, 나무도, 정자도, 연못도 없이…… 호랑이보다 조금 작은 개 새끼들만 수십 마리 진을 치고 있었다. 개 새끼들이 하품을 할 때 언뜻언뜻 보이는 이빨은 어른 주먹만큼 컸다.

한때 논다면 놀았던 유상진이 그 정도로 이렇게까지 놀라진 않았을 것이다. 살면서 수많은 개를 만나 봤고 그중에는 저들보다 더 큰 것도 있었다.

그러나 저 개들은 달랐다.

개들의 눈가에 흐르는 광기는 일반적으로 이야기되는 광견병과는 차원이 달랐다. 뭔가 더 심오하고 더 위험한 것, 미친개라는 표현으로는 부족한, 섬뜩한 어떤 기운이 엿보였다.

게다가 몇몇 개들은 둘러 모여 무언가를 물어뜯고 있었는데 유상진의 전문가적 식견에 의하면 그건 사람이었다. 거친 동작으로 살점을 뜯을 때 떼굴떼굴 굴러 가는 동그란 물건이 그 생각을 뒷받침했다.

한참 동안 그걸 보고 있자니 지하 고문실이 다 그리워졌다. 멀리 떨어져 있으니 별일은 없을 거라고 스스로를 안심시키려 해도 몸이 떨리는 것은 어쩔 수 없었다.

그건 어쩌면 자신이 개라는 사실을 잊고 호랑이 울음소리를 내는 저 이상한 개 새끼들의 잘못일지도 모른다.

"하하하! 어때, 우리 귀염둥이들이?"

고개를 돌려 보니 황 부자였다.

"정원을 좀 더 품위 있게 꾸미지 않고 무슨 개를 풀어 놨냐고 묻고 싶은 모양이군. 사업을 하다 보면 말이야, 원하든 원치 않든 적이 생기기 마련이지. 나처럼 큰돈을 벌면 특히 더해. 내가 돈을 모은 것은 모두 정당한 방법을 통해서였는데 말일세."

'솔직히 그건 아닌 것 같은데……'

"사람들은 돈이 많다고 하면 나쁘게 벌었을 거라고 지레짐작하지. 우라질 놈들! 그런 생각들 때문에 중원 땅에 제대로 된 거상이 크질 못하는 게 아닌가. 돈 많이 버는 사람을 존경하는 풍토가 서야 되는데 말이야. 오히려 돈 많은 사람만 보면 쓸데없이 칼부림을 하려는 자들이 많아. 그런 미련한 놈들을 막기 위해 마련한 아이들이야."

황 부자는 유상진의 등을 툭 쳤다.

"저쪽 전망이 괜찮으니 따라오게."

유상진은 자신이 겁내고 있다는 것을 황 부자에게 알리고 싶지 않았다. 하지만 개 떼가 우글거리는 정원 한복판으로 들어가는 건 그보다 더 하고 싶지 않은 일이었다.

그는 결국 기어들어 가는 목소리로 대답했다.

"개가 있잖아요."

"하하하, 자네 벼락 맞을까 봐 대낮에는 어떻게 나돌아 다니나? 나 같은 노인네도 겁이 안 나는구먼."

'니 개니까 당연하지, 인마!'

유상진은 목구멍까지 올라온 욕설을 간신히 도로 삼켰다.

두 사람은 정원을 가로질렀다. 개들이 다가와 킁킁 냄새를 맡았다. 유상진은 거의 까무러치기 직전이었다. 황 부자는 유상진의 마음을 아는지 모르는지 계속해서 떠들었다.

"처음에는 사병私兵들을 구해 경비를 시켰는데 말이야, 돈도 많이 드는 데다 무엇보다도 믿을 수가 없더구먼. 이놈들 눈빛이, 강도가 들면 맞서 싸우는 게 아니라 내 방 위치를 가르쳐 줄 놈들 같더란 거지. 그래서 생각해 낸 게 경비견이라네."

유상진은 고개를 끄덕였다.

"정말 선구자적인 결단이셨군요."

아양을 떨면서도 그의 시선은 계속 주위를 두리번거리고 있었다. 그나마 개들이 관심을 잃고 멀찍이 떨어져서 다행이다. 그에게서 맛있는 냄새가 나지 않았던 모양이다. 그러나 아직 몇 놈은 적의에 불타는 눈으로 그를 노려보고 있었다. 혹시 씹어 보면 맛있지 않을까 궁금해하는지도 모른다.

"그래서 흑룡강黑龍江 쪽의 들개들을 구입해서 마당에 풀었지. 추운 데 살던 놈들이라 껍질이 단단해서…… 허허허, 적응력도 일품이라 전염병이 돌아도 끄떡없어. 무엇보다 사료가 거의 들지 않는다는 게 좋아. 병으로 죽은 노복을 던져 줘도 잘 먹거든."

유상진은 여기저기에 포진하고 있는 위사들을 보았다.

그럼 저놈들은 뭘까?

그의 시선을 느꼈는지 황 부자가 재빨리 말을 이었다.

"물론 사업이 더 커진 지금은 여러 곳에서 고수들을 초빙해 왔지. 혈마대라고 해서 직속 부하들도 만들고. 내가 돈 좀 만진다는 소문이 멀리까지 도니까 방귀깨나 뀐다는 고수들도 쳐들어오더라고. 경비견 정도로는 그런 놈들에게 상대가 안 되고."

어흥!

개 한 마리가 호랑이처럼 울며 황 부자에게 달려들었다.

"어허, 이놈! 덤비지 마라."

황 부자는 소리를 질렀지만 개는 황 부자를 넘어뜨리고 그 위에 올라탔다.

유상진은 겁에 질렸다.

'올 것이 오고야 말았구나.'

미친개 사이에 뛰어드니 당연히 이런 일 벌어지지. 유상진은 달아나려 했다. 그때 황 부자의 웃음소리가 들렸다.

"간지럽다니까…… 허허허."

자세히 보니 개는 황 부자의 얼굴을 핥고 있었다. 그 커다란 입이 연방 벌어지며 빨간 혓바닥─피 칠갑을 한 것만 같았다─이 얼굴을 문지르는데도 황부자는 아무렇지 않은 모양이었다. 입을 벌릴 때마다 걸쭉한 침이 한 사발씩 흘러내렸다.

황 부자는 간신히 몸을 일으켰다. 하지만 개는 여전히 황 부자의 다리에 몸을 비비며 친한 척하고 있었다. 황 부자는 조그마한 막대기를 꺼내 정원 저쪽으로 힘껏 던졌다.

"자! 물어 와!"

개가 힘껏 달려가자 황 부자는 휴…… 하고 한숨을 내쉬었다.

"내가 제일 귀여워하는 놈이지. 옛날에, 옛날이라고 해 봐야 한 십 년쯤 전이지만, 나랑 앙숙이던 놈이 있었는데 말이야. 부귀왕富貴王이라고."

유상진도 부귀왕에 대해선 잘 알고 있었다. 과거 황 부자와 강남의 상권을 반분하던 인물이다. 어느 날 문득 행방이 묘연해져 그 후로 황 부자가 강남을 장악하게 되었다.

"부귀왕, 그놈이 자꾸 내 사업에 간섭을 하는 게 아닌가. 그래서 고민 끝에 집에 초청을 했지……."

황 부자는 침을 튀겨 가며 열심히 무용담을 늘어놓기 시작했다. 유상진은 그런 황 부자의 옆모습을 가만히 쳐다보다 묘한 생각을 해 버리고 말았다.

'가만, 여기 나랑 황 부자 둘밖에 없잖아. 다시 말하면 내가 황 부자 목을 잡아 비틀어도 뭐라고 할 사람이 없다는 얘기지.'

황 부자에게 유감을 가질 이유는 충분하다. 매 맞고 이빨에 손톱이 뽑히고, 손목은 부러지고 하루 종일 겁에 질려야 했으며 목대토에게 받아야 할 황금도 못 받았다.

그는 황 부자를 노려보며 흐뭇한 상상에 젖었다.

'여기서 내가 이놈 목을 조르면…… 눈알이 튀어나오면서 혓바닥을 쭉 빼물겠지. 뿌지직 바지에 똥을 싸 갈길 거고.'

생각만 해도 짜릿한 게 기분이 좋다. 그는 황 부자의 어깨로 손을 뻗었다.

그러다 곧 현실감각을 되찾았다.

'그러나 난…… 죽겠지.'

담장마다 위사들이 올라서서 감시의 눈초리를 보내고 개

떼가 입맛을 다시며 황 부자의 명령이 떨어지기만을 기다리고 있다. 황 부자를 죽이는 일이야 어떻게 가능할지 몰라도 그 뒤에 일어날 일은…….

유상진은 좀 더 현실적인 생각을 해 봤다.

'그럼, 목을 쥐고 그대로 도망치는 건 어떨까? 황 부자 이 놈의 명줄이 내 손에 달렸으니 함부로 덤비는 놈도 없을 거 아냐.'

황 부자는 아직도 떠들고 있었다.

"……초청을 했더니 이놈이 유명 짜한 고수 두 놈과 함께 겁도 없이 진짜로 오지 않았겠나. 도귀刀鬼 주신봉에 염왕수閻王手 하불성…… 뭐, 그런 놈들이었지. 그런 하루살이 같은 놈들을 믿은 모양인데, 멍청한 놈! 고작 고수 둘에게 자기 목숨을 맡겨? 그래서 '잘 먹겠습니다.' 하고 없애 버렸지."

도귀 주신봉? 염왕수 하불성?

유상진의 입이 딱 벌어졌다.

그들은 천하 십대고수에 속하지는 못하지만 그에 버금가는 실력을 가졌다는 고수들이었다.

특히 도귀 주신봉은 도법의 새로운 경지를 개척했다는 평가를 받는 인물로, 화씨 세가의 선풍도법이 아니었다면 그의 도법이 천하제일로 꼽혔을 터였다. 십여 년 전부터 모습을 거의 드러내지 않아 깊은 계곡에 은거해 도를 닦고 있을 거라는 소문이 파다했는데, 실은 황 부자의 집 어딘가 묻혔거나 황 부자의 배설물로 배출되었거나 한 모양이었다.

하긴 도를 깨닫는 데 존재 방식이 혹은 형대든가— 중요한 것은 아니겠지만.

유상진은 곁눈질로 주위를 살폈다. 그런 고수들을 처치했다면 보통 놈들만 있을 리 없다. 굉장한 자들이 숨어 있거나, 아니면 굉장한 개들이 숨어 있거나.

'큰일 날 뻔했군.'

주신봉이나 하불성도 빠져나가지 못한 곳이다. 그의 무공으로 가능할 리가 없다. 유상진은 황 부자의 목덜미로 뻗었던 손을 슬그머니 내리려 했다.

그때 황 부자가 고개를 돌렸다. 그의 시선은 허공에 뜬 유상진의 팔에 닿아 있었다. 유상진은 황 부자의 어깨에 붙은 보푸라기를 떼어 주며 겸연쩍게 말했다.

"아, 이런 게 묻어 있어서……."

개가 막대기를 물고 황 부자에게 돌아왔다. 황 부자는 개의 턱을 만져 주며 말했다.

"이 녀석이 맹활약을 했어. 온몸에 피를 질질 흘리면서도 미친 듯이 도망치던 부귀왕 그놈의 머리를 완전히 찢어 버렸으니까."

"아…… 예."

개의 눈빛을 보니 충분히 그럴 수 있을 거란 생각이 들었다. 유상진은 안타까워졌다.

'근데 왜 황 부자 머리는 안 찢어 버리는 거냐?'

"이놈, 이놈. 보채지 마라. 금방 던져 줄 테니까. 물론 부귀왕의 머리를 박제해서 보관하지는 못하게 된 게 아쉽지만 말이야. 하하하하."

황 부자는 유상진을 돌아보며 자랑스럽게 말했다.

"이젠 은퇴할 나이도 됐는데…… 아직 팔팔하지 않나?"

"헤헤, 정말 그렇군요."

유상진은 마음을 고쳐먹고 황 부자에게 비굴한 웃음을 보였다. 그는 황 부자가 서쪽에서 해가 뜬다고 해도 맞장구를 칠 생각이었다. 부귀왕처럼 죽고 싶지 않았기 때문이다.

그런 유상진의 충정을 아는지 모르는지 황 부자는 말을 계속했다.

"돈도 모을 만큼 모았겠다, 사람들 존경도 받겠다, 슬슬 은퇴를 할까 고민도 해 봤는데 이놈을 보곤 생각을 바꿨지."

'사람들 존경은 아닌 것 같은데…….'

황 부자는 개를 꼭 끌어안았다.

"이놈 나이가 몇 살인지 아나? 열다섯이야, 열다섯. 사람 나이로 치면 환갑, 진갑 다 지난 거라고. 그래도 현역으로 활동하고 있잖아. 나도 죽을 때까지 일해야겠다고 다짐했지."

저 똥개 여러모로 마음에 안 든다.

유상진은 살살거리며 말했다.

"경비견을 키우는 게 쉽지는 않으셨을 것 같습니다."

"그럼. 처음에는 고생도 많이 했지. 개들이 말도 잘 안 듣고 자꾸 도망가고 그래서 말일세."

"새로운 시도에는 언제나 고난이 뒤따르는 것 아니겠습니까."

"자네도 가끔 옳은 말을 하는군."

황 부자는 기특하다는 듯 유상진을 보며 웃었다.

"어느 정도 길을 들인 다음에도 문제는 남더군. 바로 처음의 그 야성을 잃어버리더란 말이야. 그냥 평범한 똥개로 전락해 버리더라는 거지."

"음, 그런 문제도 있겠군요."

"그래서 생각 끝에 죽은 노복이나 근처에 사는 빈민들을 잡아다가 먹이로 줬지. 그러자 차츰 나아지더군. 밥값도 덜 드니까 좋고."

황 부자가 다시 막대기를 던졌다. 개는 막대기가 그리는 호선을 따라 달려갔다. 황 부자는 착 가라앉은 목소리로 말을 이었다.

"처음에는 순수한 의도에서 시작한 일인데 말일세. 난 정말 개들이 사람 고기에 환장할 줄은 몰랐어. 완전히 자리를 잡은 후에 다른 고기를 줘 봤는데 쳐다보지도 않더라고."

"……그랬군요."

"그때 마침 난 한창 식욕이 없던 시기였지. 돈은 벌 만큼 벌었고, 딸 하나 있는 것은 다 커서 이젠 애비에게 덤비려 들기만 하고…… 사는 재미가 없으니 밥맛도 없더군. 그러던 중 개들이 사람 고기에 너무 환장하니 도대체 그 이유가 뭔지 너무 궁금하더군. 그래서……."

그때 싸늘한 바람이 불었다. 갑자기 불어온 바람에 먼지가 하늘로 피어올랐다. 바람 소리 때문에 유상진은 황 부자가 하는 말을 듣지 못했다. 바람이 멎었을 때, 황 부자는 말을 끝내고 있었다.

"……맛있더군!"

듣지 못한 말이 많았지만 유상진은 이해할 수 있었다. 어쩌다 황 부자가 사람 고기에 맛을 들이게 됐는지를.

'구구한 변명을 늘어놓는군그래.'

마음속으로 그런 생각을 하면서도 유상진은 고개를 끄덕였다.

"그랬군요."

"그래서 한참을 인육에 빠져 살았지. 그러나 인육만큼 구하기 쉬우면서 또 어려운 게 없다네. 길거리에 사람들이 널렸으니 쉬울 것 같지? 하지만 정말 좋은 육질을 가진 자는 보기 쉽지 않아. 세상일이랑 비슷하지. 사람은 많지만 인재는 적지 않나. 그뿐인가. 좋은 고기를 구한다고 끝나는 게 아닐세. 좋은 요리법으로 조리를 해야 하는데, 인육 요리가 뭐 알려진 게 있나? 기껏해야 ≪철경록輟耕錄(송대 말기 도종의가 쓴 인육 요리 소개서)≫ 정도지."

"정말 그렇겠습니다."

"그래서 한창 욕구불만에 빠져 있을 때 묘한 녀석들을 알게 되었지. 양각양이라는, 인육을 밀매하는 비밀단체인데 놈들이 파는 고기는 정말 최고라네. 게다가 원하면 요리도 해주는데 그 맛이 기가 막히지."

황 부자는 눈을 게슴츠레하게 뜨며 입맛을 다셨다. 고기 맛을 떠올리는 모양이다.

"벌써 몇 년째 놈들이 제공하는 고기로 식사를 하고 있다네. 그런데 놈들이 갑자기 고기 값을 올리더군. 너무 엄청난 금액, 자네는 혀 빼물고 죽을 정도의 돈이지. 처음에는 안 먹겠다고 다짐했지만 도무지 참을 수가 없더군. 고기에 무언가 수작을 부린 것에 틀림없어.”

황 부자는 몸을 부르르 떨었다.

'흥! 지 참을성이 없어서지, 무슨…….'

유상진은 웃으며 고개를 끄떡였다.

사실 그는 황 부자가 왜 이런 이야기까지 꺼내는지 이해할 수 없었다. 자신의 취향을 다른 사람에게 납득시킬 필요가 있나 싶다. 인육을 즐기는 것처럼 특이한 취향이라면 더욱더 그렇다. 하지만 이야기를 막고 물어볼 배짱은 없으니 그냥 듣고 있을 수밖에.

게다가 유상진으로선 시간이 필요했다. 생각할 시간이.

그에겐 한 가지 문제가 있었다. 그것도 아주 심각한 문제, 잘못했다간 황 부자의 식탁 위에 올라가게 될지도 모를 문제다. 빨리 그 문제를 해결할 방법을 찾아야 한다.

“……그래서 이번에는 협상을 통해 값을 내려 볼 생각이었는데, 그것도 여의치 않더군. 녀석들은 고급 인육 시장을 완전히 독점하고 있으니 말이야. 다른 인육방이 몇 군데 생겼다는 얘긴 들었지만 아직 질과 맛에서 손색이 많지. 게다가 인육을 대신할 음식이 없으니 놈들로선 정말 땅 짚고 헤엄치기였겠지. 그러니 내 말을 들을 리 있나. 그래서 값을 감수할 수밖에 없었는데, 가만히 생각하니 화가 나더군. 날 봉으로 아는 거 아닌가. 값이 너무 올라 나로서도 부담스러울 정도가 되었다는 것도 문제고.”

황 부자는 새삼 불쾌하다는 듯 이마를 찌푸렸다.

"그래서 강허심이를 시켜 놈들의 본거지를 비밀리에 찾도록 했다네. 내 직속 부하들을 시켰다가 걸리면 발뺌하기 힘들잖나, 고기를 안 팔면 큰일이고. 그래서 나와 별 관계가 없는 강허심이를 시킨 것이지. 아무리 멍청한 녀석이라도 그 정도는 할 수 있을 줄 알았네. 고기를 주문해도 이삼 일이면 오는 것이나 원한다면 요리까지 해서 주는, 정말 따끈따끈하다네, 것으로 보아 양각양의 본거지가 이 주변에 있거나 아니더라도 지부 정도는 틀림없이 존재한다고 생각했거든. 때문에 강허심의 빈약한 두뇌로도 충분히 찾아낼 수 있으리라고 믿었지."

"그래서 강허심이 마지막으로 한 말이 무언지 물으셨군요."

"그래. 녀석이 어느 정도 알아냈다며 만나기로 했는데, 그 전날 자네에게 죽고 만 거야. 내가 그때 냉혹했던 걸 이해하겠지? 놈에게 처바른 돈이 얼만데……."

황 부자는 그 생각을 하자 다시 화가 나는 모양이었다. 말을 이어 나갈수록 굳어지는 얼굴로 짐작할 수가 있었다. 유상진은 심장이 콩닥콩닥 뛰었다.

그러나 유상진을 돌아보는 황 부자의 눈빛은 따뜻하기 짝이 없었다.

"그런데 자네가 ≪천도서≫를 가지고 있다니 전화위복이 아닌가. 흐흐흐흐. 원래 계획은 놈들의 본거지를 찾아 동등한 조건에서 값을 흥정할 생각이었는데 말이야. 이제 나도 양각양에 대항해서 고급 인육 시장에 진출할 계획이네. 놈들이 뭉칫돈으로 가져가는 걸 보고 참 마음이 아팠는데 정말 즐겁게 되는 것이지. 사실 독점이란 사회 전체에도 좋지 않은 영향을 끼치는 법이야. 나라에서 소금 사업을 독점하고 있으니 날강도 같은 밀매꾼이 판치지 않나. 그거랑 비슷하지. 이제 내가 나섬으로써 값도 떨어질 것이고 품질도 더 좋아질 테니 사람들도 좋아할 거야. 이름도 벌써 생각해 두었네. ‘인육방人肉帮’ 어떤가? 너무 흔한 이름 같나? 후후후. 그건 몰라서 하는 말이지, 흔한 이름일수록 기억하기도 좋은 법이거든. 상호는 무엇보다도 고유명사에서 따오는 게 제일이야.”

황 부자는 히죽거리며 웃다 느닷없이 한마디 던졌다.

“내가 왜 이런 말을 하는지 알겠나?”

유상진은 어리둥절했다. 그러나 곧 입술에 침을 바르고 비굴하게 대답했다.

“노야의 깊은 뜻을 제가 어떻게 알겠습니까?”

황 부자는 가슴에 손을 얹었다.

“자네에게 내 속마음을 모두 밝힌 것일세. 자네를 심복으로 삼으려는 나의 마음을 믿어 달라는 의미에서 말이야. 솔직히 자네를 고문해서 ≪천도서≫의 행방을 찾아내려는 생각도 안 한 건 아니야. 하지만 좀 크게, 좀 넓게 보기로 했지. 자네가 원하는 것은 내가 해 줄 수 있는 범위에서 모두 들어주겠네. 그러니 ≪천도서≫가 어디 있는지 솔직히 말해 주게.”

유상진은 한숨을 쉬었다. 황 부자는 유상진의 한숨을 잘못 이해했는지 다급한 얼굴로 말을 이었다.

“자네, 날 못 믿겠나? 이미 자네의 손목을 부러뜨린 혈마대원 녀석은 개밥으로 줘 버렸다네.”

그러면서 개들이 장난삼아 굴리고 있는 머리통을 가리켰다.

"저기, 저기 있잖나."

그리고 보니 낯익은 머리통이었다.

'이거 정말 장난이 아니군.'

복수를 해 주었다기보다는 죽기 싫으면 자기 말을 들으라는 일종의 협박인 셈이다.

'시간을 끌까?'

그래 봐야 황 부자의 의심만 키울 뿐이다. 유상진은 통하든 통하지 않든 솔직하게 말하기로 했다. 짧은 만남으로도 황 부자가 얼마나 맛이 갔는지 확인하기엔 충분했다. 대저 광인을 기다리게 해서는 안 되는 법이다.

유상진은 울상을 지으며 말했다.

"그런데…… 그것이, 제가 ≪천도서≫를 화씨 세가에 두고 와서요."

황 부자가 눈을 치뜨고 유상진을 노려보았다. 유상진은 재빨리 말을 이었다.

"제 숙소에 잘 감추어 두었으니 아무도 발견하지 못했을 겁니다. 노야께서 몇 명만 붙여 주시면 당장 가서 찾아올 수 있습니다."

황 부자는 지금 자신이 들은 말이 믿기지 않는다는 듯 떨떠름한 어조로 반문했다.

"세가에 숨어들어 가겠다고? 몇 명만 붙여 주면 된다고?"

어투가 이상했지만 기호지세다.

"예."

황 부자의 얼굴이 금방 싸늘하게 굳어졌다. '상인인 나도 화씨 세가의 무서움을 아는데 넌 뭐 하는 놈이냐.'라는 의미의 표정이었다. 그는 길게 한숨을 내쉬며 말했다.

"난 웬만하면 무림에 적을 만들 생각이 없네. 상계에도 적은 충분히 많거든. 화씨 세가는 특히 더 곤란해……. 좋아, 좋아. 그렇다면 어쩔 수 없이 책은 포기해야겠군. 하지만!"

"하지만…… 뭐요?"

"자네, 책의 내용을 어느 정도는 기억하겠지? 아쉽지만 그거라도 말해 보게."

⬤

"놈을 놓쳤다고?"

화번천은 의자에서 몸을 일으키며 크게 소리쳤다. 그다지 힘주어 말하는 것이 아님에도 그의 목소리는 장내에 쩌렁쩌렁 울렸다.

화번천의 덩치는 건장했다. 표범의 얼굴에 곰의 허리라, 유달리 왜소한 체구였던 부친과 달리 엄장 큰 그의 몸뚱이에는 기세만으로도 사람을 압박하는 무언가가 있었다.

그는 화씨 세가의 소가주이자 화인청의 하나밖에 없는 아들이었다. 원래는 두 명의 아들이 있었지만 둘 중 하나가 얼마 전에 살해당한 것이다.

화번천 앞에는 오십 대 초반의 중년인이 납작하게 엎드려 있었다.

"죄송합니다, 소가주."

화번천은 한숨을 내쉬며 다시 의자에 앉았다. 그는 한결 가라앉은 목소리로 말했다.

"무슨 일이 있었는지 정확히 말해 보게."

"악양에서 놈의 자취를 발견하고 아이들을 급파했습니다 만…… 도착해 보니 놈은 이미 사라진 후였습니다."

화번천은 기가 막혀 중얼거렸다.

"아니, 그놈은 용빼는 재주라도 있다던가? 우리 애들을 피해 도망간 게 벌써 몇 번째야?"

중년인은 자라처럼 목을 움츠렸다.

"그것이…… 놈이 제힘으로 도망간 것이 아니라 어떤 암중 세력에 의해 납치된 것으로 보여……."

화번천의 고함 소리에 중년인의 다음 말이 묻혔다.

"뭐야! 그건 더 큰 일이 아닌가!"

"……지금 백방으로 애를 쓰고 있는 중입니다."

화번천의 눈이 날카롭게 빛났다. 그는 손가락으로 의자를 톡톡 두들겼다.

≪무경≫의 무공이 외부로 유출된다면 그 여파는 상상하기 힘들었다. 아니, 어쩌면 ≪무경≫보다도 유상진의 존재 자체가 더 위험한 것인지도 모른다.

지금까지 억눌러 왔던 반反 화씨 세가의 기운을 폭발시킬 수도 있는 변수가 바로 유상진이었다. 놈이 벌인 일이 알려진다면 세인들의 머리에 '화씨 세가 놈들도 별거 아니구나. 놈들도 사람에 불과했어.' 같은 생각이 들어차게 될 것이다.

화번천은 생각을 정리하고 입을 열었다.

"악양에 우리가 유상진의 존재를 알리고 도움을 요청했던 자가 있지?"

중년인이 조심스럽게 대답했다.

"천하 삼대상인 중 하나인 황 부자가 거기에 살고 있지요."

화번천은 거칠게 자리를 박차고 일어섰다.

"그놈을 조사해 봐."

같은 침상에서 다른 꿈을 꾸다

第六章

허공에 검은 연기가 감돌고 있었다. 뭉쳐지지 않은 채, 그렇다고 흩어지지도 않은 채 맴돌고만 있는 연기 속에서 갑자기 음산한 목소리가 흘러나왔다.

"혹시 거짓부렁이 아닐까요?"

황 부자는 읽고 있던 문서를 내려놓고 소리가 난 쪽에 시선을 주었다. 그의 번뜩이는 두 눈은 동그란 유리 조각으로 가려져 있었다. 법국法國에서 가져온 안경이란 놈이다. 나이를 먹고 눈이 침침해져 구입한 것이었다.

황 부자는 안경을 벗어 알을 닦기 시작했다. 그리고 연기를 쳐다보며 반문했다.

"거짓부렁이라니?"

"살기 위해 그 책을 늘먹인 섯이 아닌가 해서 드리는 말씀입니다. 공교롭게도 책을 세가에 두고 왔다는 게 믿어지지 않아서…… 게다가 책을 베껴 적는 것도 며칠째 지지부진이지 않습니까?"

"자네 말도 일리가 있긴 하네. 하지만 말이야, 그 책의 존재를 아는 자조차 많지 않아. 나도 얼마 전에야 우연히 알게 됐을 정도니까. 그런데 놈은 책의 모양도 정확하게 말했어."

"그래도 요리계에선 제법 이름이 난 놈입니다. 어디서 귀동냥을 했을지도 모를 일 아닙니까."

"으흠, 그럴까?"

황 부자는 생각에 잠겼다. 그의 작고 가는 눈이 짐승의 그 것처럼 날카롭게 빛났다.

잠시 후 황 부자가 다시 입을 열었다.

"그건 천천히 생각해 보기로 하고…… 그보다 자네가 해 줄 일이 있네."

"말씀하십시오."

"유상진이 ≪무경≫을 훔쳐 낸 것만으로 화씨 세가에서 나에게 도움을 요청했으리라고는 생각지 않네. ≪무경≫을 가로채일 위험을 무릅쓰고 도움을 요청하다니 말이야. 나야 그럴 생각이 없지만 무림인은 비급을 보면 세상 모든 사람이 환장할 줄 알지 않나. 무언가가 더 있어, 무언가 선풍도법보다 더 중요한 것이. ≪무경≫은 그걸 감추려는 핑계에 불과한 거지."

황 부자의 모습은 점점 진지해졌다.

"그게 뭔지 알아봐."

"알겠습니다."

"좋아."

황 부자는 한결 깨끗해진 안경을 끼고 탁자 위에 놓인 담뱃대를 물며 말했다.

"이보게."

"예?"

"난 사실, 놈의 말을 믿네. 그놈은 거짓말을 칠 정도로 머리가 좋은 놈이 못 돼."

　　　　　　　　　●

야차왕은 위대한 인물이었다.

그는 천하 십대고수의 하나이자 인육계의 거목이고 원로였으며 당대 제일의 인육방이라는 양각양의 방주였다. 과거형으로 말하는 이유는 그가 풍으로 쓰러졌기 때문이다. 주먹 두 개로 천하를 호령하던 거물도 병마는 이겨 내지 못한 것이다.

야차왕이 혼수상태에 빠지자 양각양 내부도 변화하기 시작했다. 간부 회의부터였다.

본래 간부 회의는 야차왕의 명령에 따라 추후 행동의 지시를 받고 고급 간부들 사이의 협의가 이루어지는 곳이었다. 그러나 지금은, 다른 간부의 딴죽걸기 혹은 자기 자랑이나 하는 자리로 변질되어 있었다. 다시 한 달 뒤로 다가온 차기 방주 선발 때문이었다.

야차왕이 쓰러진 지 벌써 이 년이 시났다.

말하기도 부끄럽지만 처녀 피가 몸에 좋다고 미친 듯이 퍼먹다가 목을 부여잡고 쓰러진 것이다. 그러고선 깨어나질 못했는데, 똥오줌 받아 내는 것도 일이었다.

일반적인 경우 거물급 고수가 병환으로 쓰러지면 후배들은 그의 전성기를 떠올리며 숙연한 기분에 젖기 마련이다. 하지만 양각양의 간부들은 야차왕의 전횡에 질릴 대로 질려 있었기 때문에 그가 쓰러지자 깨춤을 추며 기뻐했다.

야차왕은 성질이 지랄 같은 데다 손버릇도 안 좋았다. 나이 오십 먹은 단목우도 여러 번 따귀를 맞았을 정도다. 당연히 부하들의 감정이 나쁠 수밖에 없다.

야차왕이 쓰러진 날 임시로 벌어진 간부 회의는 정말 일사천리로 진행되었다. 그들은 야차왕의 하야下野를 공식적으로 발표했고 석 달 후 신임 방주를 선발하기로 결정했다.

야차왕이 멀쩡할 적엔 그의 흑사장 공력을 두려워하여 아무 말도 못 했던 간부들이다. 하지만 이젠 세상에 두려울 것이 없었다. 나중에 야차왕이 깨어나면 새 방주 아래 일치단결하여 해치워 버리면 간단하다.

간부들은 희망에 부풀어 올랐다.

그러나 석 달 후 신임 방주 투표는 무효로 끝나고 말았다. 전 간부진이 자신의 이름만을 적어 냈기 때문이다. 전체 표 중 반 이상의 지지를 얻어야 방주가 될 수 있는데 두 표를 얻은 사람조차 없었으니 말 다한 것이다.

그 뒤로도 몇 번의 투표가 있었지만 결론은 나지 않았다. 아무도 양보하지 않고 이러한 일이 계속되자 결국 간부들은 서로의 얼굴을 보는 것도 피하게 되었다. 몇몇 간부들은 완전히 원수지간이 되었고.

하부 조직 간의 긴밀한 연계는 옛말이 되어 버렸다. 지금은 꼭 필요한 업무만 협력할 뿐 서로를 소 닭 보듯 했다. 그래서 간부 회의는 하부 조직 간의 몇 안 되는 연결 통로로 남게되었다.

"그러니까 이번 달 순이익은……."

백호전주白虎殿主의 결산보고가 이어지고 있었다. 돈을 수금하고 그 돈을 분산투자해 이익을 내는 것이 백호전의 임무였기에 보고는 매우 지루하고 숫자가 많이 나왔다.

단목우는 지겨워 죽을 지경이었다. 그는 백호전주의 외모도, 목소리도, 성격도 마음에 들지 않았다. 물론 그는 이 세상 대부분의 사람을 싫어했지만 백호전주는 특히 더 싫었다.

백호전주의 이름은 진화수로, 과거엔 철혈산반鐵血算班이라는 명예로운 별호의 주인공이었다. 상계의 실력자 밑에서 총관을 보고 있다가 야차왕에게 포섭된 양각양의 창업 공신이기도 했다.

'늙은이…… 예전엔 안 그랬는데…….'

젊었을 때의 진화수는 지력에 무력, 거기에 매력까지 겸비한 팔방미인이었다. 심지어 요리에도 재능이 있어 급할 때는 직접 고기를 굽기까지 했다.

하지만 그때의 호쾌함, 치밀함을 모두 잃은 지금의 모습이란…… 틈만 나면 자랑을 늘어놓는 그를 사람들은 언제인가부터 절민산반鐵血算班이라고 불렀다.

진화수의 두툼한 입술이 쉴 틈 없이 움직였다.

"이 금액은 작년 이 시기에 비해 이익이 무려 십분지 일 이상 증가된 것으로…… 이것은 모두 저희 백호전의 뼈를 깎는 듯한 노력 덕분에……."

단목우는 진화수의 연설은 무시한 채 양손으로 턱을 괴고 보안대장 방희태만 바라보고 있었다. 히죽거리며.

간부 회의 직전 단목우는 방희태에게 해약을 건넸다. 방희태는 침울하기 짝이 없었다. 단목우는 입이 간지러워 그냥 보낼 수가 없었다. 그래서 점잖게 한마디 했다.

"이 약을 먹고 육 육은 삼십육, 삼십육 일간 절대 성행위를 하시면 안 되오. 그럼 아주 난리가 날 테니까."

그때 방희태의 벌레 씹은 표정이란!

게다가 그것으로 끝이 아니다. 방희태에게 약을 먹일 수 있는 기회를 어찌 그냥 넘기겠는가. 해약 속에 삼시뇌충三時腦蟲 한 마리를 넣었다. 방희태도 의심은 하겠지만 제 놈이 어찌겠는가, 우선 아픈데 약을 먹어야지.

삼시뇌충은 정확히 한 달 뒤에 깨어난다. 그때부터 열흘에 한 번씩 해약을 먹지 않으면 뇌를 파먹기 시작하는 것이다. 안에서부터 뇌가 파먹히는 고통은 필설로는 형용할 수 없다고 했다.

단목우는 발작이 일어나기 전날쯤 방희태에게 이 사실을 통보할 생각이었다.

충성을 맹세하지 않으면 해약은 안 준다.

'흐흐흐, 차기 방주는 이제 내 것이군.'

단목우는 방희태에게 의미 있는 웃음을 보냈다. 넌 이제 내 거라는 의미였다.

'기분 나쁜 놈.'

방희태는 자신에게 계속 눈웃음을 보내는 단목우를 보며 입술을 깨물었다. 단목우에게 굽실거렸던 생각을 하니 피가 거꾸로 솟는 기분이다.

'멍청한 놈, 내가 너 따위에게 쥐여지내게 될 것 같으냐?'

그도 나름의 준비를 했다. 단목우가 성병 운운하며 그를 웃음거리로 만들 수도 있기 때문이다.

이제 놈은 사지死地로 떠나게 될 것이다.

"어흠, 백호전주의 결산보고는 모두 끝난 것 같군요."

야차왕의 하야 이후 회의를 주재하게 된 늙은 여우, 총사 허출세가 주위를 돌아보며 물었다.

"다른 보고 사항이 있으신 분?"

허출세는 간부진 중 유일하게 권력욕이 없는 사람이었다.

역설적인 일이지만, 그런 이유로 임시 방주가 되어 회의를 주재하는 일을 맡게 되었다. 별다른 욕심이 없고 평화만을 바라는 그인지라 간부들도 웬만하면 그의 중재에 따랐다.

별다르게 보고할 게 있을 리 없다. 아무도 손을 들지 않자 성급한 몇몇 사람이 자리를 정리하기 시작했다.

그때 방희태가 단목우에게 시선을 주며 씩 웃었다. 그리고 가볍게 손을 들었다.

허출세는 고개를 끄덕였다.

"보안대장이 할 말이 있으신 모양이군요. 말씀하세요."

방희태는 벌떡 일어나 말을 시작했다.

"근래 본 방 주변을 염탐하는 무리들이 있었습니다."

주작전주朱雀殿主 왕창호가 얼굴을 찡그렸다. 육질이 좋은 사람들을 납치해서 고기를 조달하는 임무를 담당한 곳이 주작전이기에 전주인 왕창호 역시 성격이 잔인하고 음흉한 편이었다.

"그거야 우리 직종에선 흔히 있는 일 아니오? 잡아 온 사람들의 일가친척일 수도 있고 고기 가격을 낮추어 보려는 고객들의 부하일 수도 있고, 그도 저도 아니라면 괜히 남의 일에만 인의를 부르짖는 바보들이겠지. 그런 놈들을 막으라고 보안대가 있는 거잖소. 알아서 처리하면 되지."

간부들이 맞는 말이라는 듯 웅성거렸다.

"방 대장도 밥값 좀 하쇼."

"왜 별것도 아닌 이야기로 시간 끄는 거야? 밥 좀 먹자."

"보안대의 능력이 겨우 그 정도요?

그러나 방희태가 힘 있게 한마디를 내뱉자 순식간에 바늘 떨어지는 소리가 들릴 정도로 조용해졌다.

"화씨 세가!"

무거운 긴장감이 장내를 지배했다. 사람들은 밀랍처럼 굳어서 방희태를 쳐다보기만 했다. 방희태는 실제로 바늘을 떨어뜨려 보고 싶은 충동을 느꼈다. 그러나 그냥 숨을 깊이 들이마시고 설명을 시작했다.

"염탐꾼 중 몇 명을 사로잡았는데 놈들이 화씨 세가에서 왔다고 자백했소."

다시 왕창호가 나섰다.

"이해할 수 없소이다. 화씨 세가에서 뭘 먹을 게 있다고 본 방을 염탐하겠소? 혹시 그건 고문으로 만들어진 진실이 아니오? 사람이란 고문을 당하면 없는 사실도 만들어 내기 마련이니까 말이오."

방희태는 꿈쩍도 하지 않았다.

"왕 전주의 말도 일리가 있습니다만 그것은 본 보안대의 능력을 무시하는 언사가 아닌가 싶군요. 양각양 내에서 최고라는 제 고문 실력을 믿지 못하겠다는 겁니까?"

"방 대장이 왜 최고요?"

"좋습니다. 한마디만 하죠. 놈들은 진천뢰를 썼습니다."

꿀꺽!

누군가 침을 삼켰다. 사람들은 혀가 돌처럼 뻣뻣해지는 것을 느꼈다. 진천뢰는 산서 벽력당의 독문병기다. 벽력당이 화씨 세가에 의해 멸문한 것은 모두들 알고 있는 사실이었다.

그래도 왕창호는 포기하지 않았다. 그는 떨떠름한 어조로 말했다.

"뭐, 꼭 화씨 세가라는 법이 있나……."

이제껏 한마디도 않고 있던 청룡전青龍展의 양호초가 중얼거렸다.

"설사 화씨 세가가 아니더라도, 위험한 놈들이군."

과묵한 그가 한 말이라 무게가 있었다. 다른 이들도 모두 동의한다는 듯 고개를 끄덕였다. 염탐꾼에게 진천뢰를 줄 정도라면 보통 위험한 자들이 아니다. 화씨 세가가 아니더라도 거의 그에 근접한 세력을 가진 자들이라는 얘기다.

총사 허출세가 결론을 내렸다.

"그렇다면 양각양 창립 이래 최대의 위기가 아닌가 하오. 방 대장, 어떻게 대응할 계획이오?"

방희태는 의미심장한 미소를 지었다.

"보안대는 부족한 인원으로 중원 전역을 아우르고 있습니다. 이번 일의 중요성은 알고 있습니다만, 그래서 인원을 빼기가 어려운 실정입니다. 그러니 사방전四方展과 영생뢰에서 필요 인원을 보조받고 싶습니다."

허출세는 고개를 끄덕였고 다른 간부들은 눈살을 찌푸렸다. 하지만 감히 곤란하다고 말하는 자는 없었다. 화씨 세가와 관련된 일이다. 가벼이 넘길 수 없다는 사실을 모두가 알고 있었다.

일신의 평화를 최우선으로 생각하는 허출세의 조바심은 남들보다 심했다.

"옳은 말이오. 누구를 원하는지 말씀해 보시오."

간부들이 사추리에 뭐가 떨어진 것처럼 급히 고개를 숙였다.

방희태는 주위를 둘러보며 이 순간의 분위기를 잠시 즐겼다. 언제나 그를 깔아 보던 왕창호나 양호초가 죽은 듯 엎드려 있는 것이 너무나 마음에 들었다. 거대 방파에서 정기적으로 염탐꾼을 보내 주었으면 하는 마음이 들 정도였다.

그는 한참을 기다렸다가 천천히 입을 열었다.

"다른 부서의 어려움도 잘 알고 있으니 무리한 요청을 할 생각은 없습니다."

간부들이 슬그머니 고개를 들었다. 그들의 시선이 방희태에게 고정되었다.

방희태는 망설임 없이 말을 이었다.

"백호전의 독검毒劍, 주작전의 마행오자魔行五子, 청룡전의 흑판관黑判官, 현무전玄武殿의 귀면야차鬼面夜叉 그리고 영생뢰에서는……."

그리고 잠시 멈추더니 씽긋 웃었다.

"아무래도 단 뇌주 본인이 직접 도와주셔야겠습니다."

대부분의 간부들이 가슴을 쓸어내렸다. 그다지 중요하게 생각지 않던 자들이라 안심한 것이다.

발등에 불이 떨어진 건 단목우뿐이었다. 그는 극렬하게 저항했지만 손해날 일이 없다고 판단한 다른 간부의 호응을 얻지 못했다. 결국 일은 방희태의 뜻대로 되었다.

허출세는 소란스러워진 장내를 진정시킨 후 단목우에게 당부했다.

"단 뇌주. 당분간 영생뢰를 책임질 후임을 물색해 두시오. 그리고 비록 방 대장의 나이가 단 뇌주보다 어리다고 하나 지금이 위기 상황임을 명심해서, 단 뇌주는 모든 일에 있어 방 대장에게 협조하셔야 할 것이오."

말이 좋아 협조지 사실 방희태의 명령에 복종하라는 말이나 다름없었다. 단목우의 얼굴이 새하얗게 질렸다.

방희태는 그런 단목우에게 비웃음을 흘렸다.

'이제 상황은 반대가 되었지?'

적당한 시기에 녀석을 없애 버릴 계획이었다. 여러모로 거슬리는 놈이라는 생각에서. 화씨 세가의 일이 신경 쓰이는 것도 사실이지만 단목우 하나 없다고 문제가 생기진 않을 것이다.

방희태는 공손한 어조로 말했다.

"단 뇌주의 전폭적인 협조를 기대하겠습니다."

단목우는 입술을 깨물었다. 방심했다가 크게 한 방 먹은 셈이다. 하지만 아직 끝난 것이 아니다.

'흥, 네 뜻대로 되지는 않을 것이다.'

그에겐 삼시뇌충이 있었다.

🔹

"후우……."

유상진은 멍하니 천장만 바라보고 있었다.

황 부자는 ≪천도서≫에 나온 요리를 아무거나 만들어 보라며 그를 주방에 집어넣고 사라져 버렸다. 남의 칼로는 요리를 할 수 없다고, 꼭 내 칼을 써야 한다고 버럭버럭 우겨 잠시 시간을 벌기는 했지만 큰일은 큰일이다.

"어쩌나? 어째?"

황 부자는 의심을 하고 있었다.

하긴 ≪천도서≫의 필사본을 만들어 준다고 한 지 열흘이 지났음에도 전혀 진도가 나가지 않았으니 당연한 일일 것이다.

유상진이 ≪천도서≫를 가지고 있었다는 것은 틀림없는 사실이었다. 화씨 세가에 두고 왔다는 것도 거짓말이 아니었다─물론 숨겨 두었다는 사소한 오류가 섞였지만.

문제는, 한 번도 읽어 본 적이 없다는 것이다.

요리 만드는 것조차 좋아하지 않는 그가 개인 시간을 쪼개서 요리 책을, 그것도 절대로 만들 일이 없을 ─사람 고기를 먹고 싶어 하는 사람이 얼마나 되겠나─ 요리만 나오는 책을 읽을 이유가 없었다. 단지 사부였던 천무상이 애지중지하던 책이라 언젠가 비싸게 팔 수 있지 않을까 싶어 가지고 다녔을 뿐이다.

처음 책을 구했을 때 몇 장 넘겨 본 것이 전부인데 그때 기억은 봄날 아지랑이처럼 사라진 지 오래였다. 그리고 하필 제대로 책을 읽어 볼까 마음먹었던 날 도망치듯 화씨 세가를 빠져나와야 했다.

"그 빌어먹을 놈만 아니었으면 지금 이 모양 이 꼴이 되지도 않았을 텐데……."

생각만 해도 이가 뿌드득 갈린다. 유상진은 화무겸과의 악연이 시작된 때를 떠올렸다.

그날도 지금처럼 주방에서 요리를 하고 있었다.

유상진은 번개 같은 손놀림으로 쇠고기를 다듬었다. 바로 그가 가장 자랑하는 좌채炒採 요리인 청초우육사靑椒牛肉絲(피망과 쇠고기 볶음)를 만드는 중이었다.

야채를 기름에 볶은 후 소량의 탕과 조미료를 넣는 좌채 요리는 재료를 어떻게 조합하느냐에 따라 맛이 천차만별로 달라진다. 유상진은 업계에서 좌채 요리의 달인이라 불릴 정도로 뛰어난 실력을 가지고 있었다.

유상진이 꾸준히 좌채 요리를 연구한 데 다른 이유가 있는 것은 아니다. 요리가 금방 끝난다는 것 때문이다. 마지막 불 조절에서의 오차 약간을 제외하면 그의 좌채 요리는 완벽했다. 당대의 미식가라는 화인청도 그의 좌채에는 만족했다.

유상진은 얇게 썬 쇠고기 위에 소금과 후춧가루를 가볍게 뿌리면서 냄비에 물을 떨어뜨려 보았다. 물이 증발되며 찢어지는 소리를 냈다.

'흠, 이만하면 됐군.'

좌채 요리는 아주 센 불에서 볶는 것이므로 재빨리 조리해도 타기 쉬웠다. 그래서 빈 냄비를 먼저 충분히 달구어 둔 후 기름을 둘러 타는 것을 방지하는 것이다.

기름을 붓고 냄비에 쇠고기를 넣어 볶기 시작했다. 화악! 무시무시한 소리와 함께 엄청난 크기의 불덩어리가 냄비를 휘감았다.

불을 무서워하면 요리사가 못 된다. 유상진은 아궁이를 조작해 불길을 더욱 키우며 냄비를 앞뒤로 흔들었다. 지글지글 맛있는 소리를 내며 고기가 익기 시작했다.

껍질이 살짝 익었을 때 준비한 여러 가지 채소를 넣었다. 그리고 고기와 채소가 어느 정도 익었다 싶자 불을 껐다. 좌채 요리는 재료가 조금 덜 익었을 때 불을 끄는 것이 중요하다.

유상진은 냄비 안에서 볶음이 좀 더 익기를 기다렸다가 그릇에 옮겨 담았다.

그때 누군가 고함을 질렀다.

"야! 인마!"

유상진은 지겨운 표정으로 고개를 내저었다. 어떤 놈인지 안 봐도 훤하다.

화인청의 둘째 아들인 화무겸.

화씨 세가 출신치고 싹수머리 있는 놈이 없지만 화무겸은 그중에서도 유난하다 싶을 정도로 싸가지가 없는 놈이었다. 늘그막에 얻은 자식이라고 화인청이 너무 오냐오냐하며 기른 탓이다.

얼마 전까지 곤륜산의 은거기인들에게 무술을 배우느라고 세가를 떠나 있었다고 했다. 인간성은 끝장나게 안 좋은 놈이 골격 하나는 끝내 준다나? 무림을 떠난 고인들조차 제자로 삼고 싶어 군침을 삼켰다고 한다.

그러거나 말거나 유상진과는 상관없는 일이었다. 그냥 그런 놈이 있었나 보다 하고 말았는데…….

한 달 전, 녀석이 수련을 끝내고 돌아온다는 연락이 왔다. 그때 고용인들 사이에서 느껴졌던 음울한 기운이란! 세가에서 몇 년 이상 일한 사람들은 모두 공포에 질렸다.

유상진은 이해하지 못했다.

왜 열 살짜리 꼬마에게 겁을 먹을까? 이 년 전에 세가를 떠났다니 그때는 여덟 살이었을 텐데 말이다.

하지만 지금은 이해할 수 있다.

화무겸은 거머리처럼 귀찮은 놈이었다. 아니, 거머리보다 귀찮은 놈이다. 거머리는 배부르게 피를 빨고 나면 떨어지기라도 하지, 이놈은 뭔가 꼬투리를 잡으면 쫓아다니며 사람을 괴롭혔다.

놈이 돌아온 뒤 세가는 조용할 날이 없었다.

'이번엔 또 뭐야?'

화무겸은 씩씩거리며 유상진에게로 걸어왔다. 그는 바닥에 쌓여 있는 배추 한 무더기를 발로 뻥 걷어차며 소리쳤다.

"야! 내가 당근은 절대로 넣지 말랬지!"

유상진은 눈살을 찌푸렸다.

'어린놈이 어디서…….'

놈은 발악하듯 소리쳤다.

"내가 세상에서 제일 싫어하는 음식이 당근이라고 말했잖아! 그런데 왜 넣었어!"

유상진은 꾹 참았다.

주인집 아들과 싸우지 마라.

오랫동안 떠돌이 요리사 생활을 하며 터득한 진리였다.

세상 어떤 부모도 자식을 편들지, 집에서 일하는 고용인 편을 들지는 않는 법이다. 천하제일 고수라고 추앙받는 화인청도 별로 다를 것 같지 않았다. 그가 아들 문제에 조금이라도 분별이 있었다면 화무겸이 지금처럼 당근 하나 가지고 시비를 걸지는 않을 테니까.

게다가 삼 년이라는 계약 기간도 거의 끝나 가고 있었다. 어차피 앞으로 계속 얼굴 볼 사이도 아닌데 험한 소리를 할 이유가 없다.

그래서 유상진은 평소의 성질을 버리고 깍듯하게 대답했다.

"편식은 몸에 해롭습니다."

화무겸의 얼굴이 붉어졌다. 그는 성난 목소리로 외쳤다.

"뭐라는 거야, 지금? 내가 편식이나 하는 어린애라는 거야?"

'응, 바로 그거야.'

그렇게 생각하면서도 유상진은 공손하게 고개를 숙였다.

"죄송합니다. 그런 뜻으로 드린 말씀은 아닙니다."

그때, 후두부에 강력한 충격이 있었다. 유상진은 일순 의식을 잃고 그 자리에 주저앉을 뻔했다. 간신히 정신을 수습해 고개를 들자 화무겸이 주먹을 쥔 채 씩씩대고 있었다.

"아니긴 뭐가 아냐, 이 쥐새끼 같은 놈아!"

'나 지금 맞은 거야? 저 고사리 같은 손에?'

한때 뒷골목에서 놀아 보기도 했던 유상진이다. 남에게 맞으면 두 배로 갚아 줘야 한다는 생각이 자연스럽게 머리에 박혀 있다. 일을 저지른 다음에 그냥 갯값을 물어 버릴까 생각마저 순간적으로 해 버렸다.

그런 유상진의 마음을 아는지 모르는지 화무겸은 여전히

씩씩대며 말했다.

"그냥 넣지 마! 아무 소리 말고! 알았지?"

유상진은 한 번만 더 참기로 했다.

"당근은 공자의 아버님이신 화인청 가주님이 가장 좋아하시는 야채입니다."

그러니까 따지려면 아버지한테 따지라는 말이다. 당근을 빼면 화인청에게 혼나기 때문이다.

하지만 화무겸은 남의 고충을 전혀 이해하려 하지 않았다. 오히려 그 말이 자존심을 건드렸다는 듯 부르르 몸을 떨었다.

"이런 밀고자 같은 자식! 지금 내 앞에서 우리 아빠 이름을 파는 거야? 내 경고하는데, 앞으론 당근이 안 들어가는 요리를 만들든가 당근을 빼고 만들든가, 둘 중 하나를 해. 죽기 싫으면."

유상진은 더 참지 못했다.

"야, 인마! 니가 그냥 당근만 골라 내고 먹으면 되잖아!"

유상진이 삼킨 다음 말은 '왜 내가 고생을 해야 해?'였다. 하지만 화무겸의 주먹이 콧잔등을 박살 냈기에 거기에서 말이 중단될 수밖에 없었다.

유상진은 이를 악물고 화무겸의 멱살을 잡으려 했다. 그러나 그러기도 전에 복부에 강렬한 충격이 느껴졌다.

"억!"

유상진은 새우처럼 허리를 구부렸다. 화무겸의 무릎이 얼굴을 때렸다. 얼굴을 부여잡고 바닥에 나뒹굴었다.

그 고통은 시작에 불과했다. 이어서 무언가가 옆구리를 찔

렸다. 마치 쇠망치로 얻어맞는 듯한 느낌이었다. 유상진은
뭍으로 나온 물고기처럼 퍼덕거렸다.

그리고 등허리에 마지막 충격이 가해졌다.

우두둑!

놈이 발뒤꿈치로 내리찍은 것이다. 유상진은 바닥에 머리
를 박았다. 그리고 개수대 물을 꼴깍꼴깍 마시며 서서히 정
신을 잃어 갔다.

"이제 똑바로 해."

화무겸의 씩씩대는 소리가 멀리서 들려왔다.

그날의 일을 떠올리니 새삼 옆구리와 등허리가 쿡쿡 쑤
신다.

유상진은 콧잔등을 어루만졌다. 다른 곳은 몰라도 코 하나
만은 잘생겼다는 얘기를 많이 들었던 그다. 하지만 화무겸에
게 맞아 부러진 뒤 매부리코가 되어 버렸다.

그는 코에 난 흉터를 가만히 더듬어 보았다. 지금도 흉터
에 손을 대면 소름이 돋는다.

'아무튼, 그땐 나도 정신이 나갔었지. 다 화무겸 그놈 잘
못이라니깐. 놈이 날 그렇게 몰아붙이지만 않았어도…….'

그가 그다음에 있었던 피범벅의 사건을 상상할 때, 누군
가 어깨를 잡았다. 유상진의 입에서 저절로 헛바람이 새어
나왔다.

"왜 그래? 어디 아픈가?"

황 부자가 걱정스러운 어조로 물었다.

"아, 아닙니다. 잠깐 옛날 생각이 나서요."

"쯧쯧. 돌아가신 부모님 생각이라도 난 모양이로군. 나중에 고향에 보내 줄 테니 나만 믿게."

"예, 감사합니다."

"그럼 요리를 시작해야지. 재료도 가지고 왔네."

황 부자는 자랑스럽게 말했다.

유상진은 도대체 무얼, 아니 누굴 데려왔을까 하는 생각에 황 부자의 어깨 너머를 살폈다. 두 명의 여인이 겁에 질린 얼굴로 서 있었다.

그들을 보고 유상진은 화들짝 놀랐다.

파란색 눈. 치렁치렁한 금발에 벽요석처럼 빛나는 파란색 눈을 가진 여인이다. 얼굴엔 주근깨가 가득했고 유상진보다도 키가 컸다. 마르긴 했지만 전체적으로 늘씬한 몸매의 소유자였다. 꼭 이 세상 사람 같지 않은 아름다움이 느껴졌다.

다른 한쪽은 검은 피부의 아가씨였다. 그쪽도 옆에 선 벽안碧眼의 아가씨처럼 보통의 중원 아가씨와는 다른 분위기를 내뿜고 있었다. 키는 조금 작지만 금방이라도 옷을 찢고 터져 나올 것처럼 농염한 몸매였다.

황 부자는 유상진의 놀란 얼굴을 보며 웃었다.

"후후후, 놀랐나? 나에게 이런 아이들이 있는지 몰랐겠지?"

"정말 놀랐습니다. 어디서 이런 색목 여인들을……."

황 부자는 호탕하게 웃었다.

"자네는 이백의 이런 시를 들어 보지 못했나?"

그리고 목청을 돋워 시구를 읊었다.

　　오릉五陵의 귀공자 금시金市의 동쪽을 향하고

　　은 안장 백마에 앉아 봄바람을 가른다

　　어디선가 낙화를 밟으며 종일토록 노니는데

　　주사酒肆의 호희胡姬가 미소 짓고 들어온다

"못 들어 봤는데요."

"당나라 때 대시인인 이백이 장안성長安城의 정경을 읊은 시일세. 여기서 호희, 즉 오랑캐 무희라는 게 이 아이들을 말하는 거지. 장안으로 향하는 내 상단을 시켜 큰돈을 주고 사 왔다네."

"그래요? 정말 부럽습니다. 근데 애들은 왜…… 요리를 가르치시려고요?"

"흠."

그런 생각은 미처 못 했다는 듯 황 부자가 콧소리를 냈다. 유상진은 왠지 불안해져 조심스럽게 물었다.

"그런데 재료는 어디 있죠?"

"여기 있잖아."

"어디요?"

"여기 얘네들!"

"하하하, 색다른 농담이시네요."

유상신은 웃었지만 황 부자의 얼굴은 담담했다.

"저…… 농담이시죠? 그냥 해 보신 말씀이죠?"

"원래 좀 색다른 가무를 즐기려고 구해 온 아이들이지만…… 번육番肉(이국인의 고기)을 맛볼 기회를 포기할 수가 없어서 말이야. 중원인보다 육질이 낫다는 얘기가 많더라고."

말을 하면서도 황 부자의 얼음장 같은 눈은 계속 유상진을 탐색하듯이 훑고 있었다.

유상진은 입술을 깨물었다. 약한 모습을 보이면 끝장이다.

'에라, 갈 데까지 가 보자.'

그는 만면에 미소를 띠며 황 부자의 말을 받았다.

"물론입니다. 역시 노야는 미식에 있어 경지에 다다른 분이시군요. 최고의 요리를 위해 정까지 끊으시다니! 저로선 감탄에 감탄을 거듭할 따름입니다. 조금만 기다리십시오."

"하하하, 자네야말로 날 알아주는군. 그럼 좋은 요리를 기대하겠네. 참, 그리고……."

황 부자는 식도 한 자루를 내밀며 물었다.

"이게 자네 칼인가?"

"예, 제 것이 맞습니다. 이걸 어디서 찾으셨습니까?"

"다보루에서. 다보루의 새 요리사가 쓰고 있었다더군."

"그 죽일 놈들. 다보루는 아직 영업을 하나 보죠?"

"주인은 바뀌었다던데. 어렵게 빼앗아 온 물건이야. 요리사가 팔 수 없다고 우겨서 말이지, 몇 사람 죽었다더군. 그러니까 요리에 최선을 다해 주게."

"물론입니다."

"좋아, 자네만 믿겠네."

황 부자는 주방을 나가며 덧붙였다.

"아, 참! 우리말을 잘 못하는 아이들이니 우리가 하는 말을 엿듣지 않았을까 걱정할 필요는 없네."

유상진은 황 부자가 완전히 사라지기를 기다렸다가 길게 한숨을 쉬었다.

두 여인은 아무것도 모른 채 유상진의 걱정스러운 얼굴을 보며 배시시 웃었다. 부드러운 미소였지만 긴장이 섞여 있었다. 말이 통하지 않더라도 느낌이란 게 있을 테니까 이 계집애들도 뭔가 이상함을 느꼈을 것이다. 곧 토막 나서 냄비 속에 들어가야 한다는 사실은 모르겠지만.

'이를 어쩌나?'

유상진은 손톱을 물어뜯었다.

생판 처음 보는 아가씨 둘을 토막 낼 생각을 하니 정신이 아득해진다. 그것도 말도 안 통하는 아가씨들에게 갑자기 칼을 들이밀고 푹푹 쑤시란 말인가.

전에 사람을 토막 낸 적이 없는 것은 아니다. 하지만 그때는 그럴 수밖에 없는 이유가 있었다.

그날처럼…….

유상진은 화무겸에게 얻어맞고 기절했던 그날의 일을 떠올렸다.

유상진이 정신을 차렸을 때 침대 밑에는 세가의 다섯 총관

중 하나인 이성산이 서 있었다. 그는 거대 세가의 총관답지 않게 소탈하고 놀기 좋아하는 한량으로 유상진과 사이가 나쁘지 않았다. 함께 기녀원을 찾은 적도 여러 번이었다.

이성산은 끌끌 혀를 찼다.

"정신이 들었나?"

한동안 머리가 어질어질해 아무 생각도 나지 않았다. 그러다 화무겸에게 묵사발이 되도록 얻어맞은 것이 떠올랐다. 주방에서 일하는 접시닦이 몇 명이 그를 의방으로 옮겨다 줬던 것도 기억난다. 그 뒤로 고열에 시달리며 비몽사몽 몇 번이나 깨었다가 기절했다.

유상진은 이를 갈며 몸을 일으켰다.

"그 빌어먹을 애송이는…… 욱!"

옆구리가 찌르르 울렸다. 그는 다시 침대에 쓰러졌다. 목이 메어 목소리조차 잘 나오지 않았다.

유상진은 목을 부여잡고 목청을 돋워 보려 애썼다.

이성산은 얼굴을 찌푸리며 말했다.

"이 공자를 그런 식으로 부르지 말게. 세가의 다음 주인이 되실지도 모르는 분이야."

유상진은 분기탱천해서 소리를 질렀다.

"내 평생 그런 인간 망종은 처음 만났습니다. 개자식!"

"내가 자네라면 그런 말투는 안 쓰겠네. 누가 고해바치면 어쩌려고 그러나?"

구구절절이 옳은 말이다. 그러나 화가 나는 걸 어쩌란 말인가. 유상진은 몇 마디 더 욕설을 내뱉으려 했다.

이성산이 재빨리 그의 말을 가로챘다.

"가주님께서 이 공자를 얼마나 사랑하시는지 자네가 몰라서 그러네. 이 공자의 기분을 풀어 주기 위해서라면 고용인 한 명 목을 치는 건 아무렇지 않게 하실 분이야."

유상진은 막막한 공포감으로 치를 떨었다. 세상엔 정의라는 것도 없나. 그런 어린놈이 마구 주먹을 휘두르고 다니게 내버려 두다니!

하지만 공분만으로 악을 멸할 수 없다는 사실은 그도 알고 있었다. 강한 자가 곧 정의인 것이다.

유상진은 침울한 얼굴로 고개를 떨구고 있다가 결국 입을 열었다.

"형님이 그렇게 말씀하시니 참기로 하지요."

"그럼, 그래야지. 몸은 어떤가?"

"아파 죽겠습니다."

"당연히 그렇겠지. 이빨이 네 개나 나간 데다 코뼈도 부러졌어."

"또 다른 건?"

"음…… 갈비가 두어 대 나갔고 정강이뼈도 부러졌고…… 뭐, 그래도 뼈는 제대로 붙었다고 하더군. 절름발이가 되는 일은 없을 거야. 의원 말로는 부러진 이빨이 목구멍을 가로막은 것이 좀 위험했네. 부러진 갈비뼈가 내장을 좀 찢어냈다고 하는 것도 같던데…… 자세한 건 나중에 의원에게 물어보게."

유상신은 몸서리를 쳤다.

화무겸이란 놈, 거의 인간 백정 수준이 아닌가. 대여섯 대 밖에 안 맞았다고 생각했는데 한 대 한 대가 급소를 제대로 가격한 모양이다. 당근 하나 가지고 사람을 이 꼴로 만들다니, 어린놈이 잔인하기도 하다.

유상진은 참지 못하고 외쳤다.

"그 빌어먹을 새끼는……."

이성산이 눈을 부릅떴다.

"알았소, 알았어. 이 공자는."

이성산의 눈빛이 조금 풀렸다.

"이 정도로 끝난 게 다행이라고 생각하게. 사실 이 공자에게 걸려서 살아남은 건 천운이야."

"그노…… 이 공자가 그렇게 잔인하오?"

"자네, 소문을 듣지 못했었나 보군. 하긴 그러니까 그런 맹랑한 행동을 했겠지."

"그러지 말고 말 좀 해 보시오."

이성산은 주위에 아무도 없음을 확인하고 목소리를 낮춰 말했다.

"이 공자가 돌아온 지 열흘이지만 벌써 이 지방 사람들이 바깥출입을 다 삼가고 있어. 죽은 사람만 다섯 명이야. 실종자까지 합치면 삼십 명이 넘을걸. 가주께서 커다란 보상금으로 입막음을 시키고 있지. 그래도 입을 다물지 않으면 사람을 보내 싸그리……."

이성산은 목을 긋는 시늉을 했다.

"그것뿐이 아닐세."

그러고는 세가 내에서 죽은 사람들을 조목조목 들어 설명해 주었다. 내전의 시비 두 명이 이렇게 죽었고 외당의 위사 세 명은 저렇게 죽었고…… 어쩌고저쩌고…….

유상진은 완전히 질려 버렸다.

"빌어먹을! 가주가 이 공자한테 뭔가 제재를 가해야 하는 거 아니오?"

이성산은 손을 내저었다.

"다시는 그런 말 말게. 내 보기엔 가주께서 이 공자의 그런 행동을 오히려 부추기는 것 같더군. 영웅은 원래 간덩이가 커야 된다나? 앞으론 이 공자가 무슨 말을 하든, '예, 알겠습니다.' 그 말만 하게. 그러면 별일 없어."

"……알았수."

"참, 그리고 자네 처분도 결정됐네."

유상진은 퉁명스럽게 대꾸했다.

"돈냥이라도 준답디까?"

하지만 속마음은 약간 풀렸다. 그도 화무겸에게 덤벼 봐야 손해만 볼 뿐이라는 사실은 알고 있었다. 단지 너무 화가 나서 욕설을 퍼부었을 뿐이다.

그래, 돈 받고 참자. 유상진은 이를 악물며 똥이 더러워서 피하지 무서워서 피하냐는 생각을 했다.

이성산이 말했다.

"자네 벌써 열흘째 정신을 잃고 있었다는 거 모르겠지? 몰랐나 보군. 의원 말이 앞으로도 한 달 정도는 몸을 못 움직일 거라더군. 그래서 말이야……."

"뜸 들이지 말고 빨리 말해 보십쇼. 얼맙니까?"

"원래 계약 기간이 삼 년이었잖아. 자네가 요리를 못 하는 한 달은 계약 기간에 포함하지 않는다고 말씀하시더군."

유상진의 얼굴에 핏기가 사라졌다.

"그게…… 그게 무슨 말입니까? 보상금은요? 육체적, 정신적 피해 보상은요?"

"그런 얘기는 들은 바 없네."

"아무 말도 없어요?"

"정말 미안하네만, 그게 가주의 말씀이셨네."

유상진은 분노로 몸을 떨며 욕설을 내뱉었다.

"이런 빌어먹을, 빌어먹을 자식들!"

이성산은 뒤 마려운 사람처럼 급히 일어섰다.

"그럼, 몸조리 잘하게."

그리고 도망치듯 병실을 나갔다.

지루한 하루가 지났다.

누워서 아무 일도 하지 않고 하늘만 보고 있는 것은 그다지 재미있는 일이 아니다. 그 무료함을 스스로 선택하지 않았다면 더욱 그러할 것이다.

병문안을 오는 자는 한 명도 없었다. 그와 내연의 관계를 맺고 있던 산지기 최 씨의 마누라도 코빼기 한번 비치지 않았다. 그를 찾았다가 이 공자에게 밉보일 것을 염려한 것이다.

'죽일 놈들.'

그가 세가의 수석 요리사로 군림하던 시기엔 입속의 꿀처럼 굴던 녀석들이, 정말로 어려운 일이 닥치자 죽었는지 살았는지 한번 찾아오지도 않다니.

유상진은 하루 종일 침대에 누워 화무겸에게 복수할 방법을 떠올리려 애썼다.

하지만 이거다 싶은 생각이 떠오르지 않았다. 돈도 없고 배경도 없고 의지력도 약한 그가 화씨 세가 같은 거물을 상대한다는 건 애초부터 무리였다.

"……아무 방법도 없는 건가?"

결국 유상진은 복수를 포기했다. 무슨 짓을 하더라도 계란으로 바위 치기에 지나지 않는 것을 어떻게 하겠나.

'병문안 안 온 놈들이나 조져야지.'

유상진은 다짐했다.

그날 밤, 화무겸이 병실로 숨어들지 않았다면 그 이후의 불쾌한 사태는 절대 일어나지 않았을 것이다.

갑자기 불어온 찬 바람에 유상진은 눈을 떴다. 윙윙거리는 바람 소리가 문풍지를 울리며 귓전을 때렸다. 몸이 으스스 떨리고 한기가 느껴졌다.

'빌어먹을, 또 창문을 안 닫고 갔군.'

마음속으로 저녁나절 병실에 들렀다 간 의원에게 욕설을 퍼부었다. 세가의 의방은 곽소생이란 의원이 관리했는데, 실력은 괜찮지만 실수가 많아 사람들이 좋아하지 않았다.

유상진은 절망적인 눈으로 창문을 쳐다보았다. 열린 창문으로 싸늘한 바람이 쏟아져 들어오고 있었다. 하지만 창가까지 갈 힘이 없다.

유상진은 입맛을 다시다가 머리맡의 주전자로 손을 뻗었다. 손이 닿지 않는다. 이상하다.

'자기 전에도 분명히 물을 마셨는데…….'

그는 억지로 상체를 일으켜 주전자 쪽으로 기어갔다. 옆구리가 쿡쿡 쑤신다. 꾹 참고 손을 끝까지 뻗었다. 막 주전자에 손이 닿는 순간, 주전자가 스르륵 멀어졌다.

그리고 들려오는 냉랭한 목소리.

"힘들지?"

유상진은 고개를 들었다.

거무튀튀한 벽과 장판 그리고 밉살스러운 화무겸의 얼굴이 차례로 보였다. 얼굴에 솜털도 가시지 않은 애송이 주제에 살인, 방화를 서슴지 않고 자신을 이곳에 입원시킨 바로 그놈이다. 놈의 얼굴에는 기이한 열기가 올라 있었다.

"목마르지?"

이상한 일이다. 조금 전까지만 해도 녀석에 대한 분노로 가득 차 있었는데, 막상 얼굴을 보니 겁부터 났다. 몸으로 배운다는 게 바로 이런 것인 모양이다.

화무겸은 다시 한 번 물었다.

"목말라, 안 말라?"

유상진은 아무 말도 할 수 없었다. 그는 고양이 앞의 쥐처럼 뻣뻣하게 굳어 있었다.

화무겸이 씩 웃었다.

"요즘 네 생각이 많이 나더라."

그리고 주전자를 유상진의 입에 가져다 대 천천히 기울였다.

"아빠한테 욕 좀 먹었거든."

유상진은 잠시 망설였지만 곧 입을 벌려 물을 받아먹었다.

"거, 기분 되게 나쁘더라. 너도 아빠에게 욕먹어 본 적 있으면 알 거 아냐."

한창 목구멍으로 물이 넘어가는 중이라 유상진은 대답할 수가 없었다. 화무겸도 별로 대답을 기대한 기색은 아니었다. 그는 한가로운 어조로 말했다.

"듣자 하니 한 달 정도 더 누워 있어야 한다며?"

유상진은 심장 박동이 빨라지는 것을 느꼈다. 물을 그만 먹고 싶었지만 화무겸은 계속해서 주전자를 기울이기만 했다.

마침내 유상진은 물을 토해 냈다. 그는 고개를 숙이고 콜록콜록 기침을 했다. 갈비뼈가 다시 부러진 것처럼 아팠다.

화무겸은 주전자를 바닥에 내려놓았다.

"좀 더 빨리 만나고 싶었는데 아직 깨어나지 않았다고 그래서. 대답도 못 하는 애를 때리는 건 재미없잖아?"

화무겸은 입가에 기이한 웃음을 띤 채 유상진 쪽으로 손을 뻗었다. 유상진은 다급해졌다. 자존심 따위는 개나 줘 버려라. 지금은 어떻게든 살아남아야 할 때다.

그는 눈물을 쏟으며 말했다.

"이 공자님, 제발 아량을 베풀어 주십시오! 전 이 공자님에게 맞을 값어치도 없는 놈입니다. 몸이 낫는 즉시 세가를 떠나겠습니다. 그러니까 제발……."

화무겸은 유상진의 아혈을 짚었다.

"조용히 해, 사람들이 오면 어떡하려고."

유상진은 입을 벌렸지만 말이 나오지 않았다. 목소리는 목구멍에서 맴돌다가 배 속으로 돌아갔다.

"하고 싶은 말이 있나 보지? 걱정 마. 내일도 있고 모레도 있으니까. 시간은 충분하다고."

화무겸은 품속에서 소도 한 자루와 자기 병 하나를 꺼냈다. 유상진이 그걸 보고 놀라 발버둥 쳤다. 화무겸은 손바닥으로 유상진의 가슴을 지그시 눌렀다. 유상진은 온몸에서 힘이 풀리는 것을 느끼며 축 늘어졌다.

"걱정할 것 없어. 내가 널 죽이기야 하겠어? 게다가……."

화무겸은 자기 병을 흔들었다.

"너를 위해 외상에 좋은 약도 가져왔다고. 멸마권滅魔拳 할아범이 준 거니 제법 효과가 있을 거야. 그 영감 무술은 매일 부러지고 뒤틀리고 찢어지고 하는 거니까. 사실 말이야, 그 영감이 틈만 나면 약 자랑을 해서 얼마나 좋다고 저러나 했는데, 막상 영감한테 써 보니까 괜찮더라고. 관절이란 관절은 다 부러졌는데도 보름을 버텼으니까."

관절이 왜 부러졌을까?

보름을 버텼다니, 그건 또 무슨 소릴까?

멸마권 번학기는 세가의 가주인 화인청과 둘도 없는 친우이자 정파 무림의 큰 어른이었다. 악인을 누구보다도 미워해서 멸마권이란 별호가 붙었다고 했다. 중원 무림, 아니 서장의 고수들까지 다 합쳐도 번학기를 이길 실력을 가진 자는 열

명을 넘지 못했다.

그런 번학기가 누구에게 맞았기에 관절이 부러졌을까?

유상진은 —선입견 때문일 수도 있겠으나— 번학기의 죽음에 화무겸이 개입된 게 아닌가 하는 의심이 들었다. 물론 화무겸의 무공으로 번학기를 때려눕힐 순 없겠지만, 밥이나 차에 독을 타고 기절시킨 다음에 뼈를 부러뜨렸을 가능성도 있으니까.

화무겸은 유상진의 볼에 칼을 가져다 댔다.

"그럼, 시작해 볼까?"

유상진의 몸은 공포로 얼어붙었다. 화무겸이 가볍게 칼을 돌리자 볼에 살짝 생채기가 났다. 유상진은 옆으로 몸을 빼고 싶은 충동을 간신히 억눌렀다.

화무겸이 말했다.

"난 말이지, 힘 조절에 서툴러서 말이야. 아빠에게 욕을 참 많이 들었지."

그리고 무언가를 떠올리는 듯 미간을 모으며 말을 이었다.

"그래서…… 그러니까 몇 년 전이지, 예전에 사람 배를 갈라 본 적이 있어. 아빠한테 기본적인 도법을 배운 직후였는데 말이야. 굉장히 강해진 기분이 들었거든."

화무겸의 안색이 침울해졌다.

"그런데 힘이 없어서인지 가죽도 다 가르지 못했어. 피 좀 나면서 노란 지방이 보이더라고. 화가 났지. 그래서 다른 놈에게 다시 한 번 실험을 해 보았는데……."

화무겸은 한숨을 쉬었다.

"이번에는 너무 힘을 주었는지 내장까지 다 쏟아지잖아. 그 뒤로도 많이 해 봤는데 한 번도 성공한 적이 없어."

화무겸은 직접 보여 주겠다는 듯 소도를 유상진의 가슴에 문질렀다. 유상진의 이마에서 땀방울이 비 오듯 쏟아졌다.

"그래서 아빠가 나에게 직접 무술을 안 가르쳤는지 몰라. 내가 너무 재능이 없어서. 멸마권 같은 영감쟁이에게 날 맡기기만 하고!"

멸마권이라고 할 때 그 분노 섞인 표정을 보며 유상진의 의심은 확신으로 변했다. 멸마권이 누구에게 죽었는지 내기를 걸어도 되겠구나 싶었다. 그러나 별로 기쁘진 않았다.

"아빠의 관심을 끌려고 이 사람 저 사람 죽여 봤는데도 통 뭐라고 화를 내지 않더라고."

화무겸의 얼굴이 눈에 띄게 침울해졌다.

유상진은 답답했다.

'이런 미친 자식! 그냥 아빠한테 가서 관심 좀 달라고 하면 되잖아. 왜 애꿎은 사람을 죽여!'

그런데 화무겸의 표정이 갑자기 환해졌다. 어린애의 순진한 웃음이었다. 모르는 사람이 보았다면 '꼬마가 귀엽구나!' 하면서 머리를 쓰다듬어 줄 그런 웃음.

하지만 유상진은 속지 않았다. 아랫배에 식칼이 닿아 콕콕 찌르는 것이 느껴졌기 때문이다.

"그런데 널 보니 이번에는 성공할 것 같은 예감이 들어. 예쁘게 배를 가르면 아버지도 날 다시 보겠지?"

유상진은 유일하게 움직일 수 있는 눈알을 좌우로 굴려 절대 아니라는 의사를 표현하려 했다.

그러나 화무겸은 그의 애절한 눈빛을 본 척도 하지 않았다. 달빛에 소도를 비춰 보며 그가 말했다.

"걱정 마. 그건 맨 마지막에, 그러니까 한 달 후에 실험할 생각이니까. 우선은 작은 거부터 해 보자고."

유상진은 두 눈을 감았다. 눈에 보이지 않으면 화무겸이 사라지기라도 할 것처럼.

그러나 화무겸은 사라지지 않았고 지독한 통증이 시작되었다.

🌑

황 부자는 읽고 있는 문서가 도통 눈에 들어오지 않았다.

그것은 기대감 때문이었다. 이제 조금만 더 기다리면 평생 먹어 보지 못한 새로운 요리를 맛볼 수 있게 되는 것이다.

"노야, 기분이 좋아 보이십니다."

한 사내가 방으로 들어오며 말했다.

"아, 자네 왔나?"

사천四川 제일의 고수로 알려진 사천마수四川魔手 하길진이었다. 지난 십 년간 황 부자를 보호하던 혈영야로가 황 부자의 밀명을 받고 하오문下午門으로 급파되는 바람에 하길진이 대신 황 부자 곁을 지키게 된 것이다.

황 부자는 손바닥을 비비며 말했다.

"난 지금 매우 떨린다네. 새로운 요리를 맛보기 직전의 긴장감이라고나 할까?"

"노야께선 녀석이 진짜로 ≪천도서≫를 가지고 있었다고 생각하시는 모양이군요."

황 부자는 고개를 끄덕였다.

"물론이지. 그렇지 않고서야 인육방을 준비할 이유도 없지 않겠나. 혈영야로도 그 사전 작업으로 하오문에 간 것이고."

"갑자기 그에게 요리를 준비하라고 하셔서서 전 그를 의심하시는 줄 알았습니다만."

"아니야, 기다리기에 좀이 쑤셔서 그런 것뿐이지. 그건 그렇고……."

황 부자는 잠시 말을 멈췄다가 힘겹게 입을 열었다.

"그 아이는 좀 어떤가?"

"여전하시죠, 뭐. 절 밖으로 나올 생각을 안 하십니다."

"후우…… 방비는 철저히 하고 왔겠지?"

"물론입니다. 저 대신 황산오귀黃山五鬼를 남겨 두었습니다."

"황산오귀? 그놈들 성질이 지랄 같지 않던가?"

"단단히 당부를 해 뒀습니다. 녀석들이 죽고 싶어 환장을 하지 않은 이상 멍청한 짓은 못 할 겁니다."

"그래야겠지. 그 아이 성격이 죽은 제 어미를 꼭 빼닮았거든."

황 부자는 무언가를 회상이라도 하는지 두 눈을 감았다.

과거는 참을 수 있지만 못생긴 건 못 참는다

第七章

이마를 타고 땀방울이 흘러내려 눈을 찔렀다. 유상진은 손가락을 갈고리처럼 만들어 머리칼을 쓸어 올렸다.

그때를 생각하자 어깨와 무릎이 쑤신다. 분명 다 아문 지 오래인 상처인데도 구멍이 뻥 뚫린 느낌은 끝내 사라지지 않았다. 그 구멍으로 바람이 솔솔 새어 들어오는 기분이란 정말 지랄 같다. 의원을 찾아가 보기도 했지만 아무 문제도 없다는 얘기만 들었을 뿐이다.

그래도 화무겸의 약은 진짜였다. 아무리 심한 상처도 반나절만 지나면 얌전해졌다. 물론 상처가 남으면 남들에게 들킬까 봐 준비한 것이었겠지만⋯⋯.

약 이름은 지금도 알지 못하지만 그렇게 효과가 뛰어난 금창약金瘡藥은 그 전에도, 그 후에도 보지 못했다.

'그걸 들고 튀었어야 했는데…….'

"저기…….."

누군가 입을 열었다. 유상진은 소리가 나는 쪽을 돌아보았다. 이국에서 온 두 명의 무희가 긴장된 얼굴로 그를 쳐다보고 있었다. 그중 한 무희가 떠듬떠듬 입을 열었다.

"춤, 춤출까요?"

유상진은 손을 내저으며 말했다.

"춤은 무슨…… 그냥 가만히 있어."

그러나 두 무희는 그의 말을 어떻게 받아들였는지 팔다리를 움직여 춤을 추기 시작했다. 유상진은 눈을 감고 심기를 가다듬어 보려 했지만 바로 옆에서 춤추고 있는 무희들이 신경 쓰여 더욱 심란해지기만 했다.

그는 화무겸과 보냈던 마지막 밤을 떠올렸다. 그날도 죽을 것처럼 두렵고 심란한 날이었다.

화무겸은 집요한 인간이었다.

본인의 주장에 따르면 약속을 지킬 줄 아는 거였지만 유상진이 보기엔 속 좁고 원한을 오래 품는 것에 불과했다.

화무겸은 그날 이후로 비가 오나 눈이 오나 바람이 부나, 하루도 빼지 않고 유상진을 방문했다.

유상진은 고통과 공포로 미치기 일보 직전이었다. 그가 목을 매지 못한 건 순전히 일어설 힘이 없어서였다. 의원이라는 놈은 매일 새로운 상처가 생기는 걸 보고도 모른 척 소독만 해 주고 가 버렸다. 놈에게는 그 상처들이 모기에게 물린 것으로 보이는 모양이었다.

이대로 당하다간 꼼짝없이 죽는다. 유상진은 병실을 청소하는 떠꺼머리총각을 통해 이성산에게 도움을 요청했다. 옷을 찢어 거기에 피로 '도와주세요.'라고 적어 보낸 것이다.

다음 날 총각은 이성산의 답장을 가져왔다. 이성산은 유상진이 보낸 천 쪼가리에 '미안.'이라고 적어 금창약과 함께 돌려보냈다.

"상처에 되게 좋은 약이라던데요."

"그 개새끼…… 알았어, 가 봐."

하지만 총각은 방을 나가지 않고 머뭇거렸다.

"왜 그래?"

"수고비 주셔야 되는데요."

유상진은 주전자로 총각의 머리통을 부숴 버리고 싶은 충동을 느꼈지만 그럴 기운이 없었다.

"거기, 내 옷 걸린 거 있지. 꺼내 가."

나중에 확인해 보니 떠꺼머리총각은 약속한 금액보다 닷 푼을 더 가져갔다.

그날 밤에도 어김없이 화무겸이 찾아왔다. 그는 유상진의 등허리에서 살점을 몇 개 뜯어낸 뒤 약을 발라 주고 사라졌다.

유상진은 더 이상 참을 수가 없었다.

마침내 그는 죽을 때 죽더라도 한번 덤벼 보기로 작심했다. 어차피 죽는 거라면 화무겸 발목이라도 흰입 물어뜯고 죽어야 덜 억울하겠다는 생각이었다.

그가 독한 마음을 품게 된 배경에는 예상보다 상처의 경과가 좋다는 점도 있었다. 화무겸은 자신이 쩬 상처를 치료하기 위해 약을 발라 줬을 테지만 덕분에 옆구리와 정강이의 통증도 많이 좋아졌다. 이젠 침대에서 내려와 천천히 걸을 수도 있었다.

유상진은 고심 끝에 떠꺼머리총각을 불러 부엌에 있는 식도를 가져다 달라고 부탁했다. 침대에 누워 있기만 하려니 무료해서 뭐라도 만질 것이 필요하다는 이유를 댔다.

총각은 믿을 수 없다는 표정이었지만 안 된다고 말하진 않았다. 단지 음흉한 표정으로 전보다 두 배 많은 수고비를 요구했을 뿐이다. 유상진은 두말없이 승낙했다.

총각은 다음 날 칼을 가져다주었고 유상진의 옷에서 동전 닷 푼을 더 빼 갔다.

유상진은 그날 칼을 품고 잤다. 화무겸이 오면 방심한 틈을 타 배때기에 칼을 박아 버릴 생각이었다. 배가 안 된다면 손가락 하나라도 자르고야 말겠다고.

물론 그 한 방으로 화무겸이 어떻게 될 리 없다. 그러나 이렇게 매일 고문당하느니 죽는 게 낫다. 분노한 화무겸은 그를 그냥 두지 않을 테고, 편하게 일격에 죽을 수 있을 것이다.

유상진은 초조하게 화무겸이 오기를 기다렸다.

그러나 새벽이 되도록 화무겸은 오지 않았다. 유상진은 이를 갈았다.

'이 죽일 놈은 오지 말라고 사정할 땐 시간 맞춰 오더니 막

상 오라고 하니까 안 오는군.'

정말 뭐 하나 마음에 드는 구석이 없는 놈이다. 그런 놈은 몽혼약으로 잠재운 다음에 끝장을 내야 되는데…….

'몽혼약…… 몽혼약? 나 몽혼약 있잖아!'

유상진은 그제야 자신에게 몽혼약이 있다는 사실을 기억해 냈다.

●

"그래, 몽혼약! 몽혼약이 있지."

유상진의 얼굴이 밝아졌다.

그는 과거 '제일반점第一飯店'이란 객잔을 연 적이 있었다. 마음이 맞는 친구들과 돈을 모아 연 가게로, 돈 많은 손님이 오면 약을 먹여 죽이고 돈을 빼앗을 생각이었다.

그러나 객잔을 소개해 준 작자가 사기꾼이었다. 목 좋은 자리라고 해서 비싸게 구입했는데 한 달이 넘도록 찾아온 손님이라곤 다섯 명이 안 되었다. 그마저도 동냥 좀 해 달라는 거지들이었다. 결국 돈만 까먹고 가게를 팔고 말았다.

그때 손님에게 먹이기 위해 몽혼약을 구해 놓은 게 있었다. 몽혼약 역시 객잔을 소개해 준 놈팡이에게 구입했는데, 다행히 이쪽은 효과가 나쁘지 않았다. 객잔을 팔기 직전 그자에게 먹여 봤기 때문에 잘 알고 있다.

화씨 세가에서 몽혼약을 써서 탈출했듯이, 이곳에서도 몽혼약으로 탈출하면 된다.

'칼을 가져다 달라고 해서 다행이야!'

유상진은 들고 있던 식도의 손잡이를 만져 보았다. 손잡이 부분을 돌리자 뚜껑이 뽑히며 빈 공간이 나왔다. 몽혼약은 그 안에 들어 있었다. 이제 남은 양이 얼마 없긴 하지만 두어 명 먹이기엔 충분했다.

유상진은 가루를 들여다보며 흡족한 미소를 지었다. 그가 웃는 것을 보고 두 명의 무희도 웃음을 터뜨렸다.

"미안하다. 근데 나라도 살아야겠다."

유상진은 표정을 굳히며 식도를 꽉 잡았다.

화무겸을 죽였던 그날처럼.

유상진은 심장이 미친 듯이 뛰는 것을 느꼈다.

배 위에 올려놓은 식도의 느낌이 싸늘하다. 마치 심장 위로 뱀이 기어가는 기분이었다.

'과연 어떻게 될까?'

몽혼약은 주전자에 물과 삼 대 일의 비율로 섞어 두었다. 화무겸은 고문에 열중하다 가끔 물을 벌컥벌컥 들이켜곤 했다. 그것을 노린 것이다.

물론 화무겸이 항상 물을 마시는 건 아니다. 가끔은 유상진에게 먹이기도 했고 가끔은 주전자를 건드리지 않고 그냥 가 버리기도 했다. 잘못하면 그가 몽혼약을 먹고 기절할 수도 있다. 그러나 약간의 요행도 없이 화무겸을 꺾을 순 없는 일이다.

'사흘만 참자.'

그 정도는 참을 수 있었다.

사흘 동안 화무겸 그놈이 물을 먹지 않는다면 유상진은 모든 것을 포기하고 식도를 휘두를 생각이었다.

그리고…… 기회는 예상보다 빨리 왔다.

꿀꺽, 꿀꺽!

화무겸은 방에 들어서자마자 주전자부터 집어 들었다. 그의 몸은 땀으로 후줄근하게 젖어 있었다.

"후우…… 힘든 하루였어. 아버지에게 도법을 배우다 왔거든."

유상진은 아무 말도 하지 않았다. 하지만 이불 아래 감춘 손은 격동으로 인해 덜덜 떨렸다. 그야말로 날아갈 것 같은 기분이었다.

그는 평정을 유지하기 위해 애썼다. 다 된 밥에 코를 빠뜨릴 순 없는 일이다. 절대 화무겸에게 눈치를 들켜선 안 된다.

'나한테 이런 날도 오는구나.'

이렇게 빨리 기회가 올 줄은 그도 예상하지 못했다. 무릇 하늘은 인자仁者의 편인 법이다.

유상진은 화무겸의 움직임을 눈여겨보았다. 화무겸은 주전자의 물을 끝까지 마시고 배를 두들기고 있었다. 놈이 쓰러지지 않으면 어떡하나 걱정할 필요도 없다. 저 많은 걸 몽땅 마셨으니 멧돼지가 아닌 이상 쓰리질 수밖에 없다.

요는 그때까지 어떻게 시간을 끄느냐다.

화무겸은 입술을 쓱 문지르며 말을 이었다.

"아무래도 오늘이 마지막 방문이 될 것 같아. 하루 종일 훈련을 받고 밤에 또 여길 올 수는 없잖아. 나도 쉬어야지."

'어? 그래?'

그럼 몽혼약을 괜히 먹인 건가? 이제 안 온다는데…… 미친개한테 물렸다 생각하고 그냥 잊는 게 낫지 않을까?

유상진은 마음이 약해졌다. 화무겸을 죽인다고 일이 해결되는 것이 아니기 때문이다. 뒷감당은 또 어떻게 하겠나.

그가 고민할 때 화무겸이 말했다.

"그러니까 오늘 끝내 줄게. 배운 도법도 연습해 볼 겸 말이야."

유상진은 다시금 결의를 다졌다. 사나이가 한번 모욕을 당했으면 끝장을 봐야지! 왜 약한 소리를 하나!

화무겸이 도를 뽑아 들었다.

"그동안의 정리를 생각해 일격에 끝내 주지. 너랑 놀면서 꽤 재미있기도 했으니까. 자! 배 드러내 봐."

'빌어먹을 자식.'

유상진은 입술을 깨물었다. 약효가 퍼지기 위해선 약간의 시간이 더 필요했다. 어떻게든 시간을 끌어야 한다.

그는 사정하듯 말했다.

"잠깐! 이 공자, 잠깐 내 말 좀 들어 봐요. 내가 할 말이 있어서 그래."

화무겸은 얼굴을 찡그렸다.

"나 피곤하다니까. 빨리 배 내밀어. 안 그러면 내가 벗긴다."

유상진은 마음을 정했다.

그도 화씨 세가에 와서 놀기만 하지는 않았다. 세가의 호위 무사들이 연마하는 무술을 매일 유심히 살펴보았고, 유난히 식탐이 많은 자들에게는 요리를 해 주고 한 수 배우기도 했다. 이 년이 넘게 지난 지금은 제법 경지에 이르렀다고 자신한다.

단지 제대로 된 내공심법을 익히지 못해 화무겸에게 당했을 뿐이다. 있는 힘을 다해 먼저 부딪친다면 약간의 시간은 벌 수 있을 것이다.

"좋아, 내가 벗겨 주지."

화무겸이 한 걸음 다가왔다.

바로 지금이다!

"이얍!"

유상진은 괴성을 지르며 화무겸을 향해 이불을 던졌다. 화무겸의 도가 이불을 반으로 갈랐다. 유상진은 몸을 굴려 침대 아래로 뛰어내렸다.

쿵. 침대가 두 동강 났다. 그대로 누워 있었다면 허리가 반으로 잘려 나갔을 것이다. 유상진은 숨기고 있던 식도를 꺼내서 화무겸의 발목에 꽂아 넣었다.

하지만 그 자리에 이미 화무겸은 없었다. 머리 위에서 화무겸의 비웃음 소리가 들려왔다.

타타타타탁!

공중으로 뜬 화무겸의 다리가 수십 개의 환영을 그렸다.

유상진은 떼굴떼굴 굴러 발길질을 피했다.

화무겸이 가볍게 바닥에 착지했다.

"하하, 재미있군. 하하하하."

유상진은 칼을 고쳐 잡고 몸을 일으켰다. 화무겸은 더 이상 공격하지 않고 웃고만 있었다. 머리를 타고 뜨끈한 액체가 흘러내렸다. 화무겸의 발길질을 완전히 피하지 못한 것이다.

하지만 유상진의 입가에도 역시 희미한 미소가 그려졌다.

'됐다.'

화무겸이 도를 곧추세우며 말했다.

"선풍도법을 보여 주겠어. 처음 써 보는 거라 서투른 점이 있어도 이해해 줘."

도신이 부르르 떨렸다. 순간적으로 칼이 길게 늘어난 것 같았다.

"도강刀罡?"

유상진은 믿을 수 없다는 듯 중얼거렸다.

도강은 수십 년 도법에만 전념한 일류 고수에게나 가능한 경지다. 그런데 열 살 먹은 꼬마가 그걸 해낸다고? 화인청이 둘째 아들을 사랑한 이유를 알 것 같다. 이놈은 무공의 천재가 맞다. 단지 미쳤을 뿐이다.

유상진도 도에 힘을 주었다. 그래 봤자 손만 부르르 떨렸지만.

그의 손이 떨리는 것을 보고 화무겸은 피식 웃었다.

"수전증이야?"

유상진은 죽음을 예감했다. 몽혼약이 통할 시간이 지났다.

무공의 천재에겐 약도 통하지 않는 걸까.

그때 화무겸이 비틀거렸다.

"왜 이렇게 어지럽지?"

화무겸의 눈이 스르르 감겼다가 다시 또렷해졌다. 하지만 금세 초점을 잃어 갔다.

유상진은 쾌재를 불렀다.

'흐흐흐, 쓰러져! 쓰러져, 인마!'

그러나 화무겸은 쓰러지지 않았다.

"이얍!"

한마디 기합을 지르며 칼을 쳐들었다. 순간 둘 사이의 빈 공간이 사라지며 화무겸이 유상진의 코앞까지 짓쳐 들었다.

유상진은 엉겁결에 칼을 들어 머리를 가렸다. 대상단大上段으로 높이 쳐들렸던 화무겸의 칼이 바람을 가르며 아래로 떨어졌다.

일도양단!

도는 공간마저 쪼개는 듯했다. 그리고 잠시 침묵이 흘렀다.

뚝! 뚝!

피가 흘러내렸다.

"커……억."

화무겸의 목에서 가래 끓는 소리가 났다.

유상진은 바닥에 주저앉아 믿어지지 않는다는 표정으로 화무겸을 바라보았다. 그의 오른손에는 끝이 살짝 부러진 식도가 들려 있었다. 식도의 부러진 끝은 화무겸의 목에 박혀 있다.

화무겸은 칼날을 뽑으려 했지만 손가락이 핏물에 미끄러지기만 했다. 피는 폭포수처럼 쏟아졌고 순식간에 방 안을 축축하게 적셨다.

'끝났군.'

유상진은 생각했다. 저렇게 피를 흘리고 살아남는 일이 가능할 리 없다. 화무겸은 겁에 질린 얼굴로 유상진을 바라보았다. 이제야 어린애처럼 보였지만 너무 늦었다.

"사, 살려 줘."

꼬마는 마지막 한마디를 내뱉고 그 자리에 쓰러졌다.

잠시의 시간이 지난 후 유상진은 간신히 정신을 차렸다. 그제야 어깨가 찢어져 피가 흘러내리고 있음을 알았다. 상처에 금창약을 바르고 옷을 찢어 꽉 묶었다.

그가 살아남은 것은 천운이나 다름없었다.

마지막 순간 화무겸에겐 사물이 두어 개로 겹쳐 보인 것이 틀림없다. 그가 날린 도는 유상진의 식도를 토막 내고 어깨를 스쳐 애꿎은 탁자만 베었을 뿐이다.

그런데 부러진 식도가 날아가 화무겸의 목에 박힌 것이다.

사람의 목숨이란 참으로 모진 것이라 잘 죽지도 않지만, 반대로 아무것도 아닌 일에 죽어 자빠지기도 한다. 세가의 둘째 공자인 화무겸이 이렇듯 허무하게 죽으리라고 누가 생각이나 했겠는가.

유상진은 구토를 억지로 참고 자리에서 일어섰다. 그는 바닥을 흥건하게 적신 핏물을 밟고 화무겸에게로 다가갔다.

화무겸은 죽어 있었다.

유상진은 한참 동안 시체를 내려다보다 고개를 흔들었다. 죽을 놈이 죽은 것이다. 쓸데없이 감상에 빠지는 건 금물이다. 문제는 화무겸이 아니었다. 화무겸은 죽었고 그것으로 그 일은 끝났다.

이제 문제는 바로 자신이었다.

'……어쩌지?'

그는 주위를 살폈다.

방 안은 일진광풍이 몰아친 듯 엉망이었다. 침대는 반으로 잘려 나갔고 바닥은 피로 물들었다. 그리고 피 웅덩이 한가운데엔 세가의 둘째 아들이 죽어 있는 것이다.

유상진은 입술을 깨물었다.

'어떻게 해야…… 어떻게 해야 살아남을 수 있지?'

삐꺼덕!

창자를 쥐어짜는 듯한 소리와 함께 주방 문이 열렸다.

유상진은 두리번두리번 안을 살폈다. 주방 특유의 찌든 기름 냄새가 코를 찔렀다.

그는 화섭자火攝子에 불을 붙였다. 어두컴컴한 주방 안이 흐릿하게 드러났다. 천장에는 배를 활짝 열어젖힌 돼지 한 마리가 걸려 있었다. 내일 아침에 요리할 생각으로 준비해 둔 것인 듯했다.

오랜 고심 끝에 유상진이 택한 방법은 살인이 일어났다는 모든 증거를 없애는 거였다. 그리고 화무겸에 대해 전혀 모르는 양 천연덕스럽게 요리사 일을 계속할 생각이었다.

그는 누가 화무겸에 대해 묻더라도 눈 하나 깜짝하지 않고 거짓말을 할 준비가 되어 있었다. 화무겸이야 원래 개차반 같은 놈이었으니, 사람들은 조금 찾아보다가 가출한 줄로 알 것이다.

유상진은 우선 방 안을 정리하고 피를 닦아 냈다. 벽에 묻은 피는 책장을 옮겨 가렸다. 새 이불을 가져다 놓고 피가 묻은 이불은 화로 속에 넣고 태웠다.

그것으로 살인이 있었다는 증거는 대충 없애 버렸다.

마지막 남은 것은 가장 중요한 화무겸의 시체였다. 유상진은 그 시체를 처리하기 위해 주방으로 들어온 것이다.

한 그루의 나무는 어디에 숨겨야 남에게 들키지 않을까요?

유상진이 어린 시절 누군가에게 들었던 수수께끼였다.
정답은 숲 속이다.

한 알의 모래는 어디에 숨겨야 좋을까요?

정답은 바닷가의 모래사장이다.
그럼 한 구의 시체는 어디에 숨기는 게 좋을까?
당연히 시체들 속이다.
유상진은 득의만만한 눈빛으로 천장에 걸린 시체들—짐승

들의 것이었지만—을 바라보았다.

이제 화무겸의 시체를 저 안에 숨기면 되는 거다.

그는 화무겸의 시체를 도마 위에 올려놓았다. 눈을 감고 있는 화무겸의 얼굴을 보니 곤혹스러워졌다. 녀석이 나쁜 놈인 건 사실이지만 지금 할 일은 그다지 내키지가 않았다.

하지만 꼭 해야 할 일이란 것이 있는 법이다.

'난 지옥에 갈 거야.'

유상진은 마음속으로 생각하며 칼을 잡았다.

침착해야 한다. 지금 같은 때 인간적인 감정에 휩싸이면 죽도 밥도 안 된다. 시체를 조각조각 분해해야 했다. 그래야 화무겸의 시체라는 것을 사람들에게 들키지 않을 테니까.

한 손으로 화무겸의 가슴을 짚고 칼을 찔러 넣을 곳을 가늠했다. 사람 몸에 칼을 대는 것은 처음이라 어딜 어떻게 해야 할지 감이 잘 오지 않았다.

'그러니까 여기가 심장이고…… 에라, 일단 자르고 보자.'

유상진은 화무겸의 가슴에 식도를 가져다 댔다. 길게 심호흡. 그리고 막 칼날을 밀어 넣으려다가 멈추었다. 양심의 가책 때문이 아니었다.

그는 눈을 반짝이며 중얼거렸다.

"≪천도서≫가 있지!"

최고의 인육 요리서라고 했으니 사람을 좀 더 확실하게 분해하는 방법이 소개되어 있을 것이다. 수년간 ≪천도서≫를 애지중지 품에 안고 다녔지만 마땅히 팔아먹을 곳을 찾을 수 없었다. 이제야 써먹을 기회가 온 모양이다.

유상진은 《천도서》를 가지러 방으로 뛰어갔다. 《천도서》는 옷장 깊숙한 곳에 숨겨 두었다. 다른 사람에게 보여서 좋을 것이 없는 책이었기 때문이다.

그는 부엌으로 돌아와 빠르게 《천도서》를 넘겨 보았다. 날이 밝기 전에 일을 끝내야 한다.

어느새 새벽닭 울 시간이 되었다.

'젠장, 저놈의 책 때문에……..'

유상진은 원망스러운 표정으로 시체 옆에 놓인 책자를 바라보았다.

낡은 책자의 표지에는 또박또박 '무경'이라고 적혀 있었다. 화무겸의 옷을 벗기면서 《무경》을 발견했던 것이다. 무예를 익히는 입장에서 혹하지 않을 수 없었다. 잠깐만 본다고 책장을 열었는데 정신을 차리니 반 시진이 넘게 지나 있었다.

그는 《무경》에서 시선을 돌려 다시 《천도서》에 정신을 집중했다. 첫 장을 넘기니, 커다란 글씨가 눈에 들어왔다.

인육은 다르다.

인육은 염분이 많이 섞인 부드러운 육질을 가지고 있어 가히 천하 일미라 할 만하다. 게다가 그 맛이 일종의 마약과도 같아 한번 인육을 찾은 이는 그 맛을 잊지 못하는 것이다.

살인 표범을 보라. 한번 사람 고기에 맛을 들인 산짐승들은 결국 마을까지 내려와 사람을 잡아먹으려 들지 않는가.

이렇게 다른 고기와는 차원을 달리하는 인육인지라 그 요리법 또한 보통 고기와는 전혀 다른 방식이어야 한다.

"짜식…… 거짓말 한번 그럴듯하게 치네."

유상진은 코웃음 쳤다.

그는 맛에 대한 속설들을 믿지 않았다. 세상에 특별한 맛이란 없다. 훌륭한 요리사는 돼지나 닭을 가지고도 천하 일미를 만들어 낸다. 궁극의 맛을 찾겠다고 사람을 잡아먹는 건 미친 짓이다. ≪천도서≫의 내용은 사람을 현혹하는 것에 지나지 않는다.

그는 사람 자르는 법을 찾으며 생각했다.

'이런 책은 태워 버려야 하는데…….'

그때 갑자기 문이 열리고 두런대는 소리가 들렸다.

"이래도 되는 겁니까? 누가 오면 어떡하죠?"

"오긴 누가 와, 이 시간에. 다들 잔다, 자."

"적이라도 침입하면……."

"어떤 정신 나간 놈이 화씨 세가에 쳐들어와? 내가 여기서 오 년을 일했는데 도둑놈 코빼기도 못 봤다. 걱정 말고 들어와. 너도 배고프다며."

말투로 보아 한두 번 주방에 잠입한 게 아닌 모양이다.

'죽일 놈들.'

다른 때라면 따끔하게 혼을 내 줬을 것이다. 하지만 지금은 남에게 뭐라 할 입장이 아니었다. 유상진은 불을 끄고 조리대 밑으로 몸을 숨겼다.

어둠 속에서 뚜벅뚜벅 발소리가 들려왔다. 둘 중 한 명이 작은 목소리로 속삭였다.

"그럼 아무거나 가지고 빨리 나가죠."

"왕 아우는 다 좋은데, 담력이 부족해. 그래서야 강철 심장이란 별호가 어울리겠어? 이왕 온 거 좋은 걸 먹어야지, 왜 빨리 나가?"

"그럼 저라도 먼저 가 보겠습니다."

"알았어, 알았어. 빨리 갈게, 됐냐? 그럼 불 켜고 찾자."

왕 아우란 자가 말릴 틈도 없었다. 부싯돌 부딪치는 소리가 몇 번 들리더니 주방 안이 환해졌다. 그리고 부스럭대는 소리가 들려왔다. 먹을 걸 찾는 모양이다.

"뭐 이래, 순 야채뿐이잖아? 대체 고기는 어디 있는 거야?"

선배 위사가 투덜거렸다.

"저기 천장에 걸린 거 말곤 없나 본데요."

"저건 생고기잖아, 어떻게 먹어. 빌어먹을! 왕 아우, 요새 고기가 너무 부족하지 않아?"

"그건 그렇죠. 이름은 고깃국인데, 고기가 한번 씻고 나간 느낌만 있으니까. 실제로 고기를 본 건 참 오래된 거 같아요."

"틀림없이 요리장 놈이 돈을 빼돌리는 거야."

확신 어린 목소리였다.

"유상진인가 하는 놈 말씀이세요?"

"그래. 너도 그놈 상판대기를 봤으니까 알 거 아냐. 그게 요리사의 얼굴이냐? 나쁘게 보면 살인강도, 좋게 봐도 사기꾼이잖아. 그놈이 오고 나서 제대로 된 요리를 먹은 일이 없어."

"요새 다쳤다는 소문이던데요."

"다치긴 뭘 다쳐. 방에 들어앉아서 돈 세고 있을 거다."

유상진은 억울했다. 그가 돈을 약간 빼먹은 건 사실이지만 위사들 식사에 고기가 없는 것까지 그의 책임은 아니었다.

"하긴 돈 싫어하는 놈이 어디 있겠어? 세가의 경비를 책임진다는 삼 총관도 돈 먹고 위사를 뽑는다고 소문이 자자하잖아."

"설마요……."

선배 위사는 웃음을 터뜨렸다.

"하, 너도 돈 내고 들어왔지?"

두 사람은 계속 먹을 걸 찾으며 잡담을 나눴다. 유상진은 초조해졌다. 적당히 요리를 만들어 줘서 쫓아내고 싶은 마음마저 들었다.

"그런데 선배, 어디서 피비린내가 나는 거 같지 않아요?"

왕 아우라 불린 위사가 말했다.

"당연히 나지. 저기 돼지 잡은 거 안 보여?"

"그거 아니라…… 좀 이상한데요. 냄새가 오래되질 않았어요."

위사들이 다가오는 소리가 들렸다.

'빌어먹을! 난리 났군.'

유상진은 숨을 죽인 채 칼을 고쳐 잡았다.

불빛 사이로 그림자 두 개가 늘어졌다. 그림자들은 그가 숨은 조리대 앞에 멈춰 섰다.

"뭐가 신짜 있는 서야? 정력에 좋은 사슴 고기면 좋겠는데······."

"엇!"

"시발, 이게 뭐야?"

화무겸의 시체를 발견한 모양이다.

싸늘한 침묵이 흘렀다.

유상진은 식도를 만지작거리며 코앞에 있는 두 사람의 다리를 노려보았다. 여차하면 두 놈 다 해치워야 할 듯했다.

선배 위사가 입을 열었다.

"이거······ 이 공자 맞지, 그치?"

"입 다물어요. 흉수가 근처에 있을 겁니다."

왕씨 성을 가진 위사는 지금까지의 주눅 든 태도와는 달리 냉정하게 말했다. 그는 어느새 검을 뽑아 들고 있었다. 검신에서 차가운 빛이 흩뿌려졌다.

선배 위사도 급히 칼을 뽑았다.

두 위사는 시신을 가운데 두고 서로를 등지고 섰다. 언제 흉수가 나타날지 모른다고 판단한 모양이다.

"누가 이랬을까?"

"제가 그걸 어떻게 압니까. 선배는 빨리 나가서 사람들 데려와요."

"사람들을? 그럼 우리가 음식 훔쳐 먹으러 들어온 것까지 들킬 텐데?"

"그게 문젭니까!"

"자네가 몰라서 그러는데, 문제 맞아."

"그럼 어쩌자고요?"

"나도 몰라! 빌어먹을! 왜 배가 고프다고 했어!"

그들은 목이 반쯤 잘린 채 두 눈을 부릅뜨고 있는 화무겸의 시체를 보지 않기 위해 노력하고 있었다.

이리저리 흔들거리는 호롱불은 주위를 더욱 음산하게 만들었다. 희미한 조명이 싸늘하게 식어 버린 아이와 잔뜩 굳어 있는 두 위사의 얼굴을 비추었다.

유상진은 식도를 잡고 살금살금 조리대 밖으로 기어 나왔다. 두 위사는 흉수가 아이 바로 밑에 숨어 있으리라고는 꿈에도 생각지 못하고 주위만 살피는 중이었다.

'일격에 끝낸다.'

녀석들이 아무리 밤중에 음식이나 찾아다니는 정신 나간 놈들이라고 해도, 뇌물을 먹이고 위사가 된 게 사실이라고 해도, 세가에 들어온 이상 제법 실력은 갖췄을 것이다. 그런 자들을 상대로 이 대 일로 싸워 이길 재주는 없었다.

기습이 실패하면 죽는다.

'단혼참마도법.'

둘 중 하나를 기습으로 해치우고 남은 하나와 일대일로 싸운다. 그게 그의 계획이었다.

"빌어먹을, 도대체 어떤 미친놈이지?"

선배 위사는 부뚜막에 오른 물고기처럼 안절부절못하며 중얼거렸다. 왕씨 위사는 아무 대답도 하지 않았다.

유상진은 호흡을 가다듬고 칼끝을 왕씨 위사에게 겨눴다. 위험한 놈을 먼저 처리하는 게 나을 것이다. 그는 소리 없이 날아오르며 밑에서 위로 칼을 그어 올렸다.

호롱불에 일렁이는 그의 그림자를 본 것일까? 왕씨 위사는 반사적으로 고개를 숙였다.

하지만 유상진의 칼 솜씨도 제법이었다. 왕씨 위사의 뒤통수가 반으로 갈라지며 피가 솟구쳤다. 유상진은 다시 한 번 칼을 날려 끝장을 내 버리려 했다.

그때 등 뒤로 맹렬한 기세가 느껴졌다.

유상진은 고개를 숙이며 발끝을 차올렸다. 발바닥과 주먹이 부딪치며 북 두들기는 소리를 냈다. 유상진은 몸을 팽이처럼 돌리며 오른쪽 위에서 왼쪽 아래로 칼을 그어 내렸다.

상대도 그를 향해 검을 휘두르고 있었다. 검과 칼이 부딪쳤다. 하지만 몸을 통째로 날린 유상진이 힘에서 앞섰다. 위사의 호구가 찢어지며 검이 저만치 날아갔다.

'이겼다!'

유상진은 쾌재를 부르며 위사의 가슴을 향해 마지막 일격을 가했다. 아니, 가하려 했다.

그러나 위사가 검을 놓친 것은 빈틈을 만들기 위해서였다. 유상진이 칼을 날리느라 팔이 열렸을 때, 그는 기다렸다는 듯 왼손으로 놓친 검을 잡아 오히려 유상진의 목에 찌르기를 시도했다.

유상진은 다급한 마음에 식도를 거꾸로 돌려 칼자루로 검을 막았다. 나무로 만든 칼자루가 반으로 쪼개졌다. 쪼개진 부분에서 몽혼약이 쏟아져 사방으로 가루가 날렸다.

유상진은 소매로 얼굴을 가리며 뒤로 물러섰다. 위사는 몽혼약을 뒤집어썼지만 개의치 않고 주먹을 날렸다.

"욱!"

유상진은 짧은 비명과 함께 나뒹굴었다. 그가 몸을 일으켰을 때, 싸늘한 검날이 목을 겨눴다.

위사는 씩씩대며 말했다.

"새끼, 누군지 얼굴이나 보자."

유상진은 고개를 숙이려 했지만 검날이 턱을 툭툭 건드려 그럴 수가 없었다.

유상진의 얼굴을 보고 위사는 잠시 놀랐다.

"오호, 네놈 짓이었나?"

요리장으로 제법 오래 근무했으니 위사가 그를 알아보는 것은 당연했다. 조금 전에도 그를 욕하지 않았던가.

위사는 헤벌쭉 웃었다.

"유상진! 네놈이 고마워지긴 처음이야. 네 덕분에 큰 공을 세우게 되었군."

'아직 끝난 건 아니야.'

유상진은 바닥에 떨어진 식도를 힐끔거리며 생각했다. 놈은 몽혼약을 뒤집어썼다. 얼마나 들이마셨는지 모르지만 곧 쓰러질 가능성도 충분하다.

그때 왕씨 위사가 뒤통수를 부여잡고 그들에게로 다가왔다. 그의 손에는 검이 들려 있었다.

"이 개새끼!"

왕씨 위사는 고함을 지르며 유상진의 머리를 쪼개 버릴 듯 검을 날렸다.

챙!

선배 위사가 검을 내밀어 그를 막았다. 두 개의 검이 부딪쳤다가 떨어졌다. 선배 위사는 놀란 목소리로 물었다.

"무슨 짓이야?"

왕씨 위사가 버럭 소리를 질렀다.

"이 새끼 때문에 죽을 뻔했단 말입니다!"

선배 위사는 유상진과 왕씨 위사를 번갈아 보았다. 그는 무슨 생각을 하는지 게슴츠레 눈을 떴다. 그러다 마음을 정한 듯 고개를 끄떡였다.

"좋아, 아우 맘대로 하게."

왕씨 위사는 잠깐 망설이지도 않았다. 그는 검을 쳐들고 유상진에게 달려들었다.

푹!

선배 위사의 검이 왕씨 위사의 목을 찔렀다. 왕씨 위사는 놀란 눈으로 선배를 바라보았다. 입에서 울컥 핏물이 흘러내리고 목이 쩍 갈라지며 그는 그대로 무너졌다.

선배 위사의 검이 다시 유상진을 겨눴다. 그의 얼굴은 탐욕으로 벌겋게 달아올라 있었다.

"뭘 놀라? 사람이 많으면 몫이 줄어드는 게 당연하잖아. 그래서 죽였는데, 왜? 할 말 있어?"

유상진은 침착하게 대답했다.

"할 말 있지."

위사는 유상진의 태도가 마음에 들지 않는지 검 끝으로 목을 쿡 찔렀다.

"무슨 말?"

"어지럽지 않아?"

위사는 눈을 깜빡거리다 머리를 박고 쓰러졌다.

❀

"헉헉!"

단목우는 거칠게 숨을 몰아쉬었다.

"앞으로 방 대장의 차기 방주 등극을 위해 최선을 다하겠소. 무슨 일이든 협조하겠소. 정말이오!"

입을 열 때마다 핏물이 흘러나왔다.

단목우의 발밑은 핏물로 축축하게 젖어 있었다. 뚝. 뚝. 쉴 새 없이 핏방울이 떨어진다. 왼손으로 아랫배를 꾹 누르고 있긴 했지만 손가락 사이로 내장이 삐져나오는 것은 어쩔 수 없었다. 배에 구멍이 뚫려 복압腹壓이 낮아진 것이다.

방희태는 얼음장 같은 눈빛으로 단목우를 바라보았다. 그의 시선은 죽은 물고기를 보듯 무감각했다.

단목우는 땀을 뻘뻘 흘려 가며 사정했다.

"방 대장, 제발……."

단목우 주위를 십여 명의 장한들이 둘러싸고 있었다. 그들은 저마다 손에 크고 작은 병장기를 들었다. 장한들은 방희태의 명령을 기다리는 중이었다.

방희태의 입가에 갑자기 비릿한 미소가 걸렸다.

"왜 이렇게 비굴하게 구시는지 모르겠습니다. 사의 단목우라면 무림에 모르는 사람이 없는 일류 협객인데요. 답답하게 죽음을 받아들이셔야죠. 그래야 후대 사람들도 사의 단목우는 죽을 때도 협객처럼 죽었다고 얘기할 것 아닙니까."

단목우는 마음속으로 이를 갈았다.

'비열한 놈! 남의 뒤통수를 쳐 놓고 비아냥대기까지 해?'

화씨 세가가 있는 하남성 인근에 도착해 야영을 하던 중이었다. 단목우도 의심 많은 인간이지만 화씨 세가를 코앞에 두고 기습을 할 것이라곤 생각도 못 했다. 그러니 느닷없는 공격에 꼼짝없이 당했을 수밖에.

만일을 대비해 심복인 독각비호獨脚飛虎를 데려오지 않았다면 어떤 놈에게 찔렸는지도 모르고 죽을 뻔했다.

단목우는 기습이 시작되던 때를 떠올렸다.

독검毒劍 금하는 살금살금 남의 배후로 다가가 목덜미에 칼을 먹이는 일에 능한 작자였다. 워낙 조용하게 움직이는 데다 칼에 독을 바르기 때문에 놈이 노린 자는 어떤 귀신이 채가는지도 모르게 숨이 끊어진다고 했다.

천하의 단목우도 금하가 다가오는 걸 몰랐다.

금하는 단목우의 등판 한가운데를 노려 조심스럽게 협봉검狹鋒劍을 찔렀다. 검봉이 등에 닿는 순간, 어디선가 방천화극方天畵戟이 날아와 검을 막았다.

금하는 방천화극을 날린 자를 돌아보며 소리쳤다.

"칫! 외다리 놈 따위가!"

그는 검을 비틀어 방천화극을 떼어 냈다.

사람들의 시선이 금하에게로 쏠렸다. 방희태의 부하들이

한꺼번에 무기를 뽑아 들었다.

그리고 싸움이 시작되었다.

독각비호 남기는 양손에 화극을 한 자루씩 쥐고 금하를 덮쳤다. 그는 영생뢰 최고의 고수로, 실력자들이 즐비하다는 양각양에서도 서열 오 위권의 무공을 지니고 있었다. 기습밖에 할 줄 모르는 금하가 당해 낼 수 있을 리 없다.

남기는 창으로 찌르고 베고 막고 종횡무진으로 금하를 압박했다. 한동안은 어떻게든 받아 냈지만 금하는 결국 버티지 못하고 물러섰다. 뒤로 물러서는 발걸음이 빨라지고 화극을 받아넘기는 동작이 점점 커졌다.

남기는 한번 잡은 승기를 놓치지 않았다. 방천화극이 뱀처럼 금하의 급소를 노렸다. 금하는 더 피하지 못하고 검을 위에서 아래로 그어 내렸다.

화극이 주춤 멈췄다. 금하는 손목을 부여잡고 비틀거렸다. 충격이 있었던 모양이다. 금하를 끝장낼 완벽한 기회였지만 남기는 몸을 틀며 어디론가 화극을 던졌다.

단목우의 복부에 아미자를 박아 넣던 맹표猛豹 장사귀는 화극이 날아오는 걸 보고 놀라 껑충 뒤로 물러섰다.

"단 뇌주, 괜찮으십니까?"

남기가 크게 소리쳤다. 단목우는 복부에 박힌 아미자를 뽑아내며 간신히 대답했다.

"……난 괜찮네."

"남의 걱정 말고 네놈 살 걱정이나 해라!"

금하가 이를 갈며 남기에게 몸을 날렸다. 두 사내의 무기가 얽혔다가 떨어졌다.

단목우는 품속에서 작은 막대 같은 것을 꺼내 반으로 부러 뜨렸다. 안에서 하얀 가루가 쏟아졌다. 그는 가루를 상처에 바른 후 손바닥으로 꾹 눌렀다. 놀랍게도 금세 피가 멈추었다. 그는 한숨 돌리고 자신을 기습한 자를 노려보았다.

맹표 장사귀는 단목우가 양각양에 들어오기 전부터 데리고 다니던 심복 부하다. 그런 놈이 부축해 줄 것처럼 옆으로 다가와 아랫배에 아미자를 쑤셔 넣은 것이다.

상처의 통증보다도 배신감이 더 컸다. 장사귀 저놈이 도대체 왜 그랬을까.

단목우는 더 참지 못하고 물었다.

"왜 그랬지?"

장사귀는 잠시 겸연쩍은 얼굴이었지만 곧 코웃음을 쳤다.

"원래 배가 흔들리면 다른 배로 갈아타는 것이 인지상정 아니겠소? 단 뇌주, 괜히 시간 끌지 말고 옛정을 생각해서라도 내게 목을 넘기시오. 고사古事에도 항우가 자신의 목을 부하에게 줬다고……."

"이놈!"

단목우는 대로해서 장사귀에게 달려들었다. 장사귀는 허리띠를 빼 그대로 휘둘렀다. 허리띠는 연검軟劍이 되어 단목우에게 날아갔다.

"헛!"

피하기엔 늦었다. 단목우는 제자리에 서서 내공을 끌어 올렸다.

"삼첩장三疊掌!"

그리고 연달아 세 번 장력을 날렸다. 세 개의 장력이 하나로 합쳐져 강력한 위력을 보였다.

하지만 삼첩장으로도 연검을 막을 순 없었다. 연검은 바람에 휘날리듯 흔들리면서도 끝내 단목우의 팔을 휘감았다.

장사귀는 교활한 웃음을 지으며 칼을 당겼다.

채에에엥!

그러나 연검은 단목우의 팔을 자르지 못하고 듣기 싫은 금속성을 냈다.

"흥! 용비갑龍緋甲을 끼고 있었나?"

장사귀가 코웃음을 내며 소리쳤다.

단목우는 아무 말도 없이 연검의 끝을 손가락으로 움켜잡았다. 그는 용비갑이라 불리는 투수套袖를 팔목에 차고 있었다. 용비갑은 웬만한 무기에는 생채기 하나 나지 않을 정도로 단단했다.

"바보로군. 힘으로 해보자는 건가?"

장사귀는 연검을 힘껏 잡아당겼다.

단목우는 천근추千斤墜의 신법으로 다리에 힘을 주어 버렸다. 손가락이 찢어져 피가 뚝뚝 떨어졌지만 개의치 않았다. 연검이 팽팽하게 당겨지며 부들부들 떨렸다.

후드득.

지나치게 힘을 줬던 모양이다. 아미자에 찔린 상처가 벌어져 피가 흘러나왔다. 하지만 이제 와서 손을 뗄 수도 없다.

장사귀도 단목우의 사정을 알아차렸는지 힘을 배가시켰

다. 단목우는 바람에 흔들리는 갈대처럼 비틀거렸다.

"뇌주님, 왜 그러세요? 힘이 빠지십니까?"

장사귀가 비아냥대는 그때.

'됐다.'

단목우는 힘을 풀고 장사귀 쪽으로 뛰어들었다.

당기는 힘이 한순간에 사라지자 장사귀는 제힘을 이기지 못하고 뒤로 넘어질 뻔했다. 중심을 잡느라 반대로 숙인 장사귀의 코앞으로 단목우의 주먹이 날아왔다.

장사귀는 허리를 뒤로 젖히는 철판교鐵板橋의 자세로 주먹을 피했다. 단목우의 주먹이 머리 위를 스쳐 지났다. 묵직한 소리만으로도 머리칼이 곤두선다. 장사귀는 벌떡 일어서며 상대를 찾았다. 그를 스쳐 지나간 단목우의 뒷모습이 보였다.

"죽어!"

장사귀는 단목우의 등에 정권을 날렸다. 그 순간, 목이 서늘해졌다. 그의 목에서 피가 뿜어져 나왔다.

단목우는 장사귀를 돌아보았다. 핏방울이 단목우의 몸을 수놓았다. 장사귀는 목이 절반쯤 잘려 바닥에 털썩 주저앉았다.

단목우는 쥐고 있던 연검의 끝을 놓았다. 장사귀는 단목우의 주먹만 조심했지 그가 들고 있던 연검을 보지 못했던 것이다. 그나마 목이 완전히 잘리지 않은 건 그의 반사 신경이 뛰어났기 때문이다.

'숨을 완전히 끊어 놓아야 할까?'

장사귀는 아직 살아 있었다. 눈을 까뒤집고 부들부들 떨고 있긴 하지만 숨이 끊어진 것은 아니다.

그러나 단목우는 곧 생각을 바꿔 먹고 주위를 둘러보았다. 어차피 장사귀는 죽을 터였다. 놈을 끝장낼 시간에 다른 놈들을 해치우는 편이 낫다.

우선 눈에 띈 것은 방천화극에 가슴을 관통당한 채 바닥에 박혀 있는 독검 금하의 모습이었다. 아직도 숨이 끊어지지 않았는지 두 팔로 극을 뽑으려 하고 있었다.

그러나 독각비호 역시 멀쩡하지는 못했다. 무엇에 베였는지 반쯤 잘린 코가 입술 위에서 대롱거렸다. 그가 움직일 때마다 코는 곧 떨어져 내릴 것처럼 위태하게 흔들거렸다.

십여 명의 칼잡이가 그를 둘러싸고 협공을 가했다. 아직 야차처럼 무기를 휘두르고 있었지만, 코에서 뿜어져 나오는 피는 그 시간이 얼마 남지 않았음을 짐작게 했다.

다른 부하들도 마찬가지로 고전하는 중이었다. 힘껏 싸우고는 있지만 역부족이었다. 사방전에서 파견된 다른 고수들도 방희태에게 붙은 것이다.

방희태의 졸개 중 몇 명이 그에게 시선을 주었다. 단목우는 축축하게 젖은 복부를 움켜잡았다.

'도망가야 한다.'

청산이 있는 한 땔감 걱정은 없는 법. 살아남기만 하면 복수는 언제든 할 수 있다.

그는 터진 상처를 꾹 누르며 주위를 둘러보았다. 서쪽에 적이 가장 적었다.

'좋아.'

단목우는 서쪽으로 몸을 날렸다.

"단 뇌주. 단 뇌주까지 이쪽으로 도망오실 줄은 몰랐습니다. 이런 간단한 속임수에 넘어가시다니 실망인데요."

방희태가 득의한 표정으로 말했다.

간신히 포위망을 돌파하고 산 중턱까지 내려간 단목우를 기다리고 있던 것은 방희태와 십여 명의 장한들이었다. 그들 옆에는 시체가 잔뜩 쌓여 있었다. 모두 도망치다가 당한 것인 듯했다.

그러고는 이 꼴이다. 어떻게든 빠져나가 보려고 용을 썼지만 놈들은 수도 많고 노련했다. 이제 싸우기는커녕 서 있을 기력도 없었다.

단목우는 말했다.

"방 대장, 그동안 쌓아 온 우정이란 게 있지 않소. 우리 그간 있었던 불미스러운 일들은 모두 잊고 앞일만 생각합시다. 사실 내가 방 대장의 마음을 상하게 한 점이 없는 것은 아니지만 다 지난 일 아니오."

방희태는 턱을 문지르며 심드렁하게 대꾸했다.

"단 뇌주가 한 말 중에 가장 그럴듯하군."

방희태의 호의적인 평가에 단목우는 속으로 이를 갈았다.

'놈, 한 달만 기다려라. 삼시뇌충이 발작을 할 때도 지금 같은 태도를 유지하는지 보겠다.'

물론 삼시뇌충의 존재를 까발리고 놈과 타협할 수도 있다. 방희태가 무식하기 짝이 없는 불상놈이라고 해도 삼시뇌충의 소문은 들어 봤을 것이다. 당장 졸개들을 물리고 그를 칙사로 대접할 수밖에.

하지만 발작까진 아직 한 달이나 남았다. 여기서 그가 가지고 있는 마지막 패를 보여 주는 게 옳은 일인지 모르겠다. 게다가 상대는 불세출의 고문 천재라는 방희태다. 한 달간 고문만 당하다 죽을 공산이 크다.

놈의 발밑에 엎드려 발가락을 핥는 한이 있더라도 삼시뇌충을 말해선 안 된다. 지금의 위기만 어떻게든 넘기면 기회는 다시 온다. 한 달, 한 달만 버티면 된다.

단목우는 무릎을 꿇고 엎드렸다.

"방 대장, 제발 살려 주십시오. 저 같은 놈은 방 대장의 칼을 더럽힐 값어치도 없는 놈입니다."

이번에는 방희태도 약간 놀란 듯했다.

"단 뇌주, 생각보다 훨씬 비루한 인간이었구먼."

"물론입죠. 전 비루한 인간입니다."

방희태는 생각에 빠졌다. 그리고 잠시 후 비릿한 미소를 지으며 입을 열었다.

"난 비루한 인간이 싫더라고. 해치워."

방희태의 말이 끝나기가 무섭게 십여 종의 무기들이 단목우를 향해 날아왔다. 단목우의 얼굴이 새파랗게 질렸다. 이렇게 죽을 수는 없다. 그는 떼굴떼굴 굴러 칼을 피하며 큰 소리로 외쳤다.

"잠깐! 아직 할 말이……."

그러나 누구도 칼을 멈추지 않았다. 큼지막한 대감도가 허벅지를 반으로 쪼갰다. 도끼와 창이 몸 위로 쏟아졌다.

단목우는 부질없는 짓인 줄 알면서도 양손을 내뻗었다.

사방으로 피가 튀었다.

축 늘어진 단목우 앞에 방희태가 섰다. 그는 단목우의 머리통을 툭툭 걷어차며 말했다.

"그래도 할 이야기가 남았나?"

단목우의 상태는 그야말로 처참하다고 할 수밖에 없었다. 팔다리가 끊어졌고 창과 칼이 전신에 박혔다.

그런 상처를 입고도 아직 죽지 않았다. 마지막 발작을 일으키면서도 단목우는 무슨 말인가를 중얼거리고 있었다. 무극한 인간의 의지요, 집념이었다.

"무슨 말이 하고 싶어서 그러는 거야?"

방희태는 단목우의 입에 귀를 가져다 대 그가 마지막으로 내뱉는 말을 듣고는 천천히 몸을 일으키며 피식 웃었다. 그리고 발을 들어 올렸다. 그의 발길질에 단목우의 머리가 깨져 나갔다.

호기심 어린 수하들의 시선을 느끼고 방희태는 입을 열었다.

"나도 곧 죽게 될 거라는군. 이제 한 달 남았다나?"

◆

창백한 피부에 검게 변색된 눈두덩, 길게 자란 머리카락이 얼굴의 대부분을 가리고 있다. 그는 하오문의 문주로 귀이천

안鬼耳天眼이란 별호를 가진 자였다.

우아해 보이는 그의 긴 손가락이 천천히 탁자를 두들겼다.

방 안은 어두웠다. 창문을 통해 들어오는 약간의 햇빛이 조명의 전부였다.

"뫼셔라."

그가 짧게 말하자 정면의 미닫이문이 스르륵 열렸다.

그곳에는 흑의 사내가 앉아 있었다. 언뜻 사람이 아니라 사람의 형상을 한 암연처럼 보이는 자였다.

문을 사이에 두고 둘은 잠시 서로를 노려보았다.

하오문주가 물었다.

"혈영야로?"

"맞소."

일부러 방을 어둡게 한 듯 상대의 얼굴이 잘 보이지 않았지만 혈영야로는 전혀 개의치 않았다. 암흑이야말로 그의 주 무대가 아니던가.

"황 노야는 잘 지내나?"

"그렇소."

"화씨 세가에서 무슨 일이 일어났는지를 정확하게 알고 싶다고?"

"그렇소."

혈영야로는 고개를 끄떡였다. 하오문주의 묘한 말투가 거슬리지 않는 건 아니지만 이들과 원한을 가져 좋을 것은 없었다.

강도, 매춘, 도박 등을 업으로 삼는 집단, 하오문.

이해관계에 따라 결성되었기에 조직 내의 결속력은 몹시 약하지만 정보력 하나만은 개방을 능가한다는 집단이다. 사람이 사는 곳이라면 어디든 하오문의 조직원이 있으니까 말이다.

무림인 특유의 오만 때문에 대부분의 무림 세가는 하오문과 관계하기를 꺼렸다. 화씨 세가 역시 이번 유상진의 추적에 있어 하오문에만큼은 도움을 청하지 않았다.

하오문주가 말했다.

"내 부하들은 어디에나 있지. 마치 공기와 같아. 당신이 말한 것도 마음만 먹으면 알 수 있을 거야. 물론…… 금액만 적당하다면."

혈영야로는 품속에 갈무리하고 있던 종이를 꺼내 들었다.

"황 노야가 전해 달라고 한 겁니다."

그가 손을 내밀자 장내의 분위기가 차갑게 변했다. 방 곳곳에 숨어 있는 자객들이 날카로운 살기를 뿜어냈다. 살기들은 일제히 혈영야로를 향하고 있었다.

'애송이들.'

암격이라도 할 것이라 생각하는 것일까?

혈영야로는 음소를 흘렸다. 그는 방 안에 네 명의 자객이 은신해 있음을 알고 있었다. 은신술과 잠행의 달인인 혈영야로다. 애송이들의 숨소리가 천둥소리처럼 크게 들렸다.

하오문주는 천천히 손을 내밀어 종이를 받아 들었다. 혈영야로가 종이에서 손을 떼자 살기는 거짓말처럼 사라졌다.

내용을 읽어 내려가는 하오문주의 표정이 흡족하게 변했다.

"이 정도라면…… 좋군."

하오문주는 종이를 움켜쥐며 말을 보탰다.

"금방 자료를 가져다 드리죠."

금액에 만족했는지 그의 말이 존대로 변했다. 혈영야로는 가볍게 고개를 숙였다.

스르륵! 문이 닫혔다.

오래 기다릴 필요는 없었다. 약 일각 후 어린 계집애가 생글생글 웃으며 얇은 문서철을 가져왔다.

계집애는 거무스레한 연기가 몸을 휘감고 있는 혈영야로를 보고도 놀라지 않았다.

"오직 이곳에서, 읽으실 수만 있습니다. 가지고 나가실 수 없고 베끼는 것도 안 됩니다."

혈영야로는 고개를 끄떡였다.

계집애가 나가고 그는 천천히 글을 읽기 시작했다. 첫 장을 넘긴 그의 얼굴에 이채가 어렸다.

"정말 재미있는 놈이군."

유상진은 부축하는 척 화무겸의 시체를 옆에 낀 채 당당히 세가를 빠져나감. 그를 목격한 경비들은 한결같이 화무겸이 그의 목을 조르며 데리고 나가는 줄 알았다고 말함.

화무겸은 마음에 들지 않는 자를 데리고 나가 암매장시키는 일이 드물지 않아 아무도 의심하지 않았음.

그 당시 유상진이 화무겸에게 미움을 받는다는 것은 모두들 알고 있었으니 그렇게 생각할 수도 있었을 것임.

인근 야산에서 화무겸의 시신 발견.

화무겸이 지니고 있던 《무경》이 사라짐.

현재 화씨 세가는 전력을 다해 유상진을 쫓고 있음.

이상은 세가의 호법 중 하나인 일장번천一掌飜天 임달화가 연자방姸姿房의 기녀 매월에게 털어놓은 이야기를 토대로 작성.

별청 일. 화씨 세가의 정문 경비 다섯 명의 목이 잘림.

별청 이. 추종술의 달인인 무불통無不通 조충과 천리추종객 이섭이 세가를 방문.

별청 삼. 장안의 소문난 명의들이 화씨 세가를 방문. 화인 청의 건강에 이상이 있는 듯함.

별청 사. 악양에서 유상진 발견. 다보루라는 주점에 요리 사로 숨어 있음. 사람을 보내 감시 중.

별청 오. 유상진 실종. 악양의 거부 황 부자가 의심스러움.

혈영야로는 얼굴을 찌푸리며 중얼거렸다.

"흠…… 노야의 생각이 옳았나?"

그를 놀라게 한, 글의 마지막은 다음과 같았다.

별청 육. 화씨 세가의 주방에서 전설적인 인육 요리서인 《천도서》가 발견됨. 유상진이 두고 간 것으로 보임.

혈영야로는 잠시 생각에 잠겼다.

그러던 어느 순간, 그의 몸이 사라졌다. 문서철은 바닥에 떨어졌다. 장내에 숨어 있던 네 명의 자객 중 누구도 혈영야로가 어디로 빠져나갔는지 알지 못했다.

🐛

"그러니까 화씨 세가 놈들이 벌써 ≪천도서≫를 발견했다 이건가? 주방에 떨어져 있었다고?"

혈영야로는 대답했다.

"예. 유상진 그놈이 경황 중에 흘리고 온 것으로 보입니다. 자기만이 아는 장소에 감춰 두었다고 거짓부렁을 하긴 했습니다만…… 뭐, 그 거짓말이야 이해를 해야겠죠. 어떻게든 살려고 그랬을 테니까요."

"음……."

황 부자는 미간을 좁혔다.

"역시 노야의 생각이 옳으셨습니다. 유상진은 ≪천도서≫를 가지고 있었군요. 생각보다 너무 대형 사고를 쳤다는 게 문제이긴 합니다. 세가에서 ≪무경≫을 들고 튄 정도로 알았지 않습니까. 하지만 그 와중에 화씨 일족이 죽어 버렸으니 절대 포기하지 않을 겁니다. 잘못했다가 저희까지 피해를 보는 게 아닌지 모르겠군요."

"그건 중요한 게 아니야."

황 부자의 얼굴은 심각했다.

"예?"

"좀 걸리는 게 있어."

황 부자가 벌떡 일어났다.

"녀석이 있는 곳으로 가 보지."

황 부자는 성큼성큼 걸어 나갔고 혈영야로는 영문도 모른 채 그 뒤를 따랐다.

유상진은 두 색목 여인의 극락왕생을 빌며 식도를 뽑아 들었다. 이미 냄비를 가득 채운 물은 부글부글 끓어오르고 있었다.

≪천도서≫의 내용을 본 적은 없지만, 그는 대충 요리를 해서 황 부자에게 가져다줄 생각이었다. 설사 맛이 이상하더라도 ―황 부자의 기대를 충족시키지 못할 것은 분명하다― 몽혼약이 들어가 있으니 상관없다.

정신을 잃은 황 부자를 위협해 이곳을 빠져나가겠다는 것이 그의 계획이었다. 늘 그를 호위하고 있다는 은신의 고수가 마음에 걸리긴 하지만, 황 부자의 목에 칼을 들이대면 그놈도 어쩔 수 없을 것이다.

'좋아, 좋아. 넌 할 수 있다!'

유상진은 스스로에게 자신감을 불어넣으며 여자들이 있는 쪽으로 시선을 옮겼다.

두 여인은 다시 춤을 추고 있었다. 한동안 그의 지시를 기다린 듯했지만 결국 지루함을 참지 못해서인지 어두운 분위기에 질식당할 것 같아서인지 몸을 흔들고 있는 것이다.

"두 분은 목숨을 바쳐 타인의 생명을 구하는 것인 만큼 꼭 좋은 곳으로 갈 것이오."

유상진은 무거운 어조로 중얼거렸다. 아가씨들이 그가 하는 말을 알아들을 리 없다. 양심의 가책을 덜기 위해 해 보는 이야기였다.

두 색목 여인은 춤을 멈추고 불안한 눈빛으로 그를 바라보았다. 말은 알아들을 수 없지만 그의 표정이 이상함을 느낀 것일까? 어쩌면 그가 꼭 잡고 있는 식도를 보고 겁에 질린 것인지도 모른다.

두려움을 없애기 위해서인지 여인들은 더 자극적으로 춤을 추기 시작했다. 금발 여인은 치마폭을 살짝 잡아 올리며 활처럼 뒤로 몸을 젖혀 젖가슴과 둔부를 흔들었고, 검은 피부의 여인은 뱀처럼 몸을 뒤틀며 기성을 질렀다.

유상진은 중얼거렸다.

"정말 놀랍군."

그는 두 여인의 부드러운 허리 율동에 감탄을 보냈다. 타고난 근육의 차이일까, 아니면 오랜 훈련의 결과일까? 저런 허리만 있다면 철판교의 자세가 쉽게 나올 텐데……

좀 더 지켜보고 싶었지만 안타깝게도 시간이 없었다.

"정말 미안하다. 너희들에게 유감은 없지만…… 나부터 살아야지, 안 그래?"

유상진의 손이 번개처럼 움직였다.

탁! 탁!

식도 자루로 두 여인의 옥침혈玉枕穴을 강타했다.

바로 죽이지 않은 것은 유상진이 마지막으로 베푸는 호의였다.

⬤

이제 육순이 다 되어 가는 나이임에도 황 부자의 걸음걸이는 젊은이 못지않게 빨랐다. 흑도 십대고수 중 하나인 혈영야로조차 그를 따라잡기 위해 열심히 발을 놀려야 했을 정도다.

혈영야로는 의아했다.

'영감탱이가 뭘 잘못 먹었나⋯⋯.'

평소에는 정원에 산책 나가는 것도 싫어하는 노인네. 그런 노인네가 갑자기 뒤 마려운 사람처럼 뛰는 이유가 뭘까?

부하들이 두 사람을 발견하고 콩 심는 시늉을 했지만 황 부자는 아랑곳하지 않고 계속 움직였다.

마침내 주방 앞.

황 부자는 문을 걷어차고 안으로 들어섰다.

죽은 듯이 쓰러져 있는 두 여인이 먼저 보였다. 커다란 냄비에는 물이 팔팔 끓었고, 유상진은 한쪽 구석에 쪼그려 앉아 칼자루에서 털어 낸 하얀 가루를 참기름과 들깨에 섞고 있었다.

'저놈 뭐 하는 거야?'

황 부자는 말문이 막혔다.

유상진은 황 부자를 보고 얼굴이 해쓱하게 변했다. 그는 급히 식도를 등 뒤로 감췄다.

"오셨습니까? 열심히, 열심히 요리 준비를 하고 있습니다."

그러나 이미 늦었다. 황 부자나 혈영야로 모두 그가 조미료에 약을 타는 걸 목격한 것이다.

"잡아!"

황 부자가 소리치자 혈영야로의 몸을 둘러싸고 있던 검은 연기가 사방으로 흩어졌다. 그 검은 연기는 유상진의 등 뒤에서 다시 생겨났다.

유상진은 아무것도 모른 채 식도를 뽑아 들고 황 부사를 위협하려 들었다.

"영감! 죽고 싶지 않으면 당장 무릎 꿇어!"

검은 연기가 유상진의 몸을 휘감았다. 유상진은 코를 킁킁거렸다. 뭔가 이상한 느낌이 드는데 이게 뭐지? 다음 순간 유상진은 바닥에 머리를 박고 쓰러졌다.

혈영야로는 바닥에 떨어진 하얀 가루를 집어 들고 냄새를 맡았다.

"몽혼약이군요."

황 부자는 유상진의 옆구리를 모질게 걷어찼다.

유상진은 무슨 꿈을 꾸는지 쩝쩝 입맛을 다셨다. 그야말로 속 좋은 놈이다.

쓰러진 색목 여인들에게 다가간 황 부자는 그녀들이 죽은 게 아니라 기절한 것뿐임을 확인하고 가슴을 쓸어내렸다.

"다행히 아직 안 죽었군."

그는 이를 갈며 유상진을 돌아보았다.

"저놈 때문에 맛있는 번육을 둘이나 낭비할 뻔했잖아."

황 부자는 혈영야로에게 지시를 내렸다.

"저 자식, 뇌옥에 처넣어."

잠시 후, 황 부자의 방.

황 부자와 혈영야로는 구사일생한 색목 여인들의 가무를 감상하고 있었다. 혈영야로가 호기심 섞인 어조로 물었다.

"도대체 무엇 때문에 유상진을 의심하신 거죠? 제가 드린 이야기는 유상진에게 유리한 것이었는데요."

"물론 나도 놈이 몽혼약 같은 비열한 수를 쓸 줄은 몰랐지. 그건 단지 운이 좋았을 뿐이고, 내가 이상하게 생각한 것은 ≪천도서≫가 주방에서 발견되었다는 점이었네."

"무슨 말씀이신지……."

"생각해 보라고. 왜 ≪천도서≫가 주방에서 발견되었을까?"

"그건……."

황 부자는 혈영야로의 대답을 가로챘다.

"유상진은 화무겸을 ≪천도서≫에 소개된 것처럼 요리하려고 했던 거야. 녀석의 비뚤어진 성격을 생각하면 이상한 일도 아니지. 내가 궁금했던 것은 녀석이 요리를 하는 데 왜

≪천도서≫를 봐야 했느냐는 점이었네. 이미 요리서를 읽어 보았다면 내용을 기억하고 있을 게 아닌가? 그런데 그런 급박한 상황에서 요리서가 필요했다니 말이야, 이상하지 않나? 그래서 난 녀석이 ≪천도서≫를 가지고만 있었을 뿐 한 번도 안 읽어 본 것이 아닐까 의심한 거지."

"그렇군요!"

"만일 그렇다면 귀여운 내 아이들만⋯⋯."

황 부자는 춤추고 있는 여인들을 가리키며 느긋하게 말을 이었다.

"잃는 것이 아닌가. 그래서 요리를 중단시키고, 녀석이 정말 ≪천도서≫를 읽었는지 확실히 알아보려고 주방으로 갔던 것이네. 그런데 몽혼약이라니, 스스로 찔리는 것이 있음을 증명한 셈이지."

"그런데도 별로 화난 기색이 아니십니다?"

"후후후, 조금 전에 화씨 세가로 사람을 보냈네. ≪천도서≫와 유상진을 교환하자고 말일세."

"아! 그런 방법이 있었군요."

"물론 여러 가지로 귀찮은 일이긴 하지만⋯⋯ ≪무경≫의 내용을 가지고 신경전이 있을 거 아닌가. 안 빼돌렸다고 말해도 믿지 않을 거고 말이야. 하지만 ≪천도서≫가 들어오는데 감수해야겠지."

황 부자는 눈을 감았다.

불구경 다음으로 재미있는 것 第八章

하오문주의 두 눈은 탐욕으로 빛나고 있었다.

그는 상대가 누군지 알자마자 접대실이 아니라 자신의 방으로 안내했다. 항상 주위를 지켜 주는 하북사살河北四殺도 밖으로 내보냈다.

그는 조심스럽게 물었다.

"그래서…… 화씨 세가의 근황에 대해 알고 싶으시다고요?"

혈영야로가 지금 그의 모습을 본다면 깜짝 놀랄 것이다. 지나칠 정도로 공손한 태도였기 때문이다.

하오문주는 거만한 인간으로 상대가 아무리 거물이라고 해도 말투를 바꾸지 않았다. 단, 양각양에서 나온 자를 만날 땔 제외한다면 말이다.

그의 맞은편에는 곱상하게 생긴 청년, 방희태가 앉아 있었다. 방희태는 부드러운 미소를 지으며 고개를 끄떡였다.

"그렇습니다."

"흐음…… 최근에 화씨 세가에 대한 정보를 원하는 사람이 많군요."

방희태의 눈빛이 변했다.

"다른 사람이 있었습니까?"

"예, 바로 어제 사람들이 왔다 갔죠."

"그자들이 누굽니까?"

하오문주는 짐짓 심각한 어조로 대답했다.

"죄송하지만 그건 알려 드릴 수 없습니다. 저희가 하는 일이라는 게 비밀 엄수가 무엇보다 중요하기 때문에……."

"알려 주시면 일 등급 육질로 오십 근을 더 보내 드리겠습니다."

하오문주는 마음속으로 쾌재를 불렀다.

'하! 비밀 엄수 따윈 개나 줘 버리라고 그래라!'

원하는 것만 얻을 수 있다면 의뢰인의 신분 같은 건 언제라도 알려 줄 수 있었다.

그는 양각양의 고객 중 한 명이었다.

정보 판매에 열을 올리게 된 것도 양각양의 비싼 고기 값 때문이었다. 처음에는 양각양의 총단을 찾기 위해 일시적으로 조직을 동원한 것이었지만, 곧 그것을 상시 체제로 바꾸었다.

양각양에 천하 십대고수 중 하나였던 무색야차 양여천─그는 야차왕이라는 이름으로 양각양을 통치하고 있었다─을 필두로 사파의 쟁쟁한 고수들이 즐비하게 포진해 있음을 알고 생각을 고쳐먹은 것이다. 본격적인 정보 판매로.

그래도 그가 삼시 세끼를 배부르게 먹기에는 태부족이었다. 물론 양각양의 총단 정보를 다른 곳에 팔지 않기로 약조하고 매달 고기 일부를 무료로 얻을 수 있었지만 그 정도론 그의 커다란 위장을 만족시킬 수 없었다.

그런데 이제 기회가 온 것이다.

그는 웃음을 참으려 애쓰며 진지하게 말했다.

"일 등급이라…… 좋은 고기지요. 저도 몇 번 먹어 본 기억이 없으니 말입니다. 하지만 의뢰인의 신분을 밝힌다는 건 우리 계통의 불문율을 깨는 것인데…… 아무리 큰 이익이더라도, 곱절을 준다고 해도 어려운 일이지요."

'곱절' 부분을 말할 때 힘을 주었다.

방희태는 고개를 끄덕였다. 마치 하오문주의 고충을 충분히 이해한다는 듯한 태도였다. 그리고 간단하게 말했다.

"세 곱을 드리지요."

정보 장사에 있어 중용中庸이란 무엇보다 중요하다.

억지를 부린다면 더 많이 받아 낼 수 있지만 하오문주는 이쯤에서 마음을 비우기로 했다. 만의 하나 방희태의 성질을 건드린다면 후일 고기 수급에 문제가 생길 수도 있으니까.

"으음, 원칙적으론 안 되는 일이지만…… 좋습니다! 제가 금방 가져다 드리죠."

하오문주는 마지막으로 한 번 더 생색을 낸 후 자리에서 일어섰다.

황 부자의 지하 고문실.

옥사 양쪽으로 아이의 팔뚝만 한 창살을 둘러친 감방이 보였다. 감방에는 송장 몇 구가 거적에 덮여 나란히 누워 있었다. 바닥은 온통 피범벅이었다.

"자네를 또 보게 되다니…… 정말 슬픈 일이야."

뇌인지는 안타까운 어조로 중얼거렸다. 하지만 한쪽 손에 발목의 힘줄을 끊어 낼 때 쓰는 단근자斷筋子를 들고 있는 걸 보면 그리 슬픈 것도 아닌 모양이다.

유상진은 겁에 질린 얼굴로 단근자를 힐끔거렸다. 저걸로 발목을 물어뜯기면 그날로 절름발이가 되는 거다. 아니, 절름발이는 시작에 불과할지도 모른다.

뇌인지는 유상진의 걱정을 알아차렸는지 단근자를 괴춤에 감췄다.

"오해는 하지 말게나. 자네한테 쓰려는 게 아니니까……."

그는 숨을 한 번 쉰 후 덧붙였다.

"오늘은."

뇌인지는 꽁꽁 묶인 유상진을 데리고 어두운 감방 사이를 걸었다.

"나로서도 손에 피 묻히는 게 좋지는 않아. 사람이라도 하나 죽이는 날이면 한 사흘 잠도 잘 오지 않는다네. 하지만 목구멍이 포도청인데 어쩌겠나?"

그는 유상진의 대답을 기다리지 않고 말을 이었다.

"살아 있는 게 죄지, 죄야. 사실 나도 처음에는 고문관으로는 안 올 생각이었거든. 원래는 위사로 들어올 생각이었지. 근데 이게 대우가 제법 좋아서 말이야. 하지만 굉장히 하찮은 취급을 받기도 한다네. 위사 놈들은 우리를 경멸한다니까. 게다가 일급비밀들을 많이 안다고 외출도 잘 안 시켜 주고 말이지. 중간에 그만둘 수도 없어. 비밀 엄수를 약속하면 내보내 준다고는 하는데, 아무래도 저승 쪽으로 내보내는 것 같거든."

유상진은 뇌인지를 설득하고 싶었다. 지금이라도 어둠을 버리고 밝음으로 돌아서라고도 하고 싶었다. 하지만 입에 재갈이 물려 있어 말을 할 수가 없었다. 그가 할 수 있는 일이라곤 슬픈 표정을 지어 보이는 게 고작이었다.

"그뿐인가, 자식들 보기도 창피한 직업이지. 그런데 안타깝게도 자네는 또 내 손을 더럽히는 그런 운명을 가지게 된 것 같군. 황 노야를 만나 뵙고 돌아온 자는 살려 두지 않는 게 불문율이거든."

유상진의 눈이 공포로 질렸다. 그는 고개를 미친 듯이 흔들며 그래선 안 된다는 뜻을 전하려 했다.

"난 아주 관대한 사람이라네. 자신이 어떻게 죽을지도 모르는 채 어두침침한 감옥에서 시간을 보낸다는 건 정말 두려운 일이 아닌가? 사형수들에게 들으니 죽는 순간보다도 죽음을 기다리는 시간이 더 고통스럽다고 하더군."

유상진은 의아해졌다. 이 인간이 무슨 소릴 하려고 이러나? 그는 동작을 멈추고 뇌인지의 말에 귀 기울였다.

"그래서 자네가 언제, 어떻게 죽게 될지 차근차근 설명해 주려고 하네. 일단 상부에서 처형 명령이 떨어질 거야. 그러면 난 자네를 감옥에서 처형장으로 옮기지. 그리고 형틀에 묶고 혓바닥을 빼물게 해야 해. 보통 혀를 잘 안 내밀려고 하는데, 그건 좋지 않은 생각이야. 맞고 내미는 게 안 맞고 내미는 것보다 좋을 리가 없잖아? 혀를 내밀면 불에 달군 부지깽이로 구멍을 낸 다음 구멍에 실을 넣어 혀를 잘 묶고……."

이어지는 뇌인지의 이야기에 유상진의 얼굴은 하얗게 질렸다가 나중에는 파랗게 변했고 결국 입에 거품을 물었다. 귀를 막고 싶었지만 손이 닿지 않았다.

뇌인지는 자랑스러운 어조로 말을 마쳤다.

"……뭐, 이 정도지. 그리고 마지막으로 인도적인 차원에서 고통이 없도록 목을 매달아 주는 거야. 요즘, 사람이 밀려서 언제 집행할지는 알 수 없지만 내 빠른 시일을 약속해 주겠네. 어? 자네 왜 그러나? 재갈을 풀어 달라고? 할 말이 있어?"

유상진은 고개를 끄떡였다.

"나중에, 나중에 얘기해. 내가 시간을 줄게."

뇌인지는 한 감방 앞에서 멈췄다. 감방에는 '이십이二十二'라는 번호가 적혀 있었다. 그는 열쇠를 꺼내며 말했다.

"이 시설 내에서 가장 오랜 연륜을 가진 곳이네. 분위기가 아주 좋은 독방이야. 자네를 위해 내 특별히 비워 놓았지."

하지만 잔뜩 녹슨 철문은 열쇠 구멍까지 녹으로 덮여 있었다. 구멍으로 열쇠가 들어가지 않자, 뇌인지는 욕을 내뱉었다.

"이게 왜 안 돼? 젠장!"

그는 더 참지 못하고 등허리에 차고 있던 굵은 곤봉을 들어 손잡이 부분을 몇 번 내리쳤다. 하지만 그의 바람과 달리 오히려 열쇠 구멍이 우그러져 버렸다.

한동안 문짝을 상대로 힘겨운 싸움을 벌이던 뇌인지는 결국 포기하고 곤봉을 바닥에 내던졌다. 그리고 이마에서 흘러내리는 땀방울을 닦아 내며 품속에서 종이를 꺼내 들었다.

"빈방이 더 없나?"

그는 한참 문서철을 넘기다가 고개를 끄덕였다.

"여기 있군. 좋아, 가지."

뇌인지가 다시 걸음을 멈춘 방에는 '백이십오百二十五'라는 번호가 붙어 있었다. 그는 열쇠를 문에 끼워 넣으며 말했다.

"이곳은 독방이 아니라 이 인용이지. 아마 방 친구가 있을 테니 잘 사귀어 보게. 여길 털러 들어왔던 살인강도인 모양인데……."

이번에도 문을 여는 일이 쉽지는 않았다. 열쇠 구멍에 녹이 끼어 있진 않았지만 얼마나 오랫동안 닫혀 있었는지 잘 열리지 않았다.

덜컹!

간신히 문을 열자 어둠 속에서 퉁명스러운 목소리가 들려왔다.

"문 닫아! 눈부셔!"

"네 입이나 닥쳐!"

뇌인지는 소리쳐 응수하고 유상진을 안으로 밀어 넣었다.

"아! 빼먹은 게 있군."

그는 유상진을 끌어내 재갈을 풀어 주었다.

"안에 있는 녀석과 잡담이나 나누라고."

"형님! 형님, 제 말 좀 들어 보세요. 저 돈 있어요. 아주 많아요. 살려만 주시면 모두 드릴게요."

뇌인지는 유상진의 말을 들은 척도 하지 않았다. 그는 유상진의 팔을 묶고 있는 쇠사슬을 만지작거리다 쯧쯧 혀를 찼다.

"열쇠를 안 가져왔군. 이건 못 풀어 주겠네. 미안해."

말을 마치자마자 다시 감방 안으로 밀쳤다. 온몸이 결박되어 있는 유상진은 아무런 반항도 하지 못하고 차가운 돌바닥에 머리를 박았다.

"너무 절망하지는 말게. 가끔 황 노야가 특사를 내리는 경우도 있으니까. ……나는 못 봤지만."

쿵!

문이 닫히고 감방은 암흑 속으로 빠져 들었다.

"여기 사람이 들어온 건 정말 오랜만이군."

잔뜩 목이 쉰 어색한 목소리.

유상진은 고개를 돌려 소리가 난 쪽을 보았다. 지독한 어둠 때문에 아무것도 보이지 않았다.

그는 더듬더듬 벽 쪽으로 기어갔다. 벽에는 볏단들이 잔뜩 쌓여 있었다. 죄수들의 피와 고름, 오물 등이 섞여 볏단에선 지독한 악취가 났다.

"그러니까 으음……."

무언가를 세는 듯 잠시 침묵이 흘렀다.

"삼천육백하고도 쉰두 번 잠을 잤으니, 내가 여기 들어온 지 한 십 년 정도 흐른 건가?"

유상진은 간신히 입을 열었다.

"삼천육백……쉰두 번?"

"물론 나 혼자 센 것은 아니지. 가끔 여기 들어오는 신참이 있어서 말이야. 그때는 녀석들에게 맡겼어. 이번에는 자네 차례야. 오늘부터 숫자를 세게. 그리 힘들진 않을 거야. 어차피 며칠 안 될 테니까. 여길 오는 놈들은 거의가 한 달 이내로 나가더라고."

"그냥 캄캄하기만 한데 어떻게 시간을 알아?"

"정신을 집중하면 돼. 사람의 감각이란 건 제법 정확해서 정신만 제대로 집중한다면 이런 어둠 속에서도 어느 정도 시간이 흘렀는지 알 수 있다네. 물론 십 년쯤의 기간이라면 나처럼 절대 고수는 되어야 알 수 있는 것이겠지만 말이야."

오랫동안 말을 할 기회가 없었던 탓인지 자주 말이 끊기는 데다 알아듣기도 힘들었지만 대충 그런 말이었다.

갑자기 상대의 말투가 은근하게 변했다.

"요새 악양 물은 좀 어때?"

"물? 악양 물이야 늘 더럽지. 청소 한번 안 하는 데다 쓰레기를 막 갖다 버리니까."

"그 물 말고. 그거 말이야, 그거."

"그거라니?"

답답하다는 듯이 목소리가 커졌다.

"여자 말이다!"

'이놈 이거 변태 아냐?'

유상진은 이런 곳에서 십 년이나 보낸 작자가 여자 생각이나 하고 있다는 게 믿어지지 않았다. 현 황권은 누가 차지하고 있는가, 변방의 오랑캐들은 잠잠한가까지는 아니더라도 여자 얘기는 좀 그렇지 않느냐 말이다.

여자를 무시하는 건 아니다. 어쩌면 사랑이야말로 인생에서 가장 중요한 것일지도 모른다. 그러나 감옥에 십 년 있으면서 제일 궁금한 게 여자라는 건 문제가 있다.

유상진은 상대가 동네 건달에 불과하다는 사실을 알았다.

'그렇다면……'

그는 차갑게 말했다.

"야, 비켜! 나도 좋은 볏단 좀 베어 보자."

놈이 그나마 깨끗한 볏단 위에 누워 있다는 사실을 알아채고 한 소리였다.

그러자 기가 찬다는 듯 콧방귀가 날아왔다.

"허! 선배 대접이 이래도 되나?"

"선배는 무슨! 감옥에도 위아래가 있…… 킥!"

무언가 차가운 것이 목을 조였다.

"욱!"

유상진은 두 손으로 목을 조르고 있는 것을 움켜잡았다. 두꺼운 쇠사슬이 만져졌다. 상대가 쇠사슬을 당겼다. 그는 쇠사슬에 목이 조인 채 그대로 끌려갔다.

단단한 손가락이 그의 턱을 잡았다.

"어허…… 그놈 참, 살결 한번 곱구나."

지독한 냄새가 코를 찔렀다.

"야, 인마!"

유상진은 크게 소리쳤다.

"내가 묶이지만 않았어도 넌 죽었어! 이거 안 놓을래?"

상대는 가소롭다는 듯 대답했다.

"그래? 그럼 내가 풀어 줄 테니 한번 해보지."

말과 동시에 유상진을 잡고 있던 손을 놓았다. 그리고 탁, 탁, 하는 소리가 들렸다. 어떻게 손을 썼는지 유상진의 온몸을 결박하고 있던 쇠사슬이 힘없이 흘러내렸다.

"어?"

유상진은 상황 판단을 다시 해 봤다. 쇠사슬이 노끈도 아니고 이렇게 쉽게 끊어질 리가 없다.

'고수였나?'

하지만 생각을 정리하기도 전에 상대의 음침한 목소리가 들려왔다.

"덤벼 봐."

우선 생각할 시간이 필요하다. 유상진은 손을 내저으며 변명을 하려 했다.

"그게 아니라……."

퍽!

눈앞에 번갯불이 보였다가 사라졌다. 순간적으로 정신이 명해질 정도로 무지막지한 일격이었다. 유상진은 볏단 위로 쓰러졌다. 그 위로 가혹한 주먹세례가 퍼부어졌다.

"자…… 우악! 잠…… 욱! 꽥!"

상대는 유상진이 말을 할 틈도 안 주고 계속 두들겨 팼다. 유상진은 한참을 얻어맞다 주먹이 느려진 틈을 타 간신히 외쳤다.

"잠깐!"

주먹이 거짓말처럼 멈췄다.

"왜? 뭐, 할 말이라도 있어?"

유상진은 엎지른 물을 주워 담기 위해 애썼다.

"헤헤, 선배님의 지루한 감옥 생활에 새로운 활력소가 되길 바라는 마음에 한 말씀 드렸을 뿐입니다."

"으음? 그래, 그렇단 말이지. 그렇군."

"물론입니다."

유상진은 바닥을 더듬어 상대를 해치울 무기를 찾았다. 그러나 먼지 말고는 잡히는 게 없다.

"그럼 아까 물은 거에나 대답해 봐."

"아, 예. 요즘 악양이야 물 좋죠. 곳곳에 기녀원에 주루에 객잔에 반점이 생기고, 아무튼 두 집 건너 한 집은 술집이니까요. 노인네 보양에 그만인 어린 계집부터 농염하고 풍만한 삼십 대의 연륜 있는 계집들까지 없는 게 없습니다."

"그런 건 우리 때도 있었지. 좀 색다른 건 없어?"

"물론 있습니다. 시대적 흐름에 발맞춰 야들야들한 동영 계집에 콧대 높은 조선 계집, 살결 고운 묘족 애들까지 품목별로 아주 즐비하게 널려 있다니까요. 최근에는 눈알 파란

파사국波斯國 계집만 취급하는 가게도 봤습니다.”

“그으래?”

꿀꺽!

침 넘어가는 소리가 들렸다. 상대는 유상진을 잡아당기며 은근한 말투로 물었다.

“파사국 애들 말이야. 확실히 나은가?”

유상진 역시 목소리를 낮춰 대답했다.

“끝내 주죠.”

사실 유상진도 이국 여자들이 있는 기녀원에는 가 본 일이 없다. 그런 곳은 단가가 비싸서 그가 가진 돈으론 손가락 하나 만질 수도 없었다. 단지 또 얻어맞는 일을 피하기 위해 좋게, 좋게 대답한 것일 뿐이다.

유상진은 상대의 성적 환상을 채워 주기 위해 최선을 다했다. 그의 견해로 보면 상대는 변태였다. 변태를 상대할 땐 변태처럼 굴어야 하는 법이다. 요새 기녀원은 이 대 일은 기본이라는 얘기부터 부부끼리 상대를 바꿔서 정사를 나누기도 한다는 얘기까지 시시콜콜 늘어놓았다.

“그래…… 자네 이름이 뭔가?”

마침내 상대가 이름을 물은 것은 두 시진이 지난 후였다. 요즘 젊은 여인들 옷차림이며 머리 모양까지 다 들은 다음에야 호기심이 풀린 모양이었다.

유상진도 어둠이 눈에 익었다. 상대는 온몸이 쇠사슬로 감겨 있는 노인이었다. 제멋대로 자란 머리카락과 수염으로 얼굴은 보이지 않지만 눈빛만은 형형했다.

그리고 한쪽 팔이 없다. 하나밖에 남지 않은 팔에는 쇠사슬이 둘둘 감겨 있었다. 저 쇠사슬로 목을 졸랐던 모양이다.

"전 유상진이라고 합니다. 선배님께선……?"

"흠, 난 주신봉이라고 하네. 반갑구먼."

주신봉?

귀에 익은 이름이다. 얼마 전 황 부자도 그 이름을 말했었다. 유상진은 설마 하며 물었다.

"혹시…… 도귀?"

노인은 피식 웃고는 자조적인 어투로 중얼거렸다.

"아직도 그 이름을 기억하는 자가 있군. 도귀 주신봉은 옛날에 죽었지. 여기 남은 것은 그 껍데기일 뿐이야."

유상진은 상대가 천하에 유명했던 도객刀客, 도귀 주신봉임을 알자 깜짝 놀랐다.

주신봉이 물었다.

"여긴 무슨 일로 왔나? 황 부자에게 밉보였어?"

유상진은 어디까지 진실을 말해야 할지 고민했다. 주신봉이 화씨 세가와 어떤 사이였는지 기억이 잘 안 난다.

"그러니까, 그게……."

"아, 잠깐!"

주신봉이 그의 말을 막았다.

"음식이 오는 모양인데, 우리 좀 먹어 가면서 이야기하지."

그 말을 듣자 유상진 역시 출출해졌다. 너무 열정적으로 입을 놀린 탓이다.

"좋죠."

귀를 기울여 보니 멀리서 뚜벅뚜벅 발소리가 들렸다. 그리고 철문이 열렸다가 닫히는 소리가 뒤따랐다. 음식 배급이 시작된 모양이었다.

유상진이 입맛을 다실 때, 감방 문 밑에 난 작은 미닫이창이 열리며 그릇 두 개가 들어왔다. 말라비틀어진 무 쪼가리가 둥둥 떠다니는 뭇국에 밥이 풀어져 있었다.

노인은 쇠사슬을 날려 그릇 하나를 채 갔다. 국물 한 방울도 흘리지 않는 환상적인 솜씨였다.

유상진은 감탄했다.

"보통 실력이 아니십니다."

아무것도 아니라는 듯 주신봉은 가볍게 말했다.

"너도 여기 십 년 동안 있으면 다 할 수 있어."

유상진은 뭇국을 집었다. 한 서너 모금이나 될까, 양도 얼마 안 되는 데다 안에 든 재료도 부실하기 짝이 없다.

"이게 전분가요?"

"그래, 아침저녁 두 번. 아침에는 가끔 만두를 주지. 사람 때릴 때 써도 될 만큼 딱딱하지만 조금씩 잘라서 침으로 녹여 먹으면 그것도 꽤 맛있어."

"이런 걸 먹고 어떻게 살아요?"

"시간 지나면 다 적응돼. 하지만 내 오늘은 특별히 자네 입맛을 돋울 별미를 나눠 주도록 하지."

주신봉은 때가 꼬질꼬질한 손을 괴춤에 넣고 뒤적였다. 보기만 해도 토할 것 같은 광경이었다. 거기서 구운 오리를 꺼낸다 해도 먹고 싶지 않았다.

주신봉이 무언가를 유상진에게 던졌다. 마땅히 유상진의 앞에서 멈춰야 할 그 괴물체는 그대로 발밑을 스쳐 지나가려 했다. 유상진은 재빨리 그것을 집어 들었다.

"어?"

남경충이 죽은 척 더듬이를 늘어뜨리고 있었다. 유상진은 기가 막혀 아무 말도 하지 못했다.

주신봉이 으스대며 말했다.

"내가 키우는 놈 중에서 두 번째로 살이 포동포동하게 올라 있는 놈이니 맛이 그리 나쁘지 않을 거야. 이름도 붙여 두었지. 연자탕燕子湯이라고."

"연자탕요?"

"뭐, 진짜 연자탕이랑 차이가 있긴 하겠지만 기분이라도 내 보자는 의미에서 붙인 이름이야. 다음에 기회가 나면 잉어찜도 맛보게 해 줌세."

그의 호의가 유상진은 별로 반갑지 않았다.

"항상 이런 거만 드시나요?"

"무슨 소리!"

주신봉은 당치 않다는 듯 손을 내저으며 소리쳤다.

"사흘마다 한 번씩은 뭇국에 고기를 넣어 준다네. 실제 고기를 본 것은 이 년 전이 마지막이지만 고기 냄새는 맡을 수 있지. 게다가 아주 가끔이지만 극락의 별미를 느낄 기회도 있어."

"그게 뭔데요?"

"그거 이름이…… 아, 그래! 자네는 쥐라고 부르겠지."

"……."

"감옥에서 뭘 더 바라나?"

"……."

"자넨 감옥에 온 놈치곤 너무 꿈이 원대하군. 장자의 무위 자연 몰라? 헛된 꿈을 버리고 작은 것에 만족하라고. 이 뭇 국에 연자탕 하나가 만족스럽지 않나?"

유상진의 개인적 견해로는 무위자연이란 말이 잘못 쓰인 듯했다.

"솔직히…… 별로 그런 생각이 안 드는데요."

"시간이 지나면 자네도 익숙해질 거야. 사람이 적응 못하 는 것은 없으니까. 요는 그때까지 살아남는 거야. 전에 있던 어떤 놈은 자족할 줄 몰랐어. 하루에 한 번 나오는 물로 세수 를 했을 정도였다니까. 그러더니 오밤중에 목마르다고 내 물 을 훔쳐 먹으려고 들었지. 결국 머리통이 부서졌다네."

주신봉은 괴춤을 뒤져 남경충 한 마리를 더 꺼냈다.

"그럼 식사를 하면서 자네 이야기를 좀 들어 볼까? 어쩌다 이곳까지 오게 됐나?"

유상진은 오른손엔 연자탕을 왼손엔 뭇국을 든 채 암담한 얼굴로 이야기를 시작했다.

"그러니까 무림에 나가 보니 악양에 강허심이란 마두가 있 더라, 이 얘기지?"

유상진은 고개를 주억거렸다.

"예, 바로 그렇습니다. 처음에는 조용히 요리나 하며 지낼 생각이었지만 세상이 절 그냥 내버려 두지 않더라고요. 그래서 제가 의협을 발휘해 놈을 처치했는데…… 놈의 뒤에 황 부자가 있었던 겁니다. 강허심 그놈을 처치하느라 내상을 입은 상황에서 황 부자가 보낸 십여 명의 고수들에게 포위되어, 결국…… 흑흑흑…… 이 꼴이 되고 말았죠."

처음에는 유상진도 진실을 말할 생각이었다. 하지만 자신을 좀 더 미화하고 싶은 건 인지상정인 법이다. 진실은 누구에게나 가혹하니까.

도귀 주신봉이 정파의 인물이라는 점도 고려했다. 그런 인물이 그가 벌인 일들을 듣고 잘했다고 머리를 쓰다듬어 줄 리 없었기 때문이다.

"뭐, 별로 믿어지지는 않지만…… 나름대로 재미는 있군."

주신봉은 남경충을 우물거리며 말했다.

어디서 파토가 났는지 모르지만 주신봉은 그의 말을 믿지 않는 모양이었다. 유상진은 진실을 말하라고 추궁하지 않는 것만도 다행이라고 생각했다.

"그런데…… 선배님은 어떻게 여기에 들어오시게 된 거죠?"

주신봉은 잠시 과거를 회상하는 듯 두 눈을 감았다.

"음…… 벌써 십 년이나 된 얘기로군. 십 년 전 여기저기를 떠돌며 야인 생활을 하고 있었는데 말이야. 좀 알고 지내던 염왕수 하불성이 찾아왔더군. 강남의 상권을 흔드는 부귀왕이 뛰어난 무공의 고수를 초청한다며 자신을 따라오라는 거였어. 결국 여차저차해서 부귀왕의 호법으로 들어가게 되었지. 원래 남의 밑에 들어갈 생각은 전혀 없었는데 부귀왕이 너무 좋은 조건을 내걸어서 말이야."

"어떤 조건이었는데요?"

"하불성 그놈은 돈에 환장한 작자라 황금에 넘어가 버렸고 난 절세 미녀 세 명…… 잠깐! 그런데 내가 왜 이 이야기를 너에게 해야 하지?"

"달리 할 일도 없잖아요."

"아니야. 피나 튀기는 삭막한 이야기 들어 봐야 정서만 해치지. 그것보다는 자네 첫사랑 이야기를 듣는 게 더 재미있겠어."

"제 첫사랑요?"

"그래, 한번 털어놔 봐."

유상진은 한숨을 내쉬었다.

"제 첫사랑은…… 요리 수업을 받고 있을 때 같은 스승 밑에 있던 여자 동료였는데요. 유가영이라고…….""

유상진의 생애 유일하게 순수했던 때였다―첫사랑에 실패한 이후로 그는 타락해 버렸다.

한참을 떠들었지만 주신봉을 만족시키진 못했다. 주신봉은 가만히 이야기를 듣다 손을 내저었다.

"다음."

유상진은 고심 끝에 요리사 시절 잠시 스쳤던 기녀와의 두 번째 사랑 이야기를 꺼냈다.

"그녀는 정말로 저에게 헌신적이었지요. 한창 새로운 맛을 개발하기 위해 연구에만 전념하던 저를 위해 몸까지 팔아 가며 자금을 대 주었으니까요. 그리고…… 굉장히 명기名器

였죠."

유상진은 자신이 한 기녀의 기둥서방이 되어 그녀의 등골을 빼먹었다는 가혹한 진실을 외면한 채 새로운 이야기를 창조해 냈다.

그러나 주신봉은 아직도 못마땅한 모양이었다.

"야! 좀 더 야하게 못 해?"

주신봉의 협박성 요구에 유상진은 자신의 실수를 깨달았다. 너무 정신적인 사랑에만 초점을 맞췄던 것이다.

유상진은 명월루라는 대형 식당에서 요리사를 할 때 만났던 주인집 둘째 첩과의 슬프고도 아름다운 세 번째 사랑 이야기를 시작했다.

"……그녀도 저를 사랑했지만 이미 남의 아내, 눈물을 머금고 제가 말했지요. 사랑하니까 헤어져야 한다고. 그리고 마지막으로 한 번만 더 하자고."

유상진은 쓸쓸한 눈빛으로 말을 끝냈다.

사실과는 많이 다른 이야기였지만 주신봉은 어느 정도 만족한 듯 보였다. 그는 한참 뜸을 들인 후에야 자기 얘기를 꺼냈다.

"에…… 또 그러니까, 부귀왕 밑에서 한 달 정도 인생의 지고한 기쁨을 느낄 수 있었지. 먹고 마시고 사랑을 나누는 게 하루 일과였으니까. 으휴…… 그때 알았어야 했는데……."

"뭘 알았어야 했는데요?"

"세상에 대가 없이 이루어지는 일은 없다는 것을 말이야. 남의 호의를 넙죽넙죽 받아먹기만 하면 배탈이 나거든."

목이 마른지 뭇국을 한 모금 마시고 주신봉은 말을 이었다.

"글쎄, 부귀왕 그놈이 겁도 없이 황 부자네 집에 놀러 가겠다고 하지 않겠나. 후우…… 그때는 황 부자랑 부귀왕이랑 어떤 사인지 몰랐지. 그냥 친군 줄 알고 옳다구나 쫓아간 거야. 가서 맛있는 것 좀 얻어먹겠구나 하는 허황된 꿈에 부풀어서. 그런데 막상 황 부자 집에 도착하니 웬걸, 두 놈이 원수지간이잖아. 게다가 황 부자 역시 밑에 고수들이 널려 있었으니…… 괜히 그 사이에 꼈다가 우리만 봉변을 당한 셈이지."

주신봉은 땅이 꺼져라 한숨을 내쉬었다.

"내가 왜 여길 도망칠 생각도 안 하고 십 년을 보냈는지 궁금하겠지? 여길 보라고."

그러고는 누더기가 다 된 옷을 들춰 보였다. 무릎 위에서 다리가 깨끗하게 잘려 있었다.

"그때 싸우다 다친 상처야. 완전히 폐인이 된 셈이지. 이런 꼴로 밖에 나가서 뭣 하겠나? 그냥 여기 있는 게 낫지."

주신봉은 다리를 쓰다듬으며 씁쓸하게 말했다.

"왼팔 하나만 남기고 다 잘려 나갔어. 하지만 그때 염왕수 하불성, 그 친구는 대가리가 반쯤 날아가 버렸으니…… 머리가 반쯤 쪼개졌는데도 안 죽더군. 사람 목숨이란 게 참 질긴 거야. 어쨌든, 엄밀히 말하면 내가 그 친구보다 무술 실력은 셌다는 얘기지. 그래도 난 머리랑 내장은 보호했잖아."

유상진은 조심스레 물었다.

"염왕수 선배님은 지금 어디 계시죠?"

주신봉을 살려 두었다면 아직 하불성도 살아 있을 터였다.

유상진은 황 부자가 왜 이들을 살려 두고 있는지 궁금했다. 무공 비급에 관심이 있는 걸까? 그렇다면 그에게도 아직 기회가 남아 있다. 그는 비급 중의 비급이라는 《무경》을 갖고 있으니까.

　하지만 주신봉의 대답은 뜻밖이었다.

　"그 녀석, 배짱 튕기다 골로 간 지 오래야."

　"예?"

　"하불성 그 친구가 늘 하던 말이 있는데, 인생이란 얼마나 멋지게 죽느냐가 제일 중요한 거라나? 정말 멍청한 얘기지. 물론 내 생각은 녀석보다 좀 더 현실적이었어. 난 죽어 버린 용맹한 호랑이보다는 살아 있는 똥개가 낫다고 생각한다네."

　주신봉은 잠시 입을 다문 채 생각에 잠겼다.

　십 년 전, 황 부자의 저택.

　파악!

　주신봉은 양 떼 사이에 뛰어든 늑대처럼 사방을 날아다니며 미친 듯이 칼을 휘둘렀다. 그가 칼을 날릴 때마다 서너 명의 무사들이 추풍낙엽처럼 쓰러졌다.

　어디선가 창이 날아왔다. 제법 실력이 있는 놈인 듯 창의 움직임이 꽤나 영활했다. 그래 봐야 그에겐 어림도 없다. 주신봉은 가볍게 창날을 피하며 도를 좌에서 우로 그었다.

　몽둥이로 때리는 듯한 둔탁한 소리와 함께 상대는 십여 장

밖으로 나가떨어졌다.

칼에 맞은 놈이 둔탁한 소리를 내다니?

"빌어먹을, 호신갑을 입었군."

주신봉은 중얼거리며 불나방처럼 귀찮게 달려드는 한 놈을 마저 베고 칼날을 살폈다. 듬성듬성 이가 빠진 것이 보였다.

"이게 얼마짜린데…… 젠장맞을!"

팔 년 전에 천금을 주고 구해 하루가 멀다 하고 기름칠을 하고 날을 세운 천하의 보도寶刀였다. 그런데 오늘 완전히 폐물이 된 것이다.

주신봉은 신경질적으로 입맛을 다시며 썩은 무를 자르듯 서너 명의 목을 더 쳐 냈다.

그는 어쩌다 일이 이렇게 됐는지 생각해 보았다.

식사 도중 황 부자가 느닷없이 술잔을 집어 던지자 정원 양쪽에서 백여 명의 무사들이 뛰어들었다.

워낙 수가 많아 처음에는 주신봉도 큰일 났다는 생각을 했다. 그런데 실력들이 형편없었다. 한 이십 명쯤 죽이고 나니 칼날이 상한 게 더 신경 쓰일 정도였다.

'이제부턴 주먹으로 해치울까?'

때마침 칼잡이 한 놈이 씩씩거리며 달려들었다. 주신봉은 손바닥으로 칼잡이의 머리통을 후려쳤다. 칼잡이는 눈을 까 뒤집고 그 자리에 쓰러졌다.

'오호, 이것도 괜찮군.'

순간 옆에서 피가 날아왔다. 주신봉은 놀랄 만큼 빠른 동작으로 쏟아지는 피를 피해 냈다. 그래도 아직까지 옷에 피를 안 묻히며 싸울 여유는 있었다.

염왕수 하불성의 짓이었다.

쉴 틈 없이 움직이는 주신봉과는 달리 하불성은 가만히 서서 부귀왕을 보호하고 있었다. 귀찮다는 듯 접근하는 놈을 후려치면서. 그때마다 사방으로 피가 튀었다.

두 사람의 시선이 마주쳤다.

하불성은 나른한 어조로 말했다.

"좀 제대로 된 놈들은 없나?"

때마침 한 중년 사내가 나타났고 하불성의 희망은 실현되는 듯이 보였다.

그들을 공격하던 무사들이 마치 썰물 빠지듯 뒤로 물러섰다. 장내에는 도귀와 염왕수 그리고 부귀왕만이 남았다. 부귀왕이 데려온 다른 부하들은 난전 중에 모두 죽어 버린 듯했다.

중년 사내는 길쭉한 낫을 차고 있었다. 그는 냉랭한 어조로 말했다.

"도귀! 염왕수! 자네들 때문에 제법 시간을 끄는군. 역시 숫자보다는 얼마나 질이 좋은가가 중요한 거야. 평범한 무사 십여 명을 고용해 잔돈을 낭비하느니 뛰어난 고수 한 명을 고용하는 것이 낫다는 것을 자네들이 몸소 증명해 준 거지."

'질이 좋은가가 중요한 거야' 부분에서는 내력을 써서 사방이 떠나가도록 크게 외쳤다. 그러고는 부하들에게 둘러싸여 장내를 살피고 있는 황 부자에게 여봐라는 듯 시선을 보냈다. 그것은 봉급을 올려 달라는 시위로밖에 보이지 않았다.

"물론 두 놈 다 나에겐 안 되겠지만."

주신봉은 도를 고쳐 잡았다. 그는 중년 사내가 누구인지 잘 알고 있었다.

"혈영야로라고요?"

"그래, 무극진이라고 아주 나쁜 놈이지. 잘 알려지지는 않았지만 흑도 십대고수 중 하나인데, 성격이 아주 더러워."

"제가 봤을 때는 거뭇거뭇한 연기로 나타나던데요?"

"놈! 기환술奇幻術을 완성한 모양이군. 놈의 장기는 기환술로 몸을 숨기고 상대를 처치하는 거야. 그러나 그때만 해도 녀석의 기환술은 별거 아니었지. 감히 우리에게 써먹지 못하더군."

무극진을 뒤따라 십여 명의 장한들이 뛰어나왔다. 불룩하게 솟은 태양혈이나 형형한 눈빛으로 보아 지금까지의 놈들과는 차원이 다른 고수란 사실을 알 수 있었다.

주신봉은 하불성에게 눈짓을 했다. 하불성 역시 사태의 심각성을 알았는지 슬그머니 주신봉 옆으로 다가왔다.

하불성이 전음으로 말했다.

―아무래도 갯값을 물게 생겼는데…….

―겁먹지 마. 새끼들이 그냥 겁주려고 그러는 거야. 우리 둘이 힘을 합치면 간단하게 해치울 수 있어.

―아무튼 우선 부귀왕을 피신시키는 게 낫겠어. 내가 하나, 둘, 셋 하고 부귀왕을 밖으로 던질 테니 자네는 놈들을 막게.

―좋아.

혈영야로는 입가에 미소를 드리운 채 천천히 걸어왔다.

"둘이서 힘을 합친다고 날 이길 수 있겠어?"

하불성이 중얼거렸다.

"하나, 둘."

주신봉은 온몸의 내력을 칼끝에 집중했다. 그러다가…….

"잠깐!"

문득 떠오른 생각에 하불성을 제지했다.

"왜?"

"셋 하면서 던질 거야, 셋 하고 나서 던질 거야?"

"후우…… 니 맘대로 생각해! 셋!"

주신봉의 매서운 도기刀氣가 혈영야로를 덮쳤다. 동시에 하불성도 부귀왕을 던지고 혈영야로를 향해 몸을 날렸다.

"그래서요?"

전대 고수들의 경천동지한 대결 이야기를 당사자를 통해 들게 될 날이 올 줄은 몰랐다. 현 상황으로 미루어 보아 하불성과 주신봉이 진 것이 확실해 재미가 반감되기는 했지만…….

"혈영야로 그놈이 기생오라비처럼 매끈매끈한 흑영보黑影步의 신법으로 내 도기를 피해 내더군. 너도 알지, 그 거무튀튀한 연기가 넓게 퍼지면서 몸이 사라지는 거? 놈도 나와 정면으로 맞붙어선 안 된다는 걸 안 거지. 그래서 허무하게도 놈 등 뒤에서 기세를 올리고 있던 두어 놈 목만 쳐 내야 했고. 그때 하불성 놈이 '염왕수!'라고 소리치면서 혈영야로 놈에게 장력을 선사하더구먼. 그 강력한 장력에 연기가 흩어지면서 놈의 당황한 얼굴이 드러났어."

"그래서요?"

"혈영야로 역시 물렁한 녀석은 아니지. 놈은 투골장投骨掌으로 하불성 놈의 염왕수를 상대하더군. 찢어지는 굉음과 함께 두 놈 다 뒤로 나가떨어졌는데……."

세상에서 불구경 다음으로 재미있는 것이 싸움 구경이다. 혹자는 반대로 생각할지도 모르지만 최소한 이 등은 하는 셈이다. 유상진은 주신봉의 흥미진진한 이야기 속으로 빠져 들었다.

"그래서요? 그래서 어떻게 됐죠?"

"둘 다 벽을 박차고 다시 허공에서 손을 교환하더란 말이지. 혈영야로는 '투골장!' 하고 소리를 질렀고, 하불성 녀석은 '염왕수!' 하고 소리를 지르면서 말이야. 그리고 둘 다 뒤로 물러나고, 다시 벽을 차고 날아올라 또 뒤로 나가떨어지고, 또 벽을 차고 날아오르고…… 한참을 반복하더니 마침내 결판이 났지."

"어떻게요?"

"여덟 번짼가 날아올랐을 때 혈영야로는 또 '투골장!' 하고 소리를 질렀고 하불성 녀석도 예의 '염왕수!' 하고 소리를 지르며 장력을 맞부딪쳤는데, 혈영야로 녀석이 거짓말을 친 거야. 투골장이라고 해 놓고 낫을 꺼내 휘둘렀지. 멍청한 하불성 녀석은 완전히 속아 넘어가서 낫에 팔이 잘리고 뒤로 날아가 벽에 박힌 거야. 그때 머리가 깨졌지."

"그래서요?"

그러나 주신봉은 이야기를 더 진행시킬 생각이 없는 모양이었다.

"그래서는 뭘 그래서야. 녀석이 쓰러지고 나도 결국 불가항력으로 쓰러져 지고 말았지. 뭐, 들리는 소문으로는 부귀왕은 도망치지 못하고 정원의 개 떼에게 물려 죽었다더군."

"음…… 그래서 하 선배님은 어떻게 되셨죠?"

"그러니까 말이야, 나랑 하불성이랑 중상을 입고 감방에 갇혔을 때의 일이지. 난 사실 우리 둘 다 목이 달아날 줄 알았는데 녀석들은 그냥 감방에 넣더군. 치료까지 해 주고 말이야. 밥도 제법 좋은 걸로 넣어 주더라고."

유상진은 황 부자가 왜 그랬는지 짐작할 수 있었다. 좋은 육질이라면 광분하는 그 노인네가 천하 고수인 두 사람을 그냥 버릴 리가 없는 것이다.

"그래서 한동안 치료도 받고 조용히 지내고 있는데, 어느 날 우연히 의원들이 하는 이야기를 들었지."

"내일쯤 잡아도 될 것 같지?"

"이 정도면 웬만큼 회복도 된 편이니, 괜찮겠지."

"더 회복되면 오히려 귀찮아질 테니까."

"무슨 이야긴지 정확히 알 수는 없지만 말이야, 아무튼 우리에게 별로 좋은 분위기는 아니었어. 그래서 내가 하불성에게 제안을 했지. 다른 놈들로 위장하자고 말일세."

"다른 놈들이라뇨?"

"아, 자네는 잘 모르겠군. 그때는 이곳 감방 하나에 네 명씩 들어 있었다네. 우리 신분을 나타내는 것이라고는 이……."

주신봉은 유상진의 목에 걸린 나뭇조각을 톡톡 건드렸다.

"나뭇조각밖에 없었거든. 그러니까 다른 두 놈과 나뭇조각을 바꿔 치기 하면 놈들은 우리가 도귀와 염왕수인 걸 모를 거라는 얘기였지. 한동안 녀석들 하는 짓들을 보니 굉장히 경직되어 있어서 그 정도의 속임수에도 넘어갈 것 같더라고. 도대체 생각이란 걸 안 해. 그냥 위에서 시킨 대로, 전부터 하던 대로만 하지. 그래서 어느 정도 자신이 있었는데 하불성 녀석이 왼고개를 치더군. 자기는 정정당당히 죽겠다는 거야. 더 이상 구차하게 살기 위해 발버둥 칠 생각 없다나. 그러면서 하는 말이, 인생이란 얼마나 멋있게 죽느냐가 중요하다는 헛소리였어. 결국 난 나뭇조각을 바꿔 살아남았고 녀석은 다음 날 끌려갔지. 후우…… 그러고 보니 그 녀석이 좀 그리워지는군. 죽기 전에 시 한 수를 읊으며 멋지게 죽겠다고 그랬는데 말이야."

유상진은 하불성의 최후를 짐작할 수 있었다.

최소한 그가 시 한 수를 읊으며 멋지게 죽지는 못했을 거라는 정도는 충분히 알 만했다.

시세를 알아야 준걸이다

第九章

황 부자의 부하인 종리하는 협상의 명수로 알려져 있다.

그는 타고난 더러운 성격 덕분에 죽으면 지옥에 떨어질 것이 확실시되는 인물이었지만, 염라대왕과 협상해 촌구석의 성황신城隍神으로 특채되지 않을까 하는 추측을 불러일으키기도 했다.

황 부자의 커다란 성공 이면에는 종리하의 더러운 협상이 항상 존재했다.

그리고 그것은 지금도 마찬가지였다.

종리하는 차를 한 모금 마시고 천천히 입을 열었다. 다급한 쪽은 그가 아니었으니까.

"어험, 우리 황 노야께서는 세가의 요청을 거부하지 못하시고 상단의 전 인원을 동원해 유상진을 찾으셨습니다."

화번천은 천천히 입을 열었다.

"정말 고마운 노릇이군."

그는 황 부자가 유상진을 잡았다는 사실을 이미 알고 있었다. 세가의 모든 정보력을 황 부자에게 집중했으니 모를 수가 없는 일이었다.

한 가지 이상한 것은 황 부자가 유상진을 사로잡은 지 한 달 만에 그에게 연락했다는 사실이었다.

한 달이라는 기간은 설사 유상진이 ≪무경≫을 가지고 있지 않더라도 그로부터 ≪무경≫의 구결을 얻어 내기에 충분한 시간이다.

그래서 화번천은 종리하를 탐색하듯이 살펴보고 있었다.

종리하는 그것을 아는지 모르는지 얼굴 가득 웃음을 담은 채 말했다.

"원칙대로라면 즉시 사람을 보내 드려야겠지만, 몇 가지 부탁드릴 것이 있어서 제가 먼저 오게 되었지요."

'흥, ≪무경≫으로는 부족하다는 건가?'

화번천은 황 부자가 ≪무경≫을 가로챘음을 거의 확신하고 있었다. 그러니 말이 좋게 나올 리 없다.

"흠, 그것은 부탁을 들어주지 않으면 유상진을 보내지 않겠다는 협박처럼 들리는데……?"

종리하는 당치 않다는 듯 두 손을 내저었다.

"무슨 말씀을! 저희는 단지……."

화번천은 종리하의 말을 가로막았다.

"아, 좋아, 좋아. 우선 그 부탁이란 것부터 들어 보지."

"예. 우선 세가와 저희가 공동으로 가지고 있는 광산 채굴권에 관한 것인데요……."

종리하는 황 부자 휘하의 상단이 세가 주변을 지날 때의 호위 문제 등 여러 가지 조건을 말했다. 그리고 마지막으로…….

"실은 저희 황 노야께서 고서를 모으는 취미를 가지고 계십니다. 특히 요리서를 좋아하시는데, 최근에 세가에서 ≪천도서≫라는 희귀한 요리서를 얻으셨다는 소문을 들으셨지요. 그래서…… 어렵지 않으시다면 그 책을 좀 얻을 수 있을까 하시더군요."

종리하는 말을 마치고 '별로 어려운 조건이 아니지요?' 하는 표정으로 화번천을 바라보았다.

화번천은 가슴이 철렁했다.

황 부자는 유상진이 세가에서 무슨 짓을 저질렀는지 정확하게 알아낸 것이 틀림없다. 그렇지 않고서야 ≪천도서≫가 세가에 존재한다는 사실을 알지는 못할 테니까.

'빌어먹을, 정말 창피한 노릇이군. 세가의 보안이 이 정도라니…….'

화번천은 가주가 된다면 우선 보안부터 정비해야겠다고 마음먹었다. 하지만 황 부자가 내건 조건들이 모두 ≪천도서≫를 얻으려는 속셈을 감추기 위한 것임은 알지 못했다. 그것은 다른 조건들 사이에 별로 중요하지 않은 것처럼 말을 끼워 넣은 종리하의 능력 덕이 컸다.

"별로 어려운 조건은 없군. 유상진 그놈과 놈이 훔쳐 간 ≪무경≫만 회수할 수 있다면 무엇인들 못 해 주겠나."

종리하는 눈살을 찌푸리며 말했다.

"그것이…… 저희가 체포했을 때 유상진은 ≪무경≫을 가지고 있지 않았습니다. 그렇다고 ≪무경≫의 행방을 묻는 것도 오해의 소지가 있는 일이고 해서 더는 아무런 행동도 취하지 않았지요. 나중에 세가에서 직접 취조하시는 것이…….'

화번천은 고개를 끄덕였다.

"그러니까 그쪽에서는 ≪무경≫을 본 적도 없다는 거로군."

"예, 그렇습니다."

"그 얘기 기억해 두지."

화번천은 쐐기를 박듯 말하고 일어났다.

화번천은 분노를 곱씹었다.

황 부자건 종리하건 유상진이건 전부 짜증 나는 놈들뿐이다. 당장 대가리를 부숴 버리고 싶은데 그럴 수 없다는 것도 마음에 들지 않았다.

'두고 보자. 만일에 거짓말인 게 밝혀지면…….'

그때는 한 놈도 살려 두지 않을 생각이었다. 그리고 나서 전 무림에 화씨 세가의 진정한 무서움을 알려 줄 것이다.

솔직히 그는 동생의 죽음이 그리 유감스럽지 않았다.

동생의 오성은 상상을 초월했다. 가문에 하나밖에 없는 ≪무경≫도 그가 아니라 동생이 지니고 있었을 정도다.

아버지는 늘 동생만 귀여워했다. 자신을 차기 가주로 세워 두기는 했지만 그다지 탐탁지 않게 생각했다는 것도 그는 잘 알고 있었다.

'빌어먹을!'

한배에서 난 자식들을 왜 편애한단 말인가.

만일 동생이 행동을 조금만 더 조심했다면 차기 가주는 동생이 되었을지도 모른다. 그런데 그 빌어먹을 동생이 느닷없이 죽어 버렸다.

그 소식을 듣고 한동안 멍했던 화번천은 나중에는 기쁨으로 몸 둘 바를 모를 지경이었다.

두 번째 행운은 아버지의 급병이었다.

동생의 죽음이라는 충격을 이기지 못한 아버지는 유상진의 공개 수배 등 잘못된 판단을 반복하다 마침내 쓰러져 버렸다. 그러고는 가주 자리에서 물러났다.

하지만 시련도 있었다.

아버지가 그를 불러 한 말은 간단했다.

"놈을 잡으면 네가 가주다."

원로원에서도 아버지의 뜻을 존중해 유상진을 잡기 전에는 가주 승계를 미루는 것이 좋겠다는 뜻을 밝혔다.

화번천은 원로원의 속셈을 알고 있었다.

가주가 공석인 틈을 타 자신들이 집권하겠다는 야망이었다. 세가의 뛰어난 추격자들이 유상진을 잡지 못한 것도 그런 원로원의 농간이 뒤에 있었다고 생각하면 충분히 이해가 되었다.

그러나 이제 그가 가주가 될 날이 머지않았다.

'후후후, 차기라는 두 글자가 떨어져 나갈 날도……'

곧 천하의 모든 사람들이 그의 위대함을 알게 될 것이다.

●

방희태는 열심히 문서를 읽어 내려갔다. 문서의 내용은 혈영야로가 읽은 것과 같았다.

그는 문서를 다 읽은 후 미소를 지었다.

'좋은 일은 연달아서 일어난다더니 말이야.'

눈엣가시 같던 단목우가 죽어 버렸고 화씨 세가의 위협도 별것 아니었다는 사실을 알게 되자 방희태는 몹시 기뻤다. 화씨 세가는 단지 유상진이라는 자를 찾기 위해 양각양 주위를 염탐했을 뿐이었다.

무엇보다도 기쁜 것은 이 분야에서 환상의 책이라 불리는 ≪천도서≫의 행방을 알게 되었다는 사실이다.

백여 년 전 한 고인이 만들었다는 ≪천도서≫는 인육 요리의 극의를 담았다는 평을 받고 있었다. 천하제일이라는 양각양의 요리도 ≪천도서≫의 그것에 비하면 어린애 간식이나 마찬가지다. 과거 ≪천도서≫를 읽어 본 일이 있는 방희태는 그 사실을 잘 알고 있었다.

'화씨 세가라……. 그곳에 들어가 ≪천도서≫를 강탈해 온다는 것은 현실성이 없겠지.'

그렇다면 남은 가능성은 황 부자다.

황 부자 휘하에 고수가 즐비하다고 해도 그는 상인이었다. 천하 무림의 우두머리인 화씨 세가보다는 훨씬 편한 상대라고 할 수 있었다.

방희태는 크게 소리쳤다.

"문주!"

미닫이문이 열리고 하오문주의 얼굴이 나타났다.

"뭐, 더 궁금하신 점이 있으십니까?"

"황 부자에 대해 알고 싶소."

"정확히 무엇을……?"

"그의 모든 것을."

"따라오십시오."

하오문주는 방희태를 지하실로 안내했다.

일부는 일 때문에, 일부는 개인적인 흥미에서, 하오문주는 거의 모든 무림인과 거상들에 대해 매우 포괄적인 자료를 수집해 왔다. 지하실은 그중에서도 확인된 사실의 핵심적인 부분만 모아 놓은 정보의 보물 창고였다.

하오문주는 미로처럼 복잡한 지하실을 지나가다 갑자기 멈췄다. 그리고 자신의 머리 높이와 비슷한 서고를 삼 장 정도까지 가리켰다.

"여기서부터 여기까집니다. 에, 그리고……."

"고기를 육십 근 더 드리죠."

방희태는 주저 없이 말했다.

"감사합니다. 저 구석에 책상이 있습니다. 더 필요한 게 있으면 언제든 말씀 주십시오."

방희태는 아무에게도 방해받지 않고 네 시진 동안 그곳에 틀어박혀 있었다. 그리고 마침내 찾던 것을 발견해 냈다.

바로 황 부자의 약점이었다.

⬥

이젠 더 할 말도 떨어진 어느 날.

"으음…… 으으음……."

뿌지직!

유상진은 구석의 작은 나무통에 앉아서 한창 대변을 보고 있었다. 먹는 게 없으니 똥도 잘 안 나왔다. 간신히 일을 끝낸 후 그는 통 속으로 떨어진 작고 단단한 똥을 살폈다.

'도통 기름기 있는 걸 먹질 못했으니…….'

변에 묻어난 벌그스름한 피에 가슴이 저려 오는 것 같았다. 똥 한번 싸는 게 이렇게 힘들 줄 몰랐다.

주신봉이 심드렁하게 말했다.

"너도 똥을 아침에 싸는 습관을 들이는 게 좋아."

유상진은 볏단으로 엉덩이를 문지르며 ─볏단에서 냄새가 나는 이유가 있었다─ 물었다.

"왜요?"

"그게 건강에도 좋고…… 게다가…… 너 여기서 사람을 어떻게 죽이는지 못 들어 봤냐?"

유상진은 뇌인지의 말을 떠올렸다.

"들어 봤어요. 그런데요?"

"수십 가지 고문을 하다 마지막 순간에 목을 졸라 죽인다고. 그런데 목이 졸리면······."

"졸리면요?"

"혀를 빼물고 바지에 똥을 지리지. 그걸 사람들이 보면 얼마나 창피하겠냐. 하지만 아침에 미리 똥을 싸 두면 목이 졸리더라도 안 지릴 것 아냐. 배 속에 똥이 없으니까. 그러니까 너도 아침에 싸라고."

"에이······ 죽은 다음 일을 생각해서 뭐 합니까?"

주신봉은 근엄한 표정을 지으며 말했다.

"그래도 품위 있는 모습으로 죽는 게 낫지 않겠어? 그래서 난 예전부터 아침에 똥을 싸는 습관을 들였지."

그리고 잠시 침묵.

주신봉은 쇠사슬을 흔들다 갑자기 말했다.

"근데 너, 나한테 무술 좀 안 배울래?"

유상진은 깜짝 놀랐다.

"어? 정말요?"

오랫동안 무술을 익혔지만 정식으로 스승을 두고 배운 적은 단 한 번도 없었다. 그런데 몰락하기는 했지만 천하 고수 중 하나인 주신봉이 무공을 가르쳐 주겠다니!

정말이라면 유씨 가문의 홍복이라 아니할 수 없는 일이었다. 언제 살인 고문관들이 들이닥칠지 모를 지금 그에게 무술을 배워 두면 고기 값은 할 수 있을 터였다.

주신봉은 약간 붉게 변한 얼굴로 다시 한 번 물었다.

"뭐, 요즘 할 일도 없고······ 너도 도법을 익혔다니 내가 가르쳐 줘도 될 것 같고…….”

유상진은 재빨리 일어나 주신봉에게 구배지례를 올리려고
했다.

“사부님! 제자 유상진이 인사…….”

주신봉이 재빨리 손사래를 쳤다.

“이봐, 이봐! 사부, 제자의 관계가 아니라고. 단지 무술을
가르쳐 주겠다는 거지.”

유상진은 오히려 마음이 편해졌다.

이리 보아도 저리 보아도 평생 짐만 될 것 같은 노인네다.
사부로 모셔 봤자 나중에 골치만 썩일 가능성이 농후했다.
당장 감옥에서 탈출할 때 데리고 나갈 방법도 없다. 그렇다
고 스승과 제자 사이였는데 그냥 모른 척하면 후일 양심에 걸
릴 터이고…….

하지만 주신봉도 꿍꿍이가 있었다.

“스승과 제자 관계가 아니니 물론 공짜로 가르쳐 줄 순 없
지. 대가가 있어야 한다, 이 말이야.”

유상진은 웃음이 나왔다.

그에게는 대가로 지불할 것이 아무것도 없었다. 몸뚱이 하
나 빼고 다 빼앗겼는데 무얼 줄 수 있겠는가. 그래서 주신봉
이 무엇을 요구하더라도 상관이 없었다.

없습니다, 한마디를 하면 될 테니까.

혹 복수를 요구하더라도 그 복수의 대상이 황 부자일 것은
뻔한 노릇. 그것은 그 자신도 원하는 바였다.

“뭐든 말씀만 하십시오.”

유상진이 자신 있게 말하자 주신봉은 잠시 머뭇거렸다.

"글쎄, 그러니까…… 이게 좀…… 말하기 곤란한 이야긴데……."

"말씀해 보시라니까요."

"음…… 내가 젊을 때는 제법 미남이라는 소리를 들었지. 그래서인지 여자깨나 따랐어. 전성기에는 수십 명의 여자를 거느리기도 했으니까. 수십 명을 한꺼번에 만나는 게 얼마나 어려운지 아나? 몰라? 그거 되게 어렵다네. 내가 좀 일찍부터 성에 눈을 떠서 말이지. 그게 말이야, 사람이 한번 타락하면 헤어 나오기 힘이 들잖나. 성의 쾌락에 빠지는 걸 꼭 타락이라고 볼 수는 없겠지만…… 아무튼 나 그걸 꽤 좋아했다고."

"저도 좋아하는데요."

"그럼 자네도 내 마음 알겠군!"

주신봉은 헛기침을 한 번 한 후 말을 이었다.

"그런 내가 이런 감옥 속에서 십여 년을 보냈으니 얼마나 참기 힘들었겠나. 혈기 왕성한 젊은 시절에만 성욕이 승할 것 같지? 아니야, 나이 들면 더하다네. 내가 젊을 때는 하루에 수십 번씩 여자 생각이 났는데 요즘은 하루에 한 번밖에 안 나. 한번 나면 온종일 가서 그렇지. 그래서 가끔은 손가락의 힘을 빌려서 일을 해결할 수밖에 없는데, 그런데 말이야……."

유상진은 공포에 질렸다.

'설마…… 설마, 그건 아니겠지?'

자신의 생각이 틀렸기를 하늘에 빌었다.

주신봉은 잠시 말을 멈추고 유상진을 바라보았다.

"그런데 자네 정말 살결이 곱군그래. 얼굴도 그만하면 잘생긴 편이고 말이야."

점점 유상진의 생각이 들어맞는 분위기였다.

"그래서 말인데…… 그러니까, 내 무공을 모두 가르쳐 줄 테니까…… 그러니까, 그러니까……."

주신봉은 용기를 내기 위해서인지 잠시 숨을 들이켰다. 그러고도 한참을 망설이다 터져 나온 말.

"에이, 시팔! 내가 이렇게 우유부단한 놈이 아닌데! 유상진! 그러니까 내 말은, 한 번만 대 달라 이거야!"

"예?"

일단 말문이 터지자 거침이 없었다.

"자네 엉덩이 좀 빌리자고! 불쌍한 사람 돕는다고 생각하고! 어차피 똥 눌 때 말곤 쓸데도 없잖아!"

第十章

납치

태양은 동녘 하늘에 붉게 이글거렸다. 싱그러운 풀 냄새가 숲 속을 가득 채우고 있었다.

짹짹, 짹짹……

이름 모를 새들의 울음소리가 정적을 깨며 산중에 울려 퍼졌다. 새들은 하나의 대형을 이루며 동쪽으로 날아올랐다가 한결 깊은 숲 쪽으로 내려앉았다.

새들을 놀라게 한 것은 사람들이었다.

일단의 사내들이 오르막 산굽이 길을 민첩하게 걸어 오르고 있었다. 험상궂은 얼굴에 무기로 불룩한 옆구리는 그들이 무림인임을 짐작게 해 주었다.

휘이익!

갑자기 바람이 휘몰아쳤다. 삿갓이 바람에 날려 벼랑 아래로 떨어지며 앞장선 사내의 얼굴이 드러났다.

철견 방희태였다.

"후우······."

힘이 드는지 한소리 길게 내뱉은 뒤 그는 옆에 있는 바위에 주저앉았다.

"좀 쉬었다 가지."

"예."

사내들 역시 부산을 떨며 여기저기에 주저앉았다.

"산이 참 험하군. 날씨도 덥고 말이야."

방희태는 손으로 부채질을 하면서 산세를 훑어보았다.

"그래도 풍경이 멋지니 보람은 있구먼."

그는 눈을 감고 가만히 시를 읊조렸다.

　왜 산에 사느냐기에

　그저 빙긋이 웃을 수밖에

　복사꽃 띄워 물은 아득히

　분명 여기는 별천지인 것을

두 눈을 감고 시의 흥취를 음미하는 듯했다. 한참을 그러다가 갑자기 눈을 뜨고 입을 열었다.

"정말 듣기 좋지 않나? 당나라 때 대시인인 이백의 '산중문답山中問答'이란 시일세."

그를 둘러싸고 있던 사내 중 하나가 대답했다.

"시를 읽는 대장의 낭랑한 음성은 정말로 고아하십니다."

그의 심복이자 보안대의 열 개 대隊를 지휘하는 열 명의 객客 중 도객, 추혼도追魂刀 유당이란 자였다.

다른 자가 덧붙였다.

"역시 대장은 무림인답지 않게 학식이 풍부하시다니까요."

번갈아 가며 아부를 떠는 부하들의 모습에 방희태는 웃음 띤 얼굴로 고개를 주억거렸다.

"내 목소리가 좀 좋긴 하지."

그러곤 바위 쪽으로 시선을 돌렸다. 단단한 바위도 흐르는 세월을 이기지는 못하는 법. 바위는 세월에 풍화되어 있었다.

방희태는 가만히 이끼가 잔뜩 낀 바위를 바라보다 문득 말을 던졌다.

"자네는 어떻게 생각하나?"

광석에 불과한 바위가 생각이 있을 리 없다. 당연히 방희태의 물음에 아무 대답도 없었다.

부하들은 바위가 말을 할 수 없다는 사실을 너무나도 잘 알았지만 직속상관인 방희태에게 그 사실을 지적할 만큼 용기 있는 자는 없었다.

방희태는 쯧쯧 혀를 찼다.

"역시 속된 자에겐 산에 사는 마음을 말해 봐야 소용이 없구먼. 시에서 말하듯 그저 빙긋이 웃어야만 하나?"

눈까지 감고 고개를 저어 대는 그의 모습은 혼탁해지는 세상을 정말로 걱정하는 듯했다.

사람들이 더욱 조용해졌다. 방희태가 제정신이 아님은 다들 알고 있었지만 이 정도일 것이라곤 생각도 못 했다.

그런데 갑자기 방희태의 손이 섬전처럼 바위로 폭사되어 갔다. 바위가 푹 꺼지며 피가 튀었다. 그리고 억눌린 듯한 신음.

"으…….."

그것은 바위로 위장하고 있던 은신자의 것이었다. 바위 안에서도 손이 튀어나와 방희태의 목을 쥐려 했다. 손끝에는 매의 발톱처럼 날카로운 칼날이 달려 있었다.

방희태의 왼손이 허공에서 빙그르 돌며 은신자의 손목을 타고 올랐다. 방희태는 상대의 손목을 꽉 움켜쥐었다. 은신자의 손가락이 부르르 떨렸다.

상대의 맥문을 움켜쥔 채 방희태는 바위 가까이 얼굴을 가져가 조그맣게 속삭였다.

"맥이 불규칙한 걸 보니 몸이 좋지 않나 보군."

그는 바위 안으로 찔러 넣은 팔을 이리저리 비틀었다. 손목이 경련을 일으켰다. 그리고 당연하게도, 불규칙하던 맥박도 멈춰 버렸다.

방희태는 바위, 아니 바위로 위장한 은형막隱形幕에 쑤셔 넣었던 손을 뺐다. 그리고 품속에서 하얀 무명천을 꺼내 피로 범벅이 된 손을 닦으며 중얼거렸다.

"거치적거리는 놈들이 꽤 많군."

삭! 삭!

그는 커다란 대감도로 바위를 채 썰듯 쪼개고 있는 ─확인 사살 중이었다─ 유당을 보며 물었다.

"범천사梵天寺까진 얼마나 남았나?"

유당은 얼굴에 묻은 핏물을 닦아 내며 대답했다.

"거의 다 왔을 겁니다. 일각 정도면……."

"그렇다면 서둘러야겠군."

황산오귀 중 하나인 살귀殺鬼 봉하명이 그들을 주시한 것은 약 한 시진 전부터였다.

산등성이를 타지 않고 기를 쓰며 험한 계곡 쪽으로 오르는 것도 수상쩍었고, 그들이 향하는 곳이 범천사 방향이라는 점도 수상쩍었으며, 무엇보다도 그들이 무림인이란 사실이 수상쩍었다. 그냥 근처를 지나가는 놈들이라고 보기엔 수도 너무 많았다.

의심은 그들이 범천사 주변을 둘러싸고 있는 은신자 중 하나를 죽였을 때 확신으로 변했다. 저 깨끗한 수법으로 보아 놈은 굉장한 고수였다. 밥 때가 다 되었음에도 산의 초입에 숨어 있는 다른 은신자들이 돌아오지 않는 것도 저들의 짓일지 몰랐다.

봉하명은 짧게 중얼거렸다.

"막아!"

"예."

뒤에서 부하들의 대답이 들려왔다. 그의 수족인 십이은형단十二隱形團이다. 십이은형단이라면 못해도 반 시진은 저들의 접근을 막아 줄 것이다.

봉하명은 서둘러 범천사로 향했다.

다른 형제들을 만나 상의를 해야 했다.

범천사의 대웅전 뒤쪽에 조그만 샘터가 있다. 범천사 스님들은 그 샘을 주요한 식수원이자 빨래터로 삼고 있었다.

샘터를 따라 고산孤山의 후미진 골짜기로 들어가면 원치 않는 산 생활을 하고 있는 다섯 명의 남자를 만날 수 있다. 그들은 명을 받고 이곳에서 한 사람을 지키는 중이었다.

여자도 술도 없는 산속에서 언제 올지 모를 적을 막기 위해 보초를 선다는 것은 무료하기 짝이 없는 일이다. 게다가 그들이 지켜야 할 사람은 그들을 싫어했기 때문에 내놓고 지켜 줄 수도 없었다.

그래서 그들 황산오귀는 다섯 명이 번갈아 가며 한 명씩 범천사 입구를 감시하고 나머지 넷은 숙소에서 휴식을 취하거나 도박판을 벌였다.

봉하명이 상황을 설명하자, 황산오귀 중 대형이자 그 자신만으로도 유명한 검객인 무귀武鬼 유선명은 물기 없이 바삭거리는 담벼락이 흔들리도록 큰 소리로 반문했다.

"뭐? 고수들?"

"예."

"모두 준비해라."

그의 말이 떨어지자 남은 삼 귀도 엉기적거리며 몸을 일으켰다. 그들은 즉시 범천사로 향했다.

황산오귀는 딱딱하게 굳은 얼굴로 범천사 안으로 들어갔

다. 무슨 일로 오셨냐는 지객승의 정중한 물음에도 아랑곳없이 성큼성큼 걸어 한 선방 앞에 섰다.

"아가씨! 큰일입니다."

유선명이 한 걸음 앞으로 나서며 조심스러운 어조로 말했다. 안에서는 아무런 대꾸도 없었지만 유선명은 계속 말을 이었다.

"수십 명의 무림인이 이쪽으로 오고 있는데 그 저의가 심상치 않습니다. 잠시 몸을 피하시는 것이…….."

안에서 조용한 목소리가 들려왔다.

"전 평범한 비구니에 불과합니다. 그냥 돌아가 주시지요."

정중하지만 단호한 거절.

그러나 유선명으로선 그냥 넘어갈 수 없었다.

"나무는 가만히 있으려 하나 바람이 그냥 두지를 않지요. 소주께서 아무리 그렇게 생각하시더라도 저들이 그렇게 생각하지 않는 이상……."

이런 일이 생길 걸 대비해서 생각해 둔 대답이다. 하지만 더 이상의 대답은 없었다.

유선명은 속으로 욕설을 내뱉었다.

'쌍년! 지가 예뻐서 이러는 줄 아나? 어디서 똥고집을 부려.'

그는 목청을 높여 말했다.

"저희도 소주의 뜻을 존중해 드리고 싶습니다만 명을 받은 것이 있는지라……."

그리고 아우들에게 눈짓을 했다.

"실례를 용서하십시오."

둘째인 색귀色鬼 증분과 다섯째인 독귀毒鬼 마철이 문고리를 따고 안으로 들어갔다.

조그만 선방에는 여승 한 명만이 앉아 있었다. 파르라니 깎은 머리와 긴 속눈썹이 묘한 부조화를 느끼게 하는 여승이었다. 두 눈을 꼭 감은 채 그녀는 아무 말도 없었다.

'그년, 그거 묘하게 색감을 자극한다니까.'

증분은 색귀라는 별명에 걸맞게 쩝쩝 입맛을 다셨다.

'예쁘기만 한가, 집에 돈도 많잖아.'

증분은 힘이나 약으로 여자를 잡지 않는다는 신념을 가진 사람이었다. 말주변과 세련된 외모 그리고 절륜한 정력만으로도 세상 모든 여자를 자신의 것으로 만들 수 있다고 믿었다. 그랬기 때문에 여승을 만날 때도 남성적 매력을 드러내기 위해 최선을 다했다.

하지만 이 여자는 한 번도 제대로 된 반응을 보인 적이 없었다.

증분은 점잖게 입을 열었다.

"그럼 실례를 범하겠습니다."

그녀는 아무 대답도 없었다. 그러나 증분은 그다지 섭섭하지 않았다. 안아 일으킨다는 구실 아래 그녀의 탄력 있는 몸을 마음껏 만진다는 두 번째 계획이 서 있었기 때문이다. 성감대를 적절히 자극해 여승을 달아오르게 만들 생각이었다.

'흐흐흐, 환장하겠군.'

그가 침을 삼키며 손을 뻗으려는 순간, 그녀가 갑자기 눈을 떴다.

"좋아요. 따라가겠어요."

'죽일 년…… 김빠지게 만드네.'

오늘 황 부자의 사위가 되고야 말겠다고 다짐했던 증분으로선 실망이 이만저만이 아니었다.

❋

산 중턱에 범천사로 들어가는 입구가 보였다. 길은 좁다란 오솔길로 양쪽에 짙은 수림이 우거져 있었다. 수림은 새소리 하나 없이 고요했다.

방희태는 걸음을 멈추고 찬찬히 주변을 살폈다. 산세는 제법 험했다. 나무가 많아 숨기도 쉽고 지세도 좋다. 매복하기엔 절묘한 장소라 할 수 있었다.

유당도 그것을 눈치 챘는지 조그맣게 속삭였다.

"어떻게 할까요?"

"그냥 간다. 모두들 마음의 준비를 해 둬."

기습은 갑작스러웠다.

땅속에서, 나무 위에서, 그들은 무기를 들고 튀어나왔다. 살수에게 두 번의 기회란 없는 법. 그들의 공격은 자신의 생사를 도외시하는 일격필살의 그것이었다. 피가 튈 수밖에 없다.

그러나 이미 매복을 대비하고 있던 방희태 일행에게는 별 소용이 없었다.

"빌어먹을!"

십이은형단의 단주 형간은 욕설을 내뱉었다. 상대가 그의 기습을 너무나도 손쉽게 막아 냈기 때문이었다. 게다가 전혀 충격을 받지 않았는지 곧바로 구절연편九折軟鞭을 창처럼 찔러 반격해 왔다.

형간은 뒤로 껑충 날아오르며 대감도로 간신히 구절연편을 쳐 냈다. 연편은 도에 맞아 밑으로 떨어지는 것처럼 보였다. 그러나 이내 뱀처럼 바닥을 타고 미끄러지며 형간의 다리를 휘감았다.

"이런!"

형간은 대경실색해 떨쳐 내려 했지만 어느새 연편은 그의 다리를 꽉 조이고 있었다.

"욱!"

연편 곳곳에 가시가 박혀 있어 그저 휘감긴 것에 불과함에도 다리가 찢어지는 듯 아팠다. 상대가 연편을 잡아당기자 형간은 균형을 잃고 바닥을 나뒹굴었다. 그리고 연편이 당겨지는 쪽으로 질질 끌려갔다.

형간은 자반 뒤집듯 몸을 틀며 바닥에 힘껏 대감도를 박아넣었다. 덕분에 더 이상 끌려가는 것은 멈출 수 있었다. 그러나 상대가 연편을 당기자 다리의 통증이 더해졌다. 게다가 사방에서 적들이 그를 육적으로 만들기 위해 달려오고 있었다.

형간은 대감도로 몸을 지탱하면서 다른 손으로 품속의 유성환流星丸을 꺼냈다. 강철로 만든 이 쇠 구슬은 웬만한 물건은 그대로 뚫고 지나갈 정도로 단단했다.

그는 몸을 뒤틀며 주위를 향해 유성환을 폭사시켰다.

"욱!"

"악!"

여기저기서 들려오는 비명으로 미루어 최소한 서너 명 이상에게 적중되었음을 알 수 있었다. 채찍을 든 자도 유성환을 피하고 있는지 연편이 약간 느슨해졌다.

형간은 기다렸다는 듯 몸을 돌리며 대감도로 연편을 내리쳤다. 연편이 반으로 쪼개졌다. 그대로 연편을 든 사내에게로 굴러 갔다. 그리고 날카로운 칼날로 상대의 사타구니를 노렸다.

연편을 쓰는 자가 대경실색해 허공으로 날아오를 때, 형간은 재빨리 몸을 일으켰다. 상대가 착지하는 순간 목을 잘라 버릴 생각이었다.

그때 무언가가 형간의 목을 꿰뚫었다.

방희태는 형간의 목에서 손을 빼냈다. 피가 솟구치며 형간이 짚단처럼 쓰러졌다.

그는 범천사를 바라보며 쯧쯧 혀를 찼다.

"이 정도로 시끄럽게 싸웠으니 들켜도 예전에 들켰겠군."

그의 목소리에 약간의 아쉬움이 감돌았다.

유당은 씩씩거리며 형간의 시신을 마구 걷어차고 있었다.

"이런 개자식."

어깨에서 흘러나오는 피로 보아 유성환을 한 방 맞은 모양이었다. 툴툴거리는 유당을 보며 방희태가 물었다.

"사상자는 어느 정도지?"

"사망 둘에 부상 다섯입니다."

방희태는 얼굴을 찌푸렸다.

"부상자는 남아서 시체를 지킨다. 그리고……."

다시 산 위를 바라보며 말을 이었다.

"범천사로 가라."

이어서 구절연편을 쓰던 사내, 장사귀를 돌아보았다. 맹표 장사귀는 조금 전의 험악했던 상황 때문인지 낯빛이 하얗게 질려 있었다.

"너는 서쪽 능선을 살피고. 산세가 험하긴 하지만 허점을 노린다고 그쪽으로 도망갔을 수도 있으니까."

장사귀는 단목우가 죽은 뒤 보안대의 대장으로 특채되었다. 얼마 전 전염병으로 죽은 십객 중 하나를 대신해 들어가게 된 것이었다. 새로이 편객鞭客이라는 별호도 얻었다.

"난 반대쪽 산길로 가 보겠다. 그럼 모두 움직여라!"

명령이 떨어지자 그들은 움직이기 시작했다. 단, 유당만은 멍청히 서 있었다.

"뭐야?"

방희태가 짜증 섞인 음성으로 물었다.

"넌 왜 안 움직여?"

"저도 어깨를 다쳤는데…… 범천사에 가야 되는지 여기 있어야 하는지 헷갈려서요……."

"그냥 나가 죽어."

여승의 입이 몇 번이나 움찔거렸다.

'아니야. 안 돼.'

속세를 버린 지 오래인 몸이다. 세상의 일에 관심을 가질 필요가 없는 것이다.

하지만 그녀는 결국 호기심을 이기지 못하고 입을 열었다.

"몸을 피한다면서 왜 사찰 안쪽으로 들어가는 거죠?"

황산오귀는 그녀를 데리고 더 깊숙한 경내로 들어가는 중이었다. 유선명은 속으로 욕설을 내뱉었다.

'그년, 알고 싶은 것도 많네. 아까는 도道라도 깨친 것처럼 고고한 척하더니…….'

하지만 남에게 매여 사는 입장에서 그런 원색적인 언사를 내뱉을 순 없는 일이다. 유선명은 점잖게 대꾸해 주었다.

"놈들의 눈에 띄지 않고 빠져나가기엔 늦었습니다. 주위에 이미 천라지망이 깔렸을 겁니다."

그들은 아무 거리낌 없이 대웅전 문을 열고 안으로 들어섰다. 그곳에는 은은한 미소의 늙은 여승이 목탁을 두드리며 염불을 외고 있었다.

"스승님!"

여승은 부끄러움이 가득한 목소리로 외쳤다. 늙은 여승은 범천사의 주지승이자 그녀의 스승이기도 한 무아無我 대사였다. 무아 대사는 자애로운 얼굴로 여승을 보며 미소를 띠었다.

"그래, 옥청玉淸아."

그녀는 황산오귀를 돌아보며 물었다.

"이 아이의 몸에 위험이 닥쳤습니까?"

유선명이 나서며 말했다.

"그렇습니다, 대사. 약속대로 비밀 통로를 사용해야 되겠습니다."

"비밀 통로라뇨?"

젊은 여승, 옥청이 놀란 어조로 물었다.

무아 대사는 보살 같은 미소와 함께 대답해 주었다.

"너도 알다시피 요즘 사정이 말이 아니지 않느냐. 속세는 혼란스럽고 나라에서는 불법보다는 도술이나 방술에 관심이 많고…… 시주 들어오는 게 많이 줄었단다. 거기다 절이 너무 외진 곳에 있으니, 정말로 사는 것이 힘들었는데…… 그런데 너의 아버님께서 엄청난 양의 시주를 해 주셨다. 정말 부처님의 가호라고 할 수밖에 없는 일이지. 그 대신……."

유선명이 말을 끊었다.

"대사님, 지금 사정이 몹시 급합니다."

"아, 예."

무아 대사는 다시 한 번 넉넉한 미소를 지으며 고개를 끄덕였다.

"애야, 나중에 얘기하자꾸나."

그러고는 서둘러 정면의 금불상으로 다가갔다. 대사가 무언가를 조작하자 금불상 밑에 자그마한 구멍이 뚫렸다.

"여깁니다."

황산오귀는 여승을 데리고 안으로 들어갔다.

금불상 안은 밖에서 본 것과 달리 놀랍도록 넓었다. 한구석에 놓인 작은 항아리 안에는 물과 고기 말린 것이 들어 있고, 따로 변소 비슷한 곳도 만들어져 있었다.

증분은 재빨리 가장 아늑한 구석 자리로 뛰었다. 색귀로 이름을 날리기 위해선 몸을 아낄 줄 알아야 했다. 그래야 필요할 때 힘을 쓸 수 있으니까.

다른 세 명도 구석 자리를 아쉬워하며 각자 차선이라고 생각되는 자리에 앉았다.

자리를 잡고 앉는 그들을 보며 유선명이 얼굴을 찌푸렸다. 그는 네 명의 아우를 차례로 가리켰다.

"너, 너, 너, 너! 지금 뭘 하는 거냐!"

"왜요?"

유선명은 벌써 항아리 속의 말린 고기를 꺼내 씹고 있는 봉하명을 노려보며 말했다.

"너희는 빨리 나가서 놈들을 다른 곳으로 유인해야 할 것이 아니냐!"

말인즉 옳은 말이었지만 네 명의 얼굴에는 싫은 기색이 완연했다. 왜 '우리'가 아니라 '너희'란 말인가.

봉하명이 뚱한 어조로 물었다.

"쟤랑, 쟤랑, 쟤랑, 제가 놈들을 유인하는 동안 형님은 뭘 하시려고 그러십니까?"

"너랑, 쟤랑, 쟤랑, 쟤랑 놈들을 유인하는 동안 난 아가씨를 지켜야지."

유선명의 당당한 대답에 네 사람은 툴툴거리며 엉기적엉

기적 밖으로 나갔다.

＊

유당은 이십여 명의 부하들과 함께 범천사에 당도했다.

'으흐흐, 째지는군.'

날아갈 것만 같은 기분이다.

그는 싸움이 있으면 절대 빠지는 일이 없어 싸움꾼이라는 별명으로 불렸다. 그러나 기실 싸움 자체를 즐기지는 않았다. 그가 좋아하는 것은 싸움의 결과로 얻어지는 과실이었다. 약자를 죽이고 강간하는 것. 그것보다 재미있는 일이 어디 있느냐 말이다.

놈들이 귀머거리가 아닌 이상 싸움 소리를 듣지 못했을 리 없다. 아니, 조금 전의 공격 자체가 그들의 이동을 조금이라도 늦추기 위해서였을 것이다.

따라서 범천사에 그들의 목표가 아직 남아 있을 가능성은 전무했다. 방희태가 그에게 범천사를 맡긴 것도 그동안 열심히 일한 것에 대한 보답일 것이라고 믿었다.

'여승만 있는 절이라…….'

유당은 침을 꿀꺽 삼켰다.

그의 취향은 머리가 짧은 여자였다. 특히 매끈한 머리를 만지는 기분은 최고였다. 이어서 내린 명령은 그런 그의 마음을 잘 대변해 주고 있었다.

"닥치는 대로 죽이고 강간해라!"

부하들의 환호성이 질렀다. 그런데 환호성 사이로 째지는 듯한 비명이 들려왔다.

'너무 좋아서 그러나?'

유당은 비명이 들려온 곳을 쳐다보았다.

"저런 바보 같은 놈이!"

유당의 말이 떨어지자마자 환장한 얼굴로 앞장서서 범천사로 뛰어들던 부하 하나가 문 앞에서 박살이 난 것이다. 들고 있던 이랑도二郎刀 한번 휘둘러 보지 못한 채 절명해 버렸다.

정문 뒤에 몇 명의 칼잡이들이 숨어 있었다. 그들은 유당의 부하 두엇을 해치운 뒤 빠르게 물러섰다. 칼잡이들 중 한 명의 등에 여승이 업혀 있었다.

그것을 보고 유당의 눈이 뒤집혔다.

"잡, 잡아라!"

유당 일행은 상대를 뒤쫓기 시작했다.

비조飛爪(강철 손톱이 달린 손 모양의 무기)가 하늘을 갈랐다. 천잠사天蠶絲로 연결된 두 개의 비조는 번갈아 가며 보안대원의 머리통을 노렸다.

"큭!"

신음과 함께 앞장서서 달리던 보안대원의 어깨 살이 찢겨 나갔다.

벌써 세 명째 저 무기에 당했다.

놈들은 도망치면서도 암기와 비조를 계속 날려 그들을 괴롭혔다. 특히 비조를 쓰는 놈은 맨 뒤에서 장난처럼 가끔 무기를 날리는데, 날릴 때마다 백발백중 한 명씩 상처를 입었다.

비조가 다시 한 번 날아왔다.

분통이 터져 더는 못 봐 주겠다. 유당은 붕 하고 날아올라 대감도로 비조를 쳐 냈다. 비조는 빙글빙글 돌며 반대쪽으로 날아가다가 거짓말처럼 상대의 손아귀로 빨려 들어갔다. 무기에 부딪쳐 다른 방향으로 날아가는 비조를 능숙하게 다시 받아 내는 솜씨란 감탄스러울 지경이었다.

하지만 비조에 다치는 게 자신의 부하인 유당으로선 마냥 감탄만 하고 있을 수 없었다.

상대는 천잠사를 감아 돌리며 다른 쪽 비조를 날렸다.

"욱!"

부하 한 놈이 외마디 비명과 함께 다시 쓰러졌다. 허벅지에 박힌 추혼전追魂箭이 바르르 떨리고 있었다. 유당 일행이 비조를 든 사내에게만 신경을 쓰는 사이 다른 놈이 던진 암기였다.

몇 명이 낙오되고 몇 명이 날아오는 암기를 피하는 동안 그들의 진형은 점점 흐트러지고 있었다.

"이놈들……."

유당이 다시 발작을 일으키려 했다. 그러나 유당의 얼굴에 나타난 발작 증세는 나타났을 때보다 더욱 빨리 사라졌다. 그리고 미소가 어렸다.

길 반대편에서 장사귀와 부하들이 길을 막고 나타난 것을 발견한 것이다.

색귀 증분은 슬쩍 뒤를 돌아보았다. 녀석들은 숲을 까뭉개며 열심히 따라오고 있었다. 슬슬 유인하다가 살짝 빠질 생각이었는데 녀석들은 예상보다 끈질겼다.

특히 앞장서서 달려오는 저놈, 대감도를 휘두르는 놈은 아버지의 원수라도 만난 것처럼 가공할 속도로 따라붙고 있었다.

'계속 맞기만 하면서 왜 따라오는 거야?'

증분은 괴춤에 손을 넣어 암기를 골랐다. 이번엔 어떤 놈을 던질지 고민하면서 그는 슬쩍 앞을 보았다.

그때 공기를 찢어 내는 소리와 함께 구절언편이 증분을 가로막았다. 연편은 마치 살아 있는 생명체처럼 그의 몸을 휘감으려 들었다.

증분은 대경실색, 바닥을 굴러 연편을 피해 냈다. 채찍은 헛되이 흙바닥을 후려쳐 모래 바람을 일으켰다. 뒤따라오던 다른 삼 귀도 분분히 몸을 날려 채찍을 피했다.

하지만 그 때문에 그들의 움직임은 잠시 둔화되었고 그사이 추적자들과의 거리가 좁혀졌다.

게다가 정면은 조금 전 채찍을 날린 장사귀와 그의 부하인 십여 명의 흑의인들이 가로막고 있었다. 포위망이 완성되면 끝장이었다.

"돌파!"

증분은 크게 소리치며 품속의 혈리표血痢鏢를 날렸다. 수십 개의 표창이 허공을 갈랐다.

장사귀는 소매를 떨치며 소리쳤다.

"회선편回旋鞭!"

구절연편이 세차게 바람을 가르며 회전했다. 그 강렬한 회전에 주변의 모든 것이 빨려 들었다. 혈리표 역시 연편 속으로 빨려 들어갔다. 혈리표가 완전히 회전의 일부가 되자 장사귀는 소용돌이를 상대 쪽으로 쳐 냈다.

"출룡편出龍鞭!"

연편 속으로 빨려 들어갔던 혈리표가 다시 날아갔다. 황산오귀가 몸을 날려 혈리표를 피했을 땐 뒤를 쫓던 자들이 완전히 따라붙은 후였다.

"이놈!"

유당이 펄쩍 날아와 비조를 들고 있던 봉하명의 어깨를 대감도로 내려치면서 본격적인 싸움이 시작되었다.

"윽!"

유당은 한 걸음 물러섰다. 어깨 살이 한 움큼 뜯겨 나간 후였다. 있는 힘을 다해 발출한 공격을 피해 내면서 비조를 날리다니. 상대가 비조를 다루는 데 제법 능숙한 것은 알고 있었지만, 이런 좁은 장소에서도 수발을 자유자재로 할 줄 몰랐다.

그러나 봉하명도 대감도를 완전히 피하진 못했다. 그의 가슴에 유당의 대감도가 만들어 낸 자상이 길게 그어졌다.

"애송이, 제법이구나."

유당은 씹듯이 말을 뱉으며 중단세中段勢를 취했다. 상대가 만만치 않음을 알게 된 이상, 성급함은 금물이었다.

다른 쪽에서는 장사귀가 구환도九環刀를 든 독귀 마철과 대치하고 있었다. 마철이 가볍게 손목을 흔들자 칼끝에 달린 아홉 개의 고리가 기이한 소리를 냈다.

장사귀는 그런 상대의 동작을 흥미롭다는 듯이 주시했다. 상대의 실력은 보통이 아니었다. 그가 날린 연편을 힘으로 찍어 버린 것이다. 그것도 여승 하나를 등에 업은 채.

아마도 그 여승이 자신들의 목표일 것이다. 장사귀는 여승을 힐끔거리다 입을 열었다.

"난 광동의 장사귀다. 네 이름은?"

"마철."

'입이 무거운 새끼군.'

다시 한 번 말을 걸려는 순간, 마철이 멧돼지처럼 그를 향해 돌진해 들어왔다.

장사귀는 뒤로 물러서며 연편을 날렸다.

증분은 수전을 날려 덤벼드는 상대를 견제했다.

보안대원 한 명이 눈에 구멍이 뚫려 바닥을 나뒹굴었다. 그의 솜씨를 본 보안대원들은 섣불리 덤비지 못하고 주위를 포위한 채 슬금슬금 빈틈만 찾았다.

증분의 수전은 손이 아닌 기관으로 날리는 것이라 웬만한 고수가 아니면 막을 수 없다. 간혹 공명심에 사로잡혀 덤벼드는 자도 있었지만 백이면 백, 수전에 맞아 바닥을 굴렀다. 혹 가까이 접근하더라도 그의 옆에 있는 황산오귀의 막내 염귀殮鬼 좌대괴를 뚫어야 할 것이다.

하지만 적의 수는 너무 많았고 그들은 차츰 지쳐 갔다.

강철 손톱이 맹수가 이빨을 드러내듯 날을 세운 채 날아왔다. 유당은 대감도를 휘둘러 비조를 쳐 내며 봉하명에게 한 걸음 다가섰다. 다른 쪽 비조가 날아왔지만 고개를 숙여 피했다.

공기가 찢어지는 소름 끼치는 소리와 함께 비조는 머리를 스쳐 지났다. 고개를 숙이는 그의 눈앞에 반대쪽 비조가 날아들었다. 유당은 질겁하여 몸을 뒤로 젖혔다. 가슴이 찢어지며 피가 튀었다.

그는 결국 뒤로 몇 걸음 물러서야 했다. 반 각 가까이 죽을 고생을 하며 접근했는데 원점으로 돌아간 것이다.

'젠장.'

달군 쇠로 지진 듯한 가슴의 통증보다는 주위에서 부하들이 보고 있다는 창피함이 더 컸다.

몇 번째 같은 상황이 벌어지고 있었다. 녀석은 도대체 접근을 허락하지 않았다. 이런 식으로 싸우다가는 가까이 가기도 전에 지쳐 버릴 것이다.

유당은 숨겨 두었던 비장의 절초를 쓰기로 했다. 부하들이 보는 앞에서 밑천을 드러내고 싶진 않았지만 어쩔 수 없었다.

"죽여 주마!"

유당의 눈에 혈광이 어른거렸다. 그는 어깨 위로 대감도를 쳐든 채 왼손으로 도신을 잡았다.

봉하명은 상대가 무언가를 시도하려 한다는 사실을 알았

다. 상대의 자세를 흩트리기 위해 그는 비조를 날렸다.

"이미 늦었다. 비도회飛刀回!"

유당은 힘껏 대감도를 던졌다.

콰콰콰콰!

대감도는 엄청난 속도로 회전하며 날아갔다.

비도회는 유당의 독문절기인 무이도법武易刀法의 최고 절초였다. 근거리에서 무기를 던지는 것으로 성공할 가능성이 높지만 실패하면 역으로 당할 위험 역시 큰 초식이다.

대감도는 비조를 간단히 날려 버리고 봉하명을 향해 날아갔다. 그 가공할 기세는 무엇으로도 막을 수 없을 듯이 보였다.

봉하명은 입술을 깨물며 비조의 움직임을 조종하는 천잠사를 원을 그리듯 크게 돌렸다. 비조가 팽이처럼 돌며 바닥에 닿을 때마다 굉음을 냈다.

봉하명이 갑자기 천잠사를 잡고 있는 손을 놓았다. 원심력 때문에 비조는 회전을 계속하며 날아오던 대감도와 부딪쳤다.

파앙!

굉음과 함께 비조와 대감도가 격돌했다. 비조는 대감도의 도신을 감아 돌렸다. 덕분에 대감도의 방향이 다른 쪽으로 틀어졌다. 두 자루의 무기는 울창한 수림을 때려 부수며 날아갔다.

유당과 봉하명은 동시에 움직였다. 유당은 바닥에 떨어진 부하의 칼을 향해 몸을 날렸고 봉하명은 단검을 뽑기 위해 품속에 손을 넣었다.

봉하명이 조금 더 **빨랐지만** 유당의 위치가 조금 더 유리했다. 유당이 먼저 칼을 잡았다. 손잡이를 잡지 않고 도신을 잡아 생긴 찰나의 차이. 그것은 생각보다 컸다.

유당은 도신을 잡은 채 힘껏 위로 휘둘렀다. 대감도의 손잡이가 때늦게 단검을 그어 내리려던 봉하명의 턱을 가격했다. 봉하명의 얼굴이 뒤로 젖혀졌다. 순간적으로 정신을 잃을 정도의 강렬한 일격이었다.

아찔한 가운데 봉하명은 유당의 어깨가 움찔거리는 것을 보았다. 오랜 싸움 경험으로 봉하명은 유당이 칼을 오른쪽에서 왼쪽으로 베려 한다는 사실을 알았다. 그는 반사적으로 발을 들어 상대의 팔이 있을 만한 곳을 노려 찼다.

우두둑!

다행히 그 예상은 맞아떨어졌고 유당은 손목이 부러져 무기를 놓칠 수밖에 없었다.

어렵게 만든 기회!

봉하명은 뒤로 무너지려는 몸을 힘껏 앞으로 내밀며 유당의 옆구리에 주먹을 박아 넣었다.

하지만 이번에는 유당도 대비하고 있었다. 그는 팔꿈치로 봉하명의 주먹을 막았다. 팔꿈치는 인간의 몸에서 가장 단단한 부분이다. 봉하명의 손가락이 박살 났다. 안색이 변하는 봉하명의 얼굴을 향해 유당은 힘껏 박치기를 날렸다.

잘 익은 수박이 깨지는 소리를 내며 봉하명이 뒤로 넘어갔다. 유당도 이마가 깨져 벌건 피가 흘렀지만 개의치 않았다.

"이 새끼!"

그는 봉하명의 몸에 올라타며 고함을 질렀다. 그리고 손을 등 뒤로 뻗어 숨겨 놓았던 비수를 꺼내 들었다.

봉하명이 미친 듯이 반항하기 시작했다. 유당은 오른손으로 봉하명의 얼굴을 잡은 채 그의 목에 비수를 찔렀다.

절체절명의 순간, 봉하명이 입을 벌렸다. 얼굴을 잡고 있던 유당의 손가락 중 일부가 입속으로 빨려 들어갔다. 봉하명은 있는 힘을 다해 손가락을 깨물었다.

"우악!"

유당은 손가락이 끊어지는 고통에 비명을 질렀다. 그는 봉하명의 목에 비수를 몇 번이고 박아 넣었다.

하지만 봉하명은 끝까지 입을 벌리지 않았다.

장사귀와 마철의 대결은 유당과 봉하명의 그것보다 훨씬 더 수준 높았다. 그들이 뿌려 대는 도광과 채찍의 환영으로 사람이 보이지 않을 지경이었다.

어느 순간 그들은 양쪽으로 물러섰다.

장사귀의 표정은 딱딱하게 굳어 있었다. 손목을 타고 핏물이 흘러내렸다. 어깨에 상처를 입은 것이다. 그에 비해 마철은 멀쩡했다. 몸 어디에도 다친 흔적은 보이지 않았다.

장사귀가 짧게 물었다.

"그녀는?"

마철은 빙긋이 웃으며 대답했다.

"벌써 산을 떠났을 거요."

장사귀는 마철이 업고 있는 여승을 응시했다. 여승의 머리에 커다란 구멍이 뚫려 있었다. 그의 연편에 맞은 자국이다.

"범천사의 주지승인 무아 대사라오."

그의 마음을 알아챘는지 마철이 설명해 주었다.

장사귀의 얼굴이 일그러졌다.

마철의 무공이 강하기는 했지만 그가 당해 내지 못할 정도는 아니었다. 조금 전 일전에서도 어깨를 내주는 대신 마철의 머리를 때릴 수 있는 기회가 있었다. 그런데, 마철이 고개를 숙여 등에 업고 있는 여승의 머리로 연편을 막은 것이다.

마침내 장사귀는 생각을 정리했는지 입을 열었다.

"우리가 속았군."

마철은 고개를 끄덕이며 덧붙였다.

"병신같이."

동시에 장사귀의 구절연편이 하늘을 갈랐다.

마철은 등 뒤로 구환도를 감추며 제자리에서 몸을 회전시켰다. 구환도가 여승을 묶어 둔 천을 잘라 내자 축 늘어진 여승의 시체가 허공으로 날아갔다.

연편은 애꿎은 여승의 시체를 후려쳤다. 그 틈에 마철은 장사귀의 사각으로 파고들었다.

"잡았다!"

마철의 구환도가 장사귀의 옆구리를 가르기 직전, 짧은 철척鐵尺 한 자루가 구환도를 가로막았다.

마철은 상대가 누군지 살폈다. 곱슬머리를 한 이십 대 중반의 청년이 철척을 들고 빙긋이 웃고 있었다. 마철은 구환도를 잡아당겨 다시 한 번 공격하려 했지만, 철척에서 품어

나오는 기이한 흡인력 때문에 칼이 떨어지지 않았다.

"자철磁鐵(사석)이구나!"

마철이 깜짝 놀라 소리칠 때 철척이 검신을 타고 그의 목으로 다가왔다. 마철은 뒤로 몸을 날려 철척을 피하려 했다. 동시에 구환도로 상대의 목을 후려쳤다.

그러나 철척은 마철의 목을 그대로 꿰뚫었다. 순간적으로 철척의 길이가 두 배 이상 늘어난 것 같았다. 아니, 진짜로 길이가 늘어난 것이다.

마철은 믿어지지 않는다는 표정으로 자신의 목을 관통하고 있는 철척을 보았다. 그러다 간신히 입을 열었다.

"어, 어떻게……?"

"여의척如意尺이라고 하지. 세 단계로 길이를 늘였다가 줄일 수 있거든."

방희태는 손목을 비틀어 마철의 목에서 철척을 빼내며 말했다. 마철은 방희태의 말을 들었는지 못 들었는지 이미 고개를 떨구고 있었다. 철척에 묻은 피를 닦아 내며 방희태는 쌀쌀한 어조로 말했다.

"이런 허약한 녀석도 못 이기나?"

장사귀의 대답을 기다리지 않고 방희태는 주변을 살폈다. 그리고 여전히 계속되고 있는 증분과 좌대괴의 저항을 보며 크게 고함을 질렀다.

"공격해! 공격 안 하고 뭐 하는 거야!"

보안대원들은 증분의 암기도 두려웠지만 방희태의 철척이 더 무서웠다. 이를 악불고 승문에게 날려들었다.

결국 좌대괴는 혼전 중에 목숨을 잃었다.

시세를 파악하는 데 능한 증분은 무릎을 꿇고 목숨을 구걸해 살아남을 수 있었다.

"이것들 도대체 뭐야?"

세 구의 시체를 일렬로 늘어놓은 채 방희태가 물었다. 아니, 여승의 시체까지 포함하면 네 구다. 시체 옆에는 증분이 무릎을 꿇고 앉아 있었다.

염소수염의 사내가 방희태의 말에 시신을 살폈다. 사내는 양각양의 호남 지부에서 파견되어 나온 자로, 일신의 능력은 뛰어나지 않지만 무림인들에 대해 아는 것은 제법 많았다.

염소수염은 한참 시체를 들여다보다 놀란 얼굴로 고개를 들었다.

"확신할 순 없지만 황산오귀인 듯합니다."

그의 말에 방희태의 얼굴에도 놀람의 빛이 스쳤다.

황산오귀라면 호남에서 제법 이름이 알려진 고수들이다. 하지만 방희태가 놀란 것은 그 이름 때문이 아니라, 그들을 수족처럼 부리는 한 고수가 떠올랐기 때문이다.

한때 사천 지방에선 전설처럼 존재하던 자의 이름이…….

한 지방에서 쩌렁쩌렁한 명성을 날리는 고수라도 다른 지방에서까지 그 명성을 유지하기란 쉬운 일이 아니었다. 황산오귀는 사천 지방에서 주로 활동하는 자들이었다. 그런 그들이 호남에까지 이름을 떨치고 있는 것은 바로 그들을 부리는 고수 덕분이었다.

"놈도 황 부자의 밑에 있었나?"

방희태는 놀란 어조로 중얼거렸다. 그의 시선이 증분에게로 향했다.

"네놈들이 황산오귀가 맞냐?"

증분은 기다렸다는 듯 입을 열었다.

"예. 쟤가 독귀 마철이고요, 쟤가 살귀 봉하명, 쟤가 염귀 좌대권데요. 전 색귀 증분이고요."

"유선명은?"

황산오귀 중 대형인 무귀 유선명을 말하는 것이다.

세간의 황산오귀에 대한 평가는 이러했다.

개중 무귀 유선명만 쓸 만하고, 나머지는 밥을 먹으니 밥통이요, 옷을 입으니 옷걸이일 뿐이다.

증분은 눈길을 내리깐 채 대답했다.

"여승을 데리고 갔습니다."

"이제 어쩌죠?"

혈겸血鎌 설영이 조그만 목소리로 물었다. 설영은 보안대의 부대주로 방희태의 오른팔이나 마찬가지인 자였다.

"입 다물고 있어. 생각 좀 하게."

딸을 사로잡아 황 부자를 끌어내겠다는 방희태의 계획은 실패했다. 여자는 무귀 유선명과 함께 이미 산을 빠져나갔을 것이다. 황 부자의 안마당이나 다름없는 곳이다. 놈에게까지 사실이 알려지기 전에 철수하는 것이 옳다.

'빌어먹을, 좀 더 데려왔어야 했는데…….'

별것 아니라고 생각하고 십객의 대부분을 호남 지부에 두고 온 것이 실수였다.

방희태는 침중한 얼굴로 말했다.

"모두 돌아간다."

선택 第十一章

"잠시만 참으면 평생 써먹을 수 있는 무공을 얻을 수 있다 니까 그러네."

주신봉은 지치지도 않았다. 밥 먹고 똥 싸는 시간까지 아껴 가며 온종일 따라다녔다.

유상진은 지긋지긋했지만 두 평 남짓한 작은 방에 피할 곳이란 없었다.

"절대로 안 됩니다."

그는 고집스럽게 고개를 흔들었다.

그러나 주신봉은 포기하지 않았다. 마치 의지력의 표상과 같았다. 그는 다시 열변을 토했다.

"자, 생각해 보라고! 자네 구만리 같은 인생을 하찮은 자존심 때문에 날려 버릴 생각인가? 사람은 인생에 기회가 세

번 찾아온다고 하지. 지금이 바로 그때라고."

유상진은 퉁명스럽게 말했다.

"언제 저 문으로 고문관이 들어와 절 끌어낼지 모르는데 무슨 얼어 죽을 구만리입니까?"

유상진의 말투에서 조금이나마 희망을 본 주신봉은 더욱 힘 있게 밀어붙였다.

"구만리가 아니니까 더 중요한 것 아닌가. 나야 나가고 싶어도 다리가 없으니 이러고 있지만, 자네는 다르잖나. 간수는 자네를 크게 신경 쓰지 않을 테니 일격에 제압해서 어떻게든 빠져나갈 수 있을 걸세. 나에게 무공만 배운다면 말이지."

주신봉은 숨 한번 쉬지 않고 청산유수처럼 말을 이었다.

"자네도 이런 곳에서 생을 마감하고 싶진 않을 것 아닌가. 나처럼 십 년을 썩고 싶지도 않을 테고. 선택은 자네 것이지만 나라면, 아니 생각이 제대로 박힌 자라면 대답은 정해진 것이나 다름없지. 자, 말해 보게! 자네가 진정한 무림인이라면, 용기 있는 젊은이라면, 살고 싶다는 일말의 욕망이라도 남아 있다면, 단지 창피하다는 이유만으로 살 수 있는 마지막 기회를 차 버릴 수 있겠나?"

유상진은 망설이지 않았다.

"있다마다요! 전 차 버릴 수 있습니다. 아주 간단하게요! 안 합니다."

주신봉은 약간 실망했지만 그래도 포기하지 않았다. 이 정도로 포기했다면 지난 십 년 사이에 목을 맸을 것이다. 그는 무림에서 가장 강한 자는 아닐지 몰라도 가장 끈질긴 자임은 확실했다.

"그게 아니라니까 그러네. 자넨 튼튼한 항문을 가지고 있잖아. 한두 번 정도로 그게 찢어지기야 하겠나? 눈 한번 딱 감고 그냥 엉덩이만 내밀면 되는 일이야. 속으로 앞으로 있을 장밋빛 미래를 떠올리며 잠시 시간을 보내면 끝나지. 나머지 일은 내가 다 알아서 할 테니까. 이제 이해하겠지? 좋다고 빨리 말하게. 어서 좋다고 말해!"

"아니, 난 안 해요!"

유상진은 고개를 흔들며 선언했다―그것은 말 그대로 선언이었다.

"남자끼리 그런…… 짓을 어떻게 합니까. 그것도 제대로 된 구멍도 아니고 딴 구멍으로. 나중에 똥물이라도 새면 어쩌려고요!"

"한 번 정도로는 안 샌다니까."

"싫습니다."

주신봉은 슬픈 표정으로 고개를 흔들었다.

하지만 그것은 포기했다는 의미가 아니었다. 그는 나직하게 말했다.

"정말 유감이군. 하지만 그건 틀린 대답이야."

유상진은 겁에 질렸다.

지금은 주신봉이 점잖게 말로 하고 있지만 언제 갑자기 난폭한 행동을 보일지 알 수 없는 일 아닌가. 만일 그가 힘으로 제압하려 든다면 유상진으로선 속절없이 당할 수밖에 없었다.

그렇게 되지 않으려면 주신봉을 설득해야 한다. 유상진은 간절하게 말했다.

"지금 주 선배는 속고 있는 겁니다. 오래 감옥에 있다 보니 남색가들의 날조된 주장에 빠져 들어 버린 거라고요. 사실 남자 엉덩이가 좋은지 어떻게 압니까, 예? 주 선배가 직접 해 보셨어요? 설마…… 해 보셨어요? 아니죠? 해 봐야 좋을 것 없습니다. 남색가는 좋은 여자를 못 만난 남자에 불과해요. 그뿐이라고요. 남색의 느낌이 좋다고요? 그건 환상이에요. 일부 몰지각한 호사가들이 만들어 낸 일종의 농담이란 말씀입니다. 제 말 알아들으시겠어요?"

조용히 듣고 있던 주신봉이 입을 열었다.

"좋아, 좋아. 내가 솔직하게 말하지. 사실 나도 남자랑 해 본 적은 없네. 그러니 나도 그게 어떤 느낌인지 잘 몰라. 하지만! 이건 비밀인데……."

주신봉은 잠시 망설이다 말을 이었다.

"내 후배 중에 남색가가 하나 있는데…… 이름이 조인종이라고 하지. 세간에 비룡신검飛龍神劍이라고 알려진 녀석인데……."

유상진은 충격을 받고 펄쩍 뛰었다.

"비룡신검요?"

인중룡人中龍 조인종.

그는 흑도의 고수 중 하나였던 탈명검脫命劍 원표를 일 검에 베고 당당히 십대고수의 말석을 차지한 일류 검수이자 대협객이었다. 한번 내뱉은 말은 하늘이 무너져도 지키는 의리의 남아. 잘생긴 외모에 뛰어난 머리, 거기에 가문까지 빵빵한 진짜 남자다.

사람들은 그를 무림에 남은 마지막 협객이라 부르며 열광했고 그를 위해선 목숨도 바칠 수 있다고 서슴지 않고 말했다. 무림에 출도하는 청년 고수들의 목표가 모두 비룡신검이던 시절도 있었다.

심지어 삼류 건달에 불과했던 유상진까지도 한때 비룡신검을 삶의 목표로 삼았을 정도다.

십일 년 전 비룡신검이 자객에 의해 살해된 후 그런 말은 쏙 들어가 버렸지만……. 세상이란 죽은 이까지 기억해 줄 정도로 여유 있는 곳이 아니다.

그래도 여전히 비룡신검은 당대를 함께 살아간 무림인들에게 귀감이 되는 협객이었다.

그런데 지금 주신봉은 그 비룡신검이 남색가였다고 말하고 있는 것이다.

유상진의 얼굴이 일그러지는 것을 본 주신봉이 서둘러 말했다.

"이봐, 이봐! 성적인 취향과 인간성은 다른 문제야. 그가 남색을 한다는 것이 대협이 아니라는 증거는 되지 않아."

"그래도 좀 씁쓸한데요. 비룡신검은 제 동경의 대상이었거든요. 그게 무너지는 느낌이 드는 게……. "

"그 맘 이해하지. 어릴 땐 나도 예쁜 여자들은 똥도 안 누는 줄 알았다니까. 여덟 살 땐가 옆집에 살던 누나가 굉장히 예쁘장했는데 말이야. 어느 날 그 누나의 무지막지한 오줌발을 보고 충격을 받았지. 한동안 세상이 다 싫어지더군."

유상진은 조심스럽게 대꾸했다.

"이거랑 그거랑은 다른 것 같은데요."

"다르긴 뭐가 달라! 자네, 남색을 하는 게 잘못이라고 생각하지? 추한 짓이라고 생각하지? 그건 아니야. 남의 돈을 빼앗는 것도 아니고 사람을 죽이는 것도 아닌데 뭘 그렇게 민감하게 구나? 남들과 다르기 때문에? 다르다는 것이 나쁜 건가?"

"왜 딴소릴 하시는지 모르겠네요, 어르신 성적 취향을 상관하겠다는 것이 아니고 제 항문을 빌리려고 하시니까 말씀드리는 거잖아요."

주신봉은 헛기침을 했다.

"험험! 그건 그렇다 치고, 자네 비룡신검이 누구에게 죽었는지 아나?"

"글쎄요. 자객에게 살해되었다는 정도밖에는…… 뭐, 소문만 무성했고 결국 알려지지 않았는데요. 호사가들이 그 자객을 무정혈無情血이라고 부른다는 이야기만 들었습니다."

주신봉은 회심의 미소를 지었다.

"내 말해 주지. 비룡신검은 자기 마누라인 철혈녀鐵血女 경화가 보낸 자객에 의해 죽었어."

"예? 그걸 어떻게 아세요?"

"들어 보라고."

주신봉의 손은 가볍게 비룡신검의 어깨를 두드렸다.

그것은 나이 든 선배가 사랑스러운 후배를 격려할 때 흔히 보이는 행동이다. 주신봉이 비룡신검을 좋아하고 또 사랑한 것은 틀림없는 사실이었다. 그러나 그는 비룡신검을 격려할 생각이 없었다.

주신봉의 오른손은 비룡신검의 아랫배를 후벼 파고 있었다.

"으음."

비룡신검이 신음을 흘렸다.

갑작스러운 기습에 반격 한번 제대로 못 하고 비틀거리던 그는 하얗게 질린 얼굴에 이게 무슨 짓이냐는 표정으로 주신봉을 노려보았다.

주신봉은 무거운 얼굴로 말했다.

"정말 미안하이. 자네 같은 무인은 정정당당한 대결을 통해 죽어야 제격이겠지. 하지만 내 무공이 자네보다 못한데 어쩌겠나. 암습밖에 길이 없었네. 이해할 수 있겠지?"

동의를 구하며 주신봉은 비룡신검의 배 속에 찔러 넣은 손을 힘껏 잡아당겼다. 주룩 하는 소리와 함께 내장이 몸 밖으로 빠져나왔다.

"으아아아!"

비룡신검은 괴성과 함께 양 팔꿈치로 주신봉의 관자놀이를 찍어 왔다.

충분히 예상하고 있던 일. 주신봉의 현음강기玄陰剛氣가 비룡신검의 가슴에 작렬했다.

펑!

북이 터지는 소리와 함께 비룡신검은 피 보라를 뿌리며 뒤로 나가떨어졌다. 쾅 하고 그의 몸이 벽에 부딪쳤다. 비룡신검은 부들부들 떨었다. 그의 배에서 빠져나온 창자는 빨랫줄처럼 늘어져 주신봉의 손아귀에 잡혀 있었다.

주신봉은 몸서리를 쳤다.

'무공을 익히고 있다는 게 좋은 것만은 아니야. 워낙 튼튼하다 보니까 죽어야 할 때 죽지도 못하잖아.'

속으로 되뇌며 그는 쓰러진 채 피를 토하고 있는 비룡신검을 향해 천천히 다가갔다. 창자가 완전히 몸 밖으로 빠져나왔음에도 비룡신검은 여전히 살아 있었다.

그가 힘겹게 입을 열었다.

"왜, 왜……?"

주신봉은 들고 있던 창자를 바닥에 내려놓았다. 철퍼덕 하는 소리와 함께 내장은 바닥으로 떨어졌다.

그는 품속에서 도를 꺼내 들며 대답했다.

"자네 마누라 부탁이었네."

"경……화가?"

"나도 자네와의 우정을 생각해서 거절하려고 했는데…… 우리 우정이 얼마나 뜨거운 것이었던가! 우린 정말 둘도 없는 친구 사이였지 않나! 근데…… 그러면 나랑 잔 걸 자네에게 말하겠다고 하더군. 나쁜 년! 그걸 알고 가만히 있을 자네도 아니고. 자네 성격이 좀 괄괄해? 그러니 별수 있나, 자네가 죽어 줘야지."

울컥!

비룡신검은 속에 든 것을 게워 내기 시작했다. 더럽고 냄새 나는 그것에는 붉은 피가 섞여 있었다.

"음…… 잘못…… 생각하셨구려. 난 경화가…… 누구와 자더라도 상관……하고픈 마음은 없소."

비룡신검이 각혈을 멈추고 간신히 한 말이었다.

주신봉은 한숨을 쉬었다.

'죽음을 앞두면 아무리 대협이라도 살기 위해 발버둥을 치게 되는 것일까? 평소 그렇게 올바르던 비룡신검도 죽음의 공포를 이기지 못하고 거짓말을 늘어놓는군.'

주신봉은 검지를 흔들며 말했다.

"거짓말."

"사……실이오."

주신봉은 비룡신검의 코앞에 도를 내밀었다.

"그렇게 말해 봐야 자네를 살려 둘 생각은 없어."

"알고…… 있소. 하지만 사실이오. 난…… 여자보단 남자가 좋으니까…… 아내와의 결혼도 집안의 강압 때문이었고…… 잠자리도 같이한 적이…… 없소. 때…… 때문에 죽는 것이겠지만."

주신봉은 깜짝 놀라 소리쳤다.

"어? 자네가 남색을 좋아했단 말인가!"

비룡신검의 눈에서 그 말이 사실이라는 것을 확인한 주신봉은 고개를 내저었다.

"이런, 이런! 확실히 자네가 잘못한 거야. 경화 마음이 얼마나 아팠겠냔 말이지."

그리고 손에 든 도에 내공을 실었다. 그가 도를 휘두른 순간 장내는 핏빛으로 물들었다.

주신봉의 도는 비룡신검의 몸을 반으로 갈랐다.

🔹

"확실히 내가 잘못했지. 이런 날이 올 줄 알았으면 좀 더 살려 두고 이야기를 나눠 보는 건데 그랬어. 남색이 얼마나 좋은지, 시작하기 전에 어떤 준비 과정이 필요한지…… 뭐, 그런저런 거 말이야."

주신봉은 입맛을 다시며 말을 이었다.

"하지만 일을 끝내고 경화랑 한 번 더 하기로 했었거든. 그러니 녀석의 말이 귀에 들어올 리 없었지."

유상진은 믿어지지 않는다는 얼굴로 주신봉을 쳐다보았다.

"아니, 선배님이…… 선배님이 비룡신검을 죽였다는 말씀이세요? 전설의 살수 무정혈이 선배님이에요?"

"뭐, 쉽게 말하면 그렇지."

"어렵게 말해도 그거잖아요."

"그건 아니지. 어렵게 말하면 난 하수인이고, 나에게 살인을 교사한 경화가 진짜 범인이잖나."

유상진은 기가 차서 헛웃음이 다 나왔다. 이런 식으로 비겁하게 빠져나가려 하다니.

하지만 주신봉은 유상진의 반응에는 상관하지 않고 말을 계속했다.

"이야기가 좀 이상하게 흘러갔군. 비룡신검이 죽은 거야 지난 일인데 지금 들춰내서 뭐 하겠어? 암울했던 과거는 서로를 욕되게 할 뿐인걸. 이미 무림맹에조차 자료가 남아 있지 않을 옛 이야기를 해 봐야 득 될 것도 없다네. 다 잊고 좀 건설적인 이야기를 해 보자고. 비룡신검의 마누라인 철혈녀 경화가 굉장한 미녀였다는 것은 들어서 알고 있겠지?"

철혈녀 경화.

무림삼미武林三美라 불리던 강호의 절세가인 세 명 중 한 명이다. 남해南海 청조각青潮閣의 검후劍侯 이혜린, 아미파의 옥봉황玉鳳凰 영미소와 더불어 진정한 미란 바로 이것이다 하는 기준을 제시했다는 평가를 받았다.

무림에 예쁜 여자가 셋밖에 없겠냐마는 진정한 미란 외모 하나만으로 결정되는 것이 아니었다. 얼마나 좋은 배경을, 얼마나 뛰어난 무공을 가지고 있느냐가 더 큰 기준이 될 수 있는 것이다.

어떤 할 일 없는 놈이 그 드넓은 천하를 다 뒤져 가며 미인들의 순위를 매기고 있겠나.

그러니 세력이 강한 문파나 세가에서 얼굴이 좀 반반한 제자나 여식을 내세워 천하 미녀라고 주장하면 그냥 그러려니 하고 믿어 주는 것이다. 아니라고 해 봐야 돌아오는 것은 살아 있는 무림의 양심이라는 칭찬이 아닌 독 묻은 비수 한 자루가 고작일 테니까.

"경화라면 검혼산장劍魂山莊의 여식이 아닙니까? 검혼산장은 관부, 유림, 무림 모두에 큰 영향력이 있는 집안이고요. 그런 빵빵한 곳이니 경화의 미모라는 게 좀 의심스러운데요."

주신봉은 인상을 썼다.

"인마! 내가 별로 예쁘지도 않은 여자를 위해 친구를 때려 죽이겠냐!"

주신봉이 화를 내자 유상진은 한 걸음 뒤로 물러섰다.

"듣고 보니 그것도 그렇군요."

"험험. 내가 너무 흥분을 했군. 아무튼 경화는 미녀였다 이거야."

갑자기 주신봉의 목소리가 활기를 띠었다.

"그런 미녀를 걷어찰 정도면! 그 정도면 비룡신검의 성적 취향이 남다른 걸 고려한다고 해도 남색이 그다지 나쁘지 않다는 걸 증명하는 것이 아니겠나!"

주신봉은 자신의 삼단논법에 자신이 있는 듯했다. 그러나 유상진이 듣기엔 복날 개 짖는 소리였다.

"얼굴만 예쁘다고 미녑니까? 마음이 예뻐야 미녀죠. 비룡 신검은 마음이 추한 여자와는 살 생각이 없었던 겁니다. 그 래서 남자에 빠진 겁니다. 단지 그뿐이라고요."

"경화의 마음이 추하다니? 왜 그런 생각을 한 거야?"

"남편을 모살하려고 했다면 말 다한 거 아닙니까?"

"자네…… 내 말을 어떻게 들은 건가? 일의 전후 관계를 파악해야지. 경화가 살인 청부를 해서 비룡신검이 남색을 한 게 아니잖아. 비룡신검이 남색을 하니까 경화가 살인 청부를 한 거 아니겠어? 자넨 여자의 섬세함을 몰라!"

그래도 한때 살을 섞은 사이라고 주신봉은 유상진의 비판 이 귀에 거슬리는 모양이었다.

주신봉이 눈을 부라리자 유상진은 겁에 질렸다. 그는 급히 말을 바꿨다.

"그럴 수도 있겠네요."

"자, 그럼 남색도 쾌감을 줄 수 있다는 나의 생각을 인정하겠지?"

"예."

주신봉은 유상진이 너무 쉽게 대답하자 어리둥절했다가 결국 기꺼운 표정이 되어 물었다.

"그럼 이제, 흐흐흐…… 할 수 있겠나?"

"그건 아니고요."

"뭐! 인마! 너 나하고 장난치냐!"

"그건 그렇고, 지금 경화는 뭐 하냐?"

무거운 침묵을 깬 것은 주신봉이었다. 그는 볏단 위에 누워 무료함을 달래고 있었는데, 문득 과거의 연인이던 경화가 어떻게 살고 있는지 궁금해진 모양이었다.

유상진은 머리를 긁적였다.

"구 년 전인가? 화씨 세가 화인청 가주의 후처로 들어갔죠, 아마?"

화씨 세가의 요리사로 있을 때 유상진도 경화를 종종 볼 기회가 있었다. 나이가 제법 들었지만 그래도 무림삼미라는 것이 말짱 헛소리는 아니었구나 생각이 들 정도의 미색은 되었다.

아니, 솔직히 말하면 천하를 돌며 미인을 정한 정신 나간 녀석이 실제로 존재할지도 모른다는 생각이 들 정도였다. 조금 전 주신봉과의 대화에서는 주도권을 잡기 위해 맘에 없는 말을 했지만 유상진도 경화의 미모는 인정하고 있었다.

유상진은 그런 미녀와 자 본 주신봉이 부러웠다.

주신봉은 입맛을 다셨다.

"그년 재주도 좋군. 지금쯤 호강하고 있겠지?"

◆

"헉! 헉!"

"으음……."

빠르게 질주하는 남녀의 신음.

"헉!"

갑자기 남자의 몸이 부르르 떨렸다.

"하악!"

동시에 여자는 자지러지는 신음과 함께 남자의 등을 꽉 잡았다. 등이 찢어지며 길게 손톱자국이 났다.

이윽고 남자는 스르륵 여자의 몸 위에서 떨어져 내리며 포만감에 가득 찬 목소리로 말했다.

"후우…… 경화, 오랜만에 누워 보는군."

"너무 좋았어요."

배시시 미소를 지으며 여자가 속삭였다.

윤기가 흐르는 긴 머리칼에 적당한 크기로 봉긋 솟은 젖가슴 그리고 곧게 뻗은 긴 다리를 가진 여자였다. 머리칼에 가려 얼굴은 잘 드러나지 않았지만 몸매만으로도 뭇 사내들의 가슴을 격동시킬 만했다.

여자의 가느다란 손이 남자의 가슴을 쓰다듬었다. 둘의 몸은 땀으로 목욕이라도 한 듯했다. 여자는 앞으로 흘러내린 머리를 손으로 빗어 넘겼다.

그때 드러난 얼굴이란……

눈이 부셔 쳐다보기 힘들 정도로 아름다웠다. 세상 어떤 남자도 그녀의 얼굴을 보는 순간 노예가 되고 말 것이다. 눈가의 희미한 잔주름이 문제라면 문제일까? 그러나 그녀만이 가진 압도적인 매력은 잔주름마저 아름답게 만들었다.

그녀는 교태 어린 목소리로 소곤거렸다.

"어때요?"

남자는 여자를 끌어안으며 대답했다.

"너무 좋았어."

여자의 고운 아미가 찌푸려졌다.

'멍청한 자식! 생각하는 게 다 그쪽뿐이지.'

그녀가 물은 것은 그게 아니었다. 여자는 좀 더 은근한 목소리로 말했다.

"그거 말고요, 세가의 일 말이에요……."

"아, 그 일…… 걱정은 붙들어 매라고, 이제 세가는 우리 원로원의 것이니까. 화번천 그놈이 아무리 용을 써도 소용없지. 정 마음에 걸리면 그냥 해치워 버릴까?"

여자는 입술을 깨물었다.

"아식은 때가 아니에요."

"그렇지? 그럼 우리 한 번 더……."

자신의 몸을 쓰다듬으려는 남자의 손을 부드럽게 치우며 여자가 말했다.

"황 부자 쪽에서 연락이 왔다고 하던데요?"

남자는 놀란 얼굴이 되었다.

"어? 그거까지 알고 있었나?"

여자는 목소리를 낮춰 대답했다.

"당신이 걱정돼서……."

말꼬리는 거의 들리지 않았다. 남자는 호탕하게 웃었다.

"하하하! 정말 고맙군. 하지만 당신, 괜한 걱정을 한 거야."

그는 여자의 가슴을 어루만지며 말을 이었다. 그녀의 가슴은 호리호리한 몸매에 비해 매우 풍만했다.

"나에게도 다 생각이 있다고, 당신은 나만 믿고 기다리면 돼. 흐흐흐, 경화! 그럼 한 번 더……."

남자는 끈적끈적한 미소와 함께 여자의 다리를 잡았다. 그의 손이 부드럽게 다리를 양쪽으로 벌렸다.

여자는 불만족스러운 표정이었지만 남자의 손길을 거부하진 않았다.

'빌어먹을 새끼! 말은 듣기 좋게 한다만…… 날 못 믿는 거 아냐?'

뜨거운 열락의 밤.

여자의 엉덩이와 사내의 무릎 종지가 다 벗겨질 정도로 뜨거운 밤이었다.

천애검天涯劍 뇌경은 소가주의 집무실인 유심당留心堂으로 미끄러지듯 들어가 문을 닫았다.

그는 전혀 발소리를 내지 않았다.

뇌경은 항상 조심스럽게 행동했으며 또한 극도로 조용한 사람이었다. 스스로도 그것을 느끼고 고치려 애썼지만 오랜 세월 동안의 수련으로 버릇이 되어 버렸기 때문에 어쩔 수가 없었다.

창문으로 쏟아져 들어오는 정오의 햇살 아래 그는 잠시 눈을 감고 경직된 몸을 풀려 애썼다. 전대 가주였던 화인청과 함께 싸울 때 얻은 상처가 쑤셔 왔기 때문이다.

'내가 늙긴 늙었나 보군.'

뇌경은 눈을 뜨고 방 안을 살펴보았다.

소가주는 문을 등지고 창을 통해 밖을 바라보고 있었다. 연무장의 위사들이라도 살피고 있는 것일까?

뇌경은 목청을 가다듬었다. 하지만 화번천이 더 빨랐다.

"뇌 노인, 오셨습니까?"

화번천은 뒤돌아보지도 않은 채 말했다. 뇌경은 성큼성큼 방을 가로질러 화번천에게 다가갔다.

"예. 뭘 그렇게 보고 계십니까?"

화번천은 손을 들어 반대편의 커다란 전각을 가리켰다.

"저기…… 정도각正道閣을 보고 있었습니다."

뇌경은 고개를 끄덕였다.

정도각은 세가의 가주 전용 전각이었다. 가주만이 그 건물에 들어갈 수 있다.

"곧 저기로 자리를 옮기실 수 있을 겁니다."

뇌경 역시 암중으로 계속되고 있는 화번천과 원로원 사이의 권력 다툼을 알고 있었다.

화번천은 숨을 크게 들이쉬었다. 그러고는 자신에게 확신을 심듯이 잘라 말했다.

"물론이지요."

그렇게 선언하자 분노가 약간 누그러지는 듯했다.

화번천은 창가에서 벗어나 의자 위에 몸을 실었다. 그리고 손을 내밀어 맞은편의 의자를 가리켰다.

"자! 앉으십시오."

뇌경은 의자를 잡아당겨 화번천 앞에 자리를 잡았다. 그는 의자에 기대어 화번천을 살펴보았다. 검게 변색된 눈두덩이며 푹 꺼진 양 볼이 눈에 들어왔다.

뇌경이 입을 열었다.

"얼굴이 안돼 보이십니다."

화번천은 턱을 문지르며 겸연쩍은 미소를 지었다.

"그런가요? 요즘 일이 좀 바빠서 말입니다. 조직을 정비하느라고요."

원로원과 화번천, 어느 쪽에도 속하지 않은 뇌경이지만 이제는 편을 정해야 할 때라는 것을 알고 있었다.

조짐이 심상치 않았다. 조용히 진행되던 다툼이 점점 겉으로 드러나고 있다고 할까?

화인청이 멀쩡하다면 아무 문제도 아니었을 것이다. 그러나 화인청은 둘째 아들의 죽음에 충격을 받고 자신의 은신처인 고죽림孤竹林으로 들어가 버렸다. 그리고 세가의 일에 관심을 끊고는 밖으로 나올 생각도 하지 않았다.

그 기회를 놓치지 않고 원로원이 권력을 장악했다. 공식적인 후계자인 화번천에겐 아무런 실권도 없었다. 양측은 차기 가주 자리를 놓고 밀고 밀리는 공방전을 벌이고 있었다.

뇌경이 조심스레 물었다.

"무슨 일이 있습니까?"

그 말을 듣자 참았던 화가 치솟는 모양이었다. 화번천은 버럭 소리를 질렀다.

"일이야 늘 많지요! 빌어먹을 원로원하며! 원로원에서 제 친위대의 증원을 반대했습니다! 오히려 인원을 축소해야 한다고 주장하더군요!"

뇌경은 고개를 끄떡였다.

"그랬군요."

세가의 실질적인 통수권을 가진 원로원에 비해 화번천이 가진 힘은 너무나 미약했다. 기껏해야 친위대 정도였다.

최근 들어 화번천은 전대의 무림 고수들을 친위대로 끌어들이기 위해 노력하는 중이었다. 그런데 원로원이 그 일에 제동을 건 모양이다.

뇌경은 고민에 잠겼다.

'나에게 이런 말을 하는 이유가 뭐지?'

뇌경은 양편 어디에도 속하지 않은 중도파의 수장이나 다름없는 인물이었다. 어쩌면 화번천은 중도파를 데리고 자신의 수하로 들어와 달라고 부탁할지도 모른다.

만일 화번천이 그런 제의를 한다면 거절하리라 마음을 먹고 있는 뇌경이었다.

어느 쪽에 붙어야 할지 마음을 정하지 못해서는 아니었다.

그는 심정적으로 화번천의 편이었다. 화인청의 유일한 아들인 화번천이 세가의 다음 가주가 되는 것은 당연하다고 생각했다.

다만 스스로를 무인이라 생각하는 그로서는 편을 가르고 싸우는 정략적인 일에는 관여하고 싶지 않았다.

화번천이 말을 꺼냈다.

"얼마 전에 악양의 황지우란 자에게 연락이 왔습니다."

"황지우? 황 부자라는 자 말씀이십니까?"

"예, 바로 그잡니다."

뇌경도 소문을 통해 황 부자에 대해 어느 정도 알고 있었다. 사파의 건달들을 동원해 세력을 확장하는 악덕 상인이라던가?

"그가…… 그가 유상진을 사로잡았답니다."

"예?"

뇌경은 깜짝 놀랐다. 그런 중요한 사실을 자신이 왜 모르고 있었는가 하는 생각이 들었다.

"처음 듣는 이야기군요. 간부 회의에 한 번도 빠지지 않았다고 자부합니다만……."

화번천은 부드러운 미소를 지었다.

"정말 죄송합니다. 극비였기 때문에, 세가 내에도 아는 이가 몇 없습니다."

"예……."

"원래는 제가 가서 그를 데리고 와야 하겠지만 요즘 원로원의 낌새가 심상치 않아서 말씀입니다. 제가 세가를 비우면 무슨 일이 일어날지 모릅니다. 그래서 저 대신 뇌 노인께서 좀 가 주셨으면 합니다."

"다른 사람도 많을 텐데 왜 저를……?"

화번천은 손가락으로 눈을 문질렀다. 피로한 모양이었다.

"뇌 노인 말고는 도통 믿을 수 있는 사람이 없어서 드리는 말씀입니다."

사실 지금 화번천은 사방이 적이라 할 수 있었다. 대부분의 간부진이 원로원을 중심으로 똘똘 뭉쳐 화번천에게 대항하고 있는 실정이었다.

화번천의 수하 중에도 원로원의 첩자가 부지기수라 누굴 믿어야 할지도 알 수 없었다.

뇌경은 잠시 생각에 잠겼다.

그의 원칙대로라면 두 집단 사이의 싸움에 끼지 않아야 했다. 유상진은 이번 정쟁에서 가장 중요한 인물이다. 유상진 한 명으로 결과가 변할 수도 있었다. 그를 잡아 온다면 화번천은 합법적으로 차기 가주의 위치를 점하게 되기 때문이다.

'하지만…….'

전대 가주를 보필할 때부터 그는 화번천을 보아 왔다. 항상 자신감에 넘치던 그가 저런 약한 모습을 보이는 것은 처음이었다. 뇌경은 화번천에게 연민을 느꼈다.

그는 마음을 굳혔다.

'전대 가주와의 의리를 생각해서라도 놈을 잡아야겠지.'

뇌경은 마침내 입을 열었다.

"알겠습니다."

화번천의 표정이 환해졌다.

"정말 고맙습니다."

"별말씀을 다 하십니다. 언제 떠나면 되겠습니까?"

"괜찮으시다면 오늘 안으로……."

뇌경은 선선히 고개를 끄덕였다.

"그러지요."

화번천은 품속에서 작은 상자를 꺼냈다.

"이건 황 부자가 교환 조건으로 요청한 물건입니다."

뇌경은 고개를 끄덕이며 상자를 받아 들었다. 안에 든 것이 ≪천도서≫라는 사실을 그는 알지 못했다.

"다른 조건은 유상진을 심문한 이후에 들어주겠다고 전해 주시고요."

"그러지요."

뇌경은 자리에서 일어났다. 문을 열고 나서는 그의 귓가에 화번천의 목소리가 들렸다.

"뇌 노인, 조심하십시오."

뇌경은 복도를 따라 걸으며 화번천의 말을 떠올렸다.

'조심하라고……?'

그는 나지막이 반문해 보았다.

"누구를?"

원로원을? 황 부자를?

✿

"그럼 출발한다!"

방희태는 내키지 않는 얼굴로 소리쳤다. 부하들이 거북이처럼 느릿하게 움직였다. 방희태는 상한 이빨을 쪽쪽 빨다가 바닥에 퉤, 침을 뱉고는 발을 빙 돌려 뱉은 침을 짓이겼다.

입맛이 쓰다.

범천사에 황 부자의 딸이 있음을 알았을 땐 이제 이겼다는 생각에 쾌재를 불렀다. 그런데 이런 식으로 기회를 놓치게 될 줄이야. 황산오귀가 숨어 있음을 몰랐던 것이 실수다.

갑자기 유당의 목소리가 들렸다.

"짜식. 넌 이제 쓸모없으니 그냥 죽어라."

유당이 대감도를 뽑아 들고 증분을 향해 다가가고 있었다.

방희태는 잠시 생각하다가 손을 내저었다.

"유당, 잠깐만!"

유당은 칼을 멈췄고 질겁해서 머리를 싸쥐었던 증분은 안도했다. 그는 방희태가 여승에 대한 정확한 정보를 물어보기를 기다리고 있었다. 그때 적절히 대응해 목숨을 건질 생각이었다. 그런데 다짜고짜 죽이려 들다니!

'그래도 우두머리라 좀 낫군.'

그러나 방희태의 입에서 터져 나온 말은 증분의 예상과는 전혀 달랐다.

"괜히 칼자국 내면서 시간 끌지 말고, 한 방에 끝내."

유당이 대답했다.

"걱정 마십시오. 최대한 아프게 한 방으로 끝내 버리겠습니다."

증분은 살고 싶었다. 아직 못 먹어 본 미녀가 천하에 수두룩한데 이대로 죽을 수는 없었다.

그런 그가 옥청이란 여승이 아직 범천사에 남아 있음을 말한 것은 어쩌면 당연한 일인지도 모른다.

"잠깐만요! 여러분께서 찾는 그 여승요, 여승!"

"나무본사아미타불南無本師阿彌陀佛! 나무본사아미타불! 나무본사아미타불······."

여승, 옥청은 두 눈을 감고 계속 부처의 이름을 읊조리고 있었다. 유선명을 완전히 외면한 채 벽을 바라보면서 말이다. 유식한 말로 하자면 용맹정진면벽참선勇猛精進面壁參禪 중이었다.

'떡을할.'

유선명은 속으로 투덜거렸다.

공통의 화젯거리가 있는 것도 아니고 잡담을 나눌 만큼 친한 사이도 아니지만, 저렇게까지 사람을 외면할 필요는 없는 것 아닌가.

젊은 시절 그는 소림사의 어떤 승려에게 죽도록 맞은 일이 있었다. 그 이후로 절에 관련된 모든 것을 증오했다. 그 중놈도 자신만큼이나 많은 사람을 죽였는데, 중놈은 '대사'고 자신은 '대살'이라는 사실도 마음에 들지 않았다.

그분의 명령이 아니었다면 중놈들 소굴에는 절대 오지 않았을 것이다. 절에 불 지르는 일이 아닌 다음에야……. 그럼 고마운 줄 알아야 할 텐데, 저 정신 나간 여승은 그를 벌레만도 못하게 생각했다.

'그냥 혼자 있으라고 내버려 두고 집에 갈까?'

별별 생각이 다 들었다.

그때 밖에서 조그맣게 부스럭거리는 소리가 들렸다. 극도로 미세한 소리였지만 상승 무공을 익힌 유선명의 이목을 피하진 못했다. 사람들의 발소리였다.

"들켰군."

유선명은 조심스럽게 칼을 빼 들었다. 칼날이 번쩍거리며 그의 긴장한 얼굴을 비췄다. 그는 희미하게나마 토굴 안을 비추고 있던 촛불을 껐다. 그리고 호흡을 조절하며 어둠 속에서 상대를 기다렸다.

"이 안에 있습니다."

증분은 방희태의 귓가에 속삭였다.

방희태는 만족스러운 미소를 지으며 고개를 끄떡였다. 그는 마음속으로 생각했다.

'난 역시 복 있는 놈이야.'

스물여섯 해를 살아오면서 운명은 한 번도 그를 외면한 일이 없었다. 목숨을 잃을 절체절명의 위기조차 그에게는 기회가 되었다. 오늘도 마찬가지다. 다 끝났다고 생각했을 때 새로운 기회가 닥친 것이다.

그는 부하들에게 턱짓을 했고, 이십여 명의 무사들이 깨금발로 불상 주위를 둘러쌌다.

방희태는 증분에게 물었다.

"어떻게 여는 거지?"

증분은 당황했다. 항상 대형이 문을 열었기 때문에 문을 여는 방법이 기억나지 않았다.

"저기…… 그게…….."

"됐어."

증분의 얼굴이 노랗게 변하는 것을 보고 방희태는 사태를 짐작했다. 척 보기에도 능력 없는 놈 같았다. 저런 놈과 같은 무림 밥을 먹는다는 게 부끄럽다.

'여자만 잡으면 해치워 버려야겠군.'

그는 염소수염에게 시선을 돌렸다.

"찾아내."

염소수염의 노인은 고개를 끄떡인 뒤 불상 주위를 뒤졌다. 노인의 이마에 땀방울이 맺혔다.

"언제 열려?"

방희태가 으르렁거렸다.

"그, 금방 열립니다."

노인은 더듬거리며 대답하다가 실수로 불상의 오른손을

꾹 눌렀다. 그러자 요란한 소리와 함께 불상의 배가 열렸다. 워낙 갑작스러운 사태라 사람들은 잠시 침묵에 휩싸였다.

불상 안으로 어두컴컴한 공간이 보였다.

방희태는 버럭 고함을 질렀다.

"돌격!"

무사들이 급히 무기를 고쳐 잡고 불상 안으로 뛰어들었다.

유선명은 벽에 바짝 붙어서 적이 들어오기를 기다렸다.

'하나, 둘, 셋, 넷, 다섯…….'

그리고 다섯 명의 무사가 장내로 뛰어들었을 때 부사들 사이로 뛰어들었다. 그의 손에 들린 커다란 귀두도가 어지럽게 춤을 추었다.

"윽!"

"아악!"

아직 어둠에 눈이 익지 못한 보안대원들이었다. 마음의 준비를 하긴 했지만 어둠 속의 칼날을 피한다는 것은 쉬운 일이 아니었다. 순식간에 서너 명의 보안대원이 무너져 내렸다.

유선명은 화통火筒을 들고 있던 보안대원을 우선적으로 처치하고 바닥에 떨어진 화통을 발로 뭉개 버렸다. 토굴 안은 다시 완전한 어둠에 잠겼다.

강철로 벼린 무기들만 번쩍거리는 가운데 장내는 순식간에 아수라장으로 변했다. 사방에서 욕설과 고함, 무기 부딪치는 소리가 터졌다.

보안대원들은 겁에 질려 칼날이 번쩍거리면 무조건 무기

를 휘두르고 봤다. 그러다 보니 같은 편끼리 피를 보는 일도 적지 않았다.

그러나 유선명의 귀두도는 피로 물들어 전혀 빛을 발하지 않았다. 그는 벽에 붙어 숨을 고르다가 적이 다가오는 소리가 들리면 칼을 날려 한 명씩 차근차근 해치웠다. 그때마다 찢어지는 비명이 울렸다.

보안대원들은 공황 상태에 빠졌다. 적이 어디 있는지 모르겠는데 어떻게 싸우란 말인가. 밖으로 다시 도망가려는 놈, 길게 소리 지르며 앞으로 나서는 놈, 칼에 맞아 비명을 지르는 놈 등 난리가 아니었다.

유선명은 미소를 띠었다. 이제 슬슬 끝을 볼 때가 된 것 같다. 그는 작은 기합성과 함께 앞으로 뛰어나갔다.

쉬이익!

보안대원들은 되지도 않는 동작으로 무기들을 휘둘러 댔지만 유선명은 매끈한 몸놀림으로 그것들을 피하면서 귀두도를 날렸다.

"아악!"

보안대원들이 차례로 쓰러졌다.

유선명은 서둘렀다. 놈들이 어둠에 눈이 익기 전에 끝장을 봐야 했다.

"아무래도 고전하나 봐."

고막을 찢는 비명을 듣고 방희태가 촌평했다. 기습 공격으로 놈을 잡겠다는 것이었는데 오히려 놈에게 기습을 당한 모양이다. 피투성이가 된 부하 서넛이 불상 밖으로 뛰어나오는 것을 보며 그는 중얼거렸다.

"하긴, 무귀 유선명을 일반 무사들로 잡겠다고 생각한 것부터가 잘못이지."

경험이 다르고, 어둠 속에서 상대를 볼 수 있는 안력이 다르고, 무엇보다 무공이 다르다.

"제가 들어갈까요?"

혈겸 설영이 물었다.

그가 데려온 고수 중 멀쩡한 자는 설영뿐이었다. 유당이나 장사귀는 부상으로 인해 밖에서 쉬고 있었다.

"아니, 무귀의 실력을 직접 견식하고 싶군."

방희태는 철척을 꺼내 들고 안으로 걸어 들어갔다. 그러다 증분에게 시선을 돌렸다.

"자네도 이리 오게."

유선명은 상대의 심장에 박아 넣은 도를 힘껏 잡아당겼다. 얼굴로 피가 튀었다. 그는 눈으로 들어간 피를 닦아 내며 주위를 살폈다. 더 이상 움직이는 자는 없었다.

'다 죽었나?'

유선명은 길게 한숨을 내쉬며 벽에 등을 댔다.

온몸이 땀에 젖어 있었다. 입 안이 깔깔하고 머리가 어질어질했다. 바람도 통하지 않는 토굴 안에서 지나치게 많이 움직인 탓이다. 물 한 잔이 간절하다.

그는 슬쩍 옆을 돌아보았다.

여승은 여전히 벽에 얼굴을 댄 채 눈을 감고 있었다. 주전자는 여승의 옆에 놓여 있다.

유선명은 여승에게 물을 건네 달라고 하려다 그만두었다. 다음 적들이 언제 들이닥칠지 모른다. 여자가 난전에 휩싸이기라도 하면 더욱 골치 아파진다.

대신 그는 흘러내리는 땀을 받아먹었다. 땀은 얼굴을 타고 흘러 속옷을 적시고 있었다. 그는 속옷이 몸에 딱 달라붙어 있음을 느꼈다. 특히 바짝 오므라든 성기 주위로 찰싹 붙어 있다.

'이런 꼬락서니를 누가 보면 어떡하지?'

유선명은 쓸데없는 고민을 하며 도를 고쳐 잡았다.

아직 싸움은 끝나지 않았으니까.

그때 희미하게나마 안으로 들어서는 사람의 그림자가 보였다.

유선명은 불문곡직하고 귀두도를 날렸다. 피 보라를 흘리며 쓰러지는 상대의 비명은 어디선가 들어 본 적이 있는 소리였다.

그의 궁금증을 잠재워 준 것은 뒤이어 날아온 서늘한 단병이었다. 아무 소리도 없이 날아온 무기였지만 유선명은 무기에서 흐르는 냉기를 느낄 수 있었다.

그는 귀두도를 쳐올려 상대의 무기를 막았다. 무기들이 부딪치며 불꽃이 튀었다. 곱슬머리의 잘생긴 청년이 보였다가 사라졌다.

'고수구나!'

한 번 부딪친 것이 고작이지만 상대의 실력을 짐작할 수 있었다.

유선명은 몸을 비틀며 도를 잡아 뺀 놈에게 일격을 먹이려 했다. 하지만 상대가 접인력接引力이라도 쓰는 듯 도는 잘 움직이지 않았다. 순간적으로 둔해진 움직임.

상대는 그것을 놓치지 않았다.

서걱!

뼈까지 잘라 내는 기분 나쁜 소리.

'허억!'

유선명은 이마를 불로 지진 듯한 느낌을 받았다. 순간적으로 전신의 힘이 쭉 빠졌다. 간신히 버티고 서며 팔방풍우의 초식으로 상대의 접근을 막았다.

유선명은 이를 악물었다.

물러설 수 없다. 바로 몇 걸음 뒤에 그가 지켜야 할 여승이 있었다. 그는 고개를 흔들어 눈앞을 가리는 핏물을 털어 냈다. 그리고 짧은 기합과 함께 앞으로 한 걸음 내디뎠다.

"덤벼!"

창! 창! 차앙!

어둠 속을 번쩍이는 검광.

그 어둠 속에서도 둘의 무기는 벌써 십여 차례 격돌하고 있었다. 도와 척이 부딪쳐 불꽃을 튀길 때마다 두 사람의 얼굴이 드러났다. 유선명은 온통 피투성이였고 방희태는 산책이라도 나온 사람처럼 한가로운 얼굴이었다.

유선명의 정신력은 상상을 초월했다. 무기가 부딪칠 때마다 손해를 보면서도 절대 물러서지 않았다.

그러나 정신력만으론 안 되는 일도 있는 법이다.

"음……."

다시 서너 걸음 뒤로 물러난 유선명은 왼손으로 가슴을 더듬었다. 가슴에 커다란 구멍이 뚫린 느낌. 그 구멍으로 배 속의 모든 것이 빠져나가는 듯했다.

'이렇게 죽는 건가?'

상대가 다가오는 것이 보였다. 그리고 공기를 가르며 철척이 날아왔다. 몸이 말을 듣지 않는다.

그러나 이렇게 허무하게 죽을 수는 없었다. 그것은 황산오귀 중 첫째라는 그의 위명에도, 황산오귀의 주인인 그분에게도 어울리지 않는 일이었다.

유선명은 귀두도를 든 손에 그리고 두 다리에, 전신에 힘을 주었다.

"이얍!"

외마디 기합과 함께 목을 향해 날아오는 철척을 노려보았다. 눈빛으로 상대의 무기를 멈출 수 있다는 듯이.

철척이 허공을 갈랐고 유선명의 머리가 바닥에 떨어졌다. 그의 목에서 피가 폭포수처럼 솟아올랐다.

하지만 유선명은 자신의 위명에 걸맞게, 그분의 명성에도 금이 가지 않게, 목이 잘린 후에도 꼿꼿이 서 있을 수 있었다.

그것이 그의 마지막 자존심이었다.

방희태는 화섭자에 불을 붙였다. 좁은 토굴은 시체들로 가득 차 있었다. 그는 얼굴을 찡그리며 크게 소리쳤다.

"끝났다! 시체 치워!"

토굴 입구에서 대기하고 있던 보안대원들이 꾸역꾸역 안으로 밀려들었다.

보안대원들을 따라 혈겸 설영도 토굴로 들어왔다. 머리통을 잃어버린 채 꼿꼿이 서 있는 유선명의 몸뚱이를 보고 설레설레 고개를 흔든 그는 바닥을 굴러다니는 유선명의 머리를 살짝 뛰어넘어 방희태에게 다가왔다.

"어디 다친 곳은 없으십니까?"

방희태는 설영을 돌아보며 씨익 미소를 지었다.

"자네가 보기엔 어떤가? 이자가 황산오귀 중 첫째인 유선명이야. 듣던 대로 무지막지한 놈이더군."

그는 질렸다는 듯 고개를 흔들었다. 상대를 혼란시키기 위해 증분을 집어 던지고 달려들었는데도 그의 공격을 그토록 오래 막아 낸 것이다.

"하길진에 버금간다더니……. 그 정도는 아니겠지만 아무튼 강한 놈이었어."

황산오귀는 흑도의 고수인 사천마수 하길진의 수족이었다.

강력한 무공과 비열한 머리로 악명을 떨친 하길진은 사천 지방에서 거의 제왕처럼 군림했다. 그러다 아미파와의 한판 승부에서 패배하고 어디론가 도망쳤는데, 황 부자의 휘하로 들어갔을 줄은 몰랐다.

황산오귀는 각자 일가를 이룬 무인들이면서도 하길진에게 절대적인 충성을 바치는 것으로 유명했다. 그중에서도 우두머리인 무귀 유선명은 나머지 사 귀와는 질이 다른 고수였다. 거의 하길진에 버금가는 무공을 가졌다는 평가를 받았다.

그런 고수도 방희태를 당해 내진 못한 것이다.

방희태는 의미심장한 미소를 지으며 말했다.

"하길진은 얼마나 강할지 궁금하군."

그리고 구석에 앉아 있는 여승을 향해 걸어갔다.

그는 하오문에서 본 황 부자에 관한 기록을 떠올렸다. 거기에 황 부자의 약점이 있었다.

바로 눈앞에 있는 여승이다.

황 부자의 가족 관계

양가장의 양몽화와 혼인하여 황낙영이라는 이름의 딸 하나가 있음.

황낙영은 팔 년 전 악양 부근의 법천사에 출가함.

출가의 이유는 확실히 밝혀지지 않았지만 황 부자는 부하를 동원해 법천사 주위를 지키고 있음.

황낙영을 호위하는 자들의 면면은 알려지지 않음.

여러 가지 정황으로 볼 때 황 부자는 딸의 경호에 상당한 신경을 쓰고 있음.

별첨 일. 법천사로 보낸 옥랑군 하찬의 시체가 발견됨. 무기에 적중된 흔적으로 보아 황낙영을 지키는 자는 최소한 다섯이 넘음.

옥랑군玉郎君 하찬.

하오문에서는 몇 안 되는 일급 고수다. 그런 고수를 범천사로 파견한 것을 보면 하오문에서도 황낙영에게 관심이 있었던 모양이다.

'몸값을 노린 납치를 시도한 거겠지. 그런데 실패라면……'

진짜 고수들이 그녀를 보호하고 있는 것이다.

그때 방희태는 황 부자가 딸을 사랑한다고 확신했다. 황 부자 같은 사람은 결코 쓸데없이 돈을 쓰지 않을 것이므로.

그렇다면 여자를 납치해 황 부자와 협상을 할 수도 있을 것이다.

여승은 아직도 벽을 쳐다보며 염불을 외고 있었다. 방희태는 여승의 어깨에 손을 올렸다. 여승의 목덜미에 소름이 돋았다.

"황 노야의 따님이신 황낙영 소저이시죠. 처음 뵙습니다. 저는 방희태라고 합니다."

방희태는 입가에 여유로운 미소를 띤 채 인사했다.

전야 前夜 第十二章

황 부자는 막 식사를 마치고 시비가 가져온 용정차龍井茶를 마시며 전신으로 퍼지는 포만감을 즐기고 있었다.

저녁 식사로 먹은 구운 오리와 수정효육水晶肴肉이 무척 마음에 들었다. 늘 사람 고기만 먹고 살 순 없다. 가끔은 별미도 즐겨 줘야 하는 법이다.

저녁의 선선함과 복부의 팽만감이 최근 있었던 여러 가지 사건들을 잊게 만들었다. 그는 천천히 차를 들이켜며 느긋한 기분에 젖었다. 이런 때는 치사환향致仕還鄕해서 낚시나 하고 싶은 생각마저 든다.

그러나 좋은 기분은 오래가지 못했다.

하길진이 나타나 범천사에 변고가 생겼음을 알린 것이다.

"뭐?"

찻잔을 든 황 부자의 손이 부들부들 떨렸다. 찻물이 무릎 위로 떨어졌지만 뜨거움조차 느끼지 못했다.

하길진은 우울한 목소리로 말했다.

"황산오귀와 연락이 끊겼습니다. 은형단 중 여섯이 교대를 위해 돌아올 시간이었는데 아무도 돌아오지 않았습니다. 그래서 혈마대 일 대와 일자검日子劍을 보냈습니다만…… 그들도 소식이 없군요."

"일자검까지?"

"예."

일자검 검호는 검에 관한 한 당대에 손꼽히는 고수였다. 황 부자의 수하 중에도 다섯 손가락 안에 드는 실력자다. 그런 검호조차 돌아오지 않는다는 건…….

"지금 상황으로는 일단의 침입자들에 의해 범천사 전체가 탈취되었다고 볼 수밖에 없습니다."

황 부자는 떨리는 목소리로 말했다.

"혹 그 아이에게 무슨 일이……."

하길진은 고개를 숙였다.

"죄송합니다만 최악의 상황을 염두에 두셔야 할 듯합니다."

"제가 한번 가 볼까요?"

어디선가에서 조심스러운 목소리가 들려왔다.

장내 어딘가에 은신해 있을 혈영야로였다. 웬만한 일로는 황 부자의 곁을 떠나지 않는 그였지만 황 부자의 자식 사랑을 잘 알고 있기에 먼저 말을 꺼낸 것이다.

"그건 안 돼!"

황 부자는 안색을 굳히며 소리쳤다.

"일자검까지 돌아오지 못했다면 보통 놈들이 아니야. 괜히 놈들을 건드렸다가 실수라도 하면 그 아이…… 그 아이에게 해를 끼칠 수는 없다. 놈들에게도 무언가 바라는 것이 있겠지. 기다린다."

황 부자는 한마디 덧붙였다.

"단! 산 주위를 막아."

그의 눈이 희번덕거렸다.

"쥐 새끼 한 마리도 빠져나가지 못하게 해. 정확하게 무슨 일이 있었는지 알아내. 하오문에 사람을 보내서 누구 짓인지도 알아보고."

"예."

황 부자는 생각에 잠겼다. 평정을 가장하고 있었지만 그의 얼굴은 분노와 슬픔으로 부들부들 떨렸다.

혈영야로가 물었다.

"노야, 괜찮으십니까?"

"자네도 나가 보게. 잠시 혼자 있고 싶네."

"하지만……."

"잠깐이면 돼."

"존명尊命!"

황 부자는 벽장으로 걸어가 조그만 옥함玉函을 꺼내 들었다. 그는 상자를 무릎 위에 놓고 천천히 뚜껑을 열었다. 상자 안에는 어린 계집아이의 노리개들이 잔뜩 들어 있었다.

황 부자는 그중 옥비녀를 꺼내 조심스럽게 쓰다듬었다.

"아이야…… 조금만 참아라. 아버지가 곧 구해 줄 테니."

화씨 세가의 원로원.

열 명의 원로들이 둥근 탁자에 모여 앉아 있었다.

"드디어 화번천이 움직이기 시작했소."

"누굽니까?"

"뇌경. 천애검 뇌경이 비밀리에 악양으로 떠났다고 하오."

"뇌경이요? 확실한 정봅니까?"

"경화가 말해 준 것이니 확실할 거요."

"으흠…… 뇌경 그 친구, 머리가 없는 건 알고 있었지만, 대세를 이렇게까지 파악 못 하다니……."

"누굴 보내는 것이 좋겠소?"

잠시 침묵이 흘렀다.

모두들 서로의 눈치만 보고 있었다. 그것은 원로원 내에 흐르는 이상한 기류 때문이었다. 이 기류는 원로원 십대장로 중 하나인 취사醉死 이익호의 한마디로 요약될 수 있었다.

"우두머리가 열 명이라…… 사공이 많으면 배가 산으로 간다던데……."

그들이 보기에 화씨 일족은 이빨 빠진 호랑이에 불과했다. 화인청은 폐관 수련을 한다며 은신처에 들어앉아 나올 생각을 하지 않았고 화번천은 천지 분간할 줄 모르는 애송이에 불과했다. 진짜 적은 다른 장로들이다.

그래서 그들은 은근히 서로를 견제하고 있었다. 이럴 때 심복 부하들을 밖으로 내보내 다른 장로들의 표적이 될 수는 없다.

　"제가 가겠습니다."

　젊은 목소리가 침묵을 깼다.

　"으흠, 자네의 이십팔무영혼二十八無影魂을 보내겠다는 건가? 그들 정도로는 뇌경을 잡기 힘들 텐데?"

　"저도 갈 겁니다."

　"무영귀수無影鬼手 자네가 직접?"

　"사안의 중대함을 잘 알고 있으니까요."

　"좋아. 그럼 이 일은 자네에게 맡기겠네."

　그것으로 회의는 끝났다.

　마침내 주신봉은 최후통첩을 날렸다.

　"이봐. 난 자네를 설득하기 위해 최선을 다했네. 아무도 내가 노력을 기울이지 않았다고 하진 못할 거야."

　그는 목에 핏대를 세워 가며 소리쳤다.

　"아무도 날 욕할 순 없지. 그 누구도!"

　유상진은 긴장했다. 그는 한참 핥아 먹고 있던 뭇국 그릇을 바닥에 내려놓았다. 수십 년 동안 사용한 것이라 인이 박여 쭉쭉 빨고만 있어도 무 맛이 느껴지는 그릇이었다.

　유상진은 입술을 쓱 닦으며 물었다.

"그래서요?"

주신봉은 담담하게 말했다.

"내가 폭력을 쓰거나 협박을 하던가? 아니야, 난 자네의 내면에서 우러나오는 협조를 얻기 위해 노력했네. 하지만 그 모든 게 허사였어. 바보 같은 짓을 한 거지."

그의 말투에는 실패한 이의 허무감이 잘 드러나 있었다.

유상진의 마음속에서 공포가 소용돌이쳤다. 지금 주신봉의 말은 앞으론 폭력이나 협박을 하겠다는 의미가 아니냔 말이다.

주신봉은 냉소를 지었다.

"지금까지 자네가 상처받지 않도록 애썼어. 그런데 그건 내가 힘들더군. 결국 내가 어려움을 겪는 것보단 자네가 어려움을 겪는 게 더 낫다는 생각을 하게 되었네."

유상진은 등골이 오싹해짐을 느꼈다.

"그동안 우리가 서로를 이해하려는 노력이 부족하지 않았나 싶네요. 우리 한번 진지하게 대화를……."

"대화야 그동안 질리도록 나누지 않았나. 그러나 돌아온 것이 뭔가? 아무것도 없지? 그러니 더 이상 대화를 할 필요가 없다는 결론이야."

스르릭!

주신봉은 쇠사슬을 집어 들었다.

"그럼…….."

"잠깐만요! 무림의 대선배로서 까마득한 후배에게 강압적으로 무공을 사용하시는 게 옳다고 생각하세요? 그동안 쌓아

온 명성도 생각하셔야죠!"

주신봉은 아무렇지 않은 표정이었다.

"명성은 무슨! 이런 데서 십 년이나 썩고 있는 놈한테 명성이 어디 있어? 그리고 자넨 머지않아 고문 끝에 살해당할 것 아닌가. 그래선지 후배를 억압한다는 양심의 가책도 별로 느껴지지 않는군."

유상진은 결국 갈 데까지 갔다는 걸 알았다.

며칠 더 주신봉의 속을 태운 후에 제안하려고 했던 그것을 지금 제안하느냐, 아니면 목숨을 걸고 싸우다가 나중에 제안하느냐 하는 선택만이 남은 것이다.

유상진은 후자를 택했다.

그는 뭇국이 든 사기그릇을 깨서 그 조각을 집어 들었다. 일이 잘못되면 다시는 국을 먹지 못하는 불상사가 생길 수도 있는 초강수였다.

그러나 지금은 모험을 할 때다.

유상진은 호랑이처럼 외쳤다.

"덤벼!"

뜨거운 날씨였다.

땅에서는 아지랑이가 피어올랐고 초록빛으로 가득한 들녘 끝은 아슴아슴하게 멀었다. 찌는 듯한 더위에 그 넓은 들마저도 한낮의 생기를 잃어 축 늘어져 있는 것처럼 보였다.

죽립을 눌러쓴 사내 한 명이 말을 멈추고 끝없는 지평선을 응시하고 있었다.

"이제 거의 다 왔군."

그는 초지 가장자리에 위치한 객점으로 눈을 돌렸다. 초라한 이 층 객점이었다. 사내는 죽립을 살짝 들어 올리고 이마를 타고 흘러내리는 땀을 닦았다.

이 정도까지 강행군을 했으니 잠깐 쉬어도 괜찮을 것이다.

사내는 객점으로 향했다.

"어서 오세요!"

말 울음소리를 들었는지 객점 문이 열리며 한 꼬마가 튀어나왔다. 눈치 빠른 꼬마는 염소 새끼를 본 늑대처럼 달려들어 죽립인을 이끌었다.

"물과 여물을 가져다주어라."

사내는 꼬마에게 말고삐를 맡기고 객점 안으로 들어섰다.

객점 안은 매우 한산했다.

탁자는 십여 개가 넘었지만 손님은 단 세 명뿐이었다. 뾰족한 인상의 갈삼 중년인과 청의인은 무언가 밀담이라도 나누는지 구석 자리에 앉아 고개를 숙인 채 이야기에 열중하고 있었고, 노인 한 명은 탁자 가득히 술병을 쌓아 둔 채 술을 안주 삼아 열심히 들이켜고 있었다.

죽립인은 날카로운 시선으로 그들을 하나하나 살펴보았다.

그가 맡은 임무는 무척이나 중요한 것이었다. 반대파가 알게 된다면 그를 방해하려 들 것이 분명했다. 허름한 객잔이라도 조심해야 한다.

갈삼인과 청의인은 분명 상인이었다. 부담스러울 정도로 커다란 짐을 보나 오랜 여행으로 찌든 얼굴을 보나 틀림없었다. 그리고 노인은 평범한 술주정뱅이었다. 제정신을 가진 사람이라면 다른 이의 의심을 피하기 위해서라 해도 저렇게까지 술을 퍼마실 수는 없다.

위험해 보이는 인물이 없음을 확인하고 나서야 죽립인은 안으로 걸어 들어갔다.

자리를 잡고 앉으려는 죽립인에게 점원이 종종걸음으로 다가왔다. 그리고 수건으로 연방 탁자를 훔치며 물었다.

"무얼 드시겠습니까?"

"바짝 익힌 오리 요리와 말리주茉莉酒 한 병."

점원은 은근한 미소를 지으며 말했다.

"이 층이 경치가 죽이는데 올라가서 드시는 건 어떻겠습니까?"

"자릿삯 같은 걸 물리는 건 아니겠지?"

"물론입니다."

죽립인은 고개를 끄덕이며 계단을 올랐다.

여남은 개의 탁자가 놓인 이 층은 텅텅 비어 있었다. 죽립인은 그중 한 탁자에 자리를 정했다. 점원의 말처럼 이 층은 경치가 일품이었다. 널따란 평원이 한눈에 내려다보였다.

갑자기 시원한 바람이 불었다.

죽립인은 하늘을 올려다보았다.

저 멀리 먹장구름이 휘몰아쳐 오는 것이 보였다. 바람이

분 것도 지대가 높아서가 아니라 저 구름과 관련이 있는 듯했다. 무슨 액운이라도 품고 있는 것처럼 구름은 뭉클뭉클 커져 가고 있었다. 먹구름의 험상궂은 기세만큼 바람도 거세져 갔다.

죽립인은 복잡한 얼굴로 구름을 살폈다.

'늦어지면 안 되는데…….'

그래도 비가 오기 전에 객잔에 들어왔으니 다행이다. 식사를 하면서 앞으로의 경로를 정하면 될 것이다.

점원이 이 층으로 올라와 잘 익은 오리 한 마리와 술병을 식탁 위에 내려놓았다.

"맛있게 드십시오."

죽립인은 젓가락을 집어 들었다.

그때 나직한 목소리가 들려왔다.

"한바탕 쏟아질 모양인데요."

친우에게라도 말하는 것처럼 친근함이 잔뜩 배어 있는 말투였다. 누군가 천천히 이 층으로 올라오고 있었다.

죽립인은 느릿느릿 고개를 들어 목소리의 주인공을 바라보았다. 풍채 좋은 삼십 대 중반의 남자였다. 죽립인은 울대를 기어오르는 놀란 기침을 간신히 참았다.

"마립?"

마립이라 불린 남자는 죽립인에게 공손히 인사했다.

"그렇습니다, 뇌 어르신. 오랜만이군요."

뇌경은 마음이 착잡해졌다.

들키지 않기 위해 그렇게 노력했음에도 불구하고 결국 원로원에서 사람을 보낸 것이다. 무영귀수 마립은 원로원의 십대장로 중 서열 십 위를 차지하는 자였다. 뇌경과도 어느 정도 안면이 있었다.

"여긴 어떻게 알았나?"

마립은 미소를 머금은 채 대답했다.

"빈말이라도 같이 먹자고 안 하십니까?"

뇌경은 얼굴을 찌푸렸다. 그냥 앉으면 되지 무슨 말을 기대하는 건지 알 수 없었다. 어차피 밥 먹으러 온 것도 아니지 않은가.

"앉게."

"감사합니다."

마립은 의자를 끌어당겨 뇌경의 맞은편에 앉았다.

점원이 눈치 빠르게 젓가락과 술잔을 가져왔다.

"더 주문하실 건 없으십니까?"

"없어, 없어. 가서 일 보게나."

마립은 오리 구이를 한 점 뜯어서 입에 넣었다.

"이거 맛있군요. 어르신도 뜨거울 때 드시죠."

"이제 말해 보게. 여긴 왜 왔나?"

뇌경이 차가운 음성으로 물었다. 마립은 손을 내저으며 말리주를 술잔 가득 따랐다.

"일단 한 잔 드시죠."

뇌경은 짜증이 났지만 꾹 참고 술을 단번에 들이켰다. 마립은 입술만 축이고선 잔을 내려놓았다.

"어르신을 저지하기 위해섭니다."

"날? 내가 뭘 어쨌다고?"

마립은 혀를 찼다.

"어르신이 황 부자에게 간다는 걸 저희가 모를 줄 아셨습니까? 저희도 눈과 귀가 있습니다."

뇌경은 슬쩍 주위를 곁눈질했다. 마립이 부하를 몇 명이나 데려왔는지 궁금했다. 그의 심복 부하인 이십팔무영혼을 모두 데려왔다면 쉽지 않은 싸움이 될 터였다.

마립은 섭섭하다는 표정을 지었다.

"제가 어르신을 해코지할 거라고 생각하시는 겁니까? 전 어르신을 설득하려고 온 겁니다."

뇌경은 코웃음을 쳤다.

"설득이 실패하면 다른 방법을 쓰려고 들겠지."

"그렇게 생각하신다니 마음이 아프군요."

그래도 다른 방법을 쓸 생각이 없다는 말은 하지 않았다. 뭔가 꿍꿍이가 있다는 얘기다.

뇌경은 더 참지 못하고 소리쳤다.

"날 막겠다고? 자네들, 전대 가주로부터의 은혜를 모두 잊었단 말인가? 이제 와서 배반할 생각을 하다니, 그게 말이 되는가?"

"그렇지 않아요."

마립은 부드럽게 말했다.

"그건 사실이 아닙니다."

"사실이 아니라니? 소가주를 잡아먹지 못해 안달이 났으면서 그런 말이 나오나? 그럼 지금 하는 행동은 뭔가? 이것도 소가주를 위한 건가? 소가주의 성장을 위해 자네들이 시련을 내리는 거야?"

"그게 아니라, 전대 가주가 우리에게 은혜를 베푼 적이 없단 말입니다."

"무슨…… 소린가?"

"잘 생각해 보세요. 화씨 세가가 천하제일가로 공인받게된 것이 누구 덕입니까? 뭐, 모두 저희 공이라고 할 수는 없지만 그래도 저희가 피를 흘려 싸운 공이 없다고는 말 못 하실 겁니다. 십오 년 전에 장강수로연맹과의 이권 다툼에서이긴 것이 다 누구 덕입니까? 저희 둘째 형님 덕이 아닙니까? 둘째 형님이 수로맹주를 쳐죽이지 않았다면 화씨 세가는힘을 잃고 말았을 겁니다."

둘째 형님이란 십대장로 중 서열 이 위인 어왕魚王 지삼근을 말하는 것이었다.

수로연맹의 양대 호법 중 한 명이었던 지삼근은 화인청의꾐에 넘어가 수로맹을 배반하고 첩자 노릇을 했다. 마침내결전 전날에는 수로맹주의 목을 잘라 화씨 세가의 승리에 지대한 공헌을 한 것이다. 그 뒤로 장강수로맹은 그 힘을 잃고동정호 주변에서만 활동하는 삼류 방파로 전락해 버렸다.

"또 셋째 누님은 어떻습니까? 구대문파에서 화씨 세가를공적으로 규정하려 할 때 저희 셋째 누님이 나서지 않았다면지금 화씨 세가가 어떻게 되었겠는지요?"

셋째 누님은 십대장로 중 서열 삼 위인 검후 이혜린을 말함이었다.

당시 화씨 세가는 지나친 세력 확장으로 구대문파의 눈총을 받고 있었다. 결국 구파의 장문인이 숭산崇山에 모여 화씨 세가에 대한 응징을 결의했다.

화인청은 그 사실을 알고 구대문파의 분노를 막기 위해 총력을 기울였다. 여러 가지 부분에서 양보를 하고 사람을 보내 공식적으로 사과했다. 아무리 천하제일가라고 해도 구대문파의 합공에는 당할 수 없기 때문이었다.

그러나 무림의 태산북두인 소림의 장문 우결愚結 대사가 화씨 세가를 무림에서 말살시켜 버려야 한다고 고집을 부려 양 세력 간의 긴장감은 점점 거세어졌다.

그 절체절명의 위기에 이혜린이 우결 대사를 복상사腹上死시켜 사태를 적당히 무마할 수 있었다.

"더 말씀드려 볼까요? 다섯째 형님은……."

뇌경은 손을 들어 마립의 말을 막았다. 그의 넋두리를 더 듣고 싶지 않았다.

"그만! 제발 참아 주게. 무슨 얘긴지 알겠어. 자네들이 화씨 세가에 충성을 다했다 이거지."

"바로 그겁니다. 그런데 화인청 전 가주가 저희에게 해 준 게 뭐가 있습니까?"

"십대장로로 만들어 줬지."

"십대장로…… 그렇군요, 십대장로가 됐죠. 원로원이라는 걸 만들어서 완전히 교토사주구팽狡兎死走狗烹해 버렸죠. 힘 있고 돈이 굴러드는 자리는 전부 화씨끼리 나눠 가지고요. 재주는 누가 넘고 돈은 누가 번다더니…… 내 참, 기가 막혀

서⋯⋯. 종진이 형님은 어떻게 됐습니까. 평생 화씨를 위해 일한 사람을 동전 한 푼 나눠 주지 않고 쫓아내 버렸죠."

환영곤幻影棍 백종진은 화인청의 심복으로 화씨 세가의 가신 중에서도 중진에 속하는 인물이었다. 성격도 좋고 무공도 뛰어나지만 술을 좋아하고 다혈질인 것이 흠이었다. 그는 술에 취해 원로원이란 빛 좋은 개살구에 불과하다고 떠들다가 세가에서 쫓겨나고 말았다.

"처음부터 알아봤어야 했습니다. 관상학에선 목이 길고 뒤통수가 볼록하며 입술이 나온 자와는 고난은 함께할 수 있어도 즐거움은 함께할 수 없다고 하더군요. 딱 화인청, 그자의 생김새죠."

뇌경은 가슴이 서늘해졌다. 장로라는 자가 가주의 이름을 함부로 부르다니. 화씨 일족을 더 이상 주인으로 인정하지 않는다는 뜻이었다.

그는 한숨을 내쉬며 말했다.

"세가에서 가주를 제외하곤 가장 강력한 권력을 가지고 있는 게 원로원인데 그게 무슨 소린가? 그 권력 덕분에 지금 소가주와도 대등하게 다투고 있는 것 아닌가?"

"흥! 그게 바로 화인청이 교활하게 머리를 쓴 점이었죠. 우릴 모아 놓고 우리의 권한에 대해 반 시진도 넘게 떠들어 댔으니까요. 정말 끝내 주는 권한들이라 모두 꿈에 부풀어 있을 때, 그자가 이렇게 말하더군요. '단, 가주 유고有故 시 권한입니다.' 쓰레기처럼 내다 버리면 강호인들 보기 안 좋으니까 그런 식으로 사람을 가지고 논 거죠."

마립은 무슨 생각이 들었는지 피식 웃었다.

"화인청도 일이 이렇게 되리라고는 예상치 못했을 겁니다. 흐흐흐, 놈이 고죽림에서 나왔을 땐 벌써 모든 일이 끝났을 터, 천하의 화인청에게도 불가능한 일은 있는 법이죠."

아들의 어이없는 죽음에 충격을 받은 화인청이 폐관 수련에 들어가 버린 지도 벌써 몇 달이 지났다.

마립은 혼잣말처럼 중얼거렸다.

"뭐…… 폐관을 마치기 전에 죽을 수도 있습니다만."

무언가 무시무시한 계획이 있는 모양이었다.

뇌경은 관자놀이가 짜릿짜릿해지는 것을 느꼈다. 배신이 이 정도로 진행되었으리라곤 생각도 못 했다. 지금이라도 알아냈으니 다행이라고 해야 할까?

'당장 이 사실을 가주님께 알려 드려야겠군.'

마립이 다시 말했다.

"어르신. 저희와 함께하시죠. 절대 어르신의 공은 잊지 않겠습니다. 천하 무림이 전부 저희 손에 들어오는 겁니다. 돈과 명예, 권력, 거기에 절세 미녀까지 원하는 만큼 차지하실수 있습니다. 어디든 원하시는 지역에 자리 잡고 왕처럼 군림하셔도 되고요."

뇌경은 비웃음을 흘렸다.

"내 차례나 오겠어?"

원로원의 인구는 모두 열 명. 그 많은 사람을 거치고 남는 돈, 명예, 절세 미녀가 있겠냐는 물음이었다.

마립은 음흉한 미소를 지었다.

"걱정 마십시오. 화번천과 싸우는 동안 서넛은 죽을 테니까요."

그는 의미심장한 어조로 덧붙였다.

"저희끼리 싸우다 서넛이 더 죽을 거고요. 어르신께서 줄만 잘 서시면 챙길 수 있는 과실은 차고 넘칠 것입니다."

"그럼 자네들은 내가 황 부자에게 가지 않았으면 하는 건가?"

마립의 눈에 안도의 빛이 어렸다. 뇌경이 말귀를 알아먹는 것 같아 다행이었다. 다 늙어 빠진 영감을 해치워야 하는 게 아닌지 걱정하고 있었다.

"아니죠. 유상진이 살아 있는 한 저희가 발 뻗고 잘 수 있겠습니까? 저도 어르신을 잡기 위해 이 먼 곳까지 발바닥에 땀 나도록 쫓아오지는 않았습니다. 어르신은 예정대로 황 부자에게 가서 유상진을 데려오시면 됩니다. 단 저희에게 데려오셔야겠죠. 그럼 저희는 놈을 고문해서 모든 일을 화번천이 꾸몄다고 말하게 만들 생각입니다. 그럼 화번천은 죽게 될 거고 세가는 우리 것이 되겠죠. 흐흐흐, 어떻습니까? 나쁘지 않은 계획이죠?"

"그럭저럭."

뇌경은 오리를 통째로 입에 넣고 뼈까지 우두둑 씹은 뒤 말리주를 병째 들이켠 다음 쾅 하고 식탁에 내려놓았다.

그러곤 마립을 향해 한 자 한 자 또박또박 말했다.

"하지만 난 흥미 없어."

마립의 얼굴이 일그러졌다.

"왜죠?"

뇌경은 당당하게 말했다.

"난 의리의 남자니까."

뇌경은 죽립을 쓰고 마립을 지나쳐 계단으로 걸어갔다.

뚜벅. 뚜벅.

의리의 남자답게 걸음걸이도 멋지다.

"으아아!"

마립이 분노를 참지 못하고 괴성을 질렀다. 그는 식탁을 뒤집으며 뇌경을 향해 달려들었다.

"너 이 새끼, 거기 멈춰!"

뇌경은 마립이 기습할 것을 예상하고 있었다. 그는 몸을 틀며 허리에 찬 검을 휘둘렀다. 등 뒤에 선 적을 격살하는 비장의 초식이었다.

그런데 눈앞에 어른거린 것은 마립의 주먹이 아니라 한 무더기의 하얀 가루였다.

"이런!"

뇌경은 대경실색해 뒤로 몸을 날렸다. 그러나 가루의 일부가 눈과 코로 들어갔다. 눈이 따가워 견딜 수가 없었다.

뇌경의 고함이 쩌렁쩌렁 장내를 울렸다.

"마립, 이놈! 이게 뭐냐!"

마립이 담담하게 대답했다.

"생석회生石灰랍니다."

뇌경은 눈으로 뻗던 손을 움츠렸다. 생석회라면 손가락으로 비벼선 안 된다. 기름으로 닦아 내야 한다. 그러지 않으면 눈이 머는 것이다.

'하지만 어떻게?'

그가 머뭇거릴 때 가슴팍에 강렬한 통증이 느껴졌다. 마립의 귀수에 적중당한 것이다.

뇌경은 공처럼 튕겨 나가 난간에 부딪쳐 아래층으로 떨어졌다. 창졸지간에 일어난 일이라 몸을 가볍게 할 틈도 없었다. 그의 몸이 탁자를 두 동강 내고 바닥을 나뒹굴었다.

"으음……."

뇌경은 입으로 연방 피를 토하면서도 급히 몸을 일으켰다. 곧 있을 마립의 공격을 방비하기 위해서였다. 그나마 검을 놓치지 않아 다행이다. 그는 검을 앞으로 내밀었다.

'명색이 고수란 자가 생석회 따위를 쓰다니!'

휘익!

날카로운 바람 소리에 뇌경은 살짝 어깨를 움츠렸다. 도끼한 자루가 어깨를 스치고 지나갔다. 이어서 칼과 창이 가슴을 노리며 날아왔다.

뇌경은 검을 휘둘러 가슴을 보호했다. 아무렇게나 휘두른 것 같아 보였지만 챙 하는 소리와 함께 그의 검과 두 자루 병기가 불꽃을 튀기며 공중에서 맞부딪쳤다.

뇌경의 손목이 기이하게 회전하자 검은 적들의 무기를 반으로 잘라 내고, 적들마저 베었다.

"우악!"

그의 얼굴로 뜨끈한 액체가 튀었다. 동시에 옆구리에 뜨끔한 느낌이 있었다. 누군가 칼을 박아 넣은 것이다.

뇌경은 돌아보지도 않은 채 겨드랑이 사이로 검을 찔러 넣었다. 상대가 털썩 바닥에 쓰러졌다. 그는 더듬더듬 물러서 벽을 등진 채 크게 소리쳤다.

"누구든 죽고 싶은 자는 덤벼라!"

그리고 본격적인 싸움이 시작되었다.

마립은 난간 위에 올라서 자신의 부하인 이십팔무영혼과 뇌경의 싸움을 즐기고 있었다.

"십이혼! 왼쪽에서 후려쳐! 날려! 날려! 야, 찍어 버려!"

말리주를 마시며 싸움을 구경하니 마치 투견장鬪犬場에라도 온 기분이었다.

그는 점원을 불러 안주를 더 시키고 싶었지만 점원들은 어느새 사라지고 없었다. 싸움이 끝날 때까지 나타나지 않을 것이다. 마립은 아쉬운 입맛을 다시며 다시 뇌경에게로 시선을 옮겼다.

"악!"

이십칠혼의 칼질에 뇌경의 팔이 반쯤 잘려 나갔다. 마립은 술잔을 홀짝이며 중얼거렸다.

"쯧쯧, 무공만 믿고 너무 방심했지."

그랬다. 뇌경은 일신의 무공만 믿고 너무 방심했다. 무영 귀수 마립을 두고 등을 보이다니 말이다. 그는 기회만 된다면 생석회를 뿌리는 정도가 아니라 그보다 더한 짓이라도 할 수 있는 인간이었다.

"우악!"

뇌경 주위를 굴러다니며 편곤鞭棍을 휘두르던 십사혼이 외마디 비명과 함께 절명해 버렸다. 뇌경이 검을 던져 십사혼을 꼬치처럼 바닥에 꿰어 버린 것이다.

뇌경은 사방으로 장력을 날렸다. 그리고 무영혼들이 분분히 피하는 사이 검을 집어 들고 반격을 꾀했다. 무영혼 중 하나가 허리가 반으로 잘리며 쓰러졌다.

마립은 감탄했다. 썩어도 준치라더니 눈도 보이지 않는 주제에 잘도 싸운다.

"그래 봐야 결과는 변하지 않지."

마립은 다 마신 술병을 내려놓으며 중얼거렸다.

그의 말대로 싸움은 어느새 막바지로 치닫고 있었다. 네 명의 무영혼을 해치우긴 했지만 그 대가로 뇌경은 옆구리와 허벅지에 한칼씩 먹어야 했다. 피를 많이 흘려 이제는 처음처럼 빠르게 움직이지도 못했다.

마립은 몸을 일으켰다.

"내가 나설 차례군."

부하들의 죽음을 더 지켜보는 것도 내키지 않는 일이고…… 술도 떨어졌으니까.

뇌경도 절정 고수와 싸우다 죽길 바랄 것이다. 마립은 주먹을 움켜쥐며 천천히 아래층으로 내려갔다.

털썩!

뇌경은 차디찬 바닥에 몸을 눕혔다. 그는 마립이 싸움에 낀 후에도 반 각을 버텼고 두 명의 무영혼을 더 해치웠다. 마지막까지 고기 값은 하고 간 셈이다.

마립은 혀를 내둘렀다.

"독한 놈."

장내는 엉망이었다. 살아남은 부하들은 시체를 치우고 부상자를 치료하기에 여념이 없었다.

마립은 뇌경의 얼굴을 내려다보며 씁쓸한 미소를 지었다. 뇌경은 눈을 부릅뜬 채 죽어 있었다.

그는 뇌경의 얼굴로 손을 뻗었다.

"전부 다 어르신의 고집 때문이니 절 원망하진 마십시오."

그리고 뇌경의 두 눈을 감겨 주었다.

죽은 뇌경의 가슴에는 작은 구멍이 다섯 개 나 있었다. 마립의 귀수가 남긴 흔적이었다.

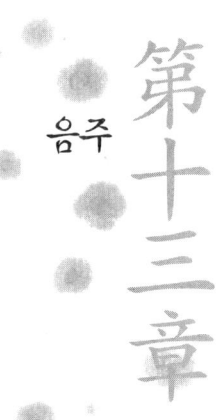

음주 第十三章

황 부자는 삐쩍 마른 손을 휘저어 담뱃대에 불을 붙였다. 관절 마디마디가 금방이라도 부러질 것처럼 아프다. 머리가 지끈거리고 등골은 시큰거렸다.

황 부자는 피로를 느끼며 푹신한 의자에 머리를 기댔다.

지난 며칠간 한숨도 자지 못했다. 눈을 뜨고 있을 때도, 눈을 감고 있을 때도 딸아이 생각밖에 나지 않았다. 그는 가쁜 숨을 몰아쉬며 진땀이 흘러내리는 이마를 소매로 문질렀다.

환갑이 넘은 지 오래지만 건강 하나만은 젊은이 못지않다고 자부해 온 그였다. 하지만 이번 일이 끝날 때까지 버틸 수 있을지나 모르겠다.

산길은 험했지만 마차는 거의 흔들리지 않았다. 흔들리는 것은 황 부자의 마음이었다. 황낙영은 하나밖에 없는 혈육이

자 그가 이 세상에 유일하게 애착을 가진 사람이었다.

황 부자는 담뱃대로 재떨이를 땅땅 두들겼다.

"좀 더 빨리 몰아라!"

마부에게 호통을 친 후 두 눈을 감았다.

마침내 납치범들에게 연락이 온 것은 오늘 아침이었다. 새벽녘, 근처의 표국을 통해 한 장의 편지가 전해진 것이다.

'무례한 놈들…….'

편지의 내용을 생각하면 절로 분노가 치민다.

> 따님은 우리가 성심성의껏 모시고 있소.
>
> 혹 우리의 보호에 불만이 있으시다면 황금 삼백 냥을 가지고 법천사로 오시오. 따님을 돌려 드리겠소.
>
> 늦으실수록 따님만 힘들어지리라는 점을 염두에 두시고.
>
> 우리는 따님에게 무슨 짓이든 할 수 있소. 어떤 짓이라도 할 수 있다는 말이오.
>
> 바쁘시면 대리인을 보내도 무방하오.

오만하기 짝이 없는 편지 내용에 황 부자는 기가 찼다.

이런 식의 협박은 본래 그의 장기가 아니던가. 누구나 가족 앞에서는 약해지기 마련이다. 그는 상로 확장에 비협조적인 자들이 있으면 가족을 납치, 협박해서 자신이 원하는 것을 얻곤 했다.

칼로 흥한 자 칼로 망한다는 옛말이 있다.

납치와 고문으로 성공한 대가를 이제야 받게 되는 걸까?

황 부자는 입 안이 바짝 타들어 가는 것을 느꼈다. 그가 즐겨 사용하는 고문을 떠올렸기 때문이다. 아무리 독한 부모라도 백기로 투항할 수밖에 없도록 만드는 고문.

바로 성性 고문이다.

황 부자는 마음속으로 울부짖었다.

'그것만은 안 돼!'

상술에도 도道가 있다.

황 부자가 젊을 때 당대 제일의 상인이었던 전귀錢鬼 호청양이 한 말이다.

비록 별명은 전귀였지만 호청양은 나름대로 철학을 가진 상인이었다. 정당한 상재는 국부를 증가시킨다고 그는 입버릇처럼 말했다.

황 부자는 호청양의 차인差人으로 업계 경력을 쌓았다. 삼 년간 호청양 밑에서 일하며 사람을 상대하는 방법과 물건을 사고파는 방법을 배웠다. 그리고 약간의 재산을 모았다.

물론 정당하게 급여만 챙겨서 모은 재산은 아니었다. 물품을 빼돌리고, 정보를 다른 상인에게 팔아넘기고, 호청양 몰래 잠상潛商질을 해서 모은 것이다.

황 부자는 사업 자금이 생기자 독립을 선언했고, 그때 호청양이 해 준 말이 바로 그것이었다.

"상술에도 도가 있다."

그 말을 믿고 황 부자는 한동안 도를 찾기 위해 애썼다. 누가 뭐래도 호청양은 강남에서 최고의 부를 쌓은 인물이었으니까 말이다.

그러나 강북 무림에서 황금전주黃金殿主 전병철이 고위 관리와 손을 잡아 소금 사업을 독점하고, 금전방주金錢房主 금소중이 무림맹주와의 작은 인연을 앞세워 사업을 대규모로 키워 나가자, 황 부자는 일말의 불안감을 느끼기 시작했다.

'내가 이거 잘하는 건가? 상술의 도를 안 지키는 애들이 더 잘 크잖아? 상술의 도가 뭔지는 잘 모르겠지만 쟤네들이 하는 게 아니라는 것 정도는 알겠는데 말이야.'

의구심은 점점 증폭되었고 마침내 전귀 호청양이 몰락하는 것을 본 뒤 확신으로 변했다.

호청양은 평생 정직하게 산 사람이었다. 이익금의 절반 이상을 주변의 가난한 사람을 돕는 데 사용했고 한번 한 약속은 절대로 어기는 일이 없었다. 그러나 시체조차 온전히 남기지 못했다.

'그래, 무슨 얼어 죽을 상도의商道義냐.'

돈이란 그 자체로 가치를 지니는 법이다. 상술로써 도를 이루겠다는 말은 헛소리나 다름없다. 상술로는 돈을 벌어야 하는 것이다.

그때부터 황 부자는 돈을 벌기 위해 애썼다.

그러던 어느 날 불현듯 깨달음을 얻을 수 있었으니, 그것은 가장 강하고 가장 비겁하고 가장 빠른 자가 모든 것을 차지하게 된다는 거였다.

이 등은 아무도 기억해 주지 않는다. 오로지 일 등만이 모든 것을 차지한다. 그러므로 무슨 일이 있어도 최고가 되어야 한다.

부끄러움 따위는 쓰레기통에 던지고 돈만 보며 움직여야 한다. 사사로운 정을 초극하고 돈을 위해서라면 아버지를 죽인 원한도 잊을 수 있어야 큰돈을 만질 수 있는 법이다. 작은 인정에 갈등해선 안 된다. 아무리 친한 친구라도 봐주는 일 없이 과단성 있게 행동해야 한다.

그것을 깨달은 후에야 황 부자는 큰돈을 벌 수 있었다.

흑도의 무림 방파들과 손을 잡아 경쟁자들, 그 가족들을 처치하고 관리들에게 선을 대 뒤탈을 막고 상로를 뚫고…… 한마디로 일사천리였다.

어느 정도 돈을 벌자 사람들은 그를 졸부猝富 혹은 벼락부자라고 부르기 시작했다. 어딜 가나 비웃음 섞인 시선을 느껴야 했다. 가난한 자들은 그에게 시기와 질투를 던졌고, 부자들은 그에게 경멸과 무시를 내밀었다.

황 부자는 그제야 돈의 많고 적음으로 상류사회의 일원이 되는 것이 아님을 알게 되었다.

그는 지극히 현실적인 사람이었다. 상류사회에 진입해서 얻을 수 있는 것이 명예밖에 없었다면 벼락부자 소리를 감수하고 돈 버는 일에만 전념했을 것이다.

하지만 진짜로 큰돈을 벌 수 있는 일은 명문 세가들에 독점되어 있었고, 그들은 자신들만의 단단한 결속으로 맺어져 외부인의 개입은 철저하게 거부했다. 흑도가 아닌 백도의 명문 정파를 뒤에 두고, 지방의 작은 관리가 아니라 수도의 막강한 정객들과 연결되어 있었다.

그들은 황 부자로선 어쩔 수 없는 벽이었다.

쳐서 이길 수 없다면 그들 편이 되어라.

황 부자의 생각이었다.

결국 그가 눈독을 들인 것은 호남의 명문 양가장의 유일한 여식인 양몽화였다. 양몽화는 서른이 넘은 나이에도 적당한 혼처를 찾지 못한 노처녀였다. 지나치다 싶을 정도로 개성 있는 얼굴과 풍만한 몸매 덕분이다.

양가장주는 사윗감을 얻기 위해 동분서주했지만 세상에는 돈으로 안 되는 일도 있었다. 날고뛰는 뚜쟁이들도 양몽화의 얼굴을 보면 고개를 설레설레 흔들었다.

"장주님. 이 일은 성사가 어려울 것 같습니다."

"이보게들, 무슨 소린가. 얼굴 뜯어먹고 사는 게 아니라고 했던 건 자네가 아닌가."

"저 얼굴은 왠지 뜯어먹고 싶…… 아닙니다."

이런 식이었다.

그렇다고 소, 돼지 잡는 백정에게 시집보낼 수는 없지 않은가. 양몽화와 아버지인 양하진의 시름은 날로 커져만 갔다.

양하진은 당대에 이름난 거상이었다. 강 남북의 유명한 상인들과도 두루두루 친분이 있고 황실에까지 끈을 두었다. 양가장은 모든 면에서 상류사회의 표본과도 같은 가문이었다.

황 부자는 양몽화와 결혼만 한다면 상류사회에 들어갈 수 있을 거라는 결론을 내렸다.

그는 사람을 고용해 양몽화의 하루 일과를 면밀히 조사했고, 우연을 가장하여 그녀와 서너 번의 만남을 가졌다.

집에 돈은 많지만 못생긴 여자가 흔히 그렇듯 그녀 역시 돈 때문이 아니라면 누가 나를 사랑하겠냐는 심한 열등감을 가지고 있었다. 황 부자는 인내심을 가지고 차근차근 관계를 발전시켜 나갔다.

마침내 그런 노력들이 결실을 거둬 황 부자는 양몽화의 사랑을 쟁취할 수 있었다. 하지만 일은 그때부터 시작이었다. 양하진을 설득할 일이 남은 것이다.

양하진은 황 부자가 돈 때문에 딸과 결혼하려 한다고 확신했다. 그래서 그는 황 부자를 불러내 간단하게 말했다.

"얼마면 되겠나?"

황 부자는 고개를 흔들었다. 그는 무릎 위에 손을 올린 채 늠연한 태도로 말했다.

"돈은 필요 없습니다. 따님만 주십시오."

상견례가 끝난 후, 양하진은 혹시나 하는 생각에 사람을 동원해 황 부자의 뒷조사에 들어갔다. 그리고 황 부자란 놈이 저지른 악행들을 끝도 없이 듣게 되었다.

양하진은 정신이 번쩍 났다. 잘못했다간 수백 년 동안 악양을 지켜 온 양가장의 명예에 똥칠을 하게 생겼다.

그는 우선 딸을 설득하려고 했다. 그러나 사랑에 빠진 양몽화는 그가 하는 말을 들으려 하지 않았다. 오히려 아버지를 천하에 둘도 없는 악인으로 몰아붙였다.

"그 사람이 아니면 저 시집 안 가요!"

양하진은 살수를 동원해 황 부자를 없애기로 결심했다. 쥐도 새도 모르게 해치워 버린 후 딸에겐 딴 여자가 생겨 야반도주한 모양이라고 둘러대면 된다. 그는 강호의 일류 고수를 여러 명 고용해 황 부자에게 보냈다.

하지만 황 부자도 양하진이 자객을 보낼 것을 짐작하고 있었다. 그도 낭인 무사를 다수 고용해 주변 경계를 철저히 했다.

처절한 싸움.

그러나 오래 걸리지는 않았다.

푼돈으로 구한 낭인 무사로는 양하진이 보낸 진짜 고수들을 당해 낼 수 없었다. 하나 둘 호위들이 죽어 나자빠지고 살수들이 다가왔다. 황 부자는 태연자약하게 점점 접근하는 칼날을 바라보고 있었다.

그건 그가 담대한 인간이라서가 아니었다. 아버님이 보낸 자객의 손에 곧 죽겠지만 사랑만은 변하지 않을 거란 편지를 양몽화에게 써 보냈던 것이다.

그가 기대한 대로 마지막 호위가 쓰러지기 직전 양몽화가 달려왔다. 자객들은 모두 양하진에게 녹을 받아먹는 처지였다. 양몽화를 못 알아볼 리 없다.

"날 죽이기 전엔 이 사람 털끝 하나도 건드릴 수 없어욧!"

양몽화의 일갈에 그들은 어쩔 수 없이 물러섰다.

양몽화는 아버지와 의절했고, 두 사람은 조촐하게 결혼식을 올렸다.

그럼 상류사회로 들어가겠다던 황 부자의 계략은 실패한

것일까?

그렇지 않았다.

혈연의 정이 그렇게 쉽게 끊어지는 것이던가. 황 부자가 믿어 의심치 않던 대로 부부 사이에 아이가 생기자 양하진도 결국 황 부자를 용서하고 말았다. 황 부자의 거침없는 행동에 어느 정도 제재를 가하긴 했지만 그들을 가족으로 인정해 준 것이다.

황낙영은 그때 낳은 아이였다.

십 년 후 양하진이 병으로 죽자 황 부자는 그가 꿈꾸던 모든 것을 얻게 되었다.

양몽화는 몇 년 후 둘째 아이를 낳다가 난산 끝에 아이와 함께 죽었다. 하지만 황 부자는 재혼을 하지 않고 혼자서 낙영을 키우며 세월을 보냈다.

그가 재혼을 하지 않은 이유가 부부로 살다 보니 양몽화에게 정을 느껴서인지 딸인 황낙영에게 충격을 주기 싫어서인지, 그도 저도 아니면 그냥 결혼이 싫어서인지는 아무도 알 수 없었다.

어쨌든 황낙영은 어둠으로 점철된 황 부자의 삶에 있어 유일한 빛이었다.

황 부자는 눈을 부릅뜨며 중얼거렸다.

"아무도 그 아이를 건드릴 수는 없다! 아무도!"

어느새 해가 기울고 소슬바람이 일었다.

범천사는 을씨년스러움으로 가득 차 있있다. 독경 소리조차 들리지 않고 조용했다. 스산한 바람결에 나뭇잎 몇 개가 산사 입구로 굴러 들어갔다.

황 부자는 범천사 초입에 마차를 세우고 걸어서 안으로 들어갔다. 평상복 차림이었으나 옷 안에 미늘로 엮은 갑옷을 받쳐 입고 있었다.

사천마수 하길진이 앞장을 섰고 혈마대원 열 명이 뒤를 따랐다. 그들은 황금 삼백 냥을 나눠 들고 있었다.

정문 앞에 얼굴이 얽은 사내가 기다리고 있었다. 오른쪽 눈에서 왼쪽 귀로 길게 뻗은 흉터가 가뜩이나 흉악한 인상을 더욱 안 좋게 만드는 작자였다.

그는 가늘게 뜬 눈으로 황 부자를 응시하며 물었다.

"황 노야십니까?"

"그렇소."

사내는 입가에 비릿한 미소를 머금었다. 황 부자는 사내를 단매에 때려죽이고 싶어졌다.

"따라오시죠."

그는 황 부자를 대웅전으로 안내했다.

널따란 대웅전 안엔 불을 켠 촛대가 십여 개 가지런히 놓여 장내를 밝게 비추고 있었다. 한쪽 벽에는 촛불이 무색하도록 금광을 뿜어 대는 커다란 금불상이 있고, 일단의 사내들이 불상에서 금박을 벗기고 있었다.

작업을 지휘하던 장사귀는 황 부자를 보고 반색했다.

"드디어 도착하셨군요. 상계의 살아 있는 전설인 황 노야를 직접 뵙게 되다니 가문의 영광입니다. 이놈들, 뭐 하냐?

다들 비켜. 황 노야께서는 번잡한 걸 싫어하신단 말이다."

금박을 벗기던 자들이 주섬주섬 장비를 챙겨 대웅전을 나섰다.

황 부자는 침착하게 말했다.

"저분들은 마저 일을 보라고 하시죠. 전 상관없습니다."

"아닙니다. 저희 때문에 이 먼 곳까지 오셨는데요."

"여러분 때문에 온 게 아닙니다. 제 여식이 여러분께 폐를 끼치고 있다고 해서……."

"아! 따님은 걱정하지 마십시오."

장사귀는 묘한 눈웃음을 흘리며 말했다.

황 부자의 가슴이 덜컹 내려앉았다.

강호의 망나니들에 대해 잘 알고 있는 황 부자다. 사내는 남의 여자를 강간하는 데 맛 들린 자의 얼굴을 가지고 있었다. 남의 아내를 강간한 후에는 '우린 한 구멍을 판 처지라고 할 수 있지. 그렇지, 동서?' 하며 느물거리고, 남의 딸을 따 먹은 후에는 '흐흐흐, 장인어른이라고 불러도 될까요?'라고 물어보는 부류 말이다.

장사귀의 말이 이어졌다.

"저희가 잘 모시고 있으니까요. 인사가 늦었군요, 저는 맹표 장사귀라고 합니다."

'장사귀?'

처음 듣는 이름이다. 황 부자는 슬쩍 하길진에게 시선을 주었다. 하길진도 들어 본 일이 없는 듯 고개를 흔들었다.

'어디서 듣도 보도 못한 잡놈들이 내 딸을…….'

황 부자는 마음속으로 칼을 갈았다. 딸을 구해 내기만 하면 이놈들 골수까지 뽑아 먹으리라. 하지만 지금은 절대로 흥분해선 안 된다. 우선은 딸아이의 안전을 확보해야 한다.

"황지우라고 하오."

장사귀는 날카로운 눈으로 하길진을 노려보고 있었다. 어딘가 꺼림칙한 놈이라는 생각에서다. 그는 황 부자를 돌아보며 물었다.

"이분은 누구신지……?"

"하길진이라고 제 고향 후배 되는 아입니다. 가까이서 절돕고 있지요. 괜찮다고 했는데도 자꾸 걱정이 된다면서 따라오기에……."

황 부자가 대웅전 안으로 데리고 들어온 자는 하길진뿐이었다. 그는 무슨 일이 생겨도 하길진이 곁에 있다면 다치지 않을 자신이 있었다.

장사귀는 고개를 끄떡였다.

"사천마수 하 대협이셨군요. 명성은 익히 듣고 있었습니다."

황 부자는 이놈 봐라, 하는 얼굴로 장사귀를 보았다. 사천마수 하길진을 보고도 놀라지 않다니, 뭔가 믿는 구석이 있는 걸까?

장사귀가 깔개를 가리키며 앉기를 권했다.

"자, 이리 앉으시죠."

그리고 세 사람이 좌정하자 머리를 숙이며 말했다.

"여러 가지로 무례하게 일을 벌인 점 사과드립니다. 그리고 그럼에도 불구하고 이렇게 소인을 만나 주시다니 정말 감사드립니다."

"별말씀을."

"하하하, 역시 대인은 다르시군요."

장사귀는 한바탕 크게 웃고는 뒤로 받치고 있던 두 팔을 당겨 기운차게 손바닥을 부딪치며 크게 외쳤다.

"들어와라."

장지문이 살그머니 열렸다.

황 부자는 문으로 시선을 돌렸다. 젊은 여자가 술상을 가지고 들어왔다. 놀랄 만큼 미색인 여자였다. 그러나 황 부자의 얼굴엔 실망이 어렸다. 그의 딸이 아니다. 처음 보는 여자였다.

여자는 술상을 황 부자와 장사귀 사이에 내려놓고 다소곳이 자리를 잡았다.

"이건 뭡니까?"

황 부자는 차가운 목소리로 물었다.

장사귀는 만면에 웃음을 띤 채 대답했다.

"이렇게 오셨는데 그냥 보내 드린다면 나중에 다른 이들에게 욕을 먹지 않겠습니까? 산중이라 변변한 것은 없습니다만……."

황 부자는 몇 뿌리 남지 않은 턱수염을 쓰다듬으며 잠시 생각에 잠겼다.

'도대체 무슨 짓거리를 하자는 거야?'

하지만 칼자루는 상대방이 쥐고 있었다. 황 부자는 결국 웃으며 대답할 수밖에 없었다.

"별말씀을, 먹음직스럽기만 한데요."

"한 잔 받으시죠."

황 부자는 억지로 웃음을 지으며 술잔을 들었다.

"기왕이면 여자가 쳐 주는 술이 더 맛있겠지요."

장사귀가 여자에게 눈짓을 했다.

술상을 가지고 온 여자가 빈 잔에 술을 따랐다. 진한 호박색 술이 잔을 채우며 좋은 향기를 냈다.

'빌어먹을.'

황 부자는 속으로 욕설을 내뱉었다. 술은 색과 냄새가 너무 진했다. 안에 독약이나 몽혼약 혹은 최음제를 꾹꾹 눌러 담았다 해도 절대 알아챌 수 없을 정도다.

장사귀는 하길진에게도 권했다.

"하 대협도 한 잔."

하길진 역시 영 내키지 않는 얼굴이었다. 하지만 여자는 기다렸다는 듯 하길진의 잔에도 술을 따랐다.

장사귀가 술잔을 집어 들며 말했다.

"그럼 드시죠."

달그락!

황 부자는 술잔을 내려놓았다. 궁지에 몰렸다고는 하나 안에 뭐가 들었는지도 모를 술을 넙죽 받아 마실 수는 없는 일이다.

"딸아이부터 만났으면 하는데……."

장사귀는 곤란하다는 듯 얼굴을 찡그렸다.

"물론 만나 보실 수 있을 겁니다. 먼저 술잔을 비우신 후에……."

황 부자는 고개를 내저었다.

"우선 딸아이를 만난 후에 음주를 즐겼으면 하오. 어떻겠소?"

장사귀는 가만히 황 부자를 노려보았다.

하길진은 무심한 표정으로 술잔만을 바라보고 있었다. 그의 전신에서 살기가 뭉게뭉게 피어올랐다.

인에 뭐가 들어 있는지도 모를 술을 마시는 것보다 피 튀겨가며 싸우는 쪽이 그로서는 더 마음에 들었다. 인실이 있다고는 하지만 그와 아무 상관도 없는 여자가 아닌가. 그는 황 부자가 '다 죽여!'라고 소리치기를 기다렸다.

장사귀도 낌새를 챘는지 꿀꺽 침을 삼켰다. 괜히 고집을 피우다가 저승으로 갈 수도 있다는 사실을 알아차린 것이다. 그는 잠시 머리를 굴리다가 결국 내키지 않는 목소리로 말했다.

"황 노야께서 정 그러기를 원하신다면……."

그는 뒤를 돌아보며 외쳤다.

"모셔라!"

황 부자는 침을 꿀꺽 삼키며 장지문으로 시선을 돌렸다.

❉

양각양의 호남 지부.

전 인원이 부산하게 움직이고 있었다.

소리가 나지 않도록 신발을 헝겊으로 둘둘 말고 각자 무기를 숫돌에 예리하게 갈았다. 난전 중에 적아敵我를 구별하기 위해 오른쪽 어깨에는 파란 수실을 달았다.

곧 기습이 시작될 것이다.

양각양의 호남 지부장인 팔비원八臂猿 금화준은 방희태를 찾아 움직였다. 간신히 사람들을 헤치고 안쪽으로 들어가니 방희태는 커다란 수레에서 나무통을 꺼내는 부하들을 지휘하고 있었다.

"준비 끝났습니다."

방희태는 턱으로 정면의 나무통을 가리켰다.

"애들 다 불러서 무기에 저 안의 액체를 묻히라고 하시오."

나무통은 방희태가 총단에서 가져온 것이었다. 부하들이 나무통의 뚜껑을 뜯어냈다.

금화준이 물었다.

"독액입니까?"

방희태는 득의양양한 표정으로 대답했다.

"완전히 새로운 종류지. 스치기만 해도 죽는다더군. 아픔을 느낄 사이도 없이."

금화준은 놀란 어조로 중얼거렸다.

"아픔을 느낄 사이도 없이…… 말입니까?"

"그렇다고 들었소. 총단에서 새로 개발한 것이오. 독이 퍼지는 시간이 굉장히 짧아 맞았다는 느낌도 없이 죽게 된다는군."

"왜요?"

"아픔을 느끼는 데 걸리는 시간보다 독이 심장까지 퍼지는 데 걸리는 시간이 짧기 때문이오."

"놀랍군요! 도대체 재료가 뭐랍니까?"

"독에도 여러 종류가 있지만, 그중 제일로 치는 건 사람의 몸속에서 채취한 인독人毒이 아니겠소? 과거 서독西毒 구양봉은 시독을 뭉쳐 화골분化骨粉이라는 희대의 독액을 만들기도 했지요."

금화준은 다시 화들짝 놀랐다.

"아니! 그렇다면 이 독액이 인독이라는 말씀이십니까?"

"하하하, 그건 아니오."

방희태는 한번 아는 척해 본 것이었다.

"그럼 뭐죠?"

사실 방희태도 잘 몰랐다. 그냥 끝내 주는 독약이라고 해서 가져왔을 뿐이다. 그는 우물쭈물하다가 대충 얼버무렸다.

"아…… 그게, 묘강 쪽에 사는 두꺼비 땀샘에서 채취한 독이라는 거 같더구먼."

그리고는 철척을 꺼내 나무통을 휘저은 다음 몇 번 털어 품속에 집어넣었다.

금화준은 주위를 둘러싼 부하들에게 소리쳤다.

"다들 뭘 기다리고 있어! 서둘러! 무기 담가!"

장내가 혼란스러워졌다. 무사들은 줄을 선 뒤 차례로 무기에 독액을 발랐다. 그 틈을 타 금화준은 방희태에게 은근한 어조로 물었다.

"그런데…… 그런데 말입니다. 했습니까?"

"뭘 말이오?"

금화준은 음흉한 미소를 띠었다.

"황 부자의 딸년 말입니다! 흐흐흐. 어떻던가요?"

"글쎄⋯⋯."

"처녀가 맞던가요?"

"처녀면 어떻고 아니면 어떻소?"

그 말을 들은 금화준이 갑자기 열을 내기 시작했다.

"아니, 아무리 도덕이 땅에 떨어진 시절이라고 해도 아직 결혼도 안 한 여자가 처녀가 아니라니! 그게 말이 됩니까! 그건 즉결 처분을 시켜도 마땅치 않을 패륜입니다!"

방희태는 어이가 없었다.

그럼 납치에 강간은 좋은 일이냐?

그는 스스로가 나쁜 놈이란 사실 정도는 알고 있었다. 어디 가서 딴 사람 욕을 늘어놔도 될 만큼 깨끗한 인간이 아닌 것이다. 그래도 그 점을 잊지 않는 자신이 다른 나쁜 놈들보다는 덜 나쁜 놈이라고 생각했다.

대저 흑도인치고 정상인 놈이 드물지만 금화준은 그가 만난 자들 중 최고로 상태가 안 좋아 보였다. 뭐가 그리 마음에 안 드는지 흙바닥을 발로 걷어차며 중얼대는 걸 봐라.

"나쁜 년! 나쁜 년!"

'이놈 안 되겠어. 어떻게든 하지 않으면.'

하지만 큰일을 앞에 두고서 같은 편을 손봐 줄 수는 없는 일이다. 방희태는 일단 좋게 넘어가기로 했다.

"금 지부장. 금 지부장은 정말 시대의 양심이오! 내가 금

지부장 맘 다 알겠는데 말이오, 우리 그런 이야기는 나중에 합시다. 지금은 중요한 일이 기다리고 있잖소."

금화준도 자신의 실태를 눈치 챘는지 헛기침을 했다.

"흠, 흠, 제가 좀 흥분한 것 같군요."

방희태는 금화준의 어깨에 손을 얹었다.

"자! 지금은 눈앞의 일만 생각합시다."

그때 혈겸 설영이 다가왔다. 임박한 싸움 때문인지 긴장한 빛이 역력했다.

싸움이라면 이골이 난 설영이다. 하지만 이제 곧 있을 싸움은 지금까지의 그것들과는 규모가 달랐다.

이번 기습에는 십객 중 여덟이 투입될 예정이었다.

서열 일 위인 검객 유치아부터 막내인 삼뇌객三腦客 섭봉운까지 보안대의 실세들이 모두 투입되는 것이다.

나가지 않는 것은 도객 유당과 편객 장사귀 정도였다. 유당은 황산오귀와의 싸움에서 입은 상처 때문에 숙소에서 쉬고 있었고 장사귀는 범천사에서 황 부자를 상대하는 중이었다.

"준비가 거의 끝났습니다."

"화총火銃도?"

"예."

"비가 올지 모르니까 기름을 많이 발라."

방희태는 승리를 자신했다.

그가 데리고 온 총단의 보안대원 팔십여 명과 호남 지부의 인원을 전부 동원한다. 거기다 총단에서 가져온 독액과 왜구로부터 사들인 화총 그리고 화약 백여 근까지. 양각양 총전력의 절반을 쏟아 붓는 것이다. 제아무리 황 부자가 저택 경호에 신경을 쓴다고 해도 이 정도 병력을 당해 내진 못할 것이다.

그는 슬쩍 주위를 둘러보았다. 금화준은 손톱에 독액을 묻히고 있었다. 손톱을 병기로 쓰는 모양이다.

방희태가 설영의 귓가에 속삭였다.

"저기 금화준 저놈 말이야, 기회를 봐서 없애 버려."

설영은 두 눈을 동그랗게 떴다.

"왜요? 우리 쪽에 가담하지 않겠답니까?"

방희태는 ≪천도서≫를 확보한 후 양각양을 탈퇴, 새로운 인육방을 만들기로 마음을 굳힌 상태였다. 십객뿐만 아니라 사방전에서 나온 고수들도 모두 방희태의 뜻을 따르기로 약속했다.

원래는 금화준도 설득해서 호남 지부까지 집어삼킬 계획이었는데…….

방희태는 다시 한 번 금화준을 힐끔 본 후 말했다.

"오히려 가담할까 봐 두려워지는 놈이야."

❦

목구멍 깊은 곳에서 신음이 새어 나왔다. 황 부자는 마음의 안정을 찾기 위해 심호흡을 해 보았지만 몸의 떨림만 더 심해질 뿐이었다.

그의 앞에 황낙영이 서 있었다. 딸아이를 보는 것이 얼마 만인가.

"따님도 오셨으니, 이제 술잔을 비우시죠."

장사귀가 황 부자를 재촉했다.

황 부자는 숨을 고르며 딸을 바라보았다. 황낙영 역시 복잡한 시선으로 그를 마주 보고 있었다.

'안심해라! 아무도 너를 괴롭힐 순 없다!'

황 부자는 외치고 싶었다.

그러나 차마 입이 떨어지지가 않았다. 딸의 목엔 기이한 모양의 도가 걸려 있었다.

기형도奇形刀를 든 대머리 사내가 징그러운 미소를 시으너 혀로 입술을 핥았다. 사내 주위에는 네 명의 흑의인이 둘러싸고 있다. 갑작스러운 기습을 대비하기 위해서인 모양이다.

황 부자는 장사귀를 향해 천천히 시선을 돌렸다.

"이걸 마시면 된다고?"

장사귀가 고개를 끄떡였다.

"쭉 들이켜세요."

태도로 보아 술 속에 뭔가 집어넣은 것이 틀림없었다. 하지만 딸아이의 목숨이 걸린 일이다. 알면서도 당할 수밖에 없다.

황 부자는 천천히 술잔을 집어 들었다. 장사귀는 침을 꿀꺽 삼켰다. 술잔이 막 황 부자의 입술에 닿았다.

"그런데……."

황 부자는 술잔을 멈추고 장사귀를 바라보았다.

"뭡니까?"

장사귀는 허리의 연편을 움켜잡았다. 황 부자가 딸의 목숨보다 제 목숨이 더 소중함을 알아 버린 것일까?

황 부자의 입이 열렸다.

"장 대협은 안 드시오?"

장사귀는 안도의 미소를 지었다. 아직은 황낙영이라는 패가 통하는 것이다. 아직까지는.

그는 점잖게 대답했다.

"황 노야께서 드신 후에 저도 먹겠습니다."

"그러시다면."

황 부자는 고개를 끄덕이며 술잔을 기울였다. 장사귀는 뚫어져라 술잔을 노려보았다. 적막이 흐르고…… 장내의 시선은 모두 황 부자에게 집중되었다.

그는 술을 먹을 것인가, 먹지 않을 것인가.

반쯤 기울어진 술잔이 다시 멈췄다. 황 부자의 입가에 미소가 맺혔다.

장사귀의 얼굴이 창백해졌다.

'설마……?'

순간 황 부자가 장사귀를 향해 술잔을 던졌다. 장사귀는 기겁해서 술잔을 피하며 허리에 찬 연편을 움켜잡았다. 묵묵히 앉아 있던 하길진의 마수가 어느새 장사귀의 머리를 노리고 날아갔다. 그의 손은 붉게 변해 있었다.

장사귀는 마룻바닥을 떼굴떼굴 굴렀다. 붉은 손바닥이 머리를 스치고 지났다. 장사귀는 몸을 일으키며 울부짖듯 외쳤다.

"그년을 죽여!"

하길진의 몸이 쭉 늘어났다. 붉은 환영이 장사귀의 코앞까지 날아들었다. 장사귀는 다시 바닥을 굴러야 했다.

장사귀의 명령이 떨어지자 기형도의 사내는 손목을 비틀었다. 여승의 야들야들한 목은 칼날을 슬쩍 움직이기만 해도 간단하게 따 버릴 자신이 있었다.

그때 그의 손목이 서늘해졌다.

한 줄기 바람이 팔을 스쳐 지나간 것만 같았다. 하지만 다음 순간 팔이 무거워졌다. 사내는 반사적으로 팔을 내려다보았다. 한 자루 낫이 겨드랑이 사이에 끼여 있었다.

'이게 뭐지?'

그의 어깨에 가느다란 실선이 생기고…… 차츰 그 균열이 심해지더니…… 마침내 팔이 힘없이 떨어져 내렸다.

"우악!"

사내는 비명을 질렀다.

그제야 네 명의 흑의인은 변고를 알아차리고 사내에게 시선을 돌렸다. 낫이 겨드랑이를 지나 원을 그리고 날아갔다. 주위를 둘러싸고 있던 네 사내의 목이 한꺼번에 잘려 나갔다.

기형도 사내의 목에도 서늘한 느낌이 있었다. 사내는 그게 무슨 의미인지 알아차렸다. 그는 하나 남은 손으로 머리를 움켜잡았다. 어떻게든 살고자 하는 욕망 때문이다.

그의 노력은 부질없는 것이었다. 머리가 바닥에 떨어졌다.

그와 동시에 황 부자가 던진 술잔이 바닥에 떨어졌다. 바닥은 끔찍한 소리를 내며 녹아내렸다.

정말 눈 깜짝할 시간 동안 일어난 일이었다.

장사귀는 허리에 찬 연편을 뽑으려 했지만 도대체 틈을 낼수 없었다. 하길진의 손이 집요하게 그를 쫓았다.

처음에는 견딜 만하던 마수의 위세가 갈수록 강해졌다. 나중에는 공기의 압력만으로도 숨쉬기가 불편해졌다. 이대로라면 손 한번 휘둘러 보지 못하고 쓰러지고 말 것이다. 어떻게든 방법을 찾아야 한다.

다시 한 번 붉은 손바닥이 날아왔다.

이번에는 피하지 않았다. 장사귀는 이를 악물고 하길진의손을 어깨로 받았다. 뼈가 으스러지는 듯 아팠지만 꾹 참고연편을 꺼냈다. 연편이 뱀처럼 영활하게 허공을 가르는 순간, 이길 수 있다는 자신감이 솟아났다.

이길 수 있다! 사천마수 하길진을 이길 수 있다!

연편은 하길진의 손목에 감겼다. 하길진은 재빨리 손을 뒤로 빼며 욕설을 내뱉었다. 손등에 길게 채찍 자국이 났다.

장사귀는 한번 잡은 선기를 놓치지 않고 계속해서 연편을휘둘렀다. 연편은 눈에 보이지 않을 만큼 빨랐다. 그러나 하길진은 기묘한 동작으로 연편을 피하며 장사귀에게 접근했다.

장사귀는 연편 끝에 달린 수실을 힘껏 잡아당겼다. 연편이칼날처럼 꼿꼿하게 섰다. 장사귀는 그대로 하길진의 가슴을향해 연편을 찔렀다.

종횡으로 날아오던 채찍이 직선으로 찔러 오자 천하의 하길진도 순간 움찔했다. 곧바로 몸을 틀어 피했지만 옆구리가 찢어지며 혈선이 그어졌다.

"이런 개자식!"

하길진은 분노해서 괴성을 질렀다. 그는 더 이상 앞뒤 재지 않고 돌진했다.

두 사람의 몸이 교차했다.

장사귀는 있는 힘을 다해 연편을 휘둘렀다. 그러나 한 번 당한 수에 다시 당할 만큼 녹록한 하길진이 아니었다.

장사귀는 숨이 막히는 걸 느꼈다. 어느새 하길진의 손가락이 가슴팍에 꽂혀 있었다. 믿어지지 않는다는 얼굴로 하길진을 바라보았다. 몸이 교차되는 순간 하길진이 철판교의 자세를 취해 연편을 피해 내고 그의 몸에 손가락을 박아 넣은 것이다.

"빌어먹을……."

……거의 잡았는데.

장사귀는 정신을 잃고 쓰러졌다.

하길진은 피로 물든 손가락을 하늘 높이 쳐들었다. 완전히 끝장을 내겠다는 생각이었다.

그때 황 부자가 외쳤다.

"아직 죽이지 마라!"

"우웩!"

장사귀는 피를 한 움큼 토하며 정신을 차렸다.

맨 처음 눈에 들어온 것은 황 부자의 차가운 시선이었다. 그 뒤에는 뭉게뭉게 안개가 피어오르고 있었다. 연기의 끝에 길쭉한 낫이 튀어나와 있지 않았다면 '어디서 밥하나?' 생각했을 것이다.

황 부자의 득의한 얼굴을 보자 웃음이 터져 나왔다. 무슨 일이 일어나고 있는지 아직도 눈치를 채지 못한 모양이다. 웃는 사이사이 입 밖으로 핏방울이 튀었다.

"뭐가 그리 우습지?"

황 부자는 인상을 쓰며 물었다.

장사귀는 황 부자의 질문에 대답하지 않고 낫을 든 연기를 향해 물었다.

"거기 연기! 이름이 뭐요? 기형도를 쓰는 녀석도 만만찮은 잔데 그렇게 쉽게 죽이다니."

연기가 쭉 늘어나며 사람의 얼굴 형상으로 변해 갔다.

"배짱이 있는 놈이군. 하지만 말이야, 묻는 말에나 대답하면서 어떻게든 살 궁리를 해야 하지 않겠나?"

"고마운 충고지만…… 그래도 알고 싶은데."

황 부자가 대신 대답해 주었다.

"그렇게 궁금하다니 알려 주지. 이쪽은 혈영야로 무극진이라 하네."

"아! 그래서…… 그래서 그렇게 강했군."

십대고수의 하나인 혈영야로라면 그들이 그토록 쉽게 당한 것도 납득이 간다.

'일류 고수들이 다 이리로 왔으니 방 대장이 생각한 대로 일이 진행되겠군.'

황 부자가 물었다.

"누가 시켰지?"

"왜 내가 직접 꾸민 일이라고 생각지 않는 거…… 으, 으악!"

하길진이 기다렸다는 듯 장사귀의 손가락을 부러뜨렸다.

황 부자는 다시 한 번 물었다.

"난 참을성이 별로 없는 사람이야. 다음엔 더 아픈 곳이 부러질 걸세. 누가 시켰지?"

장사귀는 고통을 참으며 간신히 입을 열었다.

"우린 양각양에서 왔소."

"양각양? 양각양이 왜?"

황 부자는 미간을 좁히며 반문했다. 최우수 고객으로 상을 주어도 시원치 않을 그에게 양각양이 왜? 인육 판매만으론 성이 안 차서 납치까지 하고 다니겠다는 걸까?

장사귀는 어리둥절해하는 황 부자를 보며 통쾌하게 웃었다.

"하하하! 우리 목표는 당신도, 당신 딸도 아니오. 다른 사람에게 볼일이 있어서 잠깐 주의를 끈 거지."

황 부자의 얼굴이 하얗게 질렸다. 그는 장사귀가 누구 이야기를 하는지 알아차렸다.

"유상진?"

"그렇소."

황 부자는 자리에서 일어섰다.

"놈을 죽여! 빨리 집으로 돌아가야 한다."

하길진은 영문을 알 수 없었지만 주인의 명령을 따라야 한다는 건 알고 있었다. 그는 손을 쳐들었다.

장사귀는 하길진의 마수를 바라보며 피식 웃었다.

'주인을 잘못 택한 대가다.'

단목우를 배반하고 방희태에게 충성을 맹세했지만 방희태는 그를 믿지 않았다. 시간을 끌라는 명령만 남기고 떠나 버렸다. 방희태는 황 부자가 부하들을 이끌고 범천사에 온 사이 황 부자의 집을 습격, 유상진을 빼낼 생각이었다.

결국 방희태의 계획은 성공한 셈이다.

혈영야로 무극진과 사천마수 하길진을 이쪽으로 빼돌렸으니 황 부자의 거처에 더 이상의 고수는 없을 것이었다. 그리고 황 부자의 손을 빌려 꺼림칙하게 여기던 자신마저 처치하게 되지 않았나.

문득 죽은 단목우의 얼굴이 떠올랐다.

장사귀는 나직한 목소리로 중얼거렸다.

"단 뇌주, 미안하오."

이런 식으로 죽게 될 줄 알았다면 절대 그를 배신하지 않았을 것이다. 비굴하게 사느니 당당하게 죽는 거였는데…….

호선을 그리며 날아오는 하길진의 마수가 마치 그림 속의 풍경처럼 느껴졌다. 그는 멍한 표정으로 하늘을 올려다보았다.

퍼억!

그 결과는 당연한 것이었다.

황 부자는 조용히 앉아 있는 황낙영에게로 다가갔다. 황낙영은 초췌한 모습이었다.

그는 떨어지지 않는 입을 간신히 열었다.

"정말 미안하구나. 나 때문에 네가 화를 입다니."

황낙영이 고개를 쳐들었다. 그녀는 분노를 이기지 못하고 큰 소리로 외쳤다.

"왜요? 웬일로 저한테 신경을 다 쓰시죠? 또 사람을 죽이러 가셔야죠! 어머니가 돌아가실 때처럼 그냥 가세요!"

"정말로…… 미안하다. 혹…….'

황 부자는 잠시 말을 멈췄다. 달변으로 소문난 그가 이렇게까지 망설이는 것은 정말 오랜만의 일이었다.

그는 한참을 망설이다 물었다.

"혹시 나쁜 일이라도 당하진 않았느냐?"

황낙영은 입술을 깨물었다. 그녀의 커다란 눈에 금세 눈물이 맺혔다.

"그냥 가세요."

황 부자의 가슴이 덜컥 내려앉았다.

'이 죽일 놈들이! 내 딸을…….'

당장 달려가서 놈들을 쳐 죽이고 싶었다. 아니다. 그보다 먼저 여기서 딸을 위로해야 한다. 그러나…….

요리에 대한 유혹을 떨칠 수가 없었다. 딸아이를 사랑하는 건 사실이지만 ≪천도서≫를 이대로 놓칠 수는 없다.

황 부자는 간신히 입을 열었다.

"그래…… 정말 미안하다……. 입이 열 개라도 할 말이 없구나. 혈마대원 열 명을 남겨서 널 지키게 해 주마."

황낙영은 아버지를 외면했다.

"미안하다……. 하지만…… 이거 하나만은 알아 두어라.

나는 정말로, 네 어머니를 사랑했단다."

황 부자는 이를 악물며 몸을 돌렸다. 조금 더 딸아이를 보고 있다간 눈물이 나올 것 같아서다.

그는 부하들을 향해 외쳤다.

"바로 출발한다! 모두 준비해!"

❦

동정호는 아름다웠다.

낮춤한 산줄기가 호수에 비쳐 그윽한 정취를 자아냈다. 자연이 만들어 낸 이 수려한 풍광은 물안개가 자욱하게 피어나는 새벽녘에 더욱 빼어난 아름다움을 과시했다.

황 부자의 저택은 동정호가 한눈에 내려다보이는 곳에 있었다. 때는 바야흐로 오경五更. 해가 뜨기 전의 가장 어두운 시간이었다.

거대한 정문 앞에는 힘차게 화톳불이 타오르고 그 주위를 십여 명의 위사들이 서성였다. 하지만 시간이 시간인지라 위사들도 긴장이 풀렸는지 하품을 하면서 동료들과 노닥거리고 있었다.

"지금 시각은?"

방희태는 초조한 목소리로 물었다.

그의 뒤에 시립해 있던 설영은 방희태의 갑작스러운 질문에 잠시 놀랐다. 막 인원 배치를 끝내고 돌입을 준비하던 참이었다. 그런데 공격 명령은 안 내리고 시간을 물어보는 이유는 뭘까. 설영은 마음속으로 투덜거렸다.

'아니, 내가 시간을 어떻게 알아? 물시계라도 사다 놨어?'

방희태는 짜증 섞인 목소리로 다시 물었다.

"몇 시냐니까."

"오경 정도 된 것 같습니다."

"그치?"

'그치라니? 뭐가 그치야?'

설영은 어이가 없었다.

"빨리 들어가야겠군."

방희태는 쓴 입맛을 다셨다.

무림인도 아니고 단순히 상인에 불과한 자가 집 주위에 저리도 많은 호위들을 겹겹이 쌓아 두고 있으리라고는 생각도 못 했다. 곳곳에 고수들을 숨겨 놓은 것으로는 마음이 안 놓였단 말인가?

아무튼 그 탓에 화약으로 외벽을 날려 버리고 시작하려던 그의 계획이 조금 빗나가게 되었다. 열 걸음마다 위사들을 배치해 놨으니 어떻게 비집고 들어갈 방법이 없다.

'남은 건 정면공격뿐인데…….'

그렇게 된다면 이쪽의 피해도 만만치 않을 것이다. 이곳이 놈들의 본거지라는 점을 고려한다면 더욱 그렇다. 이기기야 이기겠지만 장기적으로 보면 손해가 막심하다.

새로운 인육방을 만들려면 전력을 최대한 아껴야 했다. 그는 이런 일에 부하들을 낭비하고 싶지 않았다.

그렇다고 그냥 돌아길 수도 없는 일이다. 지금쯤 황 부자도 무슨 일이 생겼는지 알아차렸을 것이고, 부리나케 집으로 돌아오고 있을 것이다.

방희태는 조그맣게 중얼거렸다.

"전부냐, 아니면 무無냐……."

잠시 고민하던 그는 결국 마음을 정했다. 어차피 내디딘 걸음이다. 그게 극락으로 가는 길이든 지옥으로 가는 길이든, 끝까지 달려 보고야 말겠다.

방희태는 손을 높이 들어 올렸다가 힘껏 그어 내렸다.

"쳐라!"

동시에 하늘 높이 무언가가 솟아올랐다.

슈웅! 펑!

폭죽이 터지며 하늘을 밝게 수놓았다. 대기하고 있던 부하들이 폭죽을 날린 것이다. 순식간에 저택 주변이 대낮처럼 환해졌다.

"와아아아!"

신호가 떨어지자 여기저기서 병장기를 꼬나든 자들이 뛰어나왔다.

방희태 역시 몸을 날렸다.

"다 죽여!"

"덤벼!"

유상진은 깨진 사기그릇을 위협적으로 휘두르며 소리쳤다.

주신봉은 콧방귀를 뀌었다. 동네 건달들에게나 통할 허세다. 한때 강호를 좌지우지하던 절정 고수에겐 어림도 없는 수작.

"덤벼 보라니까!"

유상진도 그 사실을 잘 알고 있었다. 주신봉이 손가락 하나만 까딱하면 그는 바닥에 머리를 박게 될 것이다.

그러나 남자로선 당해선 안 되는, 아니 여자도 당하기 싫어할, 보편적인 성 의식을 가진 자라면 남녀노소 불문하고 수치스럽게 생각할 일을 당하게 생겼는데 '예, 여기 있습니다.' 하고 엉덩이를 내밀 수는 없는 일 아닌가.

최후의 순간까지 싸워야 한다.

그다음엔? 그다음엔 당연히 협상이지.

유상진은 현실을 무시할 정도로 멍청하지 않았다. 어차피 제공해야 할 엉덩이라면 더 큰 대가를 얻는 게 낫다. 끝까지 뻗대다가 뒷골목 칼잡이식으로 말하면 '거부할 수 없는 제안'을 하는 것이다.

주신봉이 코를 후비며 심드렁하게 말했다.

"너 이제 뭇국 다 먹었다. 그릇은 한 번밖에 안 나눠 줘. 그리고 말이야, 그따위 사금파리 한 조각을 들고 날 이길 수 있을 거라고 생각하는 건 아니겠지?"

주신봉의 손이 슬그머니 쇠사슬로 향했다.

유상진은 그릇 조각을 자신의 목에 들이대고 외쳤다.

"접근하면 콱 죽어 버릴 겁니다! 저 자극하지 마세요!"

주신봉의 얼굴에서 웃음이 사라졌다.

"그렇게 싫으냐? 그냥 잠깐 눈만 감고 있으면 된다니깐."

"그럼 주 선배부터 엉덩이에 젓가락 넣어 보세요. 젓가락 세 개까지 참으면 저도 할게요."

그건 주신봉도 싫은 모양이다. 그는 고개를 외로 꼬며 딴소리를 했다.

"천하제일의 무술을 배울 수 있는데······."

"천하제일이 왜 여기서 이러고 있는데요?"

"정정하지. 천하제일에 버금가는 무공! 아무튼 그거나 내려놔. 나 싫다는 사람 억지로 몰아붙이는 그런 놈 아니야."

말을 하면서 살금살금 손을 쇠사슬 쪽으로 옮겼다.

"움직이지 마요!"

유상진이 버럭 소리를 질렀다.

주신봉은 입맛을 다셨다.

'각도가 안 좋아.'

유상진은 방구석에 바짝 붙어 앉아 있었다. 벽이 방해가 되어 단번에 유상진의 그릇 조각을 쳐 낼 자신이 없다. 십 년 전이라면 모르지만 지금은 너무 늦었다.

주신봉은 좀 더 설득해 보기로 생각을 고쳐먹었다. 나이 든 사람은 모험을 좋아하지 않는 법이다. 그리고 그 나이까지 쌓아 온 가치관에 상당한 의미를 부여하기 마련이다.

사실 남색을 하겠다는 주신봉의 생각도 굉장한 사고의 전환을 요구하는 어려운 것이었다. 괜히 힘자랑하다 시간屍姦을 해야 할 상황까지 몰리는 건 피하고 싶었다.

주신봉은 간이라도 빼 줄 듯 헤헤 웃었다.

"이봐, 내가 그렇게 심한 요구를 한 것도 아니잖아. 거기다 언제 죽을지도 모를 노인넨데 불쌍하지도 않은가? 무기를 놓고 우리 한번 허심탄회하게 이야기를 나눠 보자고, 응? 시간을 가지고 서로에 대해 이해해 본다면 좀 더 나은 결론에 도달할 수 있지 않겠어?"

"유혹하지 마세요! 저 유혹에 약한 놈이에요!"

"이것 봐, 체면이나 명예 따윈 시궁창에 처박아 버리라고. 여기서 그런 것 따져서 뭐 하나, 어차피 아무도 안 보는데. 너와 나밖에 모를 일이야."

마치 악마가 사람을 유혹하듯 주신봉은 계속 나불거렸다.

"그게 무슨 소리! 하늘과 땅이 알고 당신과 내가 아는데!"

"당……신?"

주신봉의 얼굴이 험하게 구겨졌다.

"너 지금 당신이라고 했냐?"

'아차!'

유상진은 혀를 찼다.

'이럴 때일수록 운용의 묘가 중요한 것인데…….'

흥분해서 말을 너무 막 한 것이다. 어떻게 뒷수습을 해야 하나 그가 머리를 굴릴 때, 주신봉이 버럭 소리를 질렀다.

"이 자식이! 보자 보자 하니까 어르신 머리 꼭대기까지 기어오르려 하는구나!"

주신봉은 위협하듯 주먹으로 바닥을 내리쳤다.

쾅! 지축이 흔들릴 정도의 굉음. 바닥과 천장이 가뭄에 논밭 갈라지듯 쫙쫙 갈라졌다.

"어?"

놀란 사람은 유상진뿐만이 아니었다. 주신봉도 깜짝 놀라 주먹을 들여다보았다.

'내가 이렇게 힘이 셌나?'

그때 다시 굉음과 함께 벽이 크게 흔들거렸다. 우수수 먼지가 쏟아지는 사이로, 주신봉과 유상진은 이구동성으로 외쳤다.

"뭐야?"

공격은 톱니바퀴가 맞물리듯 정교하게 진행되었다.

향객香客 허무인이 휘하의 칼잡이들을 데리고 돌진했고 화객火客 마동출이 부하들과 함께 화약을 가득 채운 나무통을 굴리며 그 뒤를 따랐다.

허무인은 잘생긴 남자로 평소 몸에 사향을 뿌리고 다녔는데 그 진한 냄새 때문에 사람들이 그를 향객이라 불렀다. 무공이 뛰어나고 남자답게 호탕한 성격이라 부하들의 신망을 한 몸에 얻고 있었다.

허무인이 위사들 사이로 뛰어들면서 싸움이 시작되었다.

그의 부하들이 물밀듯이 밀려와 위사들과 부딪쳤다. 다수와 다수의 싸움이었다. 개개인의 기교가 발휘될 틈이 없다. 양쪽 무사들은 서로를 향해 어깨를 부딪치며 미친 듯이 칼과 창을 휘둘렀다.

그들이 격돌하는 사이, 화약이 든 나무통이 떼굴떼굴 굴러가 저택 외벽에 부딪쳤다. 나무통에 둘둘 감겨 있던 심지가 풀려 지면을 따라 길게 늘어졌다.

"흐흐흐! 불 받아라, 이놈들아!"

마동출은 입가를 씰룩거리며 심지에 불을 붙였다.

그는 어릴 때부터 불장난을 사랑했다.

기쁜 일이 있을 때나 슬픈 일이 있을 때나 화나는 일이 있을 때나 심지어 아무 일 없을 때도, 잘 지은 건축물만 보면 방화 충동을 참지 못했다.

심지어 양각양 본단 건물에 불을 지르려다 발각된 적도 있었다. 이제 죽을 일만 남은 그때, 그의 재주를 눈여겨본 방희태에 의해 보안대로 특채된 것이다. 그리고 화객이라는 별호를 얻었다.

치지직…… 불티를 날리며 심지가 타들어 갔다.

쿠앙! 외벽이 폭발하며 사방으로 크고 작은 벽돌들이 날았다. 곳곳에 심어져 있던 나무들이 뿌리째 뽑혀 바닥을 나뒹굴었다. 화약통 근처에서 전투를 벌이던 자들도 피투성이가 되어 쓰러졌다. 등허리에 불이 붙은 무사가 비명을 지르며 사람들 사이를 뛰어다녔다.

천천히 먼지가 가라앉고 부서진 외벽이 드러났다. 외벽 너머로 나무들이 활활 타오르고 있었다. 사방이 대낮처럼 밝아졌다. 뒤에서 대기하고 있던 양각양의 주력부대가 외벽 안으로 뛰어들었다.

그들을 제일 먼저 반긴 것은 침을 질질 흘리며 덤벼드는 수십 마리의 개 떼였다. 앞장서 뛰어들었던 몇 명의 무사들이 개들에게 목이 물어뜯겨 그 자리에서 절명했다. 무사들은 깜짝 놀라 뒤로 물러섰다.

그때 방희태가 펄쩍 외벽 안으로 뛰어들며 발길질을 날렸다. 두 마리의 개가 피를 토하며 나자빠졌다.

"그냥 똥개들이야! 해치워 버려!"

방희태는 사뿐히 바닥에 내려앉으며 소리쳤다. 그의 말에 용기를 낸 무사들이 정원으로 쏟아져 들어갔다.

개 떼 사이로 유독 커다란 개 한 마리가 걸어 나왔다. 짐승의 눈빛이 형형하게 빛났다.

'저놈이 우두머리군.'

개는 우두머리의 영향력이 절대적이다. 저놈만 잡으면 다른 놈들도 굴복할 것이다. 방희태는 개를 노려보며 걸음을 옮겼다. 그의 눈빛에 질린 듯 개는 꼬리를 말고 물러섰다. 방희태는 미소 지었다.

'역시 짐승은 짐승이야.'

그러나 개는 물러선 것이 아니었다. 꼬리를 만 것은 속임수였고, 물러선 듯 보였던 것은 도약 직전의 움츠림이었다. 다음 순간, 개가 방희태를 향해 날아올랐다.

방희태는 몸을 왼쪽으로 틀어 개의 이빨을 피하고 수도로 목을 내리쳤다.

깨갱!

개는 바닥에 몸을 쭉 뻗어 버렸다. 그의 가공할 신위에 놀란 개들이 이리저리 흩어졌다.

방희태는 두개골이 깨져 숨을 헐떡이고 있는 개를 바라보았다. 피와 땀으로 범벅이 되기는 했지만 그 짐승은 대단히 아름다웠다.

"순종이군."

그는 발끝으로 개의 머리를 눌러 고통을 덜어 주었다. 그리고 전각들이 늘어선 쪽을 둘러보았다.

화르르! 벌써 전각의 일부가 불타오르고 있었다. 발 빠른 부하들이 저지른 짓일 거다. 그의 부하 중에는 남의 집에 불지르는 일을 밥 먹는 것보다 좋아하는 자들이 여럿 있었다.

탕! 탕! 여기저기서 귀청이 떨어질 듯한 총소리가 들렸다. 병장기 부딪치는 소리, 사람들의 비명, 거기에 욕지거리까지 섞여 장내는 몹시 소란스러웠다.

방희태는 전투가 벌어지는 곳으로 움직이려다 걸음을 멈췄다. 개들이 아직 도망가지 않았기 때문이다.

놈들은 멀찍이 떨어져 그를 노려보고 있었다. 짐승 특유의 푸르스름한 안광이 어둠 속에서 빛났다.

방희태는 의아해졌다.

'우두머리가 죽었는데도 싸울 생각인가?'

개들이 한꺼번에 그를 향해 달려들었다.

방희태는 괴춤에 손을 넣은 채로 발만 움직여 개들을 걷어찼다. 등허리를 차인 개들이 어둠 속으로 사라졌다.

우왕!

그때 개 한 마리가 울부짖었다. 털이 듬성듬성 빠진 늙은 개였다. 늙은 개는 하얀 이빨을 드러내고 방희태에게 덤볐다.

방희태는 쯧쯧 혀를 찼다.

'안 되는 걸 뻔히 알면서 왜 자꾸 덤비지?'

방희태가 발길질을 날릴 때, 늙은 개의 움직임이 갑자기 빨라졌다. 날카로운 이빨이 방희태의 목을 노리고 날아왔다. 방희태는 반사적으로 몸을 젖혀 개의 이빨을 피했다.

늙은 개는 바닥에 가볍게 착지하며 몸을 틀었다. 방희태는 개의 목덜미에 수도를 날렸다.

휘익!

방희태는 깜짝 놀랐다. 개가 재롱을 떨듯 바닥을 굴러 그의 공격을 피해 낸 것이다. 오히려 목을 쭉 빼며 손목을 물어 뜯으려 들었다.

방희태는 손을 움츠리며 발을 들어 개를 힘껏 걷어찼다. 그가 자랑하는 단혈철각丹穴鐵脚의 일 초다. 개 한 마리 잡자고 쓰기엔 과분한 초식이었다. 그런데 늙은 개는 그것마저 간단하게 피했다. 그리고 몸을 움츠렸다가 다시 방희태의 목을 노리고 날아올랐다.

'기가 막히는군.'

단혈철각이 어떤 무공인가. 과거 흑도의 거물인 건곤혈우乾坤血雨 우산자雨傘子조차 이 일 초를 피하지 못해 갈비뼈가 부러졌다. 그런데 늙은 개 한 마리가 그걸 피해 낸 것이다.

'아무래도 이놈이 진짜 왕초인 모양이군.'

방희태는 목을 노리고 들어오는 늙은 개의 벌건 아가리를 보면서도 피하지 않았다. 똥개 한 마리를 피해 물러서는 건 자존심이 허락하지 않았다.

"폭폭십환수暴暴十幻手!"

방희태의 손이 번개처럼 쏘아졌다. 과거 양각양 내의 경쟁자였던 섬전영閃電影을 처치할 때 쓴 수법이다. 한 번에 열 개의 환영을 만드는 절정의 금나수.

방희태의 손은 개의 이빨을 부수고 혀를 잡아챘다.

깽!

개는 혀를 잡히면 아무것도 하지 못한다. 늙은 개는 발버둥 쳤지만 방희태의 손에서 벗어나지 못했다.

방희태는 왼쪽 손바닥으로 늙은 개의 머리를 후려쳤다. 개의 둥그스름한 이마가 뭉개졌다. 그제야 혀를 잡고 있던 손을 놓았다. 개는 축 늘어져 미동도 하지 않았다.

"황 부자 놈, 별 희한한 개를 다 키우는군."

방희태는 놀란 가슴을 쓸어내렸다. 이런 개라면 한 마리 키워 보는 것도 좋겠다는 생각마저 들었다. 그는 이제 사람을 해치울 생각을 하며 불타는 전각을 향해 천천히 걸음을 옮겼다.

과거 부귀왕을 물어 죽여 황 부자로부터 귀여움을 독차지했던 늙은 개는 그렇게 죽었다.

설영의 낫이 무사의 가슴을 꿰뚫었다.

경비견을 뚫고 들어가자 이번에는 사람이었다. 수십 채의 전각에서 무사들이 우르르 쏟아져 나온 것이다. 이제 시작이라는 생각에 바짝 긴장했지만 그들은 그저 무기를 든 양민에 불과했다. 양 떼처럼 이리저리 몰려다니기만 하다가 차례로 칼을 맞고 쓰러졌다.

간혹 튀어나오는 붉은 옷의 사내들이 제법 위협적이었지만 수가 많지 않아 별다른 어려움은 없었다. 황 부자가 일류 고수를 전부 데리고 범천사로 가 버린 게 사실인 모양이다.

그들의 작전은 간단했다.

적을 몰아내고 주변의 전각을 뒤진다. 전각 안에 유상진이 없으면 다시 전진, 적을 몰아내고 전각을 뒤진다.

그들의 임무는 유상진을 찾는 것이지 황 부자를 끝장내는 것이 아니었다. 쓸데없이 사람을 죽일 필요는 없다.

"아악!"

전각 안에서 귀청이 떠나갈 듯한 비명이 들려왔다. 나무 문이 부서지며 안으로 들어갔던 부하들이 피투성이가 되어 밖으로 나가떨어졌다.

그리고 설영을 향해 붉은색의 과일 같은 것이 날아왔다. 설영은 낫을 휘둘렀다. 그것은 낫에 붉은 얼룩을 남기고 바닥에 떨어졌다. 그는 자신에게 날아온 것이 무엇인지 잘 알고 있었다. 그것은 과일이 아니었다. 사람의 눈알이다.

설영은 낫을 고쳐 잡고 전각으로 시선을 돌렸다.

털썩! 머리가 박살 난 부하 하나가 그의 앞에 쓰러졌다. 두개골이 깨지는 바람에 눈알이 튀어나온 것이다. 부서진 머리통에서 핏물이 쉬지 않고 흘러내렸다.

꾀죄죄한 노인네가 부서진 전각 문을 밟고 밖으로 걸어 나왔다. 한쪽 손에는 피가 뚝뚝 떨어지는 작은 나무 곤봉을 들고 있었다. 황 부자의 위사 몇 명이 노인을 따라 나왔다.

설영은 낫을 어깨에 걸치며 생각했다.

'노인네가 힘도 좋군.'

사람의 머리뼈라는 게 그렇게 쉽게 부서지는 물건이 아니다. 강철로 단단하게 벼린 무기라도 머리를 때리면 부러져 나가기 십상이다. 그런데 저 볼품없는 노인네는 작은 곤봉 한 자루로, 한 명도 아니고 다섯 명의 머리통을 때려 부순 것이다.

노인이 곤봉을 흔들며 말했다.

"어디서 온 뭐 하는 놈들인지 모르지만, 이 집 문지방을 넘은 순간 너희는 죽은 거야."

노인의 밉살맞은 얼굴을 가까이서 대하니 기분이 좋지 않았다. 설영은 바닥에 퉤, 하고 침을 뱉고는 낫을 휘두르며 노인에게 달려들었다.

노인 뒤에 있던 위사 둘이 앞을 가로막았다.

"비켜!"

낫이 허공을 갈랐다. 위사들은 피를 흩뿌리며 쓰러졌다.

노인은 잔인한 미소를 지으며 곤봉을 쳐들었다. 노인의 얼굴이 가까워지는 순간, 설영은 낫을 힘껏 그어 올렸다. 노인은 반보 뒤로 물러서며 좌에서 우로 몽둥이를 휘둘렀다.

공격과 수비의 절묘한 조화.

낫은 허공을 갈랐고 곤봉은 설영의 머리를 때렸다. 설영은 눈앞에 붉게 물드는 것을 느꼈다. 그는 고통을 참으며 상대가 서 있던 자리를 향해 낫을 날렸다.

하지만 노인은 이미 그곳에 없었다.

"윽!"

등허리가 부러진 것처럼 아팠지만 몸을 돌리며 다시 낫을 날렸다. 하지만 노인은 또다시 사라지고 없었다.

설영은 입술을 깨물었다. 놈은 그를 가지고 놀다가 죽일 생각이다. 하지만 그는 그리 쉽게 당할 생각이 없었다.

어느새 날이 밝고 있었다.

방희태는 지휘관답게 전장에서 멀찍이 떨어진 곳에 서서 전체적인 흐름을 살폈다. 빨리 싸움을 끝내야 한다는 생각에 그는 초조해졌다. 하지만 황 부자의 무사들 중 누구도 유상진의 행방을 알지 못했다.

아마도 최고 측근들만이 유상진의 소재를 알고 있을 것이다. 문제는 누가 측근인지 모르겠다는 것인데…….

그때 설영이 술이라도 마신 것처럼 비틀거리는 모습이 눈에 들어왔다. 반으로 부러진 낫이 바닥에 떨어졌다. 설영은 결국 무릎을 꿇고 쓰러졌다.

설영의 맞은편에는 곤봉을 든 노인이 서 있었다.

설영을 구해 내기 위해 양쪽에서 보안대원들이 달려들었다. 그러나 노인의 곤봉 다루는 솜씨는 보통이 아니었다. 날쌔게 움직여 눈 깜짝할 사이에 보안대원들을 때려죽였다. 황산오귀의 첫째인 무귀 유선명보다 강해 보이는 작자다.

'저자에게 물으면 되겠군.'

저 정도 실력이면 황 부자의 부하들 중에서도 수위의 고수일 것이다. 당연히 유상진이 어디 있는지도 알고 있겠지.

방희태는 노인을 향해 몸을 날렸다. 어느새 그의 손에는 철척이 들려 있었다.

한 자루 철척이 날아와 노인의 곤봉을 가로막았다. 노인은 막 설영의 머리통을 박살 내려던 참이었다.

공격이 실패로 돌아가자 노인은 미련 없이 뒤로 물러서며 자신을 가로막은 자를 바라보았다. 싸우기에 앞서 일단 상대가 누군지 확인하는 것이다. 젊은 고수들에게선 찾기 어려운 신중함이다.

방희태는 아무 말 없이 철척을 흔들었다.

'노련한 놈이군.'

그는 손아귀가 찌르르 울리는 것을 느끼고 있었다. 단 한 번 격돌한 것인데도 머리에서 발끝까지 충격이 전해졌다. 상대는 내공 면에서 그보다 나았다. 게다가 무기가 나무이니 그가 자랑하는 자철의 효과도 기대할 수 없었다.

방희태는 우선 설영의 목덜미를 잡아 대기하고 있던 부하들에게 던졌다.

"데리고 가서 치료해 줘."

노인은 고개를 갸웃거렸다.

"보아하니 네가 우두머리인 듯하구나. 너만 죽이면 이 지겨운 싸움도 끝나는 거겠지?"

"날 쓰러뜨릴 수만 있다면."

별거 아니라는 듯 노인은 씨익 웃었다. 한 걸음, 한 걸음 무겁게 다가오는 노인의 몸에서 살기가 뿜어져 나왔다.

방희태도 물러설 마음은 없었다. 그 역시 상대를 향해 걸음을 옮겼다. 입김이 닿을 정도로 거리가 가까워진 순간, 누가 먼저라고 할 것도 없이 두 사람은 상대를 향해 무기를 날렸다.

팍! 팍!

무기가 부딪쳤다 떨어졌다. 몇 번의 격돌 후 둘은 다시 거리를 두고 물러났다.

노인의 곤봉에는 얇게나마 파인 자국이 생겼다. 노인은 영 마음에 들지 않는지 소매로 곤봉을 쓱쓱 문질렀다.

방희태는 가만히 노인을 지켜보고만 있었다. 철척을 든 손이 얼얼했다. 확실히 힘은 상대가 한 수 위다. 그는 힘으로 부딪치지 않고 기술로 승부해야겠다고 결심했다.

그때 노인이 소매를 떨치며 곤봉을 날렸다. 묘하게 흔들리며 허공을 가른 곤봉은 방희태의 전신 요혈을 노리고 있었다. 어느 쪽으로 몸을 날려도 피할 수 없다.

방희태는 어쩔 수 없이 철척을 들어 맞서 갔다.

두 개의 무기가 공중에서 맞부딪쳤고, 철척의 끝이 곤봉을 삼분의 일쯤 파고들었다.

노인은 곤봉을 비틀며 잡아당겼다. 노인의 힘이 더 강하다는 건 주지의 사실. 계속 철척을 잡고 버티다간 손목 관절이 부러져 나갈 터였다. 방희태는 미련 없이 철척을 놓으며 그대로 노인의 몸 쪽으로 파고들었다.

당연히 힘 싸움으로 넘어갈 것이라 생각했던 노인은 당황해서 순간적으로 머뭇거렸고, 그건 방희태에게 기회가 되었다. 그는 수도로 노인의 손목을 후려쳤다.

우두둑! 뼈 부러지는 소리와 함께 노인은 곤봉을 떨어뜨렸다. 노인이 팔을 늘어뜨린 그때, 방희태는 장심掌心으로 노인의 가슴을 때렸다.

하지만 노인도 호락호락하진 않았다. 왼손으로 방희태의 장력을 막으며 발길질을 날렸다.

한바탕 충돌 후 두 사람 모두 뒤로 두어 걸음 물러섰다.

방희태의 얼굴이 붉게 물들었다. 기혈이 미친 말처럼 날뛰었다. 그에 비해 노인은 방금 전 격돌에서 손목이 부러졌음에도 여전히 입가에 미소를 미급고 있었다.

웃음 같지 않은 웃음. 사신死神이 웃을 수 있다면 노인처럼 웃을 것이다. 입술을 타고 주르륵 핏물이 흘러내렸다. 노인은 손바닥으로 입술을 문질렀다. 얼굴에 길게 핏자국이 그어졌다.

'무서운 놈이군.'

방희태는 마음속으로 생각했다. 그는 돈을 벌기 위해 사람을 죽인다. 사람 죽이는 일 자체를 즐기지는 않는 것이다. 하지만 노인은 재미 삼아 사람을 죽이는 인간이었다. 살인을 일생의 즐거움으로 여기는 게 틀림없다.

노인이 말했다.

"제법 실력이 있군. 이름이 뭐지?"

노인의 눈은 어느새 토끼처럼 새빨갛게 변해 있었다.

'눈이 빨개? 눈이 빨간 살인마라…… 어디선가 들어 본 일이 있는데…….'

"내 이름은 방희태요. 노인장의 성함은 어떻게 되시오?"

노인은 뻐기는 듯한 음성으로 입을 열었다.

"노부는 고대수라고 하지."

방희태는 미간을 좁혔다.

'고대수?'

노인도 방희태라는 이름이 신경 쓰이는지 턱을 문지르며 물었다.

"방희태라……. 방씨 집안에 자네 정도의 고수라면…… 자네, 사천의 명문 방가장方家莊의 사람인가?"

"아니올시다."

"그럼…… 철척을 쓰니까, 등사척螣蛇尺 공훈의 제자인가?"

"그것도 아닙니다."

노인의 얼굴에 짜증이 묻어났다. 그는 불쾌한 어조로 다시 물었다.

"그럼 누구야?"

방희태는 점잖게 대답했다.

"사문을 밝히지 못하는 점 이해해 주십쇼. 지금 제가 그런 걸 밝힐 상황이 아니지 않습니까."

"그건 그럴 법도 하군."

노인의 목소리가 조금은 부드러워졌다. 그는 잠시 생각하다가 말했다.

"빌어먹을 혈마대 놈들을 없애 준 것은 고맙게 생각하네. 개인적으로 놈들이 너무너무 맘에 들지 않았거든. 아, 혈마대가 누군지 모르나? 여기 지키는 놈들 중 벌건 옷 입은 애들 말이야."

"그 친구들 제법 하더군요."

고대수는 펄쩍 뛰었다.

"무슨 소리! 무릇 무림인이란 몸의 기예보다는 정신을 갈고닦아야 하는 법! 녀석들은 글러 먹었어."

방희태는 고대수란 이름을 어디서 들었는지 계속 고민하면서 대꾸했다.

"그럴지도 모르죠."

"고마운 것은 고마운 거고! 너희들을 없애야 황 노야로부터 밥값 했다는 소리를 들을 테니…… 죽어 줘야겠다."

순간, 노인의 전신이 피처럼 빨갛게 변했다.

방희태는 그제야 상대가 누구인지 깨달았다.

노인은 호남을 피로 물들인 희대의 살인마였다. 무림에서 제일 많은 살인을 한 사람으로 무림맹 자료실에 이름이 기재되고 싶다는 열망 아래 수백 인의 목숨을 앗아 간 작자.

그러나 아무리 애를 써 봐도 화씨 세가의 가주 화인청이나 소림 방장 우결 대사가 죽인 사람 수에는 미치지 못함을 알고 —그 둘은 너무 많은 흑도 무림인을 징벌하다 보니 그런 영예를 안게 되었다— 스스로 곤을 꺾고 사라졌다고 했는데 이곳에 다시 모습을 나타낸 것이다.

전신이 붉게 변하는 저 모습.

소문이 틀리지 않는다면 고대수가 독문심법인 적혈광혼대법 赤血狂魂大法을 시행한 후의 모습일 것이다. 그 실제적인 효용에 대해서는 알려진 바 없지만 최소한 보기엔 무서웠다.

'이놈이 진짜 고대수라면…… 내가 질지도 모르겠군.'

방희태는 발밑에 떨어진 곤봉을 집어 고대수에게 던졌다. 고대수는 뭐냐는 표정으로 방희태를 쳐다보았다.

방희태는 간단하게 대답했다.

"제대로 싸워 보자는 거죠."

"그래?"

고대수의 입가에 미소가 맺혔다. 그는 재미있다는 듯 실실대면서 곤봉 끝에 박힌 철척을 뽑아 방희태에게 던져 주었다.

"제대로라…… 그거 좋지."

방희태는 철척을 받아 들며 마음속으로 쾌재를 불렀다.

그는 공정이란 단어와 거리가 먼 인간이었다. 그가 무기를 들고 싸우자고 제의한 건 철척에 묻어 있는 독액 때문이다. 살짝이라도 고대수의 봄에 상처를 낼 수 있다면 그가 이기는 것이다.

방희태는 문득 떠오른 생각에 물었다.

"한 가지 더. 유상진이란 자가 어디에 있는지 알려 주시면 고맙겠습니다만?"

"유상진?"

"누군지 압니까?"

"알긴 알지. 내가 잡아 왔으니."

고대수는 어이없다는 듯 고개를 흔들었다.

"설마 이 난장판을 그놈 구출하자고 벌인 건 아니겠지?"

"바로 보셨습니다."

고대수는 얼굴을 반쯤 찡그린 채 방희태를 노려보다가 턱으로 방희태의 어깨 너머에 있는 거대한 전각을 가리켰다.

"저기, 저 건물 지하에 있다."

방희태는 별생각 없이 고개를 돌렸다.

'아차!'

적을 앞에 두고 시선을 돌리는 바보 같은 행동을 하다니! 방희태는 그대로 바닥을 굴러 상대의 공격을 피했다.

퍽!

❦

주신봉은 눈을 감고 밖에서 들려오는 소리에 귀를 기울였다. 유상진도 벽에 귀를 대고 뭔가 소리가 들리지 않을까 기대해 봤지만 아무 소리도 들리지 않았다.

그런데 주신봉은 심각한 표정으로 고개를 끄떡이다 가끔은 피식 웃기까지 했다.

'저 인간은 밖에서 나는 소리가 다 들리나?'

유상진은 무슨 일이 생긴 건지 궁금해 미칠 지경이었다. 그는 부뚜막에 오른 물고기처럼 안절부절못하다가 결국 조심스럽게 물었다.

"밖에 무슨 일 났어요?"

주신봉은 심드렁하게 대답했다.

"글쎄? 천재지변이 일어난 것인지도 모르지. 원래 중원이란 곳이 천재와 지변이 잦은 곳 아닌가. 수해, 한발, 태풍, 대설, 지진, 박해雹害(우박), 황해蝗害(메뚜기의 창궐에 의한 피해) 중 하나가 아닐까?"

"그렇다면 저 희미한 비명이며 챙, 챙, 하는 금속성은 뭐죠?"

"어쩌면 내란이나 민중 봉기 혹은 혁명, 반란, 아니면 외족의 침입이라도 있는 게 아닐까? 농민들이 너무 배가 고파서 제정신을 잃고 황 부자의 집에 침입한 것인지도 모르지. 아니면 왜구가 장강을 타고 들어와 약탈을 하는 것인지도 모르고. 또는 마교가 다시 득세해서 교세를 확장하려는 것이 아닐까? 어쩌면 몽고족이 '영광이여, 다시 한 번!' 하면서 여기까지 밀고 내려왔을 수도 있고."

유상진은 고개를 갸웃거렸다.

"하지만 처음 여기가 흔들렸던 건 대규모로 화약이 터져서 그랬던 것 같은데, 농민이나 왜구에게 그 정도 화약이 있겠어요? 그리고 이 집 지키는 애들이 얼마나 센데……."

"아니면 황 부자가 극비리에 개발한 화약이나 병장기를 실험해 보는지도 모르지. 잘만 만들면 엄청난 돈을 만질 수 있는 사업이 아니겠어? 나라에 납품해도 되고 오랑캐들에게 비싼 값에 팔아도 되고 말이야."

"자기 집을 무너뜨리면서요?"

"그렇다면……."

유상진은 주신봉의 말을 막았다.

"장난치지 마시고 사실대로 말해 주세요."

주신봉의 눈이 번쩍였다.

"그럼 나랑 할 거냐?"

"긍정적으로 검토해 보죠."

주신봉은 고개를 설레설레 내저었다.

"그 정도론 안 되는데……. 좋아, 말해 주지. 누군가가 쳐들어왔다."

유상진은 실망한 목소리로 반문했다.

"그게 다예요?"

"고수들이야. 황 부자가 밀리는 것 같군."

"여의척!"

방희태는 고함을 지르며 철척을 휘둘렀다. 철척이 쭈욱 늘어나며 고대수의 몸에 박혔다.

"됐다…… 엥? 이런, 빌어먹을……."

방희태는 실망한 얼굴로 고대수를 바라보았다. 머리에서 흘러내리는 피가 얼굴을 뜨뜻하게 적셨다.

'이게 어떻게 된 일이지?'

조금 전.

방희태는 부광약영浮光掠影의 신법으로 몸을 날렸다. 등 뒤를 따라오는 싸늘한 바람.

고대수가 손을 쓴 것이다. 역시 놈은 비열한 살인마답게 무림 고수로서의 도의도 지키지 않았다. 등을 보인 상대를 공격하다니!

방희태는 다시 신룡번운神龍翻雲, 용승구천龍升九天의 신법을 연속적으로 사용해 곤봉의 영향권에서 벗어나려 했다. 그러나 여전히 피할 수 없었다. 곤봉은 지옥 끝까지라도 따라올 것만 같았다.

'빌어먹을 자식.'

어쩔 수 없이 한 방 맞아 줘야 하나?

저걸 한 방 맞고 살아남을 수 있을까?

그 절체절명의 순간, 한 가지 사실이 떠올랐다. 고대수가 주로 상대의 머리를 바수어 죽인다는 점이었다. 그 사실을 떠올리자마자 방희태는 움직임을 멈추고 양팔을 들어 머리를 보호하며 턱을 가슴에 붙였다.

뻑!

충분히 방비하고 있었음에도 충격은 굉장했다. 팔꿈치가 부서진 것 같았다. 강렬한 타격에 순간적으로 정신이 혼미해졌지만 방희태는 입술을 깨물며 몸을 틀어 상대의 목을 향해 철척을 찔렀다.

고대수는 급히 물러서며 철척을 피했다. 방희태는 회심의 미소를 지었다.

"여의척!"

순간적으로 철척의 길이가 쭈욱 늘어났다.

고대수는 오른팔로 여의척을 막았다. 철척이 팔뚝에 박히며 소매가 핏물로 흥건하게 젖었다.

방희태는 이겼다는 생각에 환호성을 질렀다. 세상에서 효과가 가장 빠른 독에 중독되었으니 눈 깜짝할 사이에 시들시들 말라서 죽게 될 것이다.

그런데 고대수는 곧 죽을 사람 같지 않게 팔팔했다. 그는 철척을 뿌리치고는 왼손에 든 곤봉을 방희태의 머리통을 향해 날렸다.

"죽어!"

고대수가 소리쳤다.

방희태는 입술을 깨물었다.

'이딴 독, 어떤 놈이 만들었어?'

하늘 높이 솟은 곤봉이 방희태의 머리 위로 떨어져 내릴 때!

"커억!"

갑자기 고대수의 표정이 기이하게 변했다. 얼굴 근육이 푸들푸들 떨리고 입에서 침이 흘러내렸다.

"우욱!"

고대수는 바닥에 끈적끈적한 핏물을 토했다. 체내의 모든 피를 한꺼번에 쏟아 내는 듯했다. 그러다가 자신이 토해 낸 핏물 위로 쓰러졌다. 그는 잠시 경련을 일으켰고 마침내 축 늘어졌다.

호남 제일의 살인마치고는 너무나 허망한 최후였다.

방희태는 살그머니 고대수에게 접근했다. 죽은 척하고 있는 건지도 모른다는 의심에 발끝으로 옆구리를 툭툭 건드려 보았지만 별다른 반응은 없었다.

"휴우! 아픔을 느끼기도 전에 죽는다더니…… 젠장, 그냥 빠른 정도잖아. 개 같은 놈들. 그래 놓고 돈을 받아먹어?"

방희태는 투덜거리며 고대수의 머리를 걷어찼다. 그리고 고대수의 팔뚝에서 철척을 뽑아낸 뒤 피를 탁탁 털었다. 한 번 썼는데 독 기운이 남아 있을지 모르겠다.

그는 고대수가 가리킨 전각을 돌아보았다. '청생관淸生館'이라는 이름이 보였다.

"저긴가?"

그는 전각으로 움직이려다가 문득 떠오른 생각에 고대수의 곤봉을 집어서 옆구리에 찼다. 나중에 사람들에게 고대수를 죽였다고 자랑할 때, 보여 줄 생각이었다.

챙! 챙!

칼이 부딪치는 소리와 무사들의 비명이 가까워졌다. 위층에서 전투가 벌어지는지 천장이 발소리로 쿵쿵거리며 울렸다. 전각 안으로 적이 들어온 것이다. 누가 쳐들어온 것인지 모르지만 그들에게도 탈출의 기회가 생긴 셈이다.

유상진은 다급해졌다. 오늘 같은 기회는 다시 오지 않을 터였다. 기회가 왔을 때 잡아야 한다.

그는 주신봉을 돌아보며 심각하게 말했다.

"좋습니다, 좋아요. 주 선배 말대로 하죠."

주신봉의 눈이 휘둥그레졌다.

"정말?"

"그럼요. 단……."

주신봉은 반문했다.

"단?"

"주 선배도 이제 나이가 있지 않습니까? 아까 말씀하셨듯이 언제 돌아가실지 알 수 없지요. 이왕 후계자를 키우실 거면 확실하게 키워 주십시오."

"확실하게라……. 어떻게?"

유상진은 잠시 망설였지만 결국 말했다.

"개정대법開頂大法으로 내공까지 주십시오."

주신봉의 안색이 눈에 띄게 변했다.

"자네…… 엉덩이로 팔자를 바꾸려는 것 같군그래. 내 육십 년 내공을 그따위로 날려 버리라고?"

"꼭 그렇게 부정적으로 생각하실 필요는 없잖습니까? 그냥 재질이 뛰어난 제자에게 내공을 나눠 준다고 생각하시는 것도 나쁘지 않다고 보는데요. 믿어 주세요. 제가 주 선배의 앞날을 책임지겠습니다. 미래를 위해 현재를 희생한다고 여기시고……."

"미래? 나한테 미래가 어디 있어?"

들려오는 소리들이 더욱 커졌다. 적들이 가까워지고 있는 것이다.

"그럼 현재라고 해 두죠. 지금 같은 상황에서 누군가 고수가 들어온다면 둘 다 끝장이라는 사실을 잘 알고 계시지 않습니까. 힘을 모아야 합니다. 그래야 살 수 있어요."

유상진은 또르륵 구슬 굴러 가는 소리가 실제로 들리는 기분이었다. 그만큼 주신봉의 눈알은 바쁘게 움직이고 있었다.

정말로 심각하게 고민하고 있는 것이다.

주신봉은 마침내 마음을 정한 듯 고개를 끄떡였다.

"좋아, 좋아. 자네 말대로 하지. 사실 내게 내공이 무슨 소용이겠어? 기껏해야 가끔 쇠사슬을 날려 줘 새끼나 잡는 정도지. 내 내공을 모두 자네에게 넘겨주도록 하겠네. 하지만! 그러나! 우선은! 먼저!"

말을 멈추고 주신봉은 음흉한 눈길로 유상진을 바라보았다. 마치 혀 위에 놓고 감아 돌리는 듯 축축한 그 눈길에 유상진은 소름이 돋았다.

"내공을 잃은 상태에서 그 짓을 즐긴다는 것은 쉬운 일이 아니야. 주색잡기도 한때라는 옛말도 있지 않은가. 노는 것도 힘이 있어야 하는 거라고. 그러니 우선 그걸 한 다음에 내공을 넘겨주는 건 어떨까?"

주신봉의 말에도 일리는 있다. 개정대법을 펼치면 사람이 거의 폐인이 된다는 건 무림에 널리 알려진 사실이다. 몸을 추스르는 데만도 며칠은 걸릴 것이다. 그렇지만…….

유상진은 가장 중요한 부분을 짚었다.

"일이 끝난 후 주 선배가 입을 싹 닦고 나 몰라라 하면 어떡합니까?"

주신봉은 눈을 치켜떴다.

"지금 나의 인격을 무시하는 건가? 너 내가 누군지 몰라? 나 주신봉이야, 도귀 주신봉! 천하 십대고수. 날 그렇게 겪어 보고도 모르겠냐?"

"천하 십대고수는 솔직히 아니죠. 한 십이 위나 십삼 위쯤 되지 않으셨어요?"

"그건 순전히 내가 순위 정한 놈이랑 사이가 안 좋아서 그랬던 거야!"

"아무튼요."

주신봉은 순간적으로 흥분한 자신이 쑥스러웠는지 헛기침을 했다.

"흠, 흠…… 보증 섰다가 크게 당한 적이라도 있나? 왜 사람을 못 믿어?"

유상진은 우물쭈물하며 대답했다.

"그보다는 제가 사기를 많이 쳐서……. 저 때문에 집 잃고 돈 잃은 사람이 많죠."

본래 사기꾼이 사기에 더 민감한 법이다.

주신봉은 탄식한 후 간곡하게 말했다.

"사람을 믿어야지. 자네는 성선설性善說도 못 들어 봤나? 공잔가 맹잔가 한 말로 알고 있는데……. 아무튼 사람은 날 때부터 착하다고 하잖나. 자네가 진정으로 상대방을 믿어 준다면 상대도 그 마음에 감복해 자네를 믿게 되는 거라네. 그러니 인간성을 믿게. 그리고 무엇보다도, 세상을 살면서 무슨 일이든 절대적으로 안전한 길 같은 것은 없다네. 살아 있다는 것, 그 자체가 죽음의 위험에 항상 노출되어 있는 것 아니냔 말일세. 그리고…… 끝에는 예외 없는 죽음이 기다리고 있지. 결국 자네에겐 두 가지 선택이 있을 뿐이야. 인간성에 대한 믿음을 회복하고 희망을 갖든가, 아니면 끝내 믿지 못하고 그냥 절망하든가. 자! 결정하라고."

주신봉이 왜 이렇게 열을 내 가며 사람을 믿으라고 떠들어 대는지 유상진은 물론 잘 알았다.

"그러니까 어르신의 인간성을 믿고 엉덩이를 대라는 말씀 이시죠?"

"대충 그렇지…… 뭐."

주신봉도 인정했다.

"문이 잠겨 있습니다."

십여 명의 무사들이 힘을 합쳐 밀어 보았지만 두꺼운 철문 은 꿈쩍도 하지 않았다. 바닥에는 스무 명에 가까운 위사들 이 쓰러져 있었다.

마동출은 턱수염을 문질렀다.

벌써 세 번째다. 전각의 경계는 무척이나 삼엄했다. 위사 들을 해치워도 그때마다 잠긴 문이 다시 나타났다. 그것도 쇠를 통째로 녹여 만든 철문이다. 어떻게든 문을 부수고 안 으로 들어가면 또 위사들이 덤벼들었다.

'다른 놈들이었다면 절대 통과 못 했겠지.'

마동출은 깨춤을 추고 싶은 기분이었다. 이렇듯 다양하게 화약을 실험해 볼 수 있는 날이 올 줄 몰랐다. 그는 경첩에 화 약을 바르고 도화선을 둘둘 감았다.

"다 물러서."

보안대원들이 분분히 물러섰다. 마동출도 도화선에 불을

붙이고 뒤로 물러났다. 엄폐물 뒤에 숨어 셋을 세자 쾅, 커다란 폭음과 함께 철문이 넘어갔다.

"됐어. 들어간다."

대기하고 있던 금화준이 살찐 돼지처럼 뒤뚱거리며 앞장서서 달려 나갔다. 호남 지부의 무사들이 그 뒤를 따랐다.

처음에는 방희태가 직접 십객 중 셋을 이끌고 청생관으로 돌입하려 했다. 그러나 적의 반격이 거세지자 그리로 병력을 돌릴 여유가 없어졌다. 그나마 덜 바쁜 것은 금화준과 호남 지부의 병력이었다.

이것이 금화준이 청생관으로 투입된 이유였다.

철문 안으로 들어가자 여러 자루의 병장기가 금화준을 반겼다. 암습이 있을 거란 정도는 당연히 예측했다. 금화준은 몸을 놀려 공격을 피하면서 가볍게 손을 흔들었다.

손가락이 하얗게 변해 주위를 휩쓸었다. 그의 독문절기인 백골소혼수白骨消魂手가 펼쳐진 것이다.

"우윽!"

크고 작은 신음과 함께 바닥에 무기가 떨어졌다.

"젠장!"

금화준이 욕설을 내뱉었다.

갑자기 주위가 환해졌다. 보안대원들이 뒤따라 들어온 것이다. 그들의 손에 들린 작은 막대에서 환한 빛이 뻗어 나왔다. 백 리를 가는 동안은 빛을 뿌린다는 백리화통百里火筒이다.

보안대의 일부는 주변을 경계하고 일부는 금화준 옆으로 다가왔다. 그중 선임자로 보이는 벌렁코가 물었다.

"괜찮으십니까?"

금화준은 손으로 얼굴을 가린 채 외쳤다.

"가까이, 이리 가까이 와 봐."

벌렁코가 금화준 가까이 얼굴을 가져갔다. 금화준은 벌렁코의 소매를 잡아당겨 얼굴에 묻은 피를 닦았다.

"그 새끼, 거 곱게 죽지 못하고…… 어디다가 피를 묻혀."

벌렁코는 입술을 깨물었다.

'이런 놈을 걱정한 내가 잘못이지.'

금화준은 얼굴에 묻은 피를 깨끗하게 닦아 낸 후 소리쳤다.

"전진!"

안으로 들어가자 캄캄한 복도가 나타났다. 희미하게 기름 냄새가 났다. 본래는 곳곳에 등이 켜져 있었는데, 침입자가 나타나자 황급히 불을 끄고 도망간 듯했다.

타악! 타악!

목탁을 두들기는 듯 반복되는 소리에 사람들은 천장을 바라보았다. 천장의 녹슨 사슬에 오래된 해골들이 매달려 있었다. 해골들은 지하에 스며든 습한 바람에 흔들려 서로 부딪치며 소리를 냈다. 으스스한 광경이었다.

그러나 칼부림과 고문, 강간, 납치 등의 지저분한 일로 평생을 살아온 양각양의 무사들이다. 해골 따위로는 목덜미에 소름 한 점 돋게 만들지 못한다. 그들이 걱정하는 것은 복도 어딘가에 숨어 있을 암습자였다.

금화준은 화통을 쳐들고 복도 안쪽을 살피려 애썼다. 그러나 복도는 끝이 보이지 않을 정도로 길었고 화통의 불빛은 멀리 나아가지 못하고 어둠 속에 묻혔다.

"구조가 묘하군."

금화준은 얼굴을 찌푸렸다.

암습을 목적으로 만든 것이나 다름없는 장소다. 그렇지 않고서야 전각 안에 이렇게 길고 좁은 복도를 만들어 놨을 리가 없다. 무슨 두더지가 사는 것도 아니고.

일단 안으로 들어가면 적이 공격하더라도 피할 방법이 없다. 바닥이 꺼져 버린다든가 양쪽 벽에 구멍이 열리며 창검이 쏟아진다든가…… 잠깐 생각해도 열 가지가 넘는 암습 방법이 떠오를 정도다.

하지만 통로는 이곳밖에 없었다.

마동출도 비슷한 생각을 하는지 얼굴을 찡그렸다.

"금 지부장, 어떻게 하면 좋겠소?"

"들어가야지. 우리가 받은 명령이 그거였지 않소."

금화준이 선두에 서고 호남 지부의 무사들이 주위를 경계하며 뒤따랐다.

통로는 갈수록 더 좁아졌다. 마침내 허리를 굽힌 채 걸어야 할 정도로 천장이 낮아지고 어깨가 벽에 닿을 정도로 폭도 좁아졌다.

뚝! 뚝!

습기가 밴 천장에서는 쉴 틈 없이 물이 떨어져 내렸다. 바로 위층에 똥구덩이라도 있는지 심한 악취가 났다.

병에라도 걸린 듯 털이 듬성듬성 난 쥐들이 물을 받아먹으며 그들을 노려보았다. 쥐들은 불빛을 받으면 어둠 속으로 사라졌다가 조금 뒤에 다시 얼굴을 내밀었다. 어둠 속에서 쥐들의 빨간 눈이 빛났다가 사라졌다.

금화준은 점점 기분이 더러워졌다.

벌써 복도를 절반쯤 지났다. 놈들이 공격을 시도한다면 어느 쪽으로도 도망가기 어려운 지금일 것이다.

"모두 조심해라. 암습하기 딱 좋게 만들어진 통로다. 기관이 설치되어 있을지도 몰라."

갑자기 금화준이 걸음을 멈췄다. 바짝 붙어서 걸음을 옮기던 무사들은 금화주의 등에 코를 박았다.

"잠깐. 마동출이 불러와."

금화준은 가만히 눈앞의 통로를 바라보았다. 복도는 이제까지와 다른 점이 전혀 없었다. 그러나 그는 왠지 모르게 불안했다. 그것은 오랜 경험으로 얻어진 감각이었다. 눈앞의 통로에선 피비린내가 났다.

금화준은 침을 꿀꺽 삼켰다.

'기관인가?'

차갑고 이질적인 살기에선 인간의 온기가 느껴지지 않았다. 그는 통로 어딘가에 기관이 장치되어 있을 거라고 짐작했다.

일행의 후미를 지키던 마동출이 사람들을 뚫고 다가왔다.

"무슨 일입니까?"

"저기 좀 보시오. 좀 이상하지 않소?"

마동출도 금화준에 뒤지지 않는 고수. 한눈에 통로에서 뿜어져 나오는 살기를 알아보았다.

"한번 시험해 보죠."

그는 괴춤에서 암기를 꺼내 바닥에 대고 힘껏 던졌다. 그 부분만 다른 곳보다 색깔이 약간 진했기 때문이다. 암기가 돌바닥에 부딪치는 순간 불꽃이 튀었다.

하지만 아무 일도 일어나지 않았다.

'잘못 알았나?'

두 사람은 서로를 보았다.

그러나 앞으로 나갈 용기는 나지 않는다. 금화준은 입술에 침을 발랐다. 그가 부하들에게 먼저 나가 보라고 명령하려 할 때였다.

그르륵!

추혼전에 맞은 돌바닥이 땅속으로 꺼지며 굉음을 냈다.

"내 이럴 줄 알았다니까."

금화준은 어깨를 으쓱거렸다. 그리고 곁눈질로 자신에게 찬탄의 시선을 보내고 있는 부하들을 흘끔 보았다.

'양각양의 호남 지부장, 아무나 하는 것이 아니다.'

그러나 그뿐이었다.

꺼진 바닥으로 함정이 나타나지도, 벽에서 화살이 쏟아지지도, 천장이 열리며 불덩이가 떨어지지도 않았다. 그냥 돌바닥의 일부분이 땅속으로 반 치쯤 내려갔을 뿐이다.

"뭐야?"

금화준의 입에서 의아함을 담은 소리가 나왔다.

혹 기관이 조금 늦게 움직이는 것일지도 모른다. 그들은 잠시 기다려 보았지만 역시 아무 일도 일어나지 않았다.

결국 금화준은 부하들에게 명령을 내렸다.

"야! 들어가 봐!"

부하들의 얼굴에 떠올랐던 찬탄의 빛은 순식간에 실망으로 변해 갔다. 그러나 존경보다는 목숨이 중요하니 어쩔 수 없다.

선택된 부하 몇 명이 천천히 죽음의 복도로 발을 내디뎠다. 그리고…….

통로가 끝날 때까지 결국 아무 일도 일어나지 않았다. 금화준과 마동출은 맥이 풀려 한동안 말을 잇지 못했다.

'뭐야, 이 새끼들! 그럼 이런 복도는 왜 만들었어?'

몇 개의 모퉁이를 지나고 다시 통로가 넓어졌다.

멀리서 한 점의 불빛이 보이자 양각양의 무사들은 이제야 지겨운 미로를 통과했다는 기쁨에 웃음을 감추지 못했다. 좁은 복도에서 부대끼며 언제 날아올지 모를 암기에 초조하기보다는 좀 넓은 곳에서 죽을 둥 살 둥 싸우는 편이 낫다는 생각에서다.

불빛 쪽에는 혈의를 입은 일단의 칼잡이들이 금화준 일행을 기다리고 있었다. 칼잡이들 중에 우두머리로 보이는 냉막한 표정의 사내가 앞으로 걸어 나오며 말했다.

"여기까지 오다니…… 제법이군."

그는 음침한 눈에 거무죽죽한 피부를 가진 삼십 대 중반의 남자였다. 외모나 피부 상태가 지하 감옥과 딱 어울렸다.

마동출은, 일부러 저런 놈을 뽑으라고 해도 못 뽑겠다는 생각을 했다. 칼잡이들 뒤로 내려가는 계단이 보였다.

'저 밑에 유상진이란 놈이 있는 모양이군.'

그렇다면 칼잡이가 많은 것도 이해가 된다. 이곳이 감옥을 지키는 최후의 방어선인 것이다.

음침한 눈빛의 남자가 허리에 찬 검을 뽑으며 딱 잘라 말했다.

"어쨌든 더는 못 들어간다."

금화준은 툴툴거리며 대꾸했다.

"그거야 싸워 봐야 알 일이고. 그나저나 궁금증이나 풀자. 복도를 좁게 만든 이유는 뭐야? 뭐라도 있는 줄 알고 잔뜩 긴장했잖아."

사내의 표정이 침울해졌다.

"원래 계획은 거기에 연환 기관을 장치하는 거였는데 말이야……. 그렇게 좁은 데서 바닥이 열리고 화살이 쏟아지고 불꽃이 터져 나오면 누가 피하겠나? 그래서 강호의 유명한 장인들을 불러 설계도도 만들고 기관 장치도 다 설치했는데, 마지막에……."

"마지막에?"

"예산이 모자라서 암기를 설치 못 했어. 그게 얼마나 한다고! 추가예산을 상부에 올렸는데 이 년째 감감무소식이지."

금화준은 안도의 한숨을 내쉬었다.

"다행이군."

사내는 싸늘한 미소를 지었다.

"요즘 들어 특급 고수를 초빙한다고 우리 쪽 예산이 점점 줄고 있었거든. 어르신께서 지금의 지위에 오른 데에 우리 혈마대의 공이 크다는 사실을 잊고 계시는 거지. 하지만 오늘 싸움이 끝나면 누가 더 중요한지 그분도 알게 될 거야."

"난 그 의견에 동의 못 하겠는데?"

암기가 없다는 사실에 안심한 금화준이 도전적으로 대꾸했다.

사내의 두 눈에 혈광이 일었다.

"그럼 지금 알려 주지!"

❦

"우아악! 그래, 그거야! 좀 더 조여 봐! 하악하악⋯⋯."

주신봉은 괴성을 질러 가며 유상진의 몸을 탐했다.

주신봉의 다리가 불편했기 때문에 평범한 후배위로는 성교가 불가능했다. 그래서 유상진은 똥 싸듯이 주신봉의 무릎 위에 주저앉는 치욕스러운 자세까지 취해야 했다.

유상진은 아무에게도 이 사실이 알려지지 않기를 기원했다. 이건 너무 창피해서 가장 친한 친구에게도 말할 자신이 없다. 심지어는 돌아가신 조상님들 뵐 면목이 없다는 생각마저 들었다.

그나마 어두컴컴한 지하 감옥에 둘밖에 없어서 다행이다. 유상진은 입술을 깨물며 다짐했다.

'그래. 나만 잊으면 돼. 잠깐 꿈이었다고 생각하고 그냥 잊어버리는 거야. 미래의 행복을 생각하며 꾹 참자.'

하지만 엉덩이가 너무 아파 죽을 때까지 잊을 수가 없을 것 같았다. 죽도록 얻어맞아 본 일도 있고 칼에도 찔려 본 유상진이다. 고통에는 익숙해질 만큼 익숙해져 있는 것이다. 그러나 이건 옆구리에 칼이 박히는 것보다 열 배쯤 아프고 백 배쯤 기분이 나빴다.

유상진은 더 참지 못하고 엉덩이를 빼려 했다.

하지만 주신봉은 유상진의 흐벅진 엉덩이를 붙들고 놔주지 않았다.

"그래! 그래! 으아⋯⋯."

발가벗은 주신봉은 썩은 내가 진동하는 숨을 헐떡거리며 제정신이 아니었다. 쉴 틈 없이 허리를 움직이며 입으로는 희열에 찬 신음을 내뱉었다.

철퍼덕!

주신봉의 몸이 축 늘어졌다. 그는 나른한 목소리로 물었다.

"아! 좋았어. 자네도 좋았나?"

유상진은 묘한 상실감에 잠시 말을 할 수 없었다. 여자들이 처녀를 잃는 기분이 이런 거구나 하는 생각이 들었다. 상실감은 엉덩이의 아픔과 겹쳐 상승작용을 일으켰다.

"그런데 되게 힘드네. 머리가 팽팽 도는 느낌이야."

유상진은 눈물이 나오는 걸 간신히 참았다.

"주 선배, 이제 다 됐지요?"

주신봉은 대답하지 않았다.

유상진은 목소리를 높였다.

"그러면 빨리 내공을 넘겨주시죠."

그때 코 고는 소리가 들렸다. 주신봉은 입을 반쯤 벌린 채 잠들어 있었다. 오랜만의 정사가 무척이나 힘들었던 모양이다.

네 활개를 펴고 누웠다가 이빨까지 갈아 가면서 잠자는 그를 보면서 유상진은 길게 한숨을 내쉬었다.

'영감탱이가 약속을 지킬까?'

널따란 공터는 지옥도를 연출하고 있었다. 곳곳에서 무기가 부딪치고 고기 썰리는 소리가 들렸다. 그때마다 사람의 소리라곤 믿어지지 않는 비명이 터졌다.

공터 전체가 온통 피바다였다. 시체를 밟지 않고서는 걸음을 옮길 수조차 없었다. 그런 아비규환 속에서 살아남은 자들은 계속해서 싸움을 벌였다.

조창은 검을 늘어뜨리고 상대를 기다렸다.

혈마대의 일원이 된 지 십 년째, 스무 명의 목숨을 책임지는 한 조의 조장이 된 지는 삼 년째다.

그는 검을 좋아했다.

검이란 무기는 사실 일대일 대결에선 다른 무엇보다도 좋지만 다수와 다수가 싸우는 난전에서는 제 능력을 발휘하지 못한다.

혈마대는 기본적으로 다른 표국이나 상단을 습격하기 위해 만들어진 집단이다. 당연히 난전에 유리한 도끼나 칼 같은 무기를 사용하기 마련이다. 그러나 조창은 늘 검을 고집했다.

그러다 생애 두 번째 싸움—강남에 진출하려던 황금전과의 싸움이었다—에서 그의 검은 부러졌고 그는 중상을 입었다.

실력이나 내공의 차이 때문이 아니었다. 상대의 가슴에 검을 박아 넣은 것까지는 좋았다. 그러나 검이 살에 물려 빠지지 않았다. 당황한 그가 힘껏 검을 당기고 있을 때 적의 반호구가 옆구리로 날아왔다. 그때 입은 상처로 육 개월을 고생해야 했다.

그것이 검이 가진 한계였다.

찌르기 공격이 주가 될 수밖에 없다는 점. 허공에 대고 대충 휘두르기만 해도 적들을 물러서게 만드는 도와는 달리 한 번에 한 명밖에 상대할 수가 없는 것이다. 잘못 찔러 넣으면 갈비뼈 사이에 끼여 뽑지 못한다는 문제도 있다.

간신히 상처를 치료하고 부대에 복귀했을 때, 그가 속한 조의 조장이 점잖게 몇 마디 했다. 계속 검을 쓸 생각이면 그만두라는 요지의 얘기였다.

하지만 그는 검을 포기하지 않았다.

다음번 승급 심사에서 그는 조장에게 도전했고 치열한 싸움 끝에 승리를 거뒀다. 그리고 검을 지켰다.

그는 꾸준하게 검을 수련했고 지금은 혈마대 내에서 당할 자가 없는 검의 달인이 되었다. 그 후로 지금까지 서른 차례가 넘는 난전을 겪었지만 더 이상 곤란한 일은 생기지 않았다.

"이야아아압!"

장한 하나가 괴성을 지르며 그에게 달려들었다. 손에는 창을 들고 있었다.

'기합은 기氣를 흩트릴 뿐이다!'

조창은 무릎을 굽히며 살짝 상체를 돌렸다. 창이 겨드랑이 사이를 파고들었다. 그는 팔을 조여 창을 움직이지 못하게 만들며 검을 쥔 손을 위로 쳐들었다.

검은 반호를 그리며 상대의 아랫배에서 가슴까지를 반으로 갈랐다. 배가 열리며 파악 똥물이 튀었다.

조창은 몸을 빙그르 돌려 뒤에서 베어 온 장도를 피했다. 상대가 힘껏 휘두른 도를 회수하려 할 때 한 걸음 다가서며 상대의 가슴에 검을 박아 넣었다.

그리고 간단하게 검을 뽑아냈다.

"저런 개자식이……."

금화준의 안색이 변했다.

막 불나방처럼 달려드는 자의 머리를 걷어차 박살 낸 후였다. 고목처럼 쓰러지는 녀석의 등 뒤로, 부하 둘이 검 한 자루에 고혼으로 변하는 것을 목격한 것이다.

'위험한 놈이군.'

앞에 선 자를 베고 돌아서며 검을 찔러 넣는 연속 공격이 바늘 하나 들어갈 틈 없이 완벽했다.

금화준은 검객을 향해 몸을 날렸다. 어느새 손가락이 하얗게 변해 있었다. 그의 독보적인 절기인 백골소혼수가 펼쳐진 것이다. 하얀 손가락이 검객의 등을 향해 날아갔다.

기습이 비겁하다는 생각 따윈 하지 않았다. 세상에 정정당당한 싸움이 어디 있는가. 이기기만 하면 된다. 어떤 악평도 이기는 순간 사리지는 법이다.

순간적으로 주위가 금화준의 손에서 뿜어 나오는 하얀 경기로 물들었다.

조창은 몸을 틀어 금화준과 시선을 맞췄다.

금화준의 가슴이 철렁 내려앉았다. 조창의 표정에는 놀란 빛이 전혀 없었다. 놈의 눈빛은 무인들이 늘 그렇게 되기를 원하는 평상심平常心, 바로 그것이었다.

'좋지 않다.'

놈은 일류였다.

그의 걱정을 증명이라도 하듯 갑자기 턱 밑이 서늘해졌다. 조창의 출수는 믿어지지 않을 만큼 빨랐다. 고개를 돌리는 것보다도 빠르게 검을 날린 것이다.

이대로라면 얼굴이 반으로 잘려 나간다. 하지만 그의 몸은 허공에 떠 있었고 바닥에 내려앉기 전에는 피할 방법이 없었다. 금화준은 상대를 향해 날리던 손을 옆으로 틀어 한창 싸움 중이던 부하의 어깨에 찔러 넣었다.

"우악!"

부하는 새벽 수탉처럼 목을 곧게 빼면서 비명을 질렀다.

금화준은 부하의 어깨를 잡아당겨, 그 힘으로 검을 피했다. 턱이 화끈해졌다. 턱의 일부가 잘려 나간 것을 알았지만 그는 동작을 멈추지 않았다. 어깨를 잡은 부하를 자신의 앞까지 끌어당겨 적의 이어지는 쾌검을 막아 냈다.

숙! 숙! 숙!

허공으로 피가 튀었다. 금화준은 날카로운 기합과 함께 부하의 등허리를 힘껏 후려쳤다. 이미 시체가 된 부하의 몸뚱이가 조창을 향해 날아갔다.

금화준은 이빨을 꽉 물며 자세를 잡았다. 짧은 거리에서 날린 시체다. 아무리 놈이 검의 고수라고 해도 단번에 쳐 낼순 없다. 좌측이나 우측으로 몸을 날려 피할 것이고 그때 놈의 심장에 백골소혼수를 먹여 주면 된다.

조창은 손바닥에 힘을 주었다. 뒤로 피하기엔 날아오는 시체의 속도가 너무 빨랐다. 그렇다고 옆으로 피하면 놈의 공격을 받을 것이고. 그는 있는 힘을 다해 검을 던졌다.

푸욱!

검은 꼬치 뚫듯 시체의 몸을 꿰뚫고 사라졌다.

조창은 맨손으로 날아오는 시체를 받아 냈다. 마지막 한 방울의 힘까지 짜내 검을 날린 그였다. 남은 힘이 있을 리 없다. 그는 시체와 함께 바닥을 나뒹굴었다.

'어느 쪽이냐.'

금화준이 눈을 부라릴 때, 갑자기 시체의 등허리가 찢어지며 검이 튀어나왔다. 천하의 금화준도 미처 예상치 못한 공격이다. 그는 반사적으로 손을 움직여 날아드는 검신을 잡아챘다. 하지만 검이 날아오는 속도가 너무 빨랐다.

"크윽!"

금화준은 가슴이 타는 듯한 아픔을 느끼며 뒤로 물러났다. 손바닥이 베여 바닥에 뚝뚝 피가 떨어졌다.

그는 고개를 숙여 자신의 가슴팍을 내려다보았다. 검이 깊이 박혀 작게 흔들거렸다. 검신이 상처를 틀어막고 있어 피는 거의 흘러나오지 않았다.

금화준은 천천히 검신을 쥐고 있던 손을 놓았다. 그러고는 고개를 들어 조창을 바라보았다.

시체를 밀치고 일어서는 조창의 모습 역시 별로 나아 보이진 않았다. 연방 피를 토하고 있는 것이다. 내력이 담긴 시체를 손으로 받아 내려 한 탓이다.

그러나 약간의 내상을 입은 것, 그뿐이다.

그에 비해 자신은?

"젠장……."

금화준은 가슴에 박힌 장검을 힘껏 잡아 뺐다. 그냥 둔다면 반 각 정도 더 살겠지만 그렇게 사는 것은 싫었다.

죽더라도 싸우다 죽겠다.

그는 장검을 고쳐 잡고 조창을 향해 몸을 날렸다.

"저, 여보세요. 그만 일어나세요."

주신봉은 잠이 덜 깬 얼굴로 눈을 떴다.

"에에…… 응?"

그는 멍한 얼굴로 유상진을 바라보다 크게 하품을 했다. 그러고는 입맛을 다시며 간밤에 벗은 누더기를 걸쳤다.

"내가 얼마나 잤냐?"

하나밖에 없는 손으로 머리를 벅벅 긁으며 주신봉이 물었다.

"한 반 시진 정도요."

"근데 왜 깨워? 무슨 일 있어?"

"이제 약속대로 내공을 넘겨주셔야죠."

"내공이라니……?"

금시초문이라는 듯 주신봉은 길게 말을 늘였다. 노인의 말은 유상진의 마음을 사정없이 흔들어 놓았다.

당했구나! 사기를 당하고야 말았어!

유상진이 충격을 받고 몸을 가누지 못할 때, 주신봉은 너털웃음을 지으며 말했다.

"농담이야, 농담. 짜식, 표정 변하는 거 봐라."

"그, 그럼 내공 주시는 거예요?"

"그 전에 잠깐!"

주신봉은 하품을 한 후 그릇에 남아 있던 묏국을 마셨다.

"왜요?"

유상진은 바짝 긴장해 주신봉을 노려보았다. 영감이 어떤 교묘한 언변으로 그를 속이려 들지 모르기 때문이다.

주신봉은 야릇한 웃음을 지으며 말했다.

"넌 돈 주고 여자 사서 한 번만 하냐? 보통 일각쯤 쉬다가 한 번 더 하잖아. 그래야 본전 생각노 안 나고. 근데 이게 그

거랑 같으냐? 돈 몇 푼이 아니라 평생 모은 내공을 전해 주는
건데? 그러니까 조금만 기다려! 힘 좀 나면 다시 하자."

"그러고 나면……?"

"내공 줄게, 줘. 걱정 마. 너 속고만 살았냐?"

유상진은 불안한 얼굴로 한숨을 쉬었다.

✺

"털끝 하나 움직이지 마라."

보안대 산하 십객 중 도객賭客 좌구야는 나직한 어조로 말
했다. 그의 조그만 철부鐵斧는 조창의 손가락에 살짝 닿아 있
었다. 앙증맞은 크기하며 예쁜 색깔이 꼭 애들 장난감 같은
물건이었다. 그러나 조창의 손등을 타고 흘러내리는 핏물은
철부가 제법 날카롭다는 사실을 증명해 주었다.

조창은 무표정한 눈으로 좌구야를 노려보았다. 그의 손은
바닥에 떨어진 검을 움켜잡고 있었다.

좌구야는 도끼로 조창의 손목을 톡톡 건드리며 말했다.

"검 내려놔. 천천히."

금화준이 쓰러지자 기세가 눌린 양각양의 무사들은 뒤로
밀리기 시작했다. 마동출이 어떻게든 막아 보려 했지만 한번
꺾인 기세를 되살리기엔 무리가 있었다.

그때 장내에 일단의 무리가 쏟아져 들어왔고, 그 선두에
선 것이 도객 좌구야였다.

"밀리지 마! 다 죽여!"

그가 도끼를 위협적으로 휘두르며 부하들을 압박하자 도망치던 호남 지부의 무사들도 다시 용기를 내서 혈마대와 맞서 싸웠다. 어쩌면 좌구야에게 맞아 죽느니, 혈마대와 싸우는 편이 낫다고 생각한 것인지도 모른다.

어쨌든 좌구야의 등장으로 상황은 역전되었다.

일단 수적으로 훨씬 유리해졌다. 좌구야가 데려온 무사들은 열 명도 넘었다. 혈마대는 순식간에 뒤로 밀려났고 서너 명의 위사들이 피를 흩뿌리며 쓰러졌다.

조창도 상황이 좋지 않음을 알았다. 그는 억지로 피를 삼키며 바닥에 떨어진 검을 집어 들려 했고, 그것을 본 좌구야가 달려들어 저지한 것이다.

주위에서는 피가 튀는 싸움이 재개되었지만 좌구야와 조창은 서로에게만 시선을 집중할 뿐이었다.

본단에서 나온 정예 보안대원들은 확실히 뛰어났다. 혈마대원들은 하나 둘 피를 뿌리며 죽어 갔다. 시간이 지날수록 상황은 점점 혈마대에 불리하게 진행되고 있었다.

조창은 느릿느릿 검에서 손을 뗐다. 좌구야는 손을 완전히 빼라는 듯 살짝 도끼를 들어 올렸다. 조창의 손등에는 길게 혈선이 그려져 있었다.

"그냥 죽이지, 왜?"

조창이 물었다.

좌구야는 만면에 미소를 지으며 대답했다.

"그럼 재미가 없잖아."

그러고는 손바닥 위에서 도끼를 빙글빙글 돌리며 혀로 입술을 핥았다.

두 사람은 팔을 뻗으면 닿을 거리에서 서로를 노려보았다.

"뭘 원하는데?"

조창이 물었다.

좌구야는 엄지손가락으로 자신을 가리켰다.

"내가 바로 십객 중 도객이고 도박에 있어선 도신賭神이라 불리는 좌구야라네. 그러니 한판 벌여야 내 별호에 걸맞지 않겠나?"

"무슨 한판?"

좌구야는 입가의 웃음을 지우지 않은 채 손에서 도끼를 놓았다. 철부는 요란한 소리를 내며 검 옆에 떨어졌다.

"먼저 집어서 상대를 죽이는 거지. 어때?"

조창은 나직하게 말했다.

"정신 나갔군."

솔직하게 '넌 미친놈이야.'라고 말해 주고 싶었지만 꾹 참았다. 좌구야의 제안을 반대할 이유가 없기 때문이다. 지금도 부하들이 하나 둘 죽어 가고 있었다. 놈을 일격에 죽일 수 있다면 그걸로 족하다.

좌구야는 긴장을 즐기는 듯 기묘한 웃음을 흘렸다. 좁은 지하에 수십 명의 남자들이 부대끼며 땀과 피를 흘려 대고 있어 장내는 무척이나 더웠다. 그의 이마를 타고 땀방울이 흘러내렸다.

시간이 멈추기라도 한 듯 둘은 미동도 하지 않았다.

좌구야 이마의 땀방울이 눈에 닿았다. 그가 눈을 깜빡이는 순간, 조창은 검에 손을 뻗었다. 빛살이 무색해질 정도의 빠르기였다. 좌구야도 움직였지만 조창에 비해 너무 느렸다.

'이겼다!'

조창은 자신하며 검을 잡은 그대로 상대를 향해 휘둘렀다.

그때 목덜미에 훅, 차가운 기운이 끼쳐 왔다. 조창은 목을 파고드는 단검을 느꼈다. 좌구야는 도끼를 집지 않고 손목에 감고 있던 단검으로 조창의 목을 찌른 것이다.

조창은 목에 검이 틀어박힌 상태에서 간신히 입을 열었다.

"비겁하게……."

좌구야는 검을 뽑으며 히쭉 웃었다. 조창은 바닥에 머리를 박았다. 쓰러진 조창을 바라보며 좌구야가 중얼거렸다.

"속은 놈이 멍청한 거야."

그는 손바닥에 묻은 피를 벽에 대고 문지르고는 장내를 돌아보았다.

혈마대원은 전부 죽었다. 부하들이 좌구야 주위에 늘어서서 다음 명령을 기다리고 있었다.

갑자기 큰 키의 갈삼인이 욕설을 내뱉으며 부하들 사이를 헤치고 나왔다. 갈삼인은 죽은 조창의 머리를 사정없이 걷어찼다.

"병신 같은 놈. 귀계와 음모가 난무하는 무림에 이런 순진한 놈이 다 있다니! 바보 같은 자식!"

십객 중 용객龍客 하찬호였다.

그는 점소이 출신으로 흑도 고수인 몽마夢魔 반용라를 만나지 못했다면 평생 남의 시중이나 들며 살았을 인간이었다. 폭우가 쏟아지던 어느 여름날 벼락 맞은 나무에 깔린 반용라를 구해 주고 그의 운명이 바뀌었다.

반용라는 목숨을 구해 준 보답으로 하찬호에게 자신의 무공을 전수했다. 하찬호는 개천에서 용 났다는 동네 사람들의 말에 자신의 별호를 용객으로 정했다.

좌구야와 하찬호, 두 사람은 방희태가 빨리 유상진을 잡아 오라고 투입한 후속 부대였다. 그들이 막 지하로 내려가는 입구까지 도착했을 때, 금화준과 조창이 싸움을 벌이고 있었다.

하찬호가 장내로 뛰어들려는 순간, 좌구야가 점잖게 말했다.

"우리 누가 이길지 내기할까?"

두 사람은 내기의 결과를 알기 위해 싸움에 끼어들지 않았고 결국 금화준이 죽어 버렸다.

좌구야는 하찬호에게 돈을 지불하고 두 번째 내기를 걸었다. 바로 조창을 속여서 죽일 수 있느냐, 없느냐에 대한 내기였다.

좌구야는 한쪽 눈을 찡긋거리며 말했다.

"아무튼 내기는 내가 이겼으니까 돈 내놔."

"이건 농간이야! 사기야! 거짓이야!"

하찬호는 연방 울화를 터트리면서도 품속에서 조그만 은

덩어리를 꺼내 좌구야에게 던졌다.

좌구야는 은 덩어리를 괴춤에 집어넣으며 물었다.

"정 그렇게 화가 난다면 다른 내기를 해 보는 건 어떨까?"

"좋아! 이번엔 뭐지?"

●

결국 오 합슴을 뛰고 나서야 주신봉은 만족했는지 바닥에 누워 숨을 헐떡였다.

유상진은 거의 죽다 살아난 기분이었다. 잠깐이지만 오래 전에 돌아가셨을 아버지 얼굴도 봤다. 아버지는 '내가 글공부하라고 했을 때 열심히 했으면 이런 일도 없지 않느냐!'라는 말씀을 하셨다.

아버지, 죄송합니다. 저도 세상이 이렇게 험악한지 몰랐어요.

유상진이 눈물을 참을 때 주신봉이 점잖게 말했다.

"이제 내공 받아야지?"

유상진은 정신이 번쩍 났다.

"진짜요?"

그는 재빨리 몸을 일으켜 주신봉의 코앞으로 얼굴을 들이밀었다. 엉덩이의 통증이 훈장처럼 달콤하게 느껴졌다.

"그럼. 속아만 살았어?"

주신봉은 옷깃을 끝까지 여미고 자세를 바로잡았다. 그러곤 일대 종사다운 근엄한 표성으로 말을 이었다.

"내가 너와 사제지간의 연을 맺지는 않았지만 이렇게 내공까지 전해 주는 사이가 됐으니 몇 가지 말해 둘 것이 있다."

방금 전까지 남의 엉덩이를 탐한 자라곤 믿기지 않는 말투였다.

"예예, 망설이지 말고 말씀하십시오."

"내가 속한 문파의 이름은 장백문長百門이라고 한다."

"예예. 장백문, 장백문. 잘 기억해 두겠습니다."

"오십 년 전 붕추도崩錘刀 허악許岳이라는 분이 계셨다. 원래 산천 유람을 즐기는 한 줄기 바람 같은 분이셨는데, 어느 날 유람 도중 장백산맥 부근에서 산삼이 많이 나는 장소를 발견하시고 그곳에 장백문을 세우신 것이라 전해진다. 산삼의 소유권을 주장하시기 위함이었지. 뭐, 내가 입문할 당시엔 산삼이 한 개도 남아 있지 않았지만⋯⋯. 흠흠, 어쨌든 그래서 우리 파의 최고 절기가 붕추도다. 나도 마지막 초식은 아직 완성하지 못했지만 너는 살아서 꼭 초식을 완성하기 바란다."

"무공도 가르쳐 주시는 건가요?"

"그럼, 내공만 주리?"

"아뇨. 다 주시면 감사하죠."

"우리 파에 전해지는 여러 가지 규율 중 네가 알아 둬야 할 건 딱 하나뿐이다."

생명을 소중히 하라. 그것이 누구의 생명이든.

"우리 문파의 사람이 된 건 아니니 이쯤만 알아 두면 될 것이고. 다만! 장백문의 사람을 만나면 한 번은 양보를 해 주어라."

"예예, 물론입니다."

유상진은 쉴 새 없이 머리를 조아렸다. 장백문의 사람이 아니라 장백문의 개 새끼라도 좋다. 내공만 전해 준다면 한 번, 아니 백 번이라도 양보할 것이다.

"이제 됐다. 그럼 가부좌를 틀고 앉아라."

유상진은 옳다구나 하며 재빨리 자리를 잡았다.

"지금부터 개정대법으로 나의 육십 년 내공을 모두 너에게 전해 주겠다. 원칙대로라면 인위적인 내공의 유입으로부터 몸을 보호할 환단이 있어야겠지만, 이런 상황에서 어쩌겠냐? 대법 도중 죽는다고 해도 그건 너의 운이 그 정도에 불과해서 라고 생각해라."

주신봉은 진지한 어조로 말했다. 그러곤 사지 중 유일하게 붙어 있는 오른손을 쳐들어 유상진의 명문혈에 가져다 댔다.

"숨을 들이마시고…… 내가 전해 주는 내공에 맞서지 말고 천천히 몸 안으로 끌어들여라. 대법 도중 한마디라도 해서는 안 된다. 신음도 내지 말고 꾹 참아."

'알았어요, 알았어. 내가 다 알아서 할 테니까 빨리 주기나 하세요.'

유상진의 심장이 쿵쾅쿵쾅 뛰었다.

이제 절정 고수가 될 수 있는 걸까?

"자, 준비해라!"

주신봉은 마음속으로 유상진에게 용서를 빌었다.

'애송아, 미안하다. 대신 일격에 끝내 주마.'

그는 내공을 전해 줄 마음이 눈곱만큼도 없었다.

유부남이 불장난 한 번 하고서 가정을 포기하는 일이 있던가? 몇 번 만나지도 않은 여자 때문에 조강지처를 버릴 남자는 그리 많지 않다. 불장난은 말 그대로 장난에 불과한 것이다.

혹 새 삶을 찾아 나서는 자가 있더라도 그런 녀석이 맞이하는 결말이란 뻔할 뻔 자다. 일터에서 쫓겨나고 가족에게 버림받고 마침내는 진정한 사랑을 찾았다고 믿었던 애인에게도 외면당한 뒤, 서까래에 목을 매게 되는 것이다.

하물며 별로 예쁘지도 않고, 애도 낳지 못하고, 똥 냄새만 나는 유상진을 위해서 목숨을 바친다는 게 말이 되나?

'가진 거라곤 몸뚱이 하나뿐인 내가, 이것마저도 온전치 않은데…… 너를 위해 내공을 포기할 수 있겠냐? 정말로 미안하다. 내 혹 여기서 풀려나게 되면 너를 위해 지전을 살라 주마.'

주신봉은 현음강기를 끌어 올렸다. 일격으로 유상진의 심맥을 가닥가닥 끊어 버릴 생각이었다.

그가 막 힘을 가하려는 순간이었다.

쿵! 쿵!

누군가 문을 힘껏 두들겼다.

주신봉은 얼굴을 찌푸렸다. 어떤 미친놈이 문을 때려 부수려는 거야? 할 말이 있으면 열쇠로 열고 들어오면 되잖아?

문이 쾅, 하고 쓰러졌다.

주신봉은 손을 들어 눈을 가렸다. 문밖에서 환한 불빛이 쏟아져 눈을 뜰 수가 없었다.

"뭐야?"

그가 눈을 깜빡이며 소리치자, 음산한 목소리가 들렸다.

"누가 유상진이냐?"

불빛 때문에 놈들의 모습은 보이지 않았다. 단지 허우대 큰 사내들의 윤곽만이 드러났을 뿐이다. 피비린내가 코를 찔렀다. 한바탕 싸움을 벌이고 온 모양이다.

'정사를 나누느라 이놈들이 들이닥치는 걸 몰랐군.'

주신봉은 옳거니 잘됐구나 생각했다.

그렇지 않아도 유상진을 죽이는 일에 양심의 가책을 느끼던 차다. 그가 아무리 극악무도한 놈이라고 해도 아무것도 모른 채 가슴을 내미는 놈을 때려죽이는 일이 즐거울 리는 없는 것이다.

그런데 정체를 모를 놈들이 나타나 유상진을 찾고 있지 않은가. 놈들이 누군지 모르지만 —사실 알 필요도 느끼지 않았다— 유상진을 데리고 나가 준다면 그로선 감사할 뿐이다.

주신봉은 기쁜 낯으로 입을 열었다.

"상진이, 자넬 찾는 사람이 왔군."

이제 놈들은 유상진을 데리고 떠날 것이다. 그러면 그는 어쩔 수 없이, 불가피하게, 불가항력으로, 내공을 전해 주지 못하게 되었다고 아쉬운 한숨을 흘리면 된다.

언젠가 다른 죄수가 늘어오면 '그런 불쌍한 녀석이 있었지. 그러니 너도…….'라고 말하며 써먹어도 좋을 것이다.

주신봉은 말했다.

"미안하구먼, 상진이. 저들이 왔으니 내공 전수는 다음으로 미뤄야겠어. 갔다 와서 하자고."

유상진은 눈을 동그랗게 떴다. 지금 끌려 나가면 죽는다고 말하고 싶었지만, 입을 벌리지 말라던 주신봉의 당부가 떠올라 그럴 수도 없었다. 그는 고개를 도리도리 흔들었다.

하지만 주신봉은 히쭉 웃으며 말했다.

"그럼 안녕."

유상진은 내가 속았구나 하는 생각에 정신이 아찔해졌다.

좋아서 죽을 것 같은 저 표정을 봐라. 처음부터 내공을 전해 줄 생각이 없었던 거다.

감방 안으로 장한들이 걸어 들어왔다. 그리고 예의 음산한 목소리가 말했다.

"늙은 놈은 죽이고 유상진만 끌어내."

장한들이 칼을 뽑았다.

주신봉은 재빨리 바닥에 놓여 있던 쇠사슬을 집어 밑에서 위로 쳐올렸다.

퍼억!

손아귀에 느껴지는 느낌은 한 방에 두어 명을 날려 버렸다고 생각될 만큼 묵직했다. 장한들이 피를 쏟으며 쓰러졌다.

음산한 목소리가 약간 높아졌다.

"저…… 저놈이!"

감방 밖에 있던 다른 장한들이 안으로 뛰어들었다.

주신봉은 연속해서 쇠사슬을 상하, 좌우로 휘두르며 감아 돌렸다.

"으악!"

장한들은 무기도 제대로 휘두르지 못한 채 쓰러졌다.

"이 새끼! 너 거기서 기다려!"

분노한 외침과 함께 음산한 목소리가 가까워졌다. 놈이 직접 안으로 뛰어든 것이다.

주신봉은 눈을 깜빡거렸다. 아직 눈이 잘 보이지 않는다. 여전히 뿌연 윤곽만 보일 뿐이다. 하지만 윤곽의 움직임만으로도 상대가 고수임은 알 수 있었다.

그는 입술을 깨물고 팔방풍우八方風雨의 초식으로 쇠사슬을 휘둘렀다. 순식간에 장내는 쇠사슬로 가득 찼다. 내력의 소모가 극심한 초식이었지만 어쩔 수 없었다. 눈이 잘 보이지 않는 지금 적이 접근한다면 끝장이기 때문이다.

그러나 상대의 낌새는 없었다.

'빌어먹을.'

감방 안으로 놈이 들어오는 걸 본 것 같은데, 어디로 숨었는지 모르겠다. 그렇다고 계속 이렇게 내력을 소모하고 있을 수는 없는 일. 그는 쇠사슬을 날리는 동시에 청력을 집중해 상대방의 움직임을 파악하려 애썼다.

어두운 감옥 안에서 십 년 세월을 보내는 동안 시력은 나빠졌지만 청력은 오히려 좋아졌다. 쇠사슬이 여기저기 부딪치며 귀청이 떨어질 듯한 굉음을 냈다. 하지만 여전히 상대의 기척은 들리지 않았다.

'분명 놈은 이 안에 있어.'

주신봉은 손에서 약간 힘을 뺐다. 쇠사슬의 기운이 약해지는 순간, 칼이 공기를 찢고 날아오는 소리가 들렸다.

'찾았다!'

그런데 소리의 근원지가 너무 가까웠다.

"우윽!"

아랫배로 강렬한 아픔이 밀려들었다. 상대는 그의 발밑에 엎드려 있다가 쇠사슬의 속도가 늦춰지는 순간 칼을 날린 것이다. 꼼짝없이 당했다. 허리가 꺾이며 입에서 핏물이 새어 나왔다.

"흐흐흐."

어렴풋이 놈의 비웃음 소리가 들렸다. 주신봉은 아픔을 삼키며 병기가 날아온 쪽으로 쇠사슬을 휘둘렀다.

손아귀에 짜릿한 느낌이 있었다.

"윽!"

짧은 비명에 뒤이어 상대가 바닥으로 나뒹구는 소리가 들렸다.

주신봉은 자신의 손에 들린 쇠사슬을 내려다보았다.

붕추도다!

그것도 지금껏 완성하지 못했던 붕추도의 마지막 초식을 펼친 것이다. 사부가 살아생전 이 일 초를 보았다면 그에게 장문인 자리를 넘겨주었을 것이다.

그럼에도 주신봉은 기뻐할 수 없었다.

아랫배가 쩍 갈라진 사람은 좀처럼 기뻐하기 힘든 법이다.

"빌어먹을…… 청력이 좋아진 게 아니었나?"

주신봉은 유일하게 달려 있는 오른손으로 아랫배를 움켜잡으며 중얼거렸다.

'그렇게 근접하도록 소리를 듣지 못했다니…… 나도 늙긴 늙은 모양이군.'

어쩌면 유상진과 오 합을 뛰느라 지친 것일 수도 있었다.

"주 선배, 괜찮으세요?"

유상진이 다가와 걱정스럽게 물었다.

"빌어먹을…… 너라면 괜찮겠나?"

주신봉은 내장을 배 속에 집어넣으며 퉁명스럽게 말했다. 눈앞이 아찔하다. 아직도 사물이 잘 보이지 않는 것은 빛에 적응이 안 되어서가 아니라 아랫배에 난 상처 때문일 것이다.

바로 죽음이 가까이 와 있다는 신호다.

오랫동안 칼 밥을 먹으며 살아온 주신봉이다. 자신이 입은 상처가 얼마나 치명적인 것인지 잘 알고 있다.

'끝장이야.'

지금 하늘에서 화타華陀, 편작扁鵲이 떨어지지 않는 이상 그는 죽은 목숨이었다.

'어떻게 살아온 인생인데…….'

이렇게 허무하게 죽는 것은 참을 수 없었다. 무엇이든지 간에 이 세상에 살다 갔음을 나타낼 표식 같은 것이 있어야 했다.

'저놈이라면…….'

희뿌옇게 유상진의 모습이 보였다. 저열한 인간성과 비열한 머리에 내공까지 뒷받침된다면 천하에 악명을 떨칠 수 있으리라. 그렇다면 그의 이름도 후세에 남게 되겠지.

주신봉은 말했다.

"좋아, 약속을 지켜야 좋은 곳으로 갈 수 있겠지……. 유상진, 이리 와라!"

명문혈로 거대한 힘이 밀려들었다. 유상진은 이를 악문 채 주신봉의 내력을 받아들였다.

귓가에 주신봉의 전음이 들렸다.

─천천……히, 내가 지시하는 대로 진기를 움직여.

진기는 회음혈會陰穴로, 그곳에서 다시 미려혈尾閭穴로 물밀듯이 밀려갔다. 주신봉의 얼굴은 붉게 물들었고 전신은 부르르 떨리고 있었다. 아랫배의 상처 부위에서는 쉴 틈 없이 피가 새어 나왔다.

'전신이 탁기로 가득한 놈이군.'

진기가 진도를 나가지 못하고 여기저기로 날뛰기만 할 뿐이었다.

'우읍…….'

주신봉은 마지막 내력의 한 방울까지 모조리 쏟아 부었다. 실패하느냐, 성공하느냐 그건 하늘에 달려 있다.

"늦었군."

도객 좌구야는 아쉬운 듯 입맛을 다시며 걸음을 멈췄다.

한바탕 싸움이 있었던 듯 옥사는 여러 구의 시체로 더럽혀져 있었다. 시체 중에는 황 부자의 위사들도 있었고 양각양의 보안대원도 있었다.

좌구야는 힘없이 중얼거렸다.

"어떻게 이리 빨리 온 거야?"

지하로 내려오자 옥사로 들어가는 길은 둘로 갈라졌고, 그와 하찬호는 각자 한쪽 길을 택해 따로 움직였다. 누가 유상진을 잡을지 내기를 했기 때문이다.

중간에 사로잡은 간수에게서 이곳에 유상진이 있다는 정보를 듣고 달려왔는데, 이미 하찬호가 지나간 후였다.

"내가 졌군."

좌구야는 쓴 입맛을 다시다가 죽일 듯한 눈빛으로 옆에 선 사내를 노려보았다.

"야! 이 죽일 대머리! 너 말고 유상진이 여기 있는 거 아는 놈 없다고 했잖아!"

"글쎄요…… 없는 걸로 알고 있었는데요…….'

겁에 질린 표정으로 말끝을 흐린 자는 유상진을 담당했던 고문 전문가, 독두사 뇌인지였다.

좌구야는 더 듣지 않고 뇌인지를 걷어찼다.

"아구구!"

요란한 비명과 함께 뇌인지가 바닥으로 나뒹굴었다. 사람 때릴 때는 사나이 같던 그도 매를 맞자 다섯 살 먹은 어린애처럼 굴었다.

좌구야는 눈을 표독스럽게 뜨고 버럭 소리를 질렀다.

"이 새끼야! 네 말만 믿고 어슬렁어슬렁 오다가 내기에 지게 생겼잖아? 어떻게 책임질래?"

뇌인지는 머리를 구정물에 처박고 얻어맞은 옆구리를 두 손으로 부여잡은 채 아이구아이구 죽는소리를 내고 있었다. 별로 심하게 걷어차이지 않았음에도 그가 죽는시늉을 하는 것은 한 대라도 덜 맞기 위한 발버둥이었다.

뇌인지는 직업상 많은 종류의 사람을 만나 보았다. 오랜 경험을 통해 그는, 채찍이 스치기만 해도 아프다고 엄살을 부리는 놈과 제가 무슨 돌부처라도 되는 것처럼 입 딱 다물고 있는 놈은 분명히 다른 대접을 받게 되는 법이라는 사실을 알게 되었다.

아픈 척하는 놈에게는 은연중에 연민이 가고 자신의 힘에 대한 자만심이 생기면서 이놈이 이러다 죽으면 어쩌나 하는 생각에 매가 약해지기 때문이다.

그러나 좌구야는 일반인이 아니었다. 특수하게 미친 놈이었다. 그는 발로 뇌인지의 머리를 찍어 누르며 소리쳤다.

"이 새끼 봐, 어디서 엄살이야? 야! 고개 쳐들어! 나 안 쳐다봐? 쳐들어! 쳐들어!"

부하들은 '저 새끼 또 시작이네.' 하는 얼굴들이었다.

부글부글!

뇌인지가 머리를 처박고 있는 구정물에서 기포가 솟아올랐다. 뇌인지는 두 팔을 마구 휘저으며 지랄 발광을 하고 있었다.

좌구야는 눈썹을 치켜세웠다.

"어쭈, 이 새끼가 어디서 흙탕물을 튀겨?"

좌구야는 발에 더욱 힘을 주었다.

일각 후.

좌구야는 여전히 뇌인지의 머리를 찍어 누르고 있었다.

"이 새끼, 안즉 멀었다. 멀었어⋯⋯."

그는 눈을 감은 채 중얼거리며 발목을 이리저리 비틀어 뇌인지의 머리를 더욱더 구정물 속으로 밀어 넣었다.

그의 오른팔인 왕성이 조심스럽게 입을 열었다.

"이제 그만 해 두시는 게⋯⋯."

좌구야의 직속 부하로 일한 지 십 년째다. 그 정도 기간이면 좌구야가 내기에서 졌을 때 잠시 돌아 버린다는 걸 알기엔 충분했다. 한두 명 죽이지 않고는 화가 풀리지 않는다는 것과 일각쯤 지나면 정상으로 돌아온다는 사실도.

사람도 한 명 죽었고 대충 시간도 됐기에 말을 걸었던 것이다.

좌구야가 멍한 목소리로 대꾸했다.

"응?"

"이제 그만 해 두셔도 될 듯합니다."

왕성의 조심스러운 말에 좌구야는 흠칫 눈을 떴다.

"뭐? 왜?"

"그놈, 식은 방귀를 뀐 지 오랩니다."

좌구야는 발을 살짝 들어 보았다. 뇌인지는 물속에 머리를 저박은 채 미동도 하지 않았다.

"벌써 죽은 거야?"

"그런가 봅니다."

좌구야는 신경질적으로 말했다.

"멍청한 자식! 그럼 하찬호 새끼를 치하해 주러 가자고."

부하들의 대답을 기다리지 않고 좌구야는 팔을 휘휘 저으며 옥사 안으로 걸어 들어갔다.

부서진 문짝.

문짝 위로 누군가의 팔이 보였다. 팔은 피로 물들어 있었다. 좀 더 가까이 다가가니 부릅뜬 눈과 앙다문 입술이 보였다. 복장으로 보아 보안대원이 틀림없다. 놈은 죽어 있었다.

좌구야는 얼굴을 찌푸렸다.

"저건 뭐야? 하찬호 이 새끼는 어디 가고 왜 저런 게 자빠져 있어?"

그는 왕성이 대답을 하기도 전에 벽에 몸을 붙이고 감방 쪽으로 살금살금 다가갔다. 어느새 그의 손에는 도끼가 들려 있었다. 앙증맞은 크기의 철부 세 자루.

'고수가 숨어 있는 걸까?'

유상진 정도의 비중을 가진 인물이라면 그럴 수 있었다. 그게 아니라면 하찬호를 비롯한 보안대원들이 감방 안에서 여태까지 무얼 하고 있겠는가. 싸우는 소리가 들리지 않는 것으로 보아 모두 죽거나 제압당했을 가능성도 있다.

좌구야는 동료들을 걱정하는 것이 아니었다. 어쩌면 내기에서 이길 수 있을지도 모르겠다는 생각에 기뻐하고 있는 것이다.

그가 도박을 좋아하는 것도 승부의 순간 느껴지는 긴장을 즐기기 때문이다. 그는 그러한 긴장감을 사랑했고, 밤새워 도박을 하다 새벽 무렵 느껴지는 허탈감조차 사랑했다.

그리고 무엇보다도 도박으로 따는 판돈을 사랑했다.

그는 타고난 도박사였다. 어쩌면 오늘의 싸움이 그의 인생에 가장 큰 도박이 될지도 모른다.

바로 목숨을 건 도박.

좌구야는 부하들에게 신호를 했다. 자신이 먼저 뛰어들 테니 따라오라는 뜻이다. 왕성이 고개를 끄떡이고 부하들을 줄세웠다. 부하들이 자리를 잡자 좌구야는 철문 안으로 뛰어들었다.

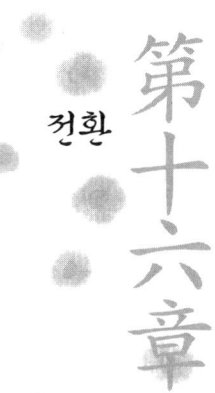

전환 第十六章

"서둘러!"

황 부자는 목에 핏대가 곤두서도록 소리소리 질러 댔다.

죽어나는 건 가마꾼뿐이었다. 아직 해가 뜨지도 않은 새벽 댓바람부터 무거운 가마를 등에 지고 미친 듯이 달려야 했으니까.

황 부자는 의자에 몸을 묻었다. 떨리는 손으로 곰방대를 뻐끔거려 봤지만 아무런 맛도 느껴지지 않았다.

'양각양 네놈들이 날 건드렸다 이거지.'

걸어온 싸움을 마다한 적이 없는 황 부자다. 싸우고 싶다면 싸워 주겠다.

일단 혈영야로와 하길진을 저택으로 보냈다. 그들이 도착할 때까지 위사들이 버텨만 준다면 습격대를 때려잡는 긴 여반장일 것이다.

'유상진…… 유상진은 무사하겠지? 내가 집 경비에 들인 돈이 얼만데, 고작 네 시진을 못 버텼을라고. 사람 고기나 파는 놈들에게 설마…….'

그러나 걱정이 되는 건 어쩔 수 없었다.

황 부자는 다시 한 번 가마꾼을 재촉했다. 어느 쪽이든 빨리 결과를 알고 싶었다.

그리고 황 부자가 집에 도착했을 때, 유상진은 사라지고 없었다.

저택은 불에 타 잿더미만 남아 있었다. 몇몇 건물들은 아직도 불을 끄지 못해 활활 타오르는 중이었다. 살아남은 부하들이 동정호 물로 불을 끄려 하고 있었지만 크게 효과가 있을 것 같진 않았다.

황 부자는 망연자실한 얼굴로 저택을 바라보았다.

수십 년 동안 증축에 증축을 거듭하며 배치한 전각들이 모두 불에 탄 것이다. 겨우 전소全燒를 면한 건물들도 외벽이 보기 흉하게 그을려 있었다. 그뿐이 아니다. 애써 키운 혈마대와 경비견들도 대부분 죽어 버렸다.

그가 심혈을 들여 가꿔 온 모든 것이 엉망으로 변한 것이다.

황 부자는 불에 타서 넘어져 있는 대문을 밟고 서서, 군데군데 구멍이 뚫린 외벽을 살폈다. 그리고 얼굴을 찌푸렸다.

'화약이라도 터트렸단 말인가?'

혹시 모를 도적의 침입에 대비해 이중, 삼중으로 흙을 바

르고 나무로 보강한 외벽이다. 그런 외벽이 너무나 간단하게
파괴되어 버린 것이다.

그는 전각들을 가로질러 장원으로 들어갔다.

곳곳에 처참하게 변한 시체들이 널려 있었다. 개중에는 검
게 타 버린 시체도 여럿 보였다.

그나마 죽은 자는 편했다. 팔다리가 잘리고 내장을 드러낸
자들이 경련을 일으키며 죽여 달라고 부탁하기도 했다. 살아
남은 자들은 부상자를 밖으로 옮기고 있었다. 여기저기서 비
명이며 탄식, 욕설이 계속해서 들려왔다.

황 부자는 눈을 내리깔았다.

슬퍼서가 아니다. 분해서도 아니다. 바닥에 널린 시체를
밟지 않기 위해서였다.

'쓰레기 같은 놈들. 실력이 이따위니 죽어 싸지.'

황 부자는 청생관으로 걸음을 재촉했다.

사람이 죽었으면 다른 사람을 고용하고, 건물이 부서졌으
면 새로 지으면 된다. 하지만 유상진은 대체할 수 없는 특별
한 자였다. 물론 인간 자체는 한심하기 짝이 없는 얼간이다.
그러나 《천도서》를 얻으려면 유상진이 있어야 했다.

청생관은 폭삭 가라앉아 있었다.

'설마 죽었나?'

황 부자는 가슴이 철렁 내려앉았다.

십여 명의 사내들이 무너져 내린 외벽이며 나무판자를 들
어내는 중이었다. 그중 사천마수 하길진의 모습도 보였다.

하길진이 황 부자를 발견하고 넙죽 고개를 숙였다.

"노야, 면목 없습니다."

황 부자는 다짜고짜 물었다.

"유상진은 어떻게 됐나?"

하길진의 안색이 일그러졌다. 그는 딱딱한 어조로 말했다.

"유상진만 중요하십니까?"

'아차!'

황 부자는 정신이 퍼뜩 들었다. 위사들의 안부를 묻는 걸 깜박했다.

하길진은 그의 경호 책임자이자 혈마대를 비롯한 휘하 위사들의 우두머리였다. 혈영야로는 주로 암살이나 첩보 활동을 위해 은밀히 움직여야 했고, 고대수는 성격이 더러워 사람이 따르지 않았기 때문이다.

하길진은 의외로 정이 많은 인간이었다. 지금도 부하들의 죽음에 충격받은 기색이 역력했다. 그런데 유상진은 어떻게 됐냐는 것부터 물으니 배신감을 느낀 모양이다.

황 부자는 재빨리 말을 바꾸었다.

"사람들은 좀 어때? 오다 보니 죽은 사람들이 많던데……."

그제야 하길진의 표정이 좀 풀렸다.

"갑작스러운 기습이라…… 많이 죽었습니다. 혈마대 서른 두 명에 위사가 칠십 명 죽었고 또 그만큼이 다쳤습니다."

'이런 병신 새끼들!'

황 부자는 터져 나오는 욕설을 간신히 참아 냈다. 갑작스러운 기습이라니? 그럼 적이 기습을 하지, 쳐들어온다고 연락하고 오냐? 생각 같아선 월급 도둑놈들을 다 처치해 버리라고 말하고 싶었다.

"고대수 그……."

밥통이라는 뒷말을 간신히 삼키고 얼른 말을 이었다.

"……는 뭘 한 거야. 지금 어디 있나?"

"죽었습니다."

"뭐?"

"저쪽으로 조금만 가시면 입을 헤벌리고 죽어 있는 꼬락서니를 볼 수 있으실 겁니다."

하길진은 통쾌하다는 듯 말했다. 고대수의 죽음이 유감스럽지 않은 모양이다.

하긴 두 사람은 별로 사이가 좋지 못했다.

황 부자는 시원섭섭했다.

월급 도둑놈이 죽은 걸로 생각하면 시원했지만, 한 명의 고수가 아쉬운 형편에 호남 제일이라던 고수가 죽었으니 아쉽기도 한 것이다.

"그래서…… 유상진은 어떻게 됐나?"

하길진은 무너져 내린 청생관으로 시선을 돌렸다.

"아직 잘 모르겠습니다. 보시다시피 청생관이 무너져 버려서 녀석들이 유상진을 빼 갔는지 아닌지 확인이 불가능합니다. 하지만 지금 애들을 동원해 무너진 잔해를 들어내고 있으니 곧 알 수 있을 겁니다."

"그래……."

황 부자는 생각을 곱씹었다.

아마 유상진은 저 아래 없을 것이다. 유상진을 납치하기 위해 화약에 화총까지 동원한 놈들이다. 목표물을 그냥 두고 갈 리가 있겠는가.

"혈영야로는?"

"놈들의 흔적을 추적하겠다며 먼저 떠났습니다."

하길진은 이를 뿌득뿌득 갈며 말을 이었다.

"명령만 내리시면 저도 혈마대를 데리고 추적하겠습니다."

황 부자는 어이가 없어 헛웃음이 나왔다.

'추적을 하면 뭐 해, 싸울 병력이 없는데…….'

그러나 하길진의 얼굴은 진지했다.

황 부자는 물었다.

"몇 명이나 동원할 수 있는데?"

"삼십 명이 조금 넘습니다."

'삼십 명! 빌어먹을!'

엄청난 시간과 돈을 투자해서 혈마대를 키웠다. 무림의 명문 세가처럼 직속의 호위대를 가지고 싶다는 생각에서다. 이제는 화씨 세가에 비교해도 뒤지지 않는 호위대를 만들었다고 생각했는데, 하룻밤 사이에 전력의 삼분의 이를 잃어버린 것이다.

그것도 인육 판매상 따위에게!

"그런데 왜 혈마대만 동원하겠다는 건가? 일반 위사들도 있을 거 아냐?"

"모두 겁을 집어먹고 그만두겠답니다."

'머저리 같은 놈들.'

하지만 아직 끝난 것은 아니다.

혈마대는 두 개 조로 나눠져 있었다. 저택을 지키는 일 조와 상단을 호위하는 이 조다. 이 조의 경우엔 아직 생생한 전력을 유지하고 있다. 상단을 경비할 최소한의 인원만 남기고 이곳으로 불러 모은다면 대략 백오십 명 정도가 될 것이다.

황 부자는 마음을 정했다.

"아직은 움직일 때가 아니야. 삼십 명 정도로는 힘들어. 놈들이 어디 숨어 있는지는 혈영야로가 알아 올 것이고……. 상단에 연락해서 혈마대를 보내라고 해. 산적에게 당하지 않을 정도만 남기고 전부 다."

"알겠습니다."

"혈마대가 도착하면 놈들을 쫓는다."

　

원로원의 십대장로 중 서열 육 위인 취사 이익호가 눈을 떴을 땐 아직 한밤이었다. 많이 마시고 아내와 밤새 장난을 치다 잠들었던 기억이 났다. 오줌이 마려워 잠이 깬 모양이다.

이익호는 쩝쩝 입맛을 다셨다.

요새 자주 오줌이 마려운 것이 심상치 않다. 막상 소변을 보려면 물건 끝이 저릿저릿할 뿐 잘 나오지도 않았다. 남자 나이 오십이면 관리가 필요한 때다. 그냥 두면 낫겠지 하고 내버려 두면 나중에 후회할 일이 생기는 것이다.

그는 날이 밝으면 의원을 찾아가 봐야겠다고 생각하며 침대 아래로 내려섰다.

아내가 졸린 목소리로 물었다.

"……뭐예요?"

"어, 아무것도 아니야."

적당히 얼버무리며 아내에게 이불을 덮어 주었다.

"당신은 좀 더 자라고."

이익호는 대충 옷을 걸치고 밖으로 나섰다. 새벽의 서늘한 바람에 몸이 오슬오슬 떨려 왔다. 멀리서 개구리 울음소리가 들렸다. 왕성한 울음소리였다. 밤새 울었을 텐데도 전혀 지치지 않은 기색이다.

'이런 날엔 뜨끈하게 술을 데워 먹는 게 좋은데…… 고환주睾丸酒로 말이야.'

그는 뒷간으로 가서 일을 보았다. 예상했던 대로 소변은 찔끔찔끔 나오다 말았다. 그는 물건을 탁탁 털고 침대로 돌아가려다 해야 할 일이 있음을 깨닫고 서재로 향했다.

서재는 책으로 가득했다. 오래된 종이 특유의 냄새와 묵향이 서재를 그윽하게 채웠다.

그는 화씨 세가에서 가장 학식 있고 고아한 취미를 가진 사람으로 알려져 있었다. 세가의 많은 사람들이 길일을 정할 때 혹은 자식의 이름을 지을 때 그를 찾아오곤 했다.

사실 그가 읽을 줄 아는 글자는 몇 개 되지 않았다.

하지만 상관없었다. 다른 장로들도 무식하긴 마찬가지니까. 대장로인 검선생을 제외하면 그가 책을 읽었는지 안 읽었는지 알아챌 만한 위인조차 없는 것이다.

이익호가 사람을 상대하는 방식은 이랬다.

사람을 집으로 초대하면 서재에 꽂힌 책을 꺼내 들며 '자네 사마천의 ≪사기≫를 읽어 보았나?'라고 묻는 것이다. 그 책이 꼭 ≪사기≫일 필요는 없다. 어차피 상대는 못 읽을 텐데 아무렴 어떤가. 제목이 두 글자이기만 하면 되는 것이다.

그러면 상대는 백이면 백, 못 읽어 보았다고 대답하기 마련이다. 이제부터가 중요하다.

상대가 윗사람일 때는 '한번 읽어 보십시오. 무림을 경영함에 있어서도 배울 점이 많은 책입니다.'라고 말해 이놈이 똑똑하구나, 중용해야겠다 하는 마음을 심어 주고, 아랫사람이라면 '자네 수준이야 물론 그렇겠지.'라고 말해 기를 꺾어 놓는 것이다.

그가 무식하기 짝이 없는 인간이란 사실은 마누라밖에 몰랐다. 남들이 이름을 지어 달라고 부탁하면 마누라에게 도움을 청했기 때문이다. 마누라는 사서삼경을 뗀 수재였다.

이익호는 서재 안에 아무도 없음을 확인한 후 책장 중 하나로 다가갔다. 그리고 조금의 망설임도 없이 진사도陳師道의 ≪간제집諫制集≫을 뽑아 들었다.

책의 표지에는 손때가 반질반질 묻어 있었다. 물론 책을 열심히 읽어서 그런 것은 아니었다. 책을 펼치자, 그 안에는 종이도 글씨도 아닌 조그만 열쇠가 들어 있었다.

이익호는 열쇠를 꺼내 들고 책장 사이로 다가갔다.

책장 사이에 조그마한 구멍이 있었다. 구멍에 열쇠를 꽂아 넣자 스르륵, 책장이 열리며 밀실이 드러났다.

이익호가 안으로 들어가고 책장은 원래 상태로 닫혔다.

"도대체 뭐야? 값을 조금이라도 깎아 주려나?"

이익호는 불을 밝히며 중얼거렸다.

횃대에 비둘기 한 마리가 매달려 있었다. 비둘기는 피곤한지 꾸벅꾸벅 졸다가 그를 보고 고개를 쳐들었다.

이익호는 비둘기 발목에 묶여 있는 전서통傳書桶을 풀어냈다.

어젯밤에 전서구가 도착하는 것을 보았다. 밤새 정신이 없어 내버려 뒀다가 이제 확인하는 것이다.

전서통을 열고 안에 들어 있는 종이를 꺼내 읽던 이익호의 얼굴이 차츰 경악으로 물들었다.

"이게…… 뭐야?"

그는 떨리는 목소리로 중얼거렸다.

"모르는 글씨잖아!"

이익호가 아는 글자는 정확히 숫자 열 개와 자신의 이름이 전부였다. 그것을 아는 상대는 물건을 받는 시일과 시간만을 적어서 전서구를 보내 주었다.

그런데 이런 심오한 내용이라니!

'이런 전서구가 온 게 언제더라……?'

딱 한 번 비슷한 편지가 온 적이 있었다.

한창 역병이 천하를 휩쓸 때였다. 판매한 고기 중 일부가 오염되었다면서 먹지 말라는 얘기가 써 있었다. 그걸 모르고 고기를 먹었다가 식중독으로 한 달을 누워 있어야 했다.

같은 실수를 반복할 수 없는 법.

이익호는 편지를 접어 주머니에 넣었다. 아내에게 내용을 물어볼 생각이었다.

❧

성스러운 빛이 유상진을 비췄다. 그리고 천상의 선율 같은 아름다운 목소리가 들려왔다.

"애야, 이리 오렴."

유상진은 눈이 부셔 고개를 들지 못했다. 그는 인상을 쓰며 외쳤다.

"불 좀 끄고 말해요!"

다시 한 번 목소리가 들렸다.

"두려워할 것 없단다, 어서."

유상진은 손을 들어 눈을 보호한 채 빛이 쏘아 오는 방향으로 시선을 주었다.

그곳에는 백의를 입은 날개 달린 여인이 서 있었다. 무지갯빛 영롱한 불빛이 여인의 등 뒤에서 환하게 빛났다.

유상진은 믿어지지 않는다는 표정으로 중얼거렸다.

"엄마?"

열 살 때 가출한 뒤 처음으로 보는 어머니의 모습이다. 그런데도 그는 눈앞에 선 백의의 여인이 어머니임을 분명히 알아볼 수 있었다.

"그래, 엄마다. 이리 오려무나."

어머니는 자애로운 미소를 띠며 외쳤다.

"엄마……."

유상진은 어머니 쪽으로 손을 내밀었다.

"자, 내 손을 잡아라."

유상진의 몸이 붕 날아올라 어머니 곁으로 다가갔다. 더이상 눈이 부시지 않았다. 그는 빛의 통로를 통과하여 어머니의 곁에 섰다.

"엄마, 아무 말도 없이 집을 나가서 걱정하셨죠? 저도 금방 돌아가고 싶었는데요……."

유상진은 질질 짜며 말했다.

"이제 됐다. 약간의 죗값만 치르면 엄마랑 행복하게 살 수 있을 거야."

에? 무슨 죗값을?

그가 물어보려 할 때였다.

"야, 눈 떠! 정신 차려! 야!"

어디선가 주신봉의 외침이 들려왔다.

그는 두리번거렸다. 여긴 하늘나란데? 왜 주신봉 늙은이의 목소리가 들리지?

그때 누군가 그의 목덜미를 잡아당겼다.

엄마가 팔을 잡았지만 이미 늦었다. 그는 다시 지상으로 추락했다. 유상진은 손을 내저으며 외쳤다.

"엄마!"

유상진은 번쩍 눈을 떴다.

"후아! 후아!"

그리고 튕겨 나듯 몸을 일으키며 거친 숨을 몰아쉬었다. 이마에서 땀이 비 오듯 쏟아졌다.

"좀 어때?"

걱정 어린 목소리가 들렸다.

"음…… 엄마를 봤어요. 나보고 같이 가자고 하시더라고요."

"죽을 뻔했구먼."

유상진은 땀으로 물든 이마를 훔치며 고개를 돌렸다.

"그런데 대법은 어떻게…… 엥? 당신 누구야?"

그의 앞에서 벙글거리고 있는 자는 주신봉이 아니었다. 쫙 째진 눈을 가진 중년 사내였다. 사내는 흐뭇한 어조로 말했다.

"하하하, 우린 자네를 그 지옥 속에서 구출해 낸 사람들이지. 해야 할 일을 한 것에 불과하니 고맙다는 인사는 안 해도 상관없네. 물론 하면 좋겠지만."

"저랑 같이 있던 노인네는요?"

"그 노인네 말인가? 죽여 버…… 아니, 죽어 버렸지. 우리가 들어갈 때부터 몸이 안 좋아 보이더군."

사내는 적당히 얼버무렸다.

유상진도 더 묻지 않았다.

주신봉의 죽음은 배가 갈라졌을 때부터 예견되어 있었다. 이들이 죽이지 않았어도 오래 살진 못했을 것이다. 지금 중요한 건 주신봉이 어떻게 죽었느냐가 아니라 이들이 누구냐다.

'세가에서 나온 자들은 이닌 것 같은데…….'

세가의 추적자라면 이렇게 점잖게 나올 리가 없다. 거꾸로 매달아서 그의 살점을 하나씩 뜯어내고 있겠지.

'도대체 정체가 뭐야?'

몸이 가뿐한 것으로 보아 상처도 치료해 준 모양이다. 깨끗한 옷을 입혀 침대에 눕혀 주기까지 했다. 뭔가 바라는 것이 있지 않고서는 이렇게 공을 들일 리가 없다.

"자네 이름이 유상진 맞지?"

사내가 물었다.

"그렇다면요?"

유상진은 반문했다. 누군지도 모를 놈들에게 순순히 정체를 밝힐 순 없는 일이다.

"자네가 맞군."

사내는 헤벌쭉 웃었다.

"난 좌구야라고 하네. 만나서 반가우이."

사내가 웃는 걸 보니 걱정이 더욱 커진다. 수없이 많은 악당들을 만나 봤지만 눈앞의 사내처럼 야비하게 웃는 자는 본일이 없다.

유상진은 가만히 몸의 내공을 운용해 보았다. 주신봉의 내공만 전수받았다면 이놈이 누구든, 어떤 속셈을 가지고 음흉을 떨든 걱정할 것이 없다.

그러나…….

"어?"

없다. 전혀 없다. 단전에 아무런 기운도 느껴지지 않았다. 원래 가지고 있는 얼마 안 되는 내공마저 사라지고 없었다.

유상진은 아찔해졌다.

이게 어떻게 된 일이란 말인가. 주신봉의 내공을 얻기 위해 그렇게 노력했는데…… 부모님께 얼굴을 들 수조차 없도록 수치스러운 짓까지 벌였는데…… 노인네의 가공할 내공을 그의 것으로 만들기는커녕 그가 평생 동안 수련해 얻은 쥐꼬리만 한 내공까지 사라지고 만 것이다.

멍해진 유상진을 보며 좌구야의 얼굴에 조소가 어렸다. 그는 곧 표정을 감추고 유상진이 침대에 도로 눕도록 도와주었다.

"자! 자! 좀 더 쉬게. 몸이 안 좋은 모양인데, 며칠 더 쉬면 괜찮아질 거야."

"그런데…… 여긴 어디죠?"

"여기? 금양현黔陽縣의 사해전장四海錢場이란 곳이라네."

*

방희태는 눈을 감고 느긋하게 의자에 앉아 있었다. 두 다리는 쭉 뻗어 탁자 위에 올려놓았다. 어린 시비가 옆에 쪼그려 앉아 고대수의 곤봉에 다친 팔에 약을 발라 주었다.

그의 맞은편에는 좌구야가 시립해 있었다.

"녀석이 깨어났다고? 상태는 어떤가?"

"겉보기엔 괜찮습니다. 그런데……."

좌구야는 목소리를 낮춰 말했다.

"저놈이 맞는 겁니까? 어딘지 덜떨어져 보이던데요. 저런

놈이 화씨 세가의 이 공자를 죽였다는 게 믿어지지가 않아
서…….”

“교활한 놈이겠지. 겉모습에 속아선 안 되네. 천하의 화씨
세가도 반년이 넘도록 잡지 못했던 놈이야.”

“명심하겠습니다.”

“도망 못 가도록 방비는 해 두었겠지?”

“출구마다 경비를 붙여 놨습니다. 놈이 공기가 되지 않는
이상 절대 도망치지 못합니다.”

“잘했어. 조심이 최고지.”

방희태는 시비의 엉덩이를 톡톡 두들겼다. 시비의 얼굴이
벌겋게 달아올랐지만 그는 손을 치우지 않았다.

“흐흐흐, 이 아이 제법 예쁘지 않나? 정 영감에게 고기를
몇 근 더 줘야겠어.”

정 영감은 사해전장의 주인으로 양각양의 주요 고객 중 한
명이다. 보안대가 하룻밤 묵어가는 대가로 방희태는 고기 백
근을 제시했고 정 영감은 두말없이 받아들였다. 금양에서 손
꼽히는 유지인 정 영감으로서도 양각양의 고기 값은 부담스
러웠기 때문이다.

“참! 화씨 세가와는 연락을 취했나?”

“예, 물론입니다. 취사 이익호에게 대지급으로 전서구를
보냈으니 곧 소식이 있을 겁니다.”

방희태는 안심한 표정이었다.

“후후후, 이제 뒷수습만 남았군. ≪천도서≫와 사람을 교
환하기만 하면 다 끝나는 거지.”

"그렇습니다."

좌구야 역시 미소를 지었다.

방희태는 나직한 목소리로 중얼거렸다.

"물론 그건 새로운 시작이기도 하겠지만……."

그것은 좌구야에게 하는 말이라기보다 스스로에게 하는 다짐이었다. 그는 무슨 일이 있어도 양각양을 넘어서는 인육방을 만들 생각이었다.

방희태는 문득 시비의 목덜미로 시선을 옮겼다. 뽀얗게 자란 솜털이 귀엽게 느껴졌다. 손가락 끝으로 그 솜털을 쓰다듬으며 그는 지나가는 말처럼 물었다.

"그런데 용객이 어떻게 죽었다고?"

좌구야는 웃음기를 거두고 똑바로 섰다.

그는 방희태가 어떤 인물인지 잘 알고 있었다. 잘생긴 얼굴에 세련된 말투로 위장하고 있지만 세상 누구보다도 잔인한 자다. 조금이라도 말을 잘못하면 살해당할지도 모른다.

그는 마른침을 삼키며 입을 열었다.

"예, 그건 말입니다……."

"이얍!"

좌구야는 감방으로 뛰어들며 다짜고짜 도끼를 던졌다. 상대의 정체를 알 수 없는 상황, 조금 비겁하더라도 암습을 하는 편이 낫다는 판단에서였다.

세 자루 도끼가 한꺼번에 허공을 갈랐다.

"푸읍!"

문을 등지고 앉아 있던 봉두난발의 노인 하나가 피를 한 움큼 토해 내며 몸을 부르르 떨었다. 노인의 등에 박힌 세 자루 도끼도 부르르 떨렸다.

'얼레? 뭐 이리 쉬워?'

좌구야는 의아하게 생각하면서도 바람처럼 몸을 날려 노인의 관자놀이에 강력한 일격을 가했다. 수박 깨지는 소리와 함께 노인이 쓰러졌다. 노인의 등에서 도끼를 뽑아내며 다른 자가 없는지 주위를 살폈다.

다른 놈은 없었다. 좁은 감방 안에 십여 구의 시체가 차례로 포개져 있을 뿐이다.

좌구야는 머리를 긁적이다 용객 하찬호를 발견했다. 하찬호는 죽은 보안대원들 사이에 쓰러져 숨을 헐떡이고 있었다.

"이봐, 괜찮나?"

하찬호의 얼굴은 엉망이 되어 있었다. 찢어진 피부 사이로 깨진 뼛조각들이 보였다. 좌구야는 쯧쯧 혀를 찼다. 살아남는다고 해도 사람 구실 하긴 힘들 것 같다.

하찬호가 입을 열었다.

"사, 살려 줘……."

"걱정 마. 살려 줄 테니까. 그런데 유상진은 어디 있지?"

여기까지 말하고 좌구야는 잠시 숨을 돌렸다.

"물론 저도 하찬호의 상태가 걱정되긴 했습니다만 더 중요한 게 무엇인지 알고 있었기 때문에 유상진의 행방부터 물어본 것이죠."

방희태는 고개를 끄떡였다.

"그랬겠지. 계속하게."

"살려 줘……."

"살려 줄 테니까 유상진이 어디 있는지부터 말해!"

좌구야는 짜증 섞인 목소리로 외쳤다. 하찬호는 떨리는 손
으로 노인의 시체를 가리켰다.

"저기…… 쓰러져 있는 놈……."

"어떤 놈?"

혹 자신의 도끼에 맞아 죽은 놈이 아닐까, 좌구야는 가슴
이 철렁 내려앉았다. 유상진을 죽인 게 그라는 사실을 알면
방희태가 절대 가만히 있지 않을 터였다.

"젊……은 놈."

"젊은 놈이라고?"

"그 말에 저는 쓰러진 노인네를 다시 살펴보았죠. 노인네
는 이미 절명해 있더군요. 두 다리가 잘려 나간 데다 전신에
쇠사슬을 감고 있는 영감이었습니다. 지하 감옥에 못해도 십
년은 갇혀 있었던 것 같더군요."

"본론만 얘기해."

"예예."

좌구야는 입술에 침을 바른 후 말을 이었다.

"노인의 시체 밑에 젊은 놈이 깔려 있지 뭡니까. 자세히
살피니, 목에 '유상진'이라고 적힌 나무 쪼가리를 붙이고 있

더군요. 그래서 녀석과 하찬호를 데리고 전각 밖으로 나온 것이죠."

"그래? 난 하찬호를 못 봤는데?"

"아, 그런데 일 층까지 올라왔을 때 하찬호 그 친구가 갑자기 몸을 부르르 떨더니 숨을 거두지 않겠습니까."

"그렇군. 그럼 용객은 누구 손에 그 꼴이 된 거야?"

"제 생각에는 제가 죽인 노인이 아닐까 사료됩니다. 용객과 싸우다 복부에 상처를 입고 저의 기습을 피하지 못한 것이 아닌지……."

방희태는 좌구야를 노려보며 생각했다.

'혹시 이놈이 죽인 거 아냐? 새끼, 평소 하찬호하고 사이도 안 좋은 것 같던데……. 하찬호를 죽일 정도의 고수가 반항 한번 못 하고 죽는다는 게 말이 돼?'

좌구야도 생각에 잠겨 있었다.

'하찬호 그 짜식…… 다 죽어 가는 주제에 내기 돈 내놓으라는 소릴 왜 해? 안 그랬으면 죽진 않았을 거 아냐…….'

장내에 긴장감이 감돌았다. 좌구야의 이마에 땀방울이 송골송골 맺혔다.

방희태는 한참 동안 좌구야를 노려보다가 결국 어깨를 으쓱거리며 말했다.

"뭐, 이미 지나 버린 일인데 정확히 무슨 일이 있었는지 알 게 뭔가. 어차피 진실은 우리가 닿을 수 없는 저 먼 곳에 있기 마련, 산 사람들이나 잘 살아야지."

"백번 옳은 말이십니다."

좌구야는 안도했다. 그는 방금 전 자신이 호랑이 아가리까지 들어갔다가 나왔음을 잘 알고 있었다.

"가 보게."

"편히 쉬십시오."

"멍청한 자식."

좌구야의 뒷모습을 보며 방희태는 욕설을 내뱉었다. 그는 좌구야의 말을 하나도 믿지 않았다. 아마 공을 독차지하려고 혹은 내기에서 이기기 위해, 아니면 평소 쌓인 게 있어서 하찬호를 죽이고 저런 오리발을 내미는 것일 것이다.

그러나 고수가 부족하다.

부대주인 혈겸 설영은 고대수에게 맞은 상처가 터져 죽어 버렸고 십객도 장사귀와 하찬호가 죽어 여덟 명밖에 남지 않았다. 그렇지 않아도 전력이 부족한데 좌구야까지 죽일 수는 없다. 나중에, 나중에 상황이 정리된 다음에 손을 봐 줘도 된다.

방희태는 다소곳이 앉아 있는 시비에게 시선을 돌렸다. 열여덟 정도 되었을까? 살집이 조금 있긴 하지만 제법 미색이었다.

방희태는 손가락으로 그녀의 볼을 잡아당겼다. 시비의 눈이 휘둥그레졌다. 그녀는 겁을 먹은 듯 몸을 떨었지만 방희태의 손가락을 떼어 내지는 않았다.

방희태는 여자의 귀 가까이 얼굴을 가져갔다.

"이봐, 정 영감이 뭐라고 했지'?"

그의 혀가 귓불에 닿자 시비의 얼굴에 소름이 돋았다.

"목숨 바쳐 모시라고……."

그녀는 힘겹게 입을 열었다.

"옳은 말이야. 무슨 일이든 목숨을 걸어야지."

방희태는 시녀를 바닥으로 넘어뜨렸다.

●

화씨 세가 원로원.

십대장로의 수장이자 무림의 큰 어른으로 불리는 검선생劒先生 장천도는 아무리 급한 일이 생겨도 여유를 잃지 않는 인물로 잘 알려져 있다.

그것은 지금도 마찬가지였다.

장천도는 여유로운 얼굴로 회의실에 모인 아우들을 하나하나 살피고 있었다. 이른 아침부터 회의실로 불려 나온 십대장로의 얼굴엔 의아한 기색이 가득했다.

몽생夢生 기염진이 입을 열었다.

"대형, 대체 무슨 일이오?"

그는 취사 이익호와 더불어 무림쌍기武林雙奇라고 불렸다. 두 사람의 합공은 천하제일 고수라도 쉽게 막을 수 없을 만큼 강력하다고 했다.

기염진의 말투엔 짜증이 가득했다. 밤새 놀다가 막 자려고 할 때 장천도의 호출이 있었기 때문이다.

장천도는 느릿하게 말했다.

"무엇보다 중요한 일이라네. 여섯째 아우, 말씀해 보시게."

장로들의 시선이 취사에게 쏠렸다. 취사 이익호는 침을 꿀꺽 삼킨 후 신중하게 말을 시작했다.

"오늘 양각양으로부터 흥미로운 제안이 있었습니다."

"양각양이라…… 어디서 많이 들어 본 이름인데?"

혈독血毒 안찬홍이 특유의 우렁찬 목소리로 물었다. 그는 독을 쓰는 인물답지 않게 매우 호탕한 성격이었다.

취사는 결연한 표정으로 대답했다.

"인육을 밀매하는 천인공노할 집단이지요."

단연코 말하지만 그 표정은 사전에 철저히 준비된 것이었다. 긴 세월 동안 양각양의 일급 고객으로 대접을 받아 온 취사였기 때문이다.

"아니, 그런 나쁜 짓을!"

검선생 장천도가 끼어들었다.

"얼마 전에 화번천 그 애송이가 그쪽에 애들을 보낸 적이 있지. 그래서 자네가 그 이름을 들어 봤을 거야."

장로들은 서로를 보며 궁금한 표정을 지었다. 대체 양각양에서 무엇을 제안했기에?

그들의 시선이 다시 취사에게 쏠렸다.

취사가 입을 열었다.

"아무튼 오늘 양각양의 사람이 저에게 접근해 왔습니다. 그러니까……."

혈독이 또 물었다.

"어떻게 접근해 왔나?"

취사는 곤혹스러운 미소를 지었다. 그가 제일 걱정하던 질문이 나온 것이다. 그것도 그가 가장 꺼리는 혈독에게서.

혈독 안찬홍은 사람을 독살하는 비겁자 주제에 남의 일에 있어선 천하제일의 도덕군자처럼 구는 위선자였다. 자신이 양각양의 고객이었다는 게 밝혀진다면 얼마나 사람을 귀찮게 할지 모른다.

이익호는 진지한 어조로 말했다.

"비밀스러운 방법으로."

혈독이 또 물어볼지 모른다는 생각에 한마디 덧붙였다.

"그것도 굉장히."

장천도가 다시 나섰다.

"아무튼 양각양의 제안은 바로 이렇다네."

그는 품속에서 주섬주섬 종이를 꺼내 떠듬떠듬 읽기 시작했다.

"그러니까…… 그럼 읽겠네. 에, 음…… 저희 양각양에 보내 주신 성원에 감사드리며 몇 가지 부탁드릴 말씀이 있어 이렇게 편지를 띄웁니다. 귀하께서도 아시다시피 저희 양각양은 품질 좋은 인육을 제공하는 곳으로 명성이 높습니다. 그럼에도 불구하고 여러분들의 호응에 보답고자 보다 높은 경지의 인육을 제조하기 위해 있는 힘을 다해 노력해 왔습니다."

이익호는 목이 타 물을 마셨다.

"그런 와중에 한 가지 기쁜 소식이 있었으니, 다름이 아니오라 근간에 귀하께서 속하신 화씨 세가에서 희귀한 책자를 얻었다는 말씀을 전해 듣게 된 것입니다. 그 책은 전부터 저희 계통에서는 최고로 우러러보는 송대의 명名요리사 식신食神 주사치가 직접 썼다는 ≪천도서≫, 바로 그 책입니다. 단 한 번만이라도 책을 보고 선인의 뛰어난 인품과 그 빼어난 필체를 조금만이라도 느껴 보고 싶은 것이 저희들의 마음입니다."

"그냥 요점만 알려 주시면 안 됩니까?"

기염진이 답답하다는 듯 물었다.

장천도는 기염진의 불만에 개의치 않고 계속해서 글을 읽어 내려갔다. 그가 편지를 처음부터 한 글자, 한 글자 읽는 것은 아우들에게 최대한 객관적인 사실을 전해 주기 위해서가 아니었다. 글을 읽을 줄 안다는 사실을 자랑하기 위해서다.

'거봐. 역시 십대장로의 수장은 나 아니겠어?'

그는 흐뭇해하며 다음 장을 넘겼다.

"그러나 ≪천도서≫와 같은 희대의 보물을 아무 대가도 없이 보자고 말씀드리기는 너무 염치가 없는 부탁 같았습니다. 그런 이유로 고민에 고민을 거듭하다가 어느 날 귀하가 속해 있는 화씨 세가에서 한 사람을 애타게 찾고 있다는 이야기를 들었습니다. 저희로선 귀가 번쩍 뜨이는 이야기가 아닐 수 없었습니다. 그래서 저희 양각양의 모든 인원을 동원해 그자를 찾기 위해 최선을 다했습니다. 그를 찾아 ≪천도서≫와 바꿔 볼 수 있지 않을까 하는 생각 때문이었지요. 그러던 중 그자가 호남성의 거부 황 부자의 저택에 감금되어 있다는 사실을 알고, 위험을 무릅써서 그자를 구출하게 되었습니다."

"아니, 그럴 수가!"

"그게 정말이오?"

회의장 여기저기서 놀람의 외침이 터졌다.

"정말입니까? 놈들이 유상진 그자를 빼돌렸다는 사실이?"

이익호가 재빨리 나섰다.

"지금 확인 중에 있다네. 마립에게 전서구를 보냈으니 곧 연락이 있을 것이야."

혈독이 끼어들었다.

"제 생각엔 이자들이 거짓말을 치는 것 같습니다. 황 부자와 약간의 친분이 있어서 드리는 말씀인데, 황 부자 휘하에는 엄청난 고수들이 널려 있어요. 인육 판매상 따위는 감히 건드릴 수 없는 세력이지요."

장천도는 고개를 끄덕였다.

"혈독의 말도 일리는 있네. 하지만 여러 가지 조사 결과로 보아 양각양도 그리 만만한 집단은 아니야. 그 비밀스러운 행사하며…… 그리고 이건 극비이네만 양각양의 주인이 양여천이란 소문이 있다네."

"양여천? 무색야차 양여천 말씀입니까?"

"그렇다네."

사람들은 생각에 잠겼다. 무색야차 양여천은 천하 십대고수의 한 명이다. 그것도 상위에 드는 엄청난 실력자다. 간단하게 여길 일이 아닌 것이다.

혈독이 다시 물었다.

"하지만 만일 양각양 쪽에서 거짓부렁을 늘어놓은 것이면 어떻게 합니까?"

"그땐 응분의 대가를 치러야겠지. 천하의 양여천도 화씨 세가를 건드리면 살아남지 못한다는 걸 알려 줘야 할 테니까. 하지만 지금은 양각양이 유상진을 빼앗았다는 전제 아래 회의를 진행하도록 하세."

장천도는 편지를 내려놓으며 말을 이었다.

"자, 이후의 편지 내용은 대충 짐작이 되겠지? 그들은 ≪천도서≫와 유상진을 교환하자고 했네."

기염진이 나섰다.

"의논이고 뭐고 할 게 있습니까. 놈이 유상진을 데리고 있다면 무엇을 주고라도 빼앗아야죠. 그리 대단한 걸 원하는 것도 아니니 바꿔도 상관없을 것 같군요. 사람 고기 만드는 책을 가지고 있어서 어디다 씁니까. 당장 마립에게 연락해 유상진을 데려오라고 하죠."

혈독이 못마땅한 어조로 말했다.

"천하제일가인 우리 화씨 세가가 너무 약한 모습을 보이는 거 아닐까요?"

"잠깐만일세. 당연히 양각양도 손봐 줘야지. 천하제일가라는 우리가 인육방을 봐 넘길 수는 없는 일 아닌가. 하지만 당장은 협상을 해야 해. 화번천을 실각시킬 절호의 기회를 놓칠 수는 없는 일이니."

혈독은 주먹으로 탁자를 내리치며 말했다.

"아니! 그런 흑도도 못 되는 쓰레기들과 협상을 하겠다는 말씀입니까!"

장천도는 손을 들어 혈독을 제지했다.

"안 아우, 자네 맘은 알지만 말일세."

그의 눈이 날카롭게 빛났다.

"보다 큰 승리를 위해선 어쩔 수 없지 않겠나? 우리가 그 동안 화씨 문중에 당했던 설움을 생각해 보게. 작은 부분에서 는 양보를 해야 하네. 그래야 진짜 싸움에서 이길 수 있어."

혈독은 여전히 납득할 수 없는 듯 부루퉁한 얼굴이었지만 결국 고개를 끄덕였다.

"알겠습니다."

장천도는 회의장을 이리저리 둘러보며 말했다.

"그럼 모두 찬성한 것으로 알고 그리 일을 진행하겠네. 오 늘 모임은 이것으로 끝이야. 일이 성사될 때까지 모두들 침 묵을 지켜 주시게나."

＊

유상진은 도통 잠을 이룰 수가 없었다.

'내공이 없어지다니…… 그야말로 죽을 고생을 하면서 쌓 은 내공인데…….'

그는 과거 내공을 수련하던 때를 돌이켜 보았다.

새벽부터 날이 저물 때까지 다리에 쥐가 나도록 좌선을 했 지만 단전에 뜨거운 기운이 생기기는커녕 간지럽지도 않았 다. 나중에는 내공이라는 것이 말 부풀리기 좋아하는 자들이 만들어 낸 허구가 아닐까 하는 생각마저 들었다.

그러던 어느 날 미세하게나마 단전에 흐름이 느껴졌다. 유상진의 평생 동안 그때만큼 기뻤던 적은 별로 없었다. 그 후로도 꾸준히 내공을 수련해 지금은 개천의 물뱀이 움직이는 수준까지 내공의 흐름을 끌어낼 수 있었다.

그런데 그게 없어지다니!

존재의 이유마저 다 사라지는 느낌이었다.

'도대체 어디서 잘못된 거야?'

주신봉은 그에게 내공을 전해 주고 있었다.

그건 확실했다. 진기가 기해혈氣海血까지 진입한 것도 분명히 기억한다. 기해혈이 열리지 않아 고생하긴 했지만…….

그런데 그다음이 기억나지 않았다.

'결국 실패했단 말인가?'

그는 마음속으로 욕설을 퍼부었다.

'빌어먹을 영감 같으니! 그러니까 내가 진작 내공을 달라고 했지! 결국 그 많던 내공 다 흙으로 돌아간 거 아냐. 내 내공까지 덤으로 가져가고!'

그는 주신봉이 미웠고 황 부자가 미웠다. 세상 모든 사람들이 미웠다.

'내가 이런 꼴을 당하며 계속 살아야 하는 건가?'

생각하면 생각할수록 슬픔이 북받친다.

'엄마!'

지난밤 꿈속에서 만난 어머니가 생각나 유상진은 속으로 부르짖었다. 새삼 어머니를 떠올리자 서러움이 더했다.

'내가 미쳤지, 왜 좋은 집 나와서 이런 밑바닥 인생을 살아왔는지 몰라. 그냥 향시 공부나 할걸. 아빠 말이 다 맞았는

데…… 하지만 이젠 너무 늦었지, 늦었어.'

슬픔은 어느새 분노로 변해 갔다. 그는 입술을 꼭 깨물었다.

'내가 뭘 그렇게 잘못한 일이 있다고 이런 시련을 받아야 하는 거야? 뭐…… 몇 가지 실수하고 잘못한 일이 있긴 하지만 세상에 그 정도 잘못도 안 하고 사는 놈이 얼마나 된다고? 이건 정말 참을 수 없어.'

절망이 사라지고 대신 용기가 그 자리를 메웠다.

'그래, 내 이 빌어먹을 인생에 복수를 해 주지. 어떻게든 끈덕지게 살아남아 주마!'

죽은 호랑이보다는 산 똥개가 낫다던 주신봉의 말을 떠올렸다. 옳은 말이다.

하지만 주신봉은 틀렸다.

지하 감옥에서 주는 밥이나 먹으며 쓰레기처럼 사는 건 사는 게 아니다. 그냥 숨만 쉬는 것은 죽은 것이나 다름없다. 스스로 살 가치가 있다는 걸 증명할 때 정말로 살아 있는 것이다.

'좋아!'

유상진은 침대에서 벌떡 일어났다. 우선은 여기가 어딘지, 자신을 잡아 온 자들은 누군지 알아봐야 했다.

그는 방 안을 가만히 둘러보았다.

조그만 방. 침대 말고 별다르게 눈에 띄는 가구는 없었다.

아니, 지나치게 화려한 침대 때문에 다른 가구들이 죽어 보인다고 할까? 침대 모서리 네 개의 기둥과 나지막한 지붕은 정교한 나무 조각과 채화, 장막, 자수품 등으로 장식되어 있었다. 그리고 방 안을 감도는 은은한 분 냄새.

"여자가 쓰던 방인가?"

창가엔 탁자와 의자 두 개, 벽 쪽에는 작은 동경이 붙은 갈색의 궤机가 놓여 있었다.

유상진은 창가로 다가갔다. 창살을 통해 햇빛이 들어왔다. 제법 품격이 느껴지는 꽃무늬의 격자형 창살이었다. 햇살의 기세로 보아 저녁때인 듯했다. 창틈으로 눈을 들이밀고 여기가 어딘가 살펴보려 했지만 앞에 나무가 몇 그루 있다는 사실 말고는 알 수가 없었다.

"이런 빌어먹을, 무슨 놈의 창살이 이렇게 빽빽해. 도통 뵈는 게 없잖아."

시험 삼아 창문을 잡아당겨 보았다. 꿈쩍도 하지 않는 것이, 아마도 밖에서 잠긴 듯했다.

'우라질.'

나무로 만든 창문이다. 부수고 나가는 건 어렵지 않다.

'하지만 창밖에 적들이 기다리고 있으면 어떡하지?'

아직 상대의 의중을 모르는 상황에서 너무 앞서 나갈 필요는 없다. 지금처럼 내공이 없을 때는 더욱더.

일단 놈들이 원하는 것이 무엇인지 알아보는 게 옳다.

유상진은 문으로 다가갔다. 예상대로 문은 잠겨 있었다. 그는 쾅, 쾅, 요란하게 문을 두들겼다.

"여보세요! 거기 누구 없어요?"

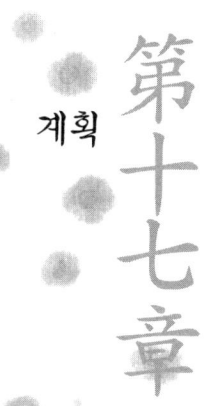

계획

第
十
七
章

　"정말 의외로군."

　마립의 시선은 산 아래를 향하고 있었다. 정확히 말하면 얼마 전까지 황 부자의 저택이었던 곳이다. 그의 수족인 이십팔무영혼도 마립의 시선을 좇았다.

　저택의 대부분이 마치 폐가처럼 보기 흉하게 무너져 있었다. 많은 사람들이 주춧돌을 올리고 대들보를 세우는 등의 공사에 한창이었다.

　"그들의 말이 맞는 모양이야. 양각양이라던가? 그놈들이 황 부자를 습격한 건 틀림없는 사실이군."

　마립의 얼굴에 놀랐다거나 아쉬워하는 기색은 없었다. 목소리 역시 담담했다. 그는 원래 잘 놀라지 않는 사람이었다. 마립은 반보 뒤에 시립해 있던 무영일혼에게 시선을 옮겼다.

무영일혼의 손등에는 한 마리 전서구가 앉아 있었다. 세가에서 보낸 것이었다.

마립은 전서구를 쓰다듬으며 혼잣말처럼 중얼거렸다.

"하긴 천하제일가를 차지함에 있어 이 정도의 의외도 없다는 건 말이 되지 않겠지."

무영일혼이 조심스럽게 물었다.

"원로원으로 전서구를 띄울까요?"

마립은 저택에서 시선을 떼지 않은 채 대답했다.

"아직은 아냐. 우선 확인부터 해 봐야지. 만약이란 게 있으니까."

그때 홍색 경장을 입은 장한들이 그들을 향해 다가왔다.

"이봐! 거기!"

마립은 쯧쯧 혀를 찼다.

"파리들이 꼬였군."

홍색 경장의 장한들이 마립 일행을 둘러쌌다. 그들은 상단에서 막 도착한 혈마대로 저택 주변에 적의 흔적이 남아 있지 않은지 수색하던 중이었다.

무영일혼이 포권하며 말했다.

"무슨 일이십니까?"

혈마대의 이 조장인 도대광이 팔짱을 끼며 대답했다.

"그건 우리가 할 소리다. 이곳이 황 노야의 땅임을 모르진 않을 터, 여기서 얼쩡거리는 이유가 뭐냐?"

"황 노라뇨? 저희는 몰랐습니다. 그저 산을 넘다가 부서진 저택이 보이기에 잠시 구경하고 있었을 뿐입니다."

"말도 안 되는 소리지. 생김새만 봐도 무림인임이 분명한 놈들이 산을 왜 타? 단체로 등산 다니나? 정 억울하다면 무기 내려놓고 우릴 따라와라. 염탐꾼이 아니라는 게 확인되면 돌려보내 주지."

마립이 앞으로 나섰다.

"우린 그냥 지나가는 사람이오. 당신네들의 일과는 아무 관계도 없소이다."

"그럼 함께 내려가 보자니까."

마립은 눈을 치켜떴다. 원래는 화씨 세가에서 왔음을 밝히고 적당히 넘어갈 생각이었다. 엉뚱한 놈들이 유상진을 채간 이때, 황 부자와 싸워서 좋을 게 없기 때문이다. 하지만 놈의 말투가 마음에 들지 않았다.

마립의 눈빛이 변하자 이십팔무영혼도 각자의 무기에 손을 댔다.

도대광은 고개를 끄떡였다.

"역시 어젯밤에 이곳을 습격한 악적들과 관련이 있는 놈들이구나. 내 한 놈도 그냥 보내지 않겠다."

마립이 차갑게 말했다.

"지금이라도 물러서면 목숨은 살려 주겠다."

"누가 할 소리를 하는 거야?"

도대광은 무기를 뽑으며 버럭 소리를 질렀다. 동시에 혈마대 전원이 칼을 뽑아 들었다.

마립은 음소를 흘렸다. 그는 이들을 다 죽이고 감쪽같이 묻어 버리는 쪽으로 생각을 바꿨다.

그가 막 손을 떨치려는 순간이었다.

"잠깐! 멈춰!"

한 남자가 고함을 지르며 회선비回旋飛의 신법으로 혈마대와 무영혼들 사이에 내려앉았다. 사천마수 하길진이었다. 그를 보고 혈마대원들이 분분히 허리를 굽혔다.

하길진은 도대광의 뺨을 때리며 호통 쳤다.

"이놈! 지금 이게 무슨 짓이냐! 상대가 누군지 알아본 후에 싸움을 걸어야 할 게 아니냐!"

도대광은 불만스러운 기색이 역력했지만 감히 말대꾸를 하지 못하고 죄송하다고 사죄했다.

"네가 사죄할 사람은 내가 아니다. 이분 무영귀수 마립, 마 대협께다. 마 대협, 죄송합니다. 제 부하들이 귀인을 알아보지 못하고 결례를 저질렀습니다……."

마립의 이름을 듣고 혈마대원들의 눈이 화등잔만 하게 커졌다. 그들은 작은 목소리로 수군거렸다.

"저치가 마립이야?"

"생각보다 훨씬 젊군."

도대광은 마립에게 고개를 조아렸다.

"죽을죄를 지었습니다, 마 대협."

"뭘, 열심히 일하려다 보니 그런 건데 이해해야지."

마립은 하길진을 보며 싸늘한 웃음을 지었다.

"자네가 이곳에 있을 줄은 몰랐군. 그동안 잘 지냈나?"

마립의 목소리에 분노가 묻어났다.

두 사람의 관계를 아는 사람들은 침묵을 지켰다. 이제 무슨 일이 벌어질지 모른다.

하길진은 깍듯하게 대답했다.

"염려해 주신 덕분에. 마 대협께서도 잘 지내셨는지요?"

"나도 자네 덕분에 즐거운 시간을 보냈네."

사천마수 하길진.

그의 명성은 대부분 마립을 통해 이루어졌다고 해도 과언이 아니었다.

십 년 전, 마립은 화씨 세가의 최연소 십대장로로 발탁되어 천하에 그 이름을 모르는 사람이 없을 정도로 유명세를 떨치고 있었다.

그에 비해 하길진은 사천에서 조그만 조직을 이끌고 있는 평범한 흑도인에 불과했다. 하길진을 아는 사람은 저놈 나중에 크게 될 거라고 말하기도 했지만 중원 전체로 보면 이름 없는 졸개에 지나지 않았다.

그 넓디넓은 중원 땅에서 두 사람이 만난 것은 운명이라고밖에 할 수 없는 일일 것이다.

그 만남은 사천의 검각劍閣에서 이루어졌다.

하길진은 민강岷江에서 활동 중 거대 방파와의 알력 때문에 부하들과 도피 중이었고, 마립은 애인인 독서시毒西施와 함께 산천을 유람하던 중이었다.

사건의 발단은 지극히 사소했다. 길거리에서 서로 어깨가 부딪친 것이다.

일상에서 흔히 있을 수 있는 일이고 적당히 사과하고 넘어갈 법도 했지만 그곳이 험난하고도 험난한 촉도에서도 가장 험하다는 검각이라는 점이 문제였다.

한 사람도 간신히 지날 비좁은 통로에서 마주쳤으니 비켜 준다는 건 쉬운 일이 아니다. 그것도 처음부터 어깨를 부딪치는 불상사가 발생했으니…….

언제 적들이 칼을 들고 뒤쫓아 올지 모르기에 힐끔힐끔 뒤를 돌아보며 하길진이 먼저 말했다.

"이보쇼. 나 굉장히 바쁜 사람이니 좀 비켜 주쇼."

마립은 화가 났다. 어깨를 부딪친 것에 대해 사과는 하지 않고 불손하게 비켜 달라는 말이나 하고 있으니 천하에 다시 없을 성인군자라도 화가 날 수밖에 없었다. 원래 그는 성인군자가 아니었다.

게다가 여자와 함께 있었다. 어떤 남자든 여자와 함께 있으면 강해지기 마련이고 그는 이미 강하다고 소문난 남자였다. 당연히 대답이 좋게 나갈 리 없었다.

"싫다면?"

하길진은 다시 뒤를 돌아보았다. 조금이라도 지체하면 암살자가 따라와 목덜미에 바람구멍을 낼 것 같았다.

그는 더 참지 못하고 소리쳤다.

"좋은 말로 할 때 비켜라! 두 번 말 안 한다!"

"내 이름은 마립이다."

마립은 짧게 한마디 하며 소매를 접었다. 그의 손목에는 무영귀수의 표식인 작은 손바닥의 문신이 새겨져 있었다.

강호의 유명한 고수인 그다. 동네 불량배와 시비를 가르기엔 너무나 고귀한 존재인 것이다. 눈이 달린 놈이라면 무영귀수의 문신을 알아볼 것이고, 귀가 달린 놈이라면 마립의 이름 정도는 들어 봤을 것이다.

이제 무릎을 꿇고 사죄하겠지. 대협을 알아보지 못해 죄송하다고 한쪽 눈을 뽑겠다고 호들갑을 떨 것이다.

마립은 입가에 미소를 흘렸다.

그러면 발끝으로 뻥 걷어차서 절벽 아래로 떨어뜨릴 생각이었다. 천하의 독서시도 그를 다시 볼 것이다. 그렇지 않아도 독서시에게 남성다움을 과시할 방법이 없나 고심하던 터였다.

하지만 하길진은 마음이 급해 마립의 이름을 제대로 듣지 못했다. 문신도 슬쩍 넘겨다보곤 '별 조잡한 걸 다 했네.'라고 생각했을 뿐이다.

거기서부터 비극이 시작되었다.

"어? 못 비킨다 이거지?"

마립이 소매를 걷은 것을 오히려 한번 붙어 보자는 뜻으로 받아들인 것이다. 하길진은 그대로 마립을 향해 몸을 날렸다.

피 튀기는 싸움 끝에 마립은 하길진의 마수에 맞아 중상을 입었다. 하길진은 독서시를 품에 안고, 쓰러진 마립을 밟고 지나갔다고 전해진다.

자신이 쓰러뜨린 자가 그 이름도 유명한 무영귀수 마립이라는 사실을 하길진은 며칠이 지난 후에야 알게 되었다.

마립의 패인은 여러 가지였다.

첫째는 마음가짐의 문제로서, 상대를 얕보았다는 점. 자신의 무공에 대한 지나친 자신감 때문에 처음부터 전력을 다하지 않은 것이다.

둘째, 함께 있던 독서시를 신경 썼다는 점. 애인이 보는 앞에서 최대한 멋지게 하길진을 없애겠다고 동작에 신경을 쓰다 보니 제대로 된 권법이 나오지 않은 것이다.

셋째, 멋지게 떨쳐입은 장삼이 움직임을 방해한 점.

넷째, 이게 중요한데 하길진은 생석회를 뿌리며 달려들었다.

이 패배로 마립이 입은 상처는 컸다. 독서시로부터 파혼을 통고받았으며, 세가 내에서의 출세에도 이상이 생겨 십대장로의 말석에서 한 계단도 더 올라가지 못했다.

무영귀수 마립.

그는 무림인들 사이에서 공포의 대상임과 동시에 웃음거리이기도 했다. 너무나 어이없는 패배를 당했기 때문이다.

그에 비해 하길진의 운명은 그 일 이후 순풍에 돛 단 듯 순조롭게 풀렸다. 사천 제일의 고수로 널리 알려지게 되었고 황산오귀라는 심복 부하를 얻었다.

마립은 몇 번이고 복수를 위해 하길진을 찾았다. 하지만 그때마다 길이 어긋나 만나지 못했다. 하길진이 아미파와의 전쟁에서 패배하고 잠적해 버린 뒤에는 만나고 싶어도 만날 수가 없었다.

그리고 이렇게 십오 년 만에 다시 만나게 된 것이다.

하길진은 점잖게 말했다.

"황 노야를 만나러 오셨습니까? 그렇다면 따라오시죠."

마립은 속이 부글부글 끓었지만 꾹 참았다.

지금은 분노를 터뜨릴 때가 아니었다. 지난 십오 년간 참아 온 일이 아닌가. 옛말에도 복수는 차게 한 후 먹는 음식과 같다 했다. 오래 식혀 먹을수록 좋은 것이다.

어느새 마립의 입가에 미소가 맺혔다.

그는 부드러운 어조로 말했다.

"좋아. 안내하게, 하길진."

덜컥! 문이 열렸다.

문 앞에 붙어 있던 유상진은 하마터면 코가 깨질 뻔했다. 짧은 머리의 사내가 인상을 쓰며 물었다.

"무슨 일이야?"

사내의 손에는 날이 선 단검이 들려 있었다.

유상진은 할 말을 잃었다.

본래는 '너희는 누구냐? 나는 왜 잡아 왔냐? 책임자를 불러와라.' 등의 요구를 할 생각이었다. 하지만 사람을 뼈째 채 썰어도 상할 것 같지 않은 날카로운 단검을 보니 용기가 나지 않았다.

거기다 저 얼굴을 보란 말이다. 나이 열 살 때 벌써 오십 명은 죽였을 것 같은 얼굴이다.

유상진은 머뭇거리다 말을 꺼냈다.

"저…… 마려운데요. 뒷간에 좀 갈 수 있을까요?"

사내는 잠시 생각하다가 단검을 허리춤에 넣었다.

"기다려. 물어보고 올 테니까."

문이 닫히고 적막이 흘렀다.

유상진이 마음속으로 삼십까지 셌을 때, 문이 다시 열리고 사내가 나타났다. 사내는 여전히 찡그린 얼굴이었다.

유상진은 애써 좋게 생각했다.

'원래 생긴 게 저럴 뿐, 나쁜 놈이 아닌지도 몰라.'

"침대 밑에 요강이 있대."

말을 마치자마자 사내는 다시 문을 힘껏 닫았다. 유상진은 재빨리 문틈으로 손을 쑤셔 넣었다.

"악! 손이 끼었어요!"

사내는 문을 조금 열며 덤덤하게 말했다.

"빨리 빼."

그러나 유상진은 오히려 문틈으로 팔뚝까지 밀어 넣었다.

"잠깐 우리 이야기 좀 해요."

사내는 눈을 부라리다가 결국 포기하고 문을 열었다.

"뭔데?"

"저…… 여기가 어디죠?"

"여기? 금양이야. 중복되는 질문을 피하기 위해 정확하게 말해 주지. 금양에서 사해전장을 운영하는 정 영감의 집이라고."

"그건 아까 들었는데요. 제가 왜 여기 있는 거죠?"

"그걸 내가 어떻게 알아! 팔 빼!"

"잠깐만요. 전 언제 여기서 나갈 수 있죠?"

"우리가 나갈 때."

"그, 우리란 게 누구……."

사내는 더 참지 않고 문을 걷어찼다.

"윽!"

유상진은 날아오는 문짝에 코를 얻어맞고 바닥에 무릎을 꿇었다. 문이 닫혔다.

"나쁜 새끼! 싹수머리 없는 새끼."

유상진은 코를 싸쥐며 악을 썼다. 바닥으로 피가 뚝뚝 떨어졌다. 사내가 욕설을 듣고 다시 문을 열지 않을까 걱정했는데 다행히 그런 일은 없었다.

"후우……."

유상진은 침대로 가 앉았다. 이제 얻은 정보를 종합할 때다. 그런데…….

"도대체 뭐야?"

얻은 정보가 없다. 아무리 머리를 굴려 봐도 저놈들이 누군지 모르겠다. 적은 아닌 것 같은데 그렇다고 친구인 것 같지도 않고.

한 가지는 분명했다.

이곳에서 빠져나가야 한다는 것.

문 앞에 보초를 세우고 방 안에 요강까지 둔 것을 보면 뭔가 냄새가 난다. 그가 도망갈까 봐 걱정하고 있는 것이다.

왜 그런 걱정을 하겠나. 뭔가 그에게 해가 될 짓을 할 작정이니까 그런 게 아니겠나.

생각해 보면 그는 뛰어난 효용 가치를 지닌 인물이었다. 고문해서 ≪무경≫의 구결을 전해 들을 수도 있고 화씨 세가에 넘겨서 보상금을 받아 낼 수도 있다. 누구에게 팔아먹을지 아직 마음을 못 정했을 수도 있다.

"도망쳐야 해."

유상진은 다시 창가로 다가갔다. 어느새 날이 어둑어둑해져 있었다. 그는 손으로 꽃무늬 창살을 힘껏 잡아당겼다.

우두둑!

생각보다 창살이 부서지는 소리가 컸다. 유상진은 숨을 죽였지만 문밖의 보초가 움직이는 소리는 들리지 않았다. 그는 조심조심 부서진 창살을 빼내고 창문을 열었다. 그리고 창밖으로 머리를 내밀었는데…….

"이런!"

아래는 절벽이었다. 최소한 오백 장은 될 듯 까마득한 벼랑이다. 왜 답답하게 창살을 달았는지 알 것 같았다.

휘이익!

바람이 휘몰아치며 공기를 찢어 냈다. 전각 반대편에도 절벽이 보였다. 꽃무늬 창살 너머로 보인 나무들은 맞은편 벼랑 위에서 자라는 것들이었다.

벼랑 사이의 너비는 대략 오 장 정도.

"자유가 바로 저긴데……."

고작 오 장의 너비 때문에 옴짝달싹 못 하게 생긴 것이다. 생각 같아선 펄쩍 뛰어 넘어가고 싶지만, 그는 새가 아니었다. 진짜 새라고 해도 좁은 협곡 사이로 몰아치는 바람을 뚫고 제대로 날아갈 수 있을지 의심스러울 지경이었다.

유상진은 무거운 얼굴로 맞은편 절벽을 바라보았다. 절벽 위로 아름드리 소나무들이 빽빽하게 늘어서 있었다.

'소나무라…… 소나무, 소나무? 그래, 소나무!'

유상진의 눈에 광채가 일었다.

"그렇다면……."

유상신은 침대로 다가가 이불보를 들춰 보았다. 이불은 넉넉했다. 맞은편 벼랑까지 날리기에 충분할 듯 보였다.

'뭔가 고정할 것이 필요한데…….'

그는 구석의 궤로 시선을 옮겼다. 정확히 말하면 궤의 강철 손잡이로.

그의 계획은 간단했다.

우선 이불을 찢어 밧줄 형태로 재구성한 다음, 끝에 강철 손잡이를 연결한다. 그리고 반대편의 나뭇가지를 향해 날린다. 물론 쉬운 일은 아니겠지만 계속 시도하다 보면 언젠가는 이불보가 나뭇가지에 감길 것이고 그때 이불을 타고 건너가 자유의 몸이 되는 것이다.

"간단하군!"

진짜 간단할지는 해 봐야 알 일이다.

🐾

"이상한 일이야."

혈영야로는 고개를 갸웃거리며 중얼거렸다. 그는 유상진

을 납치해 간 자들을 추적하는 중이었다.

흔적은 강변으로 이어져 있었다.

희미한 말발굽 자국. 지우려고 애쓴 티가 역력했지만 타고 난 추적자인 혈영야로의 눈을 속일 수는 없었다.

처음에는 배로 바꾸어 타고 도망치려는 것인 줄 알았다. 그러나 흔적은 강변을 따라 끝없이 계속되고 있었다.

도대체 뭘까? 배를 미리 준비하지 못했던 걸까? 배를 준비하기로 한 자들이 나타나지 않은 걸까?

그는 잠시 걸음을 멈추고 주위를 둘러보았다.

자욱한 새벽안개 사이로 한 노인이 허름한 나룻배 아래서 열심히 그물을 손질하고 있었다.

혈영야로는 기환술을 풀었다. 몸을 감싸고 있던 검은 연기가 사라지자 잔뜩 주름진 얼굴의 늙은이가 나타났다. 그는 만면에 미소를 띤 채 노인에게 말을 걸었다.

"노인장, 말씀 좀 묻겠소이다."

노인은 힐끔 혈영야로를 쳐다보더니 다시 그물로 시선을 옮겼다.

"말씀해 보슈."

"반 시진 전후로 해서 말을 타고 이 근처를 지나간 사람들 혹 없었습니까? 말이 한 스무 필 정도 됐을 텐데요."

"아, 그 말 장사꾼! 혼자서 수십 마리의 말을 끌고 저리로 가더구먼. 그 친구 말 한번 기가 막히게 잘 몰던데."

노인은 손가락으로 방향을 가리키며 대꾸했다.

"우라질……."

혈영야로는 참지 못하고 욕설을 내뱉었다.

놈들에게 감쪽같이 속았다. 말발굽 자국을 남겼던 것은 추적자를 속이기 위한 미끼였다. 진짜는 벌써 다른 곳으로 도망쳤을 것이다.

'아직 늦진 않았다.'

처음 말발굽 자국을 발견한 곳으로 돌아가 흔적을 살펴본다면 놈들이 달아난 곳이 어디인지 알 수 있으리라. 서두르기만 한다면 아직 잡을 수 있다.

혈영야로는 몸을 틀었다. 그런데…….

'저놈들은 뭐지?'

안개 사이로 사람들의 그림자가 보였다가 사라졌다. 날쌘 동작으로 보아 무림인들이다.

'차라리 잘됐군.'

추적자를 해치우기 위해 칼잡이들을 남겨 둔 모양이다.

'저들을 제압한 뒤 그놈들이 어디로 도망갔는지 알아내면 되겠지.'

혈영야로의 몸이 서서히 안개 속으로 사라져 갔다. 기환술을 펼친 것이다. 그가 막 칼잡이들을 향해 움직일 때…….

"헉!"

차가운 낚싯줄이 목을 졸랐다. 그물을 손질하던 노인이다. 단순한 시골 노인이 아니었던 것이다.

목이 불에 달군 듯 뜨거워졌다.

노인은 두 팔을 잡아당겼다. 혈영야로의 허리가 뒤로 꺾였다. 그는 손가락을 갈고리처럼 구부려 낚싯줄을 움켜잡았다.

목에 손톱자국이 났지만 개의치 않았다. 그대로 뒤로 몸을 날렸다.

노인이 뱃머리에 등을 부딪쳤다.

"음……."

충격 때문인지 등 뒤에서 노인의 신음이 들려왔다. 목을 조이는 힘이 조금 약해졌다. 혈영야로는 팔꿈치로 노인의 옆구리를 내리찍었다.

"윽!"

노인이 비명을 질렀다. 다시 한 번 팔꿈치를 내리쳤다.

"으아!"

노인은 더 이상 참지 못하고 혈영야로의 목을 잡은 채 물속으로 몸을 던졌다.

두 사람이 강 속으로 사라진 후 안개 속에서 몇 명의 사내가 모습을 드러냈다. 철 부채를 든 유생 차림의 사내, 협봉도를 든 흑삼인, 허리에 검을 찬 중년인, 이렇게 세 사람이다.

세 사람은 아무 말 없이 강물을 바라보았다. 새벽의 찬란한 금빛 광선이 짙푸른 강물을 비추고 있었다.

"어떻게 될까요?"

유생이 부채질을 하며 물었다.

"걱정 말게. 하백河伯(강의 신)이라는 별호가 공짜로 생긴 것은 아닐 테니까."

협봉도를 든 흑삼인이 대답했다.

"하지만 상대는 혈영야로가 아닙니까."

"육지에서야 최고의 고수지만 물속에서까지 그렇진 않겠지."

반 각 정도가 지났지만 물속에선 아무런 소식도 없었다.

"너무 오래 걸리는군."

아무 말도 하지 않고 있던 검객이 중얼거렸다.

그때, 물속에서 손이 솟아올랐다. 그리고 낚싯줄을 들고 있던 노인의 얼굴이 보였다.

"고 형! 무사했군요."

유생이 안심하며 노인을 향해 손을 내밀었다.

"잠깐."

검객이 그를 제지했다.

"왜……?"

유생이 의아한 낯빛으로 검객에게 이유를 물으려 하다가 말을 멈췄다. 노인의 몸이 떠오르며 주변으로 핏물이 번져 갔기 때문이다. 물 위로 떠오른 것은 노인의 상체뿐이었다.

"당했군."

검객은 허리에 찬 검을 뽑아 들며 중얼거렸다.

"아직 멀리는 못 갔을 거다. 놈을 찾는다."

그들은 허겁지겁 안개 속으로 사라졌다.

약 반 각이 지난 후, 노인의 몸이 물속으로 가라앉았다.

"헉! 헉!"

그 대신 혈영야로의 얼굴이 나타났다. 그 얼굴은 하얗게 질려 있었고 목에 난 상처에서 울컥울컥 핏물이 흘러내렸다.

그는 간신히 뭍으로 기어 올라온 후 바닥에 철퍼덕 주저앉았다. 그리고 괴춤에서 금창약을 꺼내 목에 발랐다. 피가 멈추지는 않았지만 흐름을 늦출 수는 있었다.

'빌어먹을 자식…….'

정면 대결을 했다면 일초지적도 안 될 별 볼 일 없는 놈이었다. 그러나 헤엄치는 솜씨 하나만은 보통이 아니었다. 하마터면 강물 깊숙한 곳까지 끌려 들어가 숨이 막혀 죽을 뻔했다.

그는 간신히 몸을 일으켰다.

놈들이 돌아오기 전에 도망가야 한다. 지금의 상태로는 삼류 낭인 무사 하나 상대하기 힘들다. 놈들을 쫓는 건 상처를 치료하고 흩어진 진기를 수습한 다음의 일이다.

혈영야로의 얼굴이 딱딱해졌다.

바람이 휘몰아치며 자욱했던 안개가 흩어졌다. 그러자 그의 정면에 선 세 명의 사내가 보였다.

검을 든 중년인이 입을 열었다.

"시도는 좋았다. 하지만 우리 쪽에 이 물건이 있다는 것이 문제였지."

그의 손에는 한 마리 조그만 고양이가 안겨 있었다.

"비묘飛猫라는 녀석이다. 아까 죽은 친구 낚싯줄에 천리향 千里香을 발라 놨거든. 네가 어디에 숨든 찾아낼 수 있다, 이 말이지."

혈영야로는 아무 말도 하지 않았다. 그는 호흡을 가다듬으며 체력을 끌어올리고 있었다. 말 한마디 할 힘까지 모아서 저들과 싸워야 했다.

"자! 우리 소개를 하지."

검객은 부채를 든 유생을 가리키며 말했다.

"이 친구는 삼뇌객 섭봉운, 별호만 들어도 머리가 좋다는 걸 알 수 있겠지? 저기 협봉도를 든 친구는 도객 유당, 그리고 난 검객 유치아라고 한다."

"유상진은 어디 있지?"

"안전한 곳에. 안전한 곳에 데려다 났다. 그런데 지금 남의 걱정을 할 땐가, 네가 죽게 생겼는데? 혈영야로가 잘났다는 얘기는 많이 들었지만 그런 상처를 입고 우릴 이길 수는 없지."

혈영야로는 입술을 깨물었다. 유치아의 몸에서 흘러나오는 무형의 기세가 그의 이마를 무자비하게 강타하고 있었다. 금방이라도 이마가 터지고 피가 흘러내릴 것 같았다. 놈은 수십 년간 검력을 키워 온 일류 검객이었다.

그의 몸 상태가 정상이었다면 놈의 기세에 맞서 강기를 뿜어내든가 부드럽게 비켜 냈을 것이다. 하지만 지금은 그저 얻어맞는 수밖에 없었다.

정상일 때 싸운다고 해도 당해 내기 쉽지 않은 놈들이다. 그렇다고 기환술을 펼칠 기력이 있는 것도 아니다. 그는 유치아의 말을 인정할 수밖에 없었다.

'어쩔 수 없지. 한 놈이라도 더 데려갈 수밖에.'

혈영야로는 마음을 굳힌 후 입을 열었다.

"날 죽인다고 일이 해결될 것 같나?"

"그건 아니지만 네가 없어지면 우리가 좀 편해지지. 다른 건 다 괜찮은데 너 같은 은신과 암살 전문가는 좀 걸려서 말이야."

세 사람이 주위를 둘러쌌다.

혈영야로는 양쪽 소매에서 단봉을 한 자루씩 꺼냈다. 그리고 두 자루의 단봉을 마주 댄 후 한 바퀴 돌렸다.

철컥!

단봉이 하나로 연결되자 한쪽 끝에서 길쭉한 낫이 튀어나왔다. 혈영야로는 낫을 옆구리에 끼고 적들을 살폈다.

"그게 그 유명한 은형겸隱形鎌이로군. 생각보다 괜찮은 무기인걸. 널 죽인 다음에 비싸게 팔 수 있겠어."

유치아가 품평하듯 말했다. 말이 끝나기가 무섭게 그의 검이 하늘을 갈랐다.

낫과 검이 부딪쳤다.

두 개의 무기가 허공에서 엉킬 때, 섭봉운이 부채를 던졌다. 부채는 팽이처럼 맹렬하게 회전하며 혈영야로의 관자놀이를 노리고 날아갔다.

혈영야로는 은형겸에서 단봉 한 자루를 뽑아 날아오는 부채를 걷어 냈다. 부채는 호선을 그리며 바닥에 처박혔다.

혈영야로의 열린 가슴팍으로 유당의 협봉도가 날아들었다. 혈영야로는 미꾸라지처럼 유연하게 몸을 움직여 칼을 피했다.

그 틈에 유치아의 검이 낫을 타고 미끄러졌다. 혈영야로는 낫을 비틀어 검의 방향을 바꾸며, 왼손에 들린 단봉으로 유치아의 머리를 후려쳤다.

막 머리통을 박살 내기 직전, 섭봉운이 금나수로 그의 손목을 움켜잡았다. 섭봉운의 얼굴에 잔인한 미소가 어렸다.

공기를 가르며 날아오는 협봉도.

낫을 타고 내려오는 검.

절체절명의 순간, 혈영야로는 팔을 비틀어 섭봉운의 손목을 꺾었다.

우두둑!

손목이 부러지면서도 섭봉운은 손을 놓지 않았다. 유당의 칼이 혈영야로의 아랫배를 파고들었다.

"윽!"

혈영야로의 입에서 억눌린 신음이 새어 나왔다. 유당은 상처가 벌어지도록 칼날을 비틀었다. 유치아의 검이 낫을 타고 내려와 혈영야로의 손목을 잘랐다.

피가 샘솟듯 뿜어져 나왔다.

혈영야로는 비명을 참으며 왼손으로 섭봉운의 얼굴을 후려치고 무릎으로 유당의 하초를 찍었다. 섭봉운은 코가 부러져 뒤로 물러섰고 유당은 사타구니를 부여잡고 주저앉았다.

'이제 한 놈. 한 놈만 잡으면 된다.'

유당과 섭봉운은 당분간 전투 불능 상태로 만들어 놨다. 유치아만 해치우면 된다!

유치아의 검이 날아왔다. 혈영야로는 피가 뿜어져 나오는 오른팔로 검을 막고 상대의 가슴에 왼손을 날렸다.

"컥!"

유치아는 피를 토하며 물러섰다. 장력에 가슴을 적중당한 탓이다.

혈영야로는 자신의 목을 움켜잡았다. 유치아의 검이 팔목을 자르고 목을 꿰뚫은 것이다. 검을 뽑으려 했지만 검신이 너무 길어 그럴 수조차 없었다. 목에서 가래가 끓는 소리가 났다. 목에 박힌 검신이 부르르 떨렸다.

"이런 개새끼!"

섭봉운이 코를 부여잡은 채 달려들어 그의 아랫배에 박혀 있는 도를 힘껏 밀어 넣었다. 혈영야로는 움찔 경련을 일으키다가 바닥에 머리를 박았다.

유치아는 가슴팍을 문지르며 신형을 바로잡았다. 바닥에 쓰러진 혈영야로는 죽은 것이 분명했지만 공포가 밀려드는 것은 어쩔 수 없었다. 그는 소매로 입가의 핏물을 닦아 내며 중얼거렸다.

"이름값은 하고 갔군."

섭봉운이 바닥에 피를 토했다. 핏물 사이로 부러진 이빨이 보였다.

"자네 괜찮나?"

섭봉운은 덜렁거리는 이빨을 뽑아내며 말했다.

"전 괜찮습니다만…… 유당 형이 안 좋아 보이는군요."

도객 유당은 사타구니를 붙잡은 채 몸부림치고 있었다. 입에선 거품이 보글거리고 바지를 타고 오줌이 흘러내렸다. 알이 깨진 모양이었다.

유치아는 한숨을 내쉬었다.

"일으켜 줘. 우선 자리를 떠나자고."

섭봉운이 유당을 부축했다. 유치아는 걸음을 옮기려다 문득 혈영야로에게 시선을 주었다. 혈영야로는 입을 반쯤 벌린 채 눈을 부릅뜨고 죽어 있었다.

그는 혈영야로의 낫을 집어 들며 말했다.

"잘 가게, 혈영야로."

그리고 혈영야로의 시체를 강물로 밀어 넣었다.

시체는 물속에 잠겨 들었다.

어느덧 안개도 차츰 걷혔다. 세 사람의 무사들은 서로에게 몸을 기대며 사라졌다.

　

"아니, 주인한테 물어보지도 않고 집을 빌려 주면 어떡해요!"

여자는 얇은 나삼을 나풀거리며 버럭 소리를 질렀다.

갸름한 얼굴에 초롱초롱 빛나는 눈동자, 청순한 외모의 아가씨였지만 표독스러운 말투 때문에 별로 귀엽지 않았다.

정 영감은 길게 한숨을 내쉬었다.

"이 집 주인은 나야. 당신이 아니라고."

"뭐라고요!"

"물론 당신한테도 권리가 있지. 하지만 말이야……."

"하지만 뭐요?"

여자는 다시 고함을 질렀다. 한번 삐치면 언제 그 화가 풀릴지 하늘도 모르는 게 바로 그녀였다.

'내가 호랑이 새끼를 키웠지.'

정 영감은 여자를 힐끔거리며 내심 생각했다.

표독스럽게 눈을 흘기며 소리치는 그녀는, 호랑이는 아니라도 살쾡이는 될 것 같았다.

"집을 통째로 남에게 빌려 주고…… 잘하는 짓이다! 나중엔 마누라도 빌려 주겠네."

그녀는 본처가 죽은 후 적적해서 얻은 첩이었다. 신혼 초에 귀여워서 이것저것 해 달라는 대로 해 준 것이 실수다. 이제는 그의 힘으로 감당할 수 없는 악처가 되어 버렸다.

하지만 이번 일은 정말 중요하다. 이번 일만큼은 그녀에게 끌려 다닐 수 없다. 잘만 되면 반년은 먹을 수 있는 고기가 생기는데…… 말이 반년이지, 그걸 돈으로 환산하면 정말 어마어마한 금액이 될 것이다.

정 영감은 단전에 기를 모았다.

"입이 있으면 말을 해 봐요!"

그녀는 지치지도 않는지 쉬지 않고 소리를 질러 댔다.

'더 큰 소리로 기선을 제압해야 한다!'

정 영감은 모았던 기를 한꺼번에 뿜어냈다.

"입 닥쳐! 다 내 맘이야!"

정 영감 스스로도 놀랄 정도로 쩌렁쩌렁한 목소리였다.

여자는 멍청한 얼굴로 정 영감을 바라보았다. 근래 몇 년 동안 목소리를 높인 적이 없던 정 영감이니 그럴 만도 했다.

"당신…… 나한테 소리 지른 거야?"

정 영감은 기세를 올리며 계속 내쏘았다.

"그래! 내 사업상 중요한 사람들에게 집을 좀 빌려 줬다!

그게 어쨌다는 거야?"

말을 꺼내자 자연스레 그들이 떠올랐다.

'그럼, 그럼! 중요한 사람들이지.'

그의 유일한 취미인 식도락을 돕는 사람들. 그들은 바로 양각양의 인물들이었다. 느닷없이 나타나 집을 빌려 달라고 했지만 정 영감은 조금도 망설이지 않고 응낙했다.

그렇지 않아도 고기 값에 허리가 휠 지경이었다. 마누라는 그런 것도 모른 채 집에서 쫓겨난 것만 가지고 그에게 역정을 내고 있는 것이다.

"내가 다 함께 먹고살자고 이러지. 나 혼자 잘 먹으려고 그러냐! 이제 그만 좀 해 둬!"

마음속에 품은 말을 내뱉자 속이 다 후련해졌다.

여자는 조금 풀이 죽은 어조로 물었다.

"그럼 내일 어떻게 해요?"

그녀가 목소리를 낮추자 정 영감의 화도 풀렸다.

"뭘 말이야?"

"내일 친구 생일잔치에 가기로 했단 말이에요!"

정 영감은 어리둥절해져서 대답했다.

"가면 되잖아. 내가 말렸나? 잘 놀다 오라고. 누군지 모르지만 내가 생일 축하한다고 전해 주고."

여자의 목소리에는 여전히 힘이 없었다.

"목걸이…… 자랑을 했단 말이에요."

"목걸이?"

"예, 묘안석猫眼石(둥글게 연마하면 고양이 눈처럼 생긴 한 가닥 줄이 생기는 보석) 목걸이 말이에요! 그년이 별것도 아닌 묘안석 반지를 자랑하잖아요. 흥, 저만 묘안석이 있는 줄 아나? 난 쌍꺼풀 있는 묘안석이다. 오늘 가져가서 보여 준다고 했는데……."

정 영감은 어두운 표정으로 생각했다.

'그건 또 언제 산 거야?'

남편은 고기 산다고 돈 쓰고 마누라는 보석 산다고 돈 쓰니 집안이 제대로 굴러갈 리가 없다. 그는 속으로 한숨을 내쉬며 물었다.

"그게 집에 있어?"

여자는 고개를 열심히 주억거렸다.

"아이…… 자기야…… 잠깐 집에 가서 보석만 가지고 나올게. 자긴 내가 창피당하는 게 좋아? 좋아?"

정 영감의 눈치를 살피며 어리광까지 부렸다. 조금 전 흥신 악살처럼 화를 내던 모습에 비하면 놀랄 만한 변신이었다.

정 영감은 고민이 되었다.

그녀의 말에 마음이 흔들리긴 했다. 그녀 정도의 미녀가 살을 비비며 부탁을 하면 거절할 수 있는 사람은 얼마 되지 않으리라. 그러나 지금 집에 돌아간다면……

인육 사냥을 하는 양각양의 쓰레기들과 얼굴을 마주쳐야 한다. 정 영감이 통째로 집을 맡기고 나온 이유 중 하나는 그들과 같은 지붕 아래 있고 싶지 않았기 때문이다. 한밤중에 덤벼들기라도 하면 어쩌란 말인가. 인육 요리를 좋아하긴 하지만 인육 요리가 되어 식탁에 오르는 것만큼은 피하고 싶다.

정 영감은 떨떠름한 어조로 말했다.

"그냥 아프다고 하고…… 나중에 가면 안 돼? 그 친구들 내일 오후쯤에는 집을 비워 줄 거니까…… 하루만 기다려, 응? 내가 새 보석 사 줄게. 음…… 너 비취 가지고 싶다고 했지? 보통 옥은 품위에 안 맞는다고. 그거 받고 하루만 참아라."

여자의 눈에 눈물이 어렸다.

뚝. 뚝.

그녀는 울먹이며 말했다.

"내가 내 자존심 때문에 이러는 줄 알아? 다 자기 명예 때문에 이러는 건데 내 맘도 몰라주고……."

정 영감은 속으로 투덜거렸다.

'내가 모르긴 뭘 모르냐? 다 허영심 때문이지, 명예는 무슨.'

하지만 알면서도 속아 주는 것이 남녀 간의 일이다. 정 영감은 내키지 않는 어조로 말했다.

"알았어, 알았어. 내가 가서 가지고 올게. 그 보석, 네 방에 있지?"

아! 영웅도 통과하기 어려운 관문이 미녀라고 하지 않던가. 정 영감은 물론 영웅이 아니고 미녀의 눈물을 그냥 봐 넘길 만큼 냉혈한도 아니었다.

'이 여자는 내가 얼마나 큰 위험을 감수하는지 알고 있을까?'

그런데 여자는 고개를 흔들었다.

"안 돼."

"또 뭐가 안 돼?"

"그 보석, 숨겨 놨단 말이야. 나 아니면 못 찾아. 내가 가서 가지고 와야 돼."

"같이 가자고?"

"그래."

'잘하면 부부 동반으로 골로 가겠군.'

정 영감은 바닥이 파일 정도로 긴 한숨을 내쉬며 말했다.

"그럼 빨리 가지."

❦

"미치겠네."

유상진은 이불보를 바닥으로 내던졌다. 그는 원망스러운 눈길로 건너편 절애의 나무를 바라보았다.

벌써 한 시진째 밧줄을 날리는 중이었다.

팔이 끊어질 정도로 아팠지만 얻은 건 없다. 절벽 사이에 몰아치는 바람 때문에 반대편까지 날아가는 일도 적었고, 혹 날아가더라도 나무에 튕겨 되돌아올 뿐이었다.

'내공…… 내공만 있었어도…….'

물론 그의 별것 아닌 내공이 있다고 성공한다는 보장은 없다. 그나마 팔은 덜 아플 테니까 하는 생각이었다.

"좋아. 마지막 한 번이다."

이번에도 실패하면 다른 길을 찾기로 결심하고 유상진은 이불보를 집어 들었다. 그리고 창가로 다가가 건너편 절애의 나무를 뚫어져라 노려보았다.

"난 할 수 있다. 이번에는 된다!"

스스로에게 최면을 걸면서 이불보로 만든 밧줄을 휙휙 돌렸다. 그리고 숨을 크게 들이쉬며 마음을 진정시킨 다음, 있는 힘을 다해 던졌다. 밧줄이 허공을 가르며 날아갔다.

'돼라, 돼라!'

유상진은 주먹을 꽉 쥐며 속으로 빌었다. 그러나 그의 기대와 달리 밧줄은 맞은편 벼랑에 닿기도 전에 서서히 가라앉았다.

그런데 그때, 찢어지는 소리를 내며 바람이 휘몰아쳤다. 맞은편 나무를 향해 부는 바람이었다. 줄은 바람을 타고 나무까지 날아갔다.

"어? 어? 된다! 돼."

탁!

너무 먼 데다 바람 소리가 시끄러워 들릴 리가 없지만, 유상진은 밧줄 끝에 달린 손잡이가 나뭇가지에 걸리는 소리를 들은 것만 같았다. 얼른 줄을 당겨 보았다.

팽팽했다.

"우하하, 됐다. 됐어!"

유상진은 기쁨의 환호성을 질렀다.

그는 혹시 경비가 들어오지나 않을까 열쇠 구멍으로 문밖을 살핀 후, 줄을 잡아당겨 침대 기둥에 한쪽 끝을 비끄러맸다.

"이래선 안 되겠어. 달리 수를 찾아야지."

유상진은 고민에 잠겼다.

밧줄은 그의 몸무게를 견디기에 너무 약했다. 그냥, 정말로 그냥 가볍게 올라타기만 했는데 치직, 이불보가 절반쯤 끊어져 버린 것이다.

'이럴 때 주 노인네의 내공만 있었어도…….'

그랬다면 몸을 가볍게 만들 수 있었을 것이다.

'몸무게를 줄일 수도 없고.'

짧은 시간 동안 어떻게 몸무게를 줄인단 말인가. 설사약이라도 있다면 먹겠지만 방에는 물 한 잔 보이지 않았다.

'어쩌지? 어쩌지?'

좋은 수가 있을 텐데…… 아주 간단하면서도 기발한 해결책이. 뭔가 떠오를 듯하면서도 잘 생각이 나지 않았다.

"다시 한 번 시도해 보자."

벌떡 몸을 일으켰다. 그리고 다시 창문으로 다가갔다.

유상진은 절벽 밖으로 똥을 싸서 최대한 체중을 줄인 후에 다시 한 번 도전해 보기로 했다.

탈출

第十八章

　대부분의 건물이 전파되거나 반파되었지만 운 좋게 멀쩡한 건물도 몇 채 있었다.

　황 부자는 그중 한 곳에 임시로 거처를 정한 뒤, 밥도 잠도 줄여 가며 열심히 일했다. 일을 수습하기 위해 최선을 다하는 그의 모습은 젊은 시절 아직 상도를 지키려 애쓰던 때의 모습과 비슷했다.

　단지 그때와 원하는 것이 다를 뿐이다.

　황 부자의 귀빈실.

　황 부자는 마립과 독대하고 있었다. 두 사람 앞에는 따뜻한 차가 놓여 있었지만 누구도 마실 생각은 없는 듯했다.

　마립이 먼저 입을 열었다.

　"오다가 보니 저택이 많이 부서졌던데요. 무슨 일이 있었습니까?"

황 부자 아무렇지도 않게 대꾸했다.

"아! 별일은 아닙니다. 사업을 하다 보면 종종 있는 일이죠. 싸움이란 게 꼭 나라나 무림에 국한된 문제는 아니랍니다. 사업상 경쟁하는 자와 무력으로 부딪치기도 하지요. 하하하."

'말도 안 되는 거짓말을 치는군.'

마립은 내심 생각하면서도 깍듯하게 말했다.

"상인이란 것도 참 힘든 모양이군요."

"가끔 어려운 일도 있죠."

"그런데…… 유상진은 안전하게 있겠지요?"

황 부자는 너털웃음을 지으며 대답했다.

"하하하, 물론이외다. 그 친구는 최고의 경비 아래 보호받고 있지요. 물론 조금, 아주 조금 다치기는 했지만 생명에는 지장이 없습니다."

마립은 슬쩍 떠보았다.

"다행이군요. 저는 그 '별일 아닌 사업상의 문제' 때문에 그 친구가 죽지 않았을까 걱정을 했지 뭡니까."

황 부자는 놀란 듯했지만 금세 평온을 되찾았다. 일이 어떻게 되어 가는지 모르고 있었다면 알아채지 못했을 정도로 짧은 순간이었다.

"설마, 그런 일이 있을 리가요. 그런데 세가에선 천애검뇌 대협을 보내겠다고 연락이 왔었습니다만…… 왜 마 대협이 오신 겁니까?"

자연스럽게 말을 돌리는 황 부자를 보고 마립은 속으로 혀를 내둘렀다.

'역시 노회한 영감쟁이야.'

그리고 잠시 머리를 굴렸다.

황 부자가 뭐라고 허풍을 떨든 유상진은 이미 양각양이 가로챘을 가능성이 높다. 이런 때 뇌경 대신 유상진을 데리러 왔다는 얘기를 해서 일을 복잡하게 만들 필요는 없다.

만의 하나, 유상진이 이곳에 있음이 확실하다면 그때 다시 이야기를 해도 되는 것이다.

'일단은 내가 아닌 걸로 해 두지.'

마립이 대답했다.

"아닙니다. 저는 다른 볼일로 근처를 지나다가 하길진을 만나게 되어 한번 들러 본 겁니다. 유상진을 데려가는 임무는 예정대로 뇌 대협이 와서 처리할 겁니다."

황 부자는 의심하는 기색 없이 고개를 끄떡였다. 그러다가 지나가는 말처럼 물었다.

"사천마수와 오래된 은원이 있다고 들었습니다."

"은원까지는 아니고, 억울하게 맞은 일이 있죠."

"부하의 죄는 주인의 잘못이기도 하죠. 하길진이 마 대협께 실례를 저질렀다면 제가 대신 사과드리겠습니다."

마립은 차갑게 대꾸했다.

"그러실 필요까진 없습니다. 제가 개인적으로 해결을 볼 생각이니까요."

마립은 그날의 기억을 치욕스럽게 생각하고 있었다. 세가의 일만 정리되면 하길진을 끝장내 줄 생각이었다.

황 부자는 마립의 기분을 눈치 채고 재빨리 화제를 바꿨다.

"멀리까지 오셨는데, 유상진이나 한번 보고 가시죠. 세가에서 주방장으로 일했다고 하니, 마 대협께서도 얼굴을 알아보실 것 아닙니까. 세가로 돌아가셔서 제가 유상진을 데리고 있는 것이 확실하다고 잘 말씀해 주세요."

마립은 놀랐다.

'유상진이 여기 있는 게 사실일까?'

방금 전까진 황 부자가 허풍을 친다고 생각했는데 지금은 혹시, 하는 생각이 들었다.

"좋습니다. 얼굴이나 보고 가죠."

황 부자가 손뼉을 한 번 쳤다.

문이 열리고 붉은 옷을 입은 사내가 나타났다. 혈마대의 이 조장인 도대광이었다.

"마 대협을 유상진에게 안내해 드려."

"예."

마립은 자리에서 일어났다.

어느 쪽이 거짓말을 치고 있는지는 직접 확인해 보면 알 일이다.

황 부자는 지친 얼굴로 의자에 주저앉았다.

'잠깐 동안은 속일 수 있을 테지만…… 그다음이 문제군.'

그는 식은 차를 한 모금 마신 후 소리쳤다.

"하길진!"

"예."

벽장이 열리고 그 뒤에 숨겨져 있던 밀실에서 하길진이 걸어 나왔다.

황 부자가 물었다.

"어때? 천환사天換邪는 작업을 끝냈겠지?"

"물론입니다."

천환사 두용은 무림에서도 알아주는 역용의 전문가다. 진짜와 비교해도 손색없는 인피면구를 만들어 쓰고 다니며 살인, 강간, 강도질을 저지르는 천하의 악당이기도 했다.

마립이 나타났다는 소식에 부랴부랴 데려온 것이 천환사였다. 경쟁 상인을 납치할 때나 관부의 중요한 기밀을 빼낼 때 몇 번 고용한 일이 있어, 어디에 사는지 알고 있었다.

"얼마를 요구하던가?"

"전에 없이 공력을 들여 만든 거니 다른 것의 세 배는 받아야 한다더군요."

"세 배라⋯⋯."

황 부자는 쩝쩝 입맛을 다셨다.

"별수 없지. 그런데 마립 저자가 여기에 왜 나타난 거야?"

"저도 그게 좀 수상쩍습니다."

"오다가다 들렀다? 전혀 믿어지지 않는군. 뭔가 있을 텐데⋯⋯?"

그는 문득 생각난 듯 하길진을 돌아보았다.

"참, 자네 마립과 은원이 있다고 했지?"

"은원까지는 아니고. 몇 대 때린 적이 있죠."

"마립도 비슷한 소릴 하더군. 당하지 않도록 조심하게. 꼭 복수하겠다고 큰소리치더군."

하길진은 별것 아니라는 듯 코웃음 쳤다.

"걱정하실 것 없습니다. 마립은 저에게 미치지 못하니까요."

'걱정? 걱정은 무슨 걱정, 네가 지금 죽어 버리면 내가 곤란하니까 하는 소리지.'

황 부자는 속으로 욕설을 퍼부었다.

고대수가 죽고 혈영야로가 행방불명인 지금, 믿을 만한 고수는 하길진 한 명밖에 남지 않았다. 하길진마저 당해 버리면 답이 없다. 유상진이고 ≪천도서≫고 전부 하늘로 날아가 버리는 것이다.

"혈영야로에게서 연락은 없나?"

"그게…… 아직 없습니다."

혈영야로가 양각양을 쫓은 지 열흘이 지났다. 그런데도 연락이 없다니. 그쯤 되는 고수가 쉽게 당하진 않겠지만 불길한 생각이 드는 것은 어쩔 수 없었다.

황 부자는 결단을 내렸다.

"더 이상 혈영야로를 기다릴 순 없다. 상단의 정보력을 총동원해서 놈들의 행방을 찾아봐! 하오문에도 연락해."

"알겠습니다."

"빨리 놈을 되찾아야 해! 그렇지 않으면…….."

황 부자는 말끝을 흐렸다.

'고기 장사를 못 하는 거지, 또 뭐 있어?'

하길진은 마음속으로 비아냥거렸다. 그는 인육을 좋아하지 않았다.

🌑

정 영감은 계속 말을 더듬었다.

"그, 그러니까 꼭 필요한 걸 두, 두고 가서 말씀입니다. 바, 밤이 늦은 것은 알지만 자, 잠시 안으로 드, 들어갈 수 어, 없을까요?"

정 영감을 상대하는 자는 십객 중 환객幻客 임무성이었다.

임무성은 원래 냇물에 송진 가루 섞은 것을 만병통치약이라고 속여 파는 떠돌이 약장수였다. 약을 잘 팔려면 손님 몰이용 무술 시범이 멋져야 하는 법이다. 그는 수많은 연구 끝에 독창적인 무술을 만들어 냈고, 결국 그 무공으로 고수가 된 입지전적인 인물이었다.

공중부양空中浮揚, 격산타우隔山打牛의 시범을 보일 수 있는 약장수가 그리 흔하겠는가. 한때 그의 공중부양 시범은 장안의 화제가 되어 각계각층의 명사들이 구경하러 오기도 했다.

물론 그 모든 것이 속임수이기는 했지만 그 속임수를 알아차리는 사람이 없으니 속임수가 아니라고 할 수도 있었다. 그래서 그는 환상을 보여 주는 인간, 즉 환객이라 불리게 되었다.

환객은 눈을 게슴츠레하게 뜬 채 정 영감을 노려보고 있었다. 그는 정 영감에 대한 감정이 별로 좋지 않았다.

어렵게 자란 어린 시절 때문에 상류층에 대한 맹목적인 증오가 생긴 것은…… 물론 아니다. 그는 상류층을 좋아했고, 본인도 상류층이 되고 싶어 했다.

'나쁜 새끼, 방희태만 사람이냐?'

양각양에서 파견된 무사들 중에 방희태만 시녀를 제공받아 운우지락을 나누고 있다는 걸 알기에 화가 난 것이다.

환객은 '안 돼!' 하고 문을 닫고 싶은 걸 꾹 참았다. 성질은 더러웠지만 그는 명령 하나만은 충실하게 따랐다. 그랬기 때문에 방희태가 안심하고 정문을 맡긴 것이다.

"잠시만 기다리시오."

환객은 방희태에게 처리를 묻기 위해 안으로 사라졌다.

여자는 정 영감을 흘겨보며 물었다.

"친구 맞아요? 완전히 상전인데? 집을 빌려 준 게 아니라 뺏긴 거 아녜요?"

정 영감은 할 말이 없었다.

잠시 후 문이 열리고 환객이 얼굴을 내밀었다. 환객은 영 좋지 않은 얼굴로 턱을 까딱거렸다.

"들어오쇼."

때마침 방희태는 시녀와 이 합을 뛰고 정 영감에 대해 좋은 감정을 품고 있을 때였다. 그런 때 정 영감의 요구를 전했으니 '원하는 대로 해 줘.'라는 대답이 나온 것은 당연한 일이다.

"아! 그럼 수고하십시오."

정 영감은 고개를 조아리곤 아내를 데리고 서둘러 장원 안으로 들어가려 했다.

"잠깐!"

환객이 손을 들어 두 사람을 제지했다.

정 영감은 겁먹은 얼굴로 물었다.

"왜요?"

"그냥 안에 들어가면 무슨 꼴을 당할지 모르니 한 명 붙여
주겠소."

아니, 왜 험한 꼴을 당해?

정 영감은 궁금했지만 묻지 않았다. 무서운 대답을 듣게
될까 봐 두려웠기 때문이다.

환객은 주위를 두리번거리다 적당한 놈을 골랐다.

"야, 너! 이리 와! 함께 가 드려."

"예."

쥐 새끼처럼 생긴 왕삼이란 사내가 고개를 주억거리며 정
영감 앞으로 뛰어나갔다.

"그럼 조심해 다녀오시오."

◆

"도대체 어디에 둔 거야?"

정 영감은 소리를 죽여 물었다.

아내의 규방은 건장하게 생긴 삼십 대 남자가 차지하고 있
었다. 남자를 깨워서 잠시 내보낸 후에 방을 뒤져 보았지만
묘안석은 없었다. 서랍이란 서랍을 모두 열고 잘 개어 놓은

옷들도 뒤집어엎다시피 했지만 돌멩이 하나 나오지 않았다.

여자는 이해할 수 없다는 듯 고개를 갸우뚱거렸다.

"분명히 여기 두었는데……."

그러면서 문 앞에 서 있는 방 주인을, 아니 방금 전까지 방을 점거하고 있던 건장한 사내를 노려보았다. 그들을 여기까지 안내해 온 왕삼이란 자가 연방 콩 심는 시늉을 하는 것으로 보아 지위가 높은 자가 분명했다.

여자는 의심쩍은 목소리로 속삭였다.

"여보 혹시 저 사람이……."

정 영감은 재빨리 여자의 입을 막았다.

'이 여자가 죽고 싶어서 환장을 했구먼.'

"말도 안 되는 소리 말고 다시 생각해 봐!"

말은 그렇게 하면서도 정 영감 역시 사내를 의심하고 있었다. 그 긴긴 저녁 내내 방에서 무얼 했겠는가? 멍하게 하늘만 쳐다보기엔 무료한 시간이었음은 틀림없다. 방도 한번 뒤져 보고 속옷 냄새도 맡고 그랬겠지.

그리고 묘안석을 발견했다면? 그걸 그냥 뒀겠는가. 견물생심見物生心이라. 방을 뒤졌다는 것 자체가 뭐 가질 것 없나 하는 뜻이었을 텐데……. 양각양에서 일하는 놈이 비단결 같은 심성을 가졌을 리도 만무하다.

정 영감은 사내를 힐끔힐끔 노려보며 생각했다.

'나쁜 놈.'

그때 여자가 소리쳤다.

"아! 맞아요, 맞아! 그때 이 층 제 방으로 옮겨 놓았어요!

멍청하게 그걸 깜박하다니 말이야.”

정 영감은 미안한 얼굴로 잠시 사내를 바라보다 다시 여자에게 시선을 옮겼다.

“이 층이라면 절벽에 붙어 있는 방 말이야?”

“예. 빨리 그리로 가요.”

정 영감은 문 앞에 무료하게 서 있던 사내에게 인사를 했다.

“저…… 그럼 다시 주무십시오.”

사내는 얼굴을 찌푸렸다.

정 영감은 가슴이 철렁했다. 혹 쓸데없는 일로 단잠을 깨웠다고 때리기라도 하는 것이 아닐까?

사내가 물었다.

“잠깐! 이 층에서 절벽에 면한 방이 몇 개나 됩니까?”

저음의 부드러운 목소리였다. 분위기를 보니 때릴 것 같지는 않다. 정 영감은 안도의 한숨을 쉬며 재빨리 대답했다.

“한 갠데요.”

“그래요? 그 방은 안 되는데…….”

“왜요?”

마누라가 끼어들었다. 정 영감은 다시금 똥줄이 탔다. 이 여편네가 세상 사람들이 다 나 같은 줄 아나!

“아, 중요한 인물을 가둬 두고 있는 데라서 말이오.”

“그렇다면 나중에…….”

꼬리를 감추려는 정 영감을 밀치며 마누라가 나섰다.

“아이…… 정말 중요한 일이라서 그러는데요. 한 번만 도와주시면 안 돼요? 아저씨 지위도 제법 높은 것 같은데요.”

말투에 교태가 철철 넘쳐흘렀다. 여자가 혀로 붉은 입술을 핥으며 애교가 가득 담긴 말을 내뱉자 사내는 흐음, 하고 신음을 냈다.

"하지만⋯⋯."

"나중에 꼭 보답할게요⋯⋯."

'아니, 뭘 어떻게 보답하겠다는 거야?'

정 영감은 기가 찼지만 감히 소리 내어 말하진 못했다.

사내는 그녀의 말에 마음이 움직인 듯했다. 혹은 그녀의 몸매에.

"좋소. 내 미녀의 부탁을 거절할 순 없지. 따라오시오."

사내는 입맛을 다시며 앞장섰다. 마누라는 좋아하며 사내의 뒤를 따라 이 층으로 올랐다.

'이걸 좋아해야 하나? 싫어해야 하나?'

수완 좋은 마누라라고 감탄해야 하나 아니면 화냥기 많은 년이라고 화를 내야 하나? 도대체 감을 잡을 수가 없다. 정영감은 헷갈려하며 두 사람의 뒤를 따랐다.

여자가 사내에게 물었다.

"아저씨 이름은 뭐예요?"

사내는 야릇한 시선으로 ─음탕한 시선이라고 욕해도 할 말이 없는 그런 눈빛이었다─ 여자를 바라보며 입을 열었다.

"저요? 안영진이라고 합니다. 흔히들 유객遊客이라고 부르지만, 소저는 안 가가라고 불러 주세요."

유객 안영진은 십객 중 가장 다재다능한 인물이었다. 시, 그림, 음주, 가무, 힘, 기술 그리고 지속 시간까지, 놀고먹는 분야에 있어선 타의 추종을 불허하는 재능을 가지고 있었다.

일설에 의하면 강간 능력 역시 뛰어나다고 했다. 한 번 당한 여자는 완전히 반해서 끝까지 따라다닌다는 믿어지지 않는 이야기까지 떠도는 실정이었다.

향객도 비슷한 수준으로 여자를 밝혔지만, 그는 오로지 여자만 파는 인간이고, 유객은 풍류 자체를 좇는 인간이라는 점이 달랐다.

"안 가가……."

"좋네요. 소저 이름은 뭐죠?"

"저요?"

여자는 매혹적인 웃음을 머금어 보였다.

"전 백리화월이라고 해요."

"음…… 이름도 얼굴처럼 예쁘시네요."

"호호호, 정말요?"

'정말 못 봐 주겠군.'

정 영감은 눈꼴시어서 더 봐 줄 수가 없었다. 남편이 눈을 부릅뜨고 있는데 외간 남자와 노닥거리는 백리화월이나 그것에 넘어가고 있는 사내 놈—유객이라고? 아예 유곽이라고 하지그래—이나 정말 마음에 들지 않았다.

'나쁜 년.'

정 영감은 마음속으로 욕을 퍼부었다. 화가 나서 다리가 후들후들 떨렸다. 그러나 '야, 이 나쁜 연놈들아! 니들끼리 잘해 처먹어라.'라고 소리칠 용기는 나지 않았다.

그냥 속으로 욕이나 퍼부으며 가만히 서 있을 뿐이었다.

힘없는 수컷의 비애랄까?

마침내 목적지인 절벽에 면한 이 층 방에 도착했다.

방 앞에는 한 사내가 의자에 앉아 책을 읽고 있었다. 그는 유객을 보자마자 들고 있던 춘화도를 등 뒤로 감추고 벌떡 일어섰다.

"오셨습니까?"

유객은 점잖게 말했다.

"문 열게. 유상진 그자와 할 말이 있으니."

"예."

사내는 열쇠를 꺼내 문을 열었다.

유객이 앞장서서 들어가고 백리화월이 쪼르르 따라 들어갔다. 그리고…….

"아니!"

휘이익!

열린 창문으로 바람이 휘몰아쳐 들어왔다.

유객은 창문 쪽으로 뛰었다. 이불보를 찢어 만든 밧줄이 건너편 절애로 연결되어 있었다. 유상진은 벌써 밧줄을 타고 달아난 모양이다.

"이런, 빌어먹을……."

유객은 저도 모르게 중얼거렸다.

"이게 무슨 일이에요? 어머! 내 이불!"

찢어진 이불보를 보며 백리화월이 비명을 질렀다.

"이게 얼마짜린데! 누가 찢은 거예요? 안 가가! 얘기 좀 해 보세요.”

천하의 호색한 안영진도 지금은 백리화월과 이야기를 나눌 정신이 없었다. 그는 백리화월의 손을 꼭 잡고서 빠르게 말했다.

“미안하지만 더 이상은 함께 있기 힘들 것 같습니다. 나중에 한번 만남의 자리를 마련해 보도록 하죠. 중요한 물건이 여기 있다고 하셨죠? 자, 찾아보세요. 전 일이 있어서 이만.”

유객은 밖으로 뛰어나가며 소리쳤다.

“비상이다! 비상!”

“제가 안을 봤을 땐 아무 문제도 없었습니다.”

문 앞을 지키던 사내도 변명을 늘어놓으며 허겁지겁 유객을 따라 사라졌다.

두 연놈에 대한 증오를 곱씹으며 뒤늦게 계단을 올라가던 정 영감은 유객이 꽁지가 빠지게 뛰어가는 걸 보고 고개를 갸웃거렸다.

‘어딜 저렇게 뛰어가나? 똥이라도 마렵나?’

하지만 함께 뛰어가는 다른 사내를 보니 그건 아닌 것 같다. 두 사람이 동시에 똥이 마려울 리는 없지 않은가.

그는 방으로 들어가 한참 서랍을 뒤지고 있는 백리화월에게 물었다.

“쟤들 어디 가는 거야?”

“난들 알겠어요? 빨리 와서 이거나 열어 봐요.”

“흥, 그렇게 가까이 붙어 있었으면서 모르긴 뭘 몰라?”

백리화월은 정 영감을 째려보았다.

"어머머, 제가 뭘 어쨌다고 이래요? 별꼴이야. 난 당신 말고 다른 남자랑은 말도 못 해요?"

"정말 뻔뻔스럽군그래. 혀 위의 꿀처럼 달라붙어서 호호호 해 놓고, 뭐? 어쨌다고 이래요?"

백리화월은 콧방귀를 뀌었다.

"흥! 의처증이라니까, 의처증."

정 영감은 울화가 솟아올랐다.

"뭐!"

"말싸움은 나중에 하고 우선은 묘안석 찾는 것 좀 도와줘요. 당신, 여기 오래 있고 싶어요?"

그 말에 정 영감은 화를 참았다. 백리화월의 말이 옳다. 싸움은 언제든 할 수 있지만 목숨은 하나뿐이다. 어떤 귀신이 채 갈지 모르는 이런 곳에 계속 있는 것만큼 위험한 일은 없다.

"좋아. 나중에 이야기하자고. 하지만 기억해 둬. 난 좀 전에 있었던 일 절대 안 잊을 테니까."

"알았어요, 알았어."

백리화월은 속으로 욕을 퍼부었다.

'다 늙은 게 질투는. 야! 네가 잘해 주는데 내가 이러겠냐? 매일 문전만 더럽히는 게…… 게다가 주제에 뭘 나눠 줄 게 있다고 기방에는 그렇게 자주 드나들어?'

정 영감 역시 속으로 결심했다.

'이번에는 꼭 버릇을 고쳐 주고야 말겠어. 하늘 같은 남편

을 우습게보고 말대꾸나 꼬박꼬박하고 말이야. 그러니까 내가 다른 애를 사귀고 하는 거 아니겠어.'

속마음은 어쨌든 정 영감은 백리화월에게 다가갔다.

"묘안석을 어디에 뒀는데?"

"이 궤짝 안에 뒀는데 말이에요. 통 안 열려요. 손잡이도 없어지고…….."

"비켜 봐. 내가 열지."

정 영감은 백리화월을 밀어내고 궤짝을 잡아당겼다.

"으음! 이얍!"

핏발이 다 곤두서도록 힘껏 잡아당겼지만 궤짝은 꿈쩍도 하지 않았다. 정 영감의 얼굴이 붉어졌다.

'이거 망신인데…….'

백리화월은 경멸스러운 눈초리로 정 영감을 바라보았다.

'흥, 비실비실한 영감 같으니.'

그때 궤짝이 저절로 열리며 정 영감의 이마를 때렸다. 정 영감은 엉덩방아를 찧으며 구슬픈 신음을 냈다.

"윽!"

백리화월은 정 영감을 부축해 줄 생각은 하지 않고 궤짝으로 쪼르르 달려갔다. 그래도 조금은 미안했는지 공치사 한마디를 내뱉긴 했다.

"호호호, 잘했어요."

그리고 그녀가 궤짝 속으로 손을 내뻗을 때.

스윽!

궤짝 속에서 손이 튀어나와 백리화월의 목을 잡았다.

"어머? 이게 뭐야?"

백리화월은 상황 파악이 되지 않는지 어리둥절했다가 찢어지는 비명을 지르려 했다. 손이 하나 더 튀어나와서 그녀의 입을 막았다. 그리고 낮은 목소리가 들려왔다.

"입 다물어. 떠들지만 않으면 죽이진 않을 테니까."

백리화월은 고개를 끄덕였다.

"좋아."

그녀의 입을 막았던 손이 사라졌다. 그러나 목을 잡은 손은 그대로였다.

"밖에 몇 명이나 있지?"

"아무도…… 아무도 없어요."

"그거 정말이야?"

"그렇다니까요. 그러니까 이 손 좀 놔주세요."

잠시 침묵이 흐르다가 다시 목소리가 들렸다.

"옆으로 조금만 비켜 주겠어?"

백리화월이 옆으로 조금 움직이자, 궤짝 안에서 사람 한 명이 튀어나왔다.

"어휴, 숨 막혀 죽는 줄 알았네."

유상진은 땀을 뻘뻘 흘리며 중얼거렸다. 그는 백리화월의 목을 잡은 채 문밖을 슬쩍 살폈다. 아무도 없음을 확인한 후 그제야 안도의 한숨을 내쉬었다.

백리화월은 그런 유상진을 가만히 바라보다 입을 열었다.

"당신이군요."

"뭐가?"

유상진은 화들짝 놀랐다. 이 여자는 누군데, 당신이라고 이렇게 확신에 찬 어조로 말하는 걸까?

"당신이 내 이불을 찢었죠? 그게 얼마나 비싼 건데 저렇게 누더기로 만들어요?"

백리화월은 이불보를 가리키며 소리쳤다.

"저런 걸 만들어서 멀리 도망간 척하고는 궤짝 안에 숨어 있었군요? 그런 속임수에 사람들이 속을 것 같아요?"

"벌써 다 속았잖아."

"오래 속이진 못할 거예요."

유상진은 감탄했다.

"이야! 너 굉장히 똑똑하구나. 그런데 말이야, 죽으면 다 소용없거든. 그러니까 입 닥치고 가만히 있어!"

여자는 입을 다물었다.

그때 정 영감이 신음을 내며 눈을 떴다.

"아이고……."

그는 유상진을 보고 깜짝 놀라 소리쳤다.

"아니, 당신은 누구요?"

유상진은 재빨리 발바닥으로 정 영감의 입을 눌렀다. 소리라도 지를까 봐 방비한 것이다.

"누가 할 소리야? 너희야말로 누구야?"

백리화월은 '그것참 쌤통이다!' 하는 눈빛으로 정 영감을 보다가 유상진의 질문에 정신을 차리고 대답했다.

"예? 집주인인데요."

"집주인?"

유상진은 기억을 되살려 보았다. 문지기 녀석이 말하기를 이 집은 금양 사해전장의 주인인 정 영감의 것이라 했다.

"그럼 이 노인네가 정 영감이야?"

"예. 그리고⋯⋯."

백리화월은 출렁이는 머리를 한쪽으로 멋있게 쓸어 넘기며 말을 이었다.

"전 이 집의 안주인인 백리화월이에요."

목이 잡혀 있어 쉽진 않았지만 그녀는 결국 해냈다.

유상진은 그녀의 목을 잡았던 손을 놓으며 물었다.

"그럼 이 집에 와 있는 그 불한당들은 누구야?"

백리화월은 어깨를 으쓱거렸다.

"전 잘 몰라요. 이이는 친구라는데 제가 보기엔 꼭 상전 같고⋯⋯."

그 말에 유상진은 정 영감의 입을 누르고 있던 발바닥을 살짝 들어 올렸다. 정 영감이 콜록콜록 기침을 했다.

"노인장. 여기 날 감금한 자식들, 대체 뭘 하는 녀석들이야?"

"나도 잘 모르오. 그냥 돈을 받고 집을 빌려 주었을 뿐."

정 영감은 눈알을 굴리다 대답했다. 솔직히 말할까 잠시 고민했지만 차마 양각양, 사람 고기를 파는 사람들이라는 말이 떨어지지 않았다. 그런 놈들과 어떻게 알고 지냈냐는 질문에 대답할 말이 마땅치 않았기 때문이다.

유상진은 정 영감이 거짓말을 치고 있다고 확신했다. 하지만 추궁할 시간이 없다. 누군가 나타나기 전에 이곳에서 빨리 탈출해야 했다.

"좋아, 좋아. 내가 다 믿어 주지. 대신 여기 주인이라니까 하는 이야긴데 나 몸을 숨길 만한 곳을 찾아 줘."

백리화월은 얼굴을 찡그렸다.

"이 근처에 그 사람들이 쫙 깔렸을 텐데…… . 전각을 나가기도 전에 잡힐걸요."

"비밀 통로나 뭐 그런 거 있을 거 아냐!"

백리화월은 고개를 설레설레 흔들며 답했다.

"이 방엔 없어요."

"그럼 어디 있는데?"

"안방에 있는데 거긴 다른 사람이 있던데요."

유상진의 얼굴이 어두워졌다. 그렇다면…… .

"좋아. 되든 안 되든 해 봐야겠군."

"뭘요?"

여자는 의아한 듯 물었다. 유상진은 그 말엔 대답하지 않고 쓰러져 있는 정 영감을 일으켜 세우며 말했다.

"당신이 도와줘야겠어."

❧

방희태는 야무지게 세 번의 정사를 마친 후 깊이 잠들었다가 누군가 팔을 잡고 흔들자 눈을 떴다.

"대장, 대장! 큰일 났습니다."

방희태는 눈곱을 떼어 내며 인상을 구겼다.

'웬만한 건 좀 알아서 처리할 것이지, 새끼들이 꼭 나한테 와서 지랄이야.'

조금 전엔 환객이 와서 정 영감을 출입시킬지 물었다. 그런 하찮은 걸 다 와서 묻다니……. 이번에도 시시한 일 때문에 깨운 거라면 박살을 내 놓겠다고 다짐하며 방희태는 입을 열었다.

"뭐야?"

"저 유객입니다."

"그래, 무슨 일인데 소리를 지르고 난리냐고?"

"유상진이 도망쳤습니다."

"뭐!"

방희태는 깜짝 놀라 몸을 일으켰다. 이불이 흘러내리자 함께 누워 있던 시녀의 알몸이 드러났다. 유객은 시녀의 몸을 훔쳐보며 입맛을 다셨다.

"야! 좀 더 확실하게 말해 봐! 그 새끼가 어떻게 됐다고?"

방희태가 옷을 챙겨 입으며 소리쳤다.

"이불보를 찢어서 줄을 만들어 가지고, 그걸로 절벽을 타고 도망쳐 버렸습니다."

창밖이 절벽이라 안심해도 될 거라 생각했는데, 유상진이란 놈에게 그런 재주가 있는 줄은 몰랐다.

"이런 젠장! 비상 걸었지?"

"예, 환객과 향객이 아이들을 데리고 놈을 추적하러 떠났습니다."

"환객이?"

빌어먹을! 유상진을 잡는 데 성공한다고 해도 그들이 이곳에 숨어 있다는 사실은 천하 구석구석까지 소문나게 생겼다.

환객은 무식하기 짝이 없는 인물이었고 최대한 조심스럽게 처리할 일조차 동네방네 소문을 내며 하는 인간이었다. 그런 인간을 내보내면 안 되는 건데!

방희태는 유객과 함께 복도로 나왔다.

유객이 물었다.

"저희도 따라나서야겠지요?"

"아니, 우선 녀석이 있던 방부터 가 보지. 혹 단서가 남아 있을지도 모르니……."

방희태로선 유상진이 어떻게 탈출했는지 직접 눈으로 확인해 보고 싶었다.

이웃한 절벽까지는 약 오 장. 상당한 수준의 고수가 아니면 건너갈 수 없는 너비다. 유상진은 눈곱만큼의 내공도 없는 평범한 인간이었다. 그런 자가 어떻게?

두 사람은 계단을 따라 올라가다가 이 층에서 내려오는 정영감 부부와 마주쳤다. 정 영감은 끝에 주먹만 한 묘안석을 붙인 육합모六合帽를 눌러쓰고 있었다.

유객이 물었다.

"물건은 찾으셨습니까?"

백리화월이 쥐꼬리만 한 목소리로 대답했다.

"예, 덕분에……."

"남편 모자였던 모양이군요."

"예."

유객은 더 이야기를 나누고 싶었지만 방희태의 눈치가 보여 대충 인사하고 위로 올라갔다.

방희태는 창밖을 바라보며 침묵을 지켰다.

유객이 다가와 그 옆에 섰다. 바람이 휘몰아치자 이불보로 만든 줄이 크게 흔들거렸다. 그 아래 천 길 낭떠러지가 있었다.

방희태는 기운 없는 목소리로 말했다.

"쥐 새끼한테 한 방 물린 꼴이군."

유객은 아무 말도 하지 못했다.

"빌어먹을!"

방희태는 욕설을 내뱉으며 줄을 잡아당겼다. 찌이익! 줄이 단번에 찢어졌다. 끊어진 천은 바람에 나풀거리며 절애 아래로 떨어졌다.

"이건 뭐야?"

방희태는 이해할 수 없다는 듯 중얼거리며 줄을 잡고 양손으로 당겨 보았다. 종이를 자르듯 쉽게 찢어진다. 절대로 사람의 몸무게를 지탱할 수 있는 줄이 아니었다.

"이런 걸 타고 이곳을 빠져나갔다고?"

방희태는 유객을 노려보았다.

"방은 확실히 뒤져 봤던 거야?"

"그게…… 워낙 경황이 없어서……."

"유상진 그놈은 네가 보초를 끌고 나가기를 기다리고 있었던 거야! 이런 초보적인 속임수에 속는 놈이 어디 있나!"

방희태는 주위를 살폈다.

"놈은 이 안에 있어."

그가 침대를 걷어찼다. 침대는 단번에 다리를 위로 하며 뒤집혔다. 그 아래에는 아무도 숨어 있지 않았다.

방희태는 화장대를 뒤집으며 버럭 소리를 질렀다.

"유상진! 나와!"

유객이 궤짝을 열어젖혔다. 그러자 발가벗은 채 몸을 잔뜩 접고 있는 자가 보였다.

"거기 있었군."

방희태는 안도하며 사내의 몸을 힘껏 잡아당겼다.

그런데 바닥에 패대기쳐진 건 육십 대의 늙은이였다. 양물이 볼품없이 쪼그라져 있었다.

"이건 정 영감이잖아!"

방희태는 의아한 목소리로 말했다.

"이런!"

유객은 혀를 찼다.

두 사람의 시선이 마주쳤다. 조금 전 모자를 눌러썼던 남자. 그가 정 영감이 아니라면……?

"그놈이 유상진!"

둘은 한달음에 일 층으로 뛰어 내려갔다.

◆

유상진은 백리화월의 귀에 속삭였다.

"아주 잘했어. 이제 조금만 더 하면 끝난다고."

모자를 눌러써 표정이 잘 보이진 않았지만 입이 길게 찢어진 것으로 보아 웃고 있는 것이 분명했다.

'야비한 놈.'

백리화월은 속으로 중얼거렸다.

원래대로라면 호색한과 강도가 즐비한 보안대원들 사이를 그렇게 쉽게 빠져나올 수 없었겠지만 그들은 모두 유상진의 탈출 때문에 눈코 뜰 새 없이 바빴다. 이제 남은 관문은 정문밖에 없다. 정문을 지키는 자는 달랑 두 사람뿐이었다.

백리화월은 앞으로 나가 그들에게 말했다.

"더운데 수고하시네요. 문 좀 열어 주세요."

둘 중 장발 사내는 백리화월의 미모에 마음이 동하는지 입맛을 다셨다. 그러나 지금이 수작을 부릴 때가 아니라는 건 그도 알고 있었다. 상관에게 걸리기라도 하면 분위기 파악 못 하는 놈이라고 매나 맞지 않겠나.

장발 사내는 아쉬움을 달래며 느릿느릿 문을 열었다.

"잘 가쇼."

"예, 안녕히 계셔요."

백리화월은 예의 매력적인 웃음을 보이며 인사했다. 유상진은 애완견처럼 그 뒤를 쪼르르 따라 나갔다.

'됐다!'

유상진이 쾌재를 부르며 막 문지방을 넘어설 때, 우렁찬 목소리가 들렸다.

"잡아!"

저 멀리에서 방희태와 유객이 허겁지겁 뛰어오고 있었다.

장발 사내는 그 명령을 듣고 백리화월에게 고개를 돌렸다.

퍽!

순간 유상진의 주먹이 사내의 턱에 작렬했다. 사내는 불시의 공격에 저항 한번 못 하고 바닥을 나뒹굴었다.

다른 사내가 무기를 뽑았다.

"이 자식이!"

유상진은 재빨리 백리화월의 몸을 사내에게 밀쳤다. 두 사람의 몸이 부딪쳤다. 사내의 칼이 바닥에 떨어졌다.

그 틈에 유상진은 밖으로 냅다 뛰었다. 큰길을 지나 숲으로 들어갔다. 나뭇가지가 얼굴을 긁었지만 상관하지 않았다. 상처는 아무 때나 치료할 수 있지만 목숨은 하나밖에 없는 법이다.

"이놈! 유상진!"

쩌렁쩌렁한 목소리가 점점 가까워졌다.

유상진은 더욱더 열심히 몸을 놀렸지만 어느새 차가운 손이 어깨를 잡았다. 상대가 잡아당기기 직전, 유상진은 몸을 비틀어 어깨를 뺐다. 챠악, 하는 소리와 함께 옷깃이 찢어졌다. 추적자의 손은 계속해서 유상진의 어깨를 잡았지만, 그때마다 유상진은 뱀장어처럼 미끈미끈한 동작으로 빠져나갔다.

마침내 사내도 분노했는지 괴성을 질렀다.

"이 자식!"

유상진은 등 한가운데에 강렬한 통증을 느꼈다. 그의 몸이 하늘 높이 솟아올랐다.

'이렇게 죽는구나!'

등에서부터 시작된 아픔은 전신으로 퍼져 갔다. 그는 바닥을 나뒹굴며 한 바가지도 넘는 핏물을 토해 냈다.

'음?'

그런데 이상하다. 피를 토했는데 아프기는커녕 알 수 없는 상쾌함이 사지백해로 퍼져 나가는 것이었다.

그때 눈앞에 번갯불이 튀는 것 같은 충격이 있었다. 유상진은 쭉 뻗어 버렸다.

"잡았다!"

방희태는 유상진의 머리를 걷어차며 소리쳤다. 유상진은 바닥에 개구리처럼 뻗어 있었다.

"이런 미꾸라지 같은 자식……."

방희태는 유상진의 멱살을 잡아 일으켰다. 그런데 득의한 웃음도 잠시, 그의 표정이 딱딱하게 굳어졌다.

유상진의 어깨에 새겨진 문신을 본 다음의 일이다.

커다란 식도食刀 문신.

두꺼운 손잡이 부근에서 끝으로 갈수록 얇아지는 도신. 얇은 곳으론 채를 썰고 두꺼운 곳으론 뼈를 다지는, 숙수의 필수품인 식도가 유상진의 어깨에 새겨져 있었다.

방희태는 중얼거렸다.

"너…… 이제 보니 유화덕이구나!"

'유화덕…… 오랜만에 들어 보는 이름인데…….'

그 생각을 마지막으로 유상진은 의식의 끈을 놓쳤다.

第十九章

세월도 해결해 주지 못하는 것 上

어두운 방 안. 희미한 호롱불이 실내를 비췄다.

"유상진, 아니 유화덕 정말 오랜만이군."

무거운 침묵을 깨고 방희태가 먼저 입을 열었다. 그는 정말로 오랜 친구를 만난 것처럼 기꺼운 얼굴이었다.

그의 맞은편에는 유상진이 앉아 있었다. 마치 푹신한 의자의 감촉을 즐기는 듯 손가락으로 팔걸이를 문지르고 있지만 유상진의 속마음은 다급하기 그지없었다.

'이놈 누구지?'

그가 오래전에 버린 이름을 알고 있는 놈이다. 옛 친구를 만났으면 반가워야 할 텐데 유상진은 그럴 수 없었다. 그의 옛 이름을 아는 자 중에 좋은 녀석이 있을 리 없기 때문이다.

유상진 본인도 좋은 일과 거리가 먼 인생을 살긴 했지만,

본래 사람이란 원한은 오래 기억하고 은혜는 쉽게 잊는다. 탁자 맞은편에 앉아 있는 녀석도 십여 년 전에 입은 은혜를 기억하고 있을 만큼 좋은 놈 같진 않았다.

방희태는 감회가 새로운 듯 벅찬 어조로 중얼거렸다.

"우리가 이렇게 다시 만날 줄 누가 알았겠나."

만년설도 녹여 버릴 듯 부드러운 목소리였지만 유상진은 경계를 늦추지 않았다. 복수하게 되어 기쁘다는 얘기일 수도 있으니까.

'누굴까, 도대체? 북문에 살던 칠복이 놈인가? 아니지, 그놈은 장마가 길게 계속되던 해 전염병에 걸려 죽었지. 그럼 제일반점에서 일할 때 점소이였던 덕삼이? 아냐, 그놈도 분명히 죽었는데…….'

아무리 생각해 봐도 모르겠다. 유상진은 더 참지 못하고 물었다.

"제가 누군지 아세요?"

방희태는 멀뚱한 눈으로 유상진을 쳐다보았다. 그러다가 세상에 이렇게 재미있는 일이 있냐는 듯 크게 웃었다.

"하하하, 이거 나 혼자 좋아했구먼! 여태 내가 누군지도 몰랐단 말이야? 하긴…… 세월이 많이 흘렀으니까."

그는 하얗게 센 귀밑머리를 어루만졌다. '이제 우리도 나이를 먹었지.'라고 말하고 싶은 표정으로.

"하지만 이걸 보면 내가 누군지 짐작할 수 있을 거야."

방희태가 옷깃을 풀어 어깨를 드러냈다. 그의 어깨에는 유상진의 것과 똑같은 식도 문신이 그려져 있었다.

칼 한가운데 왕王 자가 새겨진 것이 다를 뿐이다.

유상진의 눈이 화등잔만 하게 커졌다.

"이제 내가 누군지 알겠지?"

"방……희태?"

"역시 알아보는군! 그래, 나 희태야! 정말 반가워! 도대체 얼마 만에 만나는 건가?"

유상진은 의자를 박차고 일어나 방희태의 멱살을 잡으려 했다. 하지만 다리에 힘이 풀려 그럴 수가 없었다. 이미 혈을 짚인 상태였던 것이다. 그는 기우뚱 쓰러질 뻔하다가 간신히 의자를 잡고 주저앉았다.

"자네, 내가 그렇게 반갑나?"

방희태는 빙그레 웃으며 말했다.

유상진은 참지 못하고 소리쳤다.

"방희태 이 새끼! 당장 입을 찢어 버리겠어!"

방희태는 쯧쯧 혀를 찼다.

"오랜만에 만난 친우에게 그런 식으로밖에 말 못 하겠어?"

"너…… 그때 네가 저지른 일을 잊었어?"

"무슨 일?"

"그 많던 동문들이 다 누구 때문에 죽었는데! 내가 부모님은 잊어도 네놈만은 못 잊는다!"

"자네, 아직도 옛날 일로 꽁해 있나? 속도 좁군. 내가 약간 잘못한 일이 있는 건 사실이지만, 우린 한 사부 밑에서 동문수학한 처지가 아닌가."

"사부는 누가 사부야?"

방희태는 벌떡 일어나 유상진 앞에 섰다. 유상진은 방희태가 한 대 날릴 것이란 생각에 이빨을 꽉 물었다. 하지만 방희태는 한숨을 내쉬며 입을 열었다.

"누구긴 누구야. 우리에게 요리를 가르쳐 준 천무상, 천 사부지. 벌써 잊어버린 거야? 어깨의 문무도文武刀 문신은 그대론데 마음은 예전 같지 못하다니…… 사람 마음이라는 게 참 조석지변이라니까."

"다 기억난다. 너도! 천무상 그놈도! 너희들이 한 짓거리도!"

간혹 문신을 볼 때마다 느꼈던 분노와 공포.

유상진은 문신을 새겼던 그날 일을 떠올렸다.

❦

"이 칼 한 자루면 모든 것을 다 할 수 있다. 다른 건 아무것도 필요 없어!"

천무상은 한 자루 식도를 꺼내 들며 말했다.

그의 앞에는 서른 명의 제자들이 초롱초롱하게 눈을 뜨고 열심히 귀를 기울이고 있었다.

그는 식도를 한 군데, 한 군데 가리키며 말했다.

"얇은 앞부분으로 고기를 썰고 두터운 뒷부분으로 뼈를 쪼개며 밑동으로는 생강, 마늘 등을 다진다. 칼 한 자루만 있으면 무슨 요리든 할 수 있는 거다."

천무상은 한 박자 멈췄다가 다시 말을 이었다.

"그래서 문무겸전文武兼全, 모든 것 갖췄다는 의미로 문무도라고 하는 것이지. 괜히 여러 자루의 칼을 사용하는 자는 진짜 식도의 사용법을 배우지 못한 삼류 숙수에 불과하다. 너희들은 이 칼의 쓰임새를 잘 파악해 앞으로 이 문무도처럼 모든 것에 달통한 훌륭한 숙수가 되기를 바란다."

아이들의 눈에는 번쩍이는 식도가 새롭게 보였다. 그냥 부엌칼인 줄 알았던 게 저런 다양한 묘용을 감추고 있었다니! 아이들은 찬탄의 시선으로 천무상이 쳐든 식도를 바라보았다.

천무상은 아이들을 하나하나 바라본 후 말했다.

"오늘 수업은 여기서 끝내겠다."

문신을 새기자는 말을 처음 꺼낸 건 방희태였다.

"얘들아, 아까 사부님의 말씀이 너무 인상적이지 않냐? 우리 그 뜻을 기념해 문신을 하자."

"문신?"

"그래! 아랫마을에 문신해 주는 노인네가 산다고. 우리 거기 가서 다 같이 문무도 문신을 하는 거야."

"왜?"

"뛰어난 요리사가 되겠다는 다짐 같은 거지. 나중에 문신으로 서로 알아볼 수도 있잖아? 문신을 한 다음에 평생 의리를 지키겠다고 약속하는 거야."

동문 중에 유일한 여자인 유가영이 딱 잘라 말했다.

"난 안 해. 나중에 시집도 못 갈 거야."

"그럼 넌 하지 마라."

방희태는 유가영을 무시하고 다른 아이들을 살펴보았다. 대부분이 방희태의 의견에 혹한 얼굴이었다.

"어때? 지금 당장 내려가자. 그럼 저녁때까지 다 문신 새기고 올라올 수 있을걸."

다들 환호성을 지르며 고개를 끄떡였다.

"가자!"

"가!"

그때 유상진이 현실적인 점을 짚었다.

"돈은 누가 내?"

장내가 순식간에 조용해졌다. 방희태는 일순 얼굴을 찡그렸지만 곧 환한 웃음을 지으며 말했다.

"내가 낼게. 가자!"

아이들은 날듯이 기뻐했다. 방희태는 유복한 집안의 아이로 항상 주머니에 돈이 넉넉했다. 문신 새길 돈이야 어떻게든 구해 올 수 있는 녀석인 것이다.

유상진도 뭐라고 더 말하지 않았다.

돈을 쓰고 싶다는데 쓰게 해 줘야지. 자신에게 잘 보이는 아이에게만 먹을 걸 사 주기 때문에 별로 친하게 지내진 않았지만 공짜로 문신을 새겨 주겠다는 것까지 거절할 이유는 없다.

유가영을 제외하고 남은 스물아홉 명의 사내아이들은 모두 아랫마을에 내려가 문신을 했다.

문신은 생각보다 오래 걸렸다. 그들은 하루에 두 명씩 문신을 새겼다. 방희태가 제일 마지막이었는데, 녀석은 문신사에게 뒷돈을 주고 자신의 문신에만 왕 자를 넣었다.

"어허! 천무상이라니, 사부님이라고 해야지."

방희태의 말에 유상진은 상념에서 깨어났다. 그는 고개를 들어 방희태를 쳐다보았고, 곧 격렬한 분노에 휩싸였다.

서른 명의 아이가 세 명으로 줄어드는 데 삼 년밖에 걸리지 않았다. 아이들은 하나 둘 사라졌고, 한참이 지난 후에야 그들이 처참하게 살해되었음을 알게 되었다.

유상진은 참지 못하고 소리쳤다.

"사부는 무슨! 제자를 잡아먹는 사부도 다 있냐?"

방희태는 측은하다는 눈으로 유상진을 바라보았다.

"그것 때문에 사부라고 안 부른단 말이야? 그렇게 순진무구한 생각을 가지고 이 험한 세상에서 안 죽고 살아 있다니 정말 놀랍군."

그는 유상진의 어깨에 손을 얹었다. 그리고 막 일을 시작한 고향 후배에게 조언을 해 주는 성공한 상인처럼 말을 꺼냈다.

"세상에 대가 없는 일은 존재하지 않아. 돈도 받지 않고 제자를 가르치는 스승이 어디 있어? 뭐, 찾아보면 어딘가 있긴 하겠지만 최소한 천 사부는 아니었지. 난 어떤 일을 했느냐로 그 사람을 평가해선 안 된다고 생각하지만, 천 사부는 좀 정도가 지나치긴 했어. 하지만 네가 원하지 않았던 대가를 지불했다고 해서 사부의 존재 자체를 부인하면 안 되는 거야. 솔직히 말한다면 의심 한번 않고 공짜로 가르쳐 준다는 거짓말에 혹한 너희들의 책임이 크다고 할 수 있지."

유상진은 분노로 얼굴이 붉게 달아올랐다.

"천무상 그놈은 그렇다고 치자! 너! 네놈은!"

방희태는 손가락으로 자신을 가리키며 반문했다.

"나?"

"네놈이 천무상에게 우리를 팔아먹었잖아!"

"팔아먹다니! 그 말엔 어폐가 있군. 정확하게 사실만 이야기하도록 하지. 난 안 먹었어."

의미 없는 말장난으로 상황을 빠져나가는 것이 방희태의 특기였다. 그 버릇은 예나 지금이나 변함이 없었다.

유상진은 핏대를 세웠다.

"네놈이 한밤중에 우리를 한 명씩 꼬여 내 천무상의 밥이 되게 했잖아!"

"그래, 그거 말이야. 사부의 명령에 따른 거. 난 그거밖에 한 일이 없다고. 구질구질하게 변명을 늘어놓는 게 아냐. 사실을 말할 뿐이지. 사부가 시키는데 그럼 안 한다고 하나? 게다가 난 절대, 먹진 않았다고. 하긴 천 사부도 먹어 보라고 한마디 한 적 없지만……. 이봐, 날 원망할 것 없어. 좀 전에도 한 말이지만 속는 놈이 바보지. 내가 데리고 나간 애들이 안 돌아오면 날 의심해야지 멍청하게 계속 속나? 옛말에 이런 게 있어. 네가 날 한 번 속이면 네가 나쁜 놈, 네가 날 두 번 속이면 내가 바보. 이제 알겠어?"

방희태는 피식 웃으며 말을 이었다.

"좀 우습군. 너도 나 못지않게 나쁜 놈이면서 그렇게 말하다니 말이야. 죽은 놈 소지품은 모두 네가 챙긴 것으로 기억하는데. 난 네가 다 알면서 소지품 챙기는 재미에 그냥 가만있는 줄 알았다니까."

"난 걔들이 다 도망친 줄 알았어! 요리가 너무 힘들어서…… 나도 몇 번이고 도망치려고 했으니까……."

유상진은 말끝을 흐렸다.

"거봐, 피장파장이잖아?"

방희태는 흡족한 어조로 말을 이었다.

"산다는 게 다 그런 거야. 안 그래?"

유상진은 분노와 수치를 동시에 느끼며 고개를 떨구었다.

"뭐, 아무렴 어떤가. 다 지난 일인데. 자네가 살아 있는 것만으로도 난 충분히 기쁘다네. 천 사부에게 죽었을 거라고 생각했는데, 이렇게 멀쩡하게 살아남아서 날 도와주다니 말이야."

유상진은 정신을 차렸다.

이놈이 대체 무슨 얘길 하는 걸까?

"돕다니? 뭘?"

"자네가 의도한 바는 아니겠지만 말이야, 우리 계통에선 환상의 책이란 불리는 ≪천도서≫를 자네랑 바꿀 수 있게 되었으니까 결과적으론 날 돕는 셈이지. 그러고 보니 자네, ≪천도서≫는 어디서 구한 건가? 혹시 천 사부의 유품인가?"

유상진은 가슴이 철렁 내려앉았다.

우리 계통이라니?

그는 일부러 경멸을 담아 물었다.

"너 인육방 같은 곳에 취직했냐? 양각양이라든가 하는 곳에."

혹시나 하는 마음에 그냥 해 본 소리다. 그런데 방희태의 대답은 충격적이었다.

"자네 점쟁이를 해도 되겠네! 맞아, 나 양각양에 있어. 어릴 때 천 사부가 애들을 요리하는 걸 본 게 머릿속에 각인되었나 봐. 적성에도 맞는 것 같아. 나 열심히 일해서 지위도 높다네."

유상진은 한동안 말을 잇지 못했다.

'양각양이라니…… 양각양.'

강호에서 가장 크고 가장 강하다는 인육방인 양각양에 잡혀 왔다니. 그것도 ≪천도서≫ 때문에. 화씨 세가에 잡혀가는 편이 낫지 않을까 하는 생각마저 들 정도다.

방희태는 만면에 미소를 머금은 채 물었다.

"말해 보게. ≪천도서≫, 천 사부가 남긴 거야?"

유상진은 방희태에게 화를 낸 것이 후회스러웠다. 천무상이 애들을 잡아먹었건, 방희태가 친구들을 팔아먹었건, 무슨 상관이란 말인가? 결국 그는 안 다쳤는데.

유상진이 화낸 이유는 사실 하나뿐이었다.

바로 그녀, 유가영.

그의 첫사랑.

하지만 이제는 다 지난 일이다. 어린 시절의 추억 때문에 목숨을 잃을 순 없지 않은가.

유상진은 비굴한 웃음을 지으며 말했다.

"희태, 설마 날 세가에 팔아먹으려는 건 아니겠지? 우린 동문수학한 사형제잖나. 그런데 설마 그런 건 아니겠지? 그렇지?"

방희태는 여전히 웃는 낯이었다. 얼굴만 봐서는 그의 심중을 짐작할 수 없었다.

"원래 계획은 그거였는데, 자네가 누군지 알게 되니 좀 망설여지는군."

"하하하, 물론 그럴 거야. 동정심 많고 약자에게 강한, 이게 아니라…… 강자에게 약한, 이것도 아니고…… 그래, 항상 강하면서도 약자에겐 또 약한 것이 자네가 아니던가. 다시 말해 표리부동…… 이게 아니라…… 그래! 외유내강! 자네는 외유내강한 사람이었지. 난 자네가 이렇게 출세할 거라고 믿어 의심치 않았다네. 사실 말이 나왔으니 말이지, 우리 사형제 중 자네가 가장 출세했을걸."

방희태는 한 손으로 턱을 문지르며 물었다.

"내가 제일 출세했다고? 음…… 그때 그 마지막 날 누구누구 살았는데?"

"……나."

"달랑 자네 혼자?"

"그래, 다른 애들은 모두 죽었지. 동문 중에 자네와 나 그리고 가영이밖에 안 남았어. 가영이는 어때? 잘 지내나? 설마 자네보다 출세한 건 아니겠지?"

"가영이 얘긴 꺼내지 말게. 별로 얘기하고 싶지 않으니까."

유상진은 다급한 어조로 물었다.

"얘기하고 싶지 않다니? 그게 무슨 소리지?"

동문 사형제 중 유일하게 여자였던 그녀. 그래서 유일하게 문신을 새기지 않은 그녀. 유상진의 첫사랑, 유가영.

그녀에게 무슨 일이 생긴 걸까?

"글쎄, 조금 부끄러운 얘기라서 말이지……."

"그게 무슨 말인가?"

"자네가 내 질문에 대답하면 나도 가르쳐 주지. ≪천도서≫가 천 사부 물건이 맞나?"

유상진은 잠시 망설였다.

그는 유가영이 어떻게 됐는지 알고 싶었다. 그걸 알기 전까진 아무것도 말하고 싶지 않았다. 하지만 방희태의 얼굴을 보고 양각양의 악명을 떠올리자 저절로 입이 열렸다.

'미안해, 가영이…….'

"그래, 천무상의 물건이 맞아."

"역시 그렇군! 그런데 그게 어떻게 자네 손에 들어간 거지?"

"그날…… 자네가 마지막 남은 우리 여섯 명을 모두 꼬여 냈을 때 뭐라고 했지? 주방에 새 요리 재료가 들어왔다고 했던가? 장백산에 사는 흰곰 발바닥이라고 했던 걸로 기억하는데…… 우린 자네 말만 믿고 주방으로 들어갔어. 내가 맨 앞에 섰고 자네는 맨 뒤에서 따라오고 있었지. 모두 안으로 들어섰을 때 자네가 말했어."

"내가? 뭐라고 했지? 잘 기억나지 않는군."

"메롱. 메롱이라고 했네. 그리고 자넨 가영이를 한 손으로 끌어당기며 문밖으로 튀어 나갔지. 우린 자네가 무슨 짓을 하는지 이해할 수 없었네. 그래서 문이 닫히고 잠기는 소리가 들렸음에도 가만히 서 있기만 했지."

유상진은 불필요한 오해를 피하기 위해 재빨리 말을 보탰다.

"물론 자넬 욕하는 건 아니고, 자네도 사정이 있었겠지."

방희태는 기운 내서 말하라는 듯 유상진의 어깨를 톡톡 두들겼다.

"자네 맘 내가 다 아니까 말이나 계속해 보게."

"우리는 잠시 그대로 서 있었네. 지금 돌이켜 보면 아무도 자네가 왜 가영이를 데리고 나갔는지 이해하지 못했던 거 같아. 우리는 가만히 이유를 생각하고 있었지. 그때……."

유상진은 입술을 깨물었다. 방희태가 재촉하듯 물었다.

"천 사부가 나타났나?"

"응…… 그래, 그때 천무상이 문무도를 들고 나타났네. 그러곤 한마디 중얼거리더군. 뭐라고 했는지는 잘 기억이 안 나. 방…… 뭐라고 했던 것 같긴 한데, 혹시 자네 이름을 부른 건가?"

"아, 그즈음 천 사부는 방광을 삶아 만드는 요리를 준비하고 있었을 거야. 한 사람만 잡아선 일이 안 된다고 나머지 다 데리고 오라더군. 아마 그 얘기였겠지. 그래서 유가영 한 명은 빼 달라고 미리 부탁을 했네."

유상진은 침중한 어조로 물었다.

"가영이는 어떻게 됐나?"

방희태는 고개를 흔들었다.

"자네 이야기가 끝나면, 듣기 싫다고 해도 말해 주겠네. 계속 얘기해 봐."

그녀가 어떻게 되었기에 이토록 뜸을 들이는 걸까? 유상진은 조급해졌다. 하지만 대답을 듣기 위해선 계속 말하는 수밖에 없었다.

"우리 중 제일 멍청했던 조천이가 앞으로 나갔지. 그러곤 '사부님, 안녕하세요.' 인사를 하는 거야. 새끼…… 분위기 파악도 못 하고 나서더니…….."

"원래 인사성이 밝은 놈이었잖아. 동네 아저씨들한테도 다 인사하고 다녔지?"

"천무상은 인사를 받지 않았어. 그냥 칼로 조천이의 목덜미를 내리찍었지."

유상진은 몸서리를 쳤다. 그의 커다래진 동공은 그때의 공포가 어떠했는지 잘 드러내고 있었다.

온갖 나쁜 짓을 다 하며 살아온 그였지만 아직도 그날의 일을 떠올리면 공포가 밀려왔다. 너무 어릴 때 당한 일이기 때문일 것이다.

"조천이의 머리가 칼에 맞아 하늘을 날더군. 처음에는 모든 게 그냥 장난 같았어. 이게 꿈이 아닐까 하는 생각까지 들더라고."

"나도 그런 느낌 이해하지."

공포가 지나치면 모든 게 꿈처럼 느껴지기도 하는 법이다.

"날아간 머리는 굴러서 우리 앞까지 왔지. 녀석은 아무것도 모르고 아직도 웃고 있었어. 바보 같은 놈."

"천 사부는 평생 무술을 배운 적이 없는 사람인데, 어찌나 칼을 잘 다루는지 웬만한 무림인도 이길 정도였지."

"모두들 눈앞에서 일어나는 일을 이해하지 못하고 여전히 멍청하게 서 있었지. 천무상은 볏단 베듯 아이들을 하나씩 해치웠어. 누군가의 목에서 뿜어져 나온 피가 얼굴을 때리는데 퍼뜩 정신이 나더군. 당장 뒤도 돌아보지 않고 도망치려 했어. 그런데 문이 잠겨 있었지."

유상진은 슬쩍 방희태를 올려다보았다. 문을 잠근 건 바로 너였다고, 너 때문에 동문들이 죽었다고 소리치고 싶었다. 그래 봐야 양심의 가책을 느낄 방희태도 아니지만.

방희태는 아무 표정 없이 덤덤하게 말했다.

"음…… 그랬지. 그럴 수밖에 없었어. 문을 안 잠그면 니들이 도망갈 텐데 어떡하겠어? 지금 와 생각해 보면 말이야, 천 사부는 변태적인 살인을 즐겼던 것 같아. 그렇지 않고서야 그런 닫힌 공간에서 애들을 계속해서 죽였을 리가 없지. 나라면 잠잘 때 몰래 죽여서 끌고 나갔을 텐데."

그런 자신이 좀 더 인간적이라고 생각하는 듯했다.

"어쨌든, 그래서?"

"고개를 돌려 상황이 어떻게 진행되는지 살펴봤지. 도옥이랑 천구는 개수대 아래 숨어서 천무상을 바라보고 있고…… 바보 같은 막동이만 그 자리에 못 박혀 있었지. 가만히 있으면 천무상이 자기를 보지 못하기라도 할 것처럼."

"그놈이 좀 멍청하긴 했지."

"천무상은 몸을 부들부들 떨고 서 있는 막동이에게 전전히 다가갔어."

"어떻게 됐을지 짐작이 되는군."

"막동이가 바닥에 철퍼덕 쓰러지자 천무상은 헤헤 웃으며 다음은 누구냐, 빨리 나와라, 피가 굳기 전에 일을 끝내야 한다, 그러니까 누구든 빨리 나와서 목을 내밀어라…… 속삭이더군. 당연히 우리는 나가지 않았고 천무상은 칼을 고쳐 잡았지. 우리의 비협조가 불만족스러운 것 같았어. 그는 잠시 망설이면서 나와 도옥이, 천구를 차례차례 바라보더군. 누굴 먼저 죽일까 고민하는 표정이더니, 마침내 천구를 향해 뛰어가는 거야. 불쌍한 천구……."

방희태는 창가로 다가갔다. 창문을 열자 차가운 새벽 공기와 함께 햇살이 쏟아져 들어왔다. 어느덧 아침이 밝은 것이다.

"이런, 벌써 날이 샜구면. 유화덕, 자네 때문에 한숨도 못 잤다네."

방희태는 늘어져라 하품을 했다.

"참, 그런데 말이야. 왜 이름을 바꿨나? 유화덕이란 이름이 어때서, 유상진이라니?"

유상진은 어깨를 으쓱거렸다.

"점쟁이가 좋은 이름이라고 했거든. 한창 일도 잘 안 풀리고 그럴 때라 혹시나 하고 이름을 바꿨지."

"그랬군. 내 생각엔 괜히 바꾼 것 같아. 유화덕이란 이름이었으면 내가 좀 더 일찍 신경을 써 줬을 텐데……."

방희태의 기분이 좋아진 듯 보이자 유상진은 재빨리 궁금한 것을 물었다.

"그래, 그런데 가영은……."

방희태는 유상진의 말을 막았다.

"그 얘긴 나중에. 일단 자네 이야기를 마저 듣지."

유상진은 우울한 얼굴로 말을 이었다.

"그래서…… 어디까지 얘기했지? 맞아, 천구는 허겁지겁 도망쳤네. 여기저기 놓인 기물을 집어 던지며 어떻게든 살아남으려 애썼지. 그러나 어른 힘을 당해 낼 수 있나, 결국 천무상이 천구의 목덜미를 잡아채 바닥에 내팽개쳤네. 바닥을 몇 바퀴 구른 천구가 몸을 일으켰을 때 천무상은 칼을 휘두르고 있었어. 그대로 천구는 목 없는 고혼이 되어 버렸지."

방희태는 길게 한숨을 내쉬었다.

"불쌍한 녀석. 그다음은 도옥이였겠군."

유상진은 입을 다물었다. 이제부터 할 이야기는 그날 있었던 일 중 가장 하고 싶지 않은 부분이었다. 그가 이름을 바꾼 것도 그 일 때문이었다. 그곳에 있었다는 작은 흔적조차 남기고 싶지 않았던 것이다.

그는 한참 만에 어렵게 입을 열었다.

"그래. 하지만 도옥이의 살기 위한 욕망은 상상을 초월하는 거였지. 녀석은 제법 버텼어."

유상진은 차를 한 모금 마셨다. 그러나 여전히 입 안은 텁텁했다.

"원래 도옥이 몸이 빨랐잖아. 이리저리 휙휙 잘도 도망 다니더군. 천무상도 마침내 지쳤는지 도옥이를 내버려 두고 날 힐끔거렸어."

"그래서?"

"우선 나부터 살아야 하지 않겠나? 숨을 헐떡이는 도옥이를 천무상을 향해 힘껏 밀었지. 도옥이는 깜짝 놀라 피하려 했지만 이미 늦었어. 녀석은 비틀거리다 천무상의 손아귀에 잡혀 버렸어."

방희태는 이제 알겠다는 듯 고개를 끄덕였다. 유상진은 애써 그 눈빛을 외면한 채 이야기를 계속했다.

"녀석이 너무 몸부림을 쳐서 천무상도 한 방에 보내지 못했어. 그러나 그런다고 살 수 있나, 오히려 한 방에 편하게 죽을 기회를 놓친 거라고 할 수 있지. 결국…… 난도질당해 버렸어. 그러나 녀석은 몸부림을 계속했고 그러다가 옆에 있는 기름 항아리를 엎었어. 자네도 기억나지? 주방에 있던 그 커다란 기름 항아리."

"그 무지무지 컸던 거?"

"그래. 천무상은 기름 항아리를 뒤집어썼고……."

"끈적끈적했겠군."

"그런데 지금도 알 수 없는 건 도옥이가 그 무거운 걸 어떻게 뒤집어엎었냐는 거야."

"사람이 죽을 때가 되면 못 할 일이 없다니까."

유상진은 고개를 끄덕이다가 말했다.

"맞아. 아무튼 천무상은 기름을 뚝뚝 떨어뜨리면서도 나를 향해 뛰어왔네. 난 그때 어떻게든 잠긴 문을 열려고 애쓰고 있었지. 시선은 도옥이와 천무상을 향해 두고서. 그러나 마음이 급하니 잘 되지 않더군. 문은 꼼짝도 않는데 천무상이 다가오는 게 보였어. 난 기겁을 해서 주방을 이리저리 도망 다녔지."

유상진은 그날의 기억이 떠오르는지 다시금 몸서리를 쳤다.

"어떻게 도망 다녔는지 기억은 잘 안 나. 아무튼 겁에 질려 미친 듯이 뛰었어."

"그래서?"

유상진은 허탈한 미소를 지었다.

"주방을 계속 달리다가 뭔가에 다리가 걸려 넘어지고 말았지. 보니 도옥이의 시체였어. 도옥이가 죽어서도 나에게 복수를 한 걸까? 천무상이 히히 웃는 소리가 들렸어. 놈의 흉악한 눈과 피가 뚝뚝 떨어지는 식도를 보자 몸이 마비되더군. 가만히 서 있다가 목이 잘린 막동이의 마음이 이해가 될 정도였어. 천무상은 내가 굳어 버린 걸 알자, 한 걸음 한 걸음 천천히 다가왔지. 다 잡은 먹이를 보듯이."

긴장된 순간이다. 방희태는 한순간도 놓치지 않겠다는 듯 귀를 쫑긋 세웠다. 이제야 천무상의 죽음에 대한 의문을 풀 수 있게 되는 것이다.

"그런데?"

"천무상이 서 있는 옆에는 화덕이 놓여 있었네. 화덕에서 조그만 불똥이 튀어 올랐지. 바람에 휘날리며 공중으로 날아오른 불똥은 천무상의 몸에 달라붙었어."

유상진은 잠시 말을 멈췄다가 갑자기 비명을 질렀다.

"으악!"

방희태가 깜짝 놀랄 때, 유상진은 담담하게 말을 이었다.

"천무상은 이렇게 소리를 질렀네. 몸에 불이 붙었으니 그럴 만도 하지."

"불이 붙었다고?"

"자네, 사람 몸에 불붙는 거 본 적 있나? 그건 정말 잊을 수 없는 광경이지. 불이 '파!' 하고 몸에 붙는데…… 사람 눈으로 따라갈 수 있는 속도가 아니야. 소리가 남과 동시에 전신에 불이 붙어 있지. 그거 정말 못 봐 주겠더군. 아무리 그 대상이 천무상이라고 해도 말이야."

방희태는 고개를 끄덕였다.

"천 사부가 그렇게 죽었구먼."

별로 비통한 기색은 없었다. 사실 비통할 이유도 없지만.

유상진은 찻잔을 꼭 잡으며 말했다.

"천무상이 불타오르자 퍼뜩 정신이 나더군. 천무상은 그 상태로도 나에게 덤벼들었어. 나는 얼른 몸을 피해 바닥을 굴렀지. 그제야 아픔을 느낀 건지, 아니면 그렇게 불 끄는 방법이 있다는 걸 깨달았는지 천무상은 괴성을 지르며 바닥에 몸을 굴려 불을 끄려 했어. 불은 꺼질 듯하면서도 늠름하게 활활 타올랐어."

"늠름하게?"

"아니, 뭐…… 잘 탔다고. 그러다 천무상의 몸이 축 늘어졌고…… 불은 계속 타올랐네. 결국 천무상은 그렇게 죽었지."

유상진은 다시 한 번 말했다.

"그렇게 죽었어."

"잘 죽었지, 뭐."

방희태는 남의 얘기하듯 간단하게 말했다. 조금 전 천 사부, 천 사부 했던 놈이 이놈이 맞나 싶다.

"그가 그렇게 죽어 버리자 힘이 쪽 빠지더군. 도대체 움직일 수가 없었네. 한참 누워 있으니까 좀 힘이 났어. 배도 고프고, 옆에서 익은 고기 냄새가 나니까 밥 생각이 간절해졌지. 그때 천무상의 몸에 열쇠가 있을 거라는 생각이 떠올랐네. 그렇다면 그의 몸이 다 탈 때까지 기다릴 순 없는 일 아닌가. 옷을 벗어서 한참 두들겨 간신히 불을 껐네. 천신만고 끝에 열쇠를 꺼내 밖으로 나왔지. 그런데 자네는 사라지고 없더군."

유상진의 눈에는 의문이 담겨 있었다. 방희태는 대수롭지 않다는 듯 웃었다.

"생각해 보면 쉽게 알 수 있는 일이지. 사형제들이 다 죽었으니 천 사부의 다음 재료는 내가 될 것이 뻔하지 않나? 그런데 거기 계속 있을 이유가 없지. 몇 가지 물품을 챙겨 가지고 뺑소니를 쳤네. 물론 평소 마음에 있던 유가영이도 데리고 말이야."

유상진은 방희태를 째려보았다. 놈은 정말 사악한 인간이었다. 그러나 놈에게 목숨이 달린 상황에서 '이 더럽고 잔인한 놈아.'라고 소리칠 수는 없는 일이다. 노려본 것만으로도 충분히 만용을 부린 거였다.

"그래서 어떻게 했나?"

"거기 그대로 남아 있을 수는 없잖아. 시체들도 묻어 주고 나도 이것저것 물건을 챙겨 나왔어."

"우와! 시체들을 묻어 줬어?"

"내가 그 정도 인간성은 있어!"

"주머니를 뒤진 답례가 아니고?"

"……."

"하하하, 좋아. 그건 그렇다 치고 ≪천도서≫는 어디서 얻은 거야? 정말 궁금하군."

'처음부터 그걸 묻지, 개새끼!'

사실 방희태가 궁금한 건 ≪천도서≫를 어디서 구했느냐, 그것 하나뿐이었을 것이다.

"애들 시체나 묻어 줄까 하고 다시 주방 안으로 들어갔는데…… 거기 있더군."

"뭐? 정말?"

"그래, 바로 거기 있더라고. 정확한 위치는 잘 기억 안 나는데, 아무튼 주방을 뒤진 기억은 없으니까 거기 어디 놓여 있었을 거야. 아마도 천무상이 우리가 들어오기 직전까지 읽고 있었겠지."

방희태는 어이가 없는 듯 헛웃음을 지었다.

"내 평생 단 한 번이라도 보고 싶어 했던 ≪천도서≫가 내가 삼 년도 넘게 일한 주방 어딘가에 놓여 있었단 말이지…… 하여간에 세상 참 우습다니까."

유상진은 가만히 방희태의 눈치를 살피다 말했다.

"이봐, 우리의 우정……을 생각해서 날 세가로 넘기진 않겠지? 설마 안 그러겠지? 우리 사형제 중 살아남은 건 너와 나뿐인데 그러진 않겠지?"

방희태는 능글맞게 웃었다.

"어떡하겠나. 나도 자네를 사지로 보내긴 싫지만 달리 방법이 없군. 아무튼 우리와 함께 있는 동안의 편의는 보장하지."

어쩔 수 없다는 말과는 달리 표정은 평화롭기 그지없다.

유상진은 침착하려 애쓰며 간곡하게 말했다.

"이봐, 내가 ≪천도서≫의 내용을 하나도 빠짐없이 기억하고 있다네. 책이란 게 껍질이나 부피가 중요한 게 아니라 내용이 중요한 거 아닌가. 나만 있으면 돼. 괜히 세가와 날 바꾸기 위해 시간 끌 것 없어."

"그럴까?"

"그럼! 거기다 양각양과 세가의 관계를 생각해 보라고. 화씨 세가가 어떤 곳인가? 흑도 문파를 거의 붕괴시킨 장본인 아닌가. 그런 놈들을 믿는 거야? 그런 거야?"

"난 나 말고 아무도 안 믿어. 그리고 무엇보다도, 네 말은 거짓말이야."

방희태는 차갑게 웃었다.

"자네가 진짜로 ≪천도서≫의 내용을 기억하고 있다면 황 부자가 세가에 연락을 하진 않았겠지. 황 부자가 어떤 사람인데, 강남 제일의 악당 아닌가."

"황 부자는 미쳤어! 모르겠어?"

"그건 나와는 상관없는 일이지. 그리고 난 허영기가 있어서 말이야, 진본을 소유한다는 게 꽤 기분 좋은 일이라는 생각도 들고. 이해하겠지?"

"그럼…… ≪무경≫은 어떤가? 난 ≪무경≫을 외우고 있어. 이건 진짜야."

무림인이라면 누구나 강한 무공에 대한 호기심이 있기 마련이었다. 무림의 절대자인 화씨 세가의 무공이라면 더욱더 그럴 터였다.

"≪무경≫이라…… 그것도 좋겠지."

방희태는 선선히 대답했다. 그의 표정에서 일말의 희망을 얻은 유상진이 사정하듯 말했다.

"≪무경≫의 내용을 자네에게 모두 알려 주겠네. 자네를 천하제일 고수로 만들어 주겠어."

방희태의 얼굴에 탐욕이 어렸다. 하지만 그는 곧 고개를 저었다.

"양날의 칼 같은 거지, ≪무경≫은. 남을 상하게 할 수 있지만 나도 베일 수밖에 없는."

"무슨 소리야?"

"≪무경≫을 가지면 다치게 되어 있어. 세가가 지금은 우리를 건드리지 않지만 내가 ≪무경≫을 차지한다면 무슨 일이 생길지 알 수 없지. 난 무림인이지만 고기를 파는 상인이기도 해. 상인이란 손님과 싸우지 않는 법이야. 돈을 버는 일이 더 중요하니까."

방희태의 잔인한 웃음을 보며 유상진은 일이 틀렸음을 알았다. 더 이상 방희태에게 매달려 봐야 추해지기만 할 뿐이다.

유상진은 마음을 정했다.

'그래, 더 추해지지 말자.'

그러나 아직 자존심보다 더 절박한 것이 남아 있었다. 목숨보다도 궁금한 것이.

"좋아. 그럼 한 가지만 더 가르쳐 주게. 가영이는 어떻게 됐지?"

방희태는 씁쓸한 미소를 지었다.

"미안하네. 원래는 마누라로 삼아서 평생을 해로할 생각이었는데……."

그가 말끝을 흐리자 유상진은 가슴이 철렁 내려앉았다.

"그랬는데?"

그녀가 거절한 걸까? 그녀도 자신의 마음을 알고 있던 것일까? 그래서 방희태의 요구를 거절했던 것일까?

"그녀도 날 잘 따라 주었지만…… 돈이 없어서 말이야. 골패를 하다 크게 잃었어. 그래서 별수 없이……."

"별수 없이?"

'제발 그것만은!'

불길한 생각에 유상진은 마음속으로 빌고 또 빌었다. 그러나 방희태의 다음 말은 그가 생각한 그대로였다.

"기루에 팔아 버렸지."

유상진은 더 참지 못했다.

"야! 이 개새끼야!"

벌떡 일어서 방희태의 목을 움켜잡았다.

두 사람은 함께 바닥을 나뒹굴었다. 유상진은 방희태의 몸 위에 올라타 사정없이 주먹을 날렸다.

"이 빌어먹을 자식! 넌……."

순간, 방희태가 손바닥으로 유상진의 얼굴을 가렸다. 유상진이 움찔 놀랄 때 명치끝에 엄청난 충격이 있었다. 그리고 이 장이나 뒤로 날아가 벽에 등을 부딪쳤다가 털썩 주저앉았다. 어찌나 몸이 아픈지 손가락 하나 까딱할 수 없었다.

방희태는 벌겋게 변한 목을 쓰다듬으며 일어섰다.

"힘 한번 엄청나군! 이게 바로 사랑의 힘인가? 좀 쉬면서 머리를 식히지그래. 죽은 사형제들 생각이라도 하든가."

방희태는 차갑게 웃으며 말했다.

"뭐, 필요한 게 있으면 연락하고. 그럼 이만 난 가 보겠네."

그는 문을 열고 밖으로 나서다 고개를 틀었다.

"참, 그리고 조금 있다가 떠날지도 모르니 잠을 좀 자 두는 것도 나쁘지는 않을 거야."

그리고 그대로 가 버렸다.

유상진은 입가에 흐르는 피도 닦지 않은 채 가만히 바닥에 주저앉아 있었다.

비참한 기분이었다.

第二十章

화씨 세가의 원로원.

십대장로의 회의가 진행되고 있었다.

"양각양으로부터 두 번째 연락이 왔네."

검선생 장천도가 입을 열었다. 장로들의 시선이 장천도에게로 향했다. 양각양으로부터 연락이 없어 모두들 초조해하던 중이었다.

"유상진을 보고 싶으면 구월 초하루 사시초巳時初까지 상덕常德에 위치한 고산의 관제묘로 오라는군."

몽생이 짜증을 내며 말했다.

"왜 하필이면 사당이야?"

취사가 물었다.

"형님, 사당이 어때서 그러십니까?"

"무림인들을 보면 말이야, 보통 거래 장소로 사당을 많이 이용하는데 왜들 그러는지 모르겠어. 난 사당이 싫은데……어릴 때 사당에 얽힌 좋지 않은 기억이 있어서 그런가 봐."

몽생의 대답에 취사는 머리를 긁적였다.

"글쎄요. 주변에 사람들도 적고, 거래 도중 혹 비가 오면 비를 피할 수도 있고…… 또 관운장의 보호를 받으며 협상을 할 수도 있지 않겠어요?"

"관운장이 뭐가 예쁘다고 무림인을 돕냐?"

"에이! 아무럼 어떻습니까, 이미 관습으로 굳어진 건데. 무림이란 데가 원래 고정된 틀 같은 게 좀 많잖습니까. 모난 돌이 정 맞는다고, 괜히 넓은 들판이니 물 좋은 호숫가니 하는 데서 만날 필요 있어요? 그냥 옛날 하던 대로, 남들 하는 대로 관제묘로 갑시다. 우리야 유상진만 고이 돌려받으면 되죠, 뭐."

"그럴까?"

"그럼요. 그런데 사당에 얽힌 나쁜 추억이 뭡니까?"

"응, 그건 말이지. 내가 어릴 때 이야긴데……."

"그만들 해 두게나."

장천도가 두 사람의 말을 막았다.

좌중은 주책없는 두 늙은이의 잡담에 질려 버린 기색이 역력했다. 몽생과 취사를 합쳐 '무림쌍기'라더니, 주책으로는 '무림일절'이다.

"본래 이야기로 돌아가서, 마립에겐 전서구를 보냈소. 이제 곧 결판이 나게 될 것이오."

검후 이혜린이 물었다.

"마립 혼자만으로 될까요? 그를 무시하는 건 아니지만 이 정도 비중을 가진 일을 혼자 책임지게 한다는 건……."

남해 청조각 출신인 이혜린은 검의 고수다.

사실 원로원은 실력만 있다고 들어갈 수 있는 곳이 아니었다. 이혜린은 여자인 데다 소속 문파인 청조각의 힘이 약해 화씨 세가에서 오랫동안 가신으로 일했음에도 지위가 높지 않았다. 그러다가 소림사의 우결 대사를 복상사시킨 공로를 인정받아 십대장로 중 하나로 특채될 수 있었다.

"걱정하실 것 없네. 호남 지부에도 사람을 보내 두었으니까. 호남 지부의 책임자가 우리 쪽 사람 아니오. 아마 호남 지부의 철갑대鐵甲隊를 빌릴 수 있을 거요."

"으흠…… 철갑대라면……."

좌중에 긍정의 분위기가 감돌았다.

오십 년 전 초대 가주인 화청양과 ≪무경≫이 화씨 세가를 천하제일가로 만들었다면, 철갑대는 지난 오십 년간 천하제일가를 지탱해 온 힘이었다. 두꺼운 강철 갑옷으로 무장한 그들의 돌격은 단 한 번도 막힌 적이 없었다. 세가의 다섯 지부에 백 명씩 모두 오 개 대가 배치되어 있는 최강의 집단이었다.

이혜린이 감개무량한 어조로 말했다.

"이제 세가는 우리 것이 되는군요."

사람들은 장밋빛 미래를 떠올리며 웃음 지었다.

장천도는 우선 회춘을 위해 젊은 첩부터 둬야지 다짐했고,

취사는 화씨 일문에 내려온다는 비주秘酒를 빼 먹을 생각에 날아오를 것만 같았으며, 몽생은 가주만이 누울 수 있다는 만년한설萬年寒雪 침대에서 낮잠을 자야지 하는 마음을 먹었다. 나머지 장로들 역시 각기 자신이 원하는 것을 떠올리며 환상에 빠져 있었다.

그때 어왕 지삼근이 불쑥 말을 꺼냈다.

"그럼 세가 이름은 어떻게 바꿉니까?"

사람들의 시선이 지삼근에게로 쏠렸다.

지삼근은 권력욕의 화신이나 마찬가지인 인간이었다. 장강수로연맹을 배신한 것도, 의형이라 따르던 수로맹주를 단매에 쳐 죽인 것도 끝도 없는 권력욕을 채우기 위해서였다. 그는 여자나 침대나 비주 따위를 떠올리는 다른 장로와는 달리, 정말 중요한 게 무엇인지 잘 알고 있었다.

몽생이 의아한 듯 물었다.

"그게 무슨 소리야?"

"새 술은 새 부대에! 화씨 일족을 몰아낸 다음도 화씨 세가라는 이름을 그대로 둘 거란 말이오?"

갑자기 회의장의 분위기가 변했다.

'그게 있었군!'

'제일 중요한 걸 잊고 있었어!'

'만년한설 침대는 양보해도 이건 양보 못 해!'

장로들은 갑자기 눈을 희번덕거리며 서로를 노려보았다. 다른 이들의 마음도 자신과 다르지 않다는 걸 느꼈기 때문일까? 회의장의 분위기는 급속도로 냉각되었다.

검선생이 제일 먼저 정신을 차렸다.

그 역시 이름을 양보할 생각은 없었지만 지금은 그 문제를 거론할 단계가 아니라는 걸 잘 알고 있었다.

아직 화번천이 건재하다. 고죽림에 숨어 있는 화인청도 골칫거리가 되기 충분했다. 가문의 이름을 바꾸는 건 화씨 일족을 끝장낸 다음에 해도 늦지 않다. 지금은 힘을 합칠 때인 것이다.

장천도는 점잖게 기침을 한 번 하고서 말했다.

"어험! 가문의 이름이야 언제든 바꿀 수 있는 것이고 우선은 화번천을 몰아내는 데만 신경 쓰도록 하지. 괜한 일에 정신을 쏟다가 정작 해야 할 일을 놓치는 우를 범할 수 있으니……."

그러고는 혈독을 돌아보며 물었다.

"가짜 편지는 어떻게 되었나?"

"병서생病書生이 꼼꼼하게 만들어 냈습니다."

혈독은 품속에서 한 장의 서신을 꺼내 건넸다.

장천도는 서신을 펼쳐 보았다.

야망검주野望劍主 전前

점점 상황이 어려워지고 있소.

장로들의 움직임이 심상치 않소이다.

검주가 내 곁에 있어 줘야 할 순간인 것 같소.

아버님을 보호할 최소한의 인원만을 남기고 모두 데리고

세가로 와 주시오.

가주家主 화번천

야망검대는 가주 직속의 친위대다. 대원 하나하나가 구대문파의 일 대 제자 수준이라는 철갑대에서도 철중쟁쟁鐵中錚錚만을 뽑아 만든 최고의 고수 집단이었다. 야망검대만으로도 소림이나 무당과 승부가 될 것이란 얘기도 있을 정도다.

지금 야망검대는 전 가주인 화인청이 은거하고 있는 고죽림 주변을 지키고 있었다. 아직은 현 상황—화번천과 원로원의 대립—에 개입하지 않았지만 앞으로도 계속 중립을 지킬지는 모를 일이다.

야망검대의 대주인 하후인이 화번천과 막역지우라는 점을 고려하면 더욱 그렇다. 야망검대의 존재 때문에 화번천을 지원하는 자들이 제법 된다는 점도 감안해야 했다.

위험의 불씨가 될 만한 놈들이라면 미리 제거하는 편이 낫다. 그게 원로원의 결론이었다.

"화번천 그놈의 싸가지 없는 필체가 맞군. 병서생 그 친구, 그거 정말 물건이야."

장천도는 흐뭇한 어조로 중얼거렸다.

필적 위조의 전문가인 병서생은 무술을 전혀 모르는 진짜 서생이었다. 그런데 어느 날 전대 가주인 화인청이 '자네도 무림 세가에서 일하니 별호가 필요하지 않겠나?' 하면서 병서생이라는 별호를 지어 주었다.

실제로 병에 걸린 것은 아니다. 그냥 그렇게 지었을 뿐이다. 하지만 그 별호 때문에 혼사가 몇 번이고 틀어지자 병서생은 화인청에게 원한을 품게 되었다.

원로원을 위해 가짜 서신을 만들어 준 것도 그 때문이다.

장천도는 무림쌍기를 바라보았다. 이번 기습은 그들 무림쌍기가 책임지고 있었다.

"배치는 끝냈겠지?"

몽생이 자신 있는 어조로 외쳤다.

"물론입니다. 야망검대 놈들이 저 편지를 믿고 고죽림을 나온다면, 한 놈도 살아 돌아가지 못할 겁니다."

장천도는 다시 편지를 보다 살짝 인상을 썼다.

"다 좋은데, 화번천 이름 앞에 '가주'라고 써 있는 이유가 뭐야? 그놈이 왜 가주라는 거야?"

"이건 화번천 본인이 쓴 편지 아닙니까. 그 친구야 자기가 가주라고 생각하겠지요."

"그건 그렇군."

장천도는 입맛을 다셨다. 무슨 소린지는 알겠는데, 괜히 화가 난다.

'화번천 그 싸가지 없는 놈이 가주라니! 그래, 야망검대를 깨기 위해서다. 잠깐만 참자.'

그는 마음을 가다듬고 좌중을 향해 말했다.

"야망검대만 깨 버리면 힘으로나 명분으로나 우리 쪽이 훨씬 유리해지게 될 걸세. 그때까지 모두들 입조심을 부탁하네. 오늘의 일이 놈들 귀에 들어가면 일이 꼬이게 될 테니."

장로들은 고개를 끄덕였다. 침대나 애첩이나 술도 좋지만 우선은 새로운 가문의 권력을 차지하는 것이 중요하다.

물론 일을 시작하는 건 야망검대를 깨뜨리고, 마립이 유상진을 데려온 다음이 되겠지만…….

마립은 도대광을 따라 지하 뇌옥으로 향했다.

원래 지하 뇌옥이 있던 청생관은 양각양에 의해 파괴되어 버렸지만 황 부자에게는 새 뇌옥이 있었다. 청생관이 온갖 잡범들로 포화 상태가 되자 저택 서쪽 외곽부에 새 뇌옥을 짓기 시작했던 것이다.

새 뇌옥의 철문에선 윤기가 번들거리고 벽도 막 칠해 깨끗했다. 마립은 감탄했다.

"뇌옥이 굉장히 깨끗하군."

"새로 지은 건물이니까요."

복도 깊숙이 들어가자 바닥이 물로 축축해졌다. 비싼 돈 주고 산 녹피화鹿皮靴가 흠뻑 젖자 마립이 인상을 쓰며 투덜거렸다.

"이거 좀 부실로 지은 거 아닌가? 물이 새는데."

도대광은 한심하다는 눈빛으로 마립을 힐끔거렸다.

"일부러 그런 겁니다."

마립은 눈을 치켜떴다.

"일부러 부실로 만들었다고?"

"배수구를 타고 적이 침투하는 걸 막기 위해서 배수구 양쪽으로 쇠창살을 달아서 그런 겁니다."

안으로 들어갈수록 물은 점점 차올라 나중에는 발목까지 젖었다. 마립이 비아냥거리듯 말했다.

"혹시 적의 침투를 막기 위해 복도를 물로 채우는 건가? 간수들은 헤엄을 잘 치는 놈들로 뽑아야겠군."

도대광은 부르르 몸을 떨었다. 마립의 태도가 영 못마땅한 모양이었다.

상관없다. 마립도 도대광이 마음에 들지 않았으니까. 한마디라도 더 말대꾸를 하면 이빨을 뽑아 버릴 생각이었다. 그러나 아쉽게도 도대광은 더 이상 아무 말도 하지 않았다.

냄새 나고 물이 찬 복도를 지나고 바닥에 날카로운 가시가 잔뜩 박혀 있는 외다리 통로를 건너 지하로 내려가자, 두꺼운 창살이 쳐진 뇌옥의 입구가 나타났다.

도대광이 뇌옥 문을 열며 말했다.

"이쪽입니다."

두 사람은 안으로 들어갔다. 감방들은 대부분 비어 있었다. 도대광은 감방들을 지나 안쪽의 의방으로 마립을 안내했다. 죄수들의 상처를 치료하는 곳이다.

"의방에는 왜 왔지?"

마립이 의아한 듯 묻자 도대광은 짜증 섞인 어조로 대답했다.

"유상진을 만나고 싶으시다면서요."

"유상진이 여기 있다고?"

"예."

두 사람은 안쪽의 널따란 방으로 들어갔다.

방에는 네 개의 침대가 놓여 있고, 그중 한 침상에만 사람이 있었다. 침대 주위에 피 묻은 붕대며 상처를 쨀 때 쓰는 작은 칼, 피부 아래 박힌 화살촉을 끄집어낼 때 쓰는 갈고리 등이 보였다.

침상 옆에서는 두 명의 사내가 심각한 표정으로 무언가를 의논하는 중이었다.

의원들임에 틀림없었다. 다른 계통의 인간이 지을 수 있는 표정이 아니다. 저들은 계통 특유의 표정을 지으며 '안타깝지만…….', '유감스럽게도…….', '그러나 아직 희망이 없는 것은 아니고…….' 같은 말을 하는 것이다.

도대광이 말했다.

"저기 유상진이 있습니다."

"어디?"

"침대에 누워 있잖아요."

"침대에? 어디 아프나?"

"전 잘 모르니까, 저기 의원들에게 물어보시죠."

그러면서 턱으로 의원들을 가리켰다.

마립이 다가가자, 의원들은 말을 멈추고 그에게 시선을 주었다. 도대광이 대충 양쪽을 소개시켜 주었다.

"이쪽은 의원이신 양 선생이시고 저쪽은 오 선생. 그리고 이분은 황 노야의 손님…… 마 대협이신데, 아무튼 이분에게 협조해 주십시오."

도대광은 말을 마치자마자 뒤로 물러섰다. 성의 없는 말투며 건들거리는 태도까지 마립을 무시하는 티가 역력했다.

마립은 더 참을 수 없었다.

"잠깐!"

도대광을 불러 세웠다.

"왜요?"

"배에 뭐가 묻었군."

그러고는 도대광의 아랫배에 묻은 먼지를 털어 주었다. 도대광은 마치 먼지를 일부러 모셔 두었던 것처럼 잠시 못마땅한 시선을 던지다 의방 밖으로 나갔다.

마립은 만족한 시선으로 도대광의 뒷모습을 바라보았다.

'새끼, 죽어 봐라.'

음한지력陰寒指力으로 복부를 눌러 주었다. 곧 복통을 느끼기 시작할 것이고, 한 시진 내에 제대로 된 치료를 받지 못하면 이삼일 고생하다가 죽게 될 것이다.

마립은 씨익 웃고서 침대에 누운 사내에게 시선을 돌렸다. 그의 눈이 퉁방울처럼 커졌다.

"아니!"

창백한 얼굴에 붕대로 머리를 싸매고 있긴 하지만, 침대 위의 환자는 유상진이 틀림없었다. 복부와 가슴에 빽빽하게 침이 박힌 채 유상진은 죽은 듯이 누워 있었다.

'그럼 양각양에서 세가를 속이려 든 걸까?'

유상진의 몸이 두 개가 아닌 이상 양각양 혹은 황 부자 둘 중 하나가 거짓말을 하고 있는 건 분명하다.

그는 지금껏 황 부자가 거짓말을 하고 있다고 생각했다. 그런데 눈앞에 유상진이 있지 않은가. 이젠 황 부자의 말을 믿을 수밖에 없다.

마립은 양 선생이라는 의원에게 다그치듯 물었다.

"이 친구가 어디를 다친 겁니까?"

양 선생은 침을 들어 유상진의 몸에 꽂으며 대답했다.

"건물이 무너질 때 머리에 돌멩이를 맞았습니다."

"건물이 무너져요?"

"원래 이 친구가 다른 건물에 있었거든요. 그런데 그 건물이 며칠 전 싸움으로 무너져서, 그때 쏟아지는 돌덩이에 머리를 맞았지 뭡니까. 잔해를 치우고 간신히 끄집어내긴 했는데 뇌진탕으로 맛이 갔어요. 그러나 아직 희망이 없는 것은 아니고, 한두 달 정도 집중적으로 치료를 받으면 괜찮아질 겁니다."

"음…… 그래요? 이야기를 좀 할 수 있을까요?"

양 의원은 고개를 흔들었다.

"안타깝지만 그건 힘들 것 같은데요. 보시다시피 지금 절대안정을 취해야 하는 상태라……."

의원들은 항상 우회적으로 말한다. 방희태는 단도직입적으로 물었다.

"혼수상태란 말이죠?"

양 의원은 이마에서 흘러내리는 땀을 닦아 내며 대답했다.

"유감스럽게도 그렇습니다."

마립은 유상진의 볼을 살짝 꼬집어 보았다. 좀 푸석푸석하긴 하지만 피부의 느낌은 진짜 같다.

'역시 양각양의 장난에 불과한 거였나?'

"생명엔 지장이 없겠소?"

양 의원은 침을 유상진의 명치에 꽂으며 대답했다.

"그럼요. 며칠 내로 깨어나긴 할 겁니다. 그 후에도 한동안 휴식을 취해야겠습니다만……."

마립은 유상진의 얼굴을 한참 동안 바라보았다. 얼굴은 분명히 유상진이 맞는데도 왠지 모르게 꺼림칙하다.

'덥군.'

그는 흘러내리는 땀을 훔쳤다.

의원 역시 심하게 땀을 흘리고 있었다. 하긴 사람 몸에 저리도 빽빽하게 침을 찔러 넣고 있으니 지치기는 할 것이다.

그때 마립의 뇌리를 스치고 지나가는 것이 있었다.

그는 뭔가를 깨달은 표정으로 유상진에게 시선을 돌렸다. 그리고 한 가지 사실을 확인한 후 고개를 끄떡였다.

'그랬군.'

하지만 내색하지 않은 채 말했다.

"중요한 자이니 최선을 다해 주시기 바랍니다."

"염려 푹 놓으십쇼. 금방 일어날 겁니다."

마립은 웃음을 지었다.

"믿어 의심치 않습니다."

그렇다, 금방 일어날 것이다.

'아프지도 않을 테니까.'

마립은 양 의원에게 깍듯하게 인사하고 의방을 나갔다.

마립이 나가고 문이 닫히는 순간 양 의원은 옆얼굴에 퍽, 하는 충격을 느꼈다. 죽은 듯이 누워 있던 유상진이 침목으로 얼굴을 후려갈긴 것이다.

양 의원은 아이쿠, 아이쿠 소리를 내며 바닥을 나뒹굴었다. 그가 간신히 몸을 일으키려 할 때 머리 위로 발뒤꿈치가 떨어졌다.

퍽! 퍽! 퍽!

"억! 억! 억!"

"야! 이 새끼야! 누가 침을 이렇게 많이 꽂으래?"

유상진, 아니 유상진의 모습으로 변장한 천환사는 복날 개 패듯 양 의원을 두들겨 팼다. 아무리 실감 나는 연기를 위해서라고 하지만 가슴과 배에 물경 이백 개도 넘는 침을 꽂다니. 누굴 죽이려고 작정했나? 마립이 보고 있어서 입술을 깨물고 참았지만, 어찌나 아픈지 까무러치는 줄 알았다.

"새꺄! 엄살 부리지 마! 난 죽는 줄 알았다."

그는 몸에 꽂힌 침을 하나씩 뽑아내며 몸서리쳤다. 찔러 넣을 때도 아프더니 뽑을 때도 아프다.

"잠깐만 기다려. 네 몸에도 꽂아 줄 테니까."

천환사는 양 의원의 명치를 꾹 밟으며 말했다. 그는 황 부자에게 이번 일을 설명하고 수당을 더 요구할 생각이었다.

마립은 지하 뇌옥을 나오자마자 황 부자를 다시 찾아갔다.

"유상진이 생각보다 많이 다쳤더군요."

"뭐, 그 정도 상처야……. 제가 표국을 경영하던 시절엔 가슴이 난자당한 상태에서도 마차를 몰아 물품을 나르곤 했는데요. 사실 상처는 별것 아닌데 정신력이 약해서 그런 겁니다. 요즘 애들이 좀 허약하지 않습니까? 곧 팔팔해질 겁니다."

"아무튼 세가로 유상진을 이송하는 건 당분간 힘들겠군요."

"이해해 주신다니 다행입니다. 한두 달 정도 움직이지 않는 편이 좋다고 하더군요. 유상진의 상태가 호전될 때까지 기다려 주시면 저희가 세가로 보내도록 하겠습니다."

'잡자마자 보내 주지.'

황 부자는 마음속으로 생각했다.

양각양을 추적해 유상진을 되찾으려면 시간이 필요하다. 천환사를 고용한 건 그때까지 시간을 벌기 위함이었다.

"그렇게 하십시오. 사실 그건 천애검 뇌 대협과 의논하실 일이고. 저는 그럼 이만……."

마립은 선선히 대답하고 자리에서 일어섰다.

황 부자는 짐짓 놀란 것처럼 물었다.

"벌써 가실 생각이십니까?"

"하하하. 저도 여기서 며칠 편하게 쉬고 싶지만, 바쁜 일이 있어서……."

황 부자는 은근한 웃음을 지으며 말했다.

"이렇게 오셨는데 손님을 그냥 보낼 수는 없는 노릇이지요. 별것 아니지만 이걸 좀……."

그리고 품속에서 작은 비단 주머니를 꺼내 건넸다.

마립은 은근슬쩍 주머니를 받아 무게를 확인한 후 주머니에 넣었다.

"가주님께는 제가 잘 말씀드리겠습니다."

마립이 가 버린 후, 황 부자는 안도의 한숨을 쉬었다. 밀실에 숨어 있던 하길진이 걸어 나오며 말했다.

"녀석이 속은 모양이군요."

황 부자는 한숨을 내쉬었다.

"이 나이에 참, 별짓을 다 하는군. 나 땀 난 것 좀 보게."

황 부자는 땀이 송골송골 맺힌 정수리를 보이며 말했다.

"그래도 시간을 벌긴 했어, 그렇지? 마립이란 놈이 생각보다 멍청해서 다행이야."

"이제 어떻게 하실 생각이십니까?"

"빨리 유상진을 찾아내서 가짜를 진짜로 둔갑시켜야지."

❦

"워! 워!"

마립은 능숙한 마술馬術로 말을 멈춰 세웠다. 먼저 말에서 내려 기다리고 있던 무영일혼이 고삐를 잡았다.

마립이 말에서 내리자 부하들이 말을 마구간으로 데려갔다. 이곳은 황 부자의 장원에서 멀지 않은 곳에 위치한 작은 객잔이었다. 객잔에서 밥을 먹고 출발하기로 한 것이다.

마립은 객잔에 도착할 때까지 유상진에 대해 한마디도 하지 않았다. 단지 두어 번 피식피식 웃었을 뿐이다.

무영일혼은 황 부자의 장원 안에서 무슨 일이 있었는지 너무 궁금했다. 자리를 정하고 앉은 후 그가 은근히 물었다.

"왠지 기분이 좋아 보이십니다?"

사실 마립이 웃은 건 다른 이유 때문이 아니었다. 황 부자가 준 비단 주머니에 뭐가 들었는지 상상하면서 좋아했을 뿐이다. 부피는 작은데 무겁기는 또 엄청나게 무거워 뭔가 끝내 주는 보석일 거라고 추측하고 있었다.

그렇다고 솔직히 털어놓을 수는 없는 일. 서른 명에 육박하는 부하들에게 조금씩 나눠 줬다간 국물도 안 남을 게 분명하기 때문이다. 마립은 기민하게 유상진 얘기를 꺼냈다.

"유상진 때문이야. 하여간에 멍청한 놈들!"

"누가 멍청하다는 거죠?"

"황 부자와 그놈 부하들 말이야. 하찮은 수법으로 사람을 농락하려고 들지 뭐냐."

마립은 득의한 듯 말을 이었다.

"그놈들, 어디서 가짜 유상진을 데려와서 날 속이려고 하더라고."

무영일혼이 아부를 떨었다.

"감히 형님의 날카로운 눈을 속이려 들다니, 녀석들의 정신이 나갔군요."

마립은 손을 내저었다.

"아니야, 정말 기가 막힌 변장이었어. 처음엔 정말 유상진인 줄 알았다니까. 하지만 한 가지 실수를 했지."

"그게 뭡니까?"

마립은 의미심장한 표정으로 좌중을 둘러보다가 말했다.

"의방이 몹시 더웠거든. 나나 의원들이나 비 오듯 땀을 흘리고 있었지. 그런데 유상진의 얼굴은 너무나 보송보송하더군. 한 방울도 땀이 보이지 않았어. 그때 놈이 인피면구를 쓰고 있다는 걸 알았지."

"아! 그렇군요! 역시 형님은 대단하십니다!"

"하하하, 사실 내가 좀 똑똑하긴 하지. 세가로 전서구를 보내라. 황 부자가 양각양에 유상진을 빼앗긴 것이 맞다고 알려."

"옛!"

인생은 바로 그렇게 가는 것

第二十一章

"도통 모르겠군. 생각이 안 나."

유상진은 손을 들어 자신의 머리를 여러 번 내리쳤다.

그러나 여전히 아무것도 생각나지 않았다. 그가 어린 시절 절절하게 사랑했던 유가영. 그녀의 얼굴이 조금도 기억나지 않는 것이다.

그동안 수없이 많은 여자를 만나 온 유상진이다. 하지만 그때만큼 순수하게 누군가를 좋아해 본 적은 없었다.

그런데 어째서…….

'모르겠어, 정말.'

그녀가 무얼 좋아했는지, 말투는 어땠는지, 어쩌다 천무상의 제자로 들어왔는지, 하나도 기억나지 않았다. 그녀의 얼굴조차 떠오르지 않는 것이다.

생각나는 것이라곤 파편화한 몇 개의 장면뿐.

유상진은 이불을 들추고 가만히 쪼그려 앉았다. 어느새 날이 어두워져 있었다. 창살 틈으로 별이 반짝거렸다.

'사랑이 아니었던 걸까?'

얼굴도 기억하지 못하는 여자를 사랑했다고 말할 수 있을까?

'아니야, 시간이 너무 흘러서 그래.'

유상진은 머리를 흔들었다.

"살아만 있다면 언제고 만날 수 있어."

그리고 다짐하듯 다시 한 번 중얼거렸다.

"살아만 있다면!"

지금은 얼굴을 기억 못 하지만, 그녀를 보면 놓치지 않을 자신이 있었다. 어떻게든 알아볼 것이다.

유상진은 벌떡 일어났다.

우선은 살아남아야 한다. 양각양이란 이 괴물 같은 놈들에게서 벗어나야 한다. 살아만 있다면 언젠가는 다시 만날 수 있는 것이다.

'창문은 안 되겠지……'

그 난리를 쳤는데 같은 방법이 또 통할 리가 없다. 방도 창문에 강철 창살이 설치된 곳으로 바뀌었고, 반 각에 한 번씩 보초가 얼굴을 확인하고 갔다.

탈출 방법을 궁리하던 유상진이 살짝 얼굴을 찡그렸다.

걸리는 게 있다.

'뭔가 중요한 걸 잊고 있는 것 같은 기분이 자꾸 드는

데…….'

방 안을 서성이며 그게 무엇인지 고민해 보았다.

지금 같은 상황에선 아주 하찮은 것일지라도 하나의 기회가 될 수 있었다. 아주아주 하찮은 것이라도…….

그러나 아무것도 떠오르지 않았다. 생각이 날 듯 말 듯 하면서도 도통 모르겠다.

"이런 바보 같으니!"

유상진은 안타까움을 참지 못하고 주먹으로 벽을 쳤다. 퍽, 하고 벽이 움푹 들어갔다.

"엥?"

유상진은 당황해서 자신의 주먹을 보았다. 그리고 벽의 움푹 들어간 곳을 보았다.

손가락으로 벽을 쓰다듬었다. 단단하다.

자신의 주먹도 만져 보았다. 야들야들하다. 그가 태어날 때부터 달고 있던 오른손이 틀림없다.

"그런데 왜 벽이 부서져?"

유상진은 자신의 능력을 잘 알고 있었고, 그가 아는 한 자신의 주먹은 벽에 구멍을 낼 정도로 단단하지 않았다.

잠시 고민하다가 엄지손가락으로 벽을 꾹 눌러 보았다. 마치 창호지를 뚫고 들어가듯 간단히 벽에 구멍이 났다.

황당해서 말이 나오질 않았다. 한참 동안 멍하니 서 있다가 슬그머니 손가락을 뽑아냈다.

이번에는 손톱으로 벽을 긁어 보았다. 쇠를 마찰시키는 듯한 기분 나쁜 소리와 함께 벽에 네 개의 홈이 파였다.

"끝내 주는군."

저절로 감탄사가 튀어나왔다. 틀림없이 벽은 단단했고 손은 예전처럼 말랑말랑하다. 그런데 힘이 전에 비해 몇 배나 강해진 것이다.

하지만 왜? 뭘 어쨌다고?

'중요한 건 그게 아니지.'

유상진은 가부좌를 틀었다. ≪무경≫에 담긴 심법대로 내공을 일으켜 볼 생각이었다.

혹 아는가. 어릴 적 도라지 뿌리인 줄 알고 먹었던 것이 산삼 뿌리였을지도 모르고 산행 길에 배고파 잡아먹었던 독사가 용이 되지 못한 이무기였을지도 모른다. 그리고 이게 가장 가능성이 높은데 주신봉이 넘겨준 내공이 지금 빛을 발하는 것일지도 몰랐다. 아무튼 기운이 넘친다는 게 중요하다.

유상진은 마음속으로 구결을 외우며 내공을 끌어 올렸다.

'응?'

기해혈을 타고 호랑이 기운이 샘솟았다.

'우하하하! 내공을 얻었구나!'

주신봉이 넘겨준 내공임에 틀림없었다. 어디 갔다가 이제야 나타났는지 모르지만 아무튼 다시 나타난 것이다. 유상진은 너무 좋아하다가 하마터면 주화입마를 일으킬 뻔했다.

'이럴 때가 아니야.'

유상진은 다시 자세를 잡고 앉아 정신을 집중해 내공을 주천週天시키기 시작했다. 너무나 갑자기 나타난 내공이라 언제 사라질지 모른다는 불안감 때문이다. 지금 확실하게 자신의 것으로 만들어야 했다.

그는 ≪무경≫의 구결을 떠올렸다. 빈약한 내공 탓에 맛보기밖에 하지 못했던 ≪무경≫의 내공심법이다. 하지만 이제는 제대로 익힐 수 있다.

얼마의 시간이 지났을까?

유상진은 몸속의 탁기를 내뱉으며 천천히 눈을 떴다.

"휴우!"

어느새 날이 밝아 있었다. 하지만 그는 조금의 피로도 느끼지 못했다. 오히려 전신이 날아갈 듯이 시원하다. 자신의 몸을 내려다보았다. 외형상으론 달라 보이는 점이 전혀 없다.

"흐흐흐, 그러나……."

유상진은 흐뭇한 어조로 중얼거렸다. 이제 어느 정도 내공의 수발受發도 가능했다.

'며칠, 며칠만 시간을 벌면 돼.'

내공을 확실하게 그의 것으로 만들고 ≪무경≫의 경신술 중 하나를 익힌다. 그리고 기회를 봐서 이곳을 탈출하는 것이다.

양각양의 악당들은 그를 얕보고 있었다. 보초 한둘 처치하고 도망치는 건 일도 아니다.

그는 한결 가벼운 마음으로 창가로 다가갔다.

새벽의 깨끗한 공기가 폐부 깊숙이 밀려들었다. 그는 가만히 미소를 지었다. 그리고 가슴을 펴며 중얼거렸다.

"난 고수다."

그토록 바라 마지않던 고수가 된 것이다. 유상진은 흐뭇한 어조로 중얼거렸다.

"이제 다 죽었어!"

유상진은 모르고 있었고, 별로 알 필요도 느끼지 못했지만 그의 내공이 되살아난 것은 결코 우연이 아니었다.

주신봉이 개정대법을 펼치던 그날, 그는 대법의 실패로 죽을 운명이었다. 그때 주신봉은 있는 힘을 다해 유상진에게 내공을 전하고 있었다. 그러나 유상진의 막힌 기혈은 생각대로 뚫리지 않았고 주신봉도 복부의 상처 때문에 기력을 마음대로 쓸 수가 없어, 내공의 역류가 일어나기 직전이었다.

그 위험한 순간 도객이 나타났고, 그의 등장은 두 사람에게 전화위복이 되었다. 도객의 공격은 오히려 주신봉에게 마지막 힘을 제공해 주었다. 주신봉은 그 힘으로 유상진의 막힌 기해혈을 뚫어 냈다.

하지만 개정대법을 마무리할 시간이 없었다. 주신봉은 내공을 풀어 주지 못하고 그대로 죽어 버렸고, 유상진이 얻은 엄청난 내공은 기해혈에 딱딱하게 뭉쳐 무용지물이 되어 버렸다. 그런데 지난번 탈출을 시도하다가 방희태에게 등을 맞아 기혈의 흐름을 가로막던 나쁜 피를 토해 냈던 것이다.

유상진은 두 번의 기연을 통해 고수가 된 셈이었다.

"일어나!"

누군가가 어깨를 마구 흔들며 소리쳤다. 그의 난폭한 동작에 유상진은 인상을 구기며 눈을 떴다.

눈앞에 험상궂게 생긴 사내가 서 있었다.

"해가 중천에 떴는데 여태 처자고 있어?"

사내는 손가락을 까딱거리며 소리쳤다.

"따라와."

유상진은 몸을 일으켰다.

'아직 좀 이른데…….'

온종일 무술을 연마하고 잠을 청하던 중이었다. 하루가 다르게 무공이 강해지고 있긴 하지만 아직은 부족하다. 내공 수련을 하고 금나수 약간과 경신술을 조금 익힌 것이 전부였다. 하지만 사내더러 조금만 더 자게 기다려 달라고 할 수도 없는 노릇이다.

유상진은 사내의 뒤를 따라 밖으로 나갔다.

앞마당은 사람들로 북적거렸다. 곧 이곳을 떠나는지 무사들은 모두 짐을 꾸리고 있었다. 그들 사이로 팔짱을 낀 채 부하들에게 지시를 내리는 방희태가 보였다.

방희태는 곁에 서 있던 유치아에게 귀엣말을 속삭인 후 유상진을 향해 다가왔다.

"화덕이! 잘 잤나?"

유상진은 억지로 고개를 끄덕였다.

"……덕분에."

"한창 자고 있었을 텐데 깨워서 미안하네. 그런데 일이 생겨서 말이야."

유상진은 가만히 방희태를 노려보았다. 가슴속에서 슬금슬금 살심이 피어오른다.

'해치워 버릴까?'

방희태는 방심하고 있었다. 지금 손을 쓴다면 죽이진 못하더라도 한동안 동작 불능으로 만들 자신이 있다.

유상진은 주위를 곁눈질했다. 양각양의 무사들은 마구간에서 말을 끌어내고 수레에 짐을 올리는 등의 작업에 열중하고 있었다.

'지금 이놈을 때려눕히고 도망치면?'

확률은 반반일 거라고 생각했다. 그렇다면 아직 싸울 때가 아니다. 좀 더 확률을 끌어올려야 한다.

'칼이 있어야 해.'

단검이라도 상관없다. 칼을 한 자루 손에 넣을 수 있다면 탈출 가능성은 가파르게 올라간다.

지난 몇 년간 유상진이 주력한 것은 도법이었다. 아무리 속성으로 익힌다고 해도 다른 종류의 무공은 하루 이틀 사이에 보통 이상을 넘어서기 힘들다. 그래서 그는 이틀 동안 금나수 한 가지와 경신술 하나를 익혔다. 금나수로 상대의 칼을 빼앗은 다음, 그가 자랑하는 선풍도법을 휘두르며 경신술로 도망친다는 계획이었다.

방희태는 칼을 차고 있지 않았다.

'칼을 가진 놈과 함께 있을 때까지 기다리는 편이 좋겠군. 가능한 한 사람이 적을 때.'

참고 기다린다면 기회는 올 것이다.

그의 생각을 아는지 모르는지 방희태는 흐뭇한 어조로 말했다.

"이제야 내 꿈이 이루어지게 되는군. 다 자네 덕분이야, 유화덕."

"세가의 사람들과 만나기로 했나?"

유상진의 목소리가 떨렸다. 고수가 된 지금도 세가 이야기가 나오면 겁부터 난다. 그는 세가 놈들과 마주치기 전에 탈출해야겠다고 결심했다.

"그래. 일이 급하게 결정되는 바람에 미리 말을 못 했군. 오늘 만나기로 했다네."

방희태는 유상진의 어깨에 손을 얹었다.

"고마워……."

유상진은 꿀꺽 침을 삼켰다. 눈앞에 선명하게 방희태의 명치가 보인다. 다시 살짝 마음이 흔들렸다.

'저길 한 대만 때리면 끝나는 건데……. 한번 해 볼까?'

"……《천도서》를 가질 기회를 줘서."

순간 유상진은 쳐들려던 손을 슬그머니 다시 내렸다.

'《천도서》라…….'

방희태의 한마디가 그의 가슴에 불을 질렀다.

'《천도서》와 나를 바꾼다고 했지? 그렇다면…….'

몇 가지 생각이 뇌리를 스치고 지났다.

첫째, 이대로 도망치면 평생 세가와 양각양의 추적을 받게 될 것이다. 안전하게 도망치고 싶다면 그들을 바쁘게 만들어야 한다. 예를 들면 서로 싸우게 만든다든가.

둘째, ≪천도서≫는 돈 덩어리다. 전에는 누구에게 팔아야 할지 몰라서 못 팔았지만 지금은 알고 있다. 도망자 생활을 하려면 돈이 필요하다. 아니, 도망자 생활이 아니더라도 돈은 많을수록 좋다.

셋째, 제일 중요한 점. 방희태는 유가영을 유곽에 팔아먹은 놈이다. 놈이 잘되는 꼴은 절대 못 보겠다.

그렇다면 결론은 한 가지다.

'좋아. ≪천도서≫를 가지고 내빼는 거야.'

마음을 정한 후 유상진은 방희태에게 시선을 맞추었다. 그는 담담하게 입을 열었다.

"잘됐군."

방희태의 눈썹이 꿈틀했다.

'새끼, 겁을 안 먹네.'

그로선 맥이 빠지는 일이었다. 겁을 집어먹고 살려 달라고 비는 꼴을 보며 마음껏 비웃어 줄 생각이었는데…….

'꼴에 자존심은 남은 모양이군. 그래, 그 자존심이 언제까지 가는지 두고 보겠어.'

방희태는 유상진을 노려보며 생각했다. 그 역시 유상진이 싫었다. 바로 유가영 때문이다.

'왜 가영이가 이런 놈에게!'

그의 얼굴에 분노가 나타났다.

방희태는 유가영이 자신의 사랑을 받아 줄 것이란 확신을 가지고 있었다. 아니, 처음에는 유가영이 자신의 사랑 고백에 감지덕지할 것이라고 생각했다.

그는 천무상의 제자들 중에서 가장 잘생기고 가장 돈 많은 아이였다. 양생소는 천무상의 개인 돈과 방희태의 아버지가 보내 주는 후원금으로 운영되었다. 다시 말해 양생소는 방희태의 개인 교습소나 마찬가지였다.

천무상이 마지막까지 방희태를 살려 두었던 것도 그 때문이다. 방희태가 죽으면 양생소를 유지하는 데 차질이 생기니까.

그뿐인가. 그는 아름다운 풍경을 보면 시구를 읊조릴 학식도 가지고 있었다. 여러모로 최고의 신랑감이었던 것이다.

'그런데 왜 이놈이었지?'

하찮은 집안 출신이다가 빈털터리에 불과했던 유상진. 항상 남의 돈이나 뺏고 껄렁거리던 놈. 요리를 조금 잘하긴 했지만 그런 건 밑바닥 인생에게나 필요한 거다. 자신과 함께 지내면 일류 요리사가 한 요리를 먹으며 살 수 있었다.

방희태의 마음속에 회한이 휘몰아쳤다.

'그녀가 그렇게 심하게 말하지만 않았어도…….'

정신을 차렸을 때 그의 손에는 돈이 쥐어 있었다. 그녀는 이미 옆에 없었다.

'다 너 때문이다.'

방희태는 원독에 찬 눈으로 유상진을 노려보았다.

두 사람은 서로 다른 상념에 빠져, 한참 동안 그렇게 서로를 노려보았다. 언제까지라도 그렇게 멈춰 있을 것 같던 시간은 누군가의 목소리로 다시 흐르기 시작했다.

"준비 끝났습니다."

십객 중 첫째인 유치아가 다가와 말했다.

방희태는 정신을 차렸다. 유상진에 대한 증오는 작은 일이고 ≪천도서≫를 얻는 건 큰일이다. 그는 작은 일 때문에 큰일을 망칠 정도로 멍청한 인간이 아니었다.

"좋아. 출발하기 전에 해 둘 말이 있으니 십객을 모으게."

"이놈은 어떻게 할까요?"

유치아가 유상진을 가리키며 물었다.

"대충 옆에다 치워 놔. 도망 못 가게 잘 감시하고."

십객이 방희태 주위에 모였다. 아니, 이제 십객이랄 수도 없었다. 편객 장사귀와 용객 하찬호가 죽어, 남은 것은 여덟 명뿐이다. 게다가 혈겸 설영까지 죽고 없는 것이다. 인원을 보충할 시간이 없기 때문에 당분간 이 인원으로 일을 처리해야 했다.

모두들 바짝 긴장해 있었다. 다리를 떠는 놈도 있었고 손톱을 물어뜯는 놈, 필요 이상으로 활기차게 말을 하는 놈까지 그 유형도 다양했다.

'흠, 속들이 이렇게 작아서야…… 담력이 그 정도밖에 안 되니까 내가 대장을 하는 거다.'

방희태는 이마를 타고 흘러내리는 땀방울을 닦아 내며 생각했다.

'근데 왜 자꾸 땀이 나지?'

속옷이 기분 나쁘게 가슴에 착 달라붙어 있었다. 그는 애써 불쾌함을 무시하며 입을 열었다.

"제군들."

객들이 자세를 바로 하고 그의 말에 귀 기울였다.

"오늘 일만 제대로 처리한다면, 우리가 강호의 역사를 새로 쓰게 될 것이다."

방희태는 얼굴을 찌푸렸다.

"그런데 한 명이 부족하네?"

부하들의 얼굴을 하나씩 살핀 후 유당이 없음을 알았다.

"유당은?"

"혈영야로와 싸웠을 때 입은 상처가 덧나 지금 치료를 받고 있습니다."

"그래? 음…… 어때, 오늘 움직일 수 있을 것 같던가?"

"예, 가능할 겁니다. 다만, 상처 부위가 부위인 만큼 본인이 나서기를 꺼리고 있어서."

혈영야로의 일격에 유당은 음경을 골절당했다.

"근데 거기가 부러질 수도 있었단 말이야? 난 그게 농담인 줄 알았는데?"

"그러니까 말입니다, 그럴 수도 있다고 하네요."

"좋아. 유당은 내가 직접 설득해 보겠네. 그건 됐고……."

방희태는 화객에게로 시선을 옮겼다.

"화약은 제대로 설치했겠지?"

화객 마동출은 자신 있게 대답했다.

"물론입니다."

"폭발력은 어느 정도지?"

"그곳에 모인 사람은 아무도 살아남지 못할 겁니다. 본단에서 가져온 화약을 모두 사용할 테니까요."

다시는 보지 못할 거대한 폭발을 상상하는지 화객은 눈을 게슴츠레 뜬 채 입맛을 다셨다. 객들의 얼굴에 불안감이 맴돌았다. 어젯밤 화객이 부하들을 데리고 나갔던 게 관제묘에 화약을 설치하기 위함이었다는 사실을 알았기 때문이다.

방희태가 말했다.

"걱정할 거 없어. 실제로 그것을 사용하는 일은 없을 테니까. 세가는 지금 상황이 복잡하니 더 이상 적을 만드는 행동 따위는 하지 않을 거야."

❦

"음…… 무얼 익혀야 잘했다고 소문이 날까?"

유상진은 혼자 변소에 있었다. 똥이 마렵다고 사정해서 변소로 들어온 것이다. 일단 출발하면 무공을 익힐 틈이 없을 것이다. 잠깐이라도 그동안 배운 것을 정리할 시간이 필요했다.

그는 손바닥을 내려다보았다.

'화가금나수華家擒拿手라…….'

유상진은 화가금나수를 익혔다. 대단한 실력은 아니지만 초식의 변화를 흉내 낼 정도는 되었다. 머릿속에 화가금나수의 다음 초식을 떠올리며 몇 번 동작을 연습해 보았다.

그러다 갑자기 손을 멈추고 머리를 긁적였다.

'근데 이거 참 난해하다니까.'

예를 들어 화가금나수가 소개된 부분은 이랬다.

금은 잡는다는 뜻이고 나는 친다는 뜻이니 금나수란 붙잡고 쥐는 무공이다.

마치 개구리가 파리를 채듯이 날카롭고 빠르게 손으로 상대를 제압하는 무공인 것이다.

섬閃, 등騰, 나挪, 제提, 나拿, 봉封, 폐閉, 방화, 래來, 규叫, 순順, 송送 등의 기법에 기초하여 각각을 연속 동작으로 이어지게 하고 숨 쉴 틈도 주지 않고 속공을 주체로 해서 상대를 격파하는 것이 화가금나수의 묘체이다.

그리고 투로 몇 개를 소개하고는 끝이었다. 좁은 지면상 한 가지 무술에 많은 내용을 투자할 수 없음은 이해하겠지만 아쉬운 건 사실이다.

게다가 ≪무경≫의 핵심적인 부분은 일반인이 알아들을 수 없는 선문답으로 이뤄져 있었다.

선풍도에 대한 부분을 인용하자면 대략 이렇다.

물을 벨 수 있는 칼이란 없다.

물을 베었다는 수많은 사람들이 있지만 그것은 찰나의 순간일 뿐이다. 물은 다시 흐른다.

그러나 물속에서 명검이 나오는 법이다. 쇠는 물속에서 그 굳셈을 얻기 때문이다.

대저 칼 쓰는 법도 이와 같아야 한다.

"도대체 무슨 소리냐고!"

물처럼 끊어지지 않고 면면히 초식이 흘러가야 한다는 이야기일까? 아니면 도도히 흐르는 물처럼 칼을 씀에 유연함을 가져야 한다는 말일까? 여러 가지 의미로 해석될 수 있는 말이기에 고민이 되지 않을 수 없었다.

≪무경≫의 무공을 익히며 유상진은 무공 수련에 왕도가 없음을 뼈저리게 느꼈다. 아니, 사실 울화통이 터졌다.

소문난 잔치에 먹을 것이 없다더니 막상 무공을 익히려고 할 땐 쓸모없는 부분이 너무 많은 것이다. 뻔한 이야기거나 알아들을 수 없는 이야기거나.

아무튼, 모래사장에서 바늘 한 개를 찾는 마음으로 유상진은 ≪무경≫을 읊조리기 시작했다. 처음부터 순서대로 외웠기에 특정 부분을 찾기 위해선 처음부터 줄줄 외워야 했다.

'나중에 한번 정리를 해 둬야겠어. 매번 처음부터 외우기가 너무 힘들잖아.'

쓸데없는 생각을 곁들여 한참 ≪무경≫을 외워 보던 유상진은 딱 좋은 부분을 찾아냈다.

환마각幻魔脚이었다.

≪무경≫에서는 공중에 뜬 상태로 수십 번 발차기를 할 수 있는 천하제일의 각법이라 설명하고 있었다.

"환마각이라…… 이름이 마음에 드는군."

도법 하나에 금나수를 익혔으니 이제 각법을 하나 익히는 것도 나쁘지 않을 성싶다. 유상진은 환마각의 구결을 읊조리며 동작을 펼치기 시작했다.

그러나 그는 모르고 있었다.

은밀히 그에게 접근하는 자가 있다는 사실을.

"후후! 귀여운 놈."

도객 유당은 웃음을 참으며 유상진을 살펴보고 있었다. 유상진이 열심히 무공을 연마하는 모습을 보자 기분이 좋아졌다.

'저게 ≪무경≫의 무공이란 말이지?'

그의 마음은 ≪무경≫에 대한 열망으로 불탔다.

'≪무경≫은 이제 내 거야!'

하초가 뻐근해졌다. 저 앞에 ≪무경≫이, ≪무경≫을 가진 놈이 있다는 사실만으로도 물건이 곧추서는 느낌이다.

쾌락에는 대가가 따르는 법.

곧이어 하초에 격렬한 아픔이 밀려들었다. 유당은 입술을 깨물어 통증을 참았다. 혈영야로의 일격으로 부러진 그곳은 아직도 심하게 부어올라 있었다.

'이건 왜 시도 때도 없이 서 가지고……'

유당은 가만히 그곳을 만져 보았다. 애써 맞춘 뼈가 다시 어긋나면 큰일이다.

그는 물건이 가라앉을 때까지 기다렸다가 슬쩍 주변을 살폈다. 근처에는 아무도 없었다.

모두들 출영 준비로 바쁘기에 변소까지 신경 쓸 사람은 없을 것이다. 방희태는 부하들을 앞에 세우고 헛소리를 늘어놓는 중일 테고.

다시 말해 아무 방해 없이 조용하게 일을 처리할 수 있을 거란 얘기다. 변소 앞을 지키고 있던 경비 무사도 혼혈을 짚어 두었으니 깨어나도 무슨 일이 있었는지 기억하지 못할 것이다.

유당은 헛기침을 하며 유상진에게 다가갔다.

"자네 뭐 하나?"

유상진의 몸이 뻣뻣하게 굳었다. 그는 휘두르던 팔을 그대로 바지로 가져가 바지를 내리고 오줌을 싸는 척했다.

'봤을까? 봤을까?'

긴장이 되니 오줌이 안 나온다. 딱 다섯 방울 떨어지고 끝이었다. 유상진은 물건 끝을 탁탁 턴 다음에 바지를 올리고 돌아섰다.

유당이 이빨을 드러내며 웃고 있었다. 그는 다짜고짜 칼을 유상진의 목에 들이댔다.

"뭐…… 뭡니까?"

유당이 칼을 까딱 움직이자 목에 혈선이 그려졌다. 유상진은 입을 다물었다.

"선풍도의 요결을 말해! 그럼 목숨만은 살려 줄 테니까."

유당은 유상진의 귓가에 속삭였다. 그의 눈은 흥분으로 벌겋게 달아올라 있었다.

평생 칼 쓰는 법만 익힌 무사에게 ≪무경≫의 선풍도는 떨치기 힘든 유혹이었다. 목숨을 걸고서라도 한번 견식해 보고 싶었다. 그런데 너무나 쉽게 기회가 온 것이다. 그는 이런 기회를 놓칠 정도로 바보가 아니었다.

유상진은 마음속으로 욕설을 내뱉었다.

'새끼…… 내가 미쳤냐, 그걸 너한테 가르쳐 주게.'

무공이 강해진 만큼 간덩이도 커진 유상진이다.

"알아들었냐? 선풍도법을 말하면 살려 주겠단 말이다."

유상진은 손쓰기가 좀 주저되었다. 유당의 열정에 감동받았……는 뜻은 아니고, 그냥 손을 쓰는 것보다 좀 놀려 먹다 손을 쓰는 것이 좋겠다는 생각이 든 것이다.

게다가 불끈 솟은 태양혈, 번쩍이는 눈빛, 이자는 분명 고수였다.

'이 정도 고수라면 쉽게 당하지 않겠지?'

고양이가 쥐를 잡을 때도 최선을 다한다는데 하물며 사람의 일에 있어서야. 내공이 생긴 후 첫 번째 싸움이다. 좀 조심하는 편이 나을 것이다.

유상진은 겁에 질린 표정을 지으며 부들부들 떠는 척 유당의 팔을 잡고 흔들었다.

"그게 정말이겠죠? 진정이시죠?"

"그래, 빨리 말해라!"

"알려 드리고말고요. 그럼, 지금 시작할까요?"

"빨리!"

"음…… 음…… 그러니깐…….''

유상진은 심호흡을 했다.

'한순간의 승부다.'

근육을 긴장시키며 무릎을 약간 굽혔다. 언제든지 원하는 방향으로 움직일 수 있기 위해서다.

그리고 천천히 입을 열었다.

유당의 눈이 그의 입에 집중될 때, 유상진의 눈빛이 번쩍 빛났다. 동시에 그의 손이 섬전처럼 움직였다. 그는 두 손으로 유당의 손목을 잡아 비틀었다.

우두둑!

팔이 부러지며 칼이 바닥에 떨어졌다.

유당은 수많은 싸움을 경험한 고수다. 상대의 공격을 막기엔 늦었다는 사실을 알아챘다. 그는 팔을 빼려 하지 않고 다른 손으로 유상진의 눈을 찔렀다.

유상진도 유당의 그런 대응을 예측하고 있었다. 튕기듯 몸을 날려 유당의 허리를 잡고 바닥을 굴렀다. 그리고 그의 몸위로 기어올라 목을 졸랐다. 유당은 한 손이 부러진 데다 사타구니의 골절 때문에 제대로 대응하지 못했다.

유상진은 유당의 멀쩡한 손을 잡아당겨 그것마저 부러뜨려 버렸다.

"컥!"

유당의 입에서 신음이 새어 나왔다.

유상진은 유당의 목을 겨드랑이 사이에 끼우고 있는 힘을 다해 조였다. 유당은 저항했지만 오래가지는 못했다.

우둑!

목이 부러지는 작은 소리와 함께 유당의 몸이 축 늘어졌다.

"휴우!"

유상진은 한숨을 내쉬며 벽에 등을 기댔다. 온몸이 땀투성이였다. 그는 죽은 유당을 보며 중얼거렸다.

"사람 목숨이란 게……."

그가 보기에 사람의 목숨이란 참으로 질기면서도 가녀린 것이었다. 팔다리가 떨어져 나가고 내장이 튀어나와도 죽지 않으면서 목을 살짝 돌리는 것으론 허무하게 죽어 버리다니 말이다.

하지만 사람을 죽이는 일은 언제나 힘들다. 특히 도구를 사용하지 않고 손과 발을 사용해 사람을 죽이는 일은…….

유상진은 일어나서 시체의 품속을 뒤졌다. 그러고는 텅 빈 주머니를 보며 투덜거렸다.

"세상에 이런 개털이 있나."

하지만 소득이 아예 없는 것은 아니었다. 유당의 허리띠에는 단검이 네 자루나 꽂혀 있었다.

유상진은 그중 하나를 집어 들었다. 적당한 무게에 균형도 완벽했고 날도 예리하게 갈려 있다. 비도의 손잡이에는 비상하는 청룡의 모습이 양각되어 있었다.

"비싼 거군."

위급할 땐 수리검으로 날릴 수도 있을 듯했다.

유상진은 네 자루 검을 모두 끄집어냈다. 어디다 숨길까 고민하다가 하나는 가장 잡기 쉬운 위치인 좌측 어깨 안쪽에 매달고, 하나는 칼집째 목 뒤에 쑤셔 넣었다. 나머지 두 개는 양쪽 신발 틈에 밀어 넣었다. 목이 긴 신발을 신고 있어서 다행이었다.

그러고는 어깨 안쪽에서 재빨리 단검을 꺼내는 연습을 몇 번이고 반복했다. 마음에 드는 세련된 동작이 나오진 않았지만 그럭저럭 만족할 속도는 됐다.

유당의 시체는 똥통 구멍에 밀어 넣었다. 이곳까지 와서 시체를 찾을 자는 없을 것이었다.

유상진은 몸에 묻은 먼지를 턴 후 밖으로 나갔다.

●

"유당 이놈 어디로 간 거야?"

"글쎄요, 자리에도 없고 정말 귀신이 곡할 노릇입니다. 혹시…… 우리를 배반한 게 아닐까요?"

"말도 안 되는 소리! 유당과 십여 년 생사고락을 같이한 우리가 아니냐! 동료를 의심하다니!"

"그렇지만…….."

방희태는 버럭 소리쳤다.

"어허, 더 이상 말하지 말래도!"

"……."

"그리고 녀석 머리로 배반은 언감생심 꿈도 못 꾼다. 배신을 꿈꾸고 있더라도 우리를 누구에게 팔아먹어야 할지 몰라서 못할걸."

"아! 그렇군요."

여기저기서 감탄의 목소리가 터져 나왔다.

"혈영야로에게 당한 하초 때문에 요양이라도 간 모양이지."

방희태는 그렇게 결론을 내리고 자신의 애마에 올랐다.

하지만 출발 신호를 내리는 그의 얼굴에는 근심의 빛이 어려 있었다.

'그래도 아무 말도 없이 사라질 녀석이 아닌데……'

사실 유당이 갈 곳은 많았다. 황 부자에게 가서 세가와의 만남을 밀고할 수도 있고 양각양의 본단으로 돌아가 자신의 변심을 알릴 수도 있다.

그런데 이상한 것은 아무도 유당이 장원을 빠져나가는 걸 보지 못했다는 사실이다.

'도대체 어떻게 나갔을까?'

방희태는 잠시 고민했지만 곧 결정을 내렸다.

'이제 와서 어쩌겠나. 끝까지 가야지.'

호랑이 등에 올라탄 상태로 멈출 수는 없는 법이다. 어떻게 되든 끝까지 가는 수밖에.

＊

방희태가 관제묘로 출발하기 전날 밤.

양각양의 총사 허출세는 애첩 이화의 손을 잡고 걸음을 재촉하고 있었다. 허출세의 얼굴은 분을 바른 듯 창백했다.

달빛이 희미하게 길을 밝혀 주고 있었지만 보통 사람이 움직이기엔 위험한 점이 많았다. 이화는 지친 기색이 역력했다.

"잠깐만 쉬었다 가면 안 돼요?"

"도착하면 쉬자고. 여긴 위험해."

"뭐가 위험한지 얘기 좀 해 봐요."

허출세는 대답하지 않고 이화의 손을 당겼다. 그는 수풀을 헤치고 걸으며 황망한 어조로 중얼거렸다.

"이런 일이 있을 줄이야……."

야차왕을 떠올리니 등골이 다 오싹해진다. 그가 깨어나리라고는 생각지도 못했다.

그는 등에 작은 봇짐을 메고 있었다. 그 안에 든 것은 조상의 위패와 금붙이 몇 개가 전부다. 야차왕이 깨어난 걸 알자마자 집과 땅, 돈까지 모두 포기하고 중요한 것만 몇 가지 챙겨 도망친 것이다.

숲으로 들어가자 무성한 나뭇가지에 달빛도 가려 시야가 잘 보이지 않았다. 주변의 모든 것이 어둡고 침침했으며 바위나 나무 그림자조차 무섭게 흔들거렸다.

이화는 숨을 헐떡이며 그의 걸음에 보조를 맞추기 위해 애쓰고 있었다. 처음에는 어딜 가는 거냐며 따지더니 이젠 힘들어서 말도 안 나오는 모양이다. 그래 봐야 허출세의 걸음을 따라오기엔 너무 느렸다.

'괜히 데려온 건가?'

허출세는 입맛이 썼다. 아끼는 아이라 차마 버릴 수가 없어 데려온 것인데, 잘못했다간 둘 다 죽게 생겼다.

그는 재산의 상당 부분을 밖으로 빼돌려 놨다. 야차왕이 깨어날 것이라곤 꿈에도 생각하지 못했지만, 양각양이 정파 무림의 습격을 받는 일을 대비해 여기저기 땅도 사 두었고 전장에 돈도 맡겨 두었다.

이제 그런 은신처 중 하나로 가 이름을 바꾸고 숨어 살면 되는데, 이화란 년 때문에 그의 걸음까지 늦어지고 있는 것이다. 이러다가 잡히기라도 하면…… 끝장이다.

그런 그의 마음도 모르고 이화는 죽는소리를 했다.

"좀 쉬었다 가요."

허출세는 한숨을 내쉬며 말했다.

"안 된다니까. 도착하면 지겹도록 쉬게 해 줄 테니까 어서 가자."

그때 앞쪽의 어둠 속에서 누군가의 목소리가 들렸다.

"지금 여기서 뭘 하시는 겁니까?"

그 차가운 목소리에 가슴이 철렁 내려앉았다. 허출세는 얼른 뒤를 돌아보았다. 하지만 그쪽에서도 사람들의 두런대는 목소리가 들렸다. 도망갈 곳이 없다.

허출세는 침을 꿀꺽 삼키고는 목소리를 높여 외쳤다.

"누구냐?"

어쩌면 그를 쫓아온 자가 아니라 총단 주위를 경비하는 자들일지도 모른. 그렇다면 적당히 무마할 수 있을 것이다.

허출세는 사시나무 떨듯 떨고 있는 이화의 손을 꼭 잡았다. 그리고 그녀의 귓가에 속삭였다.

"임자는 가만히 있어."

어둠 속에서 덩치 좋은 사내가 걸어 나왔다.

"나요, 양호초."

허출세는 낙심했다. 청룡전주인 양호초가 나섰다면 그가 도주한다는 사실을 눈치 챘다는 이야기였다. 야차왕이 배신 자들을 잡아들이고 있는 것이다.

허출세는 억지로 미소를 지으며 말했다.

"이봐, 양호초. 우리가 만난 지 얼마나 됐지?"

양호초는 뒷짐을 진 채 천천히 다가왔다. 그의 뒤로 칼을 든 무사들이 보였다.

"글쎄…… 이십 년? 이십일 년? 그쯤 된 것 같군."

"그런데 나를 잡아갈 생각인가? 야차왕은 틀림없이 날 죽일 거야!"

"잘못한 일이 없다면 죽는 일도 없겠지."

'빌어먹을…….'

양각양을 처음 만들었던 이십 년 전이나 지금이나 양호초의 저 딱딱함은 변함이 없었다.

허출세와 청룡, 백호, 주작, 현무의 사방전주는 모두 양각양의 창립에 관여한 인물이었다. 처음 양각양을 만들 땐 지금과 달랐다. 그들 다섯 명은 형제나 마찬가지로 의가 깊었다.

그런 그들의 우정도 시간이 지날수록 희미해져 갔다. 그리고 야차왕이 쓰러졌을 때 그들은 완전히 갈라섰다. 모두들 두 번째 야차왕이 되기를 꿈꿨기 때문이다.

개중 양호초만이 쓰러진 야차왕을 보호하며 권력투쟁에 관심을 보이지 않았다.

'경쟁자가 줄어 잘됐구나 생각했었는데…….'

정말 야차왕이 다시 일어나리라곤 상상도 못 했다. 무영지독에 중독된 인물이 깨어난다는 건 있을 수 없는 일이니까. 아니, 무영지독에 중독된 작자가 즉사하지 않고 가사 상태이나마 살아남은 것도 기적 같은 일이긴 했다.

양호초가 물었다.

"자네였나? 그분의 식사에 무영지독을 탄 자가?"

"아니야! 그건 백호전주였네."

양호초는 고개를 설레설레 흔들었다.

"주작전주 말로는 자네 짓이라던데."

"주작전주, 그놈이?"

"그래."

"거짓말이야! 난 그런 적이 없어! 주작전주가 날 모함한 거야! 그놈이 얼마나 야비한지 자네도 알지 않나."

양호초의 표정에 변화가 없자 허출세는 더욱 간절한 어조로 말했다.

"자네가 주작전주를 내 앞으로 데려온다면 진실이 뭔지 알 수 있을 걸세."

양호초는 아무 말 없이 뒷짐을 진 손을 앞으로 내밀었다. 그의 손에는 주작전주의 목이 들려 있었다.

"한번 말해 보게."

눈을 부릅뜬 주작전주는 '네가 무영지독을 가져왔잖아!'라고 말하고 싶은 얼굴로 허출세를 노려보았다.

허출세는 부르르 몸을 떨었다. 양호초가 주작전주를 죽였다면 그도 죽일 수 있다는 얘기였다. 더 이상 말을 섞는 건 시간 낭비다.

"비켜랏!"

허출세는 주먹을 불끈 쥐며 앞으로 달려 나갔다. 그의 백보장력百步掌力이 양호초의 얼굴을 향해 날아갔다. 그 공세가 가히 놀라워 양호초는 일시에 피할 곳을 찾지 못한 것처럼 보였다.

그러나 양호초는 순간적으로 자세를 낮춰 허출세의 발밑으로 미끄러져 들어갔다. 그의 왼쪽 다리가 허출세의 아랫도리를 비로 쓸듯 걷어찼다.

허출세는 몸을 허공에 띄워 양호초의 발을 피했다. 그러나 양호초는 그것을 기다리고 있었다. 땅을 박차고 날아올라 허출세의 가슴에 발길질을 날렸다.

"윽!"

외마디 비명과 함께 허출세가 바닥을 굴렀다.

양호초는 부하들에게 턱짓을 했다.

"묶어라."

주변을 둘러싸고 있던 장한들이 허출세와 이화를 결박했다. 허출세가 떨리는 목소리로 물었다.

"왜 난 죽이지 않지?"

양호초는 냉담한 어조로 대답했다.

"자네, 무공 수련을 게을리 했군. 주작전주는 무공이 강해 사로잡을 수가 없었어."

그러더니 고개를 돌리며 무심하게 말했다.

"그분께 드릴 말씀이나 생각해 보게."

사람은 저마다 생각이 다른 법

第二十二章

금방이라도 귀신이 나올 것처럼 으스스한 곳이었다.

널따란 공터에 사당이 흉물스럽게 엎드려 있고, 그 둘레를 따라 희끄무레한 달빛 아래 칙칙한 어둠을 드리운 키 큰 나무들이 팔짱을 끼듯 에워싸고 있었다.

원래 이곳은 산을 오가는 사람들이 길목으로 삼는 긴요한 곳이었다. 발 빠른 상인들이 만든 객잔과 주점이 빽빽하게 들어찼던 때도 있었다. 그 영화롭던 시절이 끝장난 것은 범 한 마리 때문이었다.

시작은 근처에서 몸을 팔던 들병이였다. 무게를 줄이기 위해서였는지 머리와 내장만을 남긴 채 들병이는 사라져 버렸다. 그리고 계속해서 며칠에 한두 명씩 사람들이 핏자국만 남긴 채 사라졌다.

소문이 퍼지고 길을 지나는 사람이나 마을에 오는 사람들의 반 이상이 실종되자 도저히 견딜 재간이 없었다. 차츰 사람들의 발걸음이 뜸해졌고 상인들도 객잔, 주점만을 남긴 채 떠나갔다.

소문에, 그 범은 뻣뻣한 수염에 파란 눈 그리고 기다란 갈기를 가진, 범은 범이로되 보통 범이 아닌 거대한 크기의 대호라고 했다.

관아에서도 호랑이를 잡으려 하지 않은 것은 아니었다. 그러나 파견한 엽사獵師들이 산을 오르는 족족 죽어 나자빠지자 ─정확히 표현하자면 실종이었다─ 포기해 버리고 말았다.

그럼에도 근처 주민들의 청원이 끊이지 않자 지현知縣은 이렇게 말했다.

"산신제나 지내."

산 아래에서 작은 객점을 하고 있는 박원유는 삼 년 전 호랑이가 나타난 이후 오늘처럼 웃어 본 적이 없었다.

'참 듬직하기도 하지.'

객점을 가득 메우고 있는 무림인들을 보며 그는 혼잣말처럼 중얼거렸다.

평소 호랑이보다 무서워하던 무림인이었다. 객점 안에 들어와 툭하면 칼부림에 기물 파손을 하는 자들이 아니었던가 말이다. 설령 일을 벌이지 않는다 해도 살기 어린 눈을 희번덕거리는 통에 다른 손님들이 도망치게 만드는 자들이었다.

그뿐이랴. 한두 푼이라도 던져 주는 자는 양반이었다. 술

값이나 숙박비가 뭔지 모르는 양 '야! 잘 먹었다.'라는 말과 함께 사라지기 일쑤였다. 일부는 칼을 내밀며 오히려 적선을 부탁하기도 했다. '나중에 갚을게.' 하면서 말이다.

그러나 오늘은 무림인들이 고맙게 보였다.

그것은 박원유가 오랜 불황 때문에 결국 미쳐 버렸기 때문이 아니었다. 바로 호랑이 때문이다.

호랑이 소문이 돈 다음부턴 오가는 사람이 없어 삼 년째 파리만 날리고 있는 형편이었다. 그래도 그동안 벌어 둔 돈이 있어 그는 어떻게든 버텨 냈지만 다른 객점들은 모두 문을 닫았다. 언젠가는 호랑이도 늙어 죽거나 다른 곳으로 이동하지 않겠냐는 생각에 이를 악물고 객잔을 유지하던 중이었다.

드디어 오늘 그 꿈이 이루어지는 것이다.

아침나절 들른 관병 서넛이 곧 무림인들이 호랑이를 잡아 주러 올 것이라는 말을 했을 때 박원유는 그 말을 믿지 않았다. 이놈들이 또 공술 먹고 싶어서 이러는구나, 생각하고 말았을 뿐이다.

그런데 그 말은 거짓이 아니었다. 두어 시진 지나자 객잔 가득 무림인들이 들어찬 것이다.

'화씨 세가라고 했던가?'

몇 번 들어 본 적이 있는 이름이다. 무림에선 황제와 같은 위세라 했다. 박원유는 좀 의아했다.

'저렇게 착한데 어떻게 황제를 하지?'

그러다 그의 시선이 무림인 중 한 명에게로 쏠렸다.

'근데 저놈은 왜 저 모양이야?'

객점을 가득 채운 무림인 대다수는 몸에 검은 철갑을 두르고 있었다. 일반인이 그런 갑옷을 입고도 관의 제지를 받지 않는 것도 신기했지만 그들 중 다른 자들보다 머리 한 개는 더 높이 솟은 거대한 사내가 유난히 눈에 들어왔다.

그것은 거대한 덩치 때문이기도 했지만 다른 이유도 있었다. 사내는 얼굴을 가린 철모를 벗지 않은 채 밥을 먹고 있던 것이다. 숟가락을 쳐들 때마다 입술 끝만이 보일 뿐이다.

박원유는 그 이유가 궁금했다.

'얼굴에 보기 흉한 흉터라도 있는 걸까?'

철갑모를 쓴 사내의 맞은편에는 한 남자가 열심히 말을 걸고 있었다.

박원유는 둘이서 무슨 얘기를 하는지도 궁금했다.

'왜 그렇게 먹냐고 묻는 걸까?'

"어떤가?"

마립은 은근한 어조로 물었다.

"난 자네가 맘에 드네. 내 직속으로 일해 보지 않겠나?"

"나에게 철갑대를 떠나란 말씀이시오?"

무악은 접시를 들고 후루룩 국물을 마셨다. 철갑모 사이로 무악의 작고 날카로운 눈이 매섭게 빛났다.

"아니, 그게 아니라……."

무악 본인도 철갑대를 떠나기 싫은 모양이었지만 마립 역시 그건 바라지 않았다. 그가 원하는 건 무악이 아니라 유사시에 쓸 수 있는 힘이었기 때문이다.

"자네는 철갑대에 남아서 계속 일하면 되네. 지금까지 했던 것처럼. 단지 내가 부탁할 때 내 일을 도와주는 것이지. 그럼 나도 자네를 도울 테니까. 상부상조하자는 거야."

"글쎄요. 무슨 말씀이신지 잘 모르겠습니다."

"생각해 보게. 자넨 철갑대의 총대장이 될 만한 충분한 실력을 갖추고 있네. 만일 자네가 내 사람이 된다면 나중에 내가 자네를 철갑대의 총대장으로 천거하겠다는 얘길세."

"흠…… 한번 생각해 보죠."

마립은 실망스러웠지만 그것을 드러내지는 않았다. 그는 웃는 낯으로 대꾸했다.

"그러게. 단, 빠른 시일 내 답변을 부탁하네."

무악은 고개를 끄덕이며 뼈에 달라붙은 고기를 뜯어 먹었다. 마립은 그를 유심히 바라보다 물었다.

"얼굴에 상처라도 있나 보지?"

무악이 고개를 들었다. 손에 들린 닭 다리에서 기름이 뚝뚝 떨어졌다.

마립은 무악이 무슨 생각을 하는지 궁금해졌다.

세가에 있을 때 호남 지부의 걸물 무악에 대해 이야기를 들은 적이 있다.

"호치虎癡 그놈? 싸가지가 바가지인 놈이지. 그래도 덤비진 마, 개피 본다."

"쓸데없이 농담 걸지 마, 욕하는 줄 알아."

"오옷! 무악! 말도 꺼내지 마!"

정리하자면 머리가 나쁘고 성격은 더럽지만 그 무용은 상상을 초월한다는 이야기였다. 가주 자리를 탐내고 있는 마립으로선 한번 욕심을 내 볼 만한 인재다.

"대장이라면 무릇……."

철모 안에서 갑자기 대답이 튀어나왔다.

"무릇?"

"신비감 있는 존재로 보여야 하기 때문에, 난 부하들에게 얼굴을 보이지 않습니다."

말을 마치고 다시 무악은 식사에 열중했다.

'……미친놈.'

마립은 속으로 중얼거렸다.

얼굴 가리고 먹는다고 부하들이 신비감을 느끼겠나? 사람들이 왜 무악 하면 고개를 흔들었는지 알 것 같았다.

일행은 식사를 마친 후 관제묘로 출발했다. 서늘한 산바람이 사람들의 얼굴을 스치고 지났다.

마립은 깊이 숨을 들이마셨다. 마음이 흐뭇해지는 건 시원한 바람 때문만은 아니었다.

'꼭 장군이 된 기분이군.'

철갑을 입은 부하들을 줄 세우고 앞장서 걸으니 마치 군을 이끄는 장군이 된 듯한 기분이다. 마립은 왠지 무모한 작전으로 전쟁을 패배로 이끌었던 장군들의 마음을 이해할 수 있을 듯했다.

'이 정도면 누구랑 싸우라 해도 자신 있겠군.'

그냥 맨 뒤에 서서 '쳐라! 쳐라!' 소리만 지르면 이길 수 있을 것 같다. 그의 짧지 않은 인생에서도 이토록 많은 부하들을 거느려 본 일은 처음이었다.

마립의 좋았던 기분은 관제묘에 도착했을 때 끝장이 났다. 관제묘를 둘러싸고 있는 무사들을 봤기 때문이다.

그들은 온갖 병장기를 꼬나들고 공터 주위에 쪼그려 앉아 있었다. 분명 양각양에서 온 자들일 것이다. 어림잡아 계산해 봐도 그가 데려온 자들보다 많으면 많았지, 적지는 않아 보였다.

마립은 마음속으로 욕설을 퍼부었다.

'이런 개새끼들, 무슨 전쟁이라도 났나. 이렇게 많이 데리고 오게…….'

마른 풀숲에 주저앉아 있던 양각양의 무사들이 대오를 갖추기 시작했다. 웬만한 무림 세가의 무사들도 보이기 힘든 민첩한 대응이었다.

무영일혼이 마립에게 속삭였다.

"생각보다 실력 있는 놈들이군요."

양각양의 무사 사이에서 장검을 찬 중년인이 걸어 나왔다. 검객 유치아였다. 그는 포권하며 낭랑한 목소리로 외쳤다.

"어떤 분이 무영귀수 마립 대협이십니까?"

마립이 고개를 까딱였다.

"나요."

"대협의 명성은 익히 듣고 있었습니다. 직접 만나 뵈니 헌앙하신 모습에서 고수의 풍도가 느껴지는군요."

마립은 내키지 않았지만 —양각양 같은 삼류 흑도와 말을 섞는 자체가 맘에 들지 않았다— 마주 포권하며 대꾸했다.

"잘 지내셨소?"

만나서 반갑다느니, 명성은 익히 들었다느니 하는 거짓말도 하고 싶지 않았다. 물론 귀하의 존성대명은 무엇이냔 말도 하기 싫다. 흑도의 쓰레기에게 무슨 놈의 얼어 죽을 존성대명!

마립은 양각양의 무사들을 휘익 둘러보았다.

"그런데 오늘의 주인공인 유상진은 어디 있소?"

유치아는 미소를 지었다.

"유상진은 관제묘 안에 있습니다. 저희 보안대의 대장님께서 마 대협을 기다리고 계십니다."

마립은 말에서 내려 관제묘로 걸어갔다. 당연하다는 듯 이십팔무영혼이 그 뒤를 따랐다.

"잠깐!"

유치아가 그들 앞을 가로막았다.

"뭔가?"

마립의 질문에 유치아는 공손하게 대답했다.

"부하들은 이곳에 남겨 두시고 혼자 들어가시죠. 저희 대장님은 일대일로 만나길 바라십니다."

"그래?"

마립은 떨떠름한 어조로 대꾸했다.

"이런 일은 관여하는 사람이 적을수록 좋으니까요."

'그걸 아는 놈들이 떼거지로 몰려왔냐!'라는 말이 목구멍까지 올라왔지만 꾹 참았다. 지금은 싸울 때가 아니었다.

그림자나 다름없는 무영혼들을 떼어 놓고 몇 명이나 숨어 있는지 모를 관제묘로 들어가고 싶진 않았지만 이 많은 사람이 보는 앞에 '싫어! 난 혼자서 못 가!'라고 말할 수도 없는 노릇이었다.

마립은 결국 홀로 관제묘로 향했다.

관제묘 안은 어두침침했다.

마립은 은근히 겁이 났다. 절정 고수인 자신에게 어울리지 않는 감정이란 생각에 기분이 나빠졌지만 묘하게 불안해지는 건 어쩔 수 없었다.

그도 양각양에 대한 소문을 들은 적이 있었다. 사람 고기 다루는 놈들이 만든 문파에 대한 이야기를 듣고도 무사태평할 사람은 많지 않을 것이다. 이건 무공의 강약과는 관계없는 감정이다. 인간이 가지고 있는 최소한의 양심조차 저버린 자들에 대한 두려움이랄까?

하지만 일이 이렇게까지 된 이상 끝을 봐야 한다.

'새끼들이 설마 무슨 일이야 벌이겠어?'

마립은 안으로 들어가며 큰 소리로 외쳤다.

"마립이오."

화섭자에 불 당기는 소리가 들렸다.

불빛이 어둠을 잠식해 들어가며 안쪽 정중앙에 걸려 있는 관운장의 영정이 눈에 들어왔다. 어두운 조명 때문인지 수염을 길게 늘어뜨리고 눈에서 광채를 뿌리고 있는 그림 속 관운장의 모습은 괴기스러워 보였다.

죽은 사람이란 다 무서워 보이기 마련이라고 마립은 마음을 달랬다.

"오셨소?"

영정 앞 공물을 바치는 공탁 옆에 한 사내가 팔짱을 낀 채서 있었다. 곱슬머리를 한 이십 대 후반의 남자였다.

사내의 뒤로 화섭자를 들고 선 두 명의 장한이 보였다.

마립은 인상을 구겼다.

"일대일로 만나겠다고 들은 것 같소만."

"지나친 걱정을 하고 계시는군요, 마 대협. 이 친구들은 그냥 유상진을 감시하기 위해 있는 겁니다."

"유상진 따위에 무슨 감시가 두 명이나 필요한지 모르겠군."

"화씨 세가의 추적을 피해 일 년 가까이 도망 다닌 친구 아닙니까. 당연히 두 사람 정도는 필요하지요."

사내가 앞으로 한 걸음 나서며 만면에 미소를 띤 채 말했다.

"마음 놓으셔도 됩니다. 저희가 감히 화씨 세가와 싸울 마음을 먹겠습니까?"

마립은 여전히 못마땅했지만 더 말을 하진 않았다.

사내는 고개를 숙이며 포권했다.

"전 방희태라고 합니다. 미천하오나 양각양에서 보안대장의 중책을 맡고 있습죠."

마립은 불쾌감을 애써 참으며 쏘아붙였다.

"좋소, 방 대장. 근데 도대체 사람을 몇 명이나 끌고 온 거요? 산을 가득 메웠더군. 아예 천하에 소문을 내지 그랬소? 오늘 이곳에서 화씨 세가와 접선할 거라고."

마립의 고함이 관제묘의 탁한 공기를 뒤흔들었다. 소리가 웅웅 울리자 화섭자를 들고 있던 장한들이 귀를 막았다.

그러나 방희태는 그저 어깨를 으쓱해 보였을 뿐이다.

"별로 많지 않습니다. 마 대협이 데려온 숫자보다 조금 많은 정돈데요."

"이…….."

마립은 욕설이 튀어나오려는 걸 억지로 참았다.

방희태가 말을 이었다.

"거기다가 철갑대도 데리고 오셨더군요. 어디 전쟁이라도 나가십니까? 갑옷을 입은 백 명의 장한이라뇨."

"호랑이를 잡는다고 관부에 말해 놨으니 상관없소."

"저희도 걱정 없습니다. 말씀하셨다시피 이곳엔 호랑이가 있어서 사람들이 안 오니까요."

마립은 방희태를 잠시 노려보다가 입을 열었다.

"유상진은?"

"이제야 중요한 말씀을 하시는군요."

방희태는 옆으로 한 걸음 비켜섰다. 밧줄로 꽁꽁 묶인 채 무릎 꿇고 있는 유상진의 모습이 드러났다.

마립이 흥분해서 소리쳤다.

"야! 고개 들어 봐."

유상진은 순순히 고개를 들었다. 그의 얼굴을 확인한 마립이 환한 미소를 지었다.

"자네 오랜만이군."

유상진은 아무 말 없이 다시 고개를 숙였다.

방희태가 입을 열었다.

"유상진 본인이 확실하죠? 자, 그럼 이제 ≪천도서≫를 보여 주시죠."

마립은 품속에 손을 넣었다. 다시 손을 꺼냈을 때는 한 권의 책이 들려 있었다. 그는 책을 흔들어 보였다.

"이거요."

방희태의 얼굴에 탐욕이 어렸다.

'저게 ≪천도서≫구나!'

표지만 봐도 위대한 책만이 지닌 품격이 느껴진다. 눈앞에 평생 원하던 물건이 있는데 볼 수 없다는 건 고문이나 다름없다. 방희태는 책을 빼앗고 싶은 욕망을 억눌렀다.

마립이 손가락 끝으로 책장을 가볍게 펼쳐 보였다. 피로 쓴 그림과 글귀가 보였다가 사라졌다.

"맘에 드시오?"

방희태는 간신히 입을 열었다.

"확인해 보고 싶군요. 이리 주시죠."

마립은 책을 품속에 갈무리하며 대꾸했다.

"농담이시겠지? 조금만 참으면 넘겨받을 물건이오. 그때 보고 싶은 만큼 보시오."

방희태의 얼굴에 웃음기가 사라졌다.

"그건 불공평하군요."

"뭐가?"

"우린 유상진을 확실히 보여 줬는데 마 대협은 책을 몇 번 흔들다 끝내다니 그렇지 않습니까."

"화씨 세가는 거짓말을 하지 않아."

방희태는 코웃음을 쳤다.

"그거야 겪어 봐야 알 일이죠."

마립의 얼굴이 차갑게 변했다.

"지금이라도 철갑대에 명령만 내리면 네놈들을 끝장낼 수 있어. 다만 약속을 지키려고 이런 헛수작을 받아 주고 있는 거다. 하지만 계속 이런 식으로 나온다면 생각을 다시 할 수밖에 없지."

"철갑대 정도로 우리를 겁줄 수 있을 거라 생각하는 모양인데……."

방희태는 발끝으로 돌바닥을 툭툭 건드리며 말했다.

"이 밑에는 수천 근의 화약이 묻혀 있단 말이오."

　　　　　　❀

화객 마동출은 아쉬운 입맛을 다셨다.

싱그러운 풀 냄새, 기분 좋은 차가움을 안겨 주는 흙바닥, 거기다 언제나 그에게 마음의 안정을 주는 화약들까지. 임무만 아니라면 한숨 늘어지게 자고 싶을 정도로 마음에 드는 곳이었다.

그러나 그에겐 해야 할 일이 있었다.

또 하고 싶은 일도 있었고.

옛 선인이 이런 말씀을 하셨단다.

하고 싶은 일은 할 수가 없고 해야 할 일은 하고 싶지 않다.

딱 마동출의 마음이 그랬다.

그는 슬픈 눈으로 손에 들린 도화선을 바라보았다.

그가 해야 할 일은 간단했다. 방희태가 신호를 보내면 도화선에 불을 붙이는 것이다.

그러나 그럴 가능성은 별로 없을 것 같았다. 왜 싸움을 벌이겠는가. 책과 사람을 교환하고 헤어지면 될 것을.

그래서 마동출은 아쉬웠다.

그의 생애에 지금만큼 큰 폭약 매설은 없었고 앞으로도 없을 가능성이 높다. 이곳에 매설된 폭약은 그동안 마동출이 만진 모든 폭약의 양보다도 많았다. 그뿐인가. 도화선을 감추기 위해 들인 공까지 감안하면 이곳을 떠날 생각을 하는 것조차 힘들었다.

그는 두 눈을 꼭 감았다.

'아! 나에게 이건 너무 괴로운 일이야.'

이런 명품을 한번 터트려 보지도 못하고 떠나야 한다는 건 너무나도 슬픈 일이다.

다른 옛 선인께선 이런 말씀을 하셨단다.

아침에 도를 깨치면 저녁에 죽어도 좋다.

마동출은 그 말에 깊이 공감했다. 이 정도의 화약이 폭발하면 어떤 광경이 벌어질지 볼 수만 있다면 죽어도 좋을 것 같았다.

그는 도화선을 연인 다리 만지듯 쓰다듬으며 상상에 잠겼다. 그의 머릿속은 차츰 거대한 폭발 장면으로 가득 차기 시작했다.

'도화선에 불을 붙이면……'

도화선은 화약이 묻힌 사당으로 타들어 갈 것이다. 그리고 아무것도 모른 채 잡담이나 나누고 있을 바보들의 발밑을 지나 화약이 묻힌 곳에 닿는 순간 쾅! 천지가 개벽하는 굉음과 함께 흙바닥이 하늘로 솟구쳐 오를 것이다.

가뭄이 계속되어 산은 바짝 말라 있었다. 이럴 때 숲에 옮겨 붙은 불은 아무도 끄지 못한다.

'산 전체가 활활 타오르겠지.'

입 안에 침이 한 바가지나 고이는 것을 느끼며 마동출은 입맛을 다셨다.

'그건 정말 장관일 텐데……'

폭발이 끝난 뒤 죽은 이들을 구경하는 것도 재미있을 것이다. 그는 폭발뿐 아니라 그 결과를 관찰하는 것도 좋아했다.

검게 그을린 채 여기저기 죽어 자빠져 있을 사람들.

대부분은 산산조각이 나거나 흙더미에 묻혀 버리겠지만 —사실 어떻게 죽든 죽는다는 건 재수 없는 일이긴 하다— 몇몇의 시체는 볼 수 있을 것이다. 그 시체들은 벌거벗은 채일 것이다. 지면에서 솟구친 충격파와 공기의 압력이 옷을 벗겨 버리기 때문이다.

"그걸 볼 수 없다니……."

마동출은 슬픈 표정으로 수풀 위에 놓아둔 술병을 집어 들었다.

'왜 나한테 이런 시련이 내린 거냐!'

그리고 술병을 입으로 가져갔다.

"카아!"

그는 거칠게 술병을 내려놓으며 우울한 목소리로 중얼거렸다.

"정말 이건 나에게 너무 힘든 일이야."

그의 발밑에는 대여섯 개의 빈 병이 뒹굴고 있었다.

🍂

"내 부하가 저 밖 어딘가에서 신호를 기다리고 있다오."

방희태는 느긋한 어조로 말했다.

'폭발이란 말이오! 다 죽어! 다 죽는다니까!'라고 보탤까 하다 그만두었다. 화약이 수천 근이라는 말만으로도 상대는 충분히 충격을 받은 듯 보였기 때문이다.

마립은 인상을 썼다.

"믿어지지 않는군."

유상진도 방희태의 말을 믿고 싶지 않았다. 일이 생각보다 어려워진 것이다.

'빌어먹을…….'

방희태가 미친놈이란 건 알고 있었지만 이 정도일 줄은 몰랐다.

'이건 뭐, 다 함께 죽자는 소리도 아니고…….

이 복마전에서 살아남으려면 한시라도 빨리 점혈을 푸는 수밖에 없다. 죽일 놈의 방희태는 이곳에 오기 전 그의 전신 혈도를 막아 버렸다.

방희태가 말했다.

"한껏 숨을 들이켜 보세요. 희미하게 화약 냄새가 나지 않습니까? 화약 냄새가 어떤지는 알고 계시죠?"

"아무 냄새도 안 나는데……."

말은 그렇게 하면서도 마립의 발은 슬금슬금 땅바닥을 파헤치고 있었다. 땅속에 묻혀 있을 화약 덩어리를 찾는 모양이다.

"자, 이 동네를 마 대협의 무덤으로 삼고 싶지 않다면, 먼저 책을 주시죠."

"화씨 세가를 협박하고도 무사할 줄 아는가?"

"철갑대를 동원하겠다는 위협은 마 대협이 먼저 하셨죠. 그렇다면 저도 나름의 대비책이 있어야 할 것 같아 드린 말씀이었을 뿐입니다."

마립은 방희태를 죽일 듯이 노려보았다. 하지만 상대 쪽이 유리하다는 사실을 인정할 수밖에 없었다. 인육이나 파는 쓰레기들과 함께 죽을 순 없는 일 아닌가.

"좋아. 그렇게 책을 보고 싶다면……."

마립이 책을 얼굴 위로 쳐들었다.

"보여 주지!"

그리고 손가락으로 가볍게 책을 튕겼다. 책은 마치 표창처럼 맹렬하게 회전하며 방희태의 얼굴로 날아갔다.

'흥! 솜씨를 겨뤄 보자는 건가?'

방희태는 차갑게 웃으며 책을 향해 손을 내밀었다. 손가락이 순식간에 수십 개로 늘어난 듯 보였다. 그의 자랑인 폭폭십환수가 펼쳐진 것이다.

하지만 손가락 사이로 들어오기 직전, 책이 갑자기 방향을 바꾸었다. 방희태의 손은 헛되이 허공을 집었다. 그가 놀라서 고개를 돌릴 때 ≪천도서≫는 바람에 휘날리는 낙엽처럼 천천히 내려앉았다.

방희태는 신중하게 책을 움켜잡았지만 책은 더 이상의 변화를 부리지 않았다.

"후후후, 무슨 춤을 그렇게 바쁘게 추시오?"

방희태의 얼굴이 붉게 달아올랐다. 분하지만 마립의 무공은 분명히 그보다 한 수 위였다. 출수의 교묘함이나 힘의 조절 모두 그가 당할 바가 아니었다.

그러나 무공이 모든 걸 결정하는 것은 아니다. 그에겐 화약이 있고 유상진이란 인질이 있다. 아직은 그가 유리한 것이다.

방희태는 분노를 억누르며 책을 보았다.

표지에 호쾌한 필체로 세 글자가 적혀 있었다.

天道書

방희태는 떨리는 마음으로 책을 한 장 한 장 넘기기 시작했다. 그는 곧 책의 내용에 빠져 들었다.

반 각이나 지났을까. 참다못한 마립이 소리쳤다.

"서서 다 읽을 생각이오? 여긴 책방이 아니니 그만 읽고 교환이나 합시다."

방희태는 넋 나간 표정으로 ≪천도서≫를 뒤적이며 건성으로 대꾸했다.

"응? 뭐요? 아…… 좀 마음을 느긋하게 가지시오. 내가 책 훔쳐 간 것도 아니고."

'맞는 이야기지.'

유상진은 마음속으로 중얼거렸다.

그는 아직 혈도를 풀지 못했다. 방희태의 공력은 상상 이상이어서 생각보다 시간이 오래 걸렸다. 앞으로 일각 정도는 더 필요했다. 그 전에 협상이 끝나 버리면 안 되는 것이다.

마립이 투덜거렸다.

"이보시오, 방 대장. 우린 빨리 일을 끝내고 호랑이를 잡아야 한단 말이오. 그 핑계로 이곳 관아의 통행 허가를 받았는데……."

그러나 방희태는 고집스럽게 책을 넘겼다. 그리고 반 각 정도가 더 지났을 때에야 아쉬운 표정으로 책을 덮었다.

"진품이 맞군. 넘겨 드려."

그는 화섭자를 들고 선 부하들에게 고개를 끄덕였다. 그들은 환객 임무성과 유객 안영진이었다. 두 사람은 무릎을 꿇고 있는 유상진을 양쪽에서 일으켜 세웠다.

유상진은 숨을 들이마셨다. 딱 적당한 때에 혈도가 풀린 것이다. 그는 두 사람에게 기대는 척하면서 신발 틈에 숨긴 단검을 뽑아 소매 아래 감췄다. 환객과 유객은 그 사실을 알아차리지 못했다.

"가 봐!"

환객이 거칠게 유상진을 밀었다.

유상진이 팔을 허우적거렸을 때 사람들은 그가 살기 위해 마지막 발버둥을 치는 줄 알았다.

방희태만이 눈살을 찌푸렸다.

'이상하군. 분명 전신의 혈도를 점했는데…….'

그러나 그 역시 문제가 생기리라곤 생각지 않았다. 단지 어떻게 유상진이 움직일 수 있는지 의아했을 뿐이다.

순간 유상진의 손가락 사이로 칼이 튀어나왔다. 칼날이 방희태의 손목을 스치고 지났다. 동맥이 갈라졌는지 손목에서 피가 솟구쳤다. ≪천도서≫가 바닥에 떨어졌다.

유상진은 ≪천도서≫를 잡아채며 마립에게 돌진했다. 놀란 마립이 손을 뻗었을 땐 이미 늦었다. 유상진의 무공이 형편없다고 얕본 것이 실수였다.

두 사람의 몸이 쾅 하고 부딪쳤다.

"우욱!"

마립은 허리를 꺾으며 고통스러운 비명을 질렀다.

유상진은 마립의 몸을 밀치고 그대로 달렸다. 마립이 돌아서며 유상진의 옆구리를 후려쳤다. 유상진은 간발의 차이로 마립의 장력을 피해 관제묘를 빠져나갔다. 마립의 손바닥은 헛되이 관제묘의 벽을 때렸다.

유상진이 관제묘 밖으로 나서자 사람들의 시선이 다 그에게로 쏠렸다. 그는 두 팔을 흔들며 소리쳤다.

"마립을 해치웠다! 공격해라!"

관제묘 안은 일순 조용해졌다.

유상진이란 놈이 단신으로 고수 둘을 격퇴한 것이다. 있을 수 없는 일이 일어난 것에 사람들은 모두들 할 말을 잊고 멍하니 서 있었다.

가장 먼저 정신을 차린 것은 방희태였다. 그는 피가 뿜어져 나오는 손목을 움켜잡으며 소리쳤다.

"놈을 잡아! 도망 못 가게 해!"

그 말을 듣고 유객이 몸을 날렸다. 어느새 그의 손에는 쌍검이 들려 있었다. 그러나 한 줄기 강력한 장력이 유객의 가슴을 파고들었다.

"윽!"

유객은 달려 나가던 속도보다 빠르게 뒤로 나가떨어졌다. 그는 관운장의 영정에 부딪쳤다가 바닥에 털썩 주저앉았다. 핏물이 튀어 관운장의 대춧빛 같은 낯빛이 더욱 붉어졌다.

유객을 막은 자는 마립이었다.

"방희태, 이 새끼…… 감히 날 속여?"

마립은 이를 갈며 소리쳤다. 그의 아랫배엔 칼이 박혀 있었다. 좀 전 유상진과 부딪쳤을 때 당한 것이다. 그는 한 손으로 아랫배를 누르고 다른 손으로 힘껏 칼을 뽑아냈다. 핏물이 바닥에 흩뿌려졌다.

방희태는 피가 흘러내리는 손목을 보여 주며 소리쳤다.

"이것 보시오! 나도 다쳤소!"

그러나 마립은 믿지 않았다.

"흥, 네놈들이 짜고 벌인 일이겠지."

"아니라니까 그러네!"

"그럼 저놈이 왜 칼을 가지고 있었는지 설명해 보실까?"

방희태는 머뭇거렸다. 할 말이 떠오르지 않았기 때문이다. 그도 유상진이 갑자기 신선한 물고기처럼 파닥거리며 칼을 휘두른 것이 믿기지 않았다.

"지금부터 알아보겠소. 누가 놈을 도왔는지 모르지만 나는 모르는 일이오. 흥분하지 말고 내 말을 잘 들으시오. 지금이라도……."

순간, 단검이 허공을 가르고 날아왔다. 방희태는 번개처럼 철척을 뽑아 단검을 쳐 냈다. 단검은 허공을 가르고 날아가 다른 쪽 벽에 박혔다.

마립이 이를 갈듯 말했다.

"날 속인 대가를 치르게 될 거야."

방희태는 대화로 일을 해결하는 것이 불가능함을 깨달았다. 고장난명孤掌難鳴이라고, 상대가 싸움을 원하는 이상 대화는 불가능한 것이다.

마립은 새처럼 양팔을 벌리고 한쪽 발을 낮게 쳐들었다. 그의 절기인 무영권의 기수식이었다.

방희태는 철척의 끝을 마립에게 겨누고 중단세中段勢를 취했다. 그가 먼저 움직였다. 아무런 준비 동작 없이 미끄러지듯 마립의 가슴으로 파고들며 철척을 힘껏 내지른 것이다.

마립은 펄쩍 날아오르며 발을 날렸다.

쫘아앙!

발바닥과 철척이 부딪쳤는데 놀랍게도 뇌성과 같은 굉음이 일었다. 공기의 압력을 이기지 못하고 나무 바닥이 부서지며 흙먼지가 튀어 올랐다.

마립은 철척을 박차고 더 높이 날아오르며 방희태의 머리를 향해 십여 회 연속해서 발길질을 날렸다.

처음 몇 번은 막을 수 있었지만 발길질이 점점 빨라졌다. 결국 방희태는 게으른 당나귀가 바닥을 구르듯 몸을 굴려 마립의 연환각連環脚을 피해 냈다. 자존심 있는 무인이라면 죽는 것보다 부끄럽게 생각하는 나려타곤懶驢墮坤의 초식이다.

방희태가 마립의 발밑을 떼굴떼굴 굴렀다. 마립은 뭔가 반격이 있을 거란 생각에 살짝 벽을 딛고 다시 날아올랐다.

하지만 방희태는 오뚝이처럼 일어서 곧장 관제묘 밖으로 뛰어나갔다. 중요한 것은 유상진을 잡아 ≪천도서≫를 빼앗는 일이다. 마립과 목숨을 걸고 싸울 이유가 없는 것이다.

그러면서 소리쳤다.

"환객! 놈을 맡아라!"

마립은 방희태가 대결 도중 도주할 줄은 상상도 못 했기에 곧바로 대응하지 못하고 멍하니 그 모습을 쳐다보기만 했다.

그러다 사태를 알아차리고 이를 갈며 방희태를 따라 몸을 날렸다. 두어 걸음이나 내디뎠을까. 등 뒤에서 날카로운 금속성이 들렸다.

마립은 펄쩍 뛰어오르며 팽이처럼 몸을 회전시켰다. 수십 개의 표창이 허공을 가르며 날아오다가 그가 일으킨 바람에 사방으로 흩어졌다.

환객이 손가락 사이마다 표창을 끼운 채 문을 가로막고 섰다. 마립은 바닥에 내려앉으며 어이없다는 듯 중얼거렸다.

"이젠 별놈이 다 덤비는군. 네놈 혼자서 날 막을 수 있을 성싶으냐?"

환객은 입가에 싸늘한 미소를 흘리며 대꾸했다.

"널 죽이고 나도 유명해져 보자."

🐾

방희태가 관제묘 밖으로 뛰어나갔을 때 상황은 돌이킬 수 없는 지경에 이른 후였다.

전면전이 벌어진 것이다.

싱그러운 풀 냄새는 피비린내로 변했고 곳곳에 시체들이 널브러졌다. 살아남은 자들은 눈을 벌겋게 뜨고 무기를 휘두르고 있었다.

"빌어먹을……."

게다가 전세가 좋지 않았다. 그의 부하들이 철갑대의 돌격에 추풍낙엽처럼 쓰러지고 있었다.

비슷한 인원으로 정면 대결을 벌임에도 이렇게 일방적으로 밀린다는 건 전술의 차이 혹은 실력의 차이라고밖에 할 수 없었다. 철갑대는 쐐기 형태로 진형을 갖춘 채 천천히 전진했다. 그 전진을 가로막는 자는 누구도 살아남지 못했다.

방희태는 펄쩍 몸을 날려 싸움의 중심부로 뛰어들었다. 철갑대의 장창에 맞아 삼뇌객이 쓰러지는 걸 보았기 때문이다.

그는 철갑대원의 머리를 걷어차고 쓰러진 삼뇌객을 향해 다가갔다. 사방에서 날이 시퍼렇게 선 장창들이 방희태를 노리고 날아왔다. 방희태는 바닥을 굴러 창날을 피하며 가장 가까이 있는 철갑대원에게 접근했다.

전신에 철갑을 두르고 있지만 빈틈이 없는 건 아니다. 방희태의 철척이 번뜩이는 순간, 철갑대원의 투구와 호심경 사이의 얇은 틈에서 피가 뿜어져 나왔다.

방희태는 다른 손으로 그자의 가슴을 후려쳤다. 갑옷이 움푹 들어가며 철갑대원은 붕 하고 뒤로 날아갔다. 뒤따라오던 철갑대원들이 쓰러지며 진형이 흐트러졌다.

그 틈을 타 방희태는 숨을 헐떡거리고 있는 삼뇌객을 일으켜 세웠다.

"대장, 당했습니다."

삼뇌객은 어깨에 피가 흥건했다. 장창에 맞아 뼈가 부서진 모양이었다. 살아남는다고 해도 더 이상 부채를 쥐기는 힘들 듯 보였다.

"도대체 어떻게 된 거야?"

삼뇌객은 창백한 얼굴로 말을 시작했다.

"그게……."

양 진영은 서로를 마주 보며 그렇게 서 있었다.

수백 명의 조아한 사내들이 한곳에 모여 있음에도 장내는 쥐 죽은 듯 조용했다. 간혹 멀리서 새소리만이 들려올 뿐이다.

통성명으로 인사를 나눌 사이도 아니었고 또 적을 앞에 두고 왁자지껄 웃고 즐길 계제도 아니었기에 분위기는 무겁게 가라앉아 있었다.

사람들은 초조하게 관제묘의 협상이 끝나기만을 기다렸다. 그래야 이 지겨운 대치 국면이 끝날 터였다.

상황이 새로운 전기를 맞이하게 된 것은 무악 때문이었다.

모두들 넋 놓고 상대방을 바라보는 가운데, 철갑대만은 유일하게 싸움을 준비하듯 장창을 앞으로 내민 채 일렬횡대로 서서 돌격을 기다리고 있었다.

햇볕 쨍쨍한 한낮이다. 철갑을 뒤집어쓰고 서 있는 일이 쉬울 리 없다. 철갑대원 중 몇몇이 일사병으로 쓰러졌고 곧 그늘 아래로 옮겨졌다.

무악도 덥고 힘들기는 마찬가지였다. 결국 더 참지 못하고 투구를 벗어 바닥에 던졌다.

"이게 뭐 하자는 거야!"

용의주도하게도 그의 얼굴은 두건으로 가려져 있었다. 그는 작고 날카로운 눈으로 양각양의 쓰레기들을 노려보다가 버럭 소리를 질렀다.

"모두들 준비해라!"

그 소리에 가장 먼저 반응을 보인 것은 철갑대가 아니라 무영일혼이었다. 그는 깜짝 놀라 무악에게로 뛰어왔다.

"아니, 무 대장! 그게 무슨 소리요? 뭘 준비하라고?"

"더워 죽겠는데 인제까지 이러고 서 있어요! 그냥 쓸어버리고 일을 마무리 지읍시다!"

"더우면 그늘에 가서 쉬면 되잖소."

"적을 앞에 두고 어떻게 쉽니까. 철갑대는 적의 시체를 밟기 전에는 절대 쉬지 않소!"

제 딴에는 목소리를 죽여 말한 모양이지만 반대편 끝에 앉아 있는 양각양의 칼잡이에게까지 들릴 정도로 쩌렁쩌렁 울렸다.

무영일혼은 한숨을 내쉬었다.

"목소리를 낮추시오. 다 들리오."

그 말에 무악은 더욱 기승을 부렸다. 주먹을 부르르 떨며 소리쳤다.

"좀 들으면 어때, 저 자식들은 내 한주먹 거리도 못 되는데!"

양각양 무사들의 표정이 딱딱해졌다. 개중 성질 더러운 몇몇은 무기를 뽑아 들었다.

무악은 분위기가 험악해지는 걸 아는지 모르는지 계속 소리쳤다.

"이대로 돌아간다면 임전무퇴인 우리 철갑대의 전통에 먹칠을 하게 되는 거란 말이오!"

무영일혼은 어떻게든 무악을 달래려고 애썼다.

"무 대장은 싸우지 않고 이기는 것이 진짜 이기는 것이란 말을 듣지도 못했소?"

"흥, 그건 힘없는 문사들의 헛소리에 불과하오. 원래 저런 쥐새끼 같은 놈들은 힘을 보여 주지 않으면 언젠간 다시 덤벼들기 마련이거든! 좋은 사파인은 죽은 사파인밖에 없는 법이지!"

무악의 노력으로 말미암아 양쪽 진영에 살기가 감돌기 시작했다.

껄렁패에 무뢰한, 불한당인 양각양의 무사들이다. 걸어오는 싸움을 마다할 자들이 아닌 것이다. 게다가 상대는 화씨 세가. 구성원 대부분이 흑도 출신인 양각양에서 좋아할 이유가 없다. 일을 말려야 할 검객 유치아마저 목에 핏대를 세워 가며 씨근덕거리고 있었으니 말 다한 것이다.

삼뇌객 정도만이 동료들을 말리려 애썼지만 장내에 감도는 살기는 점점 진해져 갔다.

일촉즉발의 순간!

관제묘의 문이 열리고 누군가 뛰어나왔다.

양 진영은 서로에 대한 분노도 잊고 새로이 나타난 자에게 시선을 돌렸다.

삼뇌객은 얼굴을 찌푸렸다.

'유상진 저놈이 왜 혼자 나왔지?'

그가 무슨 일인지 묻기도 전에 유상진이 큰 소리로 외쳤다.

"마립을 해치웠다! 공격해라!"

유상진의 고함은 불씨가 남아 있는 아궁이에 기름을 쏟아부은 격이 되었다.

"화씨 세가를 무림에서 지워 버리자!"

무악이 이를 부드득 갈았다.

"내 그럴 줄 알았다! 다 죽여라!"

철갑대가 돌진하기 시작했다.

쿵! 쿵! 쿵!

지축을 흔드는 발소리와 함께 철갑대는 장창을 내민 채 양각양을 향해 움직였다.

"내놔!"

무악이 손을 내밀자 옆에 시립하고 있던 철갑대원이 날 길이만 해도 넉 자가 넘는 장창을 내밀었다. 무악은 한 손에 장창을 꼬나들고 무리의 서두로 달려 나갔다.

양각양도 철갑대의 공격을 기다리고 있지만은 않았다. 무기를 뽑아 들고 일렬로 늘어섰다. 그리고 유치아의 공격 명령을 기다렸다.

유치아의 손이 막 검에 가 닿을 때, 삼뇌객이 그의 손을 잡았다.

"형님, 뭔가 좀 이상하지 않습니까? 유상진 저놈이 왜 혼자 튀어나와서 저런 소리를 합니까? 설사 마립과의 협상이 깨졌다고 해도 임 아우나 안 아우가 나와서 명령을 전달할 일 아닙니까."

"어차피 싸움은 시작됐어. 이제 와서 일이 어떻게 된 건지 따져 봐야 무엇 하나. 싸워 이기면 끝날 일이야."

유치아는 칼을 뽑으며 버럭 소리쳤다.

"박살 내 버려!"

보안대원들이 환호성을 지르며 철갑대를 향해 달려들었다.

무지막지한 격돌이 있었다.

단 한 번의 격돌로 이십여 명의 보안대원이 피투성이가 되어 바닥을 나뒹굴었다.

무악은 창을 팔랑개비처럼 휘두르며 보안대원 사이로 뛰어들었다. 그의 주위에 있는 자는 모두 팔이 떨어지거나 다리가 잘리거나 머리가 박살 나서 돌멩이처럼 굴렀다. 그의 앞으로 무인지경처럼 길이 뚫렸다.

새로운 먹잇감을 찾아 두리번거리던 무악의 눈에 유상진의 모습이 잡혔다.

'아까 세가를 무림에서 지워 버리자고 한 그놈이로구나!'

유상진은 살금살금 싸움터를 피해 숲 속으로 도망치려 하고 있었다.

무악은 유상진을 향해 소리쳤다.

"네 이놈!"

유상진이 움찔 걸음을 멈췄다.

"내 손에 처음으로 죽는 영광을 주마!"

지금까지 죽인 자들은 생각도 안 나는지 그렇게 외치며 무악이 미친 황소처럼 몸을 날렸다. 어찌나 힘이 좋은지 그와 부딪치는 자는 백이면 백, 실 끊어진 연처럼 튕겨 나갔다.

유상진은 얼른 단검을 꺼내 장창을 막았다. 하지만 힘에서부터 밀렸다. 그가 비틀거리자 무악은 창을 빙글빙글 돌려 반대쪽으로 그의 옆구리를 때렸다.

장창과 상대하는 것이 처음인 유상진이다. 이런 식으로 창이 움직일 것이라곤 생각도 못 했다. 그는 옆구리를 얻어맞고 붕 날아올랐다.

무악은 완전히 요절낼 생각으로 창을 끌어당겼다가 유상진의 가슴을 향해 힘껏 날렸다.

휭!

위협적인 소리를 내며 창이 날아갔다.

유상진의 몸에 커다란 구멍이 뚫리기 직전, 한 자루 검이 날아와 창을 비켜 냈다. 창은 본래의 방향을 잃고 허공을 갈랐다. 그사이 유상진의 몸은 십여 장 더 날아가 수풀 속으로 떨어졌다.

"어떤 새끼야?"

무악은 버럭 소리를 지르며 자신의 창을 막은 자를 노려보았다. 검객 유치아가 검을 늘어뜨린 채 그의 앞에 서 있었다.

유치아는 차갑게 말했다.

"유상진은 우리 거다."

"이런 쥐새끼 같은 놈이."

무악은 분노에 휩싸여 유치아를 향해 달려들었다. 유치아는 물 흐르듯 고요하게 무악을 기다렸다.

"······그리고 보시다시피 저희가 밀리고 있죠. 도대체 어떻게 된 겁니까?"

방희태는 대답할 틈이 없었다. 한 손으론 중상을 입은 삼뇌객을 부축하고 다른 손으론 철갑대와 맞서 싸워야 했으니까.

슉! 슉!

장창이 쉬지 않고 날아왔다.

방희태는 장창 사이를 비집고 들어가며 철척으로 철갑대

원의 가슴을 후려쳤다. 워낙 두꺼운 갑옷이라 구멍을 내지는 못했지만 움직임을 멈추게 할 수는 있었다. 철척이 차례로 세 사람의 호심경을 우그러뜨렸다.

단 한 명만 걸음을 멈춰도 진형이 무너지는 것이 철갑대다. 일순 철갑대 전체의 움직임이 둔해졌다.

숨 쉴 틈이 나자 방희태는 욕설부터 내뱉었다.

"그 개새끼!"

"유상진이 왜 밖으로 나온 거예요?"

"그게……."

그때 공기를 찢으며 대감도가 날아왔다. 방희태는 말하기를 멈추고 뒤로 몸을 날렸다. 대감도는 계속해서 그를 쫓았다. 빠르고 날카로운 대감도의 공격은 매우 위협적이었다.

물 흐르듯 움직이는 세류표細流慓의 신법에 몸을 맡기며 방희태는 철척을 왼쪽 아래서 오른쪽 위로 그어 올렸다. 상대의 팔이 찢어지며 피가 튀었다.

방희태는 뒷걸음치는 상대를 그냥 두지 않았다. 한 걸음 더 나아가며 이번에는 우에서 좌로 철척을 휘둘렀다.

잠시 동안 아무 일도 없는 듯이 보였다. 대감도의 사내는 멍청한 표정으로 그대로 서 있었다. 그러다 이마에서부터 가느다란 혈선이 그어지기 시작했고 마침내 머리부터 가랑이까지 둘로 갈라져 버렸다. 무영구혼의 최후였다.

"놈!"

그사이 진형을 갖춘 철갑대가 다시 한 번 달려들었다.

방희태는 옆으로 껑충 뛰어 다시 시작된 철갑대의 공격을 피했다. 저돌적으로 달려드는 철갑대와 정면으로 부딪치는 건 바보나 하는 짓이다.

그는 물러나 주위를 살폈다.

어느새 보안대는 거의 괴멸 상태에 빠져 있었다. 흑도 계열에선 힘깨나 쓴다는 신비의 단체 양각양도 천하제일가인 화씨 세가의 철갑대엔 상대가 되지 않았다.

실력뿐만 아니라 정신력도. 살아남은 보안대원들은 더 싸울 생각은 하지 않고 걸음아 날 살려라 달아나고 있었다.

그러나 살아서 숲을 빠져나갈 수 있는 자는 몇 명 될 것 같지 않았다. 이십팔무영혼이 도망자를 척살하고 있었던 것이다.

방희태는 입술을 깨물며 중얼거렸다.

"청산이 있는 한 땔감 걱정은 없는 법이지."

여기서 죽어 봐야 개죽음밖에 안 된다. 부하들이 죽는 건 아쉽지만 ≪천도서≫만 있으면 언제든 다시 시작할 수 있다.

삼뇌객이 의아한 듯 물었다.

"그 말씀은……?"

방희태는 대답하지 않았다. 대신 자신의 생각을 행동으로 옮겼다. 그는 돌진해 오는 철갑대의 창극을 향해 삼뇌객을 던지고 우거진 수림을 향해 뛰었다.

'유상진 그놈, 그놈을 잡아야 해.'

第二十三章

실수란 죽음의 동의어

"제마부制魔符!"

환객은 크게 소리치며 부적을 허공에 날렸다.

"이런 미친⋯⋯."

생명이 왔다 갔다 하는 싸움에서 엉터리 도술이라니, 생긴 건 꼭 약장수처럼 생긴 놈이 도사 흉내라도 낼 생각인가?

마립은 부적을 무시하고 환객을 향해 주먹을 날렸다. 시간을 끌 이유가 없다. 일격에 놈을 척살하고 밖으로 나갈 생각이었다.

"환幻!"

환객이 손가락을 쳐들며 소리쳤다. 동시에 허공에 뜬 부적이 한 마리 거대한 호랑이로 변했다.

어흥!

호랑이는 떠나갈 듯 포효하며 마립을 향해 달려들었다.

"이런!"

마립은 깜짝 놀라 몇 번이고 뒤로 공중제비를 돌며 호랑이의 발톱을 피했다. 호랑이는 바닥에 가볍게 내려앉았다가 다시 펄쩍 날아올랐다. 호랑이의 앞발이 허공을 갈랐다.

"벽력장霹靂掌!"

마립은 허공에 뜬 그대로 혼신의 힘을 다해 장력을 날렸다. 노도와 같은 힘이 호랑이의 머리를 때렸다. 흙벽이 무너지며 먼지가 일었다. 호랑이는 부적으로 변해 나풀대며 바닥으로 떨어져 내렸다.

환객은 다시 한 장의 부적을 꺼내 들며 의기양양하게 말했다.

"넌 이미 내 제혼술制魂術에 제압되었다. 절대 빠져나가지 못해."

마립은 입술을 타고 흘러내리는 핏물을 닦았다. 방금 전 급하게 장력을 내쏘다 내상을 입은 것이다. 그는 이를 갈며 말했다.

"아무런 해도 끼치지 못하는 그까짓 환영 따위로 말이냐?"

"후후, 그럴까?"

환객은 알아들을 수 없는 괴이한 주문을 외우며 들고 있던 부적을 공중으로 홱 뿌렸다. 부적은 한 마리 흑표黑豹로 변해 마립을 향해 날아갔다.

벌건 아가리를 벌린 채 날아오는 흑표.

마립은 날카로운 눈빛으로 흑표를 노려보았다.

'저건 환상이다. 환상이다.'

그는 마음속으로 되뇌었다. 제혼술을 깨려면 무엇이 환상이고 무엇이 현실인지 알아차려야 한다.

표범이 아가리를 벌렸다.

마립은 귀를 쫑긋 세웠다. 표범이 입을 벌릴 때 희미하게 파공성이 들렸기 때문이다. 그리고 반사적으로 고개를 숙였다.

흑표의 이빨이 마립의 어깨를 깨물었다. 고개를 숙이지 않았다면 목에 구멍을 났으리라. 그가 비틀거릴 때 표범이 다시 움직였다. 날카로운 발톱에 다리가 찢어졌다.

마립은 이게 무슨 일인지 알 수가 없었다. 입술을 깨물며 몸을 날렸다. 그의 매서운 발길질에 표범의 허리가 새우처럼 꺾였다. 다음 순간 표범은 다시 부적으로 변해 바닥에 떨어졌다.

마립은 벽에 등을 기댔다. 상처에서 콸콸 피가 쏟아지고 있었다. 그의 얼굴이 하얗게 질렸다. 무림에 나와 이렇게 큰 상처를 입은 건 십 년 전 하길진과 싸운 이후 처음이었다.

환객은 부적을 만지작거리며 득의한 어조로 말했다.

"내 환상은 그냥 환상이 아니야. 환상이면서 또 실제이기도 하지."

마립은 숨을 헐떡였다.

"빌어먹을 새끼! 실제는 무슨 실제냐, 부적 사이로 표창을 날린 주제에⋯⋯."

그는 어깨에 박힌 표창을 뽑으며 말했다. 중상은 아니지만 어깨 근육이 상해 팔을 쓰기 어려울 것 같았다. 게다가 허벅지에 입은 관통상까지 더하면…….

환객은 겸연쩍은 웃음을 지었다.

"알아차렸나?"

환객의 속임수는 바로 그것이었다.

부적과 함께 표창을 날리는 것. 상대는 환상을 본 직후이기 때문에 부적에만 신경을 쏟기 마련이다. 그때 있는 말, 없는 말 다 동원해 겁을 준 다음 부적과 함께 표창을 던져 적을 잡는 것이다. 그게 그의 제혼술이었다.

"알아차려도 이미 늦었지. 그런 상처를 입고 날 이길 수 있겠어?"

환객의 손가락 사이엔 어느새 세 자루의 표창이 끼워져 있었다. 제혼술의 비밀이 탄로 난 마당에 더 이상 부적을 쓰는 것도 웃기는 노릇이다.

환객은 음산하게 웃으며 선언했다.

"이제 끝이야."

❦

"컥!"

유치아는 한줌의 선혈을 토해 내며 뒤로 한 걸음 물러섰다. 무악은 물러서는 그를 그림자처럼 따라붙었다. 장창이 맹렬하게 움직이며 유치아의 목을 노렸다.

유치아는 장검을 크게 휘둘렀다. 장창과 장검이 부딪쳤다가 떨어졌다. 이번에는 무악도 충격을 받았는지 주춤 물러섰다.

"덤벼! 이 자식아!"

유치아는 호기롭게 외쳤지만 이미 승기는 무악이 잡고 있었다. 가쁘게 숨을 헐떡이는 유치아의 모습은 누가 보더라도 쓰러지기 일보 직전이었다.

그에 비해 무악의 모습은 처음과 마찬가지로 멀쩡했다. 다시 장창으로 유치아를 겨누면서도 숨결 하나 흐트러지지 않았다. 버럭버럭 질러 대는 욕설도 여전했다.

"이 멍청한 자식아! 감히 날 막은 대가가 뭔지 알겠지?"

왼쪽 어깨에 오리 알 크기의 구멍이 없었다면 방금 전까지 격렬한 싸움을 벌였다고는 아무도 생각하지 못할 정도였다.

"어떠냐, 이 자식아! 이제 우리 실력 차이를 이해하겠지?"

유치아는 이해할 수 없었다. 십객의 하나로서 천하를 울리던 자신이 갑옷으로 몸을 가린 겁쟁이 하나를 이기지 못하다니…….

무악은 계속 이죽거렸다.

"너희 같은 흑도 놈들이 불쌍한 사람들 괴롭히는 일 말고 뭘 하겠어? 한번 제대로 싸워 본 적도 없으면서 잘난 척만 하고 다녔지?"

유치아로선 참을 수 없는 모욕이었다. 하지만 부정할 수 없는 사실이기도 했다. 그는 발악하듯 외쳤다.

"갑옷으로 몸을 가린 놈이 무슨 큰소리냐!"

"그래? 그렇게 생각하냐? 그럼 벗어 주지."

무악은 피식 웃으며 호심경을 잡아 뜯었다. 유치아의 눈빛이 번뜩였다. 동시에 그의 장검이 허공을 갈랐다.

무악은 믿어지지 않는다는 표정으로 자신의 가슴을 내려다보았다. 가슴의 중심선을 따라 검이 박혀 있었다. 그는 검을 손으로 움켜잡았다. 손바닥이 베이며 피가 흘러내렸다.

"비겁하게……."

무악은 간신히 말을 내뱉었다. 그리고 유치아의 낭심에 발길질을 날렸다. 유치아는 검을 놓고 물러서며 양손에 응축시켜 놓았던 장력을 무악의 가슴을 향해 터트렸다. 호심경도 벗은 맨가슴이라 안심하고 후려칠 수 있었다.

무악은 가슴뼈가 뭉개지며 뒤로 자빠졌다. 대 자로 뻗어 버린 그는 더 이상 아무 말도 하지 못했다. 죽어 버린 것이다.

"진짜 싸움은 이런 거다, 바보야."

검을 잡아 빼며 유치아가 중얼거렸다.

❋

환객의 목에서 그르렁그르렁하는 소리가 났다.

마립은 한 손으로 환객의 목을 잡아 허공으로 번쩍 쳐들고 있었다. 다른 손은 표창을 날리려던 환객의 팔을 비튼 채였다.

환객이 말을 할 수 있었다면 이렇게 말했을 것이다.

"어찌 그렇게 빠르게?"

그가 표창을 날리려는 순간, 마립의 손은 이미 그의 목을 조르고 있었다. 이 장이나 되는 거리를 단번에 뛰어넘은 것이다.

마립은 환객의 의문을 풀어 주지 않았다.

우두둑!

환객은 자신의 목뼈 부러지는 소리를 들으며 숨을 거뒀다.

마립이 손의 힘을 풀었다. 환객은 혀를 빼문 채 바닥에 머리를 박았다.

"진정한 실력 앞에선 잔꾀가 소용없어."

마립은 나직한 말투로 중얼거리고는 관제묘 밖으로 몸을 날렸다.

환객은 실력이 아니라 술수로 마립에게 상처 입혔음을 잊고 있었다. 승리의 기쁨에 취해 이제는 제혼술이 깨져 정면대결을 해야 한다는 사실을 놓치고 만 것이다. 그래서 방심했고 단 일 초 만에 살해당한 것이다.

마립이 관제묘를 빠져나왔을 때, 전투는 거의 끝난 상태였다. 세가 제일의 공격력을 자랑하는 철갑대가 실력을 확실하게 과시하며 양각양을 완전히 쓸어버린 것이다.

"괜찮으십니까?"

무영일혼이 달려와 그를 부축했다.

"많이 다치셨는데요. 잠깐만 기다려 주십시오. 지혈부터 해야겠습니다."

마립은 무영일혼을 밀치고 주위를 살폈다. 중요한 건 양각양을 처단하는 것도 아니고 상처를 치료하는 것도 아니다. 그런 건 언제든지 할 수 있다.

그는 떨리는 목소리로 물었다.

"유상진은? 그놈은 어디 갔지?"

"예?"

무영일혼은 어리둥절해서 물었다.

"빌어먹을, 밖으로 튀어 나갔단 말이다! 밖으로 나온 놈 없었어?"

"예, 한 놈 있었습니다만…… 달려 나오며 대형이 죽었다고 소리친 놈이…….."

"그래, 바로 그놈이야!"

"예? 그놈이 유상진이라고요?"

"세가에 있을 때 본 적이 없나?"

"죄송합니다. 관제묘 문을 열고 혼자 튀어나오기에 그놈 일 거라고는 생각도 못 하고…….."

"어디 갔지?"

"무악 대장의 일격에 맞아 저리로 날아갔습니다."

무영일혼이 남서쪽의 수림을 가리키며 말했다.

마립은 주먹을 불끈 쥐었다. 아직 약간의 희망이 남아 있다. 무악에게 한 방 맞았다면 죽었거나, 살아 있더라도 중상을 입었을 것이다.

'숲 속 어딘가에 쓰러져 있겠군.'

살아 있다면 잘된 일이고 죽었어도 마찬가지였다.

원로원의 목적은 유상진을 생포하는 것이 아니었다. 물론 생포한다면 좋지만, 죽어도 상관없다. 그들의 목적은 화번천이 유상진을 체포함으로써 차기 가주로 인정받는 사태를 막는 것이었으니까.

"당장 숲을 뒤져. 놈을 잡아야 한다."

"대형, 아직 싸움이 끝나지 않았습니다."

"중요한 건 유상진이야! 놈을 놓치면 이 싸움도 그냥 헛수고에 불과해! 싸움은 철갑대에 맡기고 무영혼 전부가 움직인다."

그냥 헛수고 정도가 아니다.

유상진은 세가 내의 주도권 쟁탈에 있어 가장 핵심이 되는 자였다. 그런 그를 놓친다면 차기 가주로 올라서는 일은 아예 불가능해진다.

"알겠습니다."

무영일혼이 고개를 돌렸다.

그때 마립은 한 가지 사실을 떠올렸다. 유상진의 공격이 제법 날카로웠다는 사실이다. 방심하고 있었다고는 하지만 그의 아랫배에 칼을 박아 넣을 만큼 동작이 빨랐다.

'혹시 가짜가 아니었을까?'

그는 유상진의 무공이 수준 이하라는 사실을 기억하고 있었다. 놈이 천재라서 짧은 시간 동안 《무경》의 무공을 익혔으리라 생각하기도 힘들었다. 게다가 모습은 유상진이 분명했지만, 그는 이미 황 부자의 집에서 진짜와 똑같이 생긴 가짜를 본 일도 있지 않은가.

'그렇다면……?'

양각양이 화번천과 손을 잡은 걸까? 가짜 유상진으로 원로원을 끌어낸 뒤 진짜는 화번천에게 넘긴 건 아닐까?

'의심암귀疑心暗鬼라더니…….'

의심이 꼬리에 꼬리를 물고 계속되었다. 마립은 고개를 흔들어 잡념을 떨쳤다. 생각만 하고 있어야 소용없다. 직접 확인해 보면 될 일이다.

"절대로 방심하지 말라고 해. 놈은 고수다."

"유상진이요?"

"그래, 유상진은 고수야."

이 모든 일의 주범인 유상진은 수림 사이의 조그만 은신처에서 머리를 긁적이고 있었다.

물론 은신처는 그가 마련한 것이 아니었다. 도회 생활에 익숙한 그가 땅을 파고 나뭇가지로 위장을 하는 등의 수고로운 일을 알 리가 없다.

그 수고를 한 이는 유상진 곁에 뭉개진 채 쓰러져 있었다. 운명이 화객 마동출이라 이름 붙인 남자다.

유상진은 마동출의 품속을 뒤졌다. 짧은 칼 한 자루와 화섭자 그리고 솜뭉치로 싼 구슬 세 개가 나왔다.

"이게 뭐지?"

그는 구슬을 집어 들며 중얼거렸다.

"다 큰 어른이 구슬치기를 하진 않을 텐데?"

구슬의 형태와 모양으로 보아 값이 비싼 것도 아닌 듯했다.

유상진은 톡톡 구슬을 건드리다가 입을 딱 벌렸다. 구슬 표면에 쓰인 '진震' 자를 본 것이다.

그는 부들부들 몸을 떨면서 구슬을 살그머니 솜뭉치 위에 내려놓았다. 하마터면 어쩌다 죽는 줄도 모르고 죽을 뻔했다.

"이게 그…… 말로만 듣던 진천뢰인가?"

유상진은 작은 목소리로 중얼거렸다.

산서 벽력당이 만들어 냈다는 귀물. 가볍게 충격을 주기만 해도 반경 삼 장 내의 모든 것을 초토화시킨다는 무시무시한 물건이다.

벽력당이 산서 제일의 문파로 거듭난 것은 염화귀炎火鬼 황보장손이 당주가 되고 나서였다. 그 전의 당주들은 화기에 의존한다는 세간의 평판에서 벗어나기 위해 화약의 개량보다는 벽력당의 절기인 열화장력의 연마에 힘썼다.

그러나 황보장손은 달랐다.

'수십 년 고련에 고련을 거듭해 열화장력을 익힌다 해도 소림 금강장에 비하겠나, 무당 면장에 비하겠나? 우리는 우리가 잘하는 걸 하자고.'라는 말과 함께 좀 더 강력한 화기의 개발에만 몰두했고, 결국 상궤를 넘어선 무서운 화력의 화기들을 대량생산하기에 이르렀다.

그 화기들로 중무장한 벽력당은 단번에 무림 명문으로 발돋움할 수 있었다. 산서의 명문 정파들은 갑작스레 담을 넘어온 화기에 의해 흔적도 없이 사라졌고 벽력당은 단번에 산서 제일의 문파가 되었다.

그러나 호사다마라 했던가. 경쟁자는 싹부터 없애 버린다는 화씨 세가의 기습을 받아 결국 서까래 하나 남지 않고 사라져 버렸다고 했는데…….

이십여 년간 무림에 나타나지 않았던 벽력당의 귀물이 다시 나타나다니 놀라운 일이었다.

만일 이 귀물을 정통 무림인이 보았다면 '벽력당이 양각양과 손을 잡았단 말인가! 무림에 혈풍이 불겠구나.' 하면서 주접을 떨었을 테지만 유상진은 그러지 않았다. 공짜로 좋은 물건을 얻었다는 생각에 마냥 기뻤을 뿐이다.

사실 양각양이 진천뢰를 얻게 된 배경에 '무림에 혈풍이 불 만한 음모' 따위는 눈곱만큼도 없었다. 양각양의 충실한 고객인 취사 이익호가 오래전에 꼬불쳐 두었던 진천뢰를 고기 값으로 내놓았던 것이다.

유상진은 마동출의 얼굴을 물끄러미 바라보았다. 마동출은 뭐가 그리 억울한지 입술을 깨문 채 눈을 부릅뜨고 죽어 있었다. 그는 쯧쯧 혀를 차며 말했다.

"뭐가 그리 억울하다고 그래?"

그러다가 마동출의 발치에 튀어나온 끈 같은 것을 보았다.

"이건 또 뭐야?"

끈을 잡고 당기자 지면을 뚫고 도화선이 튀어나왔다. 도화선의 방향은 관제묘로 이어졌다.

"오호! 이게 방희태가 말한 폭약인가 보군."

횡재한 기분이었다. 이런 보물을 두고 그냥 갈 수는 없는 일이다.

무악의 장창에 옆구리를 맞았을 때, 유상진은 마치 새가 된 기분을 느꼈다. 그는 포물선을 그리며 하늘 높이 날아올라 나무숲을 헤치고 수풀 사이로 떨어졌다.

절반은 의도한 것이고 절반은 의도치 않은 것이었다.

무악이 장창을 휘두르는 힘을 이용해 싸움터를 빠져나가겠다는 생각은 있었지만 이렇게 높이 날게 될 줄은 몰랐다.

장창에 얻어맞기 직전, 유상진은 경신술로 몸을 가볍게 하고 호신강기를 끌어 올려 충격에 대비했다. 그런데 무악의 힘은 그가 생각한 이상이었다. 옆구리에 장창이 틀어박히는 순간 '내가 여기서 죽는구나!' 하는 생각마저 들었을 정도다.

그는 순간적으로 정신을 잃었고, 눈을 떴을 때 막 땅바닥에 머리를 박기 직전이었다. 조금이라도 충격을 감소시키기 위해 바닥에 떨어지는 것과 동시에 몸을 굴려 보았지만 그다지 효과는 없었다. 유상진은 수풀 위에 축 늘어졌다.

세상이 빙글빙글 도는 느낌이었다. 머리에는 새집이 걸려 있었다. 나무숲을 지날 때 부딪쳤던 모양이다. 이름 모를 산새가 집을 돌려 달라고 머리를 쪼았다. 창대로 맞은 옆구리는 엿으로 변한 듯 흐물흐물했다. 갈비뼈가 한두 대 부러졌을지도 몰랐다.

'그래도 죽진 않았군.'

그는 후들거리는 다리로 간신히 몸을 일으켰다. 한 번 쓰러질 뻔했지만 바닥을 짚고 다시 일어섰다.

"후우……."

숨을 쉬는 데 특별히 어려움은 없었다. 뼈가 부러지진 않은 것이다.

유상진이 안도하며 고개를 들었을 때, 은신처 밖으로 머리를 내밀고 있는 화객 마동출과 눈이 마주쳤다.

마동출은 눈을 동그랗게 뜬 채 '너, 너…….'라는 말만 중얼거렸다. 술을 얼마나 마셨는지 불콰해진 얼굴이 바보스러웠다.

유상진이 먼저 말을 걸었다.

"안녕?"

마동출은 멍청히 그를 바라보았다. 뭐라고 대답해야 할지 생각이 안 나는 모양이었다. 유상진은 잠시 그의 대답을 기다리다가 다시 한마디 했다.

"그럼 안녕."

그리고 돌아섰다.

한데 그 말에 마동출이 정신을 차렸다. 그는 숙취 때문인지 목덜미를 부여잡은 채 은신처에서 기어 나왔다.

"야, 거기 서!"

유상진이 뒤를 돌아보았다. 마동출은 꺼억 트림을 하고는 그를 향해 손가락을 까딱였다.

"어떻게 된 일인지 모르지만 그냥 보낼 순 없겠다. 너, 이리 와 봐."

유상진의 신형이 섬전처럼 마동출을 향해 날아갔다. 그는 겨드랑이 아래 감춘 칼을 꺼내 마동출의 어깨에 박아 넣었다.

"어? 어?"

마동출은 새된 소리를 내며 우권을 휘둘렀다. 단단한 주먹이 매서운 소리를 내며 관자놀이로 날아왔다. 유상진은 오른손으로 그 손을 잡아당기며 몸을 낮췄다. 동시에 왼쪽 팔꿈치로 마동출의 빈 옆구리를 가격했다.

우두둑!

마동출의 허리가 반으로 꺾일 때, 유상진은 발을 번쩍 쳐들어 뒤꿈치로 목덜미를 찍어 눌렀다. 마동출은 비틀거리다 그 자리에 쓰러졌다. 그러곤 죽어 버렸다.

어이없는 죽음이었다.

유상진은 도화선에 불을 붙였다.

전투는 마무리 단계였다.

양각양의 일반 무사들은 전멸에 가까웠고, 살아남은 자는 유치아를 비롯한 십객 중 몇 명에 불과했다. 철갑대가 그들을 포위하고 있었다. 그때까지는 어떻게든 버텨 낸 그들이지만 더 이상은 힘들었다. 개중 가장 강하다는 유치아도 바닥에 찔러 넣은 검에 기대서 있는 게 고작이었으니까.

그러나 철갑대는 그들을 포위하기만 한 채 별다른 움직임을 보이지 않았다.

"뭘 기다리지?"

검객 유치아가 가만히 뇌까렸다. 지친 듯 그의 고개는 바닥을 향하고 있었다.

"혹시 항복하길 원하는 건 아닐까요?"

향객 허무인이 말했다. 그의 안색은 창백했다. 그는 언제 죽을지 모를 상태였다. 무영일혼의 음살장陰煞掌에 적중되어 내장이 뒤틀린 것이다. 그가 항상 뿌리고 다니는 사향도 땀 냄새와 피비린내에 묻혀 아무런 향기를 뿜지 못했다.

유치아가 물었다.

"항복하라면 할 건가?"

"히히, 전 어찌 되었든 죽습니다. 형님은 어쩌실 건가요?"

"잘해 봐야 지하 감옥 행일 텐데 항복은 무슨……."

도객 좌구야가 끼어들었다.

"내기할까?"

허무인이 뚱한 목소리로 말했다.

"이런 상황에서도 내기하잔 소리가 나오냐?"

그때 철갑대의 부대주인 이량이 포위망을 지나 그들에게 로 걸어왔다. 이량은 머리 위로 불쑥 솟아 있는 다섯 자루 창 대가 인상적인 자였다. 원래 일곱 개의 장창을 가지고 다녀 칠색창七色槍이라 불린다는데 두 자루는 난전 중에 부러진 모 양이었다.

이량이 차갑게 말했다.

"더 이상의 대항은 무의미하다. 모두 무기를 버리고 항복 하면 너희 개 같은 목숨만은 살려 주겠다."

"형님 생각은 어떠슈?"

좌구야의 시선이 유치아를 향했다.

'어? 어디 갔지?'

그곳에 이미 유치아는 없었다.

유치아의 몸이 하늘 높이 솟구쳤다. 날카로운 검이 허공을 가르며 번쩍 빛났다. 혼신의 힘을 기울인 검초다. 검을 뻗어 내는 각도와 빠르기 모두 그동안 유치아가 보여 주었던 것 중 최상이었다.

이량은 피할 곳을 찾지 못한 듯 그 자리에 서 있었다. 그러 다가 확실하게 목을 잘라 달라는 것처럼 고개를 숙였다.

환히 드러나는 목덜미.

그 위로 유치아의 장검이 떨어졌다.

순간 이량의 등 뒤에 있던 장창이 한꺼번에 폭사되었다. 세 자루 장창 중 한 자루가 검을 막았고 다른 두 자루가 유치 아의 어깨에 구멍을 냈다.

털썩!

유치아의 몸이 바닥을 굴렀다. 그는 팔이 떨어져 나가는 충격을 느끼며 바닥에 축 늘어졌다.

'놈까지 죽이고 죽을 생각이었는데…….'

이량에게 그런 한 수가 있을 줄은 짐작도 하지 못했다. 이 래선 먼저 죽은 동료들을 볼 용기가 나지 않는다. 그는 바닥 을 더듬어 자신의 검을 찾았다. 팔을 타고 피가 흘러내려 손 바닥이 축축했다. 그는 간신히 검을 잡았다.

그러나 검을 들어 올리기도 전에 이량의 발이 검을 밟았다.

유치아와 이량의 시선이 마주쳤다. 이량은 창을 움직여 유 치아의 목에 겨눴다. 유치아는 죽음을 예감했다.

그때 땅바닥이 부르르 떨리기 시작했다. 나무숲이 통째로 흔들리며 잎이 떨어져 내렸다.

이량은 어리둥절해져 땅바닥을 내려다보았다. 바닥이 진

동을 일으키더니 쩍쩍 갈라지고 있었다.

'지진인가?'

그가 생각할 때, 갑자기 뇌성과 같은 폭음과 함께 갈라진 틈으로 불기둥이 솟구쳤다. 불덩어리가 그의 몸을 휘감았다. 그는 충격파와 함께 하늘 높이 날아올랐다.

이량은 비명을 질렀다. 머릿속까지 타 버리는 느낌이었다. 다음 순간 그는 바닥에 떨어졌고 그 위로 흙이 쏟아졌다.

고통은 오래가지 않았다.

그는 곧 편안함을 느끼며 눈을 감았다.

죽음보다 편안한 것은 없으니까.

"이런 개자식. 이런 걸 은신처라고…….."

유상진은 조그맣게 욕설을 내뱉었다. 그는 두 팔로 머리를 감싸 쥔 채 몸을 최대한 움츠리고 있었다.

폭발로 인해 사방에서 파편들이 날아왔다. 심지어는 누구 것인지도 모를 사람 팔도 은신처 안으로 굴러 떨어졌을 정도다.

유상진은 도화선에 불을 붙인 후 화려한 불꽃놀이를 구경하기 위해 은신처 밖으로 머리를 내밀고 있었다.

예상대로 쾅, 하는 소리와 함께 거대한 폭발이 시작되었다. 폭발은 관제묘에서부터 공터 전체로 번져 갔다. 두꺼운 갑옷을 입은 철갑대원들도 하늘 높이 날아올랐다가 땅에 처박히는 게 보였다.

"끝내 준다!"

그가 입을 벌리고 구경하고 있을 때, 무언가가 머리를 스치고 지났다.

주먹만 한 돌멩이였다. 정통으로 맞았으면 머리가 깨지고 말았으리라. 곧이어 비슷한 크기의 돌멩이들이 우수수 쏟아지기 시작했다.

그런 이유로 유상진은 납작하게 엎드려서 폭발의 진원지로부터 너무 가까운 곳에 은신처를 마련한 마동출에게 욕설을 퍼붓고 있는 것이다.

사실 유상진은 마동출을 오해하고 있었다.

마동출은 자타가 공인하는 화약 전문가로서 폭발의 범위가 어느 정도인지 잘 알았다. 그가 이곳에 은신처를 마련한 것은 폭발을 최대한 가까이서 즐기고 싶다는 마음이었을 뿐이다.

유상진은 한참 만에 조심스럽게 고개를 들었다. 어느새 주변은 잠잠해져 있었다. 무언가 타는 냄새와 희미한 연기만이 은신처 안으로 밀려들었다.

그는 슬그머니 몸을 일으켜 밖을 살폈다.

관제묘는 흔적도 없이 사라져 버렸다. 공터 가까운 곳에 있던 나무는 조각조각 부서진 채 넘어졌고 조금 멀찍이 떨어진 나무들도 불이 붙어 활활 타오르고 있었다.

화씨 세가와 양각양의 무사들도 대부분 사라졌다. 흙속에 파묻혔거나 어딘가 멀찍한 곳에 나가떨어진 모양이다. 몇몇 시체들이 검붉은 흙 위에 널브러져 있을 뿐이었다.

유상진은 속이 후련해졌다.

저승사자 같던 놈들이 전부 죽어 버렸으니 당분간 그를 쫓아올 자는 없을 것이다. 그리고…….

그는 품속에 잘 갈무리해 둔 ≪천도서≫를 어루만졌다. 이 책 한 권이면 부자가 될 수 있다.

아쉬움이 있다면 방희태의 죽는 모습을 보지 못했다는 것 정도일까?

그리고 유가영에 대해 더 자세히 묻지 못한 점.

'언제 어느 기루에 팔았는지 물어봤어야 했는데…….'

그녀를 생각하자 고통이 밀려들었다. 유상진은 고개를 흔들어 잡념을 떨쳤다. 지금은 옛날 일을 괴로워할 때가 아니었다. 행동할 때다. 그는 힘차게 은신처 밖으로 몸을 날렸다.

'그래. 돈만, 돈만 있으면 돼.'

돈만 있으면 여자도, 행복도 따라올 것이다.

❦

방희태는 반쯤 부러진 나무를 밀어내고 간신히 몸을 일으켰다. 그리고 죽을 듯이 기침을 했다. 컥컥! 나무 밑에 깔려 독한 연기를 많이 마신 탓이다.

한참 만에 기침을 멈춘 그는 옷에 묻은 검댕을 털어 내기 시작했다. 반쯤 타 버린 옷은 손가락을 대자마자 부스러졌다. 팔을 타고 흘러내리는 핏물을 닦아 낸 뒤 방희태는 비틀거리며 길을 따라 걸어 나갔다.

사방에서 고기 타는 냄새가 진동을 했다.

숲이 온통 불타고 있었다. 희뿌연 연기 때문에 길을 찾기 힘들었고 간신히 찾은 길마저 부서진 나무 등으로 막혀 있는 경우가 많았다.

그러나 방희태는 걸음을 멈추지 않았다. 무언가를 찾고 있는 듯 그의 눈길은 쉴 틈 없이 움직였다.

갑자기 그의 눈빛이 번쩍 빛났다.

'찾았다!'

그는 수풀을 헤치고 들어갔다. 그 안에 교묘하게 숨겨 만든 은신처가 있었다.

은신처 안으로 고개를 들이밀자 눈을 부릅뜬 채 죽은 마동출이 보였다.

"빌어먹을……."

방희태는 잠시 그대로 서 있다 공터 쪽으로 시선을 옮겼다.

관제묘는 감쪽같이 사라졌고 커다란 웅덩이 하나만 남아 있었다. 조금 전까지 그곳을 가득 메우고 있던 철갑대도 무수한 조각으로 갈기갈기 찢겼으리라.

"유상진……."

방희태는 중얼거리며 어디론가 사라져 갔다.

반 시진 후, 화씨 세가의 호남 지부.

마립이 무영혼 셋을 데리고 지부로 돌아왔을 때 또 다른 흉보가 기다리고 있었다.

피투성이가 되어 지부실로 들어서는 마립을 보며 호남 지부장 단혈사斷血邪 소면도는 눈이 휘둥그레졌다.

"이게 어떻게 된 일입니까?"

마립은 아무 말 없이 의자에 털썩 주저앉았다.

소면도는 험상궂은 외모와 달리 무척이나 소심한 인물이었다. 그는 마립이 화난 기색을 보이자 잠시 말을 망설였다. 그러나 호남 지부의 병력을 총동원한 일이다. 그냥 넘어갈 순 없는 것이다.

소면도는 마립의 눈치를 보며 조심스럽게 물었다.

"무악 대장은 어디 있죠?"

"무악, 그 친구는 죽었소. 다른 철갑대원들도 모두 죽었고. 무영혼도 여기 셋을 빼놓고 모두 죽었지."

"유상진은?"

"도망쳤소."

소면도의 얼굴이 사색이 되었다.

"예? 어떻게 일이 그렇게 될 수 있습니까? 그럼 완전히 실패한 거 아닙니까?"

"아직 실패는 아니오."

"실패가 아니긴요. 철갑대 일 개 부대가 전멸했습니다. 화씨 세가 역사에 이런 일은 없었습니다. 그래서 제가 말씀드렸지 않습니까. 양각양 따위와 협상을 해서는 안 된다고."

마립은 벌떡 일어나 소면도의 멱살을 잡았다.

"네놈 따위가 날 훈계하려 드는 거냐? 내가 벌인 일은 내가 책임져!"

소면도는 컥컥거리며 손을 떼어 내려 했지만 어림도 없는 일이었다. 부상을 입었다고 해도 화씨 세가 십대장로의 한 명인 마립이다. 그의 힘으로 어떻게 할 수 있는 상대가 아닌 것이다.

소면도는 결국 포기하고 사정하듯 말했다.

"그게 아니라…… 이것 좀 놓고 얘기하세요. 세가에서 전서구가 왔습니다."

마립은 소면도의 목을 조르던 손을 놓았다.

"전서구라니?"

소면도는 탁자 위의 종이를 가리키며 퉁명스럽게 말했다.

"읽어 보십시오."

마립은 편지를 집어 들었다. 글을 읽어 내려가는 그의 얼굴에 놀람이 일었다. 그리고 마침내 편지를 구겨 버리며 욕설을 내뱉었다.

"이런 병신들……."

편지에는 이렇게 적혀 있었다.

무영귀수 마립 전前

유상진을 데리고 세가로 최대한 빨리 돌아오게.
야망검대에 대한 기습이 실패했다네.
사전에 병서생이 기습 사실을 발설해 일을 주관했던 몽생과 취사가 모두 죽었어.

그뿐이 아닐세. 검후 이혜린이 화번천에게 붙어 버렸네.

화번천의 절륜한 정력에 반했다나 봐. 나쁜 년!

거기다 우리에게 비밀 정보를 전해 주던 철혈녀 경화가 죽어 버렸어. 화번천의 짓인 것 같지만 당최 증거가 없으니⋯⋯.

중립을 지키던 세가의 중진들도 화번천에게 붙었네. 더는 가주의 자리를 비워 둘 수 없으니 유상진을 잡지 못하더라도 화번천에게 가주 승계를 해야 한다는 거야.

자네가 빨리 유상진을 데려와야 하네.

오는 도중 무슨 일이 있더라도 화무겸을 죽인 게 화번천의 사주에 의한 것이라는 자백을 놈에게 받아 내게.

자네가 도착하는 즉시 장로회의를 열어 화번천을 실각시켜야 하네.

그것만이 우리가 살 수 있는 유일한 길일세.

검선생 장천도

"이제 우리는 어떻게 되는 겁니까?"

노골적으로 원로원을 지원했던 소면도다. 화번천이 새 가주가 된다면 가장 먼저 숙청될 외부 간부일 것이다.

"편지를 읽어 봤으면 알 거 아뇨."

마립은 차갑게 말을 이었다.

"유상진을 잡아야지. 그 수밖에 없어."

그리고 벌떡 일어났다.

"전 인원을 동원해 유상진을 찾으시오."

소면도는 탁자를 두들기며 잠시 생각에 잠겼다. 그러다가 갑자기 고개를 흔들며 말했다.

"그건 안 되겠습니다."

마립은 멍청해졌다.

"뭐라고?"

"더 이상 화번천 소가주에게 적대적인 행동을 할 수는 없습니다. 상황이 이렇게 된 이상 저도 살길을 찾아야 하지 않겠습니까? 제 입장도 생각해 주시지요."

마립은 자신이 소면도를 얕잡아 보았음을 인정해야 했다. 그가 시키는 말이라면 뭐든 들어주는 무골호인이라고 생각했는데…….

그렇다고 소면도가 바보라는 점은 변함이 없었다. 이제 와서 화번천의 편을 든다고 그가 '고맙습니다.' 할 거라 믿는 건가?

화번천은 아마 도움 받을 것은 다 받은 후 소면도를 처리할 것이다. 그리고 지하 감옥에 집어넣은 다음, 삼십 년쯤 지나서 아들을 데리고 한번 방문하겠지. '바로 저놈이 뒤늦게 우리 편을 들었던 바보 같은 놈이란다. 절대 저런 기회주의자 놈들은 중용해선 안 돼.'라고 가르쳐 주기 위해서.

마립은 말했다.

"그걸 말이라고 하는 건가?"

"저도 이러고 싶지 않지만 어쩔 수 없습니다. 그래도 마

장로님을 막지는 않겠습니다. 그냥 떠나십시오."

마립은 소면도에게 한 걸음 다가갔다.

"날 앞에 두고 그런 말이 입에서 나오나?"

소면도는 주춤 뒤로 물러섰다.

"어쩌겠나?"

소면도가 고집을 부린다면 일 장에 그를 쳐 죽이고 지부를 빼앗을 생각이었다.

그때 문이 열리고 죽립을 눌러쓴 여덟 명의 사내가 방으로 들어왔다. 그중 한 명이 음산한 목소리로 말했다.

"마 장로님, 그만두시죠."

화씨 세가는 각 지부마다 지부장을 보호하기 위해 일급 고수를 호법으로 두고 있었다. 이들은 호남 지부장 소면도의 안전을 책임지는 무정팔도수無情八刀手였다.

마립이 물었다.

"이렇게까지 해야겠나?"

소면도는 입술을 삐죽 내밀었다.

"조용히 떠나신다면 아무 일도 없을 겁니다."

소면도가 겁쟁이인 것은 사실이지만 무공은 그리 약하지 않았다. 거기에 무정팔도수까지 더하면 싸워서는 승산이 없다.

"소면도, 넌 잘못 생각하는 거야. 내가 나중에 직접 널 마당에 패대기친 후 밟아 주겠어."

"그냥 가십쇼. 군말하지 말고."

소면도는 고개를 돌렸다.

第二十四章

시가전을 벌이다

호남성의 금양현.

원래부터 번화한 도시이기도 했지만 오늘은 화신절火神節로 거리에 명절을 즐기려는 사람들이 가득했다.

화재는 가장 무서운 적이고 수없이 많은 시진과 마을을 파괴하는 주범이기 때문에 일 년간 불이 나는 일이 없도록 화신을 달래는 것이다.

울긋불긋하게 장식한 거리마다 사흘 동안 밤새 불을 밝히고 화신을 기쁘게 하기 위해 저녁마다 폭죽을 터뜨린다. 이날은 폭죽을 터뜨리는 첫 번째 날로, 불꽃놀이를 구경하기 위해 많은 사람들이 모여 있었다.

"둘이 먹다 하나가 죽어도 모를 꿀맛 수박이오! 꿀맛 수박!"

"이 약으로 말씀드릴 것 같으면 장백산에서 삼 년 공력을 들여 만든 것으로…….”

“총각, 한잔하고 가. 내가 싸게 해 줄게.”

과일 장수부터 시작해서 떠돌이 약장수, 늙은 들병이까지 수많은 상인들이 길가에 늘어서 길손들을 유혹했다.

행인들 중에 유상진도 있었다. 그는 느긋한 표정으로 거리 전체를 쭉 둘러보았다.

‘이게 얼마 만에 느껴보는 자유냐.’

혹시 쫓아오는 사람은 없을까, 누가 얼굴을 알아보지 않을까, 늘 노심초사해 오던 그다. 그러나 이제는 그런 걱정을 할 필요가 없다. 화씨 세가와 양각양의 추적자 모두 죽어 버린 것이다.

피라미 몇 놈은 남아 있을지 모르지만, 그놈들도 걱정할 일은 아니다. 마립이나 방희태 같은 고수도 그의 기습을 피하지 못했다. 다시 말해 그도 거의 고수라는 얘기. 파라미들이야 그냥 혼내 주면 된다.

화씨 세가나 양각양에 제아무리 고수가 많다고 해도 관제묘에서의 싸움으로 대부분 죽어 버렸을 테고 일류 고수를 다시 파견하려면 시간이 걸릴 것이다.

그들이 금양에 도착했을 땐?

그때 그는 이미 멀리 떠난 후일 것이다. 허리에 찬 전대에 들어 있는 두툼한 전표들과 함께.

‘오늘 하루만 놀고 내일 출발하자.’

그는 어디든 좋은 기루에 들어가 밤새 놀 생각이었다. 그리고 내일 이곳을 뜨는 것이다.

유상진은 가장 비싸고 가장 예쁜 여자들이 있는 기루를 찾아 움직이기 시작했다.

"저놈 아닙니까?"

금양의 유명한 파락호이자 개백정인 정이가 등심살을 입안 가득 씹으며 물었다.

그의 곁에 선 작고 통통한 몸집의 사내는 고개를 갸웃거렸다. 사내는 시장에서 잔술을 파는 요불의란 자다. 등심살은 바로 요불의가 한턱낸 것이었다.

요불의는 금양에서도 소문난 염탐꾼으로 하오문의 금양 지부에 속해 있었다.

며칠 전 하오문주는 호남의 전 하오문도에게 유상진이란 자를 찾아내라고 특명을 내렸다. 유상진의 목에는 엄청난 상금이 걸렸다.

요불의는 요 몇 달 금양에 무림인들이 뻔질나게 드나들고 있음을 알고 있었다. 그중에 유상진이란 자가 있을지도 모를 일이다. 그는 상금을 차지해야겠다는 생각에 금양에서도 발이 넓기로 소문난 정이를 데리고 조사를 시작했다.

그리고 오늘, 시장에서 비슷하게 생긴 놈을 발견한 것이다.

요불의는 미심쩍은 얼굴로 품속의 종이를 꺼내 들었다. 구겨진 종이에는 먹물로 괴발개발 유상진의 얼굴이 그려져 있었다. 유상진의 얼굴을 아는 자의 증언에 따라 환쟁이가 그린 그림이었다.

요불의는 고개를 갸웃거렸다.

"그런 것 같기도 하고, 아닌 것 같기도 하고…… 개새끼들. 자세히 좀 그리지."

정이가 꾀를 냈다.

"직접 물어보죠."

"뭐? 저놈이 미치지 않고서야 '예, 제가 유상진입니다.'라고 하겠냐?"

"아니, 그런 게 아니고요. 아이들을 동원해 적당히 때려눕힌 다음에 조용한 곳에 데려가 물어보자는 거죠. 손톱을 한 세 개쯤 뽑으면 천하에 다시없을 독한 놈이라도 솔직해지기 마련입니다."

"음…… 좋아."

요불의는 고개를 끄떡였다.

"가서 적당한 녀석들로 서넛 데려와라. 내가 놈을 쫓고 있지."

　　　　　　　　　　●

해는 아직 지지 않았건만 거리에는 붉은 등불들이 하나 둘 걸리기 시작했다. 주위를 밝힌다는 본래의 의도보다는 사람들을 끌어 모으겠다는 의도가 느껴지는 선정적인 불빛이었다.

홍등가로 들어서자마자 늙은 얼굴을 덕지덕지한 화장으로 감춘 퇴기退妓가 손을 잡았다. 나이에 걸맞지 않게 교태를 부리는 꼴이 역겨웠다.

"손님, 싸게 해 드릴 테니 여기서 놀다 가세요."

"할머니랑 놀아야 되나요?"

퇴기의 얼굴이 딱딱해졌다. 하지만 곧 눈웃음을 치며 응수했다.

"안에 예쁜 애들 많아요. 이리로 오세요."

유상진은 못 이기는 척 퇴기를 따라 들어갔다.

"얘들아, 손님 오셨다!"

퇴기가 툇마루에 대고 외치자마자 창기들이 맨발로 뛰어나와 유상진을 끌었다. 젊은 여자들이 분 냄새를 풍기며 양쪽에서 잡아당기니 정신이 다 몽롱할 지경이었다.

"이런, 이런. 내 발로 들어갈 테니 너무 잡아당기지들 마시게나."

유상진은 이러면 안 된다는 듯 얼굴을 찡그렸지만 기분만은 날아갈 것 같았다.

'역시 돈이 최고야.'

그의 주머니를 가득 채우고 있는 전표들. 이 돈이라면 세외世外로 도망을 쳐도 즐겁게 지낼 수 있다. 돈이라면 귀신도 부릴 수 있으니까.

유상진은 기녀들에게 이끌려 방 안으로 들어갔다.

"손님께선 어떤 아가씨를 찾으세요?"

퇴기가 유들유들한 미소를 지으며 물었다.

유상진은 주변의 기녀들을 살피다가 거만하게 말했다.

"머리가 작고, 눈이 커다란 소주蘇州 여자가 좋겠소. 그런데 이곳에 그런 여자가 있을지 의심스럽군."

"걱정 마세요! 딱 말씀하신 그런 애가 있습니다."

퇴기는 잠시 눈치를 보다 말을 이었다.

"그런데…… 좀 비싸서…….."

유상진은 품속에서 열 냥짜리 전표 두어 장을 집어 주었다.

"이 정도면 되겠나?"

"그럼요, 당장 대령하겠습니다요."

퇴기는 화색이 되어 소리쳤다.

"뭣들 하냐! 빨리 상 차려 내오지 않고!"

유상진은 퇴기가 사라지자 쓸쓸한 미소를 지었다. 말을 뱉고 보니 그가 말한 여자는 바로 유가영이었던 것이다.

'잊은 줄 알았는데…… 잊겠다고 다짐했는데…….'

널따란 방 양쪽에는 모란꽃으로 장식한 봉창이 하나씩 달려 있었다. 솜씨 좋게 봉창 안쪽에 촛대를 넣어 방 전체가 은은하게 노란 불빛으로 물들었다.

'아직도 그녀에게서 벗어나지 못했나…….'

유상진은 의자에 등을 기댔다. 조금 전까지 솟구치던 정욕이 그녀를 떠올리자 완전히 사그라지는 기분이었다.

그때 문이 열리며 어린 계집애가 들어왔다. 애교 있게 쫑알거리며 인사하는 모습이 그리 밉상은 아니었다.

그러나 유상진은 실망할 수밖에 없었다. 유가영과 전혀 닮지 않은 여자였기 때문이다. 게다가 말투로 보아 소주는 근처에도 못 가 본 듯싶었다.

유상진은 퉁명스럽게 말했다.

"난 눈 크고 머리 작은 소주 여자를 원했는데?"

"곧 올 겁니다. 혼자 계시기 적적하실 거라고 주모님께서 저 먼저 들어가 보라고 하셔서……."

유상진을 봉으로 여기고 여자 하나를 더 들여보낸 모양이다.

"그 아이는 왜 늦는데?"

"워낙 찾으시는 분이 많으셔서요. 여자인 제가 봐도 예쁜 아이거든요. 하지만 오늘은 어르신 시중만 들라고 주모님이 단단히 말씀하셨습니다."

계집이 수다를 떠는데 다시 문이 열리고 다른 여자가 들어왔다. 여자는 고개를 숙인 채 다소곳이 인사했다.

"소녀, 영령이라고 합니다."

여자의 얼굴을 본 유상진은 소스라치게 놀랐다.

먼저 들어온 계집애는 유상진의 놀람을 보고 '하여간 남자들이란 예쁘기만 하면…….' 하는 표정으로 혀를 찼다.

여자는 귀밑으로 흘러내린 머리칼을 살짝 손가락으로 넘기며 말했다.

"좀 늦었습니다."

그리고 고개를 들었다.

두 사람의 시선이 마주쳤다.

여자는 계집애가 장담했던 것처럼 무척이나 아름다웠다. 반듯한 이마에 가지런한 눈썹, 물기로 촉촉한 눈은 무척이나 크다. 작지만 오뚝한 코에 살짝 튀어나온 입술까지 어느 하나 흠잡을 곳이 없다. 한 가지 아쉬운 점이 있다면 약간 나이가 있어 보이는 정도랄까?

그러나 유상진이 놀란 것은 여자의 미색 때문이 아니었다.

　　"가영!"

　　유상진은 부르짖듯 여자의 이름을 불렀다.

　　장내에 정적이 흘렀다. 영령이라 자신을 소개한 여자의 얼굴에도 놀란 빛이 어렸다.

　　"유가영 맞지? 그렇지?"

　　잊어버렸다고 생각했다. 그러나 그토록 긴 세월이 지난 후에 만났음에도 알아볼 수 있었다. 옛날에 그녀가 어땠는지는 생각나지 않지만 지금의 그녀가 유가영임은 알 수 있었다.

　　여자의 얼굴이 해쓱해졌다.

　　유상진은 무릎걸음으로 다가가 여자의 얼굴을 만져 보았다. 꿈이 아니다. 실제로 그녀가 그의 앞에 있는 것이다.

　　"누구……세요?"

　　여자가 떨리는 목소리로 물었다.

　　"제 이름을 어떻게 아시죠?"

　　유상진은 대답하려다 말고 일단 옷을 벗어 어깨의 문신을 드러냈다.

　　"나야, 유화덕. 기억나지? 네가 시골 촌놈이라고 놀리던 그 녀석. 키 작고 촐랑거리던 녀석 있잖아."

　　여자의 얼굴이 멍청하게 변했다. 그리고 갑자기 어깨를 출렁이며 오열을 터뜨렸다.

　　유상진은 다른 계집애에게 손을 내저었다.

　　"넌 나가 봐라."

　　뭔가 사정이 있음을 알아챈 계집애는 주모를 부르기 위해

서둘러 밖으로 뛰어나갔고 방 안에는 유상진과 유가영만 남았다. 잠시 정적이 흘렀다.

마침내 유상진의 입이 간신히 열렸다.

"그동안…… 잘 지냈어?"

말을 뱉고 보니 아차 싶었다. 이렇게 멍청한 질문이 어디 있을까. 그가 수습할 말을 찾을 때 유가영이 고개를 들었다. 그녀는 눈물 자국을 문질러 닦고 호흡을 가다듬었다.

그러곤 차갑게 말했다.

"전 유가영이 누군지 몰라요. 제 이름은 영령이에요."

유상진은 말없이 유가영을 바라보았다.

영리하고 쾌활하며 반짝반짝 기운이 넘치던 그녀의 모습은 온데간데없다. 대신에 벌써 시작된 조락凋落의 모습이 거기 있었다.

그녀도 그 점이 부끄러울 것이다. 과거를 떠올리고 싶지 않을 것이다. 그럼에도 그녀가 유가영이라는 사실에는 변함이 없다. 그녀는 유가영이고 유상진이 사랑했던 여자다.

유상진은 안타까운 듯 말했다.

"나 알잖아, 유화덕이야. 방희태 그 새끼한테 얘기 다 들었어. 그 새끼, 내가 해치웠거든. 그러니까 이제 아무 걱정도 할 필요 없고……."

"아니요, 사람을 잘못 보신 모양이네요. 다른 아이를 불러 드리겠어요."

유가영은 벌떡 일어나 방을 나가려 했다. 유상진은 그녀의 앞을 가로막고 꼭 끌어안았다.

"가영! 이러지 마."

그녀는 유상진을 밀어내려 애썼지만 유상진의 단단한 몸은 꿈쩍도 하지 않았다.

"내가 행복하게 해 줄게…… 나랑 떠나자……."

진심을 담아 말하고 있기 때문일까. 유상진은 평소와 달리 말을 더듬었다.

"나, 나 돈 많이 벌었어. 저, 정말이야. 너만 괜찮다면…… 나랑 나가자. 멀리 가서 우리, 우리 둘이 사는 거야, 응? 네가 뭘 했든, 어떻게 살아왔든 나, 난 널 사랑해. 너만 좋다면……."

유상진의 귀밑이 축축해졌다. 다시 그녀가 눈물을 흘리는 모양이었다.

"그러니까……."

하지만 유가영은 그의 몸을 다시 밀쳤다.

두 사람은 서로를 바라보았다. 서로의 입김이 닿을 정도로 가까운 거리였다. 유상진이 떨리는 목소리로 물었다.

"내가 싫어?"

"……."

"날 못 믿겠어?"

"그런 게 아니에요. 과거로 되돌리기엔 이미 너무…… 늦었어요. 난 이미…… 예전의 유가영이 아닌걸……."

유상진의 얼굴에 화색이 돌았다.

"그래도 내가 싫은 건 아니지?"

"우린…… 안 돼요."

유상진은 입술을 깨물었다. 그러다가 뭔가 결심한 듯 딱 부러진 목소리로 말했다.

"그래도 널 이곳에서 데리고 나가긴 해야겠어. 다른 이야기는 그다음에 하자."

그는 유가영을 한 팔에 안은 채 방을 나섰다. 복도로 나오자 주변이 소란스러워졌다. 퇴기가 쿵쾅거리며 유상진의 앞을 막아섰다. 퇴기 뒤로 인상이 험악한 세 명의 사내가 서 있었다.

"손님, 지금 어딜 가세요?"

퇴기가 눈을 흘기며 말했다. 화를 낸다고 눈을 흘기는 것이겠지만 오랜 기녀 생활의 후유증인지 오히려 교태를 부리는 것처럼 보였다.

"바람 쐬러."

"방도 시원한데. 그냥 창문을 열어 드리지요."

유상진은 유가영을 잡고 있던 손을 놓고 퇴기에게 다가갔다. 그의 딱딱한 눈빛을 맞이한 퇴기가 질겁해서 뒤로 물러섰다.

퇴기를 대신해 세 사내가 유상진의 앞을 막았다. 얼굴에 불량기가 가득한 자들이었다. 그중 우두머리로 보이는 자가 딱 바라진 어깨를 내밀며 이죽거렸다.

"방으로 돌아가시죠. 아니면 혼자 나가시든가."

유상진은 대답하지 않고 사내를 밀었다. 사내는 인상을 구기며 주먹을 휘둘렀다.

"자식이…… 억!"

그리고 개구리처럼 바닥에 엎어졌다. 어디를 어떻게 건드렸는지 알 수 없었다. 유상진이 녹록지 않음을 느낀 다른 두 사내가 품속에서 칼을 빼 들었다.

유상진의 손이 번개처럼 날아가 사내 한 명의 손목을 꺾어 버렸다. 동시에 다른 사내의 하초를 걷어찼다. 사내는 사타구니를 부여잡고 무릎을 꿇었다.

유상진은 팔을 꺾인 사내의 목을 잡고 서너 걸음을 달려가다 손을 놓았다. 사내는 제풀에 달려가다 벽에 머리를 부딪치고 나뒹굴었다.

퇴기는 그 꼴을 보고 도망가려 했지만 유상진이 더 빨랐다. 그는 퇴기의 목을 꽉 누르며 구석으로 몰아붙였다.

"내가 가영이를 데리고 가겠다는데 불만이 있나?"

"아직 본전도 못 뽑은 앤데……."

퇴기는 죽는소리를 하다가 유상진의 눈빛이 변하는 걸 보고 재빨리 말을 바꿨다.

"아닙니다, 불만 없습니다. 데리고 가세요."

"마음 같아선 너도 몇 대 때려 주고 싶지만, 내가 널 징벌할 주제가 아니기에 참는 거다."

유상진이 손을 놓자 퇴기는 바닥을 나뒹굴었다. 그녀는 목을 잡고 컥컥 기침을 해 댔다.

유상진은 품속에 손을 넣어 전표 몇 개를 꺼내 던졌다.

"가영이의 몸값이다."

퇴기는 허겁지겁 돈을 집어 들었다.

유상진은 유가영을 데리고 주가를 떠났다.

"분명 마립…… 마립이었어…….”

유상진은 인파를 헤치며 잰걸음으로 움직였다. 그는 혼잣말처럼 계속해서 중얼거렸다.

큰길가에 서서 날카로운 눈으로 거리를 살피던 중년인.

얼굴 여기저기에 상처가 나긴 했지만 마립이 분명했다. 관제묘가 불탔을 때 죽은 줄 알았는데 어떻게 살아남은 모양이다.

‘방희태 그 멍청한 놈. 마립 하나를 못 해치웠어!’

유상진은 마음속으로 방희태에게 욕설을 퍼부었다.

마립이 살아 있다는 건 방희태도 살아 있을 가능성이 있다는 얘기다. 잘못했다간 일이 마무리되려는 이때, 죽임을 당하게 될지도 모른다.

‘여기서 죽을 수는 없어!’

이제야 유가영을 만났다. 절대로 죽지 않겠다.

그는 유가영과 헤어진 조금 전 일을 떠올렸다.

마립을 보고 유상진은 골목 뒤에 숨었다.

그는 큰길가에 서 있는 마립을 힐끔거리며 계획을 짰다.

마립이 뒤쫓는 이상 유가영과 함께 행동해서는 곤란했다. 잘못했다간 그녀가 다칠 수도 있기 때문이다. 일단 헤어져야 한다. 그리고 나중에 다시 만나면 된다.

그때 유가영이 입을 열었다.

"고마워. 하지만……."

유상진은 자신의 입술로 유가영의 입을 막았다. 유가영의 눈이 휘둥그레졌다.

유상진은 입술을 떼며 말했다.

"무한武漢에 문국루問菊樓라는 곳이 있어. 유명한 가게니까 사람들에게 물어보면 어딘지 알려 줄 거야."

옛날에 일한 적 있는 가게다. 문국루의 주인인 오삼은 욕심이 많긴 했지만 나쁜 인간은 아니었다. 여자 혼자 머물기에도 괜찮은 장소다.

"거기서 날 기다리고 있어. 열흘만 기다려 줘. 그래도 내가 가지 않으면…… 혼자 떠나."

유상진은 노잣돈 약간만 남기고 나머지 전표를 모두 유가영의 손에 쥐어 주었다.

유가영의 눈이 커다래졌다. 너무나 많은 돈이었기 때문이다.

"이 돈을 왜 나한테 주는 거야?"

"내가 안 가면 그걸로 행복하게 살아."

유가영은 어리둥절했다.

"어디…… 가?"

유상진은 힘없이 웃었다.

"그래, 일이 있어. 하고 싶진 않지만 꼭 해야 할 일이야."

그러고는 다시 한 번 다짐하듯 말했다.

"어쨌든, 알았지? 무한의 문국루. 거기서 기다려."

유상진은 큰길로 그녀를 밀어내고 골목 반대쪽으로 뛰었

다. 그는 마지막으로 크게 외쳤다.

"문국루야! 잊지 마!"

유가영이 고개를 끄떡이는 걸 보며 유상진은 혼잣말처럼 작게 중얼거렸다.

"너라도 행복해야 돼."

거리는 사람들로 가득했다. 어두운 밤하늘에선 쉬지 않고 폭죽이 터졌다. 온갖 소리로 거리 전체가 시끌벅적했다. 그야말로 축제 분위기였다.

유상진은 사람들 틈에 끼어 천천히 움직였다.

거리 한쪽에서 기예단이 묘기를 부리고 있었다. 꼬마 아가씨가 돌아다니며 구경꾼에게 동전을 받았다. 유상진도 동전을 한 닢 쥐어 주며 슬쩍 처마 아래 몸을 숨겼다. 그리고 주위를 살피기 시작했다.

이곳이 금양 제일의 번화가인 동수문東水門이다. 여기서 다리 하나만 건너면 주택가로 들어서게 된다. 당연히 놈들이 보초를 세워 놨을 것이다.

유상진은 곧 오가반점吳家飯店이라는 이름의 객잔 이 층에서 주위를 살피고 있는 뚱보를 찾아냈다. 그는 난간 아래로 얼굴을 내밀고 오가는 사람을 유심히 살피고 있었다.

'무영십이혼이라고 했던가.'

세가에 있을 때 잔반을 싸 달라고 자주 찾아왔던 게 기억났다.

유상진은 기회를 엿보다가 기예단의 움직임에 맞춰 큰길

로 나갔다. 그리고 기예단의 일원인 척 그 뒤를 쫄랑쫄랑 따르기 시작했다.

운이 좋다면 뚱보의 눈에 걸리지 않고 이곳을 빠져나갈 수 있을 것이다.

●

요불의는 짜증이 났다.

정이란 놈은 사람을 데리러 간다더니 어디서 애를 키워 올 요량인지 도통 돌아오질 않았다.

유상진이란 자가 기루에 들어가기에 시간을 벌었구나 하고 안심했는데 금방 여자를 하나 안고 나오더니 바쁘게 움직이기 시작한 것이다. 게다가 점점 걸음이 빨라졌다.

이렇게 인산인해를 이루는 번화가에선 잠깐만 시선을 떼도 어디 있는지 잃어버리기 십상이다. 놈과 같이 나왔던 여자도 어느 순간 사라지고 없지 않은가.

정이란 놈이 아이들을 데려온다고 해도 어떻게 접선해서 놈을 잡을지도 모르겠다.

요불의는 일단 놈을 제압한 뒤 다른 사람들이 오기를 기다리기로 마음을 정했다.

"새끼야! 너 이리 와 봐."

불량기가 잔뜩 배어 있는 고함이 들려왔다.

유상진은 그 소리가 자신을 부르는 것이라곤 생각지도 못했다. 그는 무영십이혼의 눈에 띄지 않도록 조심하며 느릿느릿 걸음을 옮기고 있었다.

그때 누군가 어깨를 잡았다. 유상진은 목덜미에 소름이 돋는 것을 느꼈다.

'설마……?'

"자식아! 사람을 치고 그냥 가?"

유상진은 조금 안심했다. 놈의 말이 진심이라면 정말 근성 있는 불량배다. 이렇게 혼잡한 거리에서 시비를 걸다니 말이다.

그렇다고 시비를 받아 줄 수도 없는 노릇. 유상진은 상대의 손목을 움켜잡았다. 그리고 이 층의 뚱보가 다른 곳을 보고 있기를 기원하면서, 몸을 살짝 틀며 다른 손으로 불량배의 팔꿈치를 힘껏 눌렀다.

손목이 잡힌 상태에서 팔꿈치가 안쪽으로 눌리니 당연히 부러질 수밖에 없다. 사내가 비명을 지르려는 순간, 유상진은 손가락 둘째 마디 관절을 사용해 사내의 목덜미를 찔렀다. 불량배는 휘파람 비슷한 소리를 내며 풀썩 무릎을 꿇었다.

유상진은 사내의 손을 놔주었다. 사내는 그대로 바닥에 머리를 박았다.

이 정도로 붐비는 인파 사이에서 쓰러진다는 것은 살 생각이 없다는 것과 마찬가지다. 사람들이 걸음을 멈출 수가 없기 때문이다.

커다란 짐 보따리를 들고 지나가던 아줌마가 사내의 어깨를 짓밟았다. 그 뒤를 걸어오던 노인이 지팡이로 사내의 목을 짚었고, 그 뒤로, 그리고 뒤로…… 다양한 인간 군상들이 사내를 밟고 지나갔다.

"으으……."

사내의 가냘픈 비명은 폭죽 소리에 묻혀 사라졌다.

요불의는 그렇게 죽었다.

'새끼…… 잘 가라.'

유상진은 아무 일도 없었던 것처럼 다시 앞사람에게 몸을 붙였다. 등허리를 타고 식은땀이 흘러내렸다.

'못 봤겠지? 못 봤겠지?'

그러나 그의 기원도 헛되이…….

"여기다! 유상진이다!"

무영십이혼이 의자를 박차고 일어서며 큰 소리로 외쳤다.

'빌어먹을!'

유상진은 사람들을 헤치고 도망가려 했다.

그때 날카로운 파공성이 귀청을 때렸다. 그는 엎드리듯 고개를 숙였다.

푹! 푹!

유상진 바로 앞에 서 있던 사내의 몸에 두 개의 단검이 박혔다. 사내는 날카로운 비명을 지르며 그 자리에 쓰러졌다. 유상진의 얼굴에도 피가 튀었다.

유상진은 허리를 숙인 채 사람들 사이를 빠르게 걸어가며 반점 이 층을 곁눈질했다. 어느새 그의 손에도 단검이 들려 있었다. 화객 마동출에게서 빼앗은 단검이다.

마립과 두 명의 부하는 거리 맞은편을 지키고 있었다. 이곳에서 유상진을 봤다는 첩보를 입수했기 때문이다.

그러나 워낙 사람이 많아 유상진을 골라내기가 쉽지 않았다. 마립은 벽을 걷어차며 신경질을 냈다.

"왜 이렇게 사람들이 많아?"

무영삼혼이 대답했다.

"이 근처가 꽤 유명한 홍등가 아닙니까. 게다가 오늘이 회신절이라, 불꽃놀이도 하고 있으니까요."

무영일혼이 걱정스러운 눈빛으로 물었다.

"괜찮으십니까? 몸이 아직 완쾌되지 않으셨는데……."

마립은 버럭 소리를 질렀다.

"난 죽지 않아!"

관제묘의 싸움을 떠올리면 저절로 화가 난다. 그때 유상진과 환객 임무성에게 당한 상처가 아직 아물지 않았다. 아물 듯하면서도 다시 곪기를 반복하고 있는 것이다.

게다가 화약이 폭발할 때 약간의 화상도 입었다. 그 폭발에 휩싸여 죽어 버린 무영혼들에 비교하면 운이 좋았지만 그렇다고 입은 상처를 기뻐할 일은 아니었다.

무영일혼이 보기에 마립에겐 최소한 한 달 이상의 요양이 필요했다. 그런데도 유상진을 잡겠다고 이곳까지 온 것이다.

마립의 행동이 이해가 가지 않는 건 아니다. 유상진이 없다면 원로원은 끝장이었다. 어떻게든 놈을 생포해 데려가야 한다.

무영일혼은 마음속으로 생각했다.

'나 역시 이대로 그냥 물러설 수는 없지.'

그들 이십팔무영혼은 형제나 마찬가지였다. 그런데 삼혼과 십이혼을 제외하곤 모두 죽고 말았다.

'꼭 죽인다.'

꽉 쥔 주먹이 하얘졌다.

관제묘에서의 전면전. 승부는 처음부터 세가의 것이었다. 제아무리 양각양이 잘났다고 해도 철갑대를 당해 낼 정도는 아니었으니까.

그러나 한 번의 폭발이 상황을 바꿔놓았다. 그 폭발은 철갑대 전원과 숲 어귀에 있던 형제들을 저승으로 데려가 버렸다.

무영일혼도 폭발의 여파로 어깨가 찢기고 발목이 뭉개져 걸음을 옮기는 데 어려움이 많았다. 그러나 비명에 죽어 간 아우들이 떠올라 그냥 침대에 누워 있을 수 없었다.

'대형도 마찬가지겠지.'

그는 창백한 얼굴로 버티고 서 있는 마립을 바라보았다. 마립 역시 그들을 떠나보낸 것이 고통스러우리라.

마립은 고개를 쳐든 채 하늘을 보고 있었다.

캄캄한 하늘에 별이 반짝였다. 이제 불꽃놀이도 끝인지 폭죽도 그리 자주 터지지 않았다.

무영일혼은 마립이 무엇을 보고 있는지 궁금해졌다. 죽은 이십팔무영혼의 얼굴이라도 보고 있는 것이 아닐까?

'그래. 대형은 웃고 계신 듯하지만 사실은 울음을 참고 계신 거야.'

마립은 하늘을 보며 생각했다.

'시팔, 일이 이렇게 꼬이다니…….'

그의 원대한 계획이 흔들리고 있었다.

마립은 유상진을 확보해 공적을 세우고 비밀리에 ≪무경≫을 얻음으로써 최고의 무공을 익히겠다는 야심을 품었다.

다른 장로들은 ≪무경≫을 그리 높게 평가하지 않았다. 화인청과 일대일로 붙어 이길 자신들이 있었기 때문이다. 천하제일 고수라는 명성과 달리 화인청의 무공은 그리 뛰어나지 않았다. 결국 ≪무경≫의 무공이란 것도 허명에 불과하다는 것이 장로들의 생각이었다.

그러나 마립은 달리 생각했다.

화인청의 오성이 부족해서 ≪무경≫의 정수를 익히지 못한 것일 수도 있지 않은가. 어쨌든 오십 년 전 단신으로 중원을 장악했던 화청양이 만든 무공이다. 한번쯤 익혀 보면 도움이 될 것이란 생각이었다.

그리고…….

'≪무경≫의 위력을 확인했지.'

얼마 전까지만 해도 무골악인無骨惡人에 불과했던 유상진의 갑작스러운 성장. 그것으로 ≪무경≫이 얼마나 대단한 것인지 확신하게 되었다.

마립의 얼굴에 희미하게 웃음꽃이 피었다.

'유상진만 잡는다면 세가의 주인이 되는 것도 꿈은 아

니야.'

하늘에 뜬 달이 세가의 문패로 보였다.

'저걸 잡아야 하는데…….'

지금은 분명 위급한 상황이었다. 이대로 아무 소득 없이 세가로 돌아간다면 화번천에게 숙청당할 것이 분명했다.

원로원이 주도권을 가지고 있을 때 일을 끝내 버려야 했는데 그러지 못한 것이 실착이었다. 십인십색+人+色이라, 열 명의 장로들이 모두 제 입장만 차려 서로를 견제했으니 당연한 일이었다.

그러나 위험은 기회의 또 다른 이름이다.

'지금이라도…….'

유상진을 잡아 세가로 돌아간다면 구석에 몰린 원로원이 구사일생할 것임은 물론이고 그의 입지도 강화될 것이다. 이미 십대장로 중 서넛이 끝장나 버렸으니 앞으로의 행보도 쉬워질 것이고.

설혹 화번천의 세력이 지나치게 강해졌다고 해도 유상진을 가지고 협상을 할 수 있다.

유상진이 이 모든 것의 열쇠를 쥐고 있는 것이다.

'빌어먹을 소면도 그놈!'

소면도가 부하를 빌려 주지 않아 고작 넷이서 유상진을 찾아다녀야 했다. 마땅히 정보를 얻을 곳도 없어 이곳에서 유상진을 봤다는 말 한마디에 거리 양쪽을 지키는 중이었다.

모험이라는 것은 알지만 어쩔 수 없었다. 어차피 네 명으로 호남 전체를 감시할 수도 없는 일이니까.

마립은 문득 무영일혼에게 시선을 주었다. 무영일혼은 눈가가 축축하게 젖은 채로 하늘을 쳐다보고 있었다.

'이 자식, 뭐 하는 거야?'

마립은 울화통이 터졌다. 상처가 아파 봐야 얼마나 아프다고 우냔 말이다. 이런 바보들을 부하로 데리고 있으니까 곤경에 빠질 수밖에 없는 거다.

폭발 때만 해도 그렇다. 잽싸게 피하지 못하고 그냥 다 죽어 버리다니. 그들이 눈앞에 있다면 '어디 가서 무술 배웠다고 하지 마. 무림 전체의 망신이야.'라고 말해 주고 싶을 지경이다.

마립이 무영일혼에게 한 소리 하려는 찰나였다.

"여기다! 유상진이다!"

커다란 고함이 들려왔다. 두 사람은 소리가 나는 쪽으로 고개를 돌렸다. 저 호들갑스러운 소리는 분명 무영십이혼의 것이었다.

마립은 건물의 지붕 위로 날아올랐다. 멀리 오가반점 이층에서 암기를 날리고 있는 무영십이혼의 모습이 보였다.

"잡았다!"

그는 희열에 찬 목소리로 외쳤다. 하지만 인파의 숲을 헤치고 지나가기엔 너무 멀다.

마립은 펄쩍 거리로 몸을 날렸다.

그리고 지나가던 행인의 머리를 밟고 다시 날아올랐다.

아칠은 한창 손님을 잡아끌고 있었다.

금양 제일의 호객꾼임을 자랑하는 그다. 어찌나 언변이 좋은지 동수문 인근 세 곳의 객잔과 동시에 계약하고 돌아가면서 일을 봐 줄 정도였다.

"아! 한번 믿어 보시라니까요. 이거 완전히 거저예요. 다른 곳이랑 비교를 거부합니다."

그는 눈웃음을 치며 말을 이었다.

"그리고 거기서 조금만 더 쓰시면…… 특실에서 아가씨들이 핥아 주고 빨아 주고…… 심신의 피로를 말끔히 씻어 드릴 겁니다. 자, 자, 이쪽으로 오시면 됩니다."

그런데 상대도 보통내기가 아니었다. 얌전하게 생긴 젊은 놈이었는데 생긴 것과는 달리 아칠의 손목을 뿌리치며 기세 좋게 외쳤다.

"야, 인마! 이거 놔! 그렇지 않아도 할 만큼 해서 거기가 다 말라비틀어졌단 말이야! 집에 가서 잘 거야!"

'오호라!'

이런 인간일수록 공략하는 재미가 있는 법이다. 아칠이 혀로 입술을 축이고 다시 말을 시작하려는 참이었다.

푹! 푹!

"우아악!"

소름 끼치는 파공성과 귀청을 찢을 듯한 비명이 사방에서 들려왔다. 소리의 진원지는 오가반점이었다. 반점 이 층에서 한 뚱보가 거리를 향해 무언가를 날리고 있었다.

'저게 뭐지?'

아칠은 눈을 가늘게 떴다.

휙! 휙!

무언가가 바람을 가르며 날아간다. 가게들의 희미한 불빛 사이로 하얀빛이 번뜩였다. 그것에 적중되는 자들은 비명을 지르며 쓰러졌다.

'칼이구나! 칼을 던지고 있어!'

사람들이 북적이는 거리 한복판에 칼을 던지다니 미친놈이 틀림없었다. 멀리서 보는 사람도 다 무서운데, 실제로 칼을 맞는 사람들은 오죽하겠는가. 사람들은 공황 상태에 빠져 서로를 짓밟고 있었다. 암기에 맞아 죽는 사람보다 다른 사람 발에 밟혀 죽는 사람이 더 많았다.

뚱보가 다시 손을 쳐들었을 때 푸욱, 하는 파열음과 함께 하얀 빛살이 뚱보의 두터운 뱃살을 파고들었다. 뚱보는 부르르 떨더니 쳐들었던 손을 내려 난간을 움켜잡았다.

잠시 뚱보를 중심으로 시간이 멈춘 것만 같았다.

뚱보는 뭔가 고민되는 일이라도 있는 것처럼 난간을 잡고 서 있었다. 아무것도 날아오지 않음에도 몸을 피하는 사람들이 비현실적으로 보였다.

그때 뚱보가 입을 벌렸다. 입술을 타고 검붉은 핏물이 쏟아져 나왔다. 뚱보의 복부에는 단검이 박혀 있었다. 가공할 두께의 뱃살로도 단검을 막을 수는 없었던 모양이다.

뚱보는 비틀거리다 난간 아래로 떨어졌다. 오가반점 입구에 서 있던 남녀가 뚱보에 깔려 쓰러졌다.

뼈가 부러지는 듯한 소리를 들으며 아칠은 저놈에게 깔리느니 차라리 단검에 맞는 편이 나을지 모르겠다는 생각을 했다.

그리고 장내가 조용해졌다. 이리저리 도망치려던 사람들도 동작을 멈췄다.

"벌써 끝났나?"

아칠은 약간 실망했다. 제법 흥미로운 광경이긴 했어도 그가 십여 년 호객 행위를 하며 보아 온 것 중에는 더 심한 것도 있었다. 십여 명의 자객이 고관대작의 마차를 기습하는 광경도 보았고 금양의 두 군소 문파가 거리에서 전면전을 벌이는 것도 보았다.

"체, 결말이 뭐⋯⋯."

아칠의 혼잣말이 끝나기도 전에 또다시 비명이 들려왔다.

"컥!"

"으악!"

'이번엔 또 뭐야?'

아칠은 소리가 나는 곳으로 고개를 돌렸다.

뚱보의 칼을 피해 도망갔던 자들이 다시 오가반점 쪽으로 몰려오고 있었다. 사람들을 양 떼 몰듯 모는 자는 창백한 얼굴의 중년인이었다.

중년인은 바닥을 밟지 않았다. 행인들의 머리와 어깨를 밟으며 사뿐사뿐 오가반점이 있는 쪽으로 뛰어오고 있었다.

문제는, 그의 입장에선 사뿐사뿐일지 모르지만 밟히는 입장에선 그렇지 않다는 데 있었다. 순식간에 서너 명의 머리가 깨지고 어깨가 부서졌다.

오가반점 이 층에서 소심하게 단검이나 던지던 놈과는 그릇의 크기가 다르다. 이놈은 대놓고 행인들을 해치우고 있지 않느냐 말이다.

수십 장의 거리를 순식간에 좁혀 오는 중년인을 보며 아칠은 벌린 입을 다물지 못했다.

'저런 건 처음 보는데…….'

그때 누군가 아칠의 팔을 잡았다. 깜짝 놀라 보니 조금 전 그에게 거기가 다 말라비틀어졌다고 말했던 청년이었다.

청년은 떨리는 목소리로 물었다.

"이봐! 저 안은 안전하겠지?"

아칠은 호객꾼의 본분을 잊지 않았다.

"물론입니다!"

두 사람은 가게 안으로 들어가 싸움이 끝날 때까지 나오지 않았다.

"유상진!"

마립에게서 마치 절규와도 같은 고함이 터져 나왔다. 그는 오가반점 앞에 가볍게 내려앉았다.

사람들은 마립을 피해 사방으로 도망쳤다. 마립 주위에 순식간에 널찍한 공터가 생겼다.

유상진은 보이지 않았다. 바닥에 더운 피를 뿌리고 쓰러진 무영십이혼만 있었다. 무영십이혼의 아랫배에선 폭포수처럼 피가 뿜어져 나왔다. 그 밑에 젊은 남녀가 깔려 허우적대고 있는 게 보였다.

마립은 무영십이혼을 부축했다. 무영십이혼은 마립의 얼굴을 확인한 후 속삭이듯 말했다.

"대형……."

"그래, 나다."

무영십이혼은 손을 들어 마립의 팔을 잡았다. 죽어 가는 사람이라는 사실이 믿기지 않을 정도로 강한 힘이었다.

"여기 유상진이 있어요……."

무영십이혼의 머리가 축 늘어졌다. 단단하던 손도 금세 힘을 잃었다. 마립은 그의 부릅뜬 눈을 감겨 주었다. 무영십이혼 밑에 깔려 있던 남녀는 죽은 척하고 있었다.

마립은 벌떡 일어섰다. 그는 늑대에 쫓기는 양 떼처럼 휘몰리고 있는 군중에게로 시선을 돌렸다.

저기 어딘가에 유상진이 있다.

마립은 펄쩍 날아 젊은 남자의 머리를 밟고 올라섰다.

"유상진! 네가 사내라면 앞으로 나서라!"

그가 다시 날아오르는 순간 그에게 밟힌 사내의 머리가 잘 익은 수박처럼 터져 버렸다.

마립은 사람들을 밟고 지나가며 맹금이 먹이를 노리듯 유상진을 찾았다. 그러나 대부분의 사람들이 머리를 처박은 채 바닥만 보며 뛰고 있었기에 그리 쉽지 않았다.

마립은 다시 한 번 외쳤다.

"나와! 유상진! 네놈 때문에 죽는 사람들이 보이지 않느냐! 네놈만 나오면 아무도 죽지 않는다!"

유상진은 노점용 수레 아래 납작하게 엎드려 있었다.

'미친놈. 생판 모르는 사람들을 위해 내가 왜 나서냐?'

그는 정의의 협객이 아니었다. 사람 죽이고 도망 다니는 도망자일 뿐이다. 무고한 행인이 몰살당한다고 그가 죽음을 각오할 이유는 없는 것이다.

'조금 미안하긴 하지만…… 나더러 어쩌라고?'

유상진은 문득 길바닥에 쓰러져 있는 시체에 시선을 주었다. 그의 머릿속에 한 가지 기가 막힌 생각이 떠올랐다. 잘만 하면 어렵지 않게 마립을 처치할 수 있을 것이다.

마립은 수위를 살피고 있었디.

그때 시체 한 구가 그를 향해 날아왔다.

"놈! 거기구나!"

마립의 우수가 시신을 갈랐다. 동시에 그는 시체가 날아온 방향으로 몸을 날렸다.

순간 쾅, 하는 굉음과 함께 시체가 폭발해 버렸다. 사방으로 비산하는 살과 뼈를 몸으로 받으며 마립은 삼사 장을 날아가 바닥에 처박혔다.

주변에 있던 다른 사람들 역시 시체의 파편에 맞아 비명을 질러 댔다. 불꽃놀이 보러 왔다가 봉변당한 사람이 한둘이 아니었다.

거리는 순식간에 아수라장으로 변했다.

"됐다!"

유상진은 사람들 틈에 끼어 도망치면서도 주먹을 불끈 쥐었다. 화객에게서 빼앗은 진천뢰를 이렇게 요긴히 쓰게 될 줄은 생각도 못 했다. 시체의 품에 진천뢰를 집어넣고 마립에게 던졌던 것이다.

마립이 죽어 버렸으니 힘든 일은 다 끝난 셈이다. 이제 문국루로 가기만 하면 된다. 문국루로 가서 유가영을 만나기만 하면…….

유상진은 사람들을 밀치며 달려 나갔다.

그때 싸늘한 바람이 허벅지를 스치고 지나갔다. 유상진은 허벅지를 곡괭이로 얻어맞는 듯한 충격을 느끼며 엎어졌다. 그리고 사람들 사이에 처박혔다. 몇몇 사람들이 그를 밟고 지나갔다.

유상진은 엉금엉금 기어 가까운 가게 아래 숨었다. 최소한 지나가는 사람에게 밟히는 일만은 피할 수 있었다. 그는 한숨 돌리며 허벅지를 더듬었다.

축축하다. 무언가에 관통당한 것이다.

'빌어먹을.'

마립의 부하들이 아직 남아 있는 모양이다. 그렇다면 이곳에 숨어 있는 건 죽여 달라는 소리나 마찬가지다.

유상진은 하나, 둘, 셋을 세고 벌떡 일어나 사람들 틈으로 숨었다. 그가 있던 자리에 표창이 쏟아졌다. 그는 한쪽 손으로 허벅지의 상처를 누른 채 껑충거리며 뛰었다.

"악!"

그의 옆에 섰던 노인이 피거품을 문 채 쓰러졌다. 노인의 인중에는 한 자루 표창이 박혀 있었다.

'빌어먹을!'

놈들은 다른 사람이 암기에 맞는 것을 상관하지 않았다. 무차별적으로 암기를 날려 대고 있는 것이다. 근처에 있던 사람들이 표창에 맞아 추풍낙엽처럼 쓰러졌다. 사방에서 비명이 들려왔다.

'그야말로 충격과 공포로군.'

유상진은 죽은 노인을 품에 안은 채 벽에 등을 기댔다. 노인의 맥문을 만져 보았지만 맥이 뛰지 않았다.

'불쌍한 노인네.'

불꽃놀이 구경이라도 나온 모양인데 이런 개죽음이라니.

그래도 자신이 죽는 것보다는 조금 낫다는 생각을 하며 유상진은 고개를 들어 주변을 살폈다. 허둥지둥 움직이는 사람들. 거기 어딘가에 표창을 날린 자가 숨어 있을 것이다.

그의 눈이 범인을 찾아 빠르게 움직였다.

언뜻 보이는 날카로운 눈빛의 사내. 사내는 몸을 이리저리 감추며 그에게 접근하고 있었다.

'저놈이다!'

유상진은 사내를 향해 단도를 던졌다. 날카로운 파공성과 함께 단도가 하늘을 날았다.

"으악!"

사내는 가슴에 칼을 맞고 쓰러졌다. 쓰러지는 자세로 보아 무공을 배운 사람이 아니었다.

'아니었나?'

유상진은 죽은 사람에게 미안해졌다.

'미안하지만…… 에이, 어쩌겠어.'

그때 쏟아지는 햇살에 무언가가 번뜩였다. 그는 반사적으로 목을 움츠렸다. 가느다란 침이 유상진의 어깨를 스쳐 벽에 박혔다. 침 끝에서 파란 액체가 주르륵 흘러내렸다.

'이거 장난이 아니군.'

유상진은 침을 꿀꺽 삼켰다. 운이 좋아 맞지 않았지만 다음에도 그럴 거란 보장이 없다. 어딘가 피할 곳을 찾아야 한다. 그는 노인의 시체로 몸을 가린 채 게걸음으로 오가반점의 정문을 향해 가기 시작했다.

'이쯤이면…….'

오가반점으로 들어가겠다는 그의 의도를 상대가 짐작했을 것이다. 그가 움직이는 속도에도 익숙해졌을 것이고.

'지금이다.'

유상진은 가볍게 무릎을 굽혔다가 그 탄력으로 몸을 날렸다. 《무경》에 실린 단봉무영丹鳳無影의 신법이었다. 한쪽 허벅지에 구멍이 뚫려 원래만큼 동작이 빠르진 않았지만 그렇게 나쁘지도 않았다.

그의 갑작스러운 속도 변화를 예측하지 못한 십여 개의 독침이 헛되이 허공을 갈랐다.

유상진은 그대로 오가반점 오른편의 화양루花樣樓로 뛰어들었다.

무영일혼은 표창을 괴춤에 넣으며 버럭 소리를 질렀다.

"넌 뒷문으로 가라!"

무영삼혼은 고개를 끄떡이고 건물을 빙 돌아 움직였다.

무영일혼의 표정은 딱딱하게 굳어 있었다. 대형인 마립의 죽음을 봤기 때문이다. 너무나 어이없는 죽음이었다. 화양루로 걸어가는 무영일혼의 눈에 혈광이 어렸다.

'놈!'

이제 마립의 이름은 사라졌다. 화씨 세가의 십대장로 중 하나이며 그들 이십팔무영혼의 대형이었던 남자가 죽은 것이다. 그것도 유상신처럼 하찮은 자에게!

무영일혼의 입술에서 피가 배어 나왔다.

'삼십 년! 삼십 년간의 우정이었다.'

그는 마립의 오랜 친구였다. 한 마을에서 함께 자랐고 함께 무인의 길로 들어섰으며 어깨를 맞댄 채 사선을 넘었다.

그러다가 마립이 설산객雪山客 홍무양의 눈에 들어 제자가 되면서 처지가 달라졌다. 그 뒤 마립은 그를 수하처럼 대했고 결국 완전히 상하 관계가 굳어지게 되었다.

그러나 무영일혼은 마립을 상관이라고 생각하지 않았다. 마립은 그의 친구였다.

그는 허리에 찬 반월도를 빼 들었다.

이제 친구의 복수를 할 생각이었다.

쾅! 문짝이 부서졌다. 무영일혼은 기습을 대비하며 안으로 굴러 들어갔다. 그가 반월도로 가슴을 보호하며 몸을 일으킬 때, 유상진의 목소리가 들려왔다.

"여기야, 여기."

무영일혼은 소리가 들린 쪽을 바라보았다.

유상진은 한 자루 부엌칼을 든 채 의자에 앉아 있었다. 허벅지의 상처도 응급처치를 했는지 꽉 동여맨 상태였다.

무영일혼은 낯빛을 굳힌 채 말했다.

"도망치지 않고 기다리고 있다니…… 겁을 상실했군."

유상진 따위가 자신을 겁내지 않는다는 것에 자존심이 상했다. 설마 마립을 죽였다고 간덩이가 부었나?

유상진은 득의한 어조로 대답했다.

"마립도 내 손에 죽었는데, 너 정도야 가뿐하지."

무영일혼은 이를 갈았다.

"미친놈. 생각했던 것보다 더 미쳤구나. 산 채로 네 간을 씹어 대형의 원한을 갚겠다."

무영일혼은 유상진을 향해 걸음을 옮겼다. 반월도를 든 손은 축 늘어뜨린 채였다. 유상진은 그대로 앉아 무영일혼이 다가오기를 기다렸다.

뚜벅. 뚜벅.

거리가 좁아 들던 어느 순간 샤아악, 소름 끼치는 소리와 함께 반월도가 유상진의 하복부를 향해 날았다.

유상진은 가만히 반월도가 날아오는 것을 지켜보고 있었다. 막 반월도가 허리를 반으로 잘라 내기 직전, 그는 펄쩍 날아오르며 식도로 반월도를 찍어 눌렀다.

표두압정豹頭壓頂의 일 초였다.

파앙!

묵직한 굉음과 함께 두 사람의 신형이 흔들거렸다. 무영일혼은 넘어오는 핏물을 삼키며 뒤로 두 걸음 물러서야 했다. 유상진은 제자리에 그대로 서 있었다.

'놈······.'

내상을 입은 아픔보다 애송이와 싸우다 뒤로 물러섰다는 수치심이 더 컸다. 믿을 수 없는 일이지만 놈은 그보다 강한 내공을 가졌다.

무영일혼이 '이번에는······.' 하고 다짐하며 다시 공격해 들어가려 할 때 식도는 코앞까지 날아와 있었다. 놈이 칼을 던진 것이다.

"이런!"

몸을 틀어 간신히 칼을 피했다. 식도는 무영일혼의 귀를 스치고 지나갔다. 숨 쉴 틈도 주지 않고 유상진의 공격이 계속되었다. 무영일혼이 다시 앞을 볼 때 어느새 유상진의 발 끝은 그의 눈앞에 다가와 있었다.

탁!

무영일혼은 날아오는 발끝을 왼손으로 잡아챘다. 그 발끝을 비틀려는 순간 유상진의 다른 쪽 발이 그의 가슴을 걷어찼다. 그 강력한 일격에 그대로 물러설 수밖에 없었다.

유상진은 공중제비를 돌며 가볍게 바닥에 내려앉았다. 허벅지에 뚫린 구멍 때문에 마지막 순간 몸이 왼쪽으로 기울긴 했지만 그 정도면 나쁘지 않은 경신술이었다.

"어때? 이래도 내가 겁을 상실한 거 같아?"

유상진은 흐뭇한 표정으로 말했다.

"이 근처에서 날 이길 수 있는 놈은 마립뿐이었다고. 너 따위는 거저먹기지."

유상진은 날아갈 것 같은 기분이었다. 정면 대결에서 이렇게까지 화끈하게 이겨 본 것이 얼마 만인지 모르겠다. 한동안 고수들만 줄줄이 만나는 바람에 설움이 컸다. 이제 그 설움을 갚아 줄 차례다.

"헤헤, 너 같은 무지렁이는 잘 모르겠지만 조금 전 내 발차기는 환마각이라고 ≪무경≫에 나오는 유명한 거란다."

유상진이 계속 떠벌리는 동안 무영일혼은 진탕된 가슴을 쓸어내리며 다시 반월도를 쳐들었다.

"어? 새끼, 그래도 자존심은 남았나 보네."

유상진은 중얼거리며 상대를 맞이할 자세를 갖췄다.

무영일혼은 바보가 아니었다. 유상진의 내공이 자신보다 낫다는 사실은 조금 전의 격돌로 충분히 알았다. 왜 이런 일이 일어났는지 모르겠지만 중요한 건 그게 아니다. 어떻게 이기느냐다.

내공뿐만이 아니라 초식도 유상진이 낫다. 놈이 익힌 것은 ≪무경≫의 무공인 것이다.

그러나 승산은 그에게 있었다.

첫째, 유상진은 무기가 없지만 자신에게는 있다는 점.

둘째, 바로 이게 중요한데 무영삼혼이 짧은 비수를 든 채 살금살금 유상진의 등 뒤로 다가가고 있다는 점.

무영일혼은 유상진의 주의를 흩뜨릴 필요를 느꼈다.

"놈! 맨손으로 날 이길 수 있다고 생각하는 거냐?"

"내가 금나수를 좀 익혔거든."

유상진이 입을 놀릴 때, 무영삼혼이 손에 든 비수를 하늘 높이 쳐들었다.

'됐다, 됐어.'

무영일혼의 손아귀에 땀이 배었다. 이제 칼을 내리찍기만 하면 상황 종료다. 그는 저도 모르게 무영삼혼에게 향하려는 시선을 애써 유상진에게 고정시켰다.

그때 누군가의 고함이 들려왔다.

"야, 이 새끼들아! 남의 영업집에서 뭐 하는 거냐!"

'저런!'

무영일혼은 탄식했다.

'조금만 더 시간을 끌었다면 되는 일인데……'

유상진은 목소리를 듣고 고개를 돌렸다. 그의 시선에 우선 들어온 것은 등 뒤에 바짝 붙어서 칼을 쳐들고 있는 무영삼혼 이었다. 유상진은 깜짝 놀라 소리쳤다.

"넌 뭐냐?"

무영삼혼은 기습이 틀어져 버린 것을 알았다. 이판사판이 다. 그는 버럭 고함을 지르며 덤벼들었다.

"죽어, 자식아!"

유상진은 몸을 숙이며 무영삼혼의 가슴에 어깨를 부딪쳤다. 몸과 몸이 격돌했다.

무영일혼도 반월도로 무방비 상태인 유상진의 등을 노리 고 달려들었다. 그런데 어디선가 유성추流星椎가 날아와 앞을 가로막았다. 무영일혼은 펄쩍 뛰어 뒤로 물러섰다.

그사이 유상진과 무영삼혼은 서로 껴안은 채 바닥을 굴렀다.

'누가 이긴 거야?'

무영일혼은 침을 꿀꺽 삼켰다. 얼른 다가가 유상진을 끝장내고 싶었지만 그럴 수가 없었다. 그는 유성추를 날린 놈에게 시선을 주었다.

"너희들은 뭐냐?"

놈은 유성추로 문을 밀며 가게 안으로 어슬렁어슬렁 걸어 들어왔다. 사내 뒤로 칼잡이 셋이 더 서 있었다.

그들은 정이가 부르러 간 인근의 칼잡이들이었다. 유성추를 든 자는 혈미륵血彌勒 방우환으로 유성추에 있어선 호남 제일이라는 고수였다.

"저놈이 유상진이냐?"

방우환은 무영일혼의 말에 대답하는 대신 유상진을 턱으로 가리키며 물었다.

정이가 촐싹거리며 나섰다.

"저놈이 맞다니까요. 제가 똑똑히 확인했습니다."

무영일혼은 대답하지 않은 채 슬쩍 유상진과 무영삼혼을 곁눈질했다. 두 사람은 여전히 서로를 붙든 채 쓰러져 있었다.

'누가 이겼을까?'

"아니! 저 새끼가 입이 말라붙었나?"

방우환이 버럭 소리를 질렀다.

그때 무영일혼은 보았다. 무영삼혼의 바지가 핏물로 젖어 드는 것을. 유상진이 한 손으로 무영삼혼을 누르고 일어나려

하는 것을.

"이 새끼, 이거 안 놔! 왜 이리 끈덕져?"

유상진은 손바닥으로 무영삼혼의 턱을 밀었다. 바닥으로 핏물이 떨어져 내렸다. 무영삼혼은 유상진을 붙든 채 큰 소리로 외쳤다.

"형님! 시간……이 없소! 빨리…… 이놈을!"

절규하는 듯한 무영삼혼의 목소리. 아랫배에 칼을 맞았음에도 유상진을 잡아야 한다는 마음에 버티고 있는 것이다.

무영일혼은 이를 악물었다.

무영삼혼의 고통이 그의 고통인 것처럼 아팠다. 그는 더 생각하지 않고 유상진을 향해 날아올랐다. 무영삼혼이 애써 만든 기회를 날려 버릴 순 없다. 유상진 말고 다른 자는 쳐다보지도 않았다. 그의 두 눈은 놈을 죽이고 죽겠다는 결의로 불타올랐다.

무영일혼의 도가 번뜩일 때…….

퍽!

하늘을 가르며 날아온 유성추가 그의 머리를 박살 냈다. 무영일혼은 썩은 기둥처럼 쓰러졌다.

방우환은 피범벅이 된 유성추를 끌어당기며 변명처럼 중얼거렸다.

"새끼가 묻는 말엔 대답도 안 하고 어딜 가……."

"휴우! 하마터면 죽을 뻔했네."

유상진은 물귀신처럼 허리를 붙들고 있던 무영삼혼을 간

신히 뜯어내며 중얼거렸다. 무영삼혼의 손가락이 스르륵 풀렸다.

유상진은 옷자락을 툭툭 털며 무영일혼을 돌아보았다. 무영일혼은 바닥에 머리를 박고 있었다. 머리통의 절반이 날아간 것으로 보아 숨을 거둔 것이 거의 확실했다.

유상진의 얼굴이 보름달처럼 환해졌다. 바퀴벌레처럼 끈질기던 세가의 추적자들이 이제야말로 전부 죽어 버린 것이다.

"진짜 끝이군!"

기뻐하는 그를 보며 방우환이 코웃음 쳤다. 그는 유성추를 바닥에 던지며 소리쳤다.

"새끼, 우리는 안 보이냐?"

쾅 하는 소리와 함께 유성추가 나무 기둥을 반쯤 부수고 마루 위로 굴러 떨어졌다.

유상진은 피식 웃으며 대답했다.

"그래, 도와줘서 고맙다."

그러곤 그대로 문으로 걸어갔다. 그가 막 문을 열고 나가려고 할 때, 비차와 칼이 앞을 가로막았다. 칼잡이들이 무뚝뚝한 표정으로 그를 노려보았다.

유상진은 설명을 요구하는 얼굴로 그들을 바라보았다. 정이가 단검으로 볼때기를 톡톡 건드리며 말했다.

"가긴 어딜 가, 새끼야. 하오문주께서 네 머리에 돈을 거셨단 말이다."

유상진은 얼굴을 찌푸렸다.

"하오문주? 내 머리? 그놈이 왜?"

아무리 생각해도 하오문과 연관된 일은 벌인 기억이 없다. 다른 일로도 충분히 바빴던 것이다.

'그렇다면 누군가가 하오문을 동원했다는 건데…… 대체 어떤 놈일까?'

"문주님더러 그놈이라니! 이놈이 죽고 싶어 환장을 했군."

"미안, 정정하도록 하지. 하오문주. 누가 하오문주를 움직였지? 돈이 안 되는 일엔 나서지 않는 게 하오문이잖아."

"글쎄…… 황 부자의 부탁이라는 말이 있는데, 자세한 건 우리도 모르지. 아무튼 문주의 명령이니 따라와야 되겠어. 순순히 따라온다면 험하게 대하진 않겠다고 약속하지."

불현듯 유상진의 얼굴에 미소가 떠올랐다.

"그 명령은 취소됐어. 내가 이미 황 부자를 만나서 해결을 봤거든. 총단에 확인해 보라고."

"그런 바보 같은 거짓말로 우릴 속일 생각이냐?"

"거짓말이 아니야."

유상진은 잠시 멈췄다가 다시 말했다.

"난 황 부자를 만났어."

진정한 상인은?

第二十五章

유상진이 탈출에 성공한 후 제일 먼저 찾아간 곳은 바로 황부자의 저택이었다. 배를 얻어 타고 악양으로 올라가 황 부자의 장원까지 한달음에 달려간 것이다.

그가 황 부자를 찾은 이유는 간단했다. 그가 아는 한 ≪천도서≫를 제값 내고 사 줄 유일한 인간이었기 때문이다.

황 부자가 상인이란 점도 결정에 영향을 끼쳤다.

상인에겐 적아가 없다. 그들에게 중요한 것은 거래를 통해 이익을 볼 수 있느냐 없느냐, 그것뿐이다.

그런 면에서 황 부자라면 그와 있었던 불미스러운 일들을 잊고 적당한 가격을 지불할 것이란 믿음이 있었다.

저택은 아직 양각양에 입은 피해를 완전히 복구하지 못한 상태였다. 여기저기 반파된 전각들이 보였고 외벽도 곳곳이 무너진 채로 방치되어 있었다.

유상진은 황 부자의 저택이 바라보이는 숲 가장자리 나무 그늘에 앉아 꼼짝도 하지 않았다. 밤이 되길 기다리는 것이다.

그의 발밑에 사람 하나가 죽은 듯 자빠져 있었다. 장원의 위사 중 하나다. 오줌이 마려운지 숲 속에 들어온 걸 제압하고 저택의 경비 상태를 물었다.

위사의 말을 들어 보니 상황은 그에게 나쁘지 않았다. 황 부자가 고용했던 고수들은 대부분 양각양과의 싸움에서 죽었으며, 유일하게 다치지 않았던 사천마수 하길진도 황 부자와 크게 싸우고 떠나 버렸다는 것이다.

"하길진? 사천마수? 그놈도 여기 있어?"

"있었죠."

"있었다니? 지금은 어디 있는데?"

"모르겠습니다."

"그래…… 혈마댄가? 그 빨간 옷 입고 설치는 놈들은 몇 명이나 있지?"

"한 명도 없습니다."

"없어?"

"황 부자에게 무슨 지시를 받았는지 어느 날 갑자기 사라져 버렸습니다."

유상진은 자신의 행운이 믿어지지 않았다.

고수도 없고, 혈마대도 없다니!

유상진은 위사를 기절시키고 느긋하게 자리를 잡았다. 위사가 말한 보초 교대 시간이 되길 기다리기로 한 것이다.

마침내 밤이 되었다.

유상진은 조용히 황 부자의 장원으로 잠입해 들어갔다. 황 부자의 처소가 어디인지는 위사를 통해 미리 알아낸 상태였다.

달이 환하게 저택 전체를 비췄다. 달은 밝았지만 저택은 조용했고, 위사들도 많지 않았다. 바람처럼 안으로 스며드는 그를 아무도 보지 못했다.

정명전.

황 부자와 처음 만났던 건물이다. 그곳은 장원에서도 가장 깊숙한 위치였기 때문인지 그다지 피해를 입지 않았다. 정명전 입구는 대여섯 명의 위사들이 지키고 있었다.

유상진은 주위를 두리번거리다 바로 옆에 아직 공사 중인 건물이 있는 것을 발견했다. 양각양의 칼잡이들이 화약을 터뜨렸는지 건물의 절반이 날아가고 없었다.

유상진은 그 건물의 지붕으로 올라가 무너진 곳을 피해 가며 조심조심 한쪽 끝에 섰다. 그리고 박쥐처럼 날아올라 정명전 지붕 위로 내려앉았다. 발을 딛는 소리는 거의 나지 않았다.

그는 슬쩍 지붕 아래를 내려다보았다. 위사들은 저희들끼리 잡담을 나누는 데 정신이 팔려 있었다. 유상진은 아무도 그의 침입을 알아차리지 못했다는 사실을 확인한 뒤 창문을 통해 건물 안으로 조심스럽게 기어 들어갔다.

정명전 내의 조그만 측간에서 소피를 보고 나오던 황 부자의 시비 부용은 이상함을 느꼈다. 복도의 등잔불이 꺼진 것이다.

부용은 고개를 까우뚱거렸다.

'안 닫힌 창문이 없을 텐데…… 어디서 바람이 들어왔지?'

만약을 대비해 촛대에 불을 붙여 온 것이 다행이었다.

그녀가 촛대를 쳐들었을 때 복도 위쪽 높이 뚫린 채광창에서 거대한 나방 같은 것이 내려오는 모습이 보였다.

놀란 부용이 비명을 지르려고 숨을 들이마시는 순간, 냄새 나는 손바닥이 입을 막았다. 침입자가 조그만 목소리로 말했다.

"제대로 대답한다면 살려 주지."

부용은 있는 힘껏 고개를 끄덕였다. 상대는 한 번 더 겁을 주었다.

"비명 같은 거 지르면 죽어!"

부용은 다시 고개를 끄덕였다. 그녀는 '내가 미쳤다고 소리를 지르겠어요? 이 집 우리 집도 아니에요. 훔쳐 갈 거 있으면 다 훔쳐 가세요.'라고 말하고 싶었다.

침입자가 손을 치웠다. 부용은 헉헉 숨을 몰아쉬며 떨리는 목소리로 물었다.

"뭘 알고 싶으신데요?"

꼭 이곳에 팔려 왔을 때처럼 겁이 났다.

은자 닷 냥에 황 부자의 장원으로 팔려 온 지 삼 년이 지났다. 마을의 유명한 파락호이던 짝눈 권 아저씨가 어느 날 아버지랑 한참 얘기를 나눈 후 벌어진 일이었다.

처음에는 이제 죽는구나 싶었는데 막상 지내보니 집에서보다 밥도 잘 먹고 옷도 잘 입고 잠자리도 편해 살 만했다.

'이제 겨우 먹고살 만한데…… 죽으면 안 되지.'

그녀는 어떤 질문에도 솔직하게 답해 줄 생각이었다.

그러나 침입자의 질문은 그녀가 생각한 것과 조금 달랐다. 그는 '패물은? 황금은? 논은 어디 있어?'라고 묻지 않고 이렇게 물었다.

"황 부자는 어디 있지?"

"어르신요?"

부용의 반문은 힘이 없었다. 그녀의 얼굴은 울상이 되었다. 그것은 그녀가 대답할 수 없는 질문이었기 때문이다.

"그래, 황 부자. 너네 어르신."

"어르신이 오늘 누구랑 주무시는지 알 수가 없어서……."

"뭐?"

"어르신은 그날 동침하는 시비의 방에서 주무시거든요. 강도를 피하기 위해서라고 그러시던데요."

부용은 재빨리 말을 정정했다.

"아니, 아저씨가 강도라는 얘기가 아니고요. 진짜 강도들 있잖아요."

유상진은 가만히 부용의 얼굴을 바라보았다. 간절한 표정으로 보아 거짓말은 아닌 듯싶었다.

"조금의 거짓도 없는 진실이겠지?"

"그럼요, 그럼요. 제가 왜 거짓말을 치겠어요."

유상진은 고민하다가 다시 물었다.

"좋아, 그럼 예상해 봐."

"예상이라뇨?"

"최근에 황 부자가 누구를 주로 찾았나? 오늘 누구랑 있을 것 같아?"

"어르신이 요즘…… 동미를 많이 귀여워하시는데요."

"그 아이 방이 어디지?"

"이 층 계단 지나서 둘째 방요."

말이 끝나기가 무섭게 유상진의 손이 부용의 대추혈大椎穴을 찔렀다. 그는 쓰러지는 부용을 부축해 복도 구석에 얌전하게 뉘었다.

여자가 정신을 차렸을 때 그는 이미 떠난 후일 것이다.

유상진은 조심스레 방문을 열고 안으로 들어갔다. 만일 이 방에 황 부자가 없다면 동미를 깨워 황 부자가 어디 있을지 추측해 보게 할 생각이었다.

'그렇게 계속하다 보면 언젠가는 만나게 되겠지.'

방은 생각보다 수수했다. 벽에는 걸개그림이 걸려 있고 화탁 위에는 꽃이 꽂힌 화병이 놓여 있었다.

유상진은 코를 킁킁거렸다.

'이 냄새는?'

꽃에서 풍기는 은은한 향기.

그러나 유상진을 기쁘게 한 것은 그 향기가 아니었다. 꽃향기 사이로 느껴지는 묘한 비린내가 그를 기쁘게 했다.

남녀가 운우지락을 나눌 때 나는 비린내다.

비린내의 진원지인 중앙의 커다란 침상은 쪽빛 휘장으로 가려져 있었다. 그리고 남녀의 거친 신음이 들렸다.

유상진은 조용히 다가갔다.

황 부자는 한창 일을 벌이고 있었다.

때론 부드럽고 빠르게, 때론 격렬하게, 때로는 천천히, 때로는 느슨히 몸을 움직였다. 여자도 민활하게 전신을 움직이며 황 부자의 움직임에 맞춰 헤엄을 쳐 갔다.

이제 곧 육지다. 조금만 더 헤엄치면 된다.

보인다, 보여.

황 부자는 마지막 남은 힘을 다해 몸을 움직였다.

고지가 저기야!

이윽고 그의 입에서 긴 숨이 토해지고 모래사장에 오르는 순간 기진해서 쓰러졌다. 그리고 쾌락의 여운을 즐기려 할 때, 누군가의 발소리가 들렸다.

황 부자는 재빨리 동미를 밀치고 일어섰다. 손바닥으로 어리둥절해하는 동미의 입술을 막고 베개 밑에 숨겨 둔 단도를 뽑아 들었다.

당나귀 등에 화물을 싣고 중원 전역을 떠돌던 젊은 시절, 도적들과 싸울 때 사용했던 무기다. 중원 제일의 갑부가 된 지금도 단도는 항상 손에 닿는 곳에 두었다. 위험이란 갑자기 찾아온다는 사실을 알기 때문이다.

황 부자는 단도를 쥔 채 침대 주위에 쳐져 있는 휘장을 노려보았다. 조금이라도 휘장이 흔들리는 기미가 느껴지면 가차 없이 칼로 내리칠 생각이었다.

한참의 시간이 흘렀지만 더 이상 인기척은 들리지 않았다. 그런데도 왠지 마음이 불편했다.

황 부자는 마음속으로 욕설을 내뱉었다.

'쌍, 이럴 때 하길진 그놈이 있으면 얼마나 좋아.'

동미가 그의 손을 잡으며 물었다.

"어르신, 물이라도 한 잔 떠 올까요?"

황 부자가 고개를 돌려 동미를 보는 순간, 갑자기 휘장이 걷혔다. 황 부자는 힘껏 단도를 휘둘렀다.

퍽!

"윽!"

"속옷이라도 입으면 안 될까?"

두 손으로 양물을 가리며 황 부자가 조심스레 물었다. 그의 한쪽 눈은 퍼렇게 멍이 들어 있었다.

유상진은 고개를 까닥였다.

"입으십쇼."

황 부자는 고마운 듯 어색하게 웃으며 옷을 입었다.

그는 후회에 후회를 곱씹는 중이었다. 유상진을 잡아 오라고 혈마대 전원을 내보낸 것이 실수다. 몇 명은 곁에 두고 주위를 지키게 했어야 했다.

그러나 유상진 이놈이 간 크게도 장원을 기습하리라곤 생각도 못 했다.

'놈…… 지금은 시키는 대로 한다만 두고 보자. 개돼지처럼 구르며 용서해 달라고 빌도록 만들어 주마.'

유상진이 말했다.

"황 형, 좋은 시간 방해해서 미안합니다."

'황 형? 이 자식이…….'

"그래도 좋아하실 물건을 가져왔는데 칼을 맞는대서야 말이 안 되지 않습니까?"

유상진은 고개를 돌렸다.

"거기! 아가씨!"

황 부자는 기겁을 해서 유상진을 바라보았다.

'이놈이 혹시 저 아이에게 음심을……?'

이불을 뒤집어쓴 채 벌벌 떨고 있던 동미가 살짝 얼굴을 내밀고 물었다.

"……왜요?"

"차 두 잔만 가져다주지 않겠소?"

유상진은 화탁 쪽을 가리켰다. 그곳엔 조그만 옥주전자 하나와 금잔 몇 개가 놓여 있었다.

동미가 조그만 목소리로 말했다.

"식었을 텐데……."

"괜찮소."

농미는 이불로 몸을 감싼 채 휘장 밖으로 나갔다. 침대에는 유상진과 황 부자 두 사람만이 남았다.

황 부자는 유상진을 노려보았다.

"무슨 짓을 하려는 거지?"

유상진은 부드럽게 미소를 지었다. 그는 황 부자를 협박할 생각이 없었다. 단신으로 거상이 된 황 부자다. 섣부른 협박은 오히려 반감을 부를 터였다.

"황 형과 거래를 하려는 거죠. 저 아가씨가 있으면 곤란하니까 잠깐 내보낸 거고요."

황 부자는 반문했다.

"거래라니?"

유상진은 품속에서 《천도서》를 꺼내 내밀었다.

황 부자는 책을 받아 들며 물었다.

"이게 뭔가?"

"직접 보시죠."

"난 눈이 안 좋아서…….."

유상진은 침대 맡에 놓여 있던 안경을 집어 건넸다. 황 부자는 안경을 끼고 책을 들여다보았다. 그의 얼굴에 금세 기광이 어렸다.

"이건!"

황 부자는 눈을 부릅뜬 채 유상진에게 시선을 옮겼다. 유상진이 고개를 끄떡였다.

"예, 맞습니다."

"이게 어떻게…… 어떻게 자네 손에 들어갔나?"

"그건 중요한 게 아닙니다."

"그럼 뭐가 중요한가?"

"황 형이 이 책을 살 것인가, 아닌가가 중요하지요."

"으흠······."

황 부자는 새끼손가락으로 흘러내리는 안경을 끌어 올렸다. 그리고 탐욕스러운 표정으로 ≪천도서≫를 이리저리 살펴보다가 다시 한 번 물었다.

"이거 진본이 맞나?"

"틀림없습니다."

황 부자는 어떻게 대답을 할지 망설였다. 마음을 정할 수가 없었다. 이런 식으로 계약을 한다는 건 그의 원칙에 어긋나는 일이었기 때문이다.

그는 무슨 일이든 여러 번 고민하고 사전 조사를 철저하게 한 뒤에 행동에 들어갔다. 오밤중에 찾아온 불청객 따위와 거래하는 일 같은 건 생각해 본 적도 없다.

"내가 만일 책을 사지 않는다면?"

"만일 그러신다면, 저도 어쩔 수 없지요. 황 형을 죽이고 다른 고객을 찾아갈 수밖에. 황 형이 절 쫓는 걸 그냥 둘 수는 없는 일 아니겠습니까."

황 부자는 고개를 끄덕였다.

"죽인단 말이지······."

그의 손은 책을 한 장, 두 장 넘기고 있었다.

"날 협박하는 건가?"

"글쎄요."

한밤중에 벌어진 일이라 누구에게도 흉한 모습을 보이진 않겠지만 유상진 같은 자의 협박에 넘어간다는 것이 황 부자는 영 마음에 들지 않았다.

"난 늙은이야. 언제 죽을지 모르지. 내일 갑자기 쓰러지더라도 이상할 것이 없는 나이라고. 그러니 죽인다는 협박은 통하지 않아."

유상진이 말했다.

"그래도 목숨은 아까운 법이죠."

잠시 동안 침묵을 흘렀다.

유상진은 자신이 이길 거라는 사실을 알고 있었다. 팔십 먹은 노인이라도 목숨 귀한 건 아는 법이다. 아니, 팔십 년이나 살아왔기 때문에 젊은이보다 더 잘 알고 있을 것이다.

"어쩌시겠습니까?"

황 부자는 결국 한숨을 내쉬었다.

"얼마를 바라나?"

"황금으로 천 냥."

황 부자의 얼굴이 일그러졌다. 그건 정말 말도 안 되는 금액이라는 듯 유상진을 바라보았다. 어떻게 그런 생각을 할 수 있느냐고 묻고 싶은 표정이었다.

"농담이지?"

"진담입니다."

"말도 안 돼! 책 한 권에 천 냥이라니! 그것도 황금으로. 어느 누구도 그런 가격을 치르고 ≪천도서≫를 사진 않을걸."

황 부자는 딱 잘라 말했다.

"황금으로 삼백 냥 주겠네. 그것도 엄청난 거야."

유상진은 황 부자가 거절할 줄 알고 있었다. 단지 값을 올리기 위해 그렇게 말했을 뿐이다.

"황금으로 팔백 냥."

"좋아, 사백 냥으로 끝내지. 더 이상은 절대로 줄 수 없어. 내가 죽더라도 그건 안 돼!"

동미가 차를 가지고 와서 조심스럽게 끼어들었다.

"황금 사백오십 냥은 어때요?"

유상진은 선언했다.

"오백 냥으로 하죠."

눈과 눈이 허공에서 맞부딪쳤다. 누구도 물러서지 않을 것처럼 보이던 그 눈싸움은 황 부자의 패배로 끝났다. 그에겐 돈뿐만 아니라 목숨이 걸린 문제였기 때문이다.

황 부자는 눈을 내리깔며 말했다.

"그렇게 하지."

그들은 협상 타결을 축하하는 의미에서 동미가 가져온 차를 마셨다.

황 부자는 주머니에서 어음 다발을 꺼냈다. 유상진이 차를 한 잔 더 마시는 동안 그는 어음에 필요한 사항을 기입했다.

"됐네."

황 부자가 유상진에게 어음을 건넸다.

"황금 오백 냥 정도야 《천도서》를 활용하면 금방 만들 수 있을 겁니다."

유상진은 그렇게 말하며 황 부자의 어깨를 두들겼다.

삐이익!

그때 귀청을 찢을 듯한 호각 소리가 장원을 뒤흔들었다.

유상진은 얼굴을 찌푸리며 창밖을 넘겨다보았다. 위사들이 정명전 앞으로 몰려들고 있었다.

"침입자다! 침입자!"

장원 전체가 환해졌다.

"정명전이다! 노야를 보호해!"

"안으로 들어간다!"

위사들이 정명전 안으로 돌입하고 있었다.

황 부자는 사색이 되었다.

'멍청한 놈들!'

협상이 끝난 마당에 무슨 비상인가. 잡으려면 진작 잡든 가. 이제 와서 침입자를 잡겠다고 난리를 치는 건 다 된 밥에 코 빠뜨리는 것이나 마찬가지다.

그는 유상진의 눈치를 보았다.

"자네…… 걱정 말게. 아무 일 없을 거야. 내 다 돌려보낼 테니까…….'

그때 유상진이 물었다.

"하나만 묻죠. 저 중에 사천마수 하길진이나 혈마대는 없는 거죠?"

황 부자는 한숨을 쉬었다. 그도 그 점이 유감스럽던 차였다.

"그래, 혈마대는 자네를 찾으라고 내보냈지. 하길진은 그만뒀고."

하길진을 잡지 않았던 것이 가장 큰 실수다.

'어떻게든 그놈만은 잡았어야 했는데…….'

그랬다면 지금 같은 치욕스러운 일도 당하지 않았을 것

이다.

황 부자는 시체와 부상자 처리에 고심하다가 결국 오래된 배를 한 척 샀다. 좋은 의원이 있는 곳으로 부상자를 후송한다고 거짓말을 치고 시체며 부상자, 그 밖의 온갖 잡동사니들을 배에 실었다. 그리고 강 한가운데서 가라앉혀 버렸다.

그것으로 모든 골칫거리가 사라졌다고 생각했다.

그런데 하길진이 그 사실을 알고는 세가의 호법을 그만두었다. 그래도 한때 주인이었던 자에게 손을 쓰지는 못하겠다고 말하면서.

그때는 사천의 살인마라는 놈이 혼자 착한 척한다고 비웃었지만 지금 생각하면 아쉬운 일이었다.

"그럼 됐습니다. 이제 나가 보죠."

"그게 무슨…… 저들도 이 근처에선 유명한 고수들이야. 내가 처리하겠네, 내가 저들을 돌려보내겠어. 나 믿지?"

"당연히 안 믿죠."

"……."

"하지만 괜찮습니다. 제가 알아서 하죠."

말을 끝내자마자 유상진의 손이 아까 부용에게 한 것처럼 황 부자의 대추혈을 짚었다. 이어서 동미의 혈도 짚었다.

"한숨 푹 자 두시오."

유상진은 어음을 챙겨 넣으며 중얼거렸다. 그리고 문을 박차고 뛰어나갔다.

막 복도 맞은편에서 뛰어오던 위사들은 그가 먼저 모습을 드러내자 덤비기를 망설였다. 실력 있는 강도가 아니라면 먼저 나타날 리가 없기 때문이다. 그러나 그들은 자신들이 받는 월급을 떠올리고 결국 유상진에게 달려들었다.

앞장선 자는 철두타鐵頭陀 진장량이었다. 그는 소림하원少林下院 출신이었는데 아녀자를 강간한 혐의로 소림 승들의 추적을 받다가 황 부자의 휘하에 들어온 자였다. 황 부자의 부하들 중에도 다섯 손가락 안에 꼽히는 고수였다.

진장량은 유상진의 가슴을 향해 위타장韋陀掌을 쏘아 냈다. 유상진은 피하지 않고 마주 손바닥을 내밀었다. 두 사람의 손바닥이 맞부딪쳤다.

전대의 절정 고수였던 주신봉의 내공을 물려받은 유상진이다. 주색잡기로 뼈가 곯은 진장량이 당해 낼 수 있을 턱이 없다. 진장량은 두어 걸음 물러서며 비틀거렸다. 그가 자세를 바로잡으려 할 때 유상진이 발끝으로 무릎을 걷어찼다. 그는 더 버티지 못하고 쓰러졌다.

"더 덤빌 놈 있냐?"

유상진은 진장량의 등을 밟고 서서 물었다.

위사들은 겁을 집어먹고 주춤주춤 뒤로 물러섰다. 천하의 진장량을 단 일 초에 쓰러뜨린 놈이다. 그런 놈을 어떻게 상대하겠나.

그러나 강도를 앞에 두고 도망친다면 앞으로 위사 노릇 하며 먹고살기 힘들 것이 분명하다. 위사들은 서로를 곁눈질했다. 한 위사가 버럭 고함을 지르는 것을 시작으로 위사들이 한꺼번에 덤벼들었다.

유상진은 품속의 식도를 꺼내 들었다.

슉! 슉! 슉!

날카로운 파공성과 함께 식도가 수십, 수백 개로 늘어났다.

깜짝 놀란 위사들이 무기를 마구 휘둘러 날아오는 식도를 쳐 내려 했다. 그러나 식도는 자신을 가로막는 무기들을 가볍게 튕겨 내며 위사들의 몸뚱이를 파고들었다.

"윽!"

"커억!"

서너 명의 위사들이 한꺼번에 쓰러지자 다른 자들도 지금 밥벌이 걱정할 때가 아니란 걸 알게 되었다. 위사들은 사방으로 흩어졌고 유상진은 당당하게 담을 넘었다.

유상진은 돈을 다 쓰면 강도로 전업하기로 마음먹었다.

황 부자의 위사들은 거의 허수아비나 마찬가지였다. 주요 고수들이 살해당하고 핵심 부하들을 내보낸 후라고 해도 너무 심하다. 천하의 황 부자가 이 모양이니 다른 놈들은 오죽하겠나.

'황금 오백 냥이 주머니에 있는 게 문제군. 이래서야 언제 강도질할 날이 오겠어?'

유상진은 실실 웃었다.

그가 경쾌한 신법으로 위사를 때려눕혔던 숲 가장자리에 들어서자, 한 남자가 그를 기다리고 있었다.

흑의를 입은 중년 사내였다.

"많이 늦었군."

그는 분노하는 기색도 아니었고 기뻐하는 기색도 아니었

다. 단지 해야 할 일을 하겠다는 듯 담담한 표정이었다.

유상진은 긴장했다. 전신에서 칼날처럼 날카로운 예기가 뿜어져 나오는 것으로 보아 상대는 고수였다.

그는 칼을 뽑아 들며 물었다.

"넌 뭐 하는 놈인데 알은척이냐?"

"난 하길진이다. 내 이름은 들어 봤겠지?"

'빌어먹을.'

어쩐지 일이 너무 쉽게 풀린다 했다.

하길진은 산 아래 황 부자의 장원을 바라보았다. 불이 켜져 장원 전체가 환했다. 위사들이 횃불을 들고 밖으로 뛰어나오고 있었다.

"비상이 걸렸군. 황 부자를 죽였나?"

"아니."

"그거 유감이군."

하길진은 유상진을 돌아보며 말했다.

"하지만 괜찮아."

그리고 손을 들어 올렸다. 어느새 그의 손바닥은 붉게 변해 있었다.

"오늘! 우선 너를 죽여 죽은 동료들의 원한을 갚겠다."

유상진은 손을 내저었다. 황금 오백 냥이나 되는 돈을 손에 넣은 날이다. 이런 날 생판 처음 만나는 놈과 목숨을 걸고 싸울 생각은 추호도 없다.

"아, 우리 사이에 오해가 있는 모양인데. 난 네 동료 죽인 적 없어! 오히려 피해자는 나라고! 알잖아, 양각양 짓인 거."

"너를 찾으러 온 자들이 일을 저질렀으니 네가 죽인 거나 마찬가지라고 봐야지."

"에이, 그건 좀 아니지."

"오해든 뭐든, 널 죽이겠다."

하길진은 그렇게 외치며 손을 휘둘렀다. 손바닥에서 붉은 기운이 뿜어져 나왔다. 유상진의 주변이 혈광으로 뒤덮였다. 혈광이 닿는 곳은 순식간에 녹아들었다.

하길진의 절기인 혈옥수血玉手다.

양각양의 장사귀와 싸웠을 때와 비교할 수 없는 기세였다. 그때는 옆에 황 부자가 있어 주변을 깡그리 부숴 버리는 혈옥수를 제대로 사용하지 못한 것이다.

혈광이 몸을 감싸기 직전, 유상진은 식도를 힘껏 그어 내렸다. 천 찢어지는 소리와 함께 유상진을 감싸던 혈광이 반으로 갈라졌다. 유상진은 그 틈으로 몸을 날렸다. 완전히 피하지 못해 어깨가 약간 찢어지긴 했지만 그다지 큰 상처는 아니었다.

하길진은 경악했다. 그가 자랑하는 혈옥수가 이렇게 쉽게 깨질 줄 몰랐기 때문이다.

그가 놀랄 때, 유상진의 칼이 날아들었다. 하길진은 신법을 펼쳐 간신히 칼끝을 피했다. 유상진은 더 이상 하길진을 공격하지 않았다.

두 사람은 멀찍이 떨어져 서로를 노려보았다. 하길진은 잠시 머뭇거리다 물었다.

"어떻게 된 거지? 무공이 형편없다고 들었는데."

"운이 좋았죠."

유상진은 도를 품속에 갈무리하며 대꾸했다. 어느새 말투가 바뀌어 있었다.

하길진은 이를 갈았다.

"무기를 넣다니 날 우습게보는 건가?"

유상진 같은 초짜에게 밀린다는 것도 자존심 상하는 일인데 게다가 놈이 칼을 거두기까지 하다니…… 하길진이 발작을 일으키려 할 때, 유상진이 얼른 말했다.

"그만 싸우자는 얘깁니다. 우리가 뭐, 원한이 있는 것도 아니지 않습니까?"

하길진은 두 손을 쳐들었다.

"웃기지 마라. 이번에야말로 확실히 죽여 주마!"

유상진은 아무 대꾸도 없이 품속에서 종이 한 장을 꺼내 하길진을 향해 날렸다. 천천히 날아오는 종이를 보며 하길진은 얼굴을 찌푸렸다. 암기라고 보기에 종이는 너무 약했고 또 너무 느렸다.

"뭐냐?"

"황금 백 냥짜리 어음요."

"백 냥!"

하길진은 목에 뭐가 막힌 듯 말을 더듬었다.

"그거 줄 테니 그만 싸웁시다."

하길진은 망설였다.

유상진은 하길진이 제의를 받아들일 거라고 확신했다. 지금이야 동료의 원한을 갚겠다고 큰소리치지만 세상에 돈보다 더 좋은 동료가 있나? 죽은 사람보다 훨씬 도움이 되는 동료를 소개시켜 줬으니 당연히 그의 제안을 받아들일 것이다.

더 싸운다고 이긴다는 보장도 없지 않나.

하길진은 입술을 핥다가 결국 입을 열었다.

"좋아. 대신 다음번에 만나게 되면 반드시 죽이겠다!"

하길진은 어음을 집어넣으며 어둠 속으로 사라졌다.

유상진은 황금 백 냥을 어이없이 잃었다는 생각에 쓴 입맛을 다셨다. 그래도 귀찮은 놈 하나를 처리했으니 다행이긴 하다.

유상진은 하길진이 사라진 반대편으로 몸을 날렸다.

다음 날, 유상진은 황 부자의 어음을 전표로 바꾸었다. 황 부자가 지급 중지라도 시켜 버리면 큰일이기 때문이다. 천하 상권을 쩌렁쩌렁 울리는 황 부자의 어음인지라 전장에서는 달다 쓰다 한마디 말도 없이 바로 바꾸어 주었다.

그리고 유상진은 마지막으로 하루 환락의 밤을 즐기기 위해 금양으로 왔다.

일은 그렇게 된 것이었다.

"어찌 됐든 우릴 따라와 줘야겠어. 네 말이 맞다면 사죄를 하고 풀어 주도록 하지."

정이의 말을 들은 유상진이 피식 웃었다.

말도 안 되는 소리다.

하오문을 동원한 것이 황 부자가 맞는지도 확실치 않고 혹

맞다 해도 그 영감이 그냥 놔주라고 할지 알 수 없다. 황금을 되찾을 생각에 죽여 버리라고 시킬지도 모를 일이다.

무엇보다 하오문 졸개들의 명령을 들을 이유가 없었다. 뭐가 무섭다고 이런 놈들의 말을 따른단 말인가.

유상진은 딱 잘라 거절했다.

"그건 안 되겠는데. 내가 좀 바빠서."

그는 한시라도 빨리 유가영을 만나고 싶은 마음뿐이었다. 그녀와 행복하게 살고 싶다. 지금까지처럼 아무 희망도 없는 밑바닥 인생이 아니라 정말로 사람답게 사는, 그런 삶을 살고 싶었다.

방우환이 그럴 줄 알았다는 듯 고개를 끄덕였다.

"이런 놈은 때려야 말을 들어. 나한테 맡기라고."

유상진은 한숨을 쉬었다. '또 사람을 죽여야 하나?'라고 말하고 싶은 얼굴이었다.

마립은 무력감을 느끼며 깨어났다.

죽도록 얻어맞아 오그라져 존재 자체가 없어지는 듯한 느낌이었다.

차츰 정신이 들고 마비되었던 몸의 감각이 살아나면서 끔찍한 고통이 뒤따랐다. 불에 달군 쇠로 전신을 지지는 듯한 아픔이었다. 이빨이 뿌득뿌득 갈리고 눈물이 쏙 빠졌지만 마립은 애써 신음을 참아 냈다. 숨을 조금 세게 쉬기만 해도 입에서 퍼거품이 버글버글 쏟아져 나왔기 때문이다.

정신은 놀랄 만큼 또렷했다. 그는 자신이 왜 쓰러져 있는지 기억해 냈다. 강렬한 섬광. 그리고 폭발이 이어졌었다.

마립은 이를 갈았다.

'유상진…… 이놈……!'

놈에게 복수해야 한다.

마립은 눈을 뜨며 몸을 일으키려 했다. 그런데 앞이 보이지 않았다. 하늘땅 가릴 것 없이 캄캄하기만 하다.

'설마 장님이 된 걸까?'

손을 들어 눈을 더듬었다.

"휴우……."

안도의 한숨이 새어 나왔다. 눈은 그냥 감겨 있을 뿐이었다. 폭발의 여파로 눈썹이 눌어붙은 듯했다.

마립은 눈썹을 떼어 내 억지로 눈을 떴다. 그제야 세상이 보였다. 세상은 온통 빨갰다. 손으로 문질러 보았지만 세상은 여전히 붉었다. 하늘의 색깔도, 바닥에 널브러진 시체들도, 시체에서 흘러내리는 핏물도 모두 붉다.

'빌어먹을…….'

그는 왜 세상이 붉게 보이는지 깨달았다. 눈의 실핏줄이 가닥가닥 터져 버린 것이다.

사방은 고요했다.

사람들은 모두 도망치고 거리에는 죽거나 다친 이들만 쓰러져 있을 뿐이었다. 기계들은 모두 문을 닫았고 노점상들도 어느새 철수하고 없었다.

마립은 우선 몸의 상태를 살폈다. 온몸이 너덜너덜해졌고 살이 찢어져 뼈가 드러난 곳도 있었지만 완전히 부서진 곳은 없었다.

'호신강기 덕에 살았군.'

문제는 내상이다. 기혈이 가닥가닥 끊겨 내공을 마음대로 쓸 수 없었다.

'젠장…… 다시 정상으로 돌아가긴 힘들겠군.'

단전이 상한 것이다. 한번 상한 단전을 회복하기란 불가능에 가까웠다. 이로써 가주의 꿈은 거의 요원해졌다고 봐야 했다. 아니, 이젠 세가의 추적을 걱정할 때다.

마립은 억지로 몸을 움직였다. 양쪽 귀에서 어지러운 울림이 맴돌았다. 그 소리가 정신을 혼미하게 만들었다. 그는 쓰러질 듯 비틀거렸지만 결국 똑바로 섰다.

한시라도 빨리 치료를 해야 했지만 이대로 떠날 생각은 없었다. 그를 이 꼴로 만든 자. 유상진을 그대로 둘 순 없기 때문이었다.

"유상진 이놈은 어디 있지?"

성대도 다쳤는지 목에서 새어 나오는 목소리가 자신의 것이라곤 믿기지 않았다.

그는 주위를 살폈다. 누구의 것인지 바닥에 한 자루 대감도가 떨어져 있었다.

'놈! 두고 보자.'

유상진 따위를 상대로 무기를 쓰고 싶진 않지만 지금은 찬밥, 더운밥 가릴 처지가 아니었다. 놈을 죽일 수만 있다면 무기가 아니라 무기 할아버지라도 써야 한다.

마립은 칼을 움켜쥔 채 유상진을 찾았다.

●

털썩!

방우환은 신음도 내지 못한 채 자리에 주저앉았다. 벌레처럼 꿈틀거리는 그를 보며 유상진은 피식 웃었다.

다른 세 사내 역시 바닥에 널브러진 재 미동도 히지 않았다. 그들이 아무리 날고뛴다 해도 그것은 하오문 내의 얘기였다. 이미 고수가 되어 버린 유상진을 당해 낼 정도는 아니다.

유상진의 손에는 정이에게서 빼앗은 비차가 들려 있었다. 그는 벽에 비차를 내던지며 말했다.

"너희들은 이걸로 농사나 지어라. 무기 쓰는 법도 모르는 녀석들이 무슨……."

일부러 녀석들의 목숨은 빼앗지 않았다. 고수의 우월감을 느껴 보고 싶어서다.

"으으……."

아랫배에서 더운 피를 흘리며 방우환이 신음했다.

"죽진 않을 테니 너무 걱정하진 마라."

유상진은 점잖게 한마디를 더한 채 화양루를 나섰다.

"한 석 달 고생은 하겠지만."

'놈! 여기 있었구나.'

대감도를 지팡이 삼아 움직이던 마립의 눈에 기광이 어렸다. 화양루에서 나오는 유상진을 발견한 것이다. 지치고 부상을 입긴 했지만 서너 초식 쓸 힘은 남아 있다.

마립은 대감도를 쳐들며 소리쳤다.

"유상진!"

유상진은 벼락에라도 맞은 기분이었다.

'진천뢰에 맞고도 살아 있다니…… 저놈이 사람인가?'

마립은 피투성이였다. 눈, 코, 입, 심지어 귀에서조차 피가 흘러내렸다. 당장 죽어도 이상할 것 같지 않은 상처다. 그럼에도 마립은 죽지 않고 그를 향해 다가오고 있었다.

결정을 해야 한다. 이대로 놈과 싸워야 하는가, 아니면 놈을 두고 꽁지가 빠지게 도망쳐야 하는가?

어느 쪽도 선택하기 곤란한 문제였다.

지금 마립을 죽여야 뒤탈이 없을 것 같긴 했다. 꼬락서니를 보니 죽이는 게 그리 어려울 것 같지도 않았다. 그러나…….

'부자 망해도 삼 년 간다던데…….'

마립에게 숨겨 둔 한 수가 있을지도 모른다. 저 꼴이 되어서도 덤비는 걸 봐라. 뭔가 있으니까 그러지 않겠나.

그렇다고 그냥 도망가기엔 아쉽다. 여기서 도망치면 마립이란 놈은 죽는 그 순간까지 그를 추적할 것이다.

마침내 유상진은 마음을 정하고 품속의 칼을 움켜잡았다.

'좋아! 끝장을 보자.'

두 사람이 격돌하기 직전, 긴박한 목소리가 들려왔다.

"바로 저놈이다!"

"무고한 인명을 살상한 살인마다!"

"쏴라!"

인근 관아의 포두와 포졸들이 무기를 든 채 달려왔다. 소문이 어떻게 났는지 물경 오십 명도 넘어 보이는 숫자였다.

유상진은 움켜쥐었던 칼을 슬그머니 놓으며 소리쳤다.

"저놈이에요, 저놈! 살인자요!"

관원들이 마립을 포위했다. 온몸에 피 칠을 한 채 손에 대감도를 들고 있으니 범인으로 생각하는 게 당연했다.

"당장 무기를 버리고 오라를 받아라!"

마립은 '나도 피해자야.'라고 외치고 싶었지만, 목소리가 잘 나오지 않았다. 그가 목청을 가다듬을 때 포두가 외쳤다.

"쏴라!"

슝! 슝! 슝!

수십 개의 화살이 한꺼번에 마립에게로 날아갔다.

마립은 기겁을 하며 도를 휘둘러 화살을 쳐 냈다. 한 번 칼 가름에 십여 개의 화살이 한꺼번에 바닥에 떨어졌다.

그러나 화살은 그게 전부가 아니었다. 마립은 뒤로 물러서며 팔랑개비처럼 도를 휘둘렀다. 화살들이 하나 둘 칼에 부딪쳐 바닥에 떨어졌다. 간신히 화살을 모두 처리하나 싶은 순간, 관원들이 두 번째 화살을 날렸다.

계속되는 공세에 화살 한 개를 어깨에 허용하고 말았다. 이미 대부분의 내공을 손실한 탓에 화살은 손쉽게 호신강기를 뚫고 그의 어깨를 관통했다.

마립의 동작이 느려졌다.

이어지는 화살이 대감도와 부딪치며 날카로운 금속성을 냈다. 대감도가 반으로 부러졌다. 마립은 벽에 등을 댄 채 멍청한 눈으로 부러진 칼을 쳐다보았다.

창칼 등의 병장기를 꼬나든 포졸들이 마립에게 달려들었다. 마립은 부러진 칼을 휘둘렀지만 부질없는 저항에 불과했다.

"끝났군."

유상진은 짧게 논평했다.

'다행이야, 다행.'

화살을 쳐 내던 마립의 칼놀림은 제법 날카로웠다. 정면 승부를 했다면 그도 조금은 다쳤을 것이다.

'근데 저놈도 안됐군.'

육모방망이에 맞아 피 떡이 되어 가고 있는 마립을 보며 유상진은 인생이 참으로 무상하다는 생각을 했다.

그날, 이름 없는 포졸들에 의해 마립은 그렇게 죽었다.

제일 먼저 마립을 찔렀던 정칠이라는 포졸은 포상으로 일 계급 특진과 황금 반 냥을 받았다.

상덕에 양각양의 정식 지부는 것은 아니지만 고객들에게 신선한 고기를 배달하고 만일의 사태를 대비하기 위한 연락소가 한 군데 있었다.

방희태는 화객 마동출의 죽음을 확인하자마자 곧바로 그곳으로 향했다.

문덕재文德齋.

겉보기엔 문방사우를 판매하는 상점 같지만 사실은 양각양의 비밀 분타였다.

문덕재의 주인인 한상호는 그의 외삼촌이자 그를 양각양에 집어넣은 장본인이기도 했다.

방희태의 얼굴엔 피로한 기색이 역력했다.

≪천도서≫를 확보한 뒤 양각양을 떠나 새로운 인육방을

만들려 했던 그다. 그러나 결국 《천도서》를 확보하는 데 실패했고 심복 부하들은 모조리 죽어 버렸다.

'빌어먹을 유상진.'

모든 게 다 그놈 때문이다.

놈을 잡아 죽이고 《천도서》를 되찾아야 한다. 잃어버린 자존심을 되찾고 위대한 인육방주가 되겠다는 꿈을 이루려면 그 길밖에 없다.

문제는 한 가지다.

유상진이 어디 있는지 모른다는 점.

이 넓은 중원 천지에 놈이 어디로 도망갔는지 알 게 뭔가. 놈이 어디 있는지 알아내야 한다.

그래서 문덕재로 온 것이다.

다시 양각양으로 돌아갈 생각은 없었다. 그가 독자적으로 움직였다는 사실은 본단에서도 알고 있을 터였다.

'이제 곧 보안대 병력 전체에 호남 지부까지 말아먹었다는 사실이 알려지겠지.'

돌아가면 숙청당할 것이다.

지금 그가 원하는 것은 약간의 정보다.

유상진에 대한 정보.

그의 외삼촌인 한상호는 양각양 상덕 분타의 책임자임과 동시에 상덕 암흑가 제일의 방파인 패도문覇刀門의 주인이었다. 그러면 유상진이 어디 있는지 알다 줄 것이다.

방희태는 서점 문을 열고 들어갔다.

계산대에 뒤의 점원이 들고 있던 책을 내려놓으며 공손히 인사했다.

"어서 오십시오, 손님. 뭘 찾으십니까? 소인에게 말씀만 주시면 금방 가져다 드리겠습니다."

방희태는 점원의 위아래를 훑어보았다.

"날 모르는 것을 보니 이곳 점원이 된 지 얼마 안 됐나 보군."

점원은 머리를 긁적였다.

"예, 보름밖에 안 됐는데요. 단골이신가 보죠?"

"난 물건을 사러 온 게 아니야. 숙부님을 뵈러 왔네."

점원은 멋쩍은 웃음을 지으며 말했다.

"아! 주인어른과 아는 사이시군요?"

방희태는 고개를 끄떡였다.

"지금 다른 손님들을 만나고 계셔서…… 말씀을 전해 드리겠습니다. 잠시만 기다리세요."

점원은 가게 구석에 있는 작은 문으로 걸어갔다. 그때 방희태의 눈에 이채가 일었다. 점원의 엉덩이 아래 조그맣게 핏자국이 묻어 있는 걸 보았기 때문이다.

점원은 자연스럽게 문을 열고 안으로 들어갔다.

"어르신. 손님이 오셨는데요."

안으로 들어서는 동시에 점원의 웃는 낯이 차갑게 변했다. 그는 문을 닫고 방에서 기다리던 남자에게 속삭였다.

"놈이 왔네."

파사국 양탄자 위에 흥건하게 피가 고여 있었다. 신발 두 개가 그 피를 밟고 서 있었다. 신발의 주인은 거무튀튀한 얼굴의 사내였다.

사내는 탁자 위에 올려놨던 아미분수자를 양손에 한 자루씩 집어 들었다. 그가 걸음을 옮길 때마다 찍찍 소리를 내며 핏물이 튀었다.

점원은 펄쩍 뛰어 핏물을 피하며 투덜거렸다.

"빌어먹을! 웬 피를 이리도 많이 뽑았어? 대충 죽이지."

"재밌잖아."

"재미는 무슨! 이런 피 구덩이로 저 자식을 어떻게 데려와? 보자마자 눈치를 챌 텐데."

사내는 전혀 걱정할 것 없다는 듯 아미분수자를 까딱거렸다.

"놈을 먼저 들여보내고 너와 내가 앞뒤에서 기습을 하면 되잖아."

점원은 못마땅한 표정으로 사내를 노려보다가 별수 없는지 한숨을 쉬었다.

"너 같은 미친놈이랑 일하는 내가 잘못이지."

사내는 아미분수자의 끝을 핥았다. 그리고 귀신처럼 웃으며 말했다.

"놈을 들여보내."

쾅!

갑자기 문이 부서졌다.

문에 기대서 있던 점원이 비틀거리며 피범벅이 된 양탄자 위에 넘어졌다.

방희태가 방 안으로 뛰어들었다.

점원은 몸을 틀며 등허리에 감춘 단검을 뽑아 들려 했다. 하지만 방희태가 더 빨랐다. 그는 뒤꿈치로 넘어져 있는 점원의 척추를 밟았다.

우두둑!

뼈 부러지는 소리가 났다.

그때 아미분수자가 허공을 가르며 날아왔다. 방희태는 허리를 수이며 새끼발가락 측면을 이용해 등 뒤의 적을 걷어찼다. 호미각虎尾脚이다. 사내의 손아귀가 찢어지며 아미분수자가 뒤로 날아갔다.

방희태는 그사이 점원의 목을 비틀어 완전히 끝장냈다. 그리고 아미자를 든 사내와 시선을 마주했다.

사내가 욱신거리는 손등을 문지르며 욕설을 내뱉었다.

"방희태, 이 개새끼…….."

"검은 얼굴에 아미분수자라…… 누군지 짐작이 가는군. 흑상문신黑喪門神이지? 그럼 저자는 백상문신白喪門神이겠군."

흑백상문신黑白喪門神은 청룡전주 양호초의 직속 부하다. 주로 외직을 전전하며 사람 납치하는 일을 해 양각양 내에서도 아는 사람이 많지 않았다.

방희태도 흑백상문신이란 자들이 있다는 말만 들었을 뿐, 실제로 보는 것은 처음이었다.

방희태가 물었다.

"너희들이 이러는 걸 양호초도 알고 있나?"

흑상문신은 아미분수자를 앞으로 내밀고 허리를 비틀어

몸을 낮추며 양발을 엇갈리게 했다. 그의 독문무공인 용운십삼식龍雲十三式의 기수식이다. 그 자세로 천천히 입을 열었다.

"당연히 알고 계시지. 명령이 떨어졌거든."

방희태는 얼굴을 찌푸렸다.

"명령? 감히 누가?"

서로를 견제하고 있는 총단의 수뇌진이 이렇게 빨리 결단을 내린 것도 이상했지만 그 명령을 수행하는 것이 청룡전이라는 사실은 더욱 이상했다.

청룡전주 양호초는 야차왕의 심복으로 야차왕의 명령 말고는 누구의 말도 듣지 않는 자였다. 그런 자가 부하들을 동원해 그를 잡으려 하고 있다고?

흑상문신의 얼굴에 야릇한 웃음꽃이 피었다.

"그분이지."

방희태의 몸이 움찔거렸다.

'그분이라니? 그럴 리가…….'

"그분께서 깨어나셔서 명령을 내리셨거든."

"믿을 수 없다!"

"물론 그렇겠지. 무영지독을 먹고도 깨어나는 일이란 있을 수 없으니까. 하지만 그분은 해내셨어. 보통 분이 아니시니까."

"으음…… 무영지독까지 알아냈나?"

"그 일에 참가했던 총사와 삼 전주 모두 척살되었어. 남은 건 네놈뿐이야."

흑상문신은 아미분수자를 고쳐 쥐며 말을 이었다.

"그분께서 네놈을 총애하셨던 것은 알고 있겠지? ≪천도서≫ 사건만 아니었다면 한 번 더 용서하셨을지도 모르지만…… 지금은 아니지."

"용서 따윈 바라지도 않아."

"그럼 이거나 먹어라!"

흑상문신의 아미분수자가 허공을 갈랐다.

방희태는 오른발을 크게 앞으로 밟아 나가면서 손등으로 흑상문신의 턱을 가격했다. 흑상문신은 왼손으로 방희태의 손등을 막았다. 동시에 살짝 뒤로 물러서며 아미분수자를 크게 휘둘렀다.

방희태는 고개를 숙여 아미분수자를 피했다. 머리카락이 우수수 잘려 나갔다. 그대로 바닥에 주저앉으며 소당퇴掃螳腿로 흑상문신의 하반신을 노렸다. 흑상문신은 오른발을 들어 방희태의 발길질을 피했다.

방희태는 축이 되는 왼발을 힘차게 구르며 허공으로 날아올랐다. 그의 오른발이 흑상문신의 머리에 적중되었다. 흑상문신의 무릎이 휘청거렸다.

방희태의 공격은 한 번으로 끝나지 않았다. 그는 공중에 뜬 채 연속해서 십여 차례의 발길질을 날렸다. 흑상문신의 몸이 넝마처럼 변했다.

그리고 결국 바닥에 머리를 박으며 쓰러졌다.

"휴우……."

방희태는 호흡을 조절하고 탁자 뒤로 돌아갔다.

예상대로 그곳엔 한상호의 시체가 있었다. 방을 가득 적시고 있는 핏물은 한상호의 것이었다. 그의 얼굴은 공포로 일그러져 있었다. 갈가리 찢긴 그의 몸체를 보자 그런 표정을 짓는 것도 당연하다는 생각이 들었다.

방희태는 겉옷을 벗어 한상호의 얼굴을 가려 주었다. 그리고 우울한 표정으로 자리에서 일어났다. 도움을 기대했던 사람은 죽어 버렸고 야차왕이란 거대한 존재가 뒤를 쫓고 있다는 사실만 알게 되었다.

"빌어먹을!"

방희태의 시선이 흑상문신에 가 닿았다. 그는 어떻게든 몸을 일으키려고 버둥거리고 있었다.

"괜히 힘주지 마, 내 점혈은 쉽게 풀리지 않아."

방희태는 흑상문신이 흘린 아미분수자를 집어 들며 말했다.

"그럼 아까 하던 이야기를 마저 해 보지. 여긴 몇 명이나 왔지? 내가 여기 올 건 어떻게 알았나?"

흑상문신은 결연하게 말했다.

"나에게선 한마디도 듣지 못할 거다!"

"글쎄, 양각양 내에서 내 별명이 뭐였는지 기억한다면 그런 말은 하지 않을 텐데."

약 반 시진 후 흑상문신은 더운 피를 흘리며 죽어 버렸다. 그의 몸은 거의 걸레 조각이 되어 있었다.

방희태는 얼굴에 튄 피를 닦아 냈다.

"꽤나 질긴 놈이었어."

결국 알고 있는 모든 걸 불기는 했지만, 고집이 고래 힘줄 같은 놈이었다.

방희태는 조용히 문덕재의 문을 열고 밖으로 나섰다. 그의 얼굴은 몹시도 피곤해 보였다. 쏟아지는 햇빛에 그는 현기증을 느끼며 손을 들어 빛을 가렸다. 요즘 들어 정신이 아찔하고 머리가 어지러운 때가 많다.

'왜 그럴까?'

그는 흑상문신의 말을 떠올렸다.

야차왕은 깨어났고 지금 유상진을 찾고 있다고 했나. 징획히 말하면 유상진이 가지고 있는 ≪천도서≫를.

흑상문신은 방희태를 노려보며 말했다—물론 대롱대롱 반쯤 빠진 눈알로 그럴 수 있다고 생각하긴 힘들었지만 분명 동공이 움직이는 것 같았다.

"양각양의 전 인원이 호남을 이 잡듯 뒤지고 있다! 곧 유상진을 찾고 말걸. 그리고 너도!"

그러곤 죽어 버렸다.

'아직 끝난 건 아니야.'

그에게는 아직 숨겨 둔 수가 있었다.

유상진은 흐르는 강물을 보며 서 있었다. 아직 나룻배가 뜨지 않아 사공막 부근에서 기다리는 중이었다.

새벽바람이 차가웠다.

멀리 보이는 인가에서 새벽닭 우는 소리가 들렸다. 아침밥을 짓는 듯 지붕에서 연기가 피어올랐다.

'대충 시간이 된 것 같군.'

유상진은 사공을 재촉해서라도 출발하기로 마음먹었다. 춥고 배고프기도 했거니와, 이런 곳에서 뭉그적대고 있다간 또 어떤 멍청이들이 나타날지 모른다.

그의 마음은 이미 무한의 문국루로 가 있었다.

이제 곧 유가영과 다시 만날 수 있는 것이다.

그녀와 다시 만나면…… 만나면…….

'무슨 얘기를 하지?'

덜컥 겁이 났다. 하지만 곧 머리를 흔들어 걱정을 떨쳤다.

'그래, 처음에는 좀 서먹서먹하겠지. 하지만 곧 행복해질 수 있을 거야.'

유상진은 사공막으로 다가가 거적을 살그머니 들어 올렸다.

사공 서넛이 흙바닥에 누워 잠을 청하고 있었다. 그가 말을 건네려는 순간, 잠귀 밝은 사공 하나가 부스스 몸을 일으키며 물었다.

"뭐요?"

"강을 건너고 싶은 사람인데 배가 뜰 시간이 되지 않았습니까?"

사공은 눈알을 부라리며 말했다.

"그 양반 번개에 콩 볶아 먹겠군. 아직 해도 안 떴는데 배가 어떻게 뜬단 말이오! 가서 진중하게 기다리다 오시오!"

그러나 유상진은 기다릴 수 없었다. 그는 거적을 들치고 안으로 걸어 들어갔다.

사공이 사타구니를 긁으며 물었다.

"뭐 하는 거야?"

유상진은 사공의 멱살을 잡아 일으켰다.

"출발하지."

사공의 눈빛이 변했다.

그가 주머니에 손을 넣었다 빼는 순간 새끼발톱처럼 생긴 작은 칼이 튀어나왔다.

"이 자식이, 고기밥이 되고 싶나. 이거 안 치워?"

그들이 실랑이를 벌이는 동안 다른 사공들도 잠에서 깨었다. 그중 하나가 하품을 하며 물었다.

"뭐야?"

"이 자식이 중뿔나게 배를 띄우라지 않나?"

"그놈, 하백이 간을 삶아 먹었나? 왜 사공 단잠을 깨우고 지랄이야?"

다른 놈이 눈을 부라리며 말했다.

유상진은 사공의 머리를 밟아 버릴까 하다 마음을 고쳐먹었다. 며칠 동안 질리도록 싸웠다. 이제 그만 싸울 때도 되지 않았나.

그는 품속에서 전표를 한 장 꺼내 주었다.

"이거면 되겠나?"

"네놈이 얼마를 내든…… 엥?"

사공의 눈이 휘둥그레졌다. 전표를 받아 드는 그의 손이 떨렸다. 은자로 열 냥짜리 전표다. 그가 일 년 내내 하루도 안 쉬고 일해도 벌 수 있을지 의심스러운 금액이었다.

　사공은 갑자기 태도를 바꿔 굽실굽실 머리를 조아렸다.

　"아이고! 대인, 당장 배를 띄우겠습니다."

　그것을 본 다른 사공이 재빨리 몸을 일으키며 말했다.

　"자네는 좀 쉬게나. 내가 금방 다녀오지."

　"이봐! 자네들 배는 좀 오래되지 않았나. 내 새 배를 띄우는 게 옳은 일일 거야."

　"자넨 좀 더 자게. 얼굴이 싯누런 게 잠이 부족해 보여."

　사공들은 서로 자신이 배를 띄워야 한다고 주장하다가 결국 모두 함께 나가기로 했다. 셋이 한꺼번에 노를 저으면 배가 더 잘 나갈 거라는 데 의견의 일치를 본 것이다.

　그중 하나가 억지웃음을 지으며 말했다.

　"금방 준비할 테니까 잠시만 기다리십쇼."

　다른 두 사공이 고개를 끄덕였다.

　"밖은 추우니 이 안에서 몸이라도 녹이고 계십시오."

　잠시 후 나룻배를 끌어낸 사공들이 유상진을 데리러 왔다.

　유상진이 배에 올라 자리를 잡자 한 사공이 묶어 놓았던 노를 풀고 강을 향해 저어 나가기 시작했다. 나머지 두 사공은 유상진의 앞에 자리를 잡았다.

　유상진은 궁금해졌다.

　"조금 전에는 셋이 한꺼번에 노를 젓겠다고 하지 않았나? 왜 마음이 바뀐 거지?"

더벅머리를 한 사공이 멋쩍게 말했다.

"이 좁은 배에서 어떻게 셋이서 노를 젓겠습니까. 그냥 셋이 돌아가면서 하기로 했습니다."

"하하하."

유상진은 크게 웃었다. 마음이 유쾌해졌다. 앞으로는 지금처럼 유쾌한 일만 존재하리라.

돈이면 귀신도 부릴 수 있다지 않는가.

사공은 구성지게 노래를 부르며 노를 저었다. 다른 두 사공이 '어허이, 어허이' 장단을 맞췄다.

청산은 북쪽 마을에 가로놓이고
맑은 물은 흘러 동편 성을 도는데
여기서 한번 나뉘면
나그네의 만 리 길 나아갈 곳도 없으렷다
떠가는 저 구름은 그대의 마음인가
지는 이 해는 보내는 내 정일세
손을 휘저어 드디어 떠나는가
쓸쓸하여라, 말 우는 저 소리도

유상진은 도도히 흐르는 강물을 바라보며 생각에 잠겼다.

물 위로 조광朝光이 반짝반짝 빛났다. 새벽바람은 시원했고 경치는 아름다웠다. 일은 탄탄대로를 나아가는 것처럼 잘 풀리고 오래전에 헤어졌던 연인까지 다시 만났으니 더할 나위 없이 즐겁다.

하지만 왠지 마음이 편치 못했다.

'뭘까…… 뭔가 걸리는 점이 있었는데?'

사공들에게 어딘가 꺼림칙한 데가 있었다.

순박한 얼굴이나 능숙한 노 젓는 솜씨를 보면 평범한 뱃사공이 틀림없다.

그런데 왜 자꾸 돌아보게 되는 걸까?

'……얼굴! 얼굴이다.'

강바람을 맞으며 노를 젓는 사공들의 얼굴이 왜 저렇게 하얄까?

그러나 그의 깨달음은 너무 늦은 감이 있었다.

사공이 노를 놓았다. 배는 강 한가운데 둥둥 떠 있었다. 유상진의 맞은편에 앉아 있던 사공이 어깨를 으쓱거렸다.

"해초가 밑창을 휘감은 모양입니다. 잠시만 기다려 주시죠."

유상진은 딱딱하게 굳은 얼굴로 물었다.

"누가 보냈지?"

노를 놓은 사공이 묘한 웃음을 지어 보였다. 유상진은 긴장한 얼굴로 사공들을 바라보았다. 사공 중 제일 나이가 많아 보이는 자가 입을 열었다.

"분위기를 보아하니, 대충 눈치를 채신 모양이군."

그는 품속에서 단도를 뽑아 손톱을 조금씩 잘라 냈다.

"어떻게 아셨소?"

"얼굴이 너무 하얘."

"하하하, 원래 우린 사공이 맞소이다. 최근에 뭍에 가서 호강을 하다 보니 그렇게 된 모양이오."

유상진이 몸을 일으키려 할 때 사공 한 명이 가볍게 발을 굴렀다. 배가 금방이라도 뒤집힐 것처럼 흔들거렸다. 유상진은 두 손으로 뱃머리를 움켜잡았다.

"후후, 순순히 우리에게 몸을 맡긴다면 살려 주지. 안 그러면……."

칼을 꺼내 든 사공은 음소를 지으며 말했다.

"살기! 살겠지만 좀 다칠 거야."

유상진은 침을 꿀꺽 삼켰다. 빠져나갈 방법이 없었다. 그는 헤엄을 치지 못했다.

'빌어먹을. 그냥 뭍으로 갈걸.'

후회해 봐야 늦었다. 유상진은 조금이라도 생각할 시간을 벌기 위해 질문했다.

"누가 보냈나?"

"가 보면 알아. 어떡하겠어? 순순히 따라오겠어?"

"싫다면?"

"물속에 반 각 정도 들어갔다 나오면 생각이 달라질걸."

"내가 순순히 몸을 맡기면 살려 준다고 누가 보장하지?"

"그건 걱정 마. 우리도 남에게 매여 있는 입장이라고, 널 함부로 죽이지는 못해. 죽이고 살리고는 그분 맘이지."

'오호, 무슨 짓을 벌여도 당장 죽지는 않는다는 말이지?'

그렇다면 그냥 잡혀가는 건 바보나 할 짓이다. 유상진은 자리를 박차고 일어섰다.

사공은 깜짝 놀라 칼을 휘둘렀다. 유상진의 발끝이 사공의 손목을 때렸다. 이어지는 발길질로 사공의 머리를 깨뜨리기 직전, 누군가 배를 뒤집었다.

유상진은 기우뚱 물에 빠졌다가 간신히 머리를 내밀었다. 그는 뒤집힌 배의 한쪽 끝을 잡고 기어 올라가려 했다. 그때 사공 한 놈이 목뒤에 올라탔다. 유상진은 사공과 함께 물속으로 가라앉았다.

겉보기엔 물살이 잔잔해 보였는데 막상 안으로 들어오니 사방에서 격류가 휘몰아쳤다. 유상진은 뒹굴고 자빠져 가며 물과 함께 흘렀다. 등 뒤에 올라탔던 사공은 어느새 사라지고 없었다. 손을 들어 뭐든 잡아 보려 했지만 잡히는 건 볼 수도 만질 수도 없는 물살뿐이었다.

몸부림치면 칠수록 몸이 점점 밑으로 가라앉는 걸 느끼며 유상진은 마침내 정신을 잃었다.

유상진이 정신을 차렸을 때 처음 느낀 감각은 바로 한기였다. 비몽사몽간에 사공들의 대화가 들렸다.

"개헤엄도 못 치다니, 나이 헛먹은 놈이군."

"대충 정신은 차리게 해 놓아야 되지 않겠어?"

"죽진 않을 것 같은데."

사공 한 명이 유상진에게 다가와 눈을 까뒤집어 보았다. 유상진은 멍하니 눈을 떴다. 콜록콜록 기침이 나왔다.

사공의 얼굴에 웃음꽃이 피었다.

"됐어! 이 자식 정신을 차렸어!"

사공은 그의 멱살을 잡아서 들어 올렸다.

"이봐! 내가 누군지 알겠어?"

유상진은 삐걱거리듯 고개를 끄덕였다.

다른 사공이 옆으로 다가오며 다급한 목소리로 재촉했다.

"빨리 물어봐! 시간이 없어."

유상진은 멍한 눈으로 사방을 둘러보았다. 그곳은 처음 이들을 만났던 사공막이었다. 세 명의 사공 말고도 처음 보는 얼굴이 둘 있었다. 그들은 자기들끼리 두런두런 이야기를 나누고 있었다.

"저놈한테 그 물건이 있는 게 확실하지?"

"그렇다니까. 그래서 어르신께서 저놈을 원하시는 거야."

유상진이 몽롱한 시선으로 그들을 바라보자 멱살을 잡고 있던 사공이 뺨을 두어 대 갈겼다.

"새꺄, 어딜 봐? 날 봐."

유상진은 목구멍으로 무언가가 넘어오는 것을 느꼈다.

"웩!"

토사물이 멱살을 잡은 사공의 얼굴로 쏟아졌다.

"이런! 쌍놈의 새끼가!"

사공이 버럭 소리를 지르며 유상진을 밀쳤다. 유상진은 힘없이 바닥을 나뒹굴었다.

"이 자식이 나한테 토했어! 토했다고!"

사공은 유상진에게 다가와 옆구리를 모질게 걷어찼다.

"이런 개자식!"

"그만 해 둬."

다른 사공들이 토사물을 뒤집어쓴 동료를 말리는 동안 유상진은 바닥에 머리를 댄 채로 정신을 집중하려 애썼다. 그는 부들부들 떨리는 다리로 버티며 몸을 일으키려 했다.

하지만 누군가 딴죽을 걸어 넘어뜨렸다. 유상진은 다시 바닥에 머리를 박았다.

"내가 이야기를 하지. 막내야, 넌 누가 오지 않는지 바깥을 살펴라."

처음 보는 사내가 다가와 유상진의 머리를 잡아당겼다.

"≪천도서≫가 있는 곳만 말하면 살려 주겠어."

유상진은 서서히 몸의 감각이 돌아옴을 느꼈다. 이들은 그를 점혈하지 않았다. 그가 헤엄 한번 제대로 치지 못하고 기절해 버리자 우습게본 모양이다.

그렇다면 아직 희망이 있다.

"넌 야차왕을 만나면 죽어! 하지만 우리에게 ≪천도서≫가 있는 곳을 말하면 살려 주지. 어디 있나?"

'야차왕? ≪천도서≫? 이놈들 누구지?'

유상진은 일단 뻗대고 보기로 했다.

"≪천도서≫? 그게 뭐요?"

"허어, 이놈이 이제 와서 딴전을 피우네그려. 이놈아! 정말 죽고 싶으냐?"

사내의 비수가 뺨을 파고들었다. 칼끝을 반 치쯤 쑤셔 넣자 주르륵 핏물이 흘러내렸다.

"이걸로 혓바닥을 잘라 줄까?"

유상진은 급히 말했다.

"말하겠소! 말하겠소! 그러나 내가 그 귀물을 숨겨 놓은 곳까지 움직일 힘이 없소."

"그래? 그럼 우리가 보약이라도 지어 너한테 갖다 바쳐야 된단 말이냐? 어디다 숨겼는지 말만 해! 우리가 가서 집어 올 테니까!"

"난 어떻게 되는 거요?"

"네놈을 데려다 어디다 쓰겠냐. 풀어 주겠다."

거짓말이다.

놈의 눈빛을 보며 유상진은 확신했다.

"나만 아는 곳에 깊이 감췄으니 당신들만으론 찾지 못할 거요."

"어허, 그놈 남 생각해 주는 게 굉장히 자상한 놈 같구나. 걱정 말고 말이나 해라."

유상진은 할 말을 잃었다. ≪천도서≫를 찾는다는 핑계로 가던 도중 뭔가 꾀를 낼 생각이었는데…… 그가 다시 말을 꺼내려 할 때, 사공막 밖에서 고함이 들려왔다.

"장강오살長江五殺! 나와!"

사공 한 명이 맞받아 소리쳤다.

"어떤 자식이야?"

"나와 보면 알아!"

사공들은 서로를 바라보았다.

누굴까? 자신들이 이곳에 있다는 걸 어떻게 알았을까? 게다가 밖을 지키라고 두었던 막내는 어떻게 된 것인가?

우두머리로 보이는 사내가 입을 열었다.

"셋째, 넌 남아서 이놈을 지켜라."

장강오살의 셋째, 독각사獨角蛇 장삼은 고개를 끄떡였다. 다른 자들은 무기를 꺼내 들고 사공막 밖으로 나갔다. 장삼도 누가 왔는지 궁금한지 문짝 대신 붙인 거적때기를 들치고 밖을 살폈다.

유상진은 길게 숨을 들이쉬었다. 근육과 신경 하나하나가 고통스러웠지만 지금이 아니면 기회가 없다. 그는 내공을 주천시키기 시작했다. 한줌의 진기라도 모아야 한다.

잠시 후, 유상진은 눈을 떴다. 통증은 여전했지만 몸의 마비는 상당 부분 풀려 있었다. 그는 몸을 일으켜 가만히 장삼에게 다가갔다.

장삼은 거적때기 틈으로 바깥에서 벌어지는 싸움을 구경하고 있었다. 그러다가 뭔가 낌새를 챘는지 고개를 돌렸다.

유상진은 손가락을 들어 장삼의 눈을 찔렀다.

"우악!"

장삼은 비명을 지르며 두 눈을 가렸다. 유상진은 쌍수를 들어 장삼의 양쪽 관자놀이를 내리쳤다. 장삼이 칠공에서 피를 흘리며 쓰러졌다.

사공막 한쪽 구석에 소지품이 놓여 있었다. 유상진은 그것들을 챙겨 넣고 밖에서 들려오는 소리에 귀를 기울였다. 병장기가 부딪치고 사람들의 욕설이며 비명이 들렸다.

'어떤 놈일까?'

선의를 가지고 찾아온 자는 아닐 것이다. ≪천도서≫를 노리는 또 다른 악당이겠지.

유상진은 적이 누군지 알아낸 뒤, 승산이 있는 자라면 싸우고 그렇지 않으면 도망치기로 마음먹었다. 거적때기 틈으로 살짝 내다보니, 장강오살과 피 튀기는 격전을 벌이는 방희태가 있었다.

장강오살 중 한 명이 목에 철척이 박혀 쓰러졌다. 남은 자는 둘. 두 사람은 분분히 뒤로 물러섰다.

방희태의 몰골도 그리 좋아 보이진 않았다. 얼굴 여기저기에 칼자국이 났고 왼쪽 손은 다쳤는지 더러운 천을 둘둘 감고 있었다.

"이놈!"

장강오살의 대형인 장강교룡長江蛟龍 장일이 괴성을 지르며 노를 휘둘렀다. 둔중한 바람 소리로 보아 나무 사이에 쇠가 박혀 있는 모양이었다.

방희태는 날쌔게 몸을 날려 노를 피하며 장일의 목에 팔꿈치를 찍어 넣었다. 장일은 일격에 목이 부러져 그 자리에 쓰러졌다. 방희태는 쓰러지는 장일의 손아귀에서 노를 잡아챘다.

"이런 개자식!"

마지막 남은 한 놈이 낚싯대를 휘두르며 다가왔다. 허공을 가르는 낚싯줄에는 십여 개의 갈고리가 빽빽하게 달려 있었다. 방희태는 맨손으로 낚싯줄을 움켜잡으며 다른 손으로 노를 휘둘렀다.

퍽!

사공의 머리가 박살 났다. 방희태는 그가 죽었음을 확인한 뒤 손바닥에 박힌 갈고리를 뽑아냈다. 피가 뿜어져 나왔지만 개의치 않고 옷을 찢어 손바닥에 둘둘 감았다.

유상진은 천천히 사공막 밖으로 걸어 나왔다.

두 사람의 시선이 마주쳤다.

방희태는 바닥에 떨어진 자신의 철척을 집어 들며 담담하게 말했다.

"이들은 장강오살이라 하지."

"알아. 아까 들었어."

"내가 속해 있던 양각양에서 보낸 자들이야."

"근데 왜 죽였지?"

"후후후, 난 ≪천도서≫의 발견을 보고하지 않았거든. 그걸 찾아서 독립할 생각이었는데…… 총단에서 알아 버린 거지."

"난리 났군."

"그래, 난리 났지."

방희태는 힘없이 웃었다.

"총단에 행동력 있는 인물이 없어 안심하고 있었는데…… 야차왕 그자가 깨어날 줄은 몰랐어."

"야차왕? 그게 누구지?"

장강오살도 그 이름을 말했었다.

방희태는 희미하게 미소를 지었다.

"무색야차라고 알려져 있는 자라네. 우리 양각양의 창설자이기도 하고."

"무색야차? 무색야차 양여천?"

유상진은 깜짝 놀랐다. 무색야차라면 천하 십대고수 중 하나다. 화씨 세가의 가주 무적철도無敵鐵刀 화인청, 하북의 지배자 용마龍魔 사마종린 다음으로 강할 거라는 게 세간의 평가였다.

"그래, 무색야차 양여천. 죽은 거나 마찬가지였는데……."

방희태는 잠시 멈추었다가 어딘가 씁쓸한 어조로 다시 말을 이었다.

"얼마 선 시적처럼 부활했다더군. 넌 절대 그에게서 벗어나지 못해. 설사 나한테서 도망간다고 해도 말이야. 총단의 전 인원이 이곳에 와 있거든. 너를 죽이고 ≪천도서≫를 차지하기 위해서."

유상진은 납득할 수 없었다. 혹시 있을지 모를 추적을 피하기 위해 죽어라 도망 다녔다. 양각양에서 어떻게 그가 이곳에 있는 걸 알아차렸을까? 방희태 저놈은 또 어떻게?

"저들이 어떻게 내가 있는 곳을 알아낸 거지?"

"넌 양각양의 정보력을 잘 모르는군. 관부, 유림, 무림, 어디든 양각양의 고객들이 있어. 양각양이 원하기만 하면 누구든 찾을 수 있지."

"그럼…… 너는? 넌 날 어떻게 찾았지?"

방희태의 얼굴에 처음으로 웃음꽃이 피었다.

"네가 처음 탈출을 시도했을 때 네 몸에 천리향을 묻혀 두었다. 혹시나 해서였는데 정말 도움이 될지는 몰랐지."

방희태가 짧게 휘파람을 불었다. 한 마리 고양이가 바람처럼 달려와 방희태의 품에 안겼다.

"이 녀석만 있었어도 금방 널 잡을 수 있었는데……. 어제 서야 간신히 구했지."

방희태는 고양이의 등을 쓰다듬으며 말했다.

유상진은 미미하게 고개를 끄덕였다. 이제야 상황 파악이 되었다. 그는 천천히 입을 열었다.

"넌 실수한 거야."

"실수라니?"

"나에겐 ≪천도서≫가 없어."

방희태의 얼굴이 딱딱해졌다. 그는 떠듬거리며 말했다.

"내, 내게 거짓말을 칠 생각 마! 네놈이, 네놈이 ≪천도 서≫를 가져갔잖아."

"황 부자에게 팔았어."

방희태는 잠시 동안 할 말을 잃었다. 그러다가 간신히 정 신을 차리고 까마귀가 울듯 소리쳤다.

"거짓말이야!"

"아니, 사실이야."

"널 죽이고 뒤져 보면 알겠지."

방희태는 철척을 던지고 품속에서 칼을 꺼냈다. 유상진이 든 것과 똑같은 모양의 칼, 문무도였다.

"과거를 회상하며 이걸로 결판을 내자."

유상진은 고개를 끄덕였다. 그도 방희태를 그냥 두고 갈 생각이 없었다. 여기서 끝장을 내야 한다. 그도 칼을 뽑아 들 고 성큼성큼 걸어갔다.

방희태는 으스스한 미소를 지었다.

"너 예전에도 칼을 나보다 못 썼잖아? 문무도 쓰는 법은 내가 최고라고 천 사부도 항상 말했었지."

유상진은 대답하지 않고 계속 걸음을 옮겼다. 방희태도 건들거리며 유상진을 향해 걸어왔다.

손을 뻗으면 닿을 정도로 가까워졌지만 두 사람은 멈추지 않았다. 짧은 칼을 든 그들로서는 가까울수록 좋았기 때문이다.

싸움이 시작되었다.

오래 걸리진 않았다.

손.

늙고 주름진 손이다.

손가락은 젊은 여자의 얼굴을 천천히 어루만졌다.

"예쁘군."

손의 주인이 중얼거렸다.

"좀 시들긴 했어도."

겁먹은 듯 여자의 눈썹이 부르르 떨렸다.

손의 주인은 달래듯이 말했다.

"겁먹지 마라. 나는 그리 무서운 사람이 아니니. 긴히 구해야 할 물건이 있어서 이러는 것뿐이야. 물건만 구하면 즉시 널 풀어 주마."

손은 천천히 아래로 내려갔다. 코와 입술을 지나 목을 건드리고 가슴에 닿았다. 여자는 거칠게 숨을 내뱉었지만 몸을 피하진 않았다.

손의 주인이 중얼거렸다.

"이 두둑한 건 뭐지?"

손가락이 여인의 가슴속을 파고들었다. 다시 밖으로 나왔을 때, 손아귀에는 한 움큼의 전표가 들려 있었다.

"오호? 굉장한 거금이군."

일견 수백 냥은 될 듯했다.

손이 가볍게 펼쳐졌다. 전표가 떨어져 바닥을 어지럽혔다.

"하지만 난 돈에는 관심이 없지."

손의 주인은 주먹을 움켜쥐었다. 긴 손톱이 손바닥을 파고들어 핏물이 흘렀다.

"단지 그 책! 그 책만을 원할 뿐이야."

그때 문이 열리고 누군가 안으로 들어왔다. 그는 손의 주인에게 최대한의 경의를 표했다.

"소식이 들어왔습니다."

"어떻게 됐지?"

"장강오살이 죽었습니다."

손의 주인이 탁자를 내리치며 소리쳤다.

"멍청한 놈들. 다섯이서 하나를 못 당했다고?"

"……그리고 방희태의 시체도 함께 발견되었습니다."

"방희태가?"

손가락이 턱을 톡톡 두들겼다.

"그렇게 눈치 빠르고 싸움 잘하는 놈은 처음이었는데……

결국 죽어 버렸군. 유상진이란 놈의 짓인가?"

"그게…… 처음에는 저희도 그런 줄 알았습니다만 조사해 보니 그게 아니었습니다."

"그럼?"

"방희태의 머릿속에 삼시뇌충이 들어 있던 모양입니다. 그게 머릿속을 다 파먹었더군요."

"삼시뇌충? 그게 왜 그 녀석의 머리에 있었지?"

"그것까지는 지도……."

"어쨌든 유상진이란 놈, 생각보다 실력이 있는 모양이군. 하긴…… 그러니까 지금껏 세가를 피해 다닐 수 있었겠지. 놈은 지금 어디 있나?"

"죄송합니다. 찾고 있으니 곧 알아낼 수 있을 겁니다."

"상관없다. 녀석이 올 곳은 이곳뿐이니까. 돈도 여자도 이곳에 있는데 제 놈이 어딜 가겠나. 녀석이 오면 순순히 들여보내. 방희태를 없앤 실력을 직접 견식해 보고 싶으니까."

"알겠습니다."

문이 닫히자 손은 다시 유희를 시작했다.

손의 주인은 야차왕이었고, 그의 맞은편에 선 여자는 유가영이었다.

　

저녁노을이 하늘을 붉게 물들이고 있을 무렵 부한의 님문 대로에 한 명의 사내가 들어섰다.

유상진이었다.

그는 문국루를 향해 걸으며 흐뭇한 미소를 지었다. 유가영을 생각하고 있는 것이다.

'그녀는 날 보고 어떤 표정을 지을까?'

그녀와 이야기를 나눌 생각만 해도 가슴이 두근두근했다.

어느새 가을이었다.

거리에는 선선한 바람이 불었고 푸르게 무성했던 잎들은 색이 변했다.

유상진은 한 번도 느껴 본 적 없는 평화롭고 행복한 기분으로 문국루를 향해 발걸음을 옮겼다.

조용히 낙엽이 지고 있었다.

完